Marjorie M. Liu

Der Kuss der Katze

Buch

Als Tierbändigerin ist Iris McGillis der Star von Las Vegas. Ihre Verbindung zu den großen Raubkatzen ist wie Magie. Als Blue Perrineau sie kennen lernt, erkennt er sofort, dass Iris etwas Besonderes ist, denn einige seiner Freunde sind wie sie Gestaltwandler! Doch auch ein brutaler Organhändler ist auf Iris aufmerksam geworden – und plötzlich ist Blue der Einzige, der zwischen ihr und einem schrecklichen Schicksal steht …

Autorin

Marjorie M. Liu ist eine außergewöhnlich optimistische junge Frau, die fest daran glaubt, allem im Leben mit einem Lächeln begegnen zu können. In ihrer Freizeit betreibt sie einen Taxiservice für Pudel.
Mehr über die Autorin: www.marjorieliu.com

Marjorie M. Lius Romane bei Blanvalet:

Agentur Dirk & Steele: 1. Tiger Eye (24497), 2. Shadow Touch (26555), Die Geliebte des Feuers (26620)
Die Chroniken der Jägerin: 1. Gefährtin der Dämonen (26646), 2. In den Armen der Finsternis (26647)

Weitere Titel sind in Vorbereitung.

Marjorie M. Liu

Der Kuss der Katze

Roman

Aus dem Englischen
von Wolfgang Thon

blanvalet

Die Originalausgabe erschien unter dem Titel
»Eye of Heaven«
bei Love Spell, Dorchester Publishing Co. Inc., New York.

FSC
Mix
Produktgruppe aus vorbildlich bewirtschafteten Wäldern und anderen kontrollierten Herkünften

Zert.-Nr. SGS-COC-001940
www.fsc.org
© 1996 Forest Stewardship Council

Verlagsgruppe Random House FSC-DEU-0100
Das FSC-zertifizierte Papier *Holmen Book Cream* für dieses Buch
liefert Holmen Paper, Hallstavik, Schweden.

1. Auflage
Deutsche Erstveröffentlichung August 2010
bei Blanvalet, einem Unternehmen
der Verlagsgruppe Random House GmbH, München

Dieses Werk wurde vermittelt durch
Interpill Media GmbH, Hamburg
UH · Redaktion: Joern Rauser
Herstellung: sam
Satz: Uhl + Massopust, Aalen
Druck: GGP Media GmbH, Pößneck
Printed in Germany
ISBN 978-3-442-37531-8

www.blanvalet.de

BEOBACHTET

»Spionieren Sie immer Mädchen nach, wenn sie schlafen?«, fragte Iris in die Dunkelheit hinein. Der Schatten bewegte sich auf den Zwinger zu.

»Tut mir leid.« Es war ein Mann. Er klang ruhig. »Aber ich habe doch nur versucht zu helfen. Sie sollten lieber nicht hier sein.«

»Sie sind also mein Beschützer?« Iris legte den Kopf auf die Seite. »Ich kann aber auf mich selbst aufpassen.«

Sie hatte den Eindruck, dass er lächelte. »Das soll wohl heißen, Sie seien kugelsicher. Das ist eine sehr angenehme Gabe.«

»Ja«, antwortete sie und stand auf. »In dieser Hinsicht bin ich äußerst bemerkenswert.«

Er war schlank, hatte breite Schultern und schmale Hüften, trug Leinenkleidung, die nach einem exklusiven Schneider aussah und sehr teuer wirkte. Zumindest hatte er einen guten Geschmack. Er war ein Mann, der ganz offenbar auf einen Abend in einem erstklassigen Yuppie-Nachtklub eingestellt war, wo er in seiner großen eleganten Hand einen Martini – geschüttelt, nicht gerührt – hielte.

Ein Liebhaber rechnet sich nicht die Chancen aus.
-Rumi (1207–1273)

1

Das Päckchen lag fast dreißig Minuten lang auf dem feuchten Beton der Gasse in Jakarta, bevor jemand aus der *Warung*-Imbissbude auch nur versuchte, es sich zu holen. Es war kleiner als ein Lunchpaket, braun und vollkommen unauffällig. Jemand hatte es neben einen Stapel mit schmutzigen Pfannen gelegt, die niemand in dem Plastikzelt abwaschen wollte. Die Leute gingen einfach darüber hinweg oder daran vorbei. Jedenfalls ignorierten sie es. Alle – außer Blue. Und genau das bereitete ihm großes Unbehagen.

Die Regenzeit hatte eingesetzt; die Luft war stickig und feucht, was die ohnehin schon drückende Hitze in den überquellenden Slums der Hauptstadt von Indonesien noch schlimmer machte. Statt kühler Schauer wehten nur Vorhänge aus schmutzigem Wasser vom Himmel herab und prasselten auf das blaue Zeltdach und die fest zugezogenen Zeltwände dieses Wanderimbisses. Heute war er hier, morgen verschwunden, dann stand er in einer anderen Gasse, auf einem Parkplatz oder an einer Straßenecke. Die Tische, an denen Blue und auch noch weitere Gäste saßen, waren leicht zusammenzuklappen und auf dem dreirädrigen Karren zu verladen, der sich hinter dem fahrbaren Ofen im rückwärtigen Teil des Zeltes befand. Die Besitzerin war eine korpulente Frau und dabei eine Nuance braunhäutiger als Blue. Sie arbeitete mit Feuereifer an einem Hackbrett und ließ ihr Beil in schnellen Bewegungen herabsausen. Sicherlich war es besser, keine Messerstecherei mit ihr anzufangen. Blue konnte sich gut vorstellen, wer dann gewänne.

Und er hütete sich auch, eine Beschwerde über das Essen loszuwerden. Da war es doch viel einfacher, den Pappteller mit Nasi Goreng, der da vor ihm stand, lediglich zu ignorieren. Der Bratreis war natürlich zu fettig, die Hühnerstücke wirkten entschieden zu roh. Blue verfügte zwar über einen Magen aus Eisen, der im Augenblick auch hungrig knurrte, aber er hatte keine Zeit, das dumme Risiko einzugehen, sich über eine Toilette gebeugt die Seele auszukotzen. Falls er hier überhaupt eine Toilette fände. Sein Hotel lag auf der anderen Seite der Stadt, eine schöne, glitzernde Oase, die jederzeit darauf wartete, dass er zurückkam. Kühle Luft, eine kalte Dusche, kaltes Wasser in Flaschen …

Hör damit auf. Konzentrier dich lieber auf das Spiel. Schließlich bist du hier nicht in den Ferien.

Ganz richtig. Denn wenn Blue eine Pause gewollt hätte, würde er jetzt auf irgendeinem Berg in Colorado sitzen, auf einer Klippe vielleicht, und zusehen, wie die Sonne an dem Horizont einer leeren, schweigenden Welt unterging, statt ausgerechnet hier in Jakarta zu sein, umgeben von dreizehn Millionen Menschen, die alle nur versuchten, in dieser verarmten Stadt zu überleben, einer Stadt, die ständig am Abgrund von religiösen und Rassenunruhen taumelte. Und er würde doch nicht in einem schmutzigen Wanderimbiss sitzen, schwitzend, dreckig und müde, sein Leben riskieren – oder seine geistige Gesundheit –, nur um einen einzigen Blick auf einen eher fruchtlosen Hinweis zu erhaschen: die Hoffnung auf eine Verbindung, die ihn endlich auf die Fährte jenes Mannes bringen konnte, der unbedingt sterben musste.

Sicher, sicher. Und alles an einem einzigen Tag. Zu schade, dass er ein Gewissen hatte. Und noch schlimmer war, dass er auch noch in der Lage war, seinem Gewissen zu folgen. Ein guter Mensch zu sein, das konnte einem das Leben verdammt schwer machen – obwohl er sich wirklich nicht beschweren durfte. Schließlich hatte er sich dieses Leben selbst ausgesucht. Und als Agent von Dirk & Steele verfügte er auch noch über die Möglichkeiten und Fähigkeiten, dorthin zu kommen, wohin andere nicht gehen konnten. Außerdem konnte er auch ein verdammt großes Arschloch sein, wenn die bösen Jungs die Oberhand zu gewinnen drohten. Dieses Privileg würde er nicht einmal gegen die ganze Welt eintauschen.

Wie jetzt zum Beispiel, da er seinem Ziel so nahe war. Es hatte Blue viel Geld und Geduld gekostet, sein derzeitiges Netzwerk von Informanten aufzubauen; der Letzte hatte ihm die ungefähre Zeit und das Datum einer Übergabe genannt und dazu versprochen, dass es eine ganz besondere Lieferung wäre, direkt in die Hände des großen bösen Mannes persönlich.

Plastik … klapperte. Unmerklich neigte Blue den Kopf und beobachtete aus dem Augenwinkel, wie sich eine Frau in das Zelt duckte. Ihr Gesicht war vom Regen nass. Dieser Anblick kam so unerwartet, dass es ihm fast den Atem verschlug. Sie wirkte kühl, hatte lange Beine und trug ein schweißnasses Tanktop, das ihre sehnigen Arme zeigte. Ihre glatte Haut hatte einen Honigton, der fast ebenso warm schimmerte wie ihr kurzes blondes Haar. Eine große Sonnenbrille verbarg den größten Teil ihres Gesichts, das beeindruckend schmal und scharf wirkte. Für Blues Geschmack allerdings ein bisschen zu scharf und auch wesentlich zu hart, aber – was für ein Körper! Sie fiel in dieser Umgebung auf, und genau das stellte ein Problem dar.

Es fiel ihm verdammt schwer, die Frau nicht anzustarren, als sie an seinem Tisch vorüberging. Doch Blues Selbsterhaltungstrieb verhinderte, dass er ihr mehr als nur einen kurzen Blick zuwarf. Und dieser kurze Blick genügte, um seinen ersten Eindruck zu revidieren. Aus der Ferne hatte er sie auf etwa dreißig Jahre geschätzt; jetzt aber, aus der Nähe, bemerkte er die Falten um den Mund der Blondine, ihre zähe, gespannte Haut und auch die silbernen Strähnen, die sich in ihrem Haar versteckten. Sie war vielleicht sogar um die fünfzig. Aber das waren wirklich großartige … fünfzig Jahre.

Sie setzte sich an einen Tisch in die Nähe des Wagens, schob sich anmutig auf einen wenig vertrauenerweckenden Plastikstuhl, der auf dem unebenen Beton der Gasse wackelte. Sie trug eine weite Hose und Sandalen. Für eine einfache Touristin bewegte sie sich viel zu selbstbewusst – und dann: Ihre Kleidung schien diesem Lokal keineswegs angemessen; Indonesien war überwiegend moslemisch, und obwohl Jakarta behauptete, eine Metropole zu sein, ermutigte man Frauen, Ausländerinnen und Einheimische, sich doch … schicklich zu kleiden.

Aber das schien diese Frau, die hier vor Blue saß, nicht sonderlich zu kümmern. Doch nicht einer der Männer in dem *Warung* schenkte ihr auch nur die geringste Aufmerksamkeit. Das war merkwürdig. Außer ihm selbst war die Frau an diesem Morgen der erste ausländische Mensch, den Blue auf dieser Seite der Stadt gesehen hatte. In einer solchen Gegend und bei ihrem Aussehen hätten die Leute sie doch fast automatisch anstarren müssen. Vollkommen klar. Verdammt, selbst er zog ja schon Blicke auf sich, und dabei versuchte er doch sogar, sich anzupassen.

Also lebt sie hier. Die Leute scheinen an ihren Anblick gewöhnt zu sein.

Oder aber Blue war aus irgendeinem – wahrscheinlich naheliegenden – Grund einfach nur paranoid.

Die Frau warf keinen Blick auf die Speisekarte, die man mit Filzstift auf die Zeltbahn, die sich hinter ihr befand, geschrieben hatte. Sie saß einfach nur da und trommelte mit ihren Fingern auf den Tisch, sagte kein Wort und schien auch nicht zu versuchen, Blickkontakt mit irgendjemandem in dem *Warung* aufzunehmen. Und doch stellte kaum eine Minute nach ihrem Eintreten die ältliche Besitzerin ein Glas mit *Teh Talua* vor sie auf den Tisch. Die Flüssigkeit war von geschlagenem Eigelb und Zucker ganz gelb. Die blonde Frau bedankte sich weder, noch lächelte sie. Und sie zahlte auch nicht. Sie nahm nur das Glas und leerte es mit einem einzigen Zug.

Ein schrecklich hagerer Junge huschte am rückwärtigen Ende des Zeltes vorbei. Er trug nur Shorts, sonst nichts. Auch er war tropfnass. Die Besitzerin, die inzwischen wieder an ihr Hackbrett zurückgekehrt war, würdigte ihn keines Blickes. Stattdessen sah sie zu der Blondine hinüber, die immer noch mit den Fingern auf den Tisch trommelte. Ihre unlackierten Nägel klickten auf der Plastikoberfläche, als tippe sie den Rhythmus zu einem Lied.

Ebenso wie die Blonde sagte auch der Junge kein Wort und bestellte nichts. Er näherte sich den schmutzigen Pfannen, vorsichtig und zögernd, und stieß dann mit der Fußspitze gegen das braune Packpapier. Offenbar peilte er die Lage. Blue reagierte nicht. Dafür gab es auch keinen Grund, jedenfalls noch nicht. Nicht, solange er nicht ganz sicher war. Die Jagd war bereits schwierig genug gewesen, auch ohne dass er Fehler machte; Ungeduld oder Hast konnte er sich da nicht auch noch leisten.

Doch dann wurde er zum Handeln gezwungen. Der Junge trat zu, das Paket flog in die Luft, und zwar so schnell, dass seine Bewegungen fast verschwammen. Er fing es mit seiner kleinen Hand auf und drehte sich dabei herum. Wie ein Tänzer auf der Flucht. *Gut, Kind, sehr gut,* dachte Blue. Lauf. *Lauf so schnell du kannst. Geradewegs zu deinem Boss.*

Genau dies tat der Junge. Jedenfalls zwei Sekunden lang. Die ältliche Besitzerin des *Warung* hatte ihn bis zu diesem Augenblick vollkommen ignoriert. Jetzt jedoch trat sie hinter ihrem Arbeitsplatz hervor, schlug dem Jungen mit der flachen Seite ihres Hackbeils gegen die Brust und verteilte Knoblauch und Zwiebeln auf dem Boden, während sie ihn aufhielt. Das Kind schrie auf, taumelte zurück…

…und prallte gegen die blonde Frau, die von ihrem Stuhl aufgesprungen und mit erstaunlicher Geschwindigkeit durch den engen Imbiss geschossen war, um den Jungen aufzufangen. Er versuchte so entschieden, ihrer Berührung zu entgehen, als würden ihre Hände brennen, aber sie hielt ihn fest. Der Junge duckte sich, starrte in ihr hartes gebräuntes Gesicht und verdrehte die Augen so sehr, dass das Weiße zu sehen war. Dabei verzog er den Mund, als wolle er schreien oder weinen.

Die Lippen der Frau bewegten sich. Blue konnte nicht hören, was sie sagte, aber nun ließ er das Päckchen in ihre ausgestreckte Handfläche fallen und schüttelte sich. Das Spiel war vorbei.

Blue bereitete sich darauf vor zu reagieren, doch die Frau tat dem Jungen nichts. Sie schob ihn einfach nur weg, auf die flackernden Zeltplanen des Ausgangs zu. Und das dürre Kind rannte, als wäre ihm der Tod auf den Fersen, und zwar ein schrecklicher, übler Tod. Blue wusste nicht genau, ob er damit vielleicht sogar recht hatte.

Doch er hütete sich, dem Jungen hinterherzusehen. Stattdessen beobachtete er die Frau, betrachtete den Umriss ihres Körpers mit ganz neuen Augen, als er nach Ausbuchtungen unter ihrer Kleidung suchte, die nicht von Muskeln und Knochen stammten. Die Frau bemerkte seinen Blick und legte den Kopf auf die Seite. Dann lächelte sie. Ihr Lächeln war genauso scharf wie ihr Gesicht, es zeigte nur eine Andeutung ihrer Zähne. Blue zwang sich, seinen Blick nicht abzuwenden, spürte jedoch Bewegung um sich herum: Männer glitten lautlos von ihren Plätzen, entfernten sich von ihren Tischen, ließen die Mahlzeiten ungegessen und verschwanden wie Geister aus dem stickigen Schatten des *Warung*.

Zeit für die Abrechnung. Blue konnte es ihnen nicht verübeln, dass sie keine Lust hatten zu bleiben. Er selbst wäre auch gerne weggelaufen. Weit weg sogar, fort von dem Albtraum dieses Ortes, der ihm bereits tief unter die Haut gedrungen war, wie eine Tätowierung, wie ein schrecklicher Stempel auf seiner Seele. All die Dinge, die er in dieser Stadt gesehen hatte, und all das, was ihn hierhergeführt hatte…

Die Frau näherte sich ihm nicht, hob jedoch das kleine braune Päckchen auf, das sie dann auf ihren Fingerspitzen balancierte. Ihre Fingernägel waren außergewöhnlich lang.

»Also.« Ihre Stimme wirkte weicher als ihr Gesicht und hatte einen melodiösen Akzent, den Blue nicht gleich einordnen konnte. »Das haben Sie also für clever gehalten, ja? *Sie* hier, der Sie diesen unbedeutenden kleinen Bengel verfolgen?«

»Ich denke schon«, antwortete Blue. Sie schienen jetzt allein zu sein. Selbst die Besitzerin des *Warung* war verschwunden. Ihr Beilchen jedoch lag auf der Oberfläche des Arbeitstisches, gleich neben dem rechten Ellbogen der Frau. Blue dachte an seine Pistole, die in ihrem Halfter auf seinem Rücken steckte. Aber das konnte ihn nicht trösten.

Sollte es auch nicht. Vergiss die Pistole. Wenn du wolltest, könntest du ihr Herz anhalten. Ein Gedanke, und schon ist sie tot.

Selbstverständlich würde er nicht einmal über eine solche Möglichkeit nachdenken.

Die Frau warf Blue das Päckchen zu. Er fing es mit einer Hand auf, doch es war schwerer, als er erwartet hatte, und so musste er nachfassen, damit es nicht auf den Boden fiel. Die Frau lachte, tückisch sanft. »Haben Sie wirklich geglaubt«, fragte sie, »wir würden nicht merken, dass sich jemand umhörte? Glaubten Sie denn wirklich, wir hätten Sie zu unserem Auftraggeber führen oder etwas Wichtiges an diesen

Ort bringen wollen? Obwohl wir doch wussten, dass Sie uns verfolgen?«

»Ich lasse offenbar nach«, erwiderte Blue und starrte in ihre Sonnenbrille, während er sich bemühte, sich nichts anmerken zu lassen. Das Päckchen legte er auf den Tisch. »Ich war nicht immer so leicht zu durchschauen.«

»Schon möglich«, erwiderte die Frau. »Aber ich bin auch ziemlich gut in meinem Job.«

»Sie beschützen ein… *Vieh*! Sie wissen doch, was Santoso tut und wie seine gesamte Familie ihr Vermögen zusammenrafft.«

»Fleisch.« Die Frau lächelte noch immer, aber jetzt wurde ihr Lächeln etwas spröde. »Fleisch und Blut und der Verkauf dieser Dinge. Ja, ich weiß das.«

Sie öffnete den Reißverschluss der Schultertasche an ihrer Seite. Als sie den Kopf senkte, erhaschte Blue einen Blick auf die Augen unter dem Rand der Sonnenbrille. Sie waren groß und dunkel. Vielleicht waren sie schön, vielleicht auch nicht. Das spielte jetzt keine Rolle.

»Vermutlich glauben Sie, dass Sie nach *dem* hier suchen.« Die Frau holte eine kleine Blechdose aus ihrer Tasche. Sie war etwas breiter als ihre Hand und fast genauso groß. An einem Ende blinkte eine Digitalanzeige. Sie hielt die Blechdose mit den Fingerspitzen, so wie sie vorher das braune Päckchen gehalten hatte: als wäre dies ein Juwel oder eine Seifenblase. Blue fragte sich unwillkürlich, wie kräftig ihre Hände wohl sein mochten.

Kräftig genug, um dir Schmerzen zuzufügen, antwortete er sich sogleich und senkte seine mentalen Schilde; nur einen Spalt, ein kleines bisschen, ein winziger Riss in seinem Kopf…

…durch den nun augenblicklich die Stadt drang, und zwar in seinen Kopf hinein. Sie dröhnte, troff vor Macht und rasierte ihm fast den Schädel, als ihn alle Stromquellen innerhalb eines Umkreises von einer halben Meile für einen winzigen kurzen und gleißenden Moment berührten. Es war ein alter Schmerz, der ganz zu seiner Gabe gehörte: zu Blues Fähigkeit, elektronische Geräte einfach durch die Kraft seiner Gedanken kontrollieren zu können.

Er biss sich auf die Innenseite der Wangen und schmeckte Blut; dies genügte, um zu verhindern, dass er von dem Ansturm der Macht überwältigt wurde. Er surfte auf dem Feuer von Jakartas elektronischer Seele und spürte das Brennen in seinen summenden Knochen. Obwohl der Schmerz zu einem dumpfen Pochen abebbte, sammelte sich kalter Schweiß zwischen seinen Schulterblättern. Er fragte sich, wie lange er das noch weiter so tun konnte, ohne den Verstand zu verlieren, wie lange er gesund bleiben konnte, weil das Herz doch ebenfalls auf elektronischer Basis arbeitete – und eines Tages ganz sicher seinen Dienst versagte. *Blick nicht zurück, mach nur deinen Job, lebe für das Jetzt oder lebe lieber gar nicht!*

Blue konzentrierte sich auf die Blechdose. Er durchdrang die metallene Oberfläche mit seinen Gedanken, sank dorthin, wo der Blick nicht hingelangen konnte, tastete die Elektronik ab, den Strom, spürte das Summen der Hitze in den Stromkreisen und Kabeln. Und da, sehr vertraut, fand er auch die Pumpe, den Herzschlag. Er stellte sich vor, wie die Flüssigkeit in dem Kanister schwappte, wie die hypothermische Perfusion die chemische Lösung in die zentrale Kammer pumpte, wie Blut! Und mein Gott, es war klein! Es war das kleinste Gerät, das man auf dem freien Markt kaufen konnte, und es war so leicht mit einer Bombe zu verwechseln.

Blue hatte erst einmal etwas Ähnliches gesehen: in einem illegalen Operationszimmer in Kairo, wo ein kleiner Junge sterbenselend auf einem Küchentisch lag, während irgendein Schlachter mit einem medizinischen Abschluss beide Nieren des Kindes entfernte. Und dort war ein Transportkanister – so einer wie dieser hier, oder eher sein größerer Cousin – der erste und bislang einzige Hinweis gewesen, der Blue dann auf eine Jagd um den Erdball geschickt hatte. Etwas so ohne jeden Zweifel Geniales konnte nur von sehr wenigen Menschen erfunden werden. Und einige Teile mussten auch dazugekauft, Hersteller mussten engagiert und bezahlt werden.

Drei Monate einer Suche, die lange Überseereisen erforderte; er hatte Telefone anzapfen und Überwachungen durchführen müssen, er hatte Leute bestochen, damit sie von Angesicht zu Angesicht mit ihm redeten. Es war Blues eigene, private Mission gewesen, auf die er nur gegangen war, weil er diese schreckliche Arroganz, diese unverhüllte Grausamkeit nicht ertragen konnte. Er konnte nicht untätig danebenstehen, da sie ihn doch so sehr an sein eigenes Fleisch und Blut erinnerte.

Seine Zähigkeit hatte sich am Ende ausgezahlt und ihn direkt zu Santoso Rahardjo geführt, dem reichsten Mann in Indonesien. Er war so reich, dass seiner Familie die Nationalbank gehörte, und folglich auch die Regierung. Genau aus diesem Grund war Blue – und zwar gegen den Wunsch seines Bosses – ohne einen Partner hierhergekommen. Es wäre auch viel zu gefährlich geworden, wenn mehr als ein Ausländer anfinge, Fragen zu stellen. Das musste ganz gewiss Aufmerksamkeit erregen.

Obwohl Blue es ja nun ganz offenkundig auch allein geschafft hatte aufzufallen.

Warum also laufe ich noch frei herum? Es wäre doch so einfach, die Polizei zu bestechen, damit sie mich verhaftet und in irgendeine düstere Gefängniszelle wirft, wo mir irgendein Insasse genau in dem Augenblick ein Messer in den Leib rammt, in dem ich seine Zelle betrete. Damit wäre das Problem gelöst. Keine weiteren Fragen würden gestellt werden, jedenfalls nicht von mir.

Allerdings würden die anderen Agenten von Dirk & Steele diese Angelegenheit ganz sicher persönlich nehmen. Sie würden wie ein Schwarm aus der Apokalypse über dieses Land herfallen, denn nicht einmal die Hölle verfügte über solche Furien wie diese kanonenschwingenden Psis, die so schnell stinksauer waren und nach Vergeltung gierten.

Meine Güte! Er liebte sein Leben!

»Ich glaube, dass ich nach *dem* da suche«, wiederholte Blue, als ihn die Erinnerung an die weiche Stimme der Frau von seiner mentalen Suche nach dem Kanister ablenkte. »Sehr sorgfältige Wortwahl.«

Die Blondine lächelte und wirbelte den Kanister verblüffend geschickt auf ihren Fingerspitzen wie einen Basketball herum. Dann ging sie auf ihn zu, während sie noch weiter damit spielte. Blue wehrte sich dagegen, sich von diesem herumwirbelnden Blechkanister ablenken zu lassen, und konzentrierte sich auf ihr Gesicht, auf ihre freie Hand, die locker über ihrer offenen Tasche hing. Dann stand er langsam auf und trat so zurück, dass der Tisch zwischen ihm und der Frau stand. Ihr Lächeln wurde breiter.

»Sie benehmen sich, als wäre ich gefährlich«, sagte sie. Der Kanister tanzte nach wie vor auf ihren Fingern und drehte sich dabei so schnell, dass seine Umrisse verschwammen. Blue fühlte die schwache Spannung zwischen ihrer Haut und dem Stahl. Es war weder Magie noch Telekinese, sondern einfach nur unfassbar gute Reflexe.

Blue erwiderte ihr Lächeln nicht. Schließlich blieb die Frau am Rand des Tisches stehen und schob den Kanister wieder in ihren Beutel. Sie schloss den Reißverschluss und ließ ihre Hände dann seitwärts herunterhängen. Der schimmernde Schweiß auf ihrer Haut ließ ihre harten Muskeln etwas weicher erscheinen. Ein Windstoß fegte durch den *Warung,* schüttelte die Plastikmarkise und presste ihr Tanktop noch fester an ihren wunderbaren Körper. Blue beobachtete, wie eine Strähne des silberfarbenen Haares ihre Mundwinkel berührte.

»Sie begehren mich«, sagte die Frau. »Das erkenne ich in Ihrem Blick.«

»Ich bin ein Mann«, erwiderte Blue. »Aber verwechseln Sie Attraktion nicht mit Aktion. Oder mit Vertrauen.«

»Oh, keine Sorge.« Ihr Lächeln erlosch, und ihr Blick zuckte zu dem braunen Päckchen hinüber, das nun zwischen ihnen auf dem Tisch lag. Blue dehnte seine Konzentration aus, vergrößerte den Spalt in seinem Schild und stellte nicht besonders überrascht fest, dass unter dem einfachen Packpapier ebenfalls ein Stromkreis summte. Er hatte ein weiteres Transportgerät erwartet, bemerkte jedoch nach einem Augenblick, dass sich dies hier etwas anders anfühlte. Es war nicht so … komplex wie der Kanister, der inzwischen in der Tasche der Frau lag. Es war zwar weniger komplex, dafür aber viel gefährlicher. Blue hielt den Atem an.

»Sie *sehen* es«, stellte die Frau fest, kniff die Augen zusammen und trat zurück. »Ich wusste es. Betrachten Sie es als mein Geschenk an Sie. Als meine Warnung.«

Blue beobachtete, wie sie sich langsam umdrehte, als wäre die Luft um sie herum so zäh wie Teer, als würde sie förmlich darum bitten, gefangen genommen zu werden. Obwohl er ihr folgen wollte, obwohl er weglaufen und weder an die Fragen und Antworten noch an dieses rätselhafte Lächeln denken wollte, tat er es nicht. Stattdessen sah er zu, wie die Frau aus dem Zelt trat, und schloss die Augen. Er schloss sie fest und konzentrierte sich auf das Gerät, das da vor ihm lag.

Die Bombe war leicht zu entschärfen. Es gab keine Fernbedienung. Das Einzige, was dazu nötig war, war eine Unterbrechung des Stromkreises im Timer. Das hatte Blue in seiner Zeit in der Navy mehr als tausend Mal gemacht. Es hätte keine echte Aufgabe sein sollen, angesichts seiner Fähigkeiten, was Elektronik betraf.

Nur fühlte sich diesmal trotzdem etwas falsch an.

Er öffnete seinen Geist noch weiter, schickte seine Sinne aus, suchte nach einer anderen Spur, einem Flüstern gefährlicher Stromkreise. Aber es befand sich zu viel um ihn herum: Handys, Fernseher, Autos, Radios, Stromleitungen, selbst menschliche Körper – sein Geist ertrank in den Empfindungen, seine Knochen klapperten. Blue drehte sich herum …

Er spürte die Explosion in seinem Kopf, bevor ihn die Schockwelle traf und vom Boden hochriss. Er lernte, wie man flog.

Später erinnerte sich Blue daran, dass er geschrien hatte. Er erinnerte sich an den Geruch von Rauch und Blut und an das Weinen eines Kindes, irgendwo in der Nähe, als sei sein Herz gebrochen. Oder gestohlen. Er erinnerte sich an Sirenen, Schreie, an das Gefühl von Nadeln in seinen Armen. Und an noch eine andere Stimme, eine Frauenstimme, leise und sanft.

Und er erinnerte sich auch an Schuld.

Aber das alles kam erst viel später. Blue versank und verlor die Kontrolle über sein Leben.

Die Welt veränderte sich. Blue spürte den Unterschied bereits, noch während er bewusstlos in seinen Träumen gefangen war. In diesen unendlich scheinenden Träumen, die eine Folter für seine Seele bedeuteten. Unaufhörlich wälzten sie sich in seinem Körper und versuchten, aus seiner Haut herauszukriechen. Er wollte nicht in der Dunkelheit bleiben. Er wollte auch gar nicht sehen, was ihm seine Erinnerungen da beständig vor Augen führten. Doch um aufzuwachen war er zu langsam. Es war ein so zäher Prozess, ein wilder Kampf, bis er das Bewusstsein wiedererlangte.

Zuerst nahm er seine Haut wahr, da er eine Bewegung

darauf spürte, eine sanfte Bewegung, vielleicht ein warmer Lufthauch. Dann hörte er das Rascheln von Blättern, roch Blüten, Meersalz und Vanille. Zuerst glaubte er, die Düfte und Empfindungen gehörten zu einem anderen Traum, aber nur darum, weil sie ruhig und irgendwie fern wirkten, köstlich einfach. Nichts Elektrisches berührte seinen Geist. Und das war in diesem Zeitalter doch eher unnatürlich.

Blue öffnete die Augen. Ein weißer Himmel aus Segeltuch erstreckte sich über ihm, über die blasse Oberfläche flackerten Schatten. Er starrte hin und versuchte sich zu orientieren, sich zu erinnern. *Was ist das? Wo bin ich?* Dann hörte er das Rascheln von Papier.

Sein Blick glitt nach links, Bilder zuckten durch seinen Geist. Flatternde blaue Segeltuchbahnen, wacklige Tische, verschwitzte Menschen. Er sah auf einen langen Holztisch, auf dem dicke weiße Kerzen standen und Rucksäcke lagen, vollgestopft mit Wasserflaschen und Nahrungsmitteln. Erneut hörte er Rascheln, diesmal das Rascheln von Kleidung, und blickte von dem Tisch und den flackernden Kerzenflammen auf… *eine Frau mit Sonnenbrille, einem scharfen Gesicht mit…* Nein. Nicht sie war es. Aber blondes Haar hatte sie, ja. Blondes Haar, das ein entzückendes rundes Gesicht umrahmte, eines, das er kannte. Ein Lachen stieg Blue in den Hals, obwohl er nur ein Krächzen herausbrachte.

»Dela«, sagte er. Delilah Reese. Künstlerin, Waffenschmiedin, beste Freundin und obendrein eine fantastische Frau. Was für ein Anblick für seine müden Augen. Sie hatte langes Haar und trug eine dunkle weite Kleidung. Um ihre Unterarme schlangen sich Lederbänder, in denen Stahl glitzerte. Wurfmesser.

Sie nahm eine Wasserflasche vom Tisch, bevor sie an sein Bett trat, und hielt sie an seinen Mund. Blue wusste nicht genau, ob er durstig war, aber als das Wasser seine Lippen berührte, spürte er die Risse, schmeckte das Blut, bemerkte seine trockene geschwollene Zunge und dann auch die wunde Kehle. Er saugte wie ein Säugling an der Flasche und trank das Wasser in großen, schmerzhaften Schlucken. Dela schob ihm ihre Hand unter den Kopf und drückte ihn an sich, während er die ganze Flasche leerte.

»Willst du mehr?«, fragte sie, als er den letzten Tropfen ausgetrunken hatte. Blue sah an ihr vorbei auf die Moskitonetze, die die Wände ersetzten. Dahinter war es dunkel.

»Nein.« Er wollte das Gesicht abzuwischen. Sein Arm gehorchte ihm, gerade so. Er fühlte sich schwach. Und er spürte Bartstoppeln – was ihn schockierte. »Was ist mit mir passiert? Und warum bist du hier?« Schließlich sollten Dela und ihre Familie gerade in Kalifornien sein, auf ihrer Ranch in den Bergen, und nicht hier in Indonesien …

Es sei denn, er selbst war gar nicht mehr in … Indonesien.

Erneut schickte Blue seinen Geist aus, konnte jedoch nichts wahrnehmen. Es gab keinerlei elektrische Geräte, keine Kabel, keine Batterien oder Maschinen. Die Stille bereitete ihm Unbehagen. Er hatte das Gefühl, in einem riesigen Nichts gefangen zu sein, so als wäre sein Kopf von einer schallschluckenden Glocke umhüllt. Unter anderen Umständen wäre dieses Gefühl großartig und entspannend gewesen, aber dies hier war keineswegs der richtige Augenblick für Überraschungen.

Dela lächelte traurig. »Erinnerst du dich an irgendetwas, Blue?«

»Ich …« Er hielt inne. »Ja. Ja, ich erinnere mich schon.«

Die Erinnerung überflutete ihn wie ein Brei aus Klängen und Schmerz. Er schloss die Augen und unterdrückte einen Brechreiz. Er kämpfte dagegen an, und nach einer Weile spürte er die Wärme von Delas Körper, während sie sich über ihn beugte und seine Hand berührte.

»Wie viele Menschen sind bei der Explosion gestorben?«, erkundigte er sich.

Sie drückte seine Hand. »Drei. Alles Männer.«

»Da war ein Kind…« Blue schluckte schwer. »Ich kann mich daran erinnern, dass ein Kind geschrien hat.«

»Es gab Verletzte, aber keine weiteren Toten. Es war nicht deine Schuld.«

»Natürlich war es meine Schuld. Was ist danach passiert?«

Dela zögerte. Blue musterte ihre Messer: Gefahr. Sie kündeten von Gefahr. Dela lief nicht bewaffnet herum, es sei denn sie hielt es für notwendig.

Die leere Wasserflasche warf sie auf den Boden. »Wir wissen nicht genau, was nach der Explosion geschah. Roland hat eine Nachricht erhalten, die besagte, dass du verletzt worden wärest. Aber sie enthielt weder einen Ort noch irgendwelche Kontaktinformationen, rein gar nichts. Also hat er Dean gebeten, aus der Entfernung eine Sichtung vorzunehmen. Dean hat dich dann in einer heruntergekommenen Klinik am Hafen aufgespürt. Du warst der einzige Patient und… es gab dort keine Ärzte, die diesen Namen verdient hätten.«

»Du hättest nicht kommen sollen. Santoso hat mich vielleicht von seinen Leuten beobachten lassen.«

»Also hätten wir dich lieber sterben lassen sollen? Na klar, Blue.« Dela schüttelte den Kopf. »Hari und ich waren ohnehin in Indien, also wurden wir hierhergeschickt. Roland hat uns darüber aufgeklärt, was und wen du gejagt hast. Deshalb sind wir auf alles vorbereitet.«

»Und euer Sohn?«

»Mahari ist in Sicherheit. Er ist zu Hause in Kalifornien bei meinen Großeltern.«

Blue atmete langsam aus. Allerdings, Dela und Haris kleiner Sohn war bei Nancy Dirk und William Steele vollkommen sicher. Die betagten Gründer der Agentur hatten immer noch scharfe Zähne und verfügten auch im Hintergrund noch über ganz gewaltige Möglichkeiten.

Dela griff nach einer anderen Wasserflasche und hielt sie

an Blues Mund. »Ich glaube, wir sind gerade noch rechtzeitig hergekommen. Was auch immer dich getroffen haben mag, es war ein hochwirksamer Sprengstoff. Allein die Schockwelle hat dir innere Verletzungen zugefügt, ganz zu schweigen von den Prellungen und den Verbrennungen. Du hast fast zwei Wochen im Koma gelegen.«

Blue verschluckte sich an dem Wasser. »Im Koma?«

Dela grinste. »Tut mir leid. Ich hätte dich damit nicht so überrumpeln sollen.«

Blue schob ihre Hände weg. Koma. Innere Verletzungen. Prellungen. Blue wusste sehr genau, was hochwertiger Sprengstoff bewirken konnte. Trotzdem lag er hier und konnte sich bewegen. Er spürte seinen ganzen Körper, konnte mit seinen Zehen wackeln. Ihm tat zwar alles weh, aber es war immerhin erträglich. Jedenfalls war der Schmerz nicht so groß, dass er glauben konnte, dem Tod nah gewesen zu sein oder Verletzungen erlitten zu haben, die ihn für die nächsten Jahre außer Gefecht setzten.

»Wie kann das sein?«, wollte er wissen. *Warum bin ich noch am Leben?*

Dela seufzte. »Elena und Artur sind kurz nach uns eingetroffen.«

Mehr musste sie nicht sagen. Wenn Elena Baxter-Loginov daran beteiligt war, dann – schien einfach alles möglich. Die ehemalige Farmerin aus Wisconsin war vielleicht keine Agentin von Dirk & Steele, jedenfalls noch nicht, aber sie war mit einem der meistgeschätzten Mitglieder der Agentur verheiratet und war letztlich die fähigste psychische Heilerin, der Blue jemals begegnet war.

»Wo ist sie? Ich muss mich bei ihr bedanken«, sagte Blue. Am besten, indem er sich vor sie hinkniete und ihr die Füße küsste.

Dela errötete. »Sie und Artur sind schon wieder abgereist.«

Blue runzelte die Stirn, doch bevor er sie fragen konnte, wohin sie gegangen waren und warum Dela ihm nicht länger in die Augen blickte, strich sie mit den Händen über seine Brust und seine Arme. »Sobald sie deinen Körper stabilisiert hatte, haben wir dich aus Indonesien herausgeschafft. Wir mussten ein Boot nehmen, wegen deiner Wirkung auf bestimmte elektronische Geräte. Aber schließlich haben wir es geschafft. Im Augenblick befinden wir uns in Malaysia. Meine Großmutter besitzt hier ein Anwesen. Aber wir haben ein eigenes Lager aufgeschlagen, etwa eine Meile vom Haupthaus entfernt.«

»Eine gute Vorsichtsmaßnahme gegen Unfälle«, sagte er. Dennoch beunruhigte es ihn, dass solche extremen Maßnahmen notwendig gewesen waren. Es war schon Jahre her, seit er sich das letzte Mal ins Exil begeben hatte, gezwungenermaßen. Damals hatte er sich in die Berge zurückgezogen, weit weg von der modernen Welt. Er war sechs Monate lang allein gewesen, nur um seinen Verstand zur Ruhe zu bringen. Seitdem hatte er ähnliche Ausflüge zu seiner einsamen Blockhütte nach Colorado unternommen, aber immer nur kurz. Es waren Vorsichtsmaßnahmen gewesen, die verhinderten, dass er dem Punkt zu nahe kam, an dem er zusammenbrach.

Du hast dich in den letzten Monaten überanstrengt. Und jetzt bezahlst du dafür.

Er und jeder andere in seiner Nähe. Wollte er denn wirklich wissen, wie schlimm es gewesen war? Blackouts? Zusammenbruch der Kommunikationsmittel? Autounfälle, Chaos und Meldungen in der internationalen Presse?

»Dela«, begann er. Aber sie schüttelte den Kopf.

»Die Probleme waren räumlich begrenzt«, erwiderte sie; ihre Stimme klang rau. »Die Beamten haben nur einen Nachmittag gebraucht, um die Stromversorgung in den betroffenen Gebieten wiederherzustellen.«

Einen Nachmittag? Was für ein Glück.

»Und – niemand ist euch hierher gefolgt?«, erkundigte er sich.

»Nicht dass wir wüssten. Aber wir haben die Sicherheitsmaßnahmen verstärkt. Außerdem haben Hari und ich ebenfalls Wachdienst übernommen.«

»Ihr wollt dafür sorgen, dass niemand den Job zu Ende bringt, was? Ich fühle mich geschmeichelt. Allerdings sollte man annehmen, dass Santoso oder seine Leute mich auch ermordet hätten, als ich allein und hilflos war, wenn sie mich denn wirklich hätten umbringen wollen.« Blue versuchte sich aufzusetzen. »Ich muss dorthin zurück, Dela. Ich muss die Angelegenheit zu Ende bringen.«

»Nachdem du zwei Wochen aus dem Spiel warst? Du machst wohl Scherze. Santoso würde dich niemals in seine Nähe lassen, Blue. Ich weiß nicht, warum seine Leute den Job beim ersten Mal nicht zu Ende gebracht haben, aber sie werden denselben Fehler nicht zweimal machen. Wenn du auch nur *einen* Fuß nach Indonesien setzt, werden wir nicht einmal deinen Leichnam finden.«

»Dela, wegen dieses Mannes sind viele Menschen gestorben. Und jeden Tag sterben seinetwegen weitere Menschen. Und die, die sterben, haben wahrscheinlich wesentlich mehr Glück als diejenigen, die er am Leben lässt. Santoso ist ein Monster, ein Fleischhändler. Er raubt den Leuten ihre lebenswichtigen Organe und verkauft sie auf dem Schwarzmarkt. Die Reste wirft er in die Gosse, ob sie noch atmen oder nicht. Ich habe es doch selbst gesehen.«

In Ägypten und Brasilien, auf den Philippinen und in Vietnam: mit eigenen Augen. Blutverschmierte Hände, die versuchten, die klaffenden Wunden zusammenzuhalten, Leute, die um Hilfe schrien, bis ihre Kehlen wund waren. Aber niemand wollte ihnen helfen, da es an der Tagesordnung war und gutes Geld brachte. Außerdem, warum sollte man denn

Wellen schlagen, warum sollte man helfen, wenn man selbst das nächste Opfer sein konnte? Blue war nicht in der Lage, die Erinnerungen abzuschütteln. Er hörte ständig die Geschichten und das Weinen, sah die Toten und Sterbenden, junge Männer, junge Frauen und viel zu viele Kinder, die ihr Leben verspielt hatten: für ein Versprechen von viel Geld. Und selbst das war eine Lüge gewesen.

Blue spürte immer noch das Blut unter seinen Fingernägeln. »Ich kann nicht einfach weggehen, Dela. Ich kann es nicht, und ich werde es auch nicht.«

Bevor sie antworten konnte, zuckte ihr Blick nach rechts. Blue folgte ihm und spürte eine Bewegung in der Dunkelheit hinter den lockeren Wänden des Moskitonetzes. Er spürte am Rand seines Geistes ein Flackern von Bioelektrizität, den Strom eines Herzens. Delas Hand glitt zu ihren Messern. Blue senkte seine Schilde noch ein Stück, spürte aber nichts Mechanisches.

Das Netz wurde geteilt – und ein Gigant trat in das Zelt hinein. Mehr als zwei Meter Muskeln und Knochen, umhüllt von einer weiten Leinenhose und von sonst nichts. Blue erwartete fast, einen Schwertgriff hinter dieser breiten vernarbten Schulter zu sehen. Oder irgendeine andere uralte Waffe. Nicht dass der Mann so etwas benötigt hätte. Es war sehr einfach, den Tiger in seinem Körper zu erkennen, den Gestaltwandler, der er einst gewesen war und der noch immer unter seiner Haut summte. Magie. Noch so ein Wunder, das sich zu den anderen Mirakeln in Blues Leben gesellte. Was allerdings trotz aller Gaben und Möglichkeiten immer noch nicht genügte, um einen einzigen Mann daran zu hindern, einen Massenmord zu begehen.

Der Gigant blieb kurz stehen und ignorierte alles außer Dela. Blue sah zu, wie der harte Blick dieser goldenen Augen ihr Gesicht und ihren Körper in sich einsog, als wäre sie ein Rettungsring. Es war die perfekte Verkörperung von Atem und Herzschlag. Blue wünschte sich, er wäre jetzt irgendwo, nur nicht ausgerechnet hier: gefangen zwischen diesen beiden. Es war doch viel zu intim, und er kam sich angesichts solcher Emotionen wie ein Eindringling vor. So etwas Tiefes hatte er noch niemals erlebt, eine solche Leidenschaft für nur eine Person.

Einen Augenblick lang durchströmte Blue ein Gefühl von Eifersucht, dass dieser Mann eine solche Verbindung zu einem anderen menschlichen Wesen gefunden hatte, eine Verbindung, die es ihm ermöglichte, einfach die Hand auszustrecken und … Liebe zu finden.

»Hari«, sagte Blue, auch wenn er sich zum Sprechen zwingen musste. »Hari, schön, dich zu sehen.«

Hari riss seinen Blick von Dela los. Seine Augen wirkten ernst, und als er sprach, klang seine Stimme wie Donner. »Das Gleiche kann ich von dir sagen, mein Freund. Es ist gut, dass du aufgewacht bist. Wärst du immer noch bewusstlos gewesen …« Er zögerte.

Dela stand auf. »Was ist denn los? Sind wir … aufgeflogen?«

Hari schüttelte den Kopf. »Ich war bloß im Haus. Roland hat angerufen. Er hatte … Neuigkeiten von Blues Mutter.«

»Von meiner Mutter?« Die Furcht, die Blue durchströmte, traf ihn fast ebenso hart wie eine Bombenexplosion. *Verflucht*! Wenn Santoso ihn nur am Leben gelassen hatte, um seine Mutter umzubringen …

Er versuchte erneut, sich aufzurichten, aber Dela schob ihn zurück und schnalzte beruhigend mit der Zunge. Hari trat mit einem Schritt an das Bett, kniete sich daneben und legte seine gewaltige Hand auf Blues Schulter.

»Nein«, sagte er hastig. »Nein, Blue. Es geht ihr gut. Sie ist unverletzt. Sie hatte einfach nur Nachrichten für dich, das ist alles. Schlechte Nachrichten.«

»Schlechte Nachrichten«, wiederholte Blue dumpf, der

seine eigene Stimme über dem Hämmern in seiner Brust kaum hören konnte. Welche schlechten Nachrichten würden seine Mutter veranlassen, in der Agentur anzurufen? Lieber Himmel! Die Frau hatte sich sogar bei ihrem letzten Herzinfarkt praktisch geweigert, auch nur den Telefonhörer anzufassen! Sie hasste es, jemanden um Hilfe zu bitten.

»Hari!«, sagte Delilah streng.

Spuck es endlich aus, dachte Blue. *Sag es mir, zögere es nicht hinaus, damit es nicht noch mehr schmerzt …*

»Dein Vater ist gestorben«, sagte Hari.

Blue brauchte einen Augenblick, bis er die Bedeutung der Worte begriff. Und dann …

… lachte er schallend.

2

Der Tod war eine Unannehmlichkeit, auf die Blue gut hätte verzichten können. Hätten ihm nicht diese beiden äußerst moralischen Individuen im Nacken gesessen, er hätte vermutlich eine Amnesie vorgeschoben und die Neuigkeit einfach ignoriert. Schließlich war er praktisch ein Invalide und gerade erst aus einem Koma aufgewacht. Der Rauch der Bombenexplosion hatte sich soeben erst verzogen. Er hatte eine Entschuldigung. Und wenn sein Vater tot war, dann konnte auch Blue – um Himmels willen! – jetzt nur noch sehr wenig daran ändern.

Aber so viel Glück hatte er nicht. Drei Tage später wurde er in einem Linienflug verstaut und flog allein nach San Francisco. Dass er die einzige Person in der Ersten Klasse war, konnte Blue auch nicht sonderlich überraschen. Er kannte ja Dela und ihre Kreditkarte. Aber es erschütterte ihn doch, als er herausfand, dass man die Flugbegleiter instruiert hatte, wie sie ihn behandeln sollten.

Mit Samthandschuhen.

Was bedeutete, dass Blue vierzehn Stunden lang unter der sorgfältigen Obhut dreier strahlend lächelnder Frauen litt, die ihn seinen Einwänden zum Trotz mit Büchern, Magazinen, heißen Handtüchern, einem persönlichen DVD-Player und einer sehr großen Schachtel mit Schokokeksen überhäuften, die ihn schwach an große aufgedunsene Zootiere erinnerten. Blue kam sich wie ein stinkend reicher Zwölfjähriger vor, den man zum ersten Mal in seinem Leben in ein Flugzeug gesetzt hatte. Das Einzige, was noch fehlte, war eine Besichtigungstour ins Cockpit und ein paar von diesen kleinen Plastikflügeln. Falls die Kinder so etwas heute überhaupt noch bekamen. Die Fluglinien verwandelten sich allmählich auch in Geizhälse.

Noch unseliger als all die unerwünschte Aufmerksamkeit war jedoch die Tatsache, dass Blue auf diesem Flug eine Menge Zeit zum Nachdenken hatte. Zum Beispiel darüber, dass er bis zum Sonntag vollkommen in der Klemme saß. Dass er nach Hause flog, um auf die Beerdigung seines Vaters zu gehen, war nur das Sahnehäubchen. Und es kam ja auch so gelegen.

So sehr, dass er kurz überlegte, ob es eine Verschwörung zwischen seiner Mutter und Roland gegeben haben mochte. Versuchten die beiden alles, um Blue daran zu hindern, erneut wegzulaufen und seine fruchtlose Jagd auf Santoso und die Köpfe seiner Organisation fortzusetzen? Seine Mutter war durchaus zu einer solchen Hinterlist fähig, Gott segne sie. Und Roland… Nun, er war ein Meister der Manipulation, vor allem, wenn es einer guten Sache diente. Wie zum Beispiel, seine Leute am Leben zu erhalten.

Weil Dirk & Steele eine Familie ist, hörte Blue Delas Stimme in seinem Kopf. *Wir haben doch nur uns.*

Sie waren Unerwünschte, Ausgestoßene, und einige waren Stützen der Gesellschaft, die sich vor aller Augen versteckten und durch ein ungewöhnliches Band zusammengefunden hatten. Dieses Band war nichts weiter als eine eigenwillige genetische Mutation und der unbeugsame Wille, anderen zu helfen. Ihr Leben war alles andere als gewöhnlich und weit entfernt von den üblichen, ausgetretenen Pfaden. Sie lebten in einer Welt, in der Telepathen, Telekinetiker und Gestaltwandler zwischen den ganz gewöhnlichen Leuten existierten. Diese geheimen Leben standen im Lebensmittelladen an der Kasse der Schlange, warteten geduldig an der Tankstelle, saßen neben einem auf der Toilette, flogen in einem Flugzeug, in diesem verdammten Flugzeug, und konzentrierten sich dabei die ganze Zeit über darauf, einen Unfall zu verhindern oder einen Kurzschluss im System zu vermeiden. Sie durften keinen Moment unkonzentriert sein, weil das bedeuten konnte, dass alle in einer gewaltigen Explosion umkamen.

Atme, befahl sich Blue und umklammerte die Armlehnen seines Platzes. *Einatmen, ausatmen. Entspann dich. Entspann dich einfach. Dein Verstand weiß doch, was zu tun ist. Das hier ist ganz einfach. Es ist gar nichts.*

Na klar! Und nichts war so wirkungsvoll, wie an nichts zu denken, damit sich jemand vollkommen auf etwas fixierte.

Er war vollkommen am Ende.

Trotzdem begann er, sich zu entspannen, etwa auf der Hälfte des Fluges, als die Lichter gedimmt wurden. Seine Schilde waren solide und fest, und obwohl er das Summen der Elektrizität um ihn herum spüren konnte, die ihn wie ein Kokon umgab, klapperten weder seine Knochen noch kribbelte seine Zunge. In seinem Kopf war alles ganz still. Sicher und still.

Und weil er sich sehr sicher und sehr still fühlte, begann er wieder an Santoso Rahardjo zu denken. Und an die Frau, die für ihn arbeitete.

Blues Bauch schmerzte, ebenso seine Rippen und sein rechtes Bein. Als er sein Bein streckte, knackte sein Knie. Die linke Hand fühlte sich schwach an. Und hinter seinen Augäpfeln empfand er ein seltsames Gefühl, das zu den Sternen passte, die er gelegentlich sah. Aber er wollte sich nicht beschweren. Er konnte gehen, er konnte reden, und wenn es nach ihm ging, würde er schon sehr bald noch erheblich mehr tun. Denn obwohl ihm Dela und Roland versichert hatten, dass jemand seine Ermittlungen weiterführen würde, dass all die mühsame Arbeit, mit der er die Rangliste von

Körperorganen und Preisen entdeckt hatte, nicht verschwendet wäre, war Blue doch erst zufrieden, wenn er wieder mitspielte. Mochte es nun gefährlich sein oder nicht.

Du bist ein Kontrollfreak. Ein Micromanager. Vertrau doch deinen Freunden. Sie verstehen auch ihren Job.

Und wenn sie zu Schaden kamen? Es traf besser ihn als sie. Außerdem hatte Blue das Gefühl, dass trotz seines wundersamen Überlebens noch immer eine große, fette Zielscheibe auf seiner Stirn prangte. Und früher oder später würde jemand kommen und den Job zu Ende bringen; vermutlich diese Blondine.

Hör auf damit!, befahl er sich und nahm einen Schokoladenkeks aus der Schachtel. *Konzentrier dich auf die Gegenwart. Darauf, was du tun musst, wenn du nach Hause kommst.*

Und das war sehr einfach. Er musste gesund werden, sich um seine Mutter kümmern, falls sie es denn zuließ, und an einer Beerdigung teilnehmen, auf der kein anderer seinen Namen kannte. Ein Kinderspiel.

Vielleicht aber auch nicht. Denn als Blue kurz nach der Landung in San Francisco durch den Zoll humpelte, kam er an einer langen Reihe von TV-Bildschirmen vorbei: Auf allen war CNN zu sehen. Das schien so, als würde er in einem schrecklichen visuellen Stereo eine einzige lange Trauerrede verfolgen. Zuerst bemerkte er es gar nicht, weil er zu sehr damit beschäftigt war, so zu tun, als hätte er keine Schmerzen. Doch dann sickerten die Worte durch das Stimmengewirr und den Lärm des Flughafens in sein Bewusstsein hinein. Es war eine Frau mit einer tiefen, angenehmen Stimme. Blue hörte die Worte *tragischer Verlust* und *ein großer Mann,* und plötzlich hatte er auch einen Namen zu diesen Adjektiven, einen Namen, den er nicht vergaß, einen Namen, den Blue genauso gut kannte wie seinen eigenen. Weil es sein eigener war.

Felix Perrineau. Gestorben mit siebzig Jahren. An einem Herzinfarkt im Schlaf.

Es war schon lange her, seit Blue diesen Namen gehört hatte, und obwohl die Ankündigung ihn nicht überraschte, löste sie doch etwas in ihm aus: kein Gelächter, sondern etwas weit Schlimmeres …

Die Lichter im Terminal flackerten. Blue unterdrückte seine Gefühle, kämpfte dagegen an. Aber es war schon zu spät. Funken regneten aus der Decke, aus den Steckdosen, während die Leute sich duckten und vor Angst aufschrien. Statische Funken sprangen wie Miniblitze aus dem Teppich hoch.

Blue sagte nichts, sondern ballte seine Hände zu Fäusten und schloss die Augen.

Die Lichter gingen nicht aus.

Aber einen Augenblick später klingelte sein Handy.

Es war ein Fremder, ein Mann, der seinen wahren Namen kannte. Das gefiel Blue überhaupt nicht, aber er willigte ein, sich mit diesem Mann zu treffen, weil der auch den Namen von Blues Mutter kannte … Und er hatte eine Nachricht von ihr. In ihrer Muttersprache.

Das Farsi des Mannes war sehr schlecht, was vielleicht auch an der Funkverbindung lag. Blue verstand jedoch genug. Mit einem Schlag verwandelte sich all die Sorge, die er und seine Freunde empfanden, in eine quälende Angst um seine Mutter.

»Schlaf«, sagte der Mann mit knisternder Stimme in seinem schrecklichen Akzent. »Schlaf, mein Sohn. Ich möchte, dass der Schlaf über dich kommt und du schläfst wie ein Stein im Wasser.«

Es waren die Worte aus einem uralten Schlaflied, das Blue schon seit endlosen Zeiten nicht mehr gehört hatte. Seine Mutter sang nicht mehr. Und sie sprach auch nicht mehr in ihrer Sprache. Sie tat überhaupt nichts, was sie an Kandahar erinnerte, an Afghanistan. Es war viel zu schmerzhaft. Ihre Schwestern waren dort gestorben.

Aber wenn seine Mutter dieses Lied mit einem Fremden geteilt hatte, ein Lied, von dem Blue wusste, wie viel es ihr bedeutete …

Irgendetwas stimmt hier nicht, dachte Blue, während er die Nummer seiner Mutter wählte. *Und das ist ganz bestimmt keine Trauer.*

Sie war nicht zu Hause und auch nicht in ihrer Kanzlei. Ihre Sekretärin war auch keine große Hilfe, sondern verriet Blue nur, dass Mahasti seit einigen Tagen wegen eines Notfalls in der Familie nicht mehr in der Kanzlei gewesen war.

Großartiger Notfall. Blue wählte ihre Handynummer. Aber auch dort hatte er kein Glück.

Nun waren seine Möglichkeiten begrenzt. Er hatte keine Zeit, in der Agentur anzurufen. *Verdammt!* Was für eine günstige Gelegenheit für einen Hinterhalt.

Und wenn Santoso doch etwas damit zu tun hat? Wenn das wirklich ein Trick ist?

Dann war es Zeit für einen Kampf. Ohne Regeln, ohne irregeleitete Ethik oder ein Zögern. Und auch keine Tricks oder Ausflüchte. Blue sammelte seine Kräfte und ging durch den Terminal. Er versuchte gar nicht erst, sich zu verstecken oder auf den Fremden zu warten und ihm dann zu folgen. Stattdessen marschierte er geradewegs zur Gepäckausgabe und suchte nach einem älteren Gentleman in einem blauen Anzug und einer roten Krawatte. So, wie man ihn instruiert hatte.

Blue fand ihn sofort. In dem Gewimmel von Menschen fiel der Mann auf wie ein Diamant in der Schlacke. Er war elegant und schlank und wartete ruhig neben dem Förderband eins. Er strahlte aus allen Poren gelassene Kraft, Klasse und gute Erziehung aus. Das silbergraue Haar dieses Mannes war noch dicht, er hatte ein kräftiges Kinn, und seine scharfen, intelligent blickenden Augen schimmerten silbern. Er sah Blues Vater bemerkenswert ähnlich.

»Sie gehören zur Familie«, begrüßte ihn Blue, als er sich dem Mann weit genug genähert hatte, damit dieser ihn hören konnte. Sich vorzustellen, war wohl vollkommen überflüssig, was ihn irgendwie erleichterte. Vielleicht hatte Santoso seine Finger doch nicht im Spiel, und dies hier war nur das, was es zu sein schien: eine Angelegenheit, die schon lange überfällig und sehr schwierig war. Nichts, weswegen Blue kämpfen musste. Noch nicht jedenfalls.

Der Mann lächelte nicht. »Mein Name ist Brandon. Ich soll Sie nach Hause bringen, Mr. Perrineau.«

Mr. Perrineau. Blue konnte sich nicht erinnern, wann man ihn das letzte Mal mit seinem Namen angesprochen hatte. Vielleicht nie zuvor.

»Sie können mich Blue nennen«, erwiderte er zurückhaltend. »Das genügt.«

»Es genügt«, wiederholte Brandon und verzog den Mund. »Wie Sie wollen. Obwohl ich Ihnen versichern kann, dass Sie sich vor dem anderen nicht zu verstecken brauchen. Es ist schließlich Ihr legaler Name.«

»Wirklich.« Blue unterdrückte ein Lachen. »Falls Sie Zeit mit meinem Vater verbracht haben, Brandon, dann sollten Sie eigentlich verstehen, warum es vollkommen … unangemessen für mich wäre, seinen Namen anzunehmen.«

»Das ist nun aber vorbei«, murmelte der Mann und deutete auf den Ausgang. »Wenn Sie kein Gepäck haben …«

Blue hatte kein Gepäck. Dafür hatte er jedoch das brennende Verlangen, seine Wohnung aufzusuchen und eine Waffe zu holen.

»Wohin gehen wir?«, erkundigte er sich, ohne sich von der Stelle zu rühren. »Und warum lässt mir meine Mutter durch Sie eine Nachricht übermitteln, anstatt mich selbst anzurufen? Wo ist sie?«

»Im Haus Ihres Vaters.« Brandon trat langsam rückwärts zu dem Ausgang. »Sie ist in Sicherheit, sie ist gesund, und sie hat Sie nur aus einem einzigen Grund nicht selbst angerufen: weil sie dadurch etwas deutlich machen wollte. Sie wollte erreichen, dass Sie aufhorchen und zuhören.«

»Meine Mutter braucht keine Boten, damit ich ihr zuhöre«, erwiderte Blue scharf. »Hier geht… aber noch etwas anderes vor.«

»Selbstverständlich«, erwiderte Brandon. Dann drehte er sich um und ging durch die Doppeltür hinaus. Diesmal folgte ihm Blue.

Die Fahrt zum Anwesen seines Vaters dauerte etwa zwei Stunden; sie führte über gewundene Straßen, die sich in Serpentinen in die Berge hinaufschlängelten. Gelegentlich erhaschte Blue einen Blick auf das Meer, hörte die Schreie der Möwen, die sich in die krächzenden Rufe der Raben mischten. Die Luft duftete süßlich. Außerhalb des Wagens nahm sein Geist nur Stille wahr.

Brandon sprach nicht, und Blue ermunterte ihn auch nicht dazu. Er hatte keine Energie zu verschwenden. Sein Körper schmerzte. Und er musste immerzu an seine Mutter denken. Auch Santoso regte sich in einem Winkel seines Verstandes, allerdings etwas ferner. Zum ersten Mal, seit Blue in Malaysia aufgewacht war, war er bereit, die Sache seinen Freunden zu überlassen.

»Wir sind gleich da.« Brandon wirkte entspannt, seine Stimme klang beiläufig und tief. Die Straße vor ihnen schnitt durch einen dichten Wald, der die Sonne fernhielt.

»Sind Sie sein Bruder?«, erkundigte sich Blue. Neben Brandon zu sitzen war für ihn fast so, wie neben seinem Vater zu sitzen, und das beunruhigte ihn mehr, als er zugeben wollte. Sogar noch mehr als dieses plötzliche Summen von Elektrizität in seinem Kopf. Sie waren nah, ja. Verdammt nah.

»Spielt das eine Rolle?«, erwiderte Brandon. »Ich dachte, Sie wollten nichts mit Ihrer Familie zu tun haben.«

»Ich glaube nicht, dass ich jemals eine Wahl gehabt habe. Und ich weiß genau, dass meine Mutter keine hatte.«

Darauf erwiderte Brandon nichts. Er bremste, bis der Wagen nur noch im Schritttempo rollte, und bog dann auf eine schmale Nebenstraße ab, die ziemlich plötzlich hinter einer großen Zeder auftauchte. Blue bemerkte ein rot blinkendes Licht. Das war ein Lasersensor, im Boden eingelassen. Er wusste, dass irgendjemand von ihrer Ankunft benachrichtigt worden war.

»Sie sind zum ersten Mal hier«, stellte Brandon fest.

»Ja«, log Blue.

Brandon sah ihn an, und für einen Moment fragte sich Blue, ob er die Wahrheit kannte. »Ihre Mutter ist vor einigen Tagen hier angekommen«, sagte der Mann bloß. »Ich gebe Ihnen mein Wort darauf, dass sie in Sicherheit ist.«

»Das genügt mir noch nicht«, erwiderte Blue, der seine Fäuste ballte. »Sie sollte auch gesund, glücklich und bereit sein zu tanzen. Denn wenn sie das nicht ist, und falls mein Vater sie wirklich verletzt haben sollte, dann sind Sie alle in der Klemme, und zwar richtig.«

»So wenig Vertrauen?«

»Gar kein Vertrauen. Überhaupt keins.«

Brandons einzige Antwort war ein grimmiges Lächeln, das Blue aber nicht im Geringsten beruhigte.

Das Haus sah noch genauso aus, wie er es in Erinnerung hatte: ein Blockhaus. Ein großes Blockhaus, der kalifornische Traum eines rustikalen Wunders. Blue hatte sich schon immer gefragt, wie ein Mann wie sein Vater, dessen Herz so klein und hart wie eine hohle Walnuss gewesen war, einen Ort von solch wilder Schönheit überhaupt schätzen konnte oder sogar dort leben wollte. Das ging über seinen Verstand.

Dunkel gekleidete Männer liefen im Umkreis des Hauses

herum, tief im Wald. Einige von ihnen sah Blue mit eigenen Augen, aber er wusste, dass sich noch weitere verbargen. Sie waren mit Funkgeräten und Ohrhörern ausgerüstet sowie mit elektronischen Geräten; Blue konnte die elektrischen Ströme in seinem Kopf spüren. Er spielte mit dem Gedanken, sie außer Funktion zu setzen, hielt sich jedoch vorerst zurück. Dafür war vielleicht später noch Zeit.

Brandon parkte den Wagen unmittelbar vor dem Haus. Blue bemerkte eine Bewegung hinter den Fenstern und öffnete die Autotür. Brandon hielt seinen Arm fest. »Seien Sie jetzt vorsichtig.«

Blue starrte auf seine Hand. »Ich dachte, es wäre hier sicher.«

Brandon ließ ihn los, aber seine Augen blieben hart. »Für Ihre Mutter«, erwiderte er. Blue konnte das Gefühl, das sich ganz kurz auf seinem Gesicht zeigte, nicht entschlüsseln. »Aber für Sie? Seien Sie lieber vorsichtig.«

Blue hörte das Knirschen von Kies; Brandon wandte den Blick ab und stieg rasch aus. Blue starrte einen Moment lang seinen Rücken an, verschluckte die Fragen, die ihm auf der Zunge lagen, knirschte mit den Zähnen und öffnete seine Tür ganz, um dem Mann zu folgen. Sein Knie knackte; die ganze rechte Seite seines Körpers fühlte sich steif an. Das Sitzen in dem engen Flugzeug und auch im Wagen hatte ihm nicht gerade gutgetan. Er versuchte, nicht zu humpeln.

Vor ihm stand ein Sicherheitsmann, das Gewehr in der Hand und eine Pistole in einem Gürtelhalfter. Blue spielte mit dem Gedanken, das Trommelfell des Mannes zu zerstören, ein Stromstoß des Ohrhörers würde genügen. Aber erneut gewann seine Kontrolle die Oberhand. *Vorsichtig, sei klug.* Timing war alles.

Brandon winkte ihm, und die beiden gingen zusammen zum Haus. Die Eingangstüren waren geschnitzt, die Scheiben aus buntem Glas. Als sie sich ihnen näherten, wurde geöffnet. Hinter einigen Schatten sah Blue die Umrisse von Holzmöbeln. Kein Licht. Die Vorhänge waren zugezogen. Dann bemerkte er eine Bewegung, und eine Frau trat in das helle Rechteck der geöffneten Tür.

»Mom«, sagte Blue, und die Erleichterung traf ihn fast wie ein Schlag in den Magen. Er zwang sich zu atmen.

»Felix«, sagte sie. Ihre Stimme klang sanft, aber fest und verriet keinerlei Anzeichen von Furcht oder Schwäche. Sie trug einen dunkelgrauen Gabardine-Hosenanzug, der ihr auf den fülligen Körper geschneidert war. Ihr dichtes schwarzes Haar, zweifellos gefärbt, fiel in weichen Wellen auf ihre Schultern und umrahmte ein rundes Gesicht, das man vielleicht süß hätte nennen können, wenn denn ihre Augen ebenso weich gewesen wären wie der Körper. Ihr Blick war jedoch schwarz, scharf und prüfend – und glich eher dem eines Adlers als dem einer Taube. Blue entgingen die Schatten in ihrem Blick nicht, und ebensowenig die neuen Falten auf ihrer Stirn.

Mahasti sah Brandon an. »Hast du ihm etwas erklärt?«

»Natürlich nicht«, gab er zurück. »Das stand mir nicht zu.«

»Es stand dir nicht zu«, wiederholte sie sarkastisch und schüttelte den Kopf. Dann hielt sie Blue die Hand hin. »Komm her. Lass mich dich ansehen. Dein … Arbeitgeber sagte, du hättest einen Unfall gehabt.«

»Mom«, erwiderte er entschlossen und ignorierte ihren prüfenden Blick. »Was ist hier los?«

»Dein Vater«, erwiderte sie. Der Ekel in ihrer Stimme war unüberhörbar. »Dein Vater und seine Tricks.«

»Er ist tot«, antwortete Blue und musterte ihr Gesicht. »Tricks sind etwas für Lebende.«

Brandon trat an ihnen vorbei ins Haus. Als er hinter der Tür verschwand, näherte sich Blue seiner Mutter und fasste ihre Schulter an. Sie war klein; er musste sich bücken, um ihr in die Augen sehen zu können.

»Wir können auf der Stelle verschwinden«, sagte er ruhig. »Sag ein Wort und wir sind hier weg. Niemand kann uns aufhalten. Ich werde nicht zulassen, dass er dein Leben noch einmal zerstört.«

»Immer noch so zuversichtlich«, murmelte sie und wandte den Blick ab. »Es tut mir so leid, Felix. So ungeheuer leid. Wenn ich allein in die Sache verwickelt gewesen wäre, hätte ich nie zugelassen, dass es so weit kommt. Ich hätte niemals eingewilligt. Aber es geht hier nicht nur um mich, und ich kann nicht... Ich finde einfach keinen Ausweg. Diesmal nicht.«

»Mom.«

»Nein.« Sie trat von ihm weg. »Ich bin eine erbärmliche Mutter. Ich bin eine schreckliche Mutter, allein schon deswegen. Eine Mutter, die ihr Kind nicht beschützen kann...« Sie presste die Lippen zusammen, und die Furcht, die Blue unterdrückt hatte, kehrte zurück, hart und stark.

Sie betraten das Haus. Blue war nicht zum ersten Mal in dem Anwesen seines Vaters – hier in den Bergen. Aber bei den vorherigen Gelegenheiten war er nicht eingeladen gewesen. Man könnte sagen, er sei eingebrochen. Im Schutz der Dunkelheit war er durch den Wald gekrochen, eine Mutprobe unter Teenagern, hatte mit einem Gedanken die Sicherheitsvorkehrungen außer Gefecht gesetzt, den Strom im Umkreis von einer Meile ausfallen lassen. Das war natürlich leichtsinnig gewesen, doch Blue wusste, dass niemand ihn jemals dafür verantwortlich machen konnte. Es gab keine Fingerabdrücke, keine Werkzeuge und keine Erklärungen. Nur ein fehlerhaftes System. Technisches Versagen.

Nichts hatte sich geändert. Blue spürte, wie die Sicherheitskameras ihre Bewegungen verfolgten, als sie durch das Wohnzimmer traten, einen großen, offenen Raum, der von teuren Möbeln und Skulpturen unterteilt wurde, von Vasen und Statuen, die eindeutig aus Asien stammten. Sie sahen sehr alt aus. Wahrscheinlich waren sie illegal erworben worden. Blue hatte in den letzten drei Monaten mehr über diese Geschichten gelernt, als er jemals hatte wissen wollen. Aber man musste höflich sein, und sein bester Freund war mit einem Archäologen verheiratet, der eine sehr klare Einstellung zum Diebstahl und Verkaufen von uralten Artefakten auf dem Schwarzmarkt hatte.

Besser Steine und Glas als Fleisch und Blut, dachte Blue. *Das ist auf jeden Fall besser.*

Ihre Schritte hallten laut durch den Raum; das Haus schien leer zu sein, aber Blue fühlte die unsichtbaren Sicherheitsmaßnahmen. Plötzlich überkam ihn ein merkwürdiges Gefühl, ein schrecklicher Verdacht. Doch er sagte nichts, sondern beobachtete nur, wie seine Mutter gerade aufgerichtet neben ihm ging, sah, wie sie den Kopf drehte und Brandon anstarrte, und bemerkte, wie Brandon langsamer ging und sie mit einer Miene betrachtete, die man nur als unglücklich bezeichnen konnte. Dieser Blick war sehr vertraut, als hätte Brandon seine Mutter schon viel länger gekannt als nur ein paar Tage.

Und es bereitete Blue erneut Übelkeit. Das Gefühl wurde noch schlimmer, als er seinen Geist aussandte und auf eine starke Stromquelle traf. Eine Sammlung von Stromkreisen und Energie, die so konzentriert war, so verwoben, dass seine Zähne zu summen begannen. Sie waren nah, sehr nah, bogen um eine Ecke im Flur und gelangten in einen Korridor mit einer einzigen Tür. *Du bist da,* dachte Blue. *Verdammt, du bist tatsächlich da.*

Brandon zögerte nicht, als er die Tür erreichte. Er öffnete sie, und auf der anderen Seite befand sich eine elektronische Festung. Ein Netz aus Drähten und Monitoren und blinkenden Bildschirmen, die das einzige Licht in dem Raum spendeten: ein blaues, schimmerndes Glühen. Die Monitore umgaben ein gigantisches Bett, verdeckten es und hingen auch noch an der Decke darüber. Das Bett war mit cremefarbener Satinwäsche bezogen, dazu gehörten große Kissen. Auf dem Bett und in diesem Kokon lag ein sehr bekannter Mann, der bedauerlicherweise auch sehr lebendig war.

»Huh!« Blue knurrte, während er seinen Vater anstarrte. Er sah noch genauso aus wie auf den Fotos, und beinahe genauso wie beim letzten Mal, als Blue ihn gesehen hatte. Nur etwas dünner, mit tiefen Höhlen in den Wangen. Eine Karikatur von Brandons gealterter Eleganz.

Der alte Mann sah ihn nicht an. Seine Finger flogen über die Tastatur in seinem Schoß, und sein Blick zuckte über die Bildschirme vor und über ihnen. Seine Lippen bewegten sich, als er lautlos mit sich selbst sprach. Neben dem Bett stand ein Flachbildschirm, auf dem stumm CNN lief. Blue sah das Foto seines Vaters, dem Aufnahmen von einer Beerdigung folgten. Männer in dunklen Anzügen trugen einen Sarg. Blue erkannte die Gesichter einiger Staatsmänner.

»Ich werde in Frankreich begraben«, sagte sein Vater plötzlich. Seine Stimme klang leise und spöttisch und hatte immer noch diesen eleganten Unterton, an den sich Blue so gut erinnerte. Dabei hörte er nicht auf zu tippen, und sein Blick blieb auf den Computerbildschirm vor sich gerichtet, der sein Gesicht in einen blauen Schein tauchte. »Hübsche kleine Show, oder?«

»Nur, wenn man psychotisch ist«, antwortete Blue. »Das heißt, warte, du bist ja psychotisch.«

Perrineau lächelte. »Ich bezeichne mich lieber als komplex. Außerdem hängt die aktuelle Diagnose einer Psychose von dem ab, was der Rest der Gesellschaft als normal empfindet. Und für alle anderen außerhalb dieses Hauses bin ich – oder vielmehr *war* ich – geistig so gesund wie ein Apfelkuchen.«

Und reicher als Gott. Was Blues Meinung zufolge für die meisten Leute mehr zählte als Moral oder ob jemand alle Tassen im Schrank hatte.

»Felix«, sagte Mahasti und trat auf das Bett zu. »Treibe keine Haarspaltereien mit deinem Sohn. Ich will, dass die Sache endlich vorbei ist.«

»Mein Sohn«, murmelte der alte Mann und sah Blue endlich an. Seine Augen waren klein und hart. Das gedämpfte Licht in dem Zimmer betonte nur die Schatten auf seiner blassen Haut. Er hörte auf zu tippen. »Ich glaube nicht, dass er jemals mein Sohn sein wollte.«

»Dafür hatte ich auch guten Grund«, antwortete Blue, der sich weigerte, seine Mutter anzusehen. »Und selbst wenn ich keinen hätte, kann ich kaum glauben, dass du jemals mein Vater sein wolltest. Für dich war ich doch nicht … weiß genug.«

Perrineau kniff die Augen zusammen. »Gott liebt keine Jammerlappen, mein Junge. Und ich liebe sie noch weniger.«

»Felix«, murmelte Brandon.

»*Felix*«, ahmte ihn Perrineau spöttisch nach. Er warf seine Tastatur zur Seite, aber sie flog nicht weit. Und zwar nicht, weil er sich nicht bemüht hätte. Blue war über diese Zurschaustellung von Schwäche überrascht, doch bevor er etwas sagen konnte, redete der alte Mann. »Schenk dir diesen Ausdruck, mein Junge. Ich habe dich nicht hierhergeholt, damit du mich anglotzt.«

»Fast hättest du mich getäuscht. Aber da wir gerade beim Thema sind, warum hast du dir all diese Mühe gemacht? Warum hast du so getan, als wärst du gestorben? Das ist doch ein bisschen … extrem, findest du nicht?«

»Vielleicht möchte ich mich ja versöhnen«, antwortete Perrineau, aber seine Augen funkelten boshaft, und Blue schüttelte den Kopf. Er verschränkte die Arme vor der Brust. Seine Rippen schmerzten, sein Herz ebenfalls, und das war eine Überraschung.

Eigentlich sollte dich das alles kalt lassen. Du hättest es erwarten können. Lass dich nicht davon beeindrucken, nicht nach all den Jahren.

Nach all den vielen Jahren, in denen er sich eingeredet hatte, dass er keinen Vater brauchte, dass eine Mutter genügte, dass seine Freunde seine Familie waren und nichts anderes eine Rolle spielte. Aber jetzt und hier genügten ein paar Worte, und der alte Sturm war schon wieder da, in Begleitung derselben Enttäuschung. Blue war fast schlecht vor Ärger.

»Vergiss es.« Er griff nach der Hand seiner Mutter. »Wir verschwinden hier.«

»Wenn du das tust, zahlst du auch«, erwiderte Perrineau augenblicklich. Seine Stimme klang hart. »Und vertrau mir, wenn ich dir sage, dass der Preis sehr hoch sein wird.«

»Du solltest lieber nicht mein Leben bedrohen.«

Perrineau lächelte. »Und das deiner Mutter?«

Brandon stieß einen leisen Laut aus. Mahasti zog ihre Hand weg. Ihre Augen wirkten undurchdringlich und dunkel.

»Benutz mich nicht… gegen ihn«, sagte sie zu Perrineau. »Felix, ich dachte, wir hätten eine Vereinbarung.«

»Du bist eine Anwältin, Liebes. Und ich habe dich gefickt. Du müsstest mich doch wirklich besser kennen.«

Blue ballte seine Hände so fest zu Fäusten, dass sie schmerzten. »Sprich nicht so mit ihr!«

»Oder was?« Perrineau fletschte die Zähne. »Guter Junge. Sei so gut und versuch es. Und sieh mal zu, was es dir einbringt.«

Eine Freifahrkarte in die Hölle und wieder zurück, dachte Blue, der sich zwingen musste zu atmen. Er öffnete seine Fäuste, aber der Knoten in seiner Brust wurde immer fester und härter, als würden sich irgendwelche Stränge um sein Herz zusammenziehen. Blue prüfte seine Schilde; sie waren weiterhin stark, aber wenn er noch viel von dem hier ertragen musste, könnte sich das ändern. Und wenn es sich änderte, solange er vor Wut so kochte…

Er spürte, wie seine Mutter ihn beobachtete und ihre sorgfältige Maske Risse bekam, als die kühle Frau anfing, Furcht zu empfinden. Sie wusste es. Er sah es in ihren Augen. Blue fragte sich, ob sie sich immer noch an die Schaufel in ihrer Hand erinnerte, damals, als sie jene Gräber aushob.

»Mein Junge!« Perrineau dehnte das Wort so, dass es wie der Knall eines Hammers klang. Ein Wort, eine Feststellung und eine Frage – und alles erforderte eine Antwort.

»Ja«, antwortete Blue und schluckte seinen Stolz hinunter.

Sein Vater entspannte sich auf den Kissen. »Das ist schon besser. Es gibt hier keinen Raum für Nachsicht. Für nichts dergleichen. Du kommst her, hörst zu und tust, was man dir sagt. Wenn nicht, kenne ich eine Kur dagegen. Ich habe eine Antwort. Ich bin vielleicht tot für die Welt, aber das bedeutet noch nicht, dass mich keiner mehr hört. Ich bin ein Perrineau, mein Junge. Ich bin der gottverdammte Gute Samariter in Person. Die Menschen glauben, dass mir die Engel den Arsch küssen.«

Blue sagte nichts, und seine Mutter rührte sich nicht. Brandon stand neben ihnen, ein Schatten hinter ihrer Schulter.

Perrineau sah ihm direkt in die Augen. »Ich habe noch einen Sohn. Wusstest du das? Er ist siebenundzwanzig Jahre alt. Seine Mutter war Kellnerin in einem meiner New Yorker Restaurants. Sie war zwar wunderschön, aber ziemlich dumm, und ich habe sie geheiratet, weil sie aussah, als wäre sie eine gute Mutter. Das war sie auch. Sehr gut sogar. Und mein Sohn? Sein Name ist Daniel. Dank dir war Felix ja bereits vergeben. Und dank *deiner* Mutter hast du ein anderes Stück von mir. Blut und einen Namen. Felix Junior.« Er schüttelte den Kopf und lächelte. »Trotzdem ist dein Bruder legitim und… mein Erbe. Das einzige Problem ist, dass er nichts mit mir zu tun haben will.«

»Sehr schlau«, erwiderte Blue. Er hielt seine Gefühle im

Zaum und kontrollierte sein Gesicht – er versuchte, sich nicht anmerken zu lassen, wie sehr ihn die Nachricht erschütterte, dass er einen Bruder hatte. Er blickte seine Mutter an, aber ihre Miene glich wieder einer kühlen, gelassenen Maske. Und außerdem wirkte sie kein bisschen schuldbewusst, dachte er. Immerhin sah sie ihn nicht an, und das war zumindest ein Hinweis. Obwohl Blue nicht in der Lage war, sie festzunageln. Er spürte, wie sein Vater ihn beobachtete, als er da so reglos wie ein Leichnam auf dem Bett lag. Und es kam ihm fast so vor, als schimmere dessen blasse Haut unter dem Licht der elektronischen Geräte so klar und hart wie ein Diamant. Dazu kalt und geradezu vollkommen.

»Daniel ist jedenfalls schlau genug«, antwortete Perrineau schließlich gelassen. Sein Blick blieb unnachgiebig. »Er war so schlau, dass er sich in den letzten sechs Monaten vor mir verstecken konnte. Ich habe seine Existenz geheim gehalten, weißt du? Bis jetzt. Weil ich mir über Feinde, Entführer und Lösegeldforderungen Sorgen gemacht habe. Der Sohn eines reichen Mannes ist niemals sicher, er ist niemals wirklich er selbst, bis es Zeit wird, den Platz seines Vaters einzunehmen.«

Und was sagt das über mich aus, du Hundesohn? Was sagt das über deine Gefühle mir gegenüber aus?

Eine verdammte Menge.

»Du hast also seine Spur verloren«, erklärte Blue. »Noch ein Sohn, der dir den Rücken gekehrt hat. Und was zum Teufel willst du?«

»Ich will ihn finden, und zwar jetzt, zum Teufel! Ich habe einen Haufen Geld auf der Suche nach ihm verschwendet, alle möglichen diskreten Profis angeheuert. Aber vergeblich. Wäre seine Mutter noch am Leben, hätte ich vielleicht noch ein gewisses Maß an Kontrolle über ihn. Sie war nicht der Typ, der weglief. So allerdings ist Daniel ein wenig... schlüpfrig... gewissermaßen.«

Schlüpfrig genug jedenfalls, um seinen Vater zur Verzweiflung zu treiben. Und zwar richtig zur Verzweiflung. Bis hin zum Leichtsinn. Einen Augenblick lang konnte Blue den alten Mann nur anstarren, und er fragte sich, ob der Kälteschauer, die ihm über die Haut lief, ein Zeichen dafür war, dass die Hölle gefror.

»Du hast also deinen eigenen Tod inszeniert, um ihn nach Hause zu locken«, murmelte er. »All das ... nur, um ihn aus seiner Deckung zu holen. Verdammt! Du bist tatsächlich verrückt.«

»Mag sein«, erwiderte Perrineau ebenso leise. »Aber es hat nicht funktioniert. Was bedeutet, dass mein Sohn mich entweder mehr hasst, als ich dachte, oder ... gar nicht in der Lage ist zurückzukommen.«

»Weil er tot ist, meinst du?«

Der alte Mann kniff die Augen zusammen. »Ich selbst werde schon bald tot sein, und das ist jetzt keine Lüge. Falls Daniel also tatsächlich von dieser Welt abgetreten ist und ich ihm bald Gesellschaft leiste ...«

»Wird Brandon ein sehr reicher Mann sein.«

Sein Vater lachte. »Sehr gerissen. Du tust nicht einmal so, als könnte man dich in Versuchung führen.«

»Weil man es nicht kann.« Er war nicht im Geringsten versucht. Blue wollte das Geld seines Vaters nicht. Ebenso wenig wie seine Macht oder seinen Namen. Er hatte sein ganzes Leben lang darum gekämpft, auf eigenen Füßen zu stehen, und er würde jetzt nicht alles aufgeben und den Schwanz einziehen. *Ich will deinen Platz nicht, das wollte ich nie und werde ich auch nie wollen.*

Blue warf einen Blick auf seine Mutter. Mahasti war alles andere als unterwürfig, scheu oder leicht einzuschüchtern, und selbst jetzt, als sie seinen Blick erwiderte, bemerkte er, dass ihr Feuer und ihre Schärfe nicht im Geringsten nachgelassen hatten. Dennoch schwieg sie. Das konnte er nicht verstehen, nicht einmal, wenn Felix sie tatsächlich bedroht haben sollte.

Wir könnten hier verschwinden, dachte er noch einmal, bereit, seine Schilde ganz zu senken. Er konnte dieses ganze Netzwerk außer Gefecht setzen und den Strom kappen. Und wenn jemand versuchte, ihnen etwas anzutun …

Nein. Blue biss die Zähne zusammen. *Nein, das nicht.*

Aber flüchten konnten sie. Das Problem war nur: Was sollten sie hinterher tun? Seine Mutter hatte ein Leben, einen Beruf, Freunde und ein Zuhause, für das sie nach Jahren harter Arbeit bezahlt hatte. Ihre Freiheit bedeutete alles für sie, ein Zeugnis für all das, was man ihrer Familie verweigert hatte, die sie vor mehr als fünfunddreißig Jahren in Afghanistan zurückgelassen hatte. Ein Leben auf der Flucht? Das kam für sie niemals infrage.

Blue sah Perrineau an. »Was willst du von mir?«

Sein Vater schloss kurz die Augen. »Ist das nicht offenkundig? Ich will, dass du ihn findest. Ich will, dass du deinen Bruder aus seinem Bau lockst und ihn nach Hause holst.«

»Und du glaubst, das könnte ich?«

Perrineau lachte. Es war ein schwaches Lachen, mehr ein Husten oder ein Keuchen, und es klang krank und müde, als wäre für etwas so Anstrengendes nicht genug Luft in seiner Lunge.

»Was fehlt dir?«, erkundigte sich Blue leise.

»Das ist das Alter«, erwiderte Perrineau schlicht.

»Nein«, widersprach Blue. »Nein, das ist nicht alles.«

»Mehr geht dich aber nichts an!«, fuhr ihn der alte Mann an. In seinen Mundwinkeln bildete sich Schaum. »Wie ich eben schon sagte, ich will, dass du deinen Bruder findest.«

Blue erwiderte nichts.

Perrineau schnaubte verächtlich. »Dein Schweigen ist keine Ablehnung. Ich weiß, dass du es kannst, und ich weiß auch, dass du es tun wirst, und zwar ohne Fragen zu stellen.« Perrineau schob seine Hand unter das Kissen und zog einen dicken braunen Aktenordner heraus, den er Blue zuwarf. Der fing ihn auf und zuckte zusammen, als es ihn erneut kalt überlief.

Er öffnete den Deckel und las die erste Zeile: *Betreffend Operation Dirk & Steele*. Er erstarrte.

Sein Vater lachte. Mahasti trat vor Blue und nahm ihm den Ordner aus den tauben Fingern. Sie blätterte kurz die Seiten durch und legte ihn dann wieder in seine Hände. Nun deutete sie auf eine Seite. Blue sah seinen Namen und einen Schnappschuss von seinem Gesicht, offenbar von einer versteckten Kamera aufgenommen. Unter dem Foto waren seine Militärzeit, sein Alter und seine Adresse aufgelistet, sowie einige Spekulationen über seine *paranormalen Fähigkeiten*, aber keinerlei Schlussfolgerungen.

»Er weiß fast alles«, murmelte seine Mutter. »Es gibt auch Dossiers über deine Freunde, und auch Fotos. Er hat die Beweise, ich habe sie selbst gesehen.«

»Das ist unmöglich«, zischte Blue. »Das meiste von dem, was ich tue, ist mit dem bloßen Auge gar nicht wahrnehmbar.«

Seine Mutter starrte ihn an. »Es gibt Fotos von einem Mann, der sich in eine Krähe verwandelt. Und ein anderes von jemandem, der zu einem Gepard wird.«

Blue schmeckte Blut, als er sich auf die Innenseite seiner Wange biss. Er sah an seiner Mutter vorbei zu Perrineau hinüber. »Niemand wird das glauben. Niemand. Sie werden dich beschuldigen, diese Fotos gefälscht zu haben.«

»Natürlich«, erwiderte sein Vater. »Falls ich vorgehabt hätte, sie der Öffentlichkeit vor die Füße zu werfen. Glücklicherweise habe ich aber weit bessere Kontakte.«

Blue verschwamm alles vor den Augen; er konnte fast nichts mehr sehen, und ihm schwindelte. Er biss sich auf die Zunge und schmeckte erneut Blut. Aber der Schmerz half.

»Und wenn ich deinen Sohn finde, meinen Bruder? Was dann? Wirst du diese Fotos dann nicht weitergeben? Verzeih mir, wenn ich dir nicht vertraue.«

Das Lächeln seines Vaters verstärkte sich. »Ich muss zugeben, dass die Verlockung beträchtlich ist. Ich habe nie in meinem Leben auch nur die Möglichkeit von solch … wundersamen Dingen in Betracht gezogen. Allein die militärischen Möglichkeiten …« Er hielt inne. »Da stellt sich mir die Frage, zu was *du* wohl imstande bist.«

»Hör damit auf«, mischte sich Mahasti ein. »Hör jetzt sofort auf!«

»Ich kann dafür sorgen, dass es aufhört«, erklärte Blue, und er meinte es ernst. Er würde es tun, falls es nötig war. Für seine Freunde, für seine Mutter. Und auch für sich selbst.

Perrineaus Lächeln wurde frostig. »Ich habe Kopien. Und wenn ich meine Agentin nicht innerhalb der nächsten halben Stunde anrufe, dann verspreche ich dir, dass alles, was in diesem Aktenordner steht, den entsprechenden Behörden übergeben wird. Und mit Behörden meine ich meine Kontaktleute im Pentagon. Das, wie ich zugeben muss, sein eigenes kränkelndes Programm ganz gewöhnlicher Kriegsführung unterhält. Erbärmliche Kreaturen, die kaum in der Lage sind, einen Löffel zu verbiegen. Ganz und gar nicht wie mein eigenes Fleisch und Blut. Oder wie seine Freunde.«

Atme, sagte sich Blue. Beruhige dich. Du hast doch Möglichkeiten. Du bist nicht allein. Du bist ja nicht allein!

»Zeitrahmen?«, fragte er. Er konnte es schaffen. Er konnte *Ja* sagen, was ihm Zeit geben würde, Zeit, Roland anzurufen und die Dinge in Ordnung zu bringen. Er konnte seinen Stolz und seine Wut noch ein bisschen länger herunterschlucken. Er würde alles für diese Leute tun, die er liebte. Alles.

»Schnell. Nicht länger als eine Woche.«

»Sei realistisch. Es hat dich selbst doch mindestens sechs Monate gekostet.«

»So viel habe ich nicht. Nicht mehr.«

Sehr gut. »Einen Monat.«

»Zwei Wochen, und das ist bereits ein äußerst großzügiges Entgegenkommen meinerseits.«

Blue zögerte. »Warum willst du ihn überhaupt sehen?«

»Kann sich ein Vater nicht von seinem Sohn verabschieden, bevor er stirbt?« Perrineau lächelte und schloss die Augen. »Nein, um das zu glauben, hältst du wohl nicht genug von mir.«

»Du wirst ihm wehtun.« Blue fühlte sich elend. »Ich bringe ihn her, und dann wirst du ihm endlose Qualen bereiten.«

»Bring mir einfach meinen Sohn«, erwiderte der alte Mann in einem kaum vernehmlichen Flüstern. »Und überlass es mir, mich um den Rest zu kümmern.«

Sein Vater beauftragte Brandon, Blue einen großen gepolsterten Umschlag zu übergeben, und dann wurden sie von ihm weggeschickt, mit einem Winken seiner Hand hinauskomplimentiert, als wären sie Diener oder Bettler. Der Geschäftstermin war vorbei. Zeit für andere Angelegenheiten, für gewichtigere Dinge, die von jenseits des Grabes aus kontrolliert werden konnten.

Blue schätzte die Illusion von Freiheit nicht. Er wusste, was es in Wirklichkeit war, und er wusste auch, dass es nicht so leicht werden würde. Der Einfluss seines Vaters reichte weit, ungeheuer weit, auch wenn er für alle Welt tot war. Aber Blue stellte keine weiteren Fragen mehr, sondern schloss einfach nur den Mund und ging hinaus. Er hielt nicht an, bis er das Haus verlassen hatte und in der Sonne stand, deren Strahlen durch die Blätter der Bäume fielen. Er holte tief Luft, und ihm war danach, den Kopf zwischen die Knie zu stecken. Er hatte nur Angst, dass er sich anschließend nicht mehr aufrichten konnte.

Eine Hand berührte seinen Rücken. Es war eine vertraute Hand, und die Berührung war leicht. »Es tut mir leid.«

»Das muss es nicht«, antwortete Blue und streckte die Hand aus, um seine Mutter zu umarmen. »Aber du musst mir sagen, womit er dich in der Hand hat. Was hat er getan, um dich herzuholen? Ich wollte dich das nicht in seinem Zimmer fragen.«

»Ich bin sein Plan B«, antwortete sie erschöpft. »Vielleicht war ich auch sein Originalplan. Er wird mich nach Afghanistan schicken, wenn du versagst, Felix. Vielleicht lässt er mich ohnehin dorthin deportieren, ganz gleich was du für ihn tust.«

Blue musste sich sofort hinlegen. »Du bist eine Amerikanerin, Mom.«

»Für Männer mit Geld bedeutet das gar nichts, wenn du heutzutage arabischer Herkunft bist. Er braucht nur einen seiner Leute anzuweisen, mich eine Terroristin zu nennen und vielleicht einige belastende Unterlagen in meinem Haus zu verstecken. Und im Nu ist mein Leben zerstört.« Sie lachte schwach. »Deportation ist dagegen noch ein Kinderspiel; vermutlich würde man mich für den Rest meines Lebens ins Gefängnis stecken.«

Trotzdem, wenn es ein amerikanisches Gefängnis war, wäre das immer noch besser, als nach Kandahar zurückzukehren. Blue wusste, dass seine Mutter dort keinen Tag überleben würde. Die Taliban mochten verschwunden sein – sozusagen –, aber die alten Strukturen waren noch immer intakt. Er versuchte sich vorzustellen, wie sie in einer Burka herumlief, allein, ohne Freunde und Familie. Diese Vorstellung bereitete ihm Übelkeit.

»So weit wird es nicht kommen«, versicherte er ihr. »Das verspreche ich dir. Meine Freunde …«

»Deine Freunde und du, ihr habt doch genug eigene Probleme«, unterbrach sie ihn entschlossen. »Kümmere dich darum, und danach finden wir heraus, was du für mich tun kannst. Außerdem habe ich da auch noch so meine eigenen … Möglichkeiten.« Sie berührte seinen Arm. »Felix, ich habe ernst gemeint, was ich sagte. Ich wäre hier nicht hergekommen oder hätte zugelassen, dass er mich benutzt, wenn es nicht diesen Aktenordner oder deine Agentur gegeben hätte.«

Blue verzog das Gesicht. Er konnte nicht verbergen, wie viel Schmerzen ihm das Wissen bereitete, dass sie bereit gewesen war, ihr Leben zu ruinieren, nur um ihn zu beschützen. Verdammt! Entweder er würde einen Ausweg finden oder bei dem Versuch sterben.

Der Kies knirschte. Blue blickte auf und sah Brandon, der hinter dem Steuer eines schwarzen Autos saß, das genau so aussah wie dasjenige, in dem sie gekommen waren, und das jetzt noch vor dem Haus parkte. Brandon beugte sich aus dem Fenster und warf Blue einen Schlüssel zu. »Ich bringe Mahasti nach Hause. Fahren Sie den anderen Wagen.«

»Von wegen!«, erwiderte Blue, aber seine Mutter berührte seinen Arm und umarmte ihn fest. Bevor er sie aufhalten konnte, öffnete sie die Beifahrertür und setzte sich neben Brandon. Blue starrte sie wie betäubt an und hatte das Gefühl, verrückt zu werden. Ja, genau, jetzt wurde er verrückt.

»Moment«, brachte er schließlich heraus. »Halt. Was ist los? Du kannst ihm doch nicht vertrauen.«

»Sie kann mir vertrauen«, widersprach Brandon. Blue hätte gern durch das offene Fenster gegriffen und ihm das Lebenslicht ausgeblasen.

Seine Mutter sah ihm direkt in die Augen. Ihr Blick war kühl und dunkel und hatte ihn schon immer verrückt gemacht, weil er so ausdruckslos war und eigensinnige Kraft signalisierte. »Ich muss das tun. Es gibt Dinge, die ich zu meinem Schutz unternehmen kann. Ich lasse mich nicht noch einmal gegen dich missbrauchen. Ich weigere mich.«

»Mom.«

»Ich bin in Sicherheit. Vertrau wenigstens mir, Felix.«

Als wenn er eine Wahl hätte. Das Funkeln in den Augen seiner Mutter und ihr entschlossen vorgerecktes Kinn signalisierten das Ende des Gesprächs. Blue warf Brandon einen langen, harten Blick zu und überprüfte dann ihren Wagen mit seinem Geist.

»Keine Wanzen und keine Ortungssender«, erklärte er seiner Mutter und riskierte es, vor dem älteren Mann die Wahrheit preiszugeben. Brandon zeigte jedoch keinerlei Überraschung, als Blue seine Fähigkeiten enthüllte. In seinem Blick lag keine Frage.

»Ich habe ihn bereits überprüft«, erwiderte er nur und ließ den Motor aufheulen.

Blue runzelte die Stirn. »Wer sind Sie eigentlich? Wieso sind Sie in diese Geschichte verwickelt? Und warum interessiert es Sie, was hier passiert?« *Und was für eine Art von Beziehung haben Sie zu meiner Mutter, Sie Hundesohn? Warum in Gottes Namen vertraut sie Ihnen?*

Brandon lächelte, doch es war ein kaltes, hässliches Lächeln. »Es gibt keine stärkeren Bande als die des Blutes, Mr. Perrineau. Es gibt weder etwas Schöneres noch etwas Verhassteres. Ich nehme an, dass Sie diese Lektion noch einmal lernen werden, sollten Sie Ihren Bruder aufspüren.«

Seine Mutter winkte nicht und verabschiedete sich auch nicht. Sie sah Blue nur noch einmal ernst an, dann fuhr Brandon davon. Blue spielte mit dem Gedanken, hinter ihnen herzufahren, ihnen in dem Wagen zu folgen, der ihm überlassen worden war. Aber er hatte das starke Gefühl, dass es das Letzte wäre, was seine Mutter wollte. Sie hatte ganz offensichtlich einen Plan. Und das war etwas, was er ebenfalls haben sollte, und zwar schleunigst.

Er warf einen letzten Blick auf das Haus. Hinter den Fenstern stand niemand, der ihn beobachtete. Doch er spürte, wie Sicherheitskameras seine Bewegungen verfolgten. Und hinter ihnen befanden sich Männer, aber sie waren nicht zu sehen. Sie gewährten ihm die Illusion von Einsamkeit.

Blue glitt hinter das Steuer des Fahrzeugs und schüttete den Inhalt des Umschlags auf den Beifahrersitz. Ein dickes Geldbündel fiel zuerst heraus, mehrere Tausend Dollar, mindestens, sowie eine Kreditkarte mit seinem Namen. Blue ignorierte das Geld. Er schüttete weiter, und einen Augenblick später rutschte auch noch ein Foto heraus, zusammen mit einem gefalteten Stück Papier, das auf den ersten Blick ein Brief von Daniels Mutter zu sein schien.

Den Brief las Blue nicht. Stattdessen nahm er das Bild hoch und starrte es an. Das Gesicht, das ihn ansah, sah gut aus und war gebräunt. Der junge Mann hatte kurzes braunes Haar und blaue Augen, und ein etwas gequältes Lächeln, als möge sein Bruder die Person, die das Foto machte, nicht sonderlich. Er trug eine Brille. Und wirkte schlau.

Schlau genug.

Blue drehte das Foto um. Auf der Rückseite befand sich eine Liste mit Größe und Gewicht, dann gab es noch eine beeindruckende Reihe akademischer Zeugnisse, darunter war auch eines aus seiner kurzen Zeit auf der Juilliard School, sowie Belege über eine Zwischenprüfung und ein Diplom in Erziehungswissenschaft, ausgestellt von Harvard. Er hatte kurz als Lehrer in Chicago gearbeitet, dann aber seinen Beruf aufgegeben, um bei verschiedenen Hilfsorganisationen mitzuarbeiten. Zuletzt beim Internationalen Roten Kreuz. Sein Vater hatte Daniels Aufenthalte verfolgt, von Pakistan über Thailand bis nach New Orleans.

Dann war die Spur im Sande verlaufen.

Blue schüttelte den Kopf und legte das Foto weg. Er warf das Geld und die Kreditkarte aus der Tür. So dumm war er nicht, vielen Dank, und außerdem wollte er auch nicht bezahlt werden, um die schmutzige Arbeit seines Vaters zu erledigen. Dann senkte er seine mentalen Schilde, um den Wagen zu überprüfen. Den Sender im Motor und eine Wanze in der Klimaanlage entdeckte er sofort: Die beiden Geräte stachen wie Nadeln in seinen Kopf und trieben auf der Oberfläche der elektronischen Strömungen, die durch den Wagen flossen. Sie waren isoliert und wirkten anders als die anderen.

Blue legte die Geräte lahm und schickte seinen Geist dann weiter aus. Auf der anderen Seite des Hauses warteten zwei Wagen mit laufendem Motor. Zweifellos sollten sie ihm folgen. Blue schaltete die Elektronik der Wagen kurz und legte sicherheitshalber auch die drei anderen Wagen in der Garage lahm. Er spielte kurz mit dem Gedanken, die gesamte Elektronik außer Gefecht zu setzen, hielt sich jedoch im letzten Augenblick noch zurück. Er wusste nicht, wie viel sein Vater über ihn wusste oder was er tun würde, um sich zu rächen.

Geh auf Nummer sicher, sagte sich Blue. *Vorläufig.*

Daran hielt er sich und blieb wachsam, während er den Berg hinunterfuhr. Unablässig untersuchte er in der nächsten Stunde die Straße vor und hinter sich. Er suchte sogar den Himmel nach niedrig fliegenden Flugzeugen ab, nach Helikoptern oder einer Cessna. Er konnte die Möglichkeit nicht ausschließen, dass sein Vater auch Satellitentechnologie nutzte, um ihm zu folgen. Der alte Mann hatte weltweit genug Technologie an Privatfirmen und verschiedene Regierungen verkauft, um seine eigenen persönlichen Bedürfnisse befriedigen zu können.

Das Handy klingelte. Es war Roland.

»Wir haben ein Problem«, begrüßte ihn Blue.

»Sicher«, antwortete Roland. »Du hast einen Bart.«

Blue verdrehte die Augen. »Das ist nicht komisch. Mein Vater weiß über uns Bescheid. Er hat Fotos von Koni und Amiri, wie sie ihre Gestalt wandeln, und nun benutzt er diese Informationen, um mich zu erpressen. Wenn ich nicht tue, was er sagt, will er nicht nur die Agentur an seine Freunde im Pentagon verraten, sondern auch den Behörden weismachen, dass meine Mutter eine Terroristin ist.«

»He, das ist ja wirklich komisch, du kleiner Scheißer. Erzähl mir einen anderen Witz.«

»Ich wünschte, ich könnte es.«

Blue hörte ein kurzes Lachen, dem ein erstickter Laut folgte. »Himmel, du meinst es tatsächlich ernst. Aber ich dachte, dein Alter wäre tot. Die Nachrichten sind voll davon.«

»Er ist aber nicht tot genug«, antwortete Blue. »Es ist eine Falle, Roland. Alles Lügen.«

»Mist.«

»Allerdings.« Blue biss die Zähne zusammen, als der Wagen um eine enge Kurve bog. Er zerrte so hart an dem Lenkrad, dass seine Rippen schmerzhaft pochten und das Brennen über seinen Nacken in seinen Kopf strömte. Das war nun wirklich nicht nötig.

Roland murmelte etwas; Blue hörte, wie Bleistifte zerbrachen. »Hat er angedeutet, wie er es herausgefunden hat, oder wie er überhaupt auf die Idee gekommen ist zu suchen?«

»Nein. Meiner Mutter zufolge besitzt er ein Dossier über jeden Einzelnen von uns. Ich hatte nur Zeit, mein eigenes einzusehen. Darin standen zwar keine direkten Beweise, aber einige zusammenhanglose Spekulationen über das, wozu ich fähig sein könnte.«

»Also ist unsere Tarnung nicht völlig aufgeflogen.«

»Die Gestaltwandler sehen das sicher etwas anders.«

»Und man kann nicht mit ihm verhandeln?«

»Mit einem Verrückten kann man nicht verhandeln, Roland. Man muss weglaufen oder die Sache mit einer Pumpgun klären. Das ist alles.«

»Jesus.« Roland atmete hörbar aus. »Ich weiß zwar, dass

ihr, dein Vater und du, euch nicht ausstehen könnt, Blue, aber das hier ist doch einfach lächerlich.«

Na klar. Und wirklich lächerlich war, dass Blue niemals in der Lage gewesen war, sich wegen irgendetwas auf seinen Vater zu verlassen, dass er niemals einen Vater gehabt hatte und nie in seinem Leben das Wort Vater überhaupt hatte aussprechen können, ohne dass es Verrat, Gefahr und Wut bedeutet hätte.

»Roland«, sagte Blue gedehnt. »Als du mich eingestellt hast, habe ich dir meinen wahren Namen genannt. Ich habe dir gesagt, wer mein Vater ist. Und ich habe dir versprochen, diese Information niemals weiterzugeben, an niemanden. Hast du dich jemals gefragt, warum?«

»Zum Teufel, Blue. Dein Vater war … ist einer der reichsten Männer der Welt. Er ist ein legendärer Menschenfreund und ein Erfinder. In einigen Kreisen gilt sein Wort als Gottesgesetz. Das ist ein Haufen Ballast, den man mit sich herumschleppt, vor allen Dingen dann, wenn man nicht will, dass die Leute einen anders behandeln.«

»Genau«, stimmte Blue zu. »Aber das ist nicht der Grund, aus dem ich seinen Namen nicht benutze.«

Roland seufzte. »Wozu erpresst er dich?«

»Ich habe einen Bruder, der weggelaufen ist. Ich soll ihn finden. Einen Grund hat er mir nicht genannt, aber es kann kein guter sein.«

»Und, wirst du es tun? Wirst du deinen Bruder an den alten Mann ausliefern?«

»Mein Bruder steht gewissermaßen gegen die Agentur und meine Mutter, Roland. Wie, glaubst du, neigt sich da wohl die Waagschale?«

»Mist. Aber selbst, wenn du mitspielst, könnte Perrineau uns immer noch fertigmachen oder versuchen, uns zu benutzen. Und das geht nicht, Blue. Ganz und gar nicht.«

»Also haben wir einen Plan B. Ich finde Daniel, und ihr

Jungs …« Was? Was verlangte er da eigentlich gerade von seinen Freunden? Es war sein Kampf, sein Vater, seine Verantwortung. Wenn jemand die Sache geradebiegen sollte, dann war er es, und zwar er allein. Niemand anders musste zu Schaden kommen.

»Oh«, sagte Roland. Ein hässliches leises Lachen untermalte seine Worte. »Oh, Blue. Diesen Ausdruck auf deinem Gesicht kenne ich. Du kannst die Augen in meinem alten Kopf nicht zum Narren halten.«

»Deine Hellsichtigkeit kann manchmal wirklich nerven, Roland. Das weißt du doch, oder?«

»Sie hat eben ihre Vor- und Nachteile. Aber du wirst diese Sache nicht allein erledigen, Blue. Ganz gleich, was wir mit deinem Vater machen. Kümmere du dich nur darum, deinen Bruder zu finden. Finde ihn als Erster. Dann wirst du auch herausfinden, warum zum Teufel er für Perrineau so wichtig ist. Denn, mein Junge, deinen Worten nach geht es hier nicht um Liebe. Dein Bruder hat etwas. Und wenn das so wichtig ist, dass sein Vater bereit ist, seinen eigenen Tod dafür vorzutäuschen, dann solltest du versuchen zu verhindern, dass es ihm in die Hände fällt.«

Was allerdings nicht die Frage beantwortete, was er tun konnte, wenn es hart auf hart ging. Wenn Blue gezwungen war, zwischen zwei Leben zu wählen.

Immer mit der Ruhe. Du hast die Agentur gewählt. Du hast dich für deine Mutter entschieden. Du kennst Daniel nicht. Und du schuldest ihm nichts.

Vielleicht nicht. Aber er wusste, wie es war, der Sohn seines Vaters zu sein. Und die Vorstellung, jemanden dorthin zurückzubringen …

»Kommst du im Büro vorbei?«, fragte Roland.

»Ja. Ist Dean da? Vielleicht kann er Daniel aufspüren. Oder zumindest eine grobe Richtung nennen.« Denn wenn sein Vater trotz all seiner Möglichkeiten den eigenen Sohn nicht hatte finden können, mussten außergewöhnliche Maßnahmen ergriffen werden. Und niemand konnte außergewöhnlichere Maßnahmen ergreifen als die Agenten von Dirk & Steele.

Obwohl es ein Geheimnis war. Und obwohl der größte Teil der Welt einfach nur glaubte, die Detektive bei dieser Agentur wären ganz gewöhnliche Menschen, die ihre Jobs nur besonders gut beherrschten. Und wenn Blue es in der Hand hatte, dann würde die Wahrheit über ihre eigentlichen Gaben auch weiterhin ein Geheimnis bleiben, ein Mysterium. Und so sollte es auch weiterhin sein, um ihrer aller Wohl willen.

Er brauchte einige Stunden, um San Francisco zu erreichen, und dann noch etwas Zeit bis zum Büro, wo er sich meldete und die Situation schilderte. Er zog Erkundigungen über Santoso ein, versuchte, Artur und Elena anzurufen, erreichte jedoch nur den Anrufbeantworter seines Freundes. Als Roland mit ihm fertig war, war er hungrig und müde, alles tat ihm weh. Er gab Dean Daniels Brief, der auf jeden dummen Spruch verzichtete, was ausgesprochen ungewöhnlich war. Während er den Brief in den Händen hielt, schloss er die Augen und suchte nach einer Spur.

Und dann entdeckte er eine.

Zwei Stunden später verließ Blue das Büro. Er hängte die Leute ab, die ihm folgten, fuhr zum Flughafen, zahlte ein Ticket in bar, ging an Bord einer Maschine und flog nach Las Vegas.

3

Iris McGillis schlief allen guten Ratschlägen zum Trotz im selben Bett wie ihre Löwen. Das bedeutete nicht nur, dass sie eine bemerkenswerte Fähigkeit hatte, gewaltige Wolken von schlechtem Atem und unangenehmen Ausdünstungen zu ertragen, sondern auch, dass man sie unmöglich aufwecken oder mit ihr sprechen konnte. Dies war vor allem dann von Vorteil, wenn sie allein sein wollte. Etwas, was ihre Freunde beinahe zu sehr respektierten.

Für ihre derzeitige Schlaflosigkeit machte sie die neue Umgebung verantwortlich; das war immer leichter, als sich alten Albträumen zu stellen. Zu viele unbekannte Geräusche, zu viel städtische Dünste in der Wüstenluft, die eigentlich klar und sauber und mit nichts anderem als dem Licht der Sterne hätte angefüllt sein sollen. Stattdessen klebte der Smog von Las Vegas wie Rauch in ihrer Nase, so wie Reste von Teer, abgestandenem Schweiß und dem eisenhaltigen Geruch von heißer Erde und verbranntem Gras. Es spielte keine Rolle, dass die Stille einer Wildnis nur wenige Minuten entfernt lag, falls man denn einen schnellen Wagen hatte. Hier in der Stadt konnte man den Eindrücken jedenfalls nicht entgehen; die Gerüche krochen durch die klappernde Klimaanlage, durch den Spalt unter der alten dünnen Tür ihres Wohnmobils, die nur mit Klebeband und dem raffinierten Einsatz von Papierkeilen schloss.

Es war Nacht. Lange nach dem Abendessen. Die Gerüche der Speisen von den Grills und aus den Mikrowellen waren längst verweht. Jetzt roch es nach Desserts. Gitarren erklangen. Iris hörte, wie ihre Freunde und Mitarbeiter durch das Lager gingen. Die Stimmen bildeten ein lyrisches Gemisch aus verschiedenen Sprachen: Russisch, Chinesisch, Englisch und Spanisch. Iris schnappte zwar gelegentlich ein Wort auf, verstand aber nichts Genaues. Sie strengte sich jedoch auch nicht besonders an. Es genügte doch schon, sich an die anderen Leben dranzuhängen, während sie hier in der Dunkelheit lag, an diese Leben, die im glatten Fell, den Knochen und den dichten Mähnen verborgen waren. Petro und Lila waren endlich ruhig, und Iris genoss trotz ihrer Probleme mit dem Einschlafen die warme Einsamkeit und den schützenden Kokon ihrer Körper.

Ganz so einsam war es doch nicht, dachte sie und zuckte zusammen, als das drahtige Büschel von Petros Schwanz in ihr Gesicht klatschte. Iris spuckte die dicken Haare aus, was schon genügte, um Lila zu wecken, die sich sogleich reckte und ihre langen Krallen ausfuhr. Iris beobachtete sie wachsam. Das Bett war ziemlich klein, und die Löwin neigte dazu, Iris' Körper zu kneten oder ihn mit ihren Tatzen zu malträtieren. Als Jugendliche hatte sich Iris mal mit einem Sumoringer angelegt, der zu Besuch gekommen war. Das Gefühl war ziemlich ähnlich.

Was aber nicht hieß, dass sie bereit gewesen wäre, ihre Schlafgewohnheiten zu ändern. Petro und Lila brauchten sie. Anders als die kleinen Ortschaften und Städte, in denen Reillys Circus früher sein Lager aufgeschlagen hatte, war Las Vegas immerzu laut und bestand aus einem ständigen Strom aus Geräuschen und Bewegungen. Das waren harte Zeiten für Wildkatzen, die Stadt machte sie nervös und gereizt. Und die Vorschriften, diese verdammten Vorschriften, halfen auch nicht gerade. Den Inspektoren zufolge, die wie aus dem Nichts aufgetaucht schienen, war es nicht erlaubt, wilde Tiere in der Nähe von menschlichen Behausungen zu halten, was Wohnmobile mit einschloss. Große Wildkatzen mussten woanders leben. Das war sicherer für die Menschen.

Dem konnte Iris zwar nicht zustimmen, aber andererseits waren ihr ihre Katzen auch wichtiger als Menschen. Und ihre Katzen, also ihre Familie, war nicht gern von ihr getrennt. Löwen waren doch die reinsten Babys.

Also diente ihr Wohnmobil jetzt als Schlafsaal für zwei emotional bedürftige vierhundert Pfund schwere Katzen. Ihre Matratze würde nie wieder so sein wie vorher, ganz zu schweigen davon, dass sie das Gesetz brach. Aber zum Teufel, manchmal musste ein Mädchen einfach rebellieren. Außerdem waren es ja auch nur Petro und Lila. Den anderen ging es in ihrem Zwinger ganz gut, obwohl Iris es schon vermisste, aus dem Fenster blicken und sie schlafen sehen zu können. Es war nicht mehr so wie damals, noch vor drei Monaten. Sie waren zwar so arm wie Kirchenmäuse gewesen, dafür aber frei wie Vögel, und sie hatten tun können, was sie wollten.

Iris hob die Hand und sah zu, wie das goldene Licht an ihren Fingerspitzen schimmerte. Im nächsten Augenblick funkelten Krallen, und das Fell überzog weich und gefleckt ihre schlanken Handgelenke.

Frei wie ein Vogel, dachte sie. Was für ein Witz!

Iris hörte eine Bewegung. Das musste von draußen kommen, das war *vor* ihrem Wohnmobil; ihr Magen verkrampfte sich, sie ließ die Hand heruntersinken. Dann hielt sie den Atem an und lauschte, bis sie die Schritte der weichen Sohlen auf dem Kies erkannte.

Geh weiter. Bitte, geh weiter.

Aber die Schritte hörten auf, und jemand klopfte mit der Faust an ihre Tür. Es war ein lautes Geräusch, wie von einem Presslufthammer, und sie knirschte panisch und verzweifelt mit den Zähnen. Petro und Lila zuckten hoch, die Ohren flach gegen ihre gewaltigen Schädel gelegt, und Iris spürte, wie das ganze Wohnmobil unter ihren plötzlichen Bewegungen schwankte. Das Verlangen, sich dumm zu stellen oder so zu tun, als wäre sie nicht zu Hause, löste sich plötzlich auf. Nach einer kurzen Pause begann der Lärm erneut.

Die Löwen grollten. Iris packte ihre Mähnen, flößte ihnen ihre Gedanken ein, flehte sie an. Einen Augenblick später entspannten sich die Katzen tatsächlich wieder. Iris zwang sich, sich ebenfalls zu beruhigen, aber das war nicht so einfach; ihr Mund war voller gewaltiger Hauer, und ihre Haut … Es war immer noch viel zu viel Fell zu sehen.

Fluchend rollte sie sich vom Bett und landete geschmeidig auf den Füßen. Die Tür klapperte; das Schloss aus Klebeband und Papierkeilen würde nicht mehr lange halten. Noch ein paar Schläge und der Mann, der da draußen stand, konnte einiges zu sehen bekommen.

Du und deine erbärmliche Kontrolle, dachte Iris und lief hastig zur Kochnische. Sie schnappte sich eine Flasche mit Wasser, öffnete den Verschluss und kippte sich den Inhalt über den Kopf. Die kalte Flüssigkeit erfüllte ihren Zweck; Schon im nächsten Moment war Iris wieder ein Mensch. Sie schob sich die Finger in den Mund und überprüft die Zähne, während sie gleichzeitig einen Blick in den Spiegel warf, der an der Wand hing. Ihr rotes Haar war mit blonden Strähnen durchsetzt, die Haut war blass, keine Flecken zu sehen …

»Hallo?«, rief eine bekannte männliche Stimme. »Iris? Bitte, wach auf!«

Nachdem sie wieder vollkommen Mensch war, legte sie auch keinen Wert mehr auf Vorsicht; sie riss die Tür auf, zerfetzte das Klebeband, und die Papierkeile flogen durch die Luft. Etwas von der billigen Holzverkleidung löste sich von der Wand und wäre ihr fast auf den Kopf gefallen.

»Was ist denn?«, fuhr Iris den Mann an und versuchte, ihre Würde zu wahren und angesichts des ausgesprochen gut aussehenden Mannes, der da mit einem engen Tanktop und einer weiten Sporthose bekleidet auf ihrer Schwelle stand, ihren Zorn zum Abflauen zu bringen.

Es war Danny Perry, mit seinem typisch amerikanischen guten Aussehen, den breiten Schultern, seinem klaren Blick und dieser sexy Brille, die bei jeder Frau in seiner unmittelbaren Nähe sofort Fantasien von einem heißen Professor auslöste. Er war ein aufstrebender Künstler, erst sechs Monate bei ihnen und ein wahrer Glücksgriff von Pete. Außerdem stellte er offiziell das Heißeste dar, was Reillys Circus augenblicklich zu bieten hatte.

Und er mochte sie. Iris roch es jedes Mal an ihm, wenn er sich ihr näherte. Selbst jetzt. Bedauerlicherweise hatte sie keine Ahnung, was sie daran ändern konnte.

Aber Danny hatte aufgehört zu reden. Er stand einfach nur da und starrte sie an. In diesem Augenblick wurde ihr klar, dass sie nur ein hauchdünnes Nachthemd und ein winziges Höschen trug, und dass außerdem die Vorderseite ihres Körpers vollkommen von Wasser durchnässt war.

Mist! Iris versuchte, ihre Blöße zu bedecken und drehte sich weg, um nach einem Bademantel zu greifen.

»Warte!«, sagte Danny.

»Na klar.« Sie warf einen Blick über die Schulter. »Ich kann mir schon denken, dass es dir gefiele, wenn ich jetzt auch noch warte.«

Danny lächelte nicht. »Bitte, Iris. Es geht um Con und Boudicca.«

Iris erstarrte. »Was?«

Mehr sagte er nicht, sondern deutete nur in die Richtung der Zwinger. Iris folgte seinem ausgestreckten Arm und konzentrierte ihr Gehör …

… und jetzt hörte sie die Schreie. Es war ein wildes, kehliges Fauchen, das von einem wütenden Tier stammte und bei dem ihr das Blut in den Adern zu gefrieren drohte. Sie keuchte.

Und sprang aus dem Wohnmobil. Im nächsten Moment hörte sie das Brüllen hinter sich, Dannys erschrockenen Schrei… Aber sie drehte sich nicht um und befahl Petro und Lila auch nicht zurückzubleiben. Dafür hatte sie jetzt keine Zeit, überhaupt keine Zeit! Gott, dieser Mist sollte doch aufhören, das hatte doch besser werden sollen, hatte sogar verschwinden sollen.

Es kümmerte Iris nicht, dass die Menschen ihren Namen riefen. Ebenso wenig wie es sie kümmerte, dass sie halb nackt durch das unbeleuchtete Zirkuslager rannte, einen Hindernisparcours aus Wohnmobilen, gemütlichen Lagerfeuern, abgestellten Motorrädern, Autos und Trampolinen. Ihr Blick schärfte sich, und ihre Muskeln pumpten Kraft in ihre Beine, die viel zu menschlich aussahen – für das, was sie gerade tat. Sie rannte zu schnell, war viel zu beweglich, sprang über einen Stapel unausgepackter Kisten und landete geschickt auf ihren Füßen, dann tanzte sie scheinbar gewichtslos über eine auf dem Boden verstreute Sammlung von Stangen, die rostig, zerbrochen und spitz waren. Petro und Lila flankierten sie, groß und stark, und für einen Augenblick war es wieder wie früher; Iris stellte sich die kühle Anwesenheit ihrer Mutter vor, neben der sie wie ein Schatten in der Sonne rannte.

Aber es war dunkel und heiß, eine typische Nacht in Las Vegas: Die Lichter der Stadt bildeten links neben ihr etwas, das wie ein Regenbogen aussah. Iris konzentrierte sich jedoch ausschließlich auf die Geräusche vor sich, auf die Schreie und Rufe, rang mit sich – und kämpfte mit aller Macht dagegen an, in ihren heimlichen zweiten Körper zu gleiten.

Als sie die Lastwagen hinter sich ließ, tauchten vor ihr die Zwinger auf: große, runde Käfige aus starkem, stabilem Maschendraht und von einem Drahtdach bedeckt. Das Gebäude war zwar stabil, aber recht leicht zu transportieren, weil es mit einer Reihe von Haken und Angeln befestigt wurde. Es war eine Erfindung ihrer Mutter, eine gute Möglichkeit, auch unterwegs etwas Abwechslung zu schaffen.

Doch jetzt war eine der Wände niedergerissen, und auf dem trockenen Gras lag ein Jaguar. Der Tiger, der danebenstand, machte auch keinen besseren Eindruck. Sofort sah Iris den blauen Fleck in seiner Schulter. Ein Beruhigungspfeil.

Sie schmeckte das Blut in ihrem Mund – ihre Zähne wuchsen bereits und wurden wieder schärfer. Aber sie schlug sich mit der Faust in den Magen, schluckte schwer und riss sich zusammen. Überall um sie herum waren Menschen, Freunde und Fremde, und alle kämpften. Die Menge unmittelbar vor dem zerstörten Zwinger wogte hin und her, und die Körper bewegten sich aneinander wie bei einer wüsten Orgie.

»Iris!« Pete Reilly löste sich aus dem Tumult. Der alte Mann war klein und dick und sah wie ein rosafarbenes, verschwitztes Ei aus, dem man ein Nachthemd angezogen hatte. Der Lärm des Kampfes ebbte ab, als er ihren Namen atemlos hervorstieß. Iris spürte das allgemeine Seufzen, als die Körper aufhörten, sich zu bewegen, sich zu prügeln und miteinander zu ringen. Alle starrten sie an, und dieses Mal machte es Iris nicht einmal etwas aus. Petro und Lila drängten sich eng an ihre Seiten, und sie grub die Hände in das Fell dieser gewaltigen Nacken.

Ganz ruhig, sagte sie zu ihnen. Kein Blut.

»Iris«, wiederholte Pete etwas leiser. Er starrte die Löwen an, und auf seinem Gesicht zeichnete sich eine gewisse Unschlüssigkeit ab. Iris half ihm auch nicht weiter. Sie liebte diesen alten Mann, aber jetzt konnte sie keine Rücksicht nehmen. Ihre Familie war verletzt worden, lag am Boden. Und gerade *er* musste wissen, was das für sie bedeutete.

Die Menge teilte sich. Iris erkannte ihre Freunde und Mitarbeiter, starrte jedoch die vier Leute an, die neben dem Zwinger festgehalten wurden. Betäubungsgewehre lagen auf dem Boden vor ihnen; unmittelbar hinter ihnen stand schwankend der Tiger.

»Con«, murmelte Iris und klopfte Petro auf die Schulter. *Geh zu ihm.*

Er gehorchte, ohne zu zögern, und Iris entging das Funkeln in den Augen der Leute um sie herum nicht, die stumme Anerkennung und Bewunderung. Zirkusleute wussten immer einen guten Trick zu schätzen.

Wenn sie aber die Wahrheit wüssten ...

Lila blieb dicht bei ihr; Iris spürte, wie das Gefühl der Jagd in ihren Körper sickerte, als sie sich mit der Löwin bewegte; ihre Muskeln waren geschmeidig und warm. Sie glitt förmlich über den Boden, den Kopf gesenkt, und starrte unablässig auf die drei Männer und die Frau, die ihren Blick mit einer Mischung aus Überraschung und Selbstgefälligkeit erwiderten. Sie trugen eine schwarze uniformähnliche Kleidung, und sie hatten ihre Gesichter mit Skimasken verhüllt. Einer der alten Handwerker winkte Iris zu und hielt eine Digitalkamera hoch. Pete näherte sich ihr.

»Billy hat sie der Frau abgenommen«, erklärte er leise. »Sie haben alles aufgenommen und sogar einen Lastwagen mitgebracht. Sie haben einfach nur darauf gewartet, dass Con ebenfalls einschlief. Dann wollten sie sie wegschaffen. Ich habe keine Ahnung, was sie sich dabei gedacht haben, als sie versuchten, sich hier einfach reinzuschleichen. Vermutlich sind sie einfach etwas überheblich geworden. Oder sie sind verzweifelt.«

»Es ist doch immer dasselbe.« Iris knackte mit den Gelenken ihrer Finger. »Von welcher Gruppe kommen sie?«

»Sie haben keine Plaketten bei sich, aber es ist entweder die *Animal Liberation Front* oder die *Earth First Group.*«

»Verdammte Ökoterroristen. Selbstgefällige Hundesöhne. Ich hasse das, Pete. Ich hasse sie.«

»Ich hab schon die Polizei gerufen, und auch diesen FBI-Kontaktmann. Wir sollen abwarten, bis sie kommen.«

Iris war es gleich. Selbst die ganze Armee hätte angerückt kommen können. Sie konnte nur an Boudicca und Con denken – und daran, dass sie sie nicht hatte beschützen können. In solchen Momenten vermisste sie ihre Mutter. Wenn es um süße Rache ging, war Serena McGillis nämlich unschlagbar: eine Meisterin der Vergeltung.

»Sie also sind Iris«, meinte einer von ihnen gedehnt. Er war jung, groß und blond. Das reinste Covermodell. Selbstgerecht. Und mutig genug, sein Unbehagen zu überspielen, auch wenn sein Körpergeruch nicht lügen konnte. Alle vier rochen wütend und verängstigt. Es waren Yuppies, die sich aufgemacht hatten, die Welt zu retten. Und jetzt waren sie kurz davor, sich deswegen in die Hose zu machen.

Der junge Mann jedoch hatte immerhin noch Mumm genug, sie von oben bis unten zu mustern, und starrte auch ganz ungeniert ihre kaum verhüllten Brüste an. Iris hätte ihm gerne den Schädel eingeschlagen oder einen Stepptanz auf seinem Schoß gemacht.

Er leckte sich die Lippen. »Jetzt kapier ich es erst«, sagte er höhnisch. »Sie halten sich für eine richtige kleine Dschungelkönigin … mit Ihrer großen Katzenshow, wie Sie da so hübsch und vollbusig rumstehen, mit einem Löwen an Ihrer Seite. Sie machen mich richtig krank. Sie sind doch nichts als eine Lüge. Wenn die Leute wirklich wüssten, was Sie diesen Katzen da antun, was Sie ihnen schon angetan haben, um sie so folgsam und gehorsam …«

Sie blendete ihn einfach aus. Es war doch immer derselbe Mist, obwohl sie sich wirklich zusammenreißen musste, ihm nicht die Kehle herauszureißen. Kontrolle, kontrolliere dich … Meine Güte, sie musste wirklich an ihrer Kontrolle arbeiten. Die Furcht allein macht es nicht, ebenso wenig wie Schuldgefühle. Es war jetzt sieben Jahre her, seit sie einen

Mann blutig gebissen hatte, und trotz all des Herzschmerzes, den das damals ausgelöst hatte, hatte sie immer noch Schwierigkeiten, sich zu beherrschen, wenn ihre Gefühle hochkochten.

Danny griff nach ihr, doch sie wich seiner Hand aus. Dadurch kam sie allerdings diesem Ökoarschloch näher, der sie immer noch beschimpfte, als hätte er irgendein verbales Abführmittel geschluckt. Er beugte sich so dicht zu ihr, dass einige Arbeiter schon seine Schultern festhielten. Aber dieser junge Mann ignorierte sie tatsächlich, und sein Geruch von Angst verwandelte sich in etwas Dunkles. Er zischte förmlich. »Sie behandeln diese Katzen wie Huren, Sie kleine Schlampe. Sie profitieren von ihrem Elend und beuten sie aus, und bis sie nicht aus Ihrem Scheißmissbrauch befreit worden sind …«

Iris schlug zu. Sie hatte es eigentlich nicht tun wollen, denn seine Beschimpfungen waren ja bloß ein alter Hut, ihr ebenso vertraut wie ein Wiegenlied. Aber ihr Arm bewegte sich schneller als ihr Verstand, und die Faust, die daran hing, traf den Kerl mitten ins Gesicht. Er stürzte zu Boden, das Blut spritzte aus seiner Nase. Dann schrie er, seine Gefährten schrien auch, und im nächsten Moment ging der Kampf wieder von vorne los, nur dass Iris diesmal mitten im Gewühl steckte. Sie kam sich so dumm vor.

»Iris!«, schrie Danny, aber drei Artisten, Brüder aus Mexiko, stießen ihn mit einem breiten Grinsen aus dem Weg, während sie sich mit schrecklicher Genauigkeit auf den wimmelnden Haufen aus Körpern stürzten, direkt vor Iris.

Lila glitt zur Seite. Iris folgte ihr, packte den dicken Schweif der Löwin und ließ sich von ihr wegführen, nur fort aus dem Kampf, aus einem Kampf, der zusehends zu einem spontanen Experiment wurde, bei dem offenbar herausgefunden werden sollte, wie lange Menschen atmen können, während ein ganzer Zirkus seine gymnastischen Übungen auf ihnen veranstaltet.

Glücklicherweise endete die Prügelei am Eingang des Zwingers. Iris ließ sich auf Hände und Knie herunter und kroch durch das spröde gelbe Gras zu Boudicca und Con. Petro saß neben ihnen und keuchte; sein heißer, nach Fleisch stinkender Atem glitt über Iris' Gesicht.

Die Beruhigungspfeile steckten noch in ihren Schultern. Iris riss sie heraus und warf sie beiseite. Dann legte sie ihr Ohr an die Brust der Tiere und lauschte auf ihren Herzschlag. Hinter ihr wurden die Freiheitsaktivisten allmählich ruhiger, und das Knurren und die Schreie verwandelten sich in ein gepresstes Gelächter.

Iris stand auf und schwankte. Zu viel Anspannung, viel zu viel Herzschmerz und auch zu viel Kampf, sich selbst zu beherrschen. Noch etwas mehr davon und … sie spürte, wie sich ihr die Nackenhaare sträubten. Da setzte ihr Instinkt ein. Irgendwo in der Nähe, über sich, hörte Iris ein merkwürdiges Klicken.

Im nächsten Moment kollidierte etwas Großes mit ihrem Körper. Es knallte gedämpft, ein Geräusch, das sie vom Schießstand her kannte. Doch dann prallte sie so hart auf dem Boden auf, dass es ihr den Atem nahm. Iris kämpfte gegen das Gewicht auf ihrer Brust, versuchte zu atmen. Und dann klärte sich ihr Blick. Im nächsten Augenblick vergaß sie alles: Luft, Lunge, Bewegung. Weil sie nur noch in die wärmsten braunen Augen starren konnte, die sie in ihrem ganzen Leben gesehen hatte.

Aus weiter Ferne spürte sie einen schweren Körper, der fest zwischen ihren Schenkeln lag, und obwohl eine winzige Stimme in ihrem Hinterkopf schrie, dass dies ein Fremder war, also eine Gefahr, waren es trotzdem diese Augen, diese wundervollen, heißen Augen, die sie vergessen ließen, dass sie eigentlich Angst haben sollte. Ihre Aversion gegen menschliche Berührungen schien völlig verschwunden zu sein. Sie versuchte, etwas zu diesen Augen zu sagen, sie versuchte ein Wort zu äußern. Aber sie brachte nur ein Quieken zustande.

Und dann verschwand diese Wärme, dieser bemerkenswert weitsichtige Blick, er verschwand im großen Maul einer sehr großen Katze, das mit besonders langen und weißen Zähnen gespickt war. Petro. Entsetzt hörte Iris eine erstickte Stimme aus diesem Maul; sie klang tief, männlich und etwas gequält.

»Au«, sagte der Mann.

»O Gott!« Iris packte Petros dichte Mähne. *Lass ihn los! Sofort!*

Aber der Löwe wollte nicht. Sein Schutzinstinkt kreischte in ihrem Kopf weiter, aber sie schrie zurück, zwang ihm ihre Gedanken auf und flehte ihn an, den Mann loszulassen. Lila sah bloß zu, ihr Schweif peitschte die Luft.

Kein Blut, befahl sie Petro und schickte ihm ein Bild, wie er seinen Kiefer öffnen solle. *Bitte, kein Blut.*

Der Löwe zögerte. Iris starrte in seine goldenen Augen und spürte, wie der Mann, der auf ihr lag, erzitterte. Sie ließ ihre linke Hand aus der Mähne sinken und berührte einen Stoppelbart. Sein Hals war warm, sein Puls hämmerte.

»Petro«, flüsterte sie. *Er tut mir nichts.*

Ein tiefes Grollen vibrierte in der Brust des Löwen, doch schon einen Augenblick später öffnete er seinen Kiefer. Der Mann legte eine bemerkenswerte Selbstbeherrschung an den Tag; er zuckte mit keinem Muskel, bis Petro ihn sanft freigelassen hatte und zurückwich. Iris schloss die Augen und fragte sich, was das wohl für eine Schweinerei werden würde, wenn ihr Herz doch einmal explodierte und aus der Brust flöge: Es hämmerte so heftig, dass ihre Rippen geradezu zu klappern schienen.

Der Mann bewegte sich. »He. Alles okay mit Ihnen?«

Iris unterdrückte ein erschrecktes Lachen und öffnete die Augen. Erneut verschlug es ihr den Atem. Dieser verdammte Blick. Aber sie riss sich zusammen und bog sich gegen seinen Körper, drückte sich so eng an ihn, dass sie ihr Spiegelbild in seinen dunklen Augen sehen konnte. Sie betrachtete sein Gesicht und tat so, als mustere sie ihn einfach nur – klinisch.

»Ihre Haut ist unversehrt«, sagte sie. Im nächsten Augenblick, als sie ihn berührte, mit ihren Fingern über seine Wangenknochen strich, war sie schockiert. Sein Duft stieg ihr in die Nase; er roch wie die Luft vor einem Sommergewitter, als sei er aufgeladen, elektrisch und heiß. Es war verführerisch und berauschend; wie ein Sturm, der durch ihr Gehirn fegte. Am liebsten hätte sie ihre Nase an seine Haut gelegt und an ihm gerochen, diesen berauschenden Duft in sich eingesogen.

Der Mann räusperte sich. Iris riss die Hand zurück; sie kribbelte. »Ihr Löwe war… erstaunlich sanft zu mir, alles in allem.«

»Er ist nicht… mein Löwe«, erwiderte Iris und tadelte sich gleichzeitig, weil sie so dumm und verlegen wirken musste. Ihr Gesicht fühlte sich so rot wie ein von der Sonne erhitztes Metall an, und auch genauso steif. Sie stemmte die Hände gegen die Brust des Mannes, der einen dunklen Laut von sich gab, als sei auch er verlegen. Er stemmte sich hoch, von ihrem Körper weg, während ihm das Blut in die Wangen schoss. Iris hatte noch niemals einen Mann so stark erröten sehen; der Anblick ließ Merkwürdiges mit ihrem Herzen geschehen. Und schlimmer noch, als er ihr die Hand hinhielt, sah sie seine Finger: lang und kräftig. Und seine Haut war genauso honigbraun wie der Rest von ihm.

Iris stand allein auf. »Petro ist mein Freund. Ich *besitze* ihn nicht.«

»Freunde können manchmal noch schlimmer als eine

Leine sein«, antwortete der Mann und lächelte etwas gequält. Dann wischte er sich mit dem Ärmel über das Gesicht. »Nicht dass ich mich darüber beschweren wollte.«

Ihr wollte keine schnippische Antwort einfallen, also begnügte sie sich damit zu schweigen. Der Kampf vor dem Zwinger war zu Ende; sie fühlte, wie Pete sie beobachtete, aber sie konnte Daniel nirgendwo finden. Von den Leuten, die die Katzen angegriffen hatten, war ebenfalls nichts zu sehen. Nur José und seine beiden Brüder saßen auf der Spitze eines bunten menschlichen Hügels. Sie grinsten sie an und hielten ihr aufmunternd die Daumen hin.

»Geht es Ihnen gut?«, erkundigte sich der Mann erneut. Er war ganz in Schwarz gekleidet, wie Johnny Cash, und sein Gesicht wirkte ebenso… intensiv wie das des Sängers. Er sah gut aus, sogar hinreißend, und sein schwarzes welliges Haar hing ihm tief in die Stirn.

»Immerhin hat an mir kein Löwe herumgekaut«, erwiderte Iris. »Außerdem haben Sie mich nur zu Boden gerissen. Das allerdings… ziemlich heftig.«

Seine Miene verfinsterte sich. »Jemand hat auf Sie geschossen.«

»Das ist unmöglich«, widersprach Iris, aber in ihrer Erinnerung hörte sie das Echo, den Knall in der Luft. Ihr Herzschlag, der gerade angefangen hatte, sich zu beruhigen, beschleunigte sich sofort wieder.

Der Mann hockte sich in das trockene Gras. Sie beugte sich über seine Schulter und entdeckte im Lehmboden einen Kanal, der wie der Schweif eines Kometen aussah. In seinem Endpunkt schimmerte Metall. Ihr wurde fast übel, und ihr Kopf tat weh.

»Eine Kugel«, sagte er. »Es ist aber nur *eine*. Sie ist etwa dreißig Zentimeter von der Stelle in den Boden eingeschlagen, wo Sie standen.«

Das war einfach zu viel für sie; noch mehr Verrücktheiten

konnte sie nicht gebrauchen. Doch bevor Iris etwas sagen konnte, hörte sie schon das klagende Heulen der Sirenen. Pete lief auf sie zu; sein Bauch wackelte unter seinem Nachthemd.

»Iris!«, rief er. »Polizei.«

»Okay«, antwortete sie und drehte sich wieder zu dem Fremden herum. Er hatte diese wenigen Sekunden, in denen sie abgelenkt war, genutzt und einen gewissen Abstand zwischen sie gelegt. Das wirkte schon fast wie eine Flucht. Sie hatte noch nie gesehen, dass sich jemand so schnell bewegen konnte, niemand bis auf ihre Mutter. Und das erschreckte sie.

»Wir müssen miteinander reden«, protestierte sie.

»Das stimmt«, gab er zurück. Doch bevor sie noch etwas sagen konnte, schloss er den Abstand zwischen ihnen und berührte ihre Wange. Dieser Kontakt kam vollkommen unerwartet, ebenso wie der Funke, dieser elektrische Funke, der aus seinen Fingern sprang. Sie zuckten beide zusammen, und Iris hätte gar nicht sagen können, was sie mehr schockierte: seine Berührung oder ihre Reaktion darauf. Sie war atemlos und wie erstarrt. Normalerweise berührte Iris keine Menschen. Und sie mochte es auch nicht, berührt zu werden. Aber bei ihm war das irgendwie anders… Und seine Hand…

Er starrte Iris an. »Seien Sie vorsichtig«, flüsterte er heiser.

Vorsichtig? Vor wem soll ich mich eigentlich hüten?, dachte sie. Denn im Moment schien das einzig Gefährliche in ihrer Umgebung er zu sein. Er wirkte so gefährlich und lenkte sie so sehr ab, dass sie kaum an die Gewalttätigkeiten denken konnte, die vor Kurzem noch hinter ihr stattgefunden hatten.

Der Mann riss seinen Blick von ihrem Gesicht los, drehte sich auf dem Absatz herum und ging davon. Iris wollte ihm noch folgen, aber da packte Pete schon ihren Arm und zog sie zurück.

Diese Uniformen zwischen den Zirkusleuten, und die roten und blauen Lichter, die über alle hinwegzuckten. Sie fühlte sich unbehaglich. Es spielte keine Rolle, dass man die Polizei zu Hilfe gerufen hatte; die Paranoia ihrer Mutter wirkte noch immer. Man durfte Männern und Frauen, die Machtpositionen innehatten, niemals trauen, denn schon eine Kleinigkeit konnte dazu führen, dass sie sich gegen einen stellten, und dann… war die Katastrophe da.

Petro grollte dunkel, sein Schweif zuckte. Iris bemühte sich um Selbstbeherrschung; es half doch nichts, wenn ihr eigener Geruch nach Furcht die Katzen aufregte. Sie musste stärker sein, auch härter. Unwillkürlich blickte Iris zu der Stelle, wo der Mann eben gerade verschwunden war. Aber jetzt schien alles in Schatten und Licht getaucht; er war verschwunden: nur noch eine Erinnerung an diese warmen braunen Augen.

»Iris«, sagte Pete.

»Hilf mir, den Zaun wieder aufzurichten«, murmelte sie. Sie war tatsächlich entsetzt, und zwar über sich selbst. Rasch hoben sie zu zweit das Stück Zaun auf und schwangen es wieder an seine Stelle zurück. Es war zwar nur eine notdürftige Reparatur, aber Petro und Lila machten nicht einmal einen Versuch zu fliehen, sondern legten sich einfach vor Con und Boudicca auf den Boden und verfolgten die allgemeine Unruhe mit ihren undurchdringlichen Blicken. Aufmerksam. Beschützend.

Das ist nicht normal. Iris erinnerte sich an die Worte der anderen Menschen. *Es ist nicht normal, dass sich Raubkatzen so verhalten, selbst wenn sie domestiziert sind. Unterschiedliche Spezies benehmen sich fast wie ein Rudel, wie eine Familie.*

Na klar. Als wenn sie selbst das Rollenmodell für Normalität wäre.

Iris spürte eine Wärme an ihrem Rücken. Das waren Körper, die sich ihr näherten. Sie hörte auch Stimmen, holte tief Luft, wappnete sich für das unausweichliche Durcheinander, das nun kommen musste, und sah Pete an.

Der verzog nur den Mund. »Wie in den guten alten Zeiten.«

»Erinnere mich bloß nicht daran«, erwiderte sie und grinste grimmig. Es wurde längst Zeit, sich der Kavallerie zu stellen. Das war etwas, das sie schon ihr Leben lang immer wieder hatte tun müssen, weil sie ihr Leben lang genug Verrückte angezogen hatte, um ein eigenes kleines Irrenhaus zu füllen. Frauen und Männer, die sich weigerten zu glauben, dass Iris etwas anderes war als eine peitschenknallende Tierschänderin, die sich lediglich daran ergötzte, Raubkatzen zu quälen, nur damit sie entwürdigende Tricks darboten.

Die Polizei von Las Vegas jedoch zeigte sich weit herzlicher, als sie erwartet hatte. Sämtliche Beamten waren männlichen Geschlechts. Und sie war nass und halb nackt – ein Geschenk des Himmels.

Und dennoch verlor sie ihr Zeitgefühl. Zu viele Leute wollten etwas von ihr, sie stellten ihr zu viele Fragen, die sie nicht beantworten konnte. Die Hotelmanager des Miracle waren ebenfalls keine große Hilfe: blasse dünne Männer in Anzügen, die sich mehr Sorgen darüber machten, wie sie die Presse kontrollieren konnten, sowie über Iris Fähigkeit, vor ihr aufzutreten, als darüber, dass sie – verängstigt war. Ein weiterer Weckruf aus der Neuen Welt, die sie betreten hatte. Eine Welt, wo der Saldo eine größere Rolle spielte als Fleisch und Blut.

Aber sie kam zurecht. Wie immer. Und während der Gespräche und dieses sehr befriedigenden Augenblicks, als die Polizisten die vier mürrischen Eindringlinge in einen Lieferwagen packten, hielten sich ihre Freunde in der Nähe auf und boten ihr diese Art von schweigender Unterstützung, die umso schöner war, weil sie ihre Distanz respektierte. Wir sind da, du kannst dich auf uns verlassen, und wir kommen dir sofort zu Hilfe... Das war die unausgesprochene Botschaft. Die Zirkusfamilie war eine sehr starke Familie, und zwar bis zum bitteren Ende.

Sie konnte gar nicht sagen, wie glücklich sie darüber war. Vor allem, als sich der letzte Mann, der sie befragte, ihr näherte und ihr ein Abzeichen des FBI zeigte.

»Das ist der erste Vorfall von Ökoterrorismus, den wir seit fast sechs Monaten hier erlebt haben«, erklärte der Agent, nachdem er sich kurz vorgestellt hatte. Er hieß Fred. Einen Nachnamen nannte er nicht, was ihr angesichts des typisch professionellen Verhaltens der FBI-Agenten etwas merkwürdig erschien. Iris konnte sich auch nicht erinnern, auf seinem Ausweis einen Nachnamen gesehen zu haben. Allerdings bedeutete ihr das auch nicht besonders viel. Nach einer gewissen Zeit war ein Bundesbeamter doch wie der andere.

»Es ist jedenfalls nicht mein erster Zwischenfall«, erwiderte sie gereizt. Es ärgerte sie, dass sie schon die ganze Nacht ähnliche Bemerkungen gehört hatte. Sechs Monate ohne jeden Zwischenfall. Gewalttätigkeit war äußerst selten. In dieser Stadt gab es nicht mehr viel, was die Umweltextremisten aufbrachte.

Bis Sie gekommen sind, sollte das wohl heißen. Wunderbar. Schick. Klasse.

Iris hüllte sich in eine fadenscheinige Decke, die Pete ihr gebracht hatte, betrachtete die Männer um sie herum und bemerkte, wie der alte Mann mit einigen Handwerkern sprach. Danny war inzwischen verschwunden, und zwar schon seit einer ganzen Weile. Als hätte er sich in Luft aufgelöst. Genau wie dieser Fremde.

Mr. Schönauge, so nannte sie ihn. In dem Moment sagte Fred etwas, und sie antwortete. »Meine Mutter und ich haben schon immer als Zielscheiben gedient. Die Tierschützer, jedenfalls die Extremisten, scheinen sich einfach nicht mit der Vorstellung abfinden zu können, dass es unseren Katzen wirklich gut geht, auch wenn sie zu einem Zirkus gehören. Wir sind denen seit Jahren schon aus dem Weg gegangen.« Jahre mit anderen Cops in anderen Städten, mit anderen Bundesagenten, von denen alle immer nickten, Berichte schrieben, aber nicht mal den kleinen Finger für sie rührten.

»Ihre Mutter«, sagte Fred. »Ist sie hier?«

»Nein«, erwiderte Iris entschieden. Noch bevor er sie fragen konnte, warum nicht und wo sie wäre, stellte sie eine Frage. »Was ist mit der Waffe? Mit der Person, die auf mich geschossen hat?«

»Wir haben die Kugel gefunden, aber weder eine Waffe noch den Schützen. Wir vermuten jedoch, dass er mit Kevin Cray zusammengearbeitet hat, dem Mann, den Sie geschlagen haben, und natürlich auch mit seinen Leuten.«

»Welcher … Gruppe gehören sie denn an?«

»Das ist im Augenblick noch schwer zu bestimmen. Ein bisschen müssen wir noch mit ihnen reden. Aber machen Sie sich keine Sorgen.« Fred legte ihr die Hand auf die Schulter. »Wir werden uns um Sie kümmern.«

Vermutlich war es unangebracht, die Augen zu verdrehen. »Sind wir dann hier fertig, Agent … Fred?«, fragte Iris deshalb nur. »Ich muss mich um meine Katzen kümmern.«

»Klar. Aber bevor Sie gehen, können Sie mir vielleicht noch sagen, wo der Gentleman geblieben ist, der Sie vor dem Schützen gerettet hat? Ich würde gern mit ihm sprechen.«

»Er ist verschwunden«, erwiderte Iris. Dann drehte sie sich um und verschwand ebenfalls.

Die Polizei verließ den Zirkus. Fred begleitete sie. Die einzigen Leute, die blieben, gehörten zum Zirkus, und nachdem sie ein bisschen Feuer geschluckt, geturnt und gejodelt hatten, alles nur, um Iris aufzumuntern, verschwand einer nach dem anderen. Morgen war Vorstellung, und sowohl für den Nachmittag als auch für den Abend war eine Show im Miracle angesetzt. Die Leute brauchten ihren Schlaf.

Iris stand am Zaun und genoss die Ruhe und das Schweigen. Ihre Erleichterung war so groß, dass sie am liebsten geweint hätte. Stattdessen ging sie jedoch zu Pete. Er versuchte nicht, sie zu umarmen, obwohl sie sich fast gewünscht hätte, dass seine dicken, kräftigen Arme ihre übliche Sprödigkeit ein einziges Mal ignorierten, sie einfach an sich zogen und ihr dabei fast die Knochen brachen. Sie brauchte jetzt eine Umarmung! Unbedingt.

Aber Iris rührte sich nicht, ebenso wenig wie Pete, obwohl sein Blick sehr freundlich war.

»Na, na«, murmelte er. Er trug noch immer sein Nachthemd, hatte aber jetzt eine Pfeife in der Hand. Er roch nach Kaffee und Kirschtabak. »Dir geht es gut und den Katzen auch. Schlaf einfach ein bisschen. Kein Grund, sich aufzuregen.«

»Bis auf die Kleinigkeit, dass man auf dich geschossen hat«, brummte eine Stimme mit einem bekannten Akzent. Samuel tauchte hinter ihnen auf und rieb sich verschlafen seine massiven Arme und dann auch die Rippen. Der große Deutsche sah aus, als gehöre er in ein Hochsicherheitsgefängnis: kantig und muskulös. Aber er war ein hinreißender Mensch und trat sowohl als Herkules als auch als Clown auf.

Pete warf ihm einen giftigen Blick zu. »Wir müssen doch nicht ausgerechnet jetzt darüber sprechen, Sammy. Iris hat heute schon genug durchgemacht.«

»Ist ja gut, Pete, ich komm damit klar.« Was auch immer dieses *damit* bedeuten mochte. Einen Anschlag auf ihr Leben? Eine Warnung? Aber was konnte sie schon tun? Sie konnte unmöglich aufhören, mit den Katzen zu arbeiten, es sei denn, Petro und die anderen sagten ihr, dass es Zeit dafür wäre. Und bis jetzt schienen sie das aufregende Leben auf der Bühne und im Scheinwerferlicht – und auch den Applaus – ja zu genießen.

»Iris«, sagte Pete. »Ich möchte, dass du heute Nacht in meinem Büro schläfst. Morgen bringe ich dich dann ins Hotel. Das Management bietet dir eine Penthousesuite an, mit einem Wachdienst rund um die Uhr.«

»Kein Interesse.«

»Iris ...«

»Ich bin absolut nicht daran interessiert, Pete. Oder erlauben sie mir, die Katzen mitzunehmen?« Iris schüttelte den Kopf. »Ich bin genau da, wo ich sein sollte. Und außerdem auch in Sicherheit. Wir haben vielleicht keine Zäune, aber Fremde fallen trotzdem auf.« Sie sah sich um. »Da wir gerade davon reden, hast du eigentlich gesehen, was aus diesem Kerl geworden ist, der mich zu Boden geworfen hat? Du weißt schon, der mit dem Bart?«

»Ah«, meinte Samuel. »Der *Wunderschöne.*«

»Ja«, erwiderte Iris verlegen. »Genau den meine ich.«

Samuel kratzte sich jetzt die Rippen. »Ich glaube nicht, dass er mit der Polizei reden wollte.«

»Willkommen im Club«, meinte Iris. »Aber ich wollte mich bei ihm ... bedanken.«

Pete versuchte ein Lächeln, aber es sah eher aus wie ein nervöser Tick. »Dafür bekommst du bestimmt noch deine Chance. Bis dahin kommst du aber mit mir mit.«

»Nein. Ich bleibe heute Nacht bei den Katzen. Petro und Lila sind schon aufgeregt genug, und falls ich nicht hier bin, wenn Con und Boudicca aufwachen, dann habe ich keine Ahnung, wie sie reagieren werden. Du weißt doch ganz genau, wie nervös sie sind, Pete. Und nach heute Nacht? Wenn ich sie nicht beruhigen kann, dann gibt es morgen vielleicht keine Show. Wirklich nicht.«

Das waren sehr kalkulierte Worte. Die Show bedeutete nämlich mehr als alles andere, ganz gleich was auch passierte. Pete kniff die Augen zusammen. »Du erzählst Geschichten, Iris. Aber – mach so was nicht mit mir.«

»Das ist aber die Wahrheit«, wiederholte sie und konnte es gerade noch vermeiden, die Finger zu kreuzen. »Außerdem bezweifle ich, dass unser ökoterroristischer Revolverheld heute Abend noch einmal wiederkommt. Das Pflaster dürfte ihm viel zu heiß sein.«

Pete schloss die Augen. »Wenn deine Mutter hier wäre …«

»Ist sie aber nicht«, unterbrach ihn Iris scharf. »Und benutze sie nicht gegen mich. Du magst ihr nahegestanden haben, aber ich kenne sie besser als jeder andere. Und *sie* würde die Katzen jetzt auch nicht allein lassen.«

»Das stimmt«, erwiderte Pete ruhig. »Und es bricht mir das Herz.«

Es brach auch Iris das Herz. Denn sie wusste, wie sehr ihre Mutter ihr Leben und ihre Tochter geliebt hatte. Trotz alledem aber war sie seit der ganzen Zeit nicht zurückgekommen …

Sie schluckte schwer und sah zu Samuel hinüber, der mit ausdruckslosem Blick zwischen ihr und Pete hin und her blickte. Sie tätschelte seinen kräftigen Arm.

»Gute Nacht, du schlimmer Junge.«

»Gute Nacht«, erwiderte er ernsthaft. »Wenn du willst …«

Iris schüttelte den Kopf. »Wir sehen uns morgen früh.«

Pete sagte nichts, sondern drehte sich auf dem Absatz herum und marschierte davon. Die Schöße seines Nachthemds flatterten hinter ihm her. Samuel zögerte und erschreckte Iris, als er sie packte und kurz und fest an sich drückte. Es fühlte sich an, als wäre sie in einen Kokon von Stein und Stahl gehüllt. Tränen traten ihr in die Augen, und sie war froh, dass Samuel sie nicht ansah, sondern nur den Kopf senkte, etwas auf Deutsch murmelte, dann seine Hände in die Hosentaschen stopfte und hinter dem alten Zirkusbesitzer her marschierte.

Iris seufzte und sah ihnen nach. Endlich war sie allein. Sie war vielleicht dumm, aber immerhin allein.

Sie zog das Drahttor ein Stück zur Seite und betrat den Zwinger. Petro begrüßte sie mit einem lauten Grollen und rollte sich dann auf den Rücken. Lila lag neben ihm, über Boudicca, die sich nicht rührte. Con schlief. Iris drängte sich an sie, unmittelbar in das Zentrum dieses warmen Fellhaufens hinein, rollte sich zusammen und schob sanft Gedanken von Liebe und Zugehörigkeit in ihre Köpfe. Dann schloss sie die Augen und rief sich in Erinnerung, dass dies hier ihr Zuhause war. Ein Zuhause, das sie beschützen musste, und zwar koste es, was es wolle. Selbst wenn ihr der Gedanke, hier draußen schutzlos zu sitzen, Todesangst einflößte.

Aber langsam entspannte sie sich, döste ein und fiel schließlich in einen tiefen Schlaf, so tief, dass sie träumte. Sie schwebte auf Wolkenfetzen und rannte über endlose Straßen, die sie in einen Wald führten, und zu einem Jungen, der schrie und blutete …

Iris öffnete die Augen. Ihr Herz hämmerte zwar heftig, doch sie unterdrückte die alten Erinnerungen und konzentrierte sich auf das Hier und Jetzt, auf die Geräusche eines großen Lagers, das sich unruhig im Schlaf bewegte. Ihre Instinkte regten sich, und sie spürte eine Veränderung in der Atmosphäre. Da war jemand.

Sie setzte sich auf. Die Welt schien dunkler zu sein, als sie sich erinnerte. Aber dann fokussierten ihre Augen, und im nächsten Augenblick kompensierten ihre anderen Sinne das begrenzte Sehvermögen. Sie holte tief Atem, witterte in der Luft und nahm einen vertrauten Duft wahr.

»Spionieren Sie immer Mädchen nach, wenn sie schlafen?«, fragte Iris in die Dunkelheit hinein. Sie beobachtete eine bestimmte, sehr dunkle Stelle neben einem der Lastwagen. Der Schatten bewegte sich auf den Zwinger zu und wurde sogleich zu einem Mann.

Iris trat zu ihm an den Zaun. Der Maschendraht fühlte sich keineswegs wie eine besonders große Barriere an – und unter seinem Blick fühlte sie sich geradezu exponiert, sogar beinahe nackt. Sie zog die Decke noch fester um ihren Körper, während er sie beobachtete. Sie musterte ihn ebenfalls, während sie tat, als wäre sie unbeeindruckt und kühn, obwohl sie in Wirklichkeit einfach nicht die Kraft hatte wegzusehen.

Der Mann war schlank, hatte breite Schultern und schmale Hüften, trug Leinensachen, die nach einem exklusiven Schneider aussahen und sehr teuer wirkten. Zumindest hatte er einen ziemlich guten Geschmack. Er sah aus wie ein Mann, der auf einen Abend in einem erstklassigen Yuppie-Nachtclub eingestellt und auch so gekleidet war. Dort würde er einen Martini, geschüttelt, nicht gerührt, in seiner großen, eleganten Hand halten.

Geld, dachte Iris, als sie ihn betrachtete. Er war hineingeboren, darin aufgewachsen oder hatte hineingeheiratet. Allerdings passte diese Vorstellung so gar nicht zu seiner Gegenwart hier und seinem Verhalten. Männer wie er spazierten doch nicht einfach so im perönlichen Bereich eines herumziehenden Zirkus herum, nicht einmal, wenn dieser auf einem staubigen Parkplatz hinter einem funkelnden Hotel auf dem Las-Vegas-Strip kampierte. Und sie retteten auch keine Frauen vor Heckenschützen.

»Sie sollten nicht hier sein«, sagte Iris zu ihm. Er verschränkte die Arme vor der Brust. Seine Miene verdüsterte sich.

»Merkwürdig. Gerade eben habe ich dasselbe über Sie gedacht.«

Iris runzelte die Stirn. »Es ist aber mein Lager, also mein Territorium.«

»Was nicht bedeuten muss, dass dieser Ort auch sicher ist. Man hat gerade auf Sie geschossen, und was tun Sie? Sie beschließen, hier draußen zu bleiben, wo Sie ein gutes Ziel abgeben. Das ist keine gute Idee.«

»Natürlich ist das keine gute Idee!«, fuhr Iris ihn an. Es machte sie wütend, dass ihr ein Fremder eine Lektion erteilte. »Aber darum geht es auch gar nicht. Ich kann die Raubkatzen nicht transportieren, während sie betäubt sind, und ich werde sie ganz bestimmt nicht allein lassen, solange sie verletzlich sind. Schon gar nicht, wenn hier jemand mit einer Pistole in der Hand herumläuft.«

»Stattdessen also riskieren Sie lieber Ihr eigenes Leben.«

»Seien Sie nicht so melodramatisch. Ich kann sehr gut auf mich selbst aufpassen. Außerdem wette ich, dass die Person, die da auf mich geschossen hat, mich absichtlich verfehlte. Wahrscheinlich war es sogar ein Freund dieser Arschlöcher, die versucht haben, die Katzen zu entführen. Solche Typen erschrecken die Leute gern, sind aber viel zu feige, um einen Mord zu begehen.«

»Sind Sie sich da sicher?«

»Ja«, log Iris. »Außerdem, was geht das eigentlich Sie an? Sie sind nicht mein Beschützer.«

Darauf sagte er nichts. Iris trat näher an den Zaun heran. Seine Augen lagen im Schatten, aber sie stellte sich vor, dass sie noch genauso aussahen wie vorher: braun und voll von etwas ... Warmem.

»Warum wollten Sie nicht mit der Polizei sprechen?«, fragte Iris. Sie war stolz, dass ihre Stimme nicht zitterte, sondern kraftvoll, ruhig und gelassen klang.

Er biss die Zähne zusammen. »Ich habe versucht, den Schützen zu finden. Ich dachte, es wäre nützlicher, als nur herumzustehen und zu versuchen, den glücklichen Zufall zu erklären, warum ich gerade zu dem Zeitpunkt da war, als die Pistole losging.«

»Genau. Auf diese Erklärung wäre ich auch sehr gespannt.«

»Sie könnten eine kugelsichere Weste oder ein Dach über dem Kopf gebrauchen.«

»Oder ein paar klare Antworten. Zum Beispiel Ihren Namen.«

Er zögerte. »Meine Freunde nennen mich Blue.«

»Und Ihre Feinde?«

»Die halten sich nicht mit Namen auf.«

»Das finde ich aber nicht sonderlich beruhigend.«

Er verzog den Mund zu einem Lächeln. »Wie heißen Sie?«

»Iris.« Sie wusste nicht genau, warum sie ihm das verriet oder weshalb sie nichts dagegen tun konnte. Sie mochte keine Fremden, jedenfalls in den meisten Fällen nicht. Aber dieser Mann hier hatte etwas Zwingendes an sich. Es flößte ihr Angst ein, wie überwältigend er auf sie wirkte.

Dann trat er dichter an den Zaun und verschränkte seine Finger im Maschendraht. »Iris, Sie sollten sich vielleicht überlegen, ob Sie die Nacht nicht lieber woanders verbringen. Ich bringe Sie nach Hause. Oder auch nicht, wenn Ihnen das unangenehm ist. Aber hier sind Sie wirklich nicht sicher.«

Iris zog die Decke fester um sich. Hinter ihr gähnte Lila. Die Reißzähne der Löwin schimmerten lang und weiß in den wenigen Lichtern des Lagers. Es war ruhig, obwohl sie die Musik und die Geräusche vom Strip hören konnte. Diesem Betondschungel konnte man nicht entkommen; hier gab es keinen Frieden, nirgendwo.

»Warum tun Sie das?«, fragte sie ihn, während sie ihm in die Augen blickte und seinen sauberen Geruch einsog. »Warum sind Sie hier?«

»Warum nicht?«, antwortete er. Seine Stimme klang tief und leise. »Warum sollte ich Ihnen nicht helfen?«

»Weil Leute das normalerweise nicht machen. Jedenfalls nicht *so.*«

Unwillkürlich packte er den Maschendraht fester. Er war

ein großer Mann, breitschultrig und hochgewachsen. Iris fühlte sich neben ihm klein, fast zierlich. Sie zog sich aber nicht zurück, sondern trat sogar noch näher zu ihm heran, sog ihn ein, versank in seinem Blick. Er war gefährlich. Das hier war alles sehr gefährlich; ihre Mutter würde sich für sie schämen, aber Iris konnte nichts dagegen tun. Selbst der Leopard in ihr verlangte nach ihm; sie spürte, wie ihre andere Hälfte durch die Brust wogte und zum Leben erwachte.

»Dann sollten Sie vielleicht mal bessere Menschen kennenlernen«, antwortete er und blickte auf ihren Mund. Ihr Pulsschlag beschleunigte sich, und ein kleiner schmerzhafter Stich fuhr ihr durchs Herz, als sie sich an alte Zeiten erinnerte, an ältere Schmerzen und daran, warum das hier keine gute Idee war, sondern gefährlich. Iris zwang sich zurückzuweichen, doch in diesem Augenblick nahm sie einen neuen Geruch wahr und blieb wie angewurzelt stehen. Sie neigte den Kopf und blickte nach links: in die dunklen Schatten hinein. Der Mann, Blue, folgte ihrem Blick.

»Was ist das?«, wollte er wissen.

Iris konnte ihm nicht antworten. Wie hätte sie ihr Gespür erklären sollen? Unmissverständlich sagte es ihr, dass sich jemand näherte.

Vorsichtig. Du musst vorsichtig sein. Doch wovor sie sich hüten musste, das wusste sie nicht. Gutes Gehör allein genügte nicht, um eine Person zu einem Unmenschen zu erklären. Selbst wenn es so war.

Sie hörte die Stimme ihrer Mutter, die sie tadelte, hörte das schwache Flüstern: *Besser ist es, auf Nummer sicher zu gehen, als dass es einem dann leidtut, Iris. Sei immer wachsam, weil in dem Augenblick, in dem du es nicht mehr bist, etwas passieren wird. Du wirst überrumpelt. Deine wahre Natur wird zum Vorschein kommen, und das darf nicht geschehen. Du darfst es nicht zulassen. Die Welt ist für Wesen wie uns zu gefährlich, und wir sind allein. Wir sind allein und haben nur uns…*

Und jetzt hatte Iris nur noch sich selbst. Sie sah den Mann an, Blue, und bemerkte, dass er sie musterte. Seine Aufmerksamkeit und sein eindringlicher Blick machten sie nervös.

»Was wollen Sie?«, fragte sie ihn und ignorierte einen Augenblick lang den Geruch im Wind, die Schritte, die sich zügig näherten. Aber nichts davon schien eine Rolle zu spielen, verglichen mit dem, was im Kopf dieses Mannes vorging.

Blues Blick veränderte sich. Er öffnete den Mund, um etwas zu sagen. Iris beugte sich vor.

Doch bevor er etwas sagen konnte, zuckte ein Licht durch die Dunkelheit. Iris drehte sich um. Es war wieder Danny, der jetzt eine Taschenlampe bei sich hatte. Er bewegte sich, und Iris erwartete fast, dass er wegliefe. Aber als sie ihn ansah, stellte sie fest, dass er nur seine Position verändert hatte und jetzt so dastand, dass Danny ihn sofort sehen konnte.

Danny sah ihn auch und blieb wie angewurzelt stehen. Er stolperte sogar, obwohl er sich so geschickt fing, dass Iris es fast übersehen hätte. Sie war an seine Anmut gewöhnt, an seine Fähigkeiten als Tänzer, und deshalb war dieser Fehltritt so besonders auffällig. Und sein Geruch änderte sich auch. Er wurde beißend, bitter, aber sein Unbehagen war ihr unverständlich. Doch auch Blue roch nervös.

»Iris«, sagte Danny leise. »Geht es dir gut?«

»Mir… geht es gut«, erwiderte sie gedehnt, während sie zwischen den beiden Männern hin und her sah. »Das ist der Mann, der mich vor der Kugel gerettet hat. Er heißt Blue.«

Danny sagte nichts. Er betrachtete Blue und richtete den Strahl der Taschenlampe direkt auf sein Gesicht. Das musste unangenehm sein, aber Blue protestierte nicht. Er stand einfach nur da und ließ sich von Danny mustern. Keiner von ihnen sagte etwas oder rührte sich. Iris fand das ziemlich unheimlich. Und verwirrend.

»Kennt ihr euch?«, fragte sie.

»Nein«, erwiderten beide Männer gleichzeitig. Iris rieb sich die Stirn.

»Na klar. Also gut. Danny, leuchte ihm nicht so ins Gesicht. Du blendest ihn ja.«

»Okay.« Er klang unfreundlich, und seine Augen wirkten hinter der Brille so hart wie Stein. »Ich würde gern wissen, was er hier will.«

»Ich bin nur auf der Durchreise«, erwiderte Blue. Iris hatte seinen Blick zuvor schon für eindringlich gehalten, aber das war noch nichts im Vergleich zu dem, was sich auf seinem Gesicht abzeichnete, als er Danny ansah. Die Intimität seiner Gefühle bereitete ihr Unbehagen, allerdings nur, weil Danny den Mann ebenso unverhüllt betrachtete. Iris wurde unwillkürlich an Löwen erinnert, an männliche Löwen, die sich auf dem Terrain des Rudels trafen und bereit waren zu kämpfen, nämlich um das Recht, zu jagen und sich zu paaren.

»He!«, sagte sie und wiederholte es lauter. Beim zweiten Mal blickten die beiden Männer sie an. Ihre Wangen waren gerötet, und sie rochen so gereizt, dass sie die beiden am liebsten geschüttelt hätte und dann weggelaufen wäre. Danny schluckte, und der Strahl der Taschenlampe glitt von Blues Gesicht.

»Iris«, sagte er. »Ich bin an deinem Wohnmobil gewesen, weil ich wissen wollte, ob es dir gut geht. Du warst aber nicht da, also habe ich mir Sorgen gemacht.«

»Es geht mir gut.« Sie sah Blue an. »Wirklich.«

»Hier draußen bist du nicht sicher.«

»Das sagen mir alle.« Ihre Stimme klang kalt, doch das war nur vorgetäuscht, um ihre Erschöpfung zu verbergen. Sie war vielleicht nicht allein, aber sie wollte gern allein sein – ganz allein, bis auf ihre Katzen. Menschen, verzieht euch. Ihr Herz tat weh.

»Ich werde diesen Zwinger aber nicht verlassen«, teilte sie den beiden Männern mit. Irgendwie kam es ihr geradezu surreal vor, dass sie sich verteidigen musste, obwohl sie das Richtige tat. »Nicht, bevor Con und Boudicca aufgewacht sind und ich weiß, dass sie ruhig bleiben. Also könnt ihr beide jetzt getrost verschwinden. Geht und prügelt euch. Oder findet heraus, was euch beide so reizt.«

Iris kehrte ihnen den Rücken zu und legte sich zwischen Con und Petro. Lila ließ sich auf das Gras zu ihren Füßen fallen und leckte Iris' Waden. Ihre Zunge fühlte sich wie Sandpapier an.

Die Männer rührten sich sehr lange nicht. Iris kam sich schon richtig albern vor, weil sie sie ignorierte. Aber die Alternative hätte bedeutet, dass sie sich auf sie hätte einlassen müssen, und dafür hatte sie nicht die Energie. Sie war auch so schon verwirrt genug und außerdem erschöpft. Sie legte sich einfach auf die Seite, rollte sich zu einem Ball zusammen und hörte zu, wie sich die Männer gegenseitig maßen. Ihr Körpergeruch machte ihr auch weiterhin Kopfzerbrechen. Und zwar nicht, weil er vollkommen unerfreulich war, sondern weil es ihr plötzlich schwer fiel, die beiden zu unterscheiden. Dannys Geruch hatte zwar nicht die gleiche elektrische Spannung wie der von Blue, sondern wirkte eher wie ein sanfter Regen und nicht wie ein Gewitter. Aber er besaß doch eine unterschwellige Qualität, die ganz unbestreitbar ähnlich war.

Es ist fast so, als wären sie Verwandte, dachte sie und erwog diese Möglichkeit einen Moment lang, bevor sie sie schließlich beiseiteschob. Das war doch zu unwahrscheinlich. Außerdem hatten beide Männer gesagt, dass sie sich nicht kannten, und Iris glaubte, dass dies der Wahrheit entspräche. Sie schloss die Augen. Dann hörte sie Kleidung rascheln und Gelenke knacken. Jemand knurrte sehr leise vor Schmerz. Sie glaubte, dass es Blue gewesen war, und hätte sich fast schon herumgerollt. Sie zwang sich jedoch dazu, ruhig liegen zu bleiben, während sie jetzt jedes Geräusch und jeden Geruch ganz klar, neu und scharf wahrnahm. Sie hörte, wie er sich vor dem Zwinger ins Gras legte, und konnte sich einfach nicht vorstellen, warum dieser Mann, ein Fremder, sich ihretwegen so viel Ärger aufbürdete. Sie wäre gern misstrauisch gewesen und hätte sein erstaunliches Verhalten unterschwelligen Motiven zugeschrieben. Aber sein Geruch war klar und ruhig, und dagegen konnte sie nichts einwenden. Und das wollte sie auch gar nicht.

»Sie können hier nicht bleiben«, murmelte Danny.

»Dann rufen Sie die Polizei«, erwiderte Blue.

Schweigen. Eine ganze Weile später hörte Iris wieder eine Bewegung, und dann ließ sich noch jemand ins Gras hinab.

»Kommen Sie bloß nicht auf komische Ideen«, sagte Danny.

»Okay«, erwiderte Blue. Und das war das Letzte, was Iris ihn in dieser Nacht sagen hörte.

Sie schlief ein.

4

Am nächsten Morgen wachte Blue auf, beinah zögernd, weil ihm der Schlaf seiner Erfahrung zufolge meistens eher guttat. Er hatte aber einen steifen Hals und spürte einen Stiefel in seinem Schoß. Er hätte nicht sagen können, was schlimmer war, obwohl er vermutete, dass der sehr große halbnackte Mann, der mit einem Beil bewaffnet auf ihn herunterstarrte, beides übertrumpfte.

»Hallo«, begrüßte ihn Blue.

»Guten Morgen«, sagte der Mann auf Deutsch. Das Lächeln, das seine Worte begleitete, wirkte beinahe ebenso brutal wie der riesige gelbe Smiley, den er sich auf die Brust hatte tätowieren lassen. »Ich finde Sie zwar wunderschön, aber wenn Sie meinen Freunden wehtun, werde ich Sie in Stücke schneiden. Okay?«

»Okay«, erwiderte Blue und hoffte inständig, dies möge die richtige Antwort sein.

Offensichtlich war sie es. Der Mann drehte sich jedenfalls um und marschierte zum Zwinger. Dies überraschte Blue fast ebenso wie der Anblick des Tageslichts oder der des Beils. Er hatte nicht schlafen wollen, während sein Bruder da irgendwo in der Dunkelheit lauerte und zweifellos auf eine Gelegenheit wartete, ihn unschädlich zu machen. Aber da Blue immer noch lebte und keine weiteren Wunden aufwies, schien offenbar die Vernunft gesiegt zu haben. Vielleicht war es sogar der ganz gewöhnliche Anstand. Daniel wusste offensichtlich, wer er war. Wirklich großartig.

Er setzte sich auf. Sein ganzer Körper tat weh, und als er sich vorbeugte, bemerkte er den großen, staubigen Abdruck eines Stiefels auf dem Schlitz seiner schwarzen Hose. Das hatte ihm gerade noch gefehlt – Blue fragte sich, ob dies wohl ein Omen für all das sein mochte, was ihm noch bevorstand.

Er warf einen Blick auf den Zwinger und begegnete den bernsteinfarbenen Blicken von vier sehr großen Raubkatzen, die ihn mit einer Art von Konzentration musterten, die Blue normalerweise von den Situationen her kannte, wenn er auf jemanden schießen musste. Iris war nicht bei ihnen. Ihre Abwesenheit beunruhigte ihn, und zwar sehr. Er versuchte aufzustehen. Sein rechtes Bein versagte ihm jedoch den Dienst, und so landete er auf dem Boden. Blue fluchte und rieb sich das Knie.

»Probleme?«, fragte der tätowierte Deutsche. Blue sah zu ihm hinüber. Er hockte über einem riesigen Stück Fleisch, das er mit seinem Hackbeil zerlegte. Die Katzen ignorierten ihn jedoch und starrten stattdessen Blue an.

»Eine frische Verletzung«, erwiderte Blue, den es irritierte, dass er für die Raubkatzen interessanter zu sein schien als ein Stück rohes Fleisch. »Auf dem Boden zu schlafen … hat sicher auch nicht gerade geholfen.«

»Sie hätten mal nach einem Bett fragen sollen«, antwortete der Mann, als wäre es vollkommen üblich, dass Fremde hierherkamen und um einen Schlafplatz baten. Er trat auf Blue zu und hielt ihm die Hand hin. »Mein Name ist Samuel. Sie brauchen also eine Unterkunft? Dann kommen Sie zu mir.«

Blue nahm die Hand, und der Mann zog ihn mit so viel Schwung vom Boden hoch, dass er beinahe erneut hingefallen wäre, diesmal allerdings auf die Nase. Er taumelte, und Samuel stützte ihn.

»Danke«, meinte Blue. »Ich weiß das zu schätzen.«

Der Deutsche lächelte und hackte weiter das Fleisch klein, und zwar mit einer Wildheit, die die starren, musternden Blicke der Raubkatzen nur noch unheimlicher machte. Blue trat sicherheitshalber ein Stück zurück. »Sie wissen vermutlich nicht, wo Iris steckt, hab ich recht? Oder Daniel?«

Der Mann knurrte. »Heute sind die Vorstellungen. Da üben sie alle. Jedenfalls sollten sie das tun.«

»Können Sie mir sagen, wo?«

»Das ist nicht weit. Direkt auf der anderen Seite des Lagers. Dort üben wir und treten dann im Miracle auf.«

»Ah.« Blue zögerte. »Und was machen Sie so?«

Das Lächeln des Mannes wurde strahlender. »Ich bin ein Clown.«

Na klar, ein Clown. Blue humpelte weg, und zwar zügig.

Am Tag war Las Vegas so hässlich wie die Sünde selbst. Jedenfalls der Teil der Stadt, in dem er sich befand. Nach einer Autofahrt von vierzig Minuten sah zwar alles ganz anders aus, aber bedauerlicherweise standen weder das Valley of Fire noch die anderen Naturwunder von Nevada auf seiner Liste von Dingen, die er tun oder sich ansehen musste. Hier, auf der Rückseite eines Hotels, bestand die Welt nur aus Beton, trockenem Gras, großen Lastwagen und Wohnmobilen. Alles, was an den rückwärtigen Parkplatz und das Lager grenzte, wirkte billig und alt, abgenutzt wie ein gelber Zahn.

Und die Stadt... diese Stadt! Selbst wenn er die Augen schloss, ertönte sie wie ein Schrei in seinem Kopf. Es kam ihm vor, als wäre er in einer Glaskugel gefangen oder schwämme im tiefsten Ozean, umgeben von Monstern. Blue war erst zweimal in Las Vegas gewesen und hatte es nie lange dort ausgehalten. Die Stadt verbrauchte eine ungeheure Menge an Elektrizität, und obwohl Blue auch in anderen Metropolen gewesen war, wo der Stromverbrauch ähnlich hoch war, erschien ihm Las Vegas doch einzigartig. Denn dieser ungeheure Verbrauch konzentrierte sich auf ein relativ kleines

Gebiet. Er spürte es in seinen Zähnen und am Kribbeln der Haut auf seinen Händen. Die Elektrizität flimmerte wie Hitze über seinen Körper.

Die Sonne brannte, kein Wölkchen war an dem diesigen Himmel zu sehen; es würde ein heißer Tag werden. Blues Magen knurrte. Seine Kleider waren zerknittert und staubig. Er hätte gern geduscht und spielte einen Moment lang – wenn auch nur sehr kurz – mit dem Gedanken, sich ein Zimmer im Miracle zu nehmen, vielleicht zu frühstücken und die Kleidung zu wechseln. Das musste nicht mehr als vierzig Minuten dauern, und keiner würde es bemerken.

Doch dann erspähte Blue in dem Wirrwarr von Wohnmobilen einen vertrauten roten Haarschopf – und die Vorstellung, das Lager zu verlassen, kam ihm plötzlich überhaupt nicht mehr so verlockend vor.

Iris McGillis. Gestaltwandlerin.

Bernsteinfarbene Augen. Sie hatte Feuer in ihrem Blick, ein subtiles Glühen. Alle anderen mochten das für eine optische Täuschung halten, für einen Lichtreflex, Blue jedoch erkannte darin ein Zeichen von Magie. Mysterium und Wissenschaft, Mythen, die stolz in ihrem goldenen Licht wandelten. Krähen, Tiger, Geparde, Delfine, Drachen und Gott weiß was sonst noch. Und jetzt Iris. Iris, von der Blue schon gewusst hatte, dass sie kein Mensch war, noch bevor er ihr auch nur nahe gekommen war, noch bevor sie sich an ihn gepresst hatte, Nase an Nase, und auch bevor er ihren Atem gespürt hatte – *sie liegt unter mir, ich zerquetschte sie, aber… o Gott, diese Augen, diese wunderschönen und entzückenden Augen.*

Er hatte sie in der Dunkelheit des Lagers gefunden. Er war kaum eine Stunde in der Stadt gewesen, als Dean ihm über das Handy Anweisungen gegeben hatte, eine Wegbeschreibung, und ihn so in eine andere Welt geführt hatte. In dieses ausgedehnte Lager, das geschützt und abseits mitten in Las

Vegas lag. Und da war ein schlanker Körper an ihm vorbeigelaufen, flankiert von Löwen, wild und unglaublich graziös. Wie irgend so ein Mythos, eine Jägerin, eine Göttin sogar, die vom Himmel herabgestiegen war. Und selbst jetzt hätte Blue lyrische Worte benutzt, wenn er sie hätte beschreiben sollen. Selbst jetzt noch wäre ihm sein Herz am liebsten aus der Brust gesprungen und neben ihr hergelaufen. Sie war schlicht und einfach unfassbar.

Außerdem hatte sie einen ziemlich derben rechten Haken, eine scharfe Zunge und dazu einen Blick, der töten konnte. Bedauerlicherweise reichte all dies aber nicht als Verteidigung gegen einen Mann mit einer Pistole.

Und zwar: gegen jemanden mit einer Pistole, der auch noch genau wusste, was er tat.

Das war sehr beunruhigend. Unmittelbar vor dem Schuss hatte Blue die elektrische Signatur eines batteriebetriebenen Zielfernrohrs wahrgenommen, und die Spur eines subvokalen Walkie-Talkies. Allein diese beiden Dinge deuteten auf einen weit komplizierteren Hinterhalt hin, als ihn Ökoterroristen benutzen würden, die einfach nur einen nächtlichen Akt des Vandalismus begehen wollten. Ganz zu schweigen davon, dass Iris recht gehabt hatte: Der Schütze hatte absichtlich vorbeigeschossen, dessen war sich Blue vollkommen sicher.

Das reicht. Du bist hergekommen, weil du einen Job erledigen wolltest. Du wolltest deinen Bruder finden, und das hast du geschafft. Und jetzt …

Gar nichts *jetzt*. Blue hatte keine Ahnung, was er tun sollte. Roland hatte vorgeschlagen, dass Blue doch herausfinden konnte, warum Daniel so wichtig für ihren Vater wäre. Aber nachdem er seinen Bruder leibhaftig gesehen hatte, ihn sprechen gehört hatte, und er eine ganze Nacht neben ihm verbracht hatte, während er zugehört hatte, wie Daniel ihm zuhörte …

Allmächtiger Gott!

Trotz Samuels Behauptung, dass heute Morgen geprobt würde, sah Blue viele Zirkusleute vor ihren Wohnmobilen sitzen, wo sie frühstückten, miteinander plauderten und lachten. Er erkannte zahlreiche Sprachen, verstand aber trotzdem nicht viel von dem, was gesagt wurde. Obwohl er sehr genau wusste, was es zu bedeuten hatte, wenn sein Auftauchen Schweigen auslöste. Er ertrug dieses Schweigen, die scharfen Blicke, und dann ging er weiter. Er wollte keinen Ärger, aber ihm gefiel die Ironie an diesem Gedanken. Zum ersten Mal seit langer Zeit fühlte sich Blue wie ein richtiger Eindringling, nur aus ganz anderen Gründen als sonst. Aus Gründen nämlich, die nichts mit seiner Fähigkeit als Elektrokinetiker zu tun hatten, sondern ausschließlich damit, dass er hier einfach unbekannt war.

Iris stand vor einem schäbigen braunen Wohnmobil, das eher einem Bulldozer als einem Campingwagen glich. Vermutlich war es ein Relikt aus den frühen Neunzigern, und es schien auf seinen Rädern zu taumeln wie ein Elefant auf Rollschuhen.

Doch offensichtlich fühlte Iris sich sehr wohl. Sie hatte einen Grill angeworfen, auf dem Würstchen und Schinken brutzelten. Auf dem Nebenbrenner stand eine Pfanne, in der sie halb gares Rührei mit einem Bratenwender hin und her schob. Sie trug die Haare offen, ihre blasse Haut hatte einen rosigen Ton. Ihr dünner lavendelfarbener Morgenmantel gab sich nicht einmal die Mühe, ihre Figur zu verstecken. Und was war das für eine Figur! In ihrer weichen, wundervollen Pracht würde sie für alle Ewigkeit in Blues Gedächtnis eingebrannt bleiben.

Iris blinzelte, als sie ihn sah, aber er bemerkte zufrieden, dass sie lächelte. »Morgen, Fremder.«

»Morgen.« Es freute ihn mehr, als er zugeben wollte, dass sie mit ihm redete, und dazu auch noch mit einem ironischen Unterton.

Iris deutete auf den Schinken und die Würstchen. »Ich wollte Ihnen eigentlich etwas bringen. Aber ganz offensichtlich haben Sie eine ausgezeichnete Nase.«

Blue wusste nicht genau, ob sie die Wahrheit sagte, aber ihr Blick wirkte aufrichtig.

»Danke«, antwortete er. »Aber das wäre nicht nötig gewesen. Ich bin noch nicht ganz am Boden.«

»Das habe ich auch nicht gedacht«, erwiderte sie bissig und ließ ihren Blick unmissverständlich über seine Kleidung gleiten.

Diese Musterung verunsicherte ihn, obwohl er wenigstens Samuels Fußabdruck weggewischt hatte. Blue näherte sich ihr ein wenig, sorgte aber dafür, dass der Grill weiterhin zwischen ihnen stand. »Wie geht es Ihren Katzen? Con und … Boudicca? Ich fand, dass sie heute Morgen etwas munterer wirkten.«

»Das stimmt.« Iris betrachtete ihn noch immer. Blue fragte sich, ob sie auch wie eine Raubkatze sehen konnte, und wenn ja, was ihr das wohl über ihn verriet. »Die Wirkung der Beruhigungsspritzen hatte am Morgen nachgelassen. Sie waren zwar ein bisschen aufgeregt, aber ich konnte sie mit ein paar Worten beruhigen.«

Bei jedem anderen hätte das wie eine Untertreibung geklungen oder sogar wie eine Lüge. Aber Blue hatte gesehen, wie die Katzen auf Iris reagierten. Und da er ihre geheime Abstammung kannte, vermutete er, dass Worte tatsächlich genügten. Vielleicht waren selbst Worte überflüssig.

»Sie haben eine besondere Verbindung zu ihnen«, sagte er behutsam. »Ich glaube nicht, dass ich so etwas schon einmal gesehen habe.«

Iris drehte sich um und wendete den Schinken. »Wie viel wollen Sie?«

Na, das war wohl ein wunder Punkt. »Ich meinte das als Kompliment.«

»Ich bekomme viele Komplimente. Also, wie viel Schinken wollen Sie?«

Blue zögerte. »Drei Scheiben, bitte.«

Iris schnappte sich einen Teller und klatschte den Schinken, ein paar Würstchen und einen Haufen Rühreier darauf. Dann zog sie eine Plastikgabel aus einem Beutel und warf ihm sein Frühstück förmlich an den Kopf. Blue beobachtete sie aufmerksam, setzte sich auf den Boden und aß. Iris leistete ihm Gesellschaft.

»Tut mir leid«, sagte er.

Iris nahm sich eine Scheibe Schinken. »Das ist nicht nötig. Eine Menge Leute jagen mich und wollen irgendwas von mir. Außenstehende meine ich damit, nicht die vom Zirkus. Deshalb bedeuten mir Komplimente nicht mehr so viel.«

»Sie halten alle für falsch. Weil Sie glauben, dass immer ein Motiv dahintersteckt.«

Iris zuckte mit den Schultern. »Warum sind Sie hier und reden mit mir?«

»Warum reden Sie mit mir? Warum geben Sie mir etwas zu essen, wenn Sie glauben, ich sei ein Fan von irgendwelchen Losern?«

»Sie haben mir geholfen. Und Sie sind … allein.«

Blue unterdrückte ein Lächeln. »Ich wusste nicht, wer Sie sind, als ich Ihnen letzte Nacht geholfen habe. Und auch jetzt weiß ich nichts über Sie, außer dass Sie außerordentlich gut mit Ihren vier wilden Raubkatzen zurechtkommen.«

»Und dieser magische Zufall Ihres Auftauchens gestern Nacht?«

»Es *war* ein Zufall. Bis dahin hatte ich nichts weiter gesehen als einen Kampf, eine Waffe und ein Ziel. Also habe ich das Ziel aus dem Spiel genommen.«

»Und dann haben Sie sich entschlossen hierzubleiben.«

Blue stellte den Teller zur Seite. »Habe ich Sie um etwas gebeten, Iris? Außer um den Schinken?«

»Noch nicht«, räumte sie mürrisch ein.

»Dann lassen Sie mir etwas Leine, bis ich es tue.« Er schob sich das Rührei in den Mund und murmelte undeutlich: »Danke für das Frühstück übrigens.«

»Danke, dass Sie mir das Leben gerettet haben«, erwiderte sie ruhig und warf ihm einen Blick zu, der ihn so sehr ablenkte, dass er kurzzeitig vergaß, wie man gleichzeitig kaute und atmete. Er verschluckte sich und hustete. Iris schüttelte den Kopf und biss sich auf die Unterlippe.

Dann ertönten Schritte, harte Sohlen auf Zement und Kies. Leise männliche Stimmen. Im nächsten Augenblick bogen Daniel und ein älterer Mann um das hintere Ende von Iris' Wohnmobil. Sie blieben stehen, als sie Blue und Iris zusammensitzen sahen, und Blue strengte sich an, die Kontrolle über seine Lunge wiederzuerlangen. Als er seinen Bruder ansah, schien die Zeit langsamer zu laufen. Die Welt wurde schmaler. Das Gleiche geschah, wenn er Iris ansah. Nur erzeugte Daniel weniger … Zuneigung.

Er sieht wie unser Vater aus, dachte Blue, immer noch verblüfft über die Ähnlichkeit. Daniel war das Ebenbild von Felix Perrineau Senior, jedenfalls ein Ebenbild des Mannes, der einmal ihr Vater gewesen war. Und mit etwas Glück würde Daniel auf genau dieselbe Art und Weise altern: langsam und distinguiert. Ob seine Persönlichkeit sein Äußeres reflektierte, blieb abzuwarten. Bis jetzt jedenfalls war Blue nicht sonderlich beeindruckt.

»Iris«, sagte Daniel. Blue fiel es schwer, trotz dieses durchdringenden Blickes gelassen zu bleiben. Zu viele Erinnerungen, zu viele Fragen … Und die Gründe für sein Hiersein machten es auch nicht einfacher.

Du bist hier, um ihn zu betrügen. Du bist da, um deinen Bruder zu hintergehen.

Bruder. Verdammt! Das hier war wirklich sein Bruder. Er lebte, atmete, träumte …

»Danny.« Iris sah zwischen ihm und Blue hin und her. »Möchten Pete und du etwas essen?«

Pete schüttelte den Kopf und musterte Blue ungeniert. »Nein danke, Iris. Aber ich habe gerade einen Anruf von der Polizei bekommen, von dem du wissen solltest. Kevin Cray ist gegen Kaution freigelassen worden. Sie haben die Summe auf zweihunderttausend Dollar festgesetzt, und heute Morgen hat jemand das Geld ausgespuckt.«

Iris schloss die Augen. Blue stellte seinen Teller zur Seite.

»Das ist ein Haufen Geld«, sagte er. »Warum sollte sich ein reiches Kind die Mühe machen, Iris und ihre Katzen zu verletzen?«

Pete runzelte die Stirn. »Und Sie sind …?«

Blue streckte die Hand aus. »Sie können mich Blue nennen.«

»Blue.« Pete hatte einen festen Händedruck. »Sie haben Iris gestern Abend das Leben gerettet, stimmt's?«

»Das ist … noch die Frage«, antwortete er und warf der jungen Frau einen Seitenblick zu. Ihre Lippen zuckten, als sie ein Lächeln unterdrückte. Daniels Miene verfinsterte sich.

Pete räusperte sich. »Leute wie Kevin Cray gehören zu einer Gruppe von Tierschützern. Sie sind Extremisten. Einige von ihnen glauben, dass es gegen die Gesetze der Natur verstößt, wenn man Haustiere hält. Sie sehen natürlich rot, wenn jemand Raubkatzen in einer Zirkusmanege auftreten lässt. Die meisten Mitglieder dieser Gruppe sind junge Collegestudenten. Sie kommen von guten Schulen, aus guten Familien und haben eine Menge Geld. Sie arbeiten in unabhängigen Zellen und werden aus dem Internet geführt. Es gibt keinen richtigen Anführer, sondern nur sogenannte *Helden*, weshalb die Behörden diese Gruppen auch so schwer dingfest machen können. Sie haben keine Struktur.«

»Sie könnten einer von ihnen sein«, sagte Daniel. Er machte es sich ganz einfach; es war eine dieser schwer fassbaren Anschuldigungen, die nicht zu beweisen und noch schwerer zu erschüttern waren. Blue hätte dem Hundesohn am liebsten einen Kinnhaken gegeben und ihm diese kriegerische Miene aus dem Gesicht gewischt.

Stattdessen sah er Iris an. »Wollen Sie ein Urteil über mich fällen?«, fragte er sie grimmig.

»Das habe ich schon getan«, konterte sie. »Oder glauben Sie etwa, sonst hätte ich Sie mit meinen Katzen allein gelassen?«

Blue verkniff sich ein Lächeln. »Nach dem, was ich gestern Nacht gesehen habe, hätten Sie mir wahrscheinlich ordentlich den Hintern versohlt, wenn ich etwas mit Ihren Katzen angestellt hätte. Da wir gerade davon reden, glauben Sie eigentlich, dass sich Kevin und seine Freunde rächen werden?«

»Sehr wahrscheinlich«, antwortete Pete an ihrer Stelle. Zwischen seinen Augen hatte sich eine steile Falte gebildet. Daniel wirkte ebenso bekümmert. Es war eine große Überraschung für Blue, feststellen zu müssen, dass sein Bruder so menschlich war und nicht einfach nur eine kalte Kopie ihres Vaters.

Wusstest du das nicht schon längst? Zumal er vor seinem Vater davongelaufen ist? Gut möglich, aber wenn es um Daniel ging, vertraute Blue niemandem. Nicht einmal sich selbst. Er sah Iris an. »Sie sind hier nicht sicher.«

»Sie klingen wie eine Schallplatte mit einem Sprung.«

»Und Sie sind sturer, als es gut für Sie ist.«

»Ach, und Sie wohl nicht? Weil Sie mich einmal gerettet haben, macht Sie das jetzt plötzlich zu einem Experten, was meine Sicherheit angeht? Dabei gehören Sie nicht einmal hierher.«

Blue knirschte mit den Zähnen. »Ich suche nach Arbeit, Pete. An wen muss ich mich da wenden?«

Iris verstummte, Daniel ebenso. Pete sah sie beide an. »An mich. Ich bin der Reilly in Reillys Circus.«

»Ich bin Elektriker«, erklärte Blue. Das war so nahe an der Wahrheit, dass er keine Schuldgefühle bekam, weil er log. »Und ich mache das sehr gut.«

»So gut, dass Sie Arbeit in einem Zirkus suchen?« Daniel schüttelte den Kopf. »Sie sind besser gekleidet als die meisten Zuschauer, die unsere Vorstellungen besuchen.«

»Gibt es ein Gesetz, das das verbietet?« Blues Stimme klang hart. »Oder spricht was dagegen, dass man ein anderes Leben ausprobiert?«

Daniel biss die Zähne zusammen. Pete neigte den Kopf zur Seite und zog eine Pfeife aus seiner Hemdtasche. »Gegen beides gibt es kein Gesetz. Aber ich bin sehr vorsichtig, was die Leute betrifft, die ich in die Familie hole. Da passt nicht jeder. Außerdem engagiere ich nur die Besten. Und zwar sowohl, was ihre Fähigkeiten, als auch, was ihren Charakter angeht. Weil wir alle hier Außenseiter sind, mein Sohn. Wir alle mussten von irgendwo weglaufen. Aber in meinem Zirkus sind wir keine Außenseiter mehr – füreinander. Und wenn wir einmal weggelaufen sind, dann sind wir jetzt nach Hause gekommen. In mein Haus. In dieses Haus. Also, wenn du zu uns kommst, dann, bei Gott, solltest du das Herz auch auf dem richtigen Fleck haben, denn ich kann dir versprechen, dass du hier sonst nicht lange durchhalten wirst.«

Du musst auch nicht lange durchhalten, flüsterte eine winzige Stimme in Blues Hinterkopf. Aber es war ein mieser Gedanke, ein armseliger Tribut an das, was Pete gerade gesagt hatte und was Blue nur allzu gut verstand.

»Sie klingen wie einige meiner Freunde«, erwiderte er leise.

Pete knurrte. »Sie haben schon mal für den Zirkus gearbeitet?«

»Nein. Ich war… Spezialist bei der Navy. Meist für Sonderkommandos.«

»Ah«, erwiderte der alte Mann, als wenn ihm jetzt etwas klar geworden wäre. Sein Blick zuckte zu Iris.

Blue streckte die Hand aus und nutzte seinen Vorteil. »Geben Sie mir eine Chance. Lassen Sie mich für Sie arbeiten. Bezahlen Sie mich nicht. Sehen Sie sich einfach an, wozu ich fähig bin.«

Und beobachten Sie, ob ich Iris beschützen kann, dachte Blue. Er wusste, dass das für Pete weit wichtiger war als alle Kabel und Stromkreise. Er sah es im Blick des alten Mannes.

»Pete«, mischte sich Daniel ein. Iris schien ebenfalls protestieren zu wollen, aber der Zirkusbesitzer schüttelte den Kopf und ergriff Blues Hand.

»Ein Tag. Nur einen Tag. Wenn du es vermasselst, serviere ich dich Iris' Katzen zum Abendessen.«

»Miau!«, fauchte sie, ging in ihren Wohnwagen und knallte die Tür hinter sich zu, ein Abgang, dessen Wirkung etwas darunter litt, dass die Tür nicht zublieb. Ganz offensichtlich war das Schloss kaputt, und die Angeln…

»Das repariere ich als Erstes«, erklärte Blue.

»Als Elektriker?«, erinnerte ihn Daniel. Ohne Zweifel wirkte er unglücklich.

»Als Mädchen für alles.« Blue zwang sich zu einem Lächeln, das vermutlich genauso falsch wirkte, wie es sich anfühlte. Aber Pete schlug ihm mit der Hand auf die Schulter. Der alte Mann hatte einen überraschend kräftigen Griff.

»Daniel wird dir zeigen, wo die Werkzeuge sind. Und dich auch allen anderen vorstellen. Ihr beide werdet wohl auch zusammenwohnen, bis wir einen Platz für dich finden, an dem du bleiben kannst.«

Blue fragte sich, ob der alte Mann Gedanken lesen konnte oder einfach nur durchgeknallt war. Daniel protestierte, aber Pete unterbrach ihn mit erhobener Hand. »Du bist der

Frischling hier, mein Junge, und als du herkamst, musstest du genau dasselbe tun. Nur weil du erfolgreich bist, bedeutet das noch nicht, dass ich für dich eine Ausnahme mache. Also los. Sofort.«

Zu Blues Überraschung presste Daniel die Lippen zusammen und nickte einmal kurz, was eher wie ein Peitschenhieb aussah als wie eine Zustimmung. Durchhaltevermögen war ganz eindeutig nicht der hervorstechendste Charakterzug der Perrineaus. Er drehte sich um und marschierte davon. Dabei hielt er sich so steif, als hätte er einen Besenstil im Kreuz. Blue starrte ihm nach, und Pete zuckte mit den Achseln.

»Wachstumsschmerzen«, sagte der alte Mann, als wenn das alles erklären könnte. Blue war nicht ganz so optimistisch. Daniel war siebenundzwanzig Jahre alt, erwachsen und kam ohne Zweifel aus einem einzigartigen Elternhaus. Bevor irgendetwas daran etwas ändern konnte, würde die Hölle gefrieren.

Doch Pete lächelte ihn verdächtig heiter an und ging zu Iris' Wohnmobil. Er klopfte an die Seite, und Iris sagte etwas, das Blue jedoch nicht hören konnte. Pete trat ein.

»Kommen Sie?«, rief Daniel. Blue sah ihn an, überrascht, dass er noch da war. Und es verblüffte ihn auch, dass Daniel freiwillig mit ihm sprach.

Er antwortete nicht. Sein Mund und sein Gehirn weigerten sich zusammenzuarbeiten, und außerdem war das hier Daniels Terrain, das Terrain von Daniel, seinem Bruder. Blue hatte nicht die Absicht, aus bloßem Übermut Wellen zu schlagen. Das hob er sich für später auf, vielleicht.

Aber es war eine ganz merkwürdige Erfahrung, neben ihm herzugehen, auch wenn Blue kein Gespräch suchte. Daniel ermunterte ihn nicht, was ihm auch nur recht war. Es wirkte viel zu surreal, bei ihm zu sein, und zwar aus vielerlei Gründen. Der wichtigste jedoch war die Tatsache, dass Blue sich ziemlich sicher war, sein Bruder wisse, wer er sei. Es bereitete ihm Unbehagen, dass Daniel nichts dazu sagte. Er blieb eine unbekannte Größe, also eine Variation seines Vaters. Blue wusste nicht genau, was er zu erwarten hatte.

Wie wäre es mit Furcht, sagte er sich. Wenn du versucht hättest, dem alten Mann zu entkommen und dein verloren geglaubter Bruder dann plötzlich vor der Tür stünde, du würdest doch verdammt viel mehr tun, als nur ein paar Worte mit ihm wechseln.

Weglaufen oder kämpfen. Aber keins von beidem war bisher passiert.

Daniel warf ihm einen Seitenblick zu. »Ich habe nicht viel Zeit für Sie. Ich muss mich auf meinen Auftritt vorbereiten.«

Blue versuchte sich vorzustellen, wie Felix Perrineaus Sohn im Zirkus auftrat, und dies allein bereitete ihm schon Kopfschmerzen. Vielleicht lag es aber auch an der Sonne oder den Nachwirkungen der Explosion, die noch immer in seinem Schädel widerhallte. Jedenfalls fühlte sich die Luft viel zu warm an. Blue öffnete die obersten Knöpfe seines Hemdes und rollte die Ärmel hoch.

All diese Kunstdiplome, dachte er. Juilliard, Harvard … aber er hatte auch einen Abschluss in Pädagogik. Daniel war einmal Lehrer gewesen. Und jetzt …

»Was machen Sie?«, erkundigte er sich.

»Ich bin Entfesslungskünstler.«

Wie passend. Blue hätte fast gelacht. »Wo haben Sie das denn gelernt?«

Daniel verzog den Mund. »Vom Leben.«

Vom Leben, ja. Wirklich gut. Blue versuchte, einfach nur höflich und neugierig zu wirken, weil er nicht wusste, ob er nachsetzen sollte, oder auch nur, ob es überhaupt eine Rolle spielte, die Geschichte hinter diesem einen Wort zu hören. Was blieb ihm auch schon übrig? Wenn Roland und die anderen keine Möglichkeit fanden, seinen Vater zum Schweigen zu bringen, und wenn die Drohung immer noch galt, dann war die Entscheidung doch klar: Für seine Mutter und für seine Freunde musste er diesen Mann, seinen Bruder, ausliefern. Es würde ihm die Sache nur erschweren, wenn er ihn noch besser kennenlernte.

Wen willst du hier eigentlich veralbern? Glaubst du denn wirklich, du könntest das tun und dabei cool bleiben? Glaubst du, du könntest diesem Mann in die Augen sehen und dabei nichts empfinden?

Ganz offenbar nicht, denn wenn dieses merkwürdige Gefühl in seinem Bauch ein Zeichen war, machte er seinen Job bis jetzt eher lausig schlecht.

»Wie lange sind Sie schon hier?«, erkundigte sich Blue. Sie gingen an zwei jungen und erstaunlich dürren Chinesinnen vorbei, Zwillingsschwestern, die kicherten und lächelten, als sie Daniel sahen. Er winkte ihnen zu, blieb aber nicht stehen, um Blue vorzustellen, der zur Seite sprang, als zwei Männer in einem gigantischen Rad an ihnen vorbeirollten. Darauf sprang und tanzte eine dunkelhaarige Frau, die auf dem rasenden Rad auf großartige Weise das Gleichgewicht hielt. Blue musste sich zusammenreißen, sie nicht anzustarren.

Daniel gönnte den Akrobaten keinen zweiten Blick. »Seit drei Monaten. Ich bin angekommen, kurz bevor Reilly das Angebot vom Miracle erhielt. Das ist dieses Hotel, in dem wir auftreten. Ich habe unten angefangen, als einfacher Arbeiter. Dann bekam ich die Chance, mein eigenes Ding zu versuchen.«

»Und es gefällt Ihnen?«

»Ich würde es um nichts in der Welt wieder aufgeben«, erwiderte Daniel. Diese Bemerkung war vermutlich wörtlicher zu nehmen, als man sich vorstellen konnte. Als Erbe von Felix Perrineau hätte Daniel tatsächlich die Welt kaufen können. Vielleicht war es aber einfach nur nicht die, die er haben wollte. Das setzte natürlich voraus, dass er die Wahrheit sagte und sich nicht bloß verstellte.

Blue hörte Schreie, Befehle auf Spanisch. Vor ihnen kletterten Männer und Frauen auf die Schultern von anderen Akrobaten und schleuderten sich wie lebendige Geschosse aufeinander. Daniel führte Blue unmittelbar zwischen ihnen hindurch, während über ihnen Körper hin und her flogen. Dann deutete er auf einen weißen Zirkuswagen. Auf dessen Seite waren ein Clown, ein großes Zelt, Tiger und Löwen gemalt, sowie eine schlanke Frau mit kurzen roten Haaren. Sie hatte die Arme ausgebreitet, als warte sie darauf, erobert zu werden. Außerdem kam sie Blue sehr bekannt vor.

Während er das Gemälde musterte, öffnete Daniel die Türen.

»Iris?«, erkundigte sich Blue.

»Ihre Mutter.« Daniel deutete auf das Innere des Wagens. »Dort. Das Werkzeug.«

Der Innenraum des Wagens wirkte wie eine transportable Werkstatt, mit Lampen, Werkbänken und Regalen, deren Inhalt klugerweise an der Wand gesichert war. Sogar eine Schweißausrüstung war vorhanden. Hier fand sich alles, was man brauchte, um einfach jedes Problem unter einem großen Zirkuszelt zu lösen. Oder in diesem Fall in der Halle eines Hotels in Las Vegas.

»Wer ist denn jetzt gerade Ihr Handwerker?«, erkundigte sich Blue. »Ich möchte niemandem auf die Zehen treten.«

Daniel knurrte. »Der einzige Grund, aus dem Pete Ihnen eine Chance gibt, ist der, dass uns unser letzter Handwerker vom Cirque du Soleil abspenstig gemacht wurde. Aber das ist nicht sonderlich schlimm. Das Miracle hat seine eigenen Handwerker. Sie werden hier also nicht gebraucht. Ganz und gar nicht.«

»Und offensichtlich bin ich auch nicht erwünscht«, erwiderte Blue. »Vor allem von Ihnen nicht. Ich wüsste gern warum. Ich habe doch nichts getan.«

»Noch nicht«, antwortete Daniel und verschränkte die

Arme vor der Brust. »Aber ich weiß, wie es funktioniert. Mir ist völlig klar, dass es um Timing und Geduld und den letzten Schliff geht. Wenn es nur um mich ginge, okay. Ich komme damit klar, ich habe es erwartet. Aber wenn Sie Iris etwas tun, oder den anderen Leuten…«

»Hören Sie doch auf.« Blue beugte sich vor und starrte ihm in die Augen. Schlechtes Gewissen und Wut brannten in seinem Bauch, und vor Verzweiflung hätte er am liebsten geschrien. »Sie haben keine Ahnung, wie kurz davor Sie stehen, dass man Ihren Hintern auf einem silbernen Tablett serviert. Sie haben nicht die geringste Ahnung.«

»Oh«, erwiderte Daniel flüsternd, während sich sein Blick veränderte. Es war unheimlich. »Sie wären überrascht, wenn Sie wüssten, was ich alles weiß.«

»Dann sagen Sie es mir doch«, forderte Blue ihn auf. Seine Wut verpuffte. »Sagen Sie mir, warum ich hier bin, Danny. Erklären Sie mir, warum ein Mann wie ich sich die Mühe machen sollte, als Handwerker in irgendeinem unbedeutenden Zirkus zu arbeiten. Und sagen Sie mir auch, warum Sie mich hassen.«

Daniel mahlte mit den Kiefern. »Sie beabsichtigen etwas.«

Sag es ihm, dachte Blue. Sag es ihm jetzt. Sag ihm die ganze Wahrheit und lass die Würfel rollen. Er weiß es doch schon. Zieh es nicht hinaus, vermassele es nicht.

Aber er bekam gar nicht die Chance dazu. Daniel wich zurück und schüttelte den Kopf. Er sah aus, als hätte er Schmerzen – die Lippen hatte er zusammengepresst, seine Augen schimmerten etwas zu hell. Dann drehte er sich auf dem Absatz herum und marschierte davon. Er rannte schon fast. Blue folgte ihm.

»Warte!«, rief er. Sein Bruder reagierte aber nicht. Er zögerte, hin- und hergerissen zwischen den Alternativen, die Sache zu Ende zu bringen oder ihn einfach gehen zu lassen. In diesem Moment erhaschte Blue einen Blick auf etwas Großes, Dunkles, das sich links von ihnen bewegte. Verstohlen huschte es zwischen den Wohnwagen hindurch. Es überlief Blue kalt, und er tastete mit seinem Verstand danach. Die Stadt überwältigte ihn beinahe, doch es gelang ihm, die Fäden der Bioelektrizität zu fassen, den Puls der Herzschläge. Es waren drei, und sie hielten mit seinem Bruder Schritt.

Zirkusleute, sagte er sich, aber das glaubte er selbst nicht. Er musste sich überzeugen. Blue griff nach dem Arm seines Bruders. Daniel sah sich zu ihm um und kniff die Augen zusammen. Dann hob er die Hand.

Im selben Augenblick stürzten drei Gestalten aus den schmalen Zwischenräumen zwischen den Wohnwagen und prallten auf die beiden Perrineaus. Blue war bereit, er gab dem Aufprall nach, drehte sich herum und nutzte den Schwung eines der Angreifer, packte einen muskulösen Arm und schleuderte den Mann mit dem Kopf voran gegen eine Metallplatte. Daniel stürzte zu Boden, reagierte aber sehr schnell. Er rollte sich herum und entging nur knapp einem Stiefel, der auf seine Brust gezielt hatte. Unglaublich schnell hatte er sich wieder aufgerappelt und schlug zu. Der Mann vor ihm stürzte wie ein Sack zu Boden.

Einer war noch übrig. Eine Waffe schimmerte metallen, aber der Mann schoss nicht schnell genug; Blue packte Handgelenk und Arm des Mannes und verdrehte beides so kraftvoll, dass der Angreifer aufschrie und die Pistole in seine Hand fallen ließ. Daniel baute sich vor ihnen auf. Sein Gesicht war von Wut verzerrt. Er packte den Kerl an der Kehle und drückte ihn zu Boden. Blue trat einen Schritt zurück und sicherte die Waffe.

Daniel sah ihn an. »Haben *Sie* das geplant?«

»Nein.« Blue rang nach Luft. »Oder ziele ich vielleicht auf Sie?«

Sein Bruder verzog den Mund und sah dann wieder den Mann am Boden an. Er war groß und breitschultrig, sein blondes Haar klebte an seinem Kopf. Die Muskeln in Armen und Brust traten hervor. Er war fast doppelt so massig wie Daniel, aber der ließ keinen Zentimeter nach, als sich der Mann unter ihm wand und bockte, nach seiner Hand schlug und nach Luft rang.

»Du bringst ihn ja um.« Blue warf einen kurzen Blick auf die anderen Männer, die da im Gras lagen. Für seinen Geschmack waren sie nicht bewusstlos genug. Er tastete sie ab und fand noch zwei Pistolen.

»Vielleicht«, erwiderte Daniel gelassen. »Würde dich das stören?« Offenbar verfiel er ebenso leicht in die vertrauliche Anrede wie Blue.

»Allerdings.« Blue sah eine Bewegung rechts von seinem Bruder. »Und außerdem hast du einen Zeugen.«

Daniel sah hoch. Ein kleiner Junge lehnte an der Ecke eines Wohnwagens und beobachtete sie. Seine Augen wirkten riesig, er schien zu viel Angst zu haben, um sich auch nur zu bewegen. Er starrte Daniel an, als wäre er die Hauptattraktion in einem schrecklichen Monsterfilm.

Der Moment, als Bestürzung über die Miene seines Bruders huschte, war so kurz, dass Blue fast sicher war, dass er sich das eingebildet hatte, bis er es erneut sah: Das Entsetzen überlief Daniels Gesicht – es wirkte wie ein tiefer Bruch. Er ließ den Mann los, der zu Boden fiel und sich an den Hals griff; Tränen liefen über sein krebsrotes Gesicht, als er heftig hustete. Er wirkte genauso verängstigt wie der kleine Junge, als er zu Daniel aufblickte, der dastand und wie ein sanftmütiger Professor aussah. Blue wusste nicht, ob er bewundernd Beifall spenden oder die Waffe in seiner Hand benutzen sollte.

Daniel machte einen Schritt auf das Kind zu, das zitternd vor ihm zurückwich. Blue bemerkte, wie die Miene seines Bruders noch etwas verzweifelter wurde. »Philippe«, sagte er ruhig und hockte sich so hin, dass sie auf Augenhöhe waren. »*Você vai para casa.* Ich komme gleich nach und rede mit deinem Papa und deiner Mama, *sim?*«

Der Junge nickte und lief dann hastig weg. Als seine Schritte verklungen waren, schlenderte Blue zu seinem Bruder, hütete sich jedoch, ihn anzusprechen, als er sich neben ihn in das staubige Gras hockte. Die Männer hinter ihnen rappelten sich langsam auf. Ihre dunkle Kleidung war von Staub bedeckt. Blue zielte mit der konfiszierten Pistole auf den, der ihm am nächsten war.

»Daniel? Was willst du mit diesen Kerlen machen?«

Gedankenverloren fuhr Daniel mit den Fingern durch das Gras. »Lass sie laufen.«

»Keine Polizei?«

Daniel warf ihm einen scharfen Blick zu. Blue seufzte. Er betrachtete die Männer. Es waren muskulöse, harte Typen mit ebenso harten Augen. Aber ihre Blicke waren wachsam. Also waren sie nicht dumm.

»Wer hat euch geschickt?«, erkundigte sich Blue. Die Männer sahen sich gegenseitig an und pressten die Lippen zusammen. Er hatte nichts anderes erwartet, und außerdem wollte er gar nicht wirklich eine Antwort. Er kannte sie längst. Es gab nur einen Menschen, der Daniel Perrineaus habhaft werden wollte, und irgendwie hatte Blue ganz offensichtlich trotz all seiner Vorsichtsmaßnahmen diese Männer direkt zu ihm geführt.

Daniel stand auf und drehte sich zu ihnen herum. »Verschwindet hier. Und kommt nicht wieder. Falls ihr es doch tut, werde ich euch umbringen.«

Blue wusste nicht genau, ob Daniel das wirklich ernst meinte, aber seine Miene überzeugte auf jeden Fall die Männer. Außerdem hatte Blue alle Pistolen an sich genommen. Sie gingen langsam rückwärts, drehten sich dann herum und rannten in das Labyrinth der Wohnwagen. Blue verfolgte sie kurz mit seinem Geist. Ihre Herzen schlugen schnell, und ihre Pulse wurden immer schwächer, als sie sich entfernten. Offenbar zahlte man ihnen nicht genug, dass sie einen zweiten, improvisierten Hinterhalt riskierten.

Blue hielt Daniel die Pistolen in. Sein Bruder starrte sie an. So standen die beiden Männer eine Minute lang da und maßen sich schweigend.

»Ich will sie nicht«, sagte Daniel schließlich.

»Dann gib sie jemandem, der verantwortungsbewusst ist. Ich will sie nämlich auch nicht.«

»Du bist wahrscheinlich schon bewaffnet.«

»Ich wäre es nicht, wenn du mir diese verdammten Dinger abnehmen würdest.«

»Und wenn ich dich damit erschieße?«

»Warum solltest du schießen, wenn du mich erwürgen kannst? Du scheinst das ja ziemlich gut zu beherrschen. Übst du viel?«

Daniels Miene verfinsterte sich. Er nahm Blue die Pistolen ab und überprüfte, ob sie gesichert waren, bevor er sie in den Hosenbund seiner Jeans stopfte, unter sein T-Shirt.

»Iris ist hier nicht die Einzige, die nicht sicher ist«, erklärte Blue.

»Halt dich von ihr fern«, antwortete Daniel. »Und halt dich auch von mir fern. Verschwinde endlich von hier.«

»Und was willst du tun? Den Kopf in den Sand stecken? Diese Männer waren doch nicht meinetwegen hier, Daniel.«

Sein Bruder sagte nichts. Er gab nichts zu, beichtete nicht, sagte einfach gar nichts. Er starrte Blue nur an, als schätze er ihn ein und befinde ihn für zu leicht. Sein Schweigen machte Blue höllisch zu schaffen.

»Ich bin nicht der, für den du mich hältst«, protestierte Blue, obwohl er wusste, dass es eine Lüge war. Aber er konnte die Wahrheit einfach nicht aussprechen, er konnte die Worte nicht laut sagen, die sie doch beide längst kannten.

Wir sind Brüder. Wir sind Fremde, und wir gehören doch zu einer Familie.

Daniel ging weg. Diesmal folgte ihm Blue nicht. Er hätte lieber gehandelt, wäre hinter seinem Bruder hergelaufen, hätte seinen Arm genommen, die Wahrheit gebeichtet und die Sache dann mit Pistolen oder Elektrizität oder womit auch immer ausgetragen, damit sie sich beide endlich besser fühlten. Aber er konnte nicht einfach tun, was er wollte. Wäre es nach ihm gegangen, er wäre weggelaufen, hätte sich versteckt und seine Wunden geleckt.

Blue ging zurück zu dem Werkstattwagen, schnappte sich einen Werkzeuggürtel und schloss wieder ab. Er ging los, ohne lange überlegen zu müssen, wohin.

Pete war verschwunden. Iris stand vor ihrem Wohnwagen und fummelte an der Tür herum. Sie trug enge weiße Shorts und ein tief ausgeschnittenes, eng anliegendes Tanktop, das ein Dekolleté zeigte, eine Meile tief und von rotblonden Locken teilweise verdeckt. Sie glühte von der Sonne, von nichts anderem, aber er spürte die Hitze, stellte sich das schlafende Gold unmittelbar unter ihrer glänzenden Haut vor. Sein Atem beruhigte sich etwas, als er sie sah, und in diesem Augenblick wurde ihm klar, dass er sich trotz der Gewalt, der er gerade begegnet war, mehr Sorgen um Iris als um seinen eigenen Bruder machte. Er wusste nicht, ob das gut oder schlecht war, aber es interessierte ihn auch nicht.

Allerdings hatte er nicht die Möglichkeit, lange herumzustehen und sie anzustarren. Iris legte den Kopf auf die Seite. »Das war ja eine schnelle Tour«, sagte sie, ohne sich umzudrehen. »Daniel hat Sie doch nicht einfach irgendwo stehen lassen, oder?«

»Nicht ganz.« Blue sah ihr zu, wie sie große Papierfetzen zu improvisierten Keilen faltete. Einen hatte sie bereits mit Klebeband befestigt. Er brauchte einen Moment, bis er begriff, was sie vorhatte, und selbst dann konnte er es noch nicht glauben. Er verkniff sich ein Lachen und schob sie behutsam zur Seite.

»He!«, protestierte sie.

»Was heißt hier *he*? Diesen Werkzeuggürtel trage ich nicht zum Spaß.«

»Dann geben Sie mir das Werkzeug. Ich kann diese Tür allein reparieren.«

»Das weiß ich«, sagte er und sah ihr in die Augen. »Aber *ich* möchte das gern für Sie tun.«

Iris zögerte. Blue beugte sich vor. Die Wärme, die sie ausstrahlte, ließ sein Herz schneller schlagen und verwandelte seinen Verstand in Pudding. Er sagte kein Wort, sondern beugte sich immer weiter vor, so nah zu ihr hin, dass er sicher war, mit seinem Mund gleich ihre Lippen zu berühren. Aber sie drehte sich im letzten Moment zur Seite, machte ihm Platz, und er überspielte die Situation, indem er sich über ein lockeres Scharnier der Tür beugte. Zwei Schrauben und ein Stück Metall verhinderten, dass die untere Ecke ihrer Tür ins Schloss fallen konnte – das außerdem unbedingt etwas Schmieröl brauchte, damit der Mechanismus reibungslos funktionierte.

Blue zwang sich, sich auf die Arbeit zu konzentrieren, und verkniff sich jede Bemerkung, während er das Scharnier reparierte. Die Art, wie Iris mit diesem Papierkeil und dem Klebeband herumgefuhrwerkt hatte, verriet ihm mehr über ihren Stolz als alles andere. Er wollte sie nicht beleidigen.

Du solltest eine ganze Menge Dinge nicht tun, warnte ihn eine leise Stimme in seinem Hinterkopf. Du bist auch nicht gerade der sicherste Umgang.

Blue schob den Gedanken zur Seite. Es war schon lange her, dass er für die Leute in seiner Nähe lebensgefährlich gewesen war. Es war schon sehr lange her, dass sein Mangel an Kontrolle zu Todesanzeigen und Krankenbesuchen geführt hatte. Heutzutage brauchte er keine Angst mehr vor der Liebe zu haben. Die Leute, die er liebte, brauchten auch keine Angst mehr vor ihm zu haben.

Iris setzte sich auf die Stufe vor ihrer Tür und schlang die Arme um ihre Knie. Sie hielt den Kopf so, dass er ihr Profil sehen konnte, doch ihr Blick war in die Ferne gerichtet. Blue hörte Lärm, Schreie und Musik; ein weinendes Kind. Er fragte sich, wie viel mehr sie wohl noch hören konnte. Die Schärfe, die die Sinne der Gestaltwandler besaßen, überstieg jede Vorstellungskraft.

»Also sind Sie wohl doch nicht nur heiße Luft«, sagte sie plötzlich und musterte seine Arbeit. »Vielen Dank.«

»Gern geschehen«, erwiderte er, während er eine Schraube festzog. »Ich möchte nicht, dass irgendein Verrückter in Ihre Privatsphäre eindringt, während Sie nicht zu Hause sind.«

»Ein Schloss kann wohl niemanden aufhalten, der wirklich in meinen Wohnwagen reinwill.«

»Trotzdem ist es besser als kein Schloss.«

»Mag sein.«

»Mag sein?« Blue hielt inne. »Ist Ihnen die Politik der offenen Tür denn lieber? Hallo, Fremde, immer herein mit euch?«

»Ich bevorzuge es, in Ruhe gelassen zu werden.«

»Halten Ruhm und Geld nicht das, was Sie erwartet haben?«

»Sehe ich berühmt oder reich aus?«

»Jedenfalls kommt es mir so vor, als hätten Sie dieselben Probleme, die solche Leute auch haben.«

»Ich rede nicht gern darüber. Dann komme ich mir immer wie ein Jammerlappen vor.«

Blue unterdrückte ein Lachen. »Ich habe miterlebt, wie erwachsene Männer wie Klageweiber geheult haben, einfach nur, weil sie zu viel Bier getrunken haben. Sie sind der erste Mensch, den ich treffe, der Angst hat, zu viel zu jammern, nachdem auf ihn geschossen worden ist.«

Sie errötete. »Zirkusleute müssen hart sein, und meine Mutter hat mir eingebläut, mich nicht zu beschweren. Sie sagte, es sei Zeitverschwendung.«

»Warum sollte man sich lange mit Reden aufhalten, wenn man handeln kann, stimmt's?«

»Etwas in der Art.« Iris umfasste ihre Knie fester. »Sie ist… Sie ist jetzt fort.«

Blue dachte an das Gemälde ihrer Mutter auf der Seite des Lastwagens. »Ist sie gestorben?«

»Das wäre noch einfach«, erwiderte Iris. Plötzlich strahlte sie eine merkwürdige Anspannung aus. Sie schluckte und sah Blue erschreckt an. »Tut mir leid. Das wollte ich nicht sagen.«

Er hätte fast mit einer geistreichen Bemerkung reagiert, unterdrückte sie jedoch im letzten Moment. Iris wirkte tatsächlich bestürzt. Blue legte seinen Schraubenzieher weg und rückte ein Stück näher.

»Ist schon okay«, sagte er leise. Aber Iris schüttelte den Kopf und sah zur Seite.

»Ich liebe meine Mutter. Ich will nicht, dass sie tot ist.«

»Natürlich nicht. Und sie ist einfach so verschwunden?«

»Vor zwei Jahren. Sie hat… Sie hat mir eine Nachricht hinterlassen.«

»Au.«

»Das ist noch eine Untertreibung. Sie schrieb, dass sie eine Weile verschwinden müsse. Und das hat sie getan. Und zwar eine lange Weile.«

»Und sie hat Sie in diesem Scherbenhaufen zurückgelassen.«

»Immerhin war ich kein Kind mehr. Aber sie war… Sie ist immer noch meine beste Freundin. Das tut weh.«

Es musste höllisch wehtun, wenn das Zittern in ihrer Stimme ein Indiz dafür war. Blue stieß sie sanft mit dem Ellbogen an. »Wollen Sie den Laden hier allein lassen und ein bisschen spazierengehen?«

Iris lächelte und rieb sich die Augen. »Was ist mit meiner Tür?«

»Ich bin fast fertig. Geben Sie mir noch eine Minute.«

Es dauerte fünf Minuten. Und Blue erwartete, Iris würde irgendwann einen Vorwand finden, um vor ihm wegzulaufen. Sie hatte schon Mut, aber irgendwie wirkte sie auch nervös und scheu. Zu viele Geheimnisse, etwas, das er nur zu gut verstand. Doch als er fertig war, saß sie immer noch da. Sie schwieg zwar, war aber bereit, mit ihm spazierenzugehen.

»Ich stehe Ihnen zur Verfügung«, sagte er. Iris lächelte und schob sich das Haar hinter die Ohren.

Sie spazierten durch das Lager. Dabei unterhielten sie sich nicht, aber anders als bei Daniel war ihr Schweigen behaglich. Blue blieb wachsam und suchte die Umgebung mit seinem Geist ab. Er erwartete zwar keinen weiteren Hinterhalt, doch es gab auch keine Garantie dafür, dass diese drei Männer das Lager tatsächlich verlassen hatten. Oder dass nicht noch andere im Dunkeln lauerten. Obwohl Blue nach den gestrigen Erfahrungen nicht glaubte, dass ein Fremder, geschweige denn eine ganze Gruppe, hier herumschlendern konnte, ohne dass man auf sie aufmerksam würde. Dafür hielten die Zirkusleute viel zu sehr zusammen.

Unterschätze deinen Vater nicht. Falls er überhaupt für diesen Hinterhalt verantwortlich war.

Denn der alte Mann hatte ja recht. Der Sohn eines reichen Mannes war niemals in Sicherheit, und der Sohn von Felix Perrineau noch viel weniger. Sein Vater hatte trotz seines Rufes, ein guter Samariter zu sein, vermutlich mehr Feinde als ein tollwütiger Hund.

Es war heiß. Blue knöpfte sein Hemd noch ein Stück auf und bemerkte interessiert, dass Iris sich bemühte, so zu tun, als beobachte sie ihn nicht. Er verringerte den Abstand zwischen ihnen etwas, und sie wich nicht zurück.

»Also«, sagte er. »Wo ist das Hauptzelt?«

»Noch auf einem Lastwagen verstaut«, antwortete sie. »Aber das ist wirklich ein fantastischer Anblick. Es ist groß und blau und hat für tausendsechshundert Leute Platz, wenn wir die Tribüne aufgebaut haben. Aber es ist eine Knochenarbeit, es hochzuziehen. Alle müssen mit anpacken.«

»Und, jede Nacht ausverkauft – mit tobenden Zuschauern?«

»Ich wünschte, so wäre es. In einigen Städten konnten wir von Glück reden, wenn wir unser Zelt auch nur zu zehn Prozent gefüllt bekamen. Beim Zirkus arbeitet man schließlich nicht, um reich zu werden. Draußen auf der Straße muss man fünfundzwanzig Stunden am Tag schuften. Man wacht auf und fängt immer wieder von vorne an. Zirkuskünstler haben es nicht leicht, obwohl ich glaube, dass die Trapezkünstler und Turner es am schwersten haben. Sie versuchen immer, etwas Neues und noch Besseres zu erfinden. Das ist eine gefährliche Arbeit. Sergei, einer unserer Jungs aus Russland, hat sich letztes Jahr das Rückgrat gebrochen. Er kann zwar seine Beine noch bewegen, aber Pete musste ihn nach Toronto schicken, wo er sich im Rehabilitationszentrum vom Cirque du Soleil erholt.«

»Das klingt teuer.«

»Ist es auch. Pete musste einen Gefallen einfordern.« Iris lächelte traurig. »Sergei plant immer noch, wieder auf dem Hochseil zu balancieren.«

»Nennt mich dumm, aber nennt mich nicht Feigling?«

Iris lachte leise. »Ja genau. Das gilt im Großen und Ganzen für uns alle.«

»Wie lange sind Sie schon beim Zirkus?«

»Seit Jahren. Seit meinem sechzehnten Geburtstag. Meine Mom hat mich hergebracht. Davor haben wir auf einer Farm in Montana gelebt. Es war ein großes Reservat für Katzen, die missbraucht worden oder zahm aufgewachsen waren.

Löwen, Tiger, Leoparden… viele von ihnen sind in Gefangenschaft geboren und dann illegal auf der Straße oder über das Internet verkauft worden. Zum Beispiel Con. Als junges Tier wurde er in einem Schrank gehalten, und als er dann größer wurde, hat sein Besitzer ihn in der Garage angekettet. Er bekam fast nie frische Luft, im Winter war die Garage nicht geheizt, außerdem war sie vollkommen verdreckt. Er befand sich in einem bedauernswerten Zustand, als wir ihn bekamen.«

»Ich dachte, es gäbe Gesetze gegen solche Dinge.«

»Das regelt jeder Bundesstaat für sich. Und die Kontrollen sind ein Witz.«

»Also kümmern sich Menschen wie Sie und Ihre Mutter um solche Schweinereien.«

»Normalerweise ja, aber das Reservat wurde irgendwann zu kostspielig. Wir mussten die meisten Raubkatzen an andere Gehege abgeben. Petro, Lila, Con und Boudicca waren die Einzigen, von denen wir uns nicht trennen konnten. Und außerdem sind sie ausgezeichnete Darsteller.«

Sie hatten den Zwinger erreicht, einen großen Kreis aus Maschendrahtzaun. Irgendjemand, wahrscheinlich Samuel, hatte Stroh und einen aufblasbaren Kinder-Swimmingpool hineingestellt. Der Tiger lag im Wasser, während die drei anderen Raubkatzen eng aneinandergeschmiegt schliefen. Sie schlugen mit ihren Schweifen träge nach den Fliegen. Aber als Iris erschien, standen sie alle auf. Ihre Miene hellte sich auf, ihre Wangen waren rosig, und sie wirkte ganz entzückend, während ihre Augen blitzten, als sie die Arme ausstreckte und die Tiere begrüßte. Sie hatte kein bisschen Angst, öffnete das Tor und schwang es weit auf, als sie hineintrat. Blue wartete und sah zu, wie die Raubkatzen ihre Köpfe und Schultern an ihr rieben. Sie hatten die Augen vor Vergnügen halb geschlossen. Iris fuhr mit ihren Fingern durch ihr dichtes Fell und wand sich anmutig zwischen ihnen hindurch, als hätte sie keine Knochen. Blue vergaß zu atmen.

Iris lächelte ihn an. »Du kannst näher kommen.«

Das hätte Blue auch getan, wenn er seine Beine hätte bewegen können. Er versuchte, sich daran zu erinnern, wie es sich anfühlte, cool und kontrolliert zu sein, aber wenn er in Iris' Nähe war, fühlte er sich wie sechzehn und kam sich furchtbar ungelenk vor. Schließlich gelang es ihm jedoch wenigstens, in den Zwinger zu treten. Fünf Augenpaare beobachteten ihn, doch das einzige Gesicht, das ihm wichtig war, gehörte Iris. Ihr Gesicht und dieses zaghafte, sehnsüchtige Lächeln um ihre Lippen.

»Sie sehen aus, als hätten Sie Angst, gebissen zu werden«, sagte sie.

»So etwas soll es ja auch schon mal gegeben haben«, antwortete er ironisch. Iris winkte ihn zu sich, und Blue watete mutig in das Durcheinander aus Fell und Muskeln, während er staunend über die Wendungen seines Lebens nachdachte, in dem er an einem Tag Organhändler jagte, am nächsten seinem Vater half und es dabei gleichzeitig mit Löwen, Tigern und Gestaltwandlern zu tun bekam.

»Das ist unglaublich«, murmelte er.

»Sie sind meine Familie«, erwiderte Iris und taumelte, als sich die Löwin fest gegen ihre Knie lehnte. »Diese Arschlöcher, die versucht haben, sie zu entführen, begreifen das einfach nicht. Sie glauben, sie hätten das Recht, mich zu verurteilen oder uns einfach auseinanderzureißen, nur weil das hier nicht das ist, was sie für … für moralisch halten. Ich möchte einfach bloß in Ruhe gelassen werden, Blue. Ich möchte sein können, wer ich bin.«

Sie hielt inne und sah zu Boden. Er konnte ihre Unsicherheit spüren, ihre Verlegenheit, und es schmerzte ihn. Denn er war immer noch ein Fremder für sie, und sie durfte ihm eigentlich nicht vertrauen.

»Menschen urteilen über andere Menschen«, sagte er. »So ist es einfach. Es geht um Macht, um Kontrolle, und plötzlich halten sie sich für besser als die Person, die vor ihnen steht, nur weil deren Haut dunkel ist oder sie eine andere Religion haben. Oder weil sie in einer Show in Las Vegas mit Löwen und Tigern auftreten und…«

»Und keine Bären dabeihaben«, sagte Iris und lächelte.

»Und keine Bären dabeihaben«, stimmte Blue zu und lächelte ebenfalls.

»Also, was ist Ihr Haken?« Iris schob sich eine Haarsträhne hinter das Ohr. »Was kann man Ihnen vorwerfen? Weshalb können die Leute Sie verurteilen?«

»Zu viele Menschen«, erwiderte er und versuchte, beiläufig zu klingen. »Ich mag keine Menschenmengen, und ich mag auch keine Städte.«

»Tatsächlich. Dann sind Sie hier aber am falschen Ort.«

»Dasselbe könnte ich auch über Sie sagen.«

Iris musterte das Meer aus Wohnwagen, das sie umgab. Dann blickte sie zu den hohen Mauern und den Palmen des Miracle. »Das wäre nett. Eines Tages. Aber dies hier ist mein Zuhause, wo auch immer ich bin, und solange ich kein Geld zurücklegen kann…« Sie unterbrach sich, sah ihn an und lächelte bedauernd. »Ich glaube, wir alle hängen unseren Träumen nach, nicht wahr?«

»Sie etwa nicht?«

Iris lächelte, und dieser Anblick war atemberaubend. Blue beugte sich unwillkürlich nach vorn; er konnte nichts dagegen tun. Aus weiter Entfernung spürte er, dass irgendein großer Körper sich zwischen sie schob, aber es hätte ihn auch nicht aufgehalten, wenn er in einer Grube voller Vipern gestanden hätte. Und Iris wich auch nicht zurück. Sie starrte nur in seine Augen, war so süß wie ein Sonnenaufgang. Er hob die Hand, um sie zu berühren.

Am Rand seines Geistes spürte er ein elektronisches Prickeln, das weder von einem Handy noch von einem TV-Gerät stammte; es war klein und speziell und bewegte sich zügig in ihre Richtung. Blue erstarrte. Auch Iris schien die Veränderung zu spüren, drehte sich von ihm weg und blickte in Richtung der Wohnwagen. Damit hatte sich das Thema Intimität fürs Erste erledigt. Ihr Lächeln erlosch.

Ein Mann tauchte auf. Er trug einen braunen Anzug, der zu seinem braunen Haar und zu seinen braunen Augen passte und gleichzeitig bewirkte, dass er wie ein angenehmer, professioneller und gleichzeitig vollkommen unauffälliger Mensch aussah. Iris verließ den Zwinger. Blue folgte ihr und sorgte dafür, dass er zwischen dem Mann und Iris stand. Er hörte, wie das Tor hinter ihm ins Schloss fiel.

»Agent Fred«, sagte Iris und trat aus Blues Schatten heraus. »Ich habe nicht erwartet, Sie hier so bald wiederzusehen.«

FBI. Blue bemühte sich, nicht zu reagieren. Dirk & Steele waren bei Polizeibehörden sehr bekannt. Die Agentur stand in dem Ruf, Verbrechen aufklären zu können, deren Spur zu kalt oder die für die Behörden politisch zu heikel waren, um sie selbst anzugehen. Diese Tatsache allerdings gefiel der Polizei, den Bundesbehörden oder gewissen anderen Regierungsagenturen nicht immer.

Diesen besonderen Agenten – Fred – kannte Blue nicht. Aber das war noch keine Sicherheitsgarantie. Denn wenn der Mann ihn kannte …

Fred hielt ihm die Hand hin. »Ich glaube, wir wurden einander noch nicht vorgestellt.«

»Das stimmt«, erwiderte Blue und schüttelte die Hand. Er nannte jedoch nicht seinen Namen.

Freds Lächeln wurde kühler. »Sie passen ziemlich gut auf die Beschreibung des Mannes, der in der letzten Nacht diesen Schützen bemerkt hat. Darüber wollte ich gern mit Ihnen reden.«

»Da gibt es nicht viel zu sagen. Ich habe die Waffe gesehen und – reagiert.«

»Haben Sie auch den Schützen gesehen?«

»Es war sehr dunkel.«

»Was Sie nicht daran gehindert hat, die Waffe zu sehen.«

»Ich glaube, er trug eine Maske.«

Fred musterte Blues Gesicht. »Solche Masken sind immer sehr praktisch, stimmt's?«

Iris stellte sich neben Blue. »Ich muss die Raubkatzen für ihren Transport ins Hotel vorbereiten. Wollten Sie etwas Bestimmtes, oder kann das noch warten?«

Fred musterte die beiden neugierig, weil sie so dicht zusammenstanden. Und selbst Blue wünschte, er könnte das Bild sehen, das sie da boten. Er hatte Iris nicht für eine Frau gehalten, die andere gern anfasste oder gar mit ihnen kuschelte, deshalb erschreckte es ihn fast schon, dass sie seinen Ärmel berührte. Aber es fühlte sich gut an.

»Ich wollte Ihnen nur das Neueste über Kevin Cray mitteilen.« Fred hob die Hand. »Ich weiß. Ich habe Mr. Reilly auf dem Weg hierher getroffen, und er hat mir gesagt, er hätte Sie bereits darüber informiert, dass Cray auf Kaution freigekommen ist. Machen Sie sich aber keine Sorgen, Miss McGillis. Wir behalten ihn im Auge. Er wird hier nicht noch einmal auftauchen.«

»Verzeihen Sie mir, wenn mich das nicht beruhigen kann«, erwiderte Iris gedehnt und lehnte sich noch dichter an Blue. Dieser nutzte die Möglichkeit, die sich ihm bot, aus, obwohl er genau wusste, dass er später würde dafür bezahlen müssen. Er schlang seinen Arm um ihre Taille. Beinah sofort spürte er, wie sie sich verspannte, aber er ließ sie dennoch nicht los, und sie versuchte auch nicht, aus seiner Umarmung zu entkommen. Ihr Körper fühlte sich warm und weich an; sie war schlank, ohne hager zu sein. Ganz und gar weiblich.

»Ich dachte, Sie beide wären einander fremd gewesen«, sagte Fred sanftmütig.

»Oh, nichts bindet einen so sehr aneinander wie Gefahr«, erklärte Iris lächelnd. »Wenn das alles war, was Sie mir erzählen wollten, dann sollten Sie jetzt lieber gehen. Ich bin sehr beschäftigt.« Keine Entschuldigung, kein Zögern. Nur Mut, eiserner Wille und Chuzpe. Blue unterdrückte ein Lächeln.

Fred kniff die Augen zusammen. »Ich melde mich bei Ihnen, Miss McGillis. Und bei Ihnen auch.«

»Selbstverständlich«, erwiderte Blue freundlich. Aber nicht in diesem Leben, dachte er.

Fred entfernte sich. Iris hielt es so lange in Blues Arm aus, bis der schlanke FBI-Agent nicht mehr zu sehen war. Dann trat sie vor, drehte sich zu ihm herum und stemmte ihre Hände in die Hüften. Blue lächelte. »Tut mir leid.«

Iris' Mund zuckte. »Lügner.«

»Stimmt«, antwortete er. Er sah, wie ihre Miene von Belustigung zu Traurigkeit schwenkte, in einem einzigen Augenblick. Einen Moment lang überlegte er, ob es tatsächlich ein Fehler gewesen war, sie zu berühren, doch dann überraschte ihn Iris, indem sie die Hand ausstreckte und irgendein imaginäres Stäubchen von seinem Hemd pflückte. Blue packte ihre Hand und strich mit dem Daumen sanft über ihre Handfläche. Die Trauer in ihrem Blick wurde nur stärker.

»Iris«, murmelte er. »Was ist los?«

»Ich will nicht darüber reden«, flüsterte sie und zog ihre Hand zurück. »Komm, Blue. Auf uns wartet Arbeit.«

Er bedrängte sie weder, noch beschwerte er sich. Er folgte lediglich schweigend ihrem Beispiel und half ihr. Doch während sie die Raubkatzen bürsteten und mit ihnen spielten, was diese entspannte, wie Iris ihm versicherte, musste er ständig an jenen Blick in ihren Augen denken, der so unerträglich traurig gewesen war. Vielleicht war es ein Fehler gewesen. Als er sie berührt hatte, hatte das alte Erinnerungen aufgerührt, sehr wahrscheinlich schmerzliche Erinnerungen. Er kam sich mies vor.

Und du hast gedacht, deinen Bruder anzulügen wäre schlimm. Bleib hier, dann wird alles noch viel schlimmer.

Denn diese Frau anzulügen war kein guter Anfang für irgendetwas, was von Dauer sein konnte. Und es war dumm, auch nur die Möglichkeit einer Beziehung in Betracht zu ziehen. Es wäre schrecklich, davon zu träumen, das Schlimmste, was er tun konnte…

Aber du willst sie. Du willst sie unbedingt.

Das flößte ihm eine Todesangst ein.

5

Das Miracle Hotel und Casino war ein Jahr alt; eine brandneue, strahlend weiße Schönheit, die ihren Erfolg weniger auf große Spektakel gründete als auf das Versprechen einer luxuriösen Oase mitten auf dem glühend heißen, staubigen Strip. Klasse und Stil, ein Zentrum der Finesse für alle, deren Geschmack eher Spa-Behandlungen als Show Girls entsprachen. Das Casino war relativ klein und ein wenig abseits gelegen, als hätte man es nachträglich erst angebaut.

Aus diesem Grund hatte Iris zunächst gedacht, dass Reillys Circus so gar nicht hierherpasste. Popcorn, Clowns und Seiltänzer bewegten sich normalerweise nicht an Orten, an denen Afternoon Tea und Konzerte mit Yo-Yo Ma und James Galway stattfanden. Andererseits war Vegas eine Stadt voller Überraschungen, und das Miracle war in diesem Punkt keine Ausnahme. Das Management wollte Unterhaltung auch für Kinder, etwas Besseres als irgendeinen normalen Zirkus, aber auch wieder nichts so künstlerisch Anspruchsvolles wie den Cirque du Soleil, den Iris, wie sie zugeben musste, sehr liebte.

Also war die Wahl auf Reilly gefallen. Niemand, nicht einmal Pete, wusste genau, wie oder warum sein Zirkus dem Management des Miracle aufgefallen war, vor allem angesichts der wenigen Zuschauer, die er normalerweise anzog. Trotzdem war während eines Auftrittes im Sommer in Oregon ein Anruf gekommen, und die gesamte Truppe war zu einer kurzen Probevorstellung nach Nevada gefahren.

Und sie waren angenommen worden. Das war ein Glücksfall. Sie hatten eigene Umkleideräume, einen Übungsraum mit Klimaanlage und einen festen Parkplatz in einer Stadt, die niemals schlief. Einige der Trapezkünstler sprachen bereits davon, sich Wohnungen zu suchen. Oder Minivans zu kaufen. Sie stürzten sich ganz und gar in das sesshafte Leben hinein.

Ich aber nicht, dachte Iris. Sie ging durch den schmalen Backstage-Flur des Miracle, nachdem sie ihre Raubkatzen sicher im Zwinger in der Anlieferungshalle des Hotels gelassen hatte. Das Miracle hatte bereits davon gesprochen, alternative Unterbringungsmöglichkeiten zu bauen. Iris vermutete, dass dies ein Vorspiel für das Angebot zu einer dauerhafteren Verpflichtung sein könnte. Aber sie hatte mit den lokalen Inspektoren der USDA den improvisierten Zwinger überprüft und ihn ausreichend gefunden, jedenfalls was die Vorstellungen betraf. Und vor allem angesichts der Tatsache, dass fast alle Angestellten Iris' Bitte akzeptiert hatten, dass niemand die Raubkatzen vor einer Vorstellung besuchen durfte. Das Hotel hatte einen luftigen Pavillon aus Seide um den Käfig errichtet, der die Tiere vor neugierigen Blicken in der Anlieferungshalle vollständig schützte. Außerdem hatte man eine Lautsprecheranlage dorthin verlegt, die unaufhörlich Kitaro, Ravi Shankar und – auf Iris' Bitte – auch die Rolling Stones spielte. Es war vermutlich ein Versuch, die Tiere genauso zu behandeln, wie Siegfried und Roy es taten.

Natalya, die zu den russischen Schlangenmenschen gehörte, kam Iris im Flur entgegen und winkte ihr mit ihrer sehnigen Hand zu. »Da warten viele Blumen in deiner Umkleidekabine auf dich, Iris. Schon wieder.«

Iris seufzte. »Möchtest du welche davon haben?«

Natalya schnaubte verächtlich. »Was soll ich mit Blumen, die für eine andere Frau bestimmt sind? Das ist ja fast so, als würde man sich Liebesbriefe ausborgen, hab ich nicht recht?«

»Da«, sagte Iris auf Russisch, was ihr ein strahlendes Lächeln von der kleinen Frau einbrachte. Sie blieb stehen und betrachtete Iris mit einem kritischen Blick von oben bis unten.

»Du brauchst einen Liebhaber«, erklärte Natalya schließlich mit derselben Zurückhaltung, mit der sie auch Kaviar oder Wein bestellt hätte. »Wenn du einen guten Mann in deinem Bett hast, kannst du über die Blumen lachen. Dann sind sie nur ein guter Witz für dich. Aber so? Jetzt fühlst du dich einsam.«

»Ich fühle mich aber nicht einsam«, erwiderte Iris.

Natalya lächelte wissend. »Dann bist du stärker als ich. Aber vielleicht nicht so stark, um Danny zurückzuweisen? Oder diesen neuen Mann mit dem Bart? Mit dem du heute ins Hotel gekommen bist?«

Iris errötete. Natalya lachte und ging weiter. »Dummes Mädchen! Nimm sie beide! Oder ich nehme sie!«

Iris starrte der Russin nach und wünschte sich, sie hätte eine geistreiche Antwort auf Lager. Stattdessen empfand sie nur Leere und Widerwillen. Warum um alles in der Welt glaubten sich fast alle Frauen vom Zirkus berufen, ihr Ratschläge für ihr Liebesleben geben zu können? Glaubten sie wirklich, sie wüsste nicht, wie sie einen Mann bekommen konnte? Waren sie der Meinung, dass Iris ihre Abende deprimiert und einsam verbrachte, nur weil kein großer breitschultriger Mann neben ihr im Bett lag?

Ganz offensichtlich waren sie genau dieser Meinung. Und ehrlich gesagt lagen sie damit auch nicht vollkommen falsch. Es war schon lange her, seit Iris auch nur versucht hatte, mit jemandem zusammen zu sein, und das hatte damals mit einer Katastrophe geendet.

Und jetzt? Glaubst du denn, du kannst es mit Blue erneut versuchen, ohne dass es wieder in einem Fiasko endet?

Iris schluckte und versuchte nicht daran zu denken, wie

sich sein warmer Körper an sie gepresst hatte oder wie sich sein kräftiger Arm um ihre Taille geschlungen hatte. Die Berührung war ein Schock für sie gewesen, aber doch nur, weil es sich so gut angefühlt hatte. Sie hatte sich sicher und beschützt gefühlt, auf eine Weise, wie sie es sich niemals vorgestellt hatte. Es war wie eine Droge, von der sie mehr wollte, viel mehr, als gut für sie war. Und gut für ihn.

Als sie ihre kleine Garderobe betrat, kam es ihr so vor, als würde sie in ein Gewächshaus treten, das mit einem Überfluss an Blumen gefüllt war: prachtvolle Rosen, Lilien, Orchideen, aber auch Margeriten. Doch die meisten der überwältigenden Blumen in diesem winzigen Raum waren große, duftende … Iris. Rote Iris, um genau zu sein. Riesige Körbe und Bouquets davon standen auf dem Boden und lehnten an den Wänden. Die Blüten ragten wie Dornen hervor.

Oh, die kollektive Imagination meiner Bewunderer, dachte Iris. Auf ihrem Schminktisch lagen Visitenkarten. Vor allem eine zog ihren Blick auf sich. Sie erkannte die Handschrift sofort, das kostbare, handgeschöpfte Papier, das fast so weich wie Haut aussah.

Meine Liebe, las sie. *Ich werde Dich zu der Meinen machen.*

Das war alles. Keine Unterschrift. Keine Möglichkeit einer Antwort. Nur neun Worte, unverblümt und auf den Punkt gebracht. Iris konnte sich geradezu vorstellen, wie der Schreiber mit den Fäusten gegen seine Brust hämmerte und seine große Keule schwang.

Na, dann viel Glück, du Perversling. Versuch doch mal, mit mir irgendwohin zu gehen, dann wirst du die Überraschung deines Lebens erleben.

Iris warf die Karte in den Papierkorb. Drei Mal brachte ja angeblich Glück. Vielleicht hörte ihr Bewunderer jetzt endlich auf. Auf jeden Fall empfand sie diese Aufmerksamkeit als peinlich und beunruhigend. Iris mochte es nicht, wenn sie besondere Beachtung fand. Auf der Bühne war das natürlich unvermeidlich, denn es gehörte zu ihrer Arbeit. Aber eine solche Aufdringlichkeit in ihrem Privatleben war mehr als nur ein Ärgernis. Das fühlte sich wie eine Bedrohung an. Denn wenn ihr jemand zu nahe kam…

Alte Lektionen schüttelt man nicht so leicht ab. Mom hat dich paranoid gemacht.

»Aber es sind eben auch die Paranoiden, die überleben«, murmelte Iris und wiederholte die Worte ihrer Mutter. Wenn ihre Mutter jedoch ihrem eigenen Rat gefolgt wäre…

Dann wäre ich gar nicht geboren worden. Was, als Iris darüber nachdachte, kein allzu großer Beweis für die Heuchelei ihrer Mutter war. Immerhin hatte Iris keine Ahnung, wer ihr Vater war. Wahrscheinlich irgendein unbedeutender One-Night-Stand. Aber ganz sicher war es jemand gewesen, den ihre Mutter nicht geliebt hatte. Denn ihrer eigenen Behauptung zufolge verschenkte ein Gestaltwandler sein Herz nur einmal, und das für immer. Danach gab es kein Zurück mehr, niemals.

Was Iris eine höllische Angst einjagte. Immerhin war das hier das einundzwanzigste Jahrhundert. Überall ließen sich Leute scheiden. Ehegatten zu betrügen war praktisch ein nationaler Freizeitsport, falls man Oprah Glauben schenken durfte.

Früher einmal warst du eine Romantikerin, dachte Iris. Früher einmal, vor langer Zeit, in einem anderen Leben. Bevor die Realität all deine Vorstellungen von einem Happy End, einem *Sie lebten glücklich immerdar,* und auch das alte Klischee, dass eine Liebe ein Leben lang hielt, zerstört hatte.

Eher galt, dass eine Liebe tötete.

O ja. Sie hatte ihre Erfahrungen gesammelt. Und selbst wenn es anders gewesen wäre, erlaubte ihre Besonderheit keinen weiteren Fehler. Es war kein Problem, einen guten Mann zu finden; aber einen Mann zu finden, der ihre Geheimnisse hüten und damit umgehen konnte…

Ich bin eine Gestaltwandlerin, dachte Iris und blickte in den Spiegel. Ihre Augen blitzten golden, und zum ersten Mal ließ sie die Leopardin in sich zum Vorschein kommen, obwohl sie außerhalb ihres Wohnwagens war. Sie regte sich und schmiegte sich an ihr Herz. Sie sah zu, wie sie sich verwandelte, zwang sich dazu, das Spiegelbild aus goldenem Licht und schimmerndem Fell zu ertragen. Es war schwierig, so schwierig, als würde sie bei einem Liebesakt zusehen, genauso intim und fremdartig. Ihr Gesicht verwandelte sich. Ihre Kiefer traten deutlicher hervor, ihre Stirn wich zurück, während das Fell durch ihre Haut drang und das Menschenhaar in ihrer Kopfhaut verschwand. Sie hatte keine Schmerzen. Es prickelte nicht, und es knackten auch keine Knochen. Da gab es nur Wärme, eine heiße Woge, die durch den ganzen Körper strömte, ein ganz ähnliches Gefühl wie die Empfindung nach einem Orgasmus.

Du bist so wunderschön, erinnerte sich Iris an die Worte ihrer Mutter. Du siehst in deiner Haut so wunderschön aus.

Ein Teil von Iris musste dem zustimmen. Obwohl sie gezwungen worden war, sich wegen ihres Andersseins der Welt zu entfremden, liebte sie dieses andere Selbst doch. Sollte sie die Leopardin aufgeben, ihre Fähigkeit, sich in ein anderes Wesen zu verwandeln? Niemals.

Doch sollte sie die Verluste bedauern, die das nach sich gezogen hatte? Sollte sie sich vielleicht sogar vor sich selbst fürchten? Vielleicht ein kleines bisschen.

Iris betrachtete ihr Spiegelbild und versuchte, sich auszumalen, wie jemand diesen Augenblick mit ihr teilte, jemand, der sie deshalb lieben würde und keine Angst vor ihr hatte. Sie versuchte sich einen Mann vorzustellen, der erst die Frau sah, und dann die Magie, also die Frau unter dem Fell, einen Mann, der alles für sie sein würde, alles und noch mehr.

Dieser Mann nahm Gestalt an, und sie sah Blue vor sich.

Sein Gesicht tauchte ungebeten in ihrem Kopf auf, und sie malte sich aus, wie er hinter ihr stand: Die Hände locker und offen an den Seiten herunterhängend, den Kragen seines staubigen schwarzen Hemdes am Hals geöffnet, mit seinem schlanken, großen und kräftigen Körper, das Gesicht hinter dieser Maske aus Bart verborgen, während seine Augen, diese wundervollen Augen, sie unter dem Rand des glänzenden schwarzen Haares beobachteten: heiß, gierig und furchtlos.

Atemlos. Als sie an ihn dachte, verschlug es ihr den Atem.

Und er macht dich nicht nervös. Er flößt dir keine Angst ein.

Das heißt, er flößte ihr schon Angst ein, aber anders als andere Männer. Sie hatte Angst vor ihm, weil sie sich in seiner Gegenwart tatsächlich wohlfühlte. Er flößte ihr Angst ein, weil sie sich vorstellen konnte, wie sie es ... mit ihm tat, weil sie es mit ihm tun *wollte*, ungeachtet des Risikos.

Iris hörte Geräusche vor ihrer Tür. Sie holte tief Luft, rang um Kontrolle und sah in den Spiegel, während sich das Fell in ihre blasse haarlose Haut zurückzog, ihr Gesicht sich zurückbildete. Sie wurde wieder zu einem Menschen.

Verschwinde, Katze!

Jemand klopfte an die Tür. Iris schluckte. »Herein.«

Es war Danny. Er trug bereits sein Kostüm: einen prachtvoll bestickten Bodysuit, der jeden Muskel seines vollkommenen Körpers betonte. Auf den Stoff waren Schuppen und Federn gemalt, eine glänzende Schimäre aus Elastan. Die Kapuze, die er trug, verdeckte fast seinen ganzen Kopf, bis auf sein Gesicht, auf das eine aufwändige Maske gemalt worden war. Er sah wild aus, fantastisch, und jedes Mal, wenn sie ihn in diesem Kostüm sah, war ihr nach Lachen zumute, weil er darin so anders zu sein schien als der Mann, für den sie ihn hielt.

»Im Flur wartet ein Kamerateam«, erklärte Danny und trat

in die Garderobe. »Leute von Channel Five. Sie wollen einen Bericht über den Angriff auf dich und die Katzen bringen.«

Iris schloss kurz die Augen. »Ich will aber nicht mit ihnen reden. Ich will es einfach nicht, Danny.«

»Ich weiß.« Er hockte sich neben sie und betastete eine der Rosen. »Pete kümmert sich darum.«

»Gut«, erwiderte sie unbehaglich. Danny roch nervös, nervöser, als er sonst vor einer Show roch, und auch nervöser, als ihn ein Kamerateam im Flur hätte machen sollen. Sie sah zu, wie er mit den Blumen herumspielte. Sein Schweigen war äußerst beredt.

»Stimmt was nicht?«, erkundigte sie sich.

Danny schüttelte den Kopf. »Ich habe nur gerade so viel um die Ohren.«

»Willst du darüber sprechen?«

»Eigentlich nicht.« Er grinste grimmig. »Aber danke, Iris. Du warst immer gut zu mir, seit wir uns das erste Mal getroffen haben. Du warst mir eine wirkliche Freundin, als ich sonst keine einzige Menschenseele hatte. Das werde ich dir nie vergessen.«

»Klingt ja sehr geheimnisvoll. Hast du vor, irgendwohin zu gehen, Danny?«

Er wandte den Blick ab. »Nein.«

»Danny.«

»Das hier ist mein Zuhause.« Es klang fast so, als redete er mit sich selbst. »Das hier ist mein wahres Zuhause, Iris. Das Zuhause, das ich zurückgelassen habe … war dagegen ein übler Ort. Voller übler Leute.«

Wow! Danny sprach tatsächlich über sich selbst. Er redete über sich, nicht über Kunst oder Fernsehen oder Bücher. Das geschah sonst so gut wie nie, und wenn doch, dann war sie jedenfalls nicht dabei. Aber jetzt, hier … Üble Leute. Sie wusste nicht, wie sie reagieren sollte, wie sie mit dem Geruch umgehen sollte, der ihr in die Nase stieg: Anspannung, Furcht. Es verwirrte sie, und sie hatte den Wunsch, die Hand auszustrecken und ihn zu berühren. Aber sie konnte es einfach nicht über sich bringen. Obwohl sie ihre Regeln bei Blue schon gebrochen hatte.

»Hat deine Familie Kontakt mit dir aufgenommen?«, fragte Iris ihn. »Wollen sie, dass du uns verlässt?«

Er lachte schallend. »So ähnlich.«

»Das ist doch lächerlich. Niemand kann dich zwingen, nach Hause zu gehen, Danny. Du bist ein erwachsener Mann.«

»So einfach ist das nicht. Vor meiner Familie kann man nicht so einfach davonlaufen.«

»Das klingt fast so, als wäre es die Mafia.« Iris schüttelte den Kopf. »Wie dem auch sei. Du hast dein Leben selbst gemeistert, und niemand hat dir geholfen. Niemand hat dir etwas gegeben. Du hast das alles allein geschafft, und wenn du nicht freiwillig gehen willst, dann solltest du aufhören, dich so düster zu benehmen und deiner Familie einfach sagen, sie solle verschwinden.«

»Niemals aufgeben, niemals ergeben?« Seine Miene entspannte sich, und er ähnelte jetzt wieder mehr dem Mann, den sie kannte. »Glaubst du das wirklich, Iris?«

»Ich glaube, du glaubst es«, erwiderte sie. »Wenn nicht, hättest du den Zirkus nicht gefunden. Und du würdest ganz bestimmt nicht jeden Abend auf diese Bühne gehen, wenn du es nicht lieben würdest. Wenn das nicht wert ist, dafür zu kämpfen, weiß ich nicht, wofür es sich dann zu kämpfen lohnt.«

Er schloss die Augen. Die Farbe auf seinem Gesicht schimmerte metallisch; Glitter funkelte auf seinen Wangen, verblasste jedoch neben dem Glanz seines Anzugs. Er war sehr groß und stand sehr dicht neben ihr. Iris spielte erneut mit dem Gedanken, ihn zu berühren. Sie wollte einfach nur herausfinden, ob es sich anders anfühlte als bei Blue, ob dieses

Gefühl von Wärme und Schutz etwas war, das jeder Mann ihr geben konnte, oder nur dieser eine.

Du willst Vollkommenheit, aber so etwas gibt es nicht. Du willst Vertrauen, aber das findet man nie. Du willst Liebe, wahre Liebe, aber die bringt dir nur Blut. Gib es einfach auf. Lauf weg, Katze, lauf weit weg.

Iris hörte vor ihrer Garderobe Stimmen. Pete. Er klang ärgerlich. Er kam hierher, würde jeden Moment anklopfen, und das war auch sehr gut so, großartig, eine wundervolle Unterbrechung, weil dies hier plötzlich alles zu schwierig geworden war.

Danny öffnete die Augen. Der Blick, den er ihr zuwarf, war fast unheimlich, so als hätte er ihre Gedanken gehört. »Gehst du mit mir aus, Iris? Heute Abend?«

Sie starrte ihn an und brachte kein Wort heraus. Es war so, als würden sich ihre Fantasien und ihr schlimmster Albtraum vereinigen.

»Ich wollte dich das schon sehr lange fragen«, sagte er ernst. »Und wenn ich es jetzt nicht anspreche, bietet sich mir vielleicht niemals mehr eine Chance dazu.«

Iris leckte sich die Lippen. »Danny…«

»Bitte.«

Sie zögerte. Die Traurigkeit und der Hunger in seinem Blick waren einfach zu groß. Zudem flüsterte ihr eine leise Stimme etwas ins Ohr: *Sei eine normale Frau, nur dieses eine Mal. Eine Verabredung wird dich nicht umbringen.* Obwohl sie wünschte, dass ein anderer Mann sie gefragt hätte.

»Einverstanden«, antwortete sie. Danny lächelte, was die Schmetterlinge in ihrem Bauch in Hummeln verwandelte. Er beugte sich vor, kam ihr ganz nah.

Pete rettete sie. Iris hörte sein Murmeln auf der anderen Seite der Tür und stand auf, bevor er anklopfen konnte.

»Herein!«, rief sie und vermied es, Danny dabei anzusehen.

Pete öffnete die Tür. Blue war bei ihm. Er hatte das schwarze Jackett und die Anzughose gegen ein einfaches weißes T-Shirt und eine Khaki-Hose eingetauscht. Der Werkzeuggürtel hing immer noch locker um seine Hüften. Er sah gut aus. Seine Augen wirkten warm, als er sie ansah, aber ihr entging nicht, wie er auf Dannys Anblick reagierte, der immer noch neben ihrem Stuhl hockte. Das schmerzhafte Ziehen in ihrem Herzen wurde stärker.

Pete seufzte und rieb sich den Bauch. »Danny hat dir von den Reportern erzählt, stimmt's? Sie sind jetzt weg, aber sie kommen zurück. Du bist mit dieser Show zurzeit das angesagteste Ereignis auf dem Strip, Iris. Ein Attentat ist immer ein Knüller.«

»Dann sollen sie sich einen anderen Knüller suchen, über den sie berichten können. Jeden anderen meinetwegen, nur nicht mich.«

Pete runzelte die Stirn. »Ich will aus deiner Tragödie und deinem Unglück kein Kapital schlagen, aber selbst ein kleines Interview wäre eine gute Werbung für uns, Iris. Für uns alle.«

Sie brauchte sich keine Mühe zu geben, ihre Miene zu kontrollieren; an solche Sachen war sie mittlerweile gewöhnt. »Du weißt, dass ich nicht egoistisch sein will, Pete. Das weißt du ganz genau, also versuch nur nicht, mir ein schlechtes Gewissen zu machen.«

»Das ist gar nicht nötig. Dafür bist du viel zu klug. Aber bitte, Mädchen. Die alten Zeiten sind vorbei, und wenn du ganz oben mitmischen willst, dann musst du dieses Spiel mit der Öffentlichkeit mitspielen. Und wenn schon nicht für mich, dann aber für das Management des Miracle. Sie haben vielleicht noch nicht mit dir gesprochen, aber mich haben sie unter Druck gesetzt, damit du vor die Kamera trittst. Du übrigens auch, Danny.« Er schüttelte den Kopf und strich sich mit der Hand über das schüttere Haar. »Ich liebe euch beide, aber ich verstehe einfach nicht, warum ihr so wahnsinnig pressescheu seid. Jedenfalls nicht, da ihr doch jede Nacht auf der Bühne steht und euch dort offenkundig pudelwohl fühlt.«

»Das ist etwas anderes«, protestierte Iris. »Das ist weniger persönlich.«

Weniger persönlich ist gut, hatte ihre Mutter immer gesagt. Weniger persönlich bedeutete, dass die Chancen, enttarnt zu werden, geringer waren. Denn selbst wenn man als Darsteller kurz ins Rampenlicht trat und sich damit exponierte, war es gleichzeitig auch eine Maske. Eine Möglichkeit, sich vor aller Augen zu verstecken, auf eine Art und Weise besonders zu sein, die niemand jemals in Frage stellen würde. Denn schließlich erwartete man von Zirkusdarstellern, dass sie seltsam waren, dass sie anders waren als gewöhnliche Menschen. Der Schlüssel war, niemandem einen tieferen Blick zu gewähren.

Und ein Interview wäre ein solcher tiefer Blick? Ein Interview und – bumm, du bist als Freak enttarnt?

Iris sah Blue an. Seine Miene wirkte nahezu ausdruckslos, aber sie hatte das Gefühl, als betrachte er sie mit einem Anflug von Besorgnis, vielleicht sogar mit so etwas wie Verständnis. Sie zwang sich dazu, ihren Blick von ihm zu lösen. »Also gut, Pete. Aber sag den Leuten vom Miracle, dass sie eine gute Wahl treffen und den richtigen Sender oder das richtige Magazin aussuchen sollen. Denn ich werde in absehbarer Zukunft kein weiteres Interview geben.«

Pete schloss die Augen und lächelte. »Danke, Iris. Ich weiß, dass dir das nicht leicht fällt.«

Das war noch eine Untertreibung. Allerdings schien sie heute Abend einiges zu akzeptieren, das nicht leicht für sie war. Sie wurde wohl schwach. Vielleicht war sie auch einfach nur verzweifelt.

»In zehn Minuten ist es so weit«, erklärte Pete. »Danny, ich brauche dich da draußen für den ersten Auftritt. Iris, mach du einfach dein Ding.«

Was bedeutete: zentnerweise Make-up aufzulegen, sich anzuziehen und dann zur Anlieferungshalle zu laufen, um Petro und die anderen vorzubereiten.

Danny rührte sich nicht und starrte Blue an. »Was ist mit ihm?«

Pete runzelte die Stirn. »Kümmere du dich nur um dich selbst, mein Junge.«

»Ich mach mir Sorgen um Iris. Wir kennen diesen Mann nicht. Und wir wissen nicht, was er vorhat, wenn er mit ihr allein ist.«

Seine Unverblümtheit überrumpelte Iris, ebenso wie die indirekte Anschuldigung. Sie suchte nach einer Erwiderung, sah Blue an, und im nächsten Moment erstarben ihr die Worte auf den Lippen. Seine Miene strahlte den reinsten Ärger aus, einen ruhigen, schrecklichen Ärger, und obwohl er sich nicht rührte, spürte sie doch die Energie, die er ausstrahlte. Es waren Wellen, die wie das Echo eines schrecklichen Donners über ihre Haut glitten. Die Lichter in ihrer Garderobe flackerten.

»Ich würde Iris niemals etwas antun«, erklärte Blue schließlich. »Niemals.«

»Niemals?«, wiederholte Danny. Er ballte die Hände zu Fäusten. Ein Luftstrom strich über Iris' Haut; die Blumen schwankten, und sogar der Spiegel vibrierte in seinem Rahmen. Blue kniff die Augen zusammen. Pete sah zwischen den beiden Männern hin und her und räusperte sich.

»Jungs«, begann er, aber er vermochte die Spannung nicht zu lindern, die immer stärker wurde. Iris hätte die beiden am liebsten angeschrien, die Spannung mit den Händen zerfetzt. Eine Gänsehaut überlief sie.

»Ich will nicht gegen dich kämpfen«, flüsterte Blue.

»Dann tu es doch nicht«, erwiderte Danny. »Geh einfach. Verschwinde!«

»Nein«, sagte Blue leise, während sein Blick zu Iris hinzuckte. »Nein, das werde ich bestimmt nicht tun.«

Es war sein Blick, der sie aus ihrer Erstarrung riss und sie dazu brachte, zwischen die beiden Männer zu treten. Sie hob die Hände, was sich so anfühlte, als müsste sie gegen Treibsand ankämpfen, und berührte gleichzeitig die Brust der beiden Männer. Funken sprühten wie Miniblitze aus ihren Fingerspitzen. Sie zuckte zurück und keuchte vor Schreck. Daniel wollte nach ihr greifen, aber sie wich zurück und verkrampfte ihre Hände. Blue rührte sich nicht und sagte kein Wort. Er sah sie nur an. Sein Blick war erstaunlich grimmig.

»Hört auf damit!«, sagte sie zu ihnen, als sie ihre Stimme wiedergefunden hatte. »Was auch immer ihr tut, hört sofort damit auf.«

Bevor jemand zu Schaden kommt, hätte sie gern noch hinzugefügt.

Jetzt reagierte Pete. Er trat ebenfalls zwischen die beiden Männer und sah sie streng und missbilligend an. Vielleicht sogar ein bisschen wütend, was Iris gut verstehen konnte.

»Ich habe den Eindruck«, sagte er sehr langsam, »dass ich gerade gesehen habe, wie sich zwei Männer geprügelt haben, ohne sich auch nur zu berühren. Auch wenn ein Teil von mir das unglaublich faszinierend findet, ist der größere Teil von mir doch entsetzlich bestürzt. Ich kann nämlich ehrlich gesagt keinen einzigen guten Grund sehen, weshalb es dazu kommen konnte. Und auch nicht«, Pete warf Daniel einen harten Blick zu, »warum du einem Mann Charakterlosigkeit vorwirfst, den du nicht einmal kennst. Oder kennst du ihn vielleicht?«

»Nein«, erwiderte Daniel nach kurzem Zögern. »Ich kenne ihn nicht.«

»Dann lass es auch bleiben, mein Junge. Ich weiß, dass dir

viel an Iris liegt, das geht uns allen so. Aber diesem Mann hier das Gefühl zu geben, er wäre nicht willkommen, ist kein Heilmittel gegen das, was an dir nagt. Außerdem, wieso maßt du dir eigentlich an, über Vertrauen zu sprechen? Du bist auch noch neu hier. Wäre ich nicht ein so großzügiger Mann, ich könnte dir gegenüber denselben Vorwurf erheben. Aber das mache ich nicht. In meinem Zirkus gebe ich den Leuten eine Chance.«

Keiner sagte ein Wort. Iris bemerkte, dass sie noch immer ihre Hände rieb, und hörte damit auf. Sie beobachtete, wie Blue Daniel anstarrte, der den Blick erwiderte, und spürte, dass die Spannung in dem Raum nachließ: wie eine merkwürdig schrumpfende Luftblase. Daniel – Iris bemerkte, dass sie ihn plötzlich auch für sich Daniel nannte, nicht mehr Danny – öffnete langsam die Fäuste und presste die Hände flach gegen seine Schenkel. Blue holte tief Luft.

»Gut«, bemerkte Pete und öffnete die Tür der Garderobe. »Danny, geh jetzt und bereite dich vor. Auf dich wartet ein Auftritt.«

Iris erwartete, dass er widersprach. Seine Augen glühten immer noch, und seine ganze Haltung wirkte angespannt und hart. Er war ein Spiegelbild von Blue, der ihn noch immer ansah, als erwartete er einen Schlag und wäre darauf vorbereitet, ihn zu erwidern. Alles schrie förmlich: *Gefahr.*

Schließlich trat Daniel rückwärts zur Tür zurück und beendete den Blicke-Wettbewerb, indem er Iris ansah.

»Bis später«, sagte er sehr leise und äußerst sanft. Iris nickte und war sich deutlich bewusst, wie Blue sie musterte und ihre Reaktion abschätzte. Sie hätte gern den Kopf gedreht und seinen Blick erwidert, sich an ihm sattgesehen, ihm gesagt, dass alles in Ordnung sei, dass sie keine Angst vor ihm hatte. Und gleichzeitig kam sie sich wie eine Verräterin vor, eine Verräterin an sich und an Daniel – wegen dieses Verlangens, weil sie nichts lieber als das wollte.

Du gehst nur mit Daniel aus. Du heiratest ihn schließlich nicht.

Aber Daniel stand direkt vor ihr, und Iris mochte ihn zu sehr und hatte auch zu viel Anstand, um in seiner Gegenwart Blue anzuschmachten. Vielleicht ging es hier aber auch einfach nur um eine Art Verstohlenheit, nicht um Loyalität. Die Grenze dazwischen war sehr, sehr schmal.

Daniel ging hinaus. »Du solltest auch gehen, Blue«, sagte Pete. »Iris muss sich entspannen.«

»Nur eine Minute«, sagte Iris. Der alte Mann warf ihr einen langen, scharfen Blick zu, ging aber hinaus. Er blieb zwar im Flur vor der Tür stehen, aber das genügte schon.

Kaum hatte Pete den Raum verlassen, da trat Blue auf Iris zu und nahm ihre Hände in die seinen. Die Intensität seines Blickes erschreckte sie; sie hatte keine Zeit, vor ihm zurückzuweichen, und das schockierte sie ebenfalls. Normalerweise waren ihre Reflexe wesentlich besser.

Blue hielt ihre Hände locker in den seinen. Sie waren warm. »Bist du verletzt? Hat dieser Schock dir wehgetan?«

»Nein«, antwortete sie. Seine Frage verwirrte sie ebenso wie die Leidenschaft in seiner Stimme. »Und du?«

Er lachte kurz auf und schüttelte den Kopf. »Es tut mir leid, Iris. All dies hier tut mir leid.«

Sie hätte ihn gern gefragt, wofür er sich eigentlich entschuldigte, und auch, warum Daniel ihn zu kennen schien, und: wieso er deshalb log. Aber in diesem Augenblick steckte Pete seinen Kopf wieder in die Garderobe und betrachtete ihre verschränkten Hände. »Komm, Sohn«, sagte er, ohne sich etwas anmerken zu lassen. »Gönnen wir Iris ein bisschen Ruhe.«

Blue nickte und drehte sich ein kleines bisschen um, sodass nur Iris sein Gesicht sehen konnte. Sie war fast so groß wie er, aber er wirkte viel größer, wie ein Gigant, wenn er so dicht bei ihr stand. Sie vergaß fast zu atmen, als er mit den Daumen ihre Handrücken liebkoste. Das ging viel zu schnell. Er sah sie ruhig und fest an, und in seinen Augen war kein Ärger mehr zu sehen, sondern nur noch eine herzliche Wärme. Iris beugte sich dichter zu ihm, ohne dass sie etwas dagegen hätte tun können. Es war, als würde sich die Welt unter ihren Füßen neigen.

Blue betrachtete ihre Lippen, er starrte sie gierig an. Iris wurde vollkommen von dem Gefühl überrumpelt, das dadurch in ihr ausgelöst wurde, von diesem schmerzlichen Brennen, das plötzlich durch ihren Körper strömte. Bitte, tu es, dachte sie. Bitte, ich möchte dich schmecken.

Aber Pete räusperte sich, und obwohl die Intensität von Blues Blick nicht geringer wurde, ließ er ihre Hände los und trat zurück. Er bewegte sich, als watete er durch Treibsand, als wäre er darin gefangen. Sie konnte seine Erregung wittern, die Wildheit in seinem Blut. Und es ließ sie körperlich schwach werden.

Er drehte sich um und verließ die Garderobe beinahe im Laufschritt. Iris sah ihm nach und kämpfte gegen den Drang an, ihm zu folgen.

Pete schüttelte den Kopf. »Genau davor hat deine Mutter mich gewarnt, bevor sie wegging.«

»Wovor?«, fragte sie zerstreut.

»Vor Männern«, antwortete er.

Iris unterdrückte ein Lächeln. »Und?«

»Nichts *und.* Du bist vierundzwanzig Jahre alt und damit doch alt genug zu wissen, was du willst. Aber sei vorsichtig, Iris. In einem Punkt hat Danny nämlich recht. Wir kennen ihn noch nicht.«

Du kennst doch nicht einmal mich, dachte sie, als er die Tür hinter sich schloss. Du weißt ja gar nicht, was ich wirklich bin.

Und Blue? Oder etwa Daniel? Was war mit ihnen? Wie viel musste jemand über einen anderen Menschen wissen? Wie viel Wahrheit über jemanden war nötig, bevor man sich verlieben durfte?

Iris ging zu ihrem Stuhl zurück, aber kurz bevor sie sich hinsetzte, spürte sie eine Präsenz: in ihrem Bauch, in ihrem Herzen und in ihrem Kopf. Einen Moment lang war es so, als wäre sie wieder mit ihrer Mutter zusammen, als wäre Serena McGillis bei ihr, ganz nah. Es war der Ruf eines Gestaltwandlers, von einem Tier zum anderen, ein unvergessliches Gefühl, das sie seit Jahren nicht empfunden hatte.

Iris lief zur Tür und riss sie auf, stürzte in den Flur. Er war leer. Sie lief durch den schmalen Korridor und witterte, sog den Duft ein, nahm jedoch nur den Geruch abgestandenen Parfüms wahr, etwas, das ihre Mutter immer verabscheut hatte.

Nein, sagte sich Iris. Tu das nicht. Es ist nur deine Fantasie. Eine andere Erklärung gibt es dafür nicht. Du bist gestresst, und sie ist die erste Person, an die du dich wendest.

Mami, ach Mami.

Angewidert von sich selbst, kehrte Iris in ihre Garderobe zurück und schlug die Tür hinter sich zu.

6

Nachdem er Iris verlassen hatte, gelang es Blue, Daniel aus dem Weg zu gehen. Dafür konnte er sich bei Pete bedanken. Der alte Mann führte ihn über Umwege durch die oberen Backstage-Ebenen, also durch einen Bereich, in dem sonst fast nur Arbeiter in ihrer Arbeitskluft zu sehen waren. Gelegentlich begegneten ihnen Artisten in ihren Kostümen oder gehetzt wirkende Frauen, die Kostüme in den Armen hielten.

Eine Glocke bimmelte. Einmal.

»Die erste Warnung«, erklärte Pete. »Es bedeutet, dass jeder, der in der ersten Hälfte auftritt, spätestens jetzt an seinem Platz sein sollte.«

»Sie machen bei der Show gar nicht mit?«

»Früher schon. Unterwegs auf jeden Fall. Ich bin der Zirkusdirektor, mein Junge. Mein Platz ist in der Manege. Damit ist überhaupt nichts vergleichbar. Aber hier in Vegas? Das hier ist doch eher etwas für Jüngere.«

Pete begleitete die Worte mit einem Lächeln, auch mit einem kleinen Tanzschritt… Aber Blue hatte ein scharfes Ohr, und er spürte den Anflug von Bitterkeit in der Stimme des alten Mannes.

»Es war nicht Ihre Entscheidung«, spekulierte er ruhig vor sich hin. »Das Management hat Ihnen befohlen zurückzutreten, ist es nicht so?«

Pete stockte, aber nur einen Augenblick lang. Dann setzte er eine noch perfektere Maske auf. »Wir bekommen gutes Geld, und es ist ein sicherer Job.«

»Trotzdem vermissen Sie es.«

Pete sah ihn lange und scharf an. »Manchmal muss man eben Opfer bringen. Eine Liebe für eine andere aufgeben. Bedauern, das ist doch etwas für Weicheier.«

Das war eine sehr wirkungsvolle Methode, Blue zu sagen, dass er gefälligst die Klappe halten solle.

Es klingelte noch einmal, diesmal länger. Pete ging etwas schneller und stieß eine schwere weiße Tür auf. Auf der anderen Seite herrschte Dunkelheit, die Luft roch nach Klimaanlage, Rauch und Parfüm. Ein leises Summen war zu hören, Geplauder, und dann das Rascheln von Papier. Pete zupfte Blue am Ärmel und führte ihn auf einen schmalen Laufsteg. Nach zwei Schritten sah Blue die Bühne. Sie breitete sich wie ein Dschungel aus Geräten und Menschen unter ihm aus. Gerade stand er etwa in Augenhöhe mit dem Trapez. Die Plattform hing knapp drei Meter von ihm entfernt in der Luft.

Blue sah hinunter. Daniel sprach mit einigen Frauen, die so ähnlich gekleidet waren wie er; kunstvolle Bodysuits und eine ganze Menge Schminke, die sie vollkommen unkenntlich machte. Niemand, nicht einmal ihr eigener Vater, würde Daniel in seinem Kostüm erkennen.

Vor aller Augen verstecken. Er wird bald einer der reichsten Männer der Welt sein, und er tritt hier in einem Zirkus auf.

Das allein genügte vielleicht schon, um ihren Vater umzubringen. Falls er denn tatsächlich im Sterben lag.

»Du sitzt hier«, erklärte Pete und zeigte Blue einen einsamen Holzstuhl, der auf dem Laufsteg stand. »Sieh dir alles an, genieße es, und denk vielleicht darüber nach, wie du ein paar Dinge verbessern oder reparieren könntest. Anschließend werde ich dir Fragen stellen.«

»Muss ich mir vielleicht auch Notizen machen?«

»Spiel nicht den Klugscheißer. Nicht jetzt.«

»Entschuldigung«, murmelte Blue. Pete runzelte die Stirn und blickte zu Daniel hinunter.

»Ihr beide«, bemerkte er ruhig, »Ihr kennt euch doch. Versuch erst gar nicht, das abzustreiten. Da ist etwas, wenn ihr euch anseht. Etwas ganz … Tiefes.«

Darauf erwiderte Blue nichts. Er kannte Daniel. Aber Daniel konnte ihn nicht kennen, nicht vom Aussehen und wahrscheinlich auch nicht von seinem Namen her. In der realen Welt seines Vaters wäre Blue niemals geboren worden. Von ihm zu sprechen, seine Existenz dem einzigen Sohn gegenüber zuzugeben, den er als legitim erachtete …

Nein, das war nicht möglich. Außerdem glaubte Blue auch gar nicht, dass sich sein Vater solche Mühe gemacht hätte, ihn um Hilfe zu bitten, wenn die Chance bestanden hätte, dass Daniel wusste, wer er war. Das Risiko, den jungen Mann zu erschrecken, ihn in die Flucht zu schlagen, war viel zu groß.

Dennoch konnte er die Tatsache nicht bestreiten, dass Daniel die Wahrheit zu wissen schien. Und wenn das tatsächlich zutraf, vor allem in Anbetracht dieses Hinterhalts im Zirkuslager, dann verstand Blue einfach nicht, warum Daniel nicht längst weggelaufen war.

Iris. Es muss um Iris gehen.

Möglich. Sogar wahrscheinlich. Wäre er an Daniels Stelle gewesen, nicht einmal sein Vater hätte es geschafft, ihn von einer Frau wie ihr wegzureißen. Und er hatte doch auch registriert, wie sein Bruder Iris angesehen hatte – in seinem Blick hatte sein ganzes Herz gelegen.

Blue drückte die Handflächen gegen seine Schenkel. Ruhig, ganz ruhig – normalerweise war er auch ruhig, diesmal jedoch nicht. Nicht wenn es um sie ging.

Pete starrte immer noch auf die Bühne. »Hast du die Wahrheit gesagt, was deine militärischen Erfahrungen betrifft?«

Die Frage überrumpelte ihn. »Ja …«

»Und dir liegt wirklich etwas an Iris? Ich meine, mit Herz und Kopf, nicht nur mit deinem Schwanz?«

»Ja«, antwortete Blue erneut und überlegte angestrengt, wohin diese Befragung wohl noch führen mochte.

Doch nachdem Pete einen Moment lang nachdenklich geschwiegen hatte, sagte er nur: »Genieß die Show, mein Junge, und pass bloß auf, dass du nicht runterfällst.«

Er ging, und wie durch Magie wurden nun die Lichter gedimmt.

Es war vollkommen dunkel, aber Blue schickte seinen Geist aus und ertastete eine Welt, die von Elektrizität nur so bebte. Er suchte sie und sprang durch ein Labyrinth von Kabeln. Er folgte den Spuren, reiste auf ihnen und flog so schnell wie das Licht durch das ganze Miracle Hotel. Er vollendete den Kreis und landete wieder in seinem eigenen Körper, als die Musik losspielte.

Sie war überall. Klassische Musik, vielleicht ein bisschen New Age, mit einem leisen Chor, der ein paar Worte in einer Sprache sang, die Latein hätte sein können oder auch die reine Fantasie. Unwillkürlich beugte sich Blue vor, als blaues Licht die Bühne erfüllte und Gestalten auf ihre Plätze gingen, um Posen einzunehmen.

Die Vorhänge wurden aufgezogen. Blue konnte zwar die Zuschauer nicht sehen, aber er hörte doch das leise anerkennende Gemurmel. Vermutlich wirkte das, was er von hier oben sah, vom Boden aus noch weit beeindruckender.

In der nächsten Stunde wurde er jedoch vollkommen vereinnahmt, bezaubert und gefesselt. Jede Person, die die Bühne betrat, bot einen unmöglich scheinenden Akt menschlicher Beweglichkeit dar, einen Tanz durch die Luft, der nur des Fokusses eines unglaublich starken Körpers und Geistes bedurfte. Geschichten wurden dargestellt, ausschließlich mit Bewegung und Musik, ein Spiel aus Licht und Vorhängen auf der Bühne. Blue stellte fest, dass all seine Gaben und seine Macht angesichts einer solchen atemberaubenden Schönheit gar nichts bedeuteten. Er konnte vielleicht eine Glühbirne mit seinem Geist ausschalten, aber… also wirklich: Diese Frauen und Männer unter ihm konnten fliegen.

Er glaubte Samuel zu erkennen, der von links auf die Bühne trat; ein Clown, gewiss, aber auch ein Gigant, der sechs zierliche junge Frauen auf Schultern und Armen trug und sie einfach nur mit seiner Körperkraft in die Luft zu heben imstande war. Er warf sie hoch, scheinbar mühelos, und dann schwebten sie davon wie Schmetterlinge, während sie Flügel und Bänder hinter sich herzogen. Sie waren an Drähten befestigt, schon richtig, aber das konnte der Magie nichts anhaben.

Dann tauchte Daniel auf – und versetzte Blue den Schock seines Lebens.

Und zwar nicht, weil er wie irgendein dämonischer Pfau gekleidet war; an dieses Wunder hatte sich Blue bereits in Iris' Umkleidekabine gewöhnt. Und auch nicht, weil er sich mit einer Anmut und Geschwindigkeit bewegte, die von langen Jahren des Tanzes und einem harten Training kündeten. Und auch nicht wegen der Tatsache, dass er im Scheinwerferlicht und für die Bühne geboren zu sein schien – dass er ganz offensichtlich das Charisma hatte, die Zuschauer in seinen Bann zu ziehen. Das alles war natürlich, es lag ihm im Blut! Das alles hatte er von ihrem Vater.

Nein, was Blue überraschte und ihn wie eine Faust in den Magen traf, das war diese reine, unverhüllte Leidenschaft, die Daniel ausstrahlte. Die grenzenlose Freiheit, die ihn davontrug, die ihn zeichnete wie ein Lichtmal. Sie war ansteckend – erstaunlicherweise –, und Blue wunderte sich, dass dies sein Bruder sein sollte, sein eigenes Fleisch und Blut. Das Produkt eines Mannes, der niemals – jedenfalls nach Blues begrenzter Erfahrung – irgendeine Art von Freude oder Liebe ausgedrückt hatte, nichts, das die Präsenz auch nur annähernd berühren konnte, die dort über die Bühne tanzte.

Daniel würde diese Welt hier niemals verlassen, das war Blue nun schlagartig klar. Er konnte es ja gar nicht aufgeben.

Die beiden Frauen, die er vorher mit seinem Bruder gesehen hatte, sprangen jetzt auf die Bühne, drehten Pirouetten, zogen Seile und Bänder hinter sich her. In der Mitte der Bühne öffnete sich eine Falltür, und Blue spürte das Stöhnen einer Hydraulik, als ein Glaskäfig langsam aus dem Boden auftauchte. Die festen Wände wurden lediglich von zwei großen Schläuchen unterbrochen, die ebenfalls aus einem Bereich unter der Bühne hinaufführten. In diesem Käfig befand sich etwas wie ein schmaler, durchsichtiger Sarg in Form eines Menschen, mit etwas Raum für Arme und Beine. Er hing an einer Kette von der Decke des Käfigs herab.

Als Blue ein Knarren hinter sich hörte, drehte er sich um und sah, wie Samuel über den Laufsteg auf ihn zukam.

»Ah«, flüsterte der große Mann. Sein Gesicht war mit schwarzen und weißen Wirbeln geschminkt. »Du hast ja meinen Platz.«

Blue wollte schon aufstehen, aber Samuel legte ihm die Hand auf die Schulter und schüttelte den Kopf. Gemeinsam sahen sie zu, wie Daniel die Tür des Käfigs öffnete und geschmeidig hineintrat. Die Frauen folgten ihm und hoben den Plexiglasdeckel von dem Sarg ab, der sich an der Kette drehte. Dann stellte Daniel einen Fuß hinein und drehte sich wie ein Mann auf einer merkwürdigen Schaukel herum, bis er sich nach hinten warf, und zwar so schnell, dass ihm das Auge kaum folgen konnte. Mit einer erstaunlichen Geschicklichkeit glitt er in den sich drehenden Sarg. Von oben aus war es schwer zu erkennen, aber es schien ganz so, als wäre dieser Sarg eigens für seinen Körper angefertigt worden; es gab fast keinen Platz zwischen seiner Haut und dem Plexiglas, das sich wie eine zweite Haut an ihn schmiegte und seine Arme und Beine in einzelnen Röhren umfing. Dann hielten die Frauen den wirbelnden Sarg an, legten den durchsichtigen Deckel darauf und schlossen Daniel ein.

Seine Hände wurden durch die Form des Plexiglases festgehalten, die Arme vom Rest seines Körpers abgespreizt. Die Form passte wie angegossen. Von oben konnte Blue sehen, dass Daniel sie vollkommen ausfüllte. Er hätte nicht einmal mit den Zehen wackeln können.

»Er kann sich überhaupt nicht bewegen«, murmelte Blue. »Das ist doch… unmöglich.«

»Ja«, antwortete Samuel leise. »Daniel steckt ganz tief in der Scheiße.«

»Aber du hast schon oft gesehen, wie er das hier gemacht hat.«

»Nein. Das ist jetzt… neu. Das erste Mal. Die Mädchen haben gesagt, er hätte sich geweigert, die eigentliche Flucht zu üben, weil er Angst gehabt hatte, jemand könne ihn beobachten und damit die Überraschung verderben. Auch Pete kennt diesen Teil nicht. Vor ihm hat Daniel etwas… Sichereres geübt. Das Übliche eben.«

O Mann! Blue beugte sich über den Rand des Laufstegs, um besser sehen zu können. Die Frauen packten den Sarg und drehten ihn an seiner Kette. Die Rotation schien sich immer mehr zu beschleunigen, bis Daniels Körper nur noch undeutlich zu erkennen war. Dann sprangen sie aus dem Glaskäfig. Eine von ihnen lief von der Bühne und kehrte nur Augenblicke später mit etwas Großem, Rotem zurück.

Es war ein Benzinkanister.

Die Zuschauer murmelten. Die Frauen schraubten den Verschluss ab und bespritzten das Innere des Käfigs mit Benzin. Blue wusste sofort, dass es richtiges Benzin war; er konnte die Dämpfe riechen. Die Zuschauer ebenfalls.

Daniel wirbelte noch immer in dem Sarg um seine eigene Achse. Er würde ohnmächtig werden, wenn er nicht aufpasste. Das menschliche Gehirn konnte nur ein bestimmtes Ausmaß an Zentrifugalkraft absorbieren. Das war doch eine Art… selbst auferlegter Folter. Die Frauen klemmten die Wand des Käfigs wieder fest und verschlossen sie von außen mit Schlössern, an denen sie zogen und zerrten.

Die eine Frau, die den Benzinkanister nicht berührt hatte, zog nun ein Streichholzheftchen aus ihrem Ärmel. Sie hielt es hoch, damit es die Zuschauer sehen konnten, brach ein Streichholz ab und riss es an. Flammen loderten auf. Ihre Partnerin schob ein kleines Paneel in dem Glas zur Seite, das Blue nicht bemerkt hatte.

Im Zuschauerraum herrschte Totenstille.

Das Mädchen warf das Streichholz in den Käfig. Das Feuer explodierte fauchend. Die Zuschauer schrien auf.

»Scheiße!«, murmelte Blue und stand auf. Samuel packte seinen Arm und zog ihn wieder auf den Stuhl zurück.

»Nein«, sagte er. »Warte.«

»Worauf?«, fuhr Blue ihn an, starrte jedoch auf den Käfig und beobachtete hilflos, wie sein Bruder dort in dem Feuer um seine Achse wirbelte, immer noch in seinem Sarg eingeschlossen. Die Hitze wurde noch stärker, sie war bald viel zu stark, als dass er sie noch hätte ertragen können, und selbst wenn er jetzt aus dem Sarg entkam, befand er sich doch immer noch in diesem Käfig. Einem Käfig, der von außen verschlossen war…

Er hörte würgende Laute unter den Zuschauern, Hilferufe, Schreie nach der Polizei. Aber niemand lief auf die Bühne. Erstaunlich. Blue wollte gerade schon selbst losrennen und versuchen, dem bösen Spiel dort unten ein Ende zu bereiten, als er plötzlich eine Veränderung in dem Käfig bemerkte, einen Ruck an einer Kette.

Der Deckel des Sargs flog ab und prallte mit einem ohrenbetäubenden Knall von der Innenwand des Käfigs ab. Immer noch innerhalb der Flammen gefangen, hob Daniel nun einen Arm und packte die Kette über sich. Er schwang sich aus dem Sarg, seine Beine glitten durch das Feuer.

Dann fielen die Schlösser von dem Käfig ab. Sie öffneten sich einfach von selbst und fielen wie durch Magie herunter, als hätte jemand sie geöffnet. In dem Augenblick, als die Schlösser auf den Boden prallten, stieß sich Daniel von der gegenüberliegenden Wand ab und krachte gegen die klare Glastür. Sie flog mit einem Knall auf, er ließ die Kette los und rollte sich kontrolliert auf die Bühne. Nun landete er nach nur einem Atemzug auf den Füßen, nach einem einzigen Herzschlag, den er Blue, wie dieser fand, von seinem Leben gestohlen hatte. Denn er hatte wahrhaftig noch nie zuvor etwas so Schreckliches gesehen.

Rauch stieg von Daniels Körper auf, sein Kostüm war versengt und zerrissen. Offenbar hatte jemand die Musik abgestellt, und in dieser tiefen Stille hörte Blue die angestrengten Atemzüge seines Bruders. Hinter ihm wurde durch die Schläuche Wasser in den Käfig gepumpt. Das Feuer zischte und erlosch.

Die Zuschauer verhielten sich vollkommen still. Sie schienen auf ihren Sitzen festgefroren zu sein. Ganz ähnlich wie Blue, der am liebsten einen Nervenzusammenbruch bekommen hätte, als er seinen Bruder jetzt betrachtete. Und er hätte auch gerne geflucht, als sich Daniel aufrichtete und sein Kinn hob, während er die Frauen und Männer vor sich anstarrte. Beinahe trotzig, mit einer Körperhaltung, die eindeutig ausdrückte: Ich scheiß auf euch! Und jetzt hob er die Arme und verbeugte sich spöttisch.

Für einen Augenblick wusste niemand, was die Zuschauer tun würden, doch dann hörte Blue das erste Klatschen, danach noch eines und noch eines, und innerhalb von Sekunden applaudierten die Zuschauer so heftig, dass sein Körper unter dem Lärm geradezu vibrierte. Er freut sich gewiss wie ein Schneekönig, dachte Blue. Oder aber er ist genervt und verbirgt es ganz ausgezeichnet. Jedenfalls verbeugte sich Daniel erneut, hakte sich bei seinen Helferinnen ein und lief schließlich von der Bühne. Noch immer qualmend.

»Nun«, sagte Samuel leise. »Das war doch ganz unterhaltsam, oder?«

Blue ließ sich auf den Stuhl fallen. Die Menge jubelte weiterhin so heftig, dass der Laufsteg zitterte und sein Herz in dem Lärm zu ertrinken drohte. Als der Glaskäfig langsam unter der Bühne versank, während das Wasser darin hin und her schwappte und das Glas von Rauch und Asche geschwärzt war, liefen Akrobaten nach vorn, schlugen Saltos und Purzelbäume. Vielleicht war es ja eine Ablenkung, weil nun die Vorhänge heruntersanken. Große Stoffbahnen waren das, die wie ein Dschungel bemalt waren. Seile, wie Schlingpflanzen verziert, und Blumen fielen von den Laufstegen direkt über der Bühne herunter. Als der Applaus erstarb, hörte Blue Vogelgezwitscher … und dann auch das Rauschen eines Wasserfalls.

Aber das Feuer machte ihm noch immer zu schaffen. Das Feuer und die Schlösser.

Samuel stand auf und reckte sich. »Ich muss mich für den nächsten Akt vorbereiten. Willst du mir Gesellschaft leisten?«

»Nein«, erwiderte Blue zerstreut, während er auf die Bühne starrte. »Aber danke für das Angebot.«

Der Hüne schlenderte davon. Blue schloss die Augen, schickte seinen Geist aus und ließ ihn tief unter die Bühne bis zu dem Käfig sinken. Dort fand er Zahnräder, das Wasserventil, die Hydraulik, den Mechanismus, der den Käfig auf die Bühne gehoben hatte. Aber alles andere war in seinem Kopf wie tot. Kein Funken, keinerlei Flackern von Elektrizität.

Was so viel bedeutete wie: Nichts von Menschenhand Hergestelltes konnte bei der Öffnung dieser Schlösser beteiligt gewesen sein. Es gab auch keine Fernbedienung. Und niemanden von außen, der einen Knopf gedrückt hatte, um Daniel zur Flucht zu verhelfen. Er hatte das alles ganz allein gemacht.

Blue verbarg den Kopf in den Händen. Dies hier war kein zweiter Houdini. Es gab nur eine Möglichkeit, wie ein Mann gleichzeitig mehrere Schlösser öffnen konnte, ohne sie zu berühren – und ohne moderne Technologie einzusetzen. Und zwar … mit dem Geist.

Das ist ja ächerlich. Nur weil du ein Psi bist, muss er doch nicht auch gleich einer sein. Vielleicht hat er einfach einen anderen Weg gefunden, einen genialen, aber einen trotzdem normalen, also einen menschlichen Weg. Du ziehst voreilige Schlüsse.

Gut möglich, aber alles in Blue schrie nur: Freak! Er senkte den Kopf zwischen seine Knie und atmete tief ein. Zwang sich, sich zu beruhigen, sich nicht überzustrapazieren. Sein Kopf schmerzte. Dann erinnerte er sich. Er stand in Iris' Garderobe und fühlte, wie sich die Luft bewegte, wie der Boden vibrierte.

Jetzt wusste er, wie Daniel es gemacht hatte. Sein Bruder war ein Telekinet. Ein sehr mächtiger und auch sehr *öffentlicher* Telekinet.

»Mist«, murmelte er. Was sollte er jetzt tun? Roland würde an die Decke gehen, wenn er das hörte.

Die Lichter um ihn herum erloschen, das Vogelgezwitscher wurde lauter. Das Gemurmel der Zuschauer verstummte allmählich, und Blue schob die Gedanken an seinen Bruder einen Moment lang beiseite, als er auf der mit Grünzeug vollgestellten stockdunklen Bühne eine Bewegung registrierte. Irgendwo in der Nähe brüllte ein Löwe.

Das Geräusch war sehr laut, elektrisierend und im Unterschied zu dem Vogelgezwitscher unbestreitbar real. Zahlreiche Zuschauer keuchten vor Schreck, andere lachten nur nervös. Blue vermutete, dass sie alle noch unter dem Schock von Daniels Vorstellung standen, er selbst eingeschlossen. Aber dann sah er eine Bewegung in diesen dunklen Schatten, die die Bühne einrahmten. Das waren menschliche Körper, die sich verstohlen bewegten, hin und her hasteten. Als er erneut den Schrei einer Raubkatze hörte, durchströmten ihn die Geräusche und Bewegungen, sie warnten ihn, bereiteten ihn auf das Kommende vor – aber nicht genug, wie er bald merkte. Es war wie ein Blitzschlag, als ein Scheinwerfer plötzlich aufflammte. Der schmale Lichtstrahl des goldenen Lichtes blendete ihn, strömte hinab wie ein Strahl vom Himmel. In seinem Mittelpunkt stand mit erhobenem Gesicht Iris.

Sie trug ihr rotes Haar offen; ihr vollkommener Körper war in ein dünnes, schlichtes und blutrotes Kleid gehüllt, das vielleicht aus Seide bestand. Sie hatte nackte Füße, trug keinerlei Schmuck – und wirkte atemberaubend.

Sie war vollkommen allein.

Dann bewegte sich etwas außerhalb dieses Lichtkreises und brummte. Streifen und Schimmer von goldenem Fell schlichen lautlos um diese einsame Frau herum und blieben immer außerhalb der Sichtweite. Hätte Blue Iris nicht bereits mit ihren Katzen gesehen, er hätte Angst um sie gehabt oder wäre zumindest nervös gewesen. Aber er hatte sie gesehen, und so wusste er, dass die Verletzlichkeit, die sie zeigte, nur gespielt war.

Dann erfüllte ein dunkles Grollen und Fauchen die Luft, ruhelos, wild und zutiefst sinnlich. Iris schwankte erst im Scheinwerferlicht, dann verschwand sie vollkommen überraschend in der Dunkelheit. An ihre Stelle trat ein Tiger ins Licht, nahm ihren Platz ein, und an diesen schmiegte sich ein Jaguarweibchen, das den Kopf unter sein großes gestreiftes Kinn schob. Davor und dahinter strichen Löwen vorbei, schmiegten sich an die beiden Tiere, rieben sich aneinander, streiften sich auch bloß. Es war nicht leicht zu erkennen, wo ein Raubtier anfing und das andere endete.

Dann mischte sich ein leises Trommeln unter das Vogelgezwitscher, ein langsamer Rhythmus, der immer lauter wurde, wie ein bedrohliches Lied. Blue war so sehr damit beschäftigt, Iris außerhalb des Lichtscheins zu suchen, dass er die blasse Hand beinahe übersehen hätte. Sie erhob sich aus den Körpern der Raubkatzen, die sich wanden und sich auf dem Boden wälzten. Es war eine Hand, etwas Rotes blitzte auf und ein halbes Gesicht, das die Zuschauer mit einer Gier ansah, bei der es Blue heiß durchlief.

Leb wohl, süße kleine Unschuld.

Er hörte ein Knacken auf dem Laufsteg hinter sich. Vermutlich war es Samuel oder Pete, der nach ihm sehen wollte. Es kümmerte Blue aber nicht. Er konnte seinen Blick kaum von Iris losreißen, die da aus diesem Haufen von Raubkatzen auftauchte, sich über ihre Körper rollte und langsam wieder zu Boden ging, geschmeidig und lasziv, als bestünde ihr Körper aus Lava – und verbrenne einen, wenn man ihn berührte. Er erwartete fast, Brandflecken auf der Bühne zu sehen.

Der Laufsteg knallte erneut. Blue roch schweres Parfüm. Seine Nase kribbelte, aber er drehte sich immer noch nicht um. Die Bühne um Iris herum bewegte sich; große Gegenstände, wie Felsbrocken und Klippen geformt, rollten nach vorn. Hinter der Bühne hörte Blue Schreie und Schüsse, die von einem Band eingespielt wurden.

Iris erstarrte, ebenso die Raubkatzen. Sie alle drehten sich gleichzeitig herum und blickten in die Richtung dieser Geräusche. Iris' Bewegungen waren so genau und erschienen so vollkommen, dass man einen Moment lang glauben musste, sie wäre eine der Raubkatzen, ihre menschliche Haut könne nur eine Illusion sein … und dass darunter eine Kreatur lauern müsse, die aus Fell und Klauen bestand.

Die Schreie wurden lauter, übertönten die Trommeln und die fließende Melodie von Bambusflöten. Im Zuschauerraum machte sich allmählich Unruhe breit. Stiefelschritte ertönten, und Blue hörte, wie Gewehre durchgeladen wurden. Er zuckte zusammen.

Iris jedoch nicht. Sie lief, und die Raubkatzen liefen mit ihr. Es war wie eine Explosion von Fell und Haut, als sich die kleine Gruppe mit einer unglaublichen, geradezu verzweifelten Geschwindigkeit über die Bühne hinwegbewegte, durch das Licht, das die Welt in rote Schattierungen tauchte. Bis Iris plötzlich diesen Weg verließ und auf die künstlichen Felsen sprang, hinaufkletterte und von einem zum anderen flog. Die Zuschauer rangen nach Luft, vollkommen gebannt von der schrecklichen Verzweiflung, die in ihren Bewegungen lag. Der Tiger folgte ihr sofort, dann kamen auch die Löwen und das Jaguarweibchen. Sie alle kletterten immer höher und höher, fanden auf dieser unebenen Oberfläche tatsächlich Wege … Blue spürte vor Sorge fast schon Bauchschmerzen.

Aber dann führte sie Iris wieder hinab, sicher und schnell. Und erneut liefen sie in Kreisen auf der Bühne herum.

Schließlich fiel ein Netz herab. Es sank von oben herunter und hing wie eine Wand vor Iris und ihren Raubkatzen. Hinter ihnen polterte ein weiteres Netz zu Boden, dann folgten noch eines und noch eines, bis sie alle zusammen vollkommen in der Falle saßen. Blue beugte sich vor und blickte hoch. Er sah einen anderen Laufsteg, auf dem Mr. Cleaver und noch zahlreiche andere Männer standen, die die Seile festhielten, an denen die Netze hingen.

Es war aber nur gespielt, ein Schauspiel. Doch Iris … Iris stand umringt von den um sie herumstreichenden Katzen, sie stand da mit einem Ausdruck auf ihrem Gesicht, bei dem Blue fast das Herz brach. Am liebsten wäre er aufgestanden, hätte gewütet, für sie gekämpft, und nach den Schreien aus dem Zuschauerraum zu urteilen war er auch nicht der Einzige, der so empfand. Es machte den Eindruck, als würde man die langsame Entweihung der Freiheit mit ansehen müssen, den schrecklichen Verfall einer vollkommenen Essenz von wilder, unzähmbarer Freude. Als müsse man den Tod von Träumen und Wundern miterleben.

Das ist es, was ihr Angst macht, begriff Blue in diesem Augenblick: gefangen zu werden, in der Falle zu sitzen und gejagt zu werden.

Er verstand sie. Vollkommen.

Der Geruch von Parfüm hing immer noch in der Luft. Blue hörte das Rascheln von Kleidung, fühlte einen Hauch von warmem Atem an seinem Hals. Verärgert wollte er sich schon umdrehen und spürte im gleichen Moment etwas Kaltes und Hartes, das sich gegen seinen Hinterkopf drückte. Das war der Lauf einer Pistole. Er erstarrte. Und unter ihm tobte Iris.

Eine Hand berührte seine Schulter, an seinem Ohr flüsterte eine leise Stimme: »Sieh an, sieh an. Das ist aber wirklich eine Überraschung.«

Die Stimme kam ihm sehr vertraut vor; doch schien es fast unmöglich. Die ganze rechte Seite von Blues Körper schmerzte wie alarmiert, als er den Kopf drehte und das scharfe Kinn sowie den Rand einer Sonnenbrille erblickte. Unter einer Baseballkappe lugte blondes Haar hervor.

Es war die Frau vom Markt in Jakarta. Jene Frau, die ihm eine Bombe gegeben hatte. Und die für Santoso Rahardjo arbeitete.

»Nein«, murmelte Blue. »Sie können … unmöglich hier sein.«

Sie verzog den Mund und wich einen Schritt zurück, weit genug, dass er das enge weiße Tanktop und die weite braune Hose sehen konnte. Über ihrer Schulter hing eine Botentasche.

»Ein Bart«, sagte die Frau. »Eine Maske. Aber sie ist nicht gut genug, um sich vor mir zu verstecken. Und bedauerlicherweise auch keine ausreichende Verkleidung für den interessierten Blick einer Person, die Sie vielleicht kennt.«

Weit unter ihnen war Iris schließlich entkommen. Die Zuschauer verfolgten verzückt, wie sie auch noch versuchte, ihre Katzen zu retten. Blue überlegte, wie viel Ärger er verursachen konnte, ohne ihren Auftritt zu ruinieren. Wie weit würde er gehen, um dies hier zu beenden? Der letzte Schritt, wenn er all seine Schilde senkte, seinen Willen einsetzte … und dann für alle Zeiten Albträume hätte.

»Was wollen Sie?«, fragte Blue die Frau. »Warum sind Sie hier? Sind Sie mir gefolgt?«

»Bilden Sie sich nur nichts ein«, antwortete sie. Die Gereiztheit in ihrer Stimme überraschte ihn. »Sie sind erstaunt, mich zu sehen? Dann stellen Sie sich mal vor, wie *ich* mich fühle. Dass Sie hier sind ist weit unseliger, als Sie ahnen. Es würde meinen Tod bedeuten, wenn Sie von den Leuten meines Auftraggebers entdeckt würden.«

»Weil Sie mich hätten töten sollen.«

»Weil sie glauben, dass ich es getan habe.« Sie legte den Kopf auf die Seite und betrachtete ihn. »Sie müssen einen ganz besonderen Schutzengel auf Ihrer Schulter sitzen haben, dass Sie so schnell heilen. Ich dachte, ich hätte Sie zumindest gründlich verkrüppelt.«

»Das haben Sie auch.« Er fühlte den Strom von Iris' Musik in seinen Knochen, in seinem Herzen. Er stand auf, ohne auf die Waffe zu achten, und trat dann einen Schritt auf die Frau zu.

»Stehen bleiben!«, befahl sie.

»Ich denke gar nicht daran«, antwortete er.

»Ich warne Sie nicht noch einmal.«

»Dann schießen Sie doch. Aber machen Sie's diesmal richtig. Sonst ziehe ich Sie vielleicht zur Rechenschaft, weil

Sie mich fast umgebracht haben. Oder auch nur dafür, dass ich die Spur eines Massenmörders verloren habe, kurz bevor ich ihn fand. Nett, sehr nett.«

Die Frau schnaubte verächtlich. »Sie waren doch nicht einmal in der Nähe. Sie waren nicht mal auf demselben Erdteil. Sie hatten nur Brotkrumen, und dafür wären Sie gestorben. Nur die Stücke eines Puzzles, das damals zu groß für Sie war, als dass Sie es hätten verstehen können. Und es ist immer noch zu groß für Sie.«

»Deshalb haben Sie mir also eine Bombe in den Schoß geworfen. Was für eine wundervolle Lösung für die kleinen Probleme des Lebens!«

Die Frau sagte nichts, aber sie drehte etwas den Kopf, und Blue folgte ihrem Blick auf die Bühne. Iris hatte ihre Katzen befreit. Die Netze waren verschwunden. Es waren mittlerweile so viele Scheinwerfer auf sie gerichtet, dass die Zuschauer ihren komplizierten Tanz würdigen konnten, als sie leichtfüßig zwischen den Raubkatzen herumrannte, die mit ihr liefen. Die Interaktion wirkte nahtlos und vollständig überzeugend. Nichts daran machte einen künstlichen Eindruck; Iris war keine Dompteurin, die ihre Tiere dazu brachte, sich auf dem Boden herumzurollen oder durch Reifen zu springen. Was Blue da unter sich sah, war eine reine, wilde Energie, die direkt aus ihrem Herzen strömte.

»Sie müssen jetzt gehen«, sagte die Frau, die ihren Blick von Iris losgerissen hatte. »Verlassen Sie diese Stadt, sofort.«

»Er ist hier, stimmt's? Santoso ist hier.«

»Es wäre sehr unklug von Ihnen, wenn Sie nach ihm suchen würden, Mr. Perrineau.«

Dass sie seinen Namen nannte, überrumpelte ihn, aber nur für einen Augenblick. Jemand hatte Roland eine Botschaft geschickt, in der er ihm von Blues Unfall berichtet hatte, und Blue beschlich der Verdacht, dass diese Frau dafür verantwortlich war. Und wenn sie wusste, wie sie Kontakt zu

Dirk & Steele aufnehmen konnte, dann war auch anzunehmen, dass sie über die persönlicheren Details seines Lebens ebenfalls Bescheid wusste.

Nur, wie viel weiß sie denn? Das ist die Frage. Deine Geheimnisse sind weniger wichtig als die der Agentur. Wenn sie die Tarnung durchschaut und den wahren Charakter der Agentur erkannt hatte – die Psis, die Gestaltwandler, die Magie …

Das bedeutete: Es gab noch eine undichte Stelle in dem Sicherheitsnetz der Agentur, einen weiteren Schwachpunkt neben dem, den sein Vater geschaffen hatte.

Das Problem war: Wie hatten sie das geschafft? Ein Maulwurf konnte es unmöglich sein. Roland hatte die telepathische Sicherung im Kopf jedes Agenten eingebaut, und wenn ein Wort von den Geheimnissen der Agentur über diese gesicherten Lippen kam, dann würde Roland es wissen. Diese Sicherung war narrensicher.

»Ich gehe nirgendwohin«, sagte Blue zu der Frau. »Ich habe hier einen Job zu erledigen.«

»Ich auch. Und glauben Sie mir, wenn ich Ihnen sage, dass ich keine weiteren Behinderungen bei der Erledigung dieses Jobs akzeptieren werde.«

»Lassen Sie mich raten. Sie haben sicher noch eine Bombe versteckt, hier irgendwo …«

Die Frau lächelte. »Keine Explosion diesmal. Aber Kugeln? Das ist ohne Zweifel eine Möglichkeit.«

»Und worauf warten Sie noch?« Blue näherte sich ihr und beobachtete ihr Gesicht. »Warum halten Sie sich eigentlich zurück? Und warum haben Sie sich die Mühe gemacht, mir das Leben zu retten, wenn Sie mich doch eigentlich hätten töten sollen?«

»Vielleicht bin ich eben eine gute Frau.« Ihr Lächeln veränderte sich, wurde weicher, sinnlicher. »Und vielleicht glaube ich, dass Sie ein guter Mann sind.«

Blue kniff die Augen zusammen. »Ich vermute, Sie sind eine Lügnerin.«

»Lügen sind doch auch nur Geschichten, die Sie erzählen, um zu überleben. Aber ich glaube, darüber wissen wir jetzt alles, Mr. Perrineau. Ich glaube, Sie sind sogar ein Experte dafür.«

Sie stand direkt vor ihm. Er war nicht so dumm zu versuchen, ihr die Waffe zu entreißen. Er traute ihren Reflexen sogar weit mehr als seinen eigenen. Stattdessen blieb er reglos stehen und wartete ab, was sie jetzt tun würde. Und erst im letzten Moment verstand er wirklich, worum es hier ging.

Die Frau beugte sich vor, presste sich an ihn, während die Waffe sich in seine Brust grub. Blue hielt den Atem an, als sie sich auf die Zehenspitzen stellte und mit der freien Hand über seine Rippen strich. Sie küsste ihn auf den Mund, genüsslich und gelassen.

Blue erwiderte den Kuss nicht. Sie war warm, gefährlich und wunderschön, aber er empfand nichts weiter als Unbehagen, während sie ihn berührte. Um ihn herum ertönte Musik: Trommeln, Flöten und jetzt auch Geigen. Er erhaschte einen Blick auf Iris, die dort unten mit einer unglaublichen Energie und Anmut über die Bühne tanzte. Ihre Füße schienen kaum den Boden zu berühren. Er wollte jetzt bei ihr sein, er wünschte sich, *sie* wäre es, die vor ihm stand und seinen Körper berührte.

Die Frau beendete den Kuss und folgte seinem Blick. Sie musterte Iris lange und sagte dann: »Sie ist wirklich wunderschön, nicht wahr? Sie ist all das, was eine Frau sein sollte … und doch so selten ist.«

Eine Furcht durchströmte Blue. Aber es dauerte nur einen winzigen Moment. Er betrachtete die Frau, und obwohl er von ihrem Gesicht nicht viel sehen konnte, spürte er keinerlei Drohung in ihrer Körperhaltung, oder in der Linie ihres

Mundes. Sie wirkte stattdessen so, als wäre sie müde. Beinahe machte sie einen sehnsüchtigen Eindruck.

»Sie hören sich an, als würden Sie sie kennen«, sagte er zurückhaltend.

»Ich rede vielleicht wie eine Frau, die einmal so war ... wie sie.«

Wieder klang sie seltsam melancholisch. Blue sah sie an. Er starrte sie sogar an und wünschte sich, er könnte ihre Augen sehen.

Die Frau lächelte. »Sehen Sie doch hin, Mr. Perrineau. Sehen Sie ganz genau hin. Sie werden mich trotzdem nicht kennen. Niemals.«

»Kennt Sie denn überhaupt jemand?«, fragte er leise.

Ihr Lächeln wurde erst spröde, dann stieß sie mit dem Lauf der Pistole gegen seine Brust.

»Vergessen Sie nicht, was ich gesagt habe. Verschwinden Sie hier. Sonst werde ich Sie töten.«

Blue schüttelte den Kopf. »Warum tun Sie das? Warum arbeiten Sie für einen Mann wie Santoso?«

»Wer sagt denn, dass ich nur für Santoso arbeite?« Sie trat zurück, tauchte tiefer in die Schatten. Blue wollte ihr folgen, aber sie schüttelte den Kopf und richtete die Waffe auf ihn.

»Vergessen Sie es nicht«, wiederholte sie und verschwand durch die schwere Tür neben dem Laufsteg. Blue verfolgte sie noch, aber sie war zu schnell. Als er den Flur erreichte, war sie bereits spurlos verschwunden. Hinter sich hörte er durch die Wand den donnernden Applaus.

Blue zog sein Handy heraus und rief Roland an.

7

Iris kehrte nach der Show nicht in ihre Garderobe zurück. Sie versuchte es zwar, aber die Erinnerung an diesen Ruf des Gestaltwandlers war noch zu frisch. Und der Schmerz, den das in ihr hervorrief, lenkte ihre Schritte beinahe unwillkürlich in die entgegengesetzte Richtung. Dies war eine *Gabe* – das hatte ihr ihre Mutter einmal erzählt. Gestaltwandler konnten einander spüren, wenn sie sich nah waren. Eine Gabe, und zwar in diesen modernen Zeiten, da ihre Art so selten geworden war.

Iris hatte den Ruf bereits vorher verspürt, aber immer nur, wenn er von ihrer Mutter gekommen war. Diesmal musste es eine Einbildung sein, das wusste sie. Hier drückten sich doch keine anderen Gestaltwandler herum; sie hatte sich schon lange mit der Möglichkeit abgefunden, eine der Letzten ihrer Art zu sein. Und sie wollte einfach nicht glauben, dass ihre Mutter ihr so nahe gekommen wäre, ohne sich ihr zu zeigen.

Trotzdem bereitete der Gedanke Iris Unbehagen. Sie rannte förmlich zur Anlieferungshalle, wo der von flatternden Seidenbahnen verhüllte Zwinger neben dem Beton und den Lastwagen etwas deplatziert wirkte: neben den Männern mit Sicherheitshelmen, die das Baumaterial entluden, und den Restauranthelfern, die riesige Kisten mit frisch gelieferten Früchten und Gemüse herumschoben.

Der Zirkus hatte in der Anlieferungshalle einen kleinen Bereich zum Aufwärmen errichtet. Er lag ein wenig abseits, damit niemand gestört wurde. Doch befand sich diese Stelle mitten im Blickfeld der Angestellten des Miracle, die gelegentlich stehen blieben, um den Akrobaten zuzusehen, wenn sie auf ihren großen Trampolinen übten, die kaum zehn Meter von dem so kunstvoll verborgenen Zwinger standen. Das Theater selbst war nicht weit entfernt, und die Türen zum Backstage-Bereich lagen nur wenige Schritte von dem Areal entfernt, das zum inoffiziellen Aufenthaltsraum des Zirkus geworden war. Einer der Handwerker des Miracle hatte ein kleines Fernsehgerät mit einer Videokamera verbunden, die die Bühne zeigte. So konnte jeder, der nicht auftrat, auf den Trampolinen sitzen und die Show verfolgen.

Deshalb hatten alle Daniels Vorstellung verfolgen können. Da Iris aber unmittelbar hinter ihm auftreten musste, hatte sie seine Show aus den Kulissen verfolgt. Immer noch hatte sie den Geruch von Rauch und Benzin in der Nase und würde seinen Gesichtsausdruck ganz sicher niemals vergessen, als er dem tobenden Publikum den Rücken gekehrt und von der Bühne gelaufen war. Aus seinen Augen hatte die reine Freude gesprochen.

Die Zirkusleute redeten noch immer davon, als Iris schon zwischen den Seidenbahnen hindurchglitt und diese hinter sich schloss, sodass sie in einen roten Kokon eingehüllt und vollkommen ungestört war. In und um den Zwinger herum lagen riesige Kissen, und die Kitaro-Musik, die sie zuvor eingestellt hatte, spielte nach wie vor.

Die Katzen lagen im Zwinger, nun entspannt, die Augen halb geschlossen. Ihre großen Tatzen zuckten. Iris hätte sie gern hinausgelassen, aber dies hier war eben nicht Montana oder irgendeine entlegene Kleinstadt. Die Zirkusleute hatten Verständnis für einen herumstreunenden Tiger, alle anderen aber nicht.

Dann hörte sie Schreie: Pete rief nach Daniel. Iris rollte von ihren Kissen und kroch zum Rand der Vorhänge. Sie drückte die Wange an den Boden und hob den Stoff nur so weit an, dass sie hinausblicken konnte. Sie sah, wie Daniel durch die Anlieferungshalle stürmte und den alten Mann begrüßte, der an einem Trampolin lehnte und sich eine Hand auf den Bauch gelegt hatte. Sein Gesicht war gerötet, die Mundwinkel wiesen nach unten.

»Ich hoffe, du bist zufrieden«, meinte Pete.

»Jedenfalls war ich das«, erwiderte Daniel. »Was ist denn los? Die Zuschauer haben meine Nummer geliebt.«

»Natürlich haben sie sie geliebt. Du hast dich ja fast umgebracht. Tod, Gefahr und Vernichtung machen die Massen immer glücklich. Bedauerlicherweise teilt das Hotelmanagement ihre Gefühle aber nicht. Sie sind außer sich vor Wut, Danny. Sie sind so wütend, dass sie ganz offiziell die Abendvorstellung abgesagt haben und die Summe für die bereits verkauften Tickets, die zurückgegeben werden müssen, von unserem Gehalt abziehen.«

Iris hätte eine Stecknadel fallen hören können. Außerhalb des Pavillons herrschte Totenstille.

»Pete«, sagte Daniel zerknirscht. »Pete, ich wollte doch nur…«

»Du wolltest etwas Großartiges tun, etwas, an das man sich erinnert. Du wolltest dem Tod trotzen.« Der alte Mann seufzte und rieb sich das Gesicht. »Mein Junge, es gibt wirklich einen Grund dafür, dass mir jeder seine neue Nummer vorführen muss. Es gibt einen Grund, warum ich so etwas billigen muss. Und es ist wahr: Wären wir noch irgendwo draußen auf der Straße unterwegs, es wäre eine vollkommen andere Angelegenheit. Aber das sind wir nicht mehr, mein Junge, und hier herrschen andere Regeln. Es gibt Vorschriften, Gesetze und… Männer in Anzügen, und die mögen überhaupt keine Überraschungen. Ganz und gar nicht. Überraschungen bedeuten für gewöhnlich Prozesse, Verletzungen und schlechte Presse.« Pete legte seine Hände auf Daniels

Schultern. »Mein Junge, du hast dich selbst in Brand gesteckt. Du hättest fast die ganze Bühne abgefackelt. Du hast in einem Raum Feuer gelegt, der voller Menschen war, unter denen auch noch viele Kinder waren. Einer von ihnen hat die Polizei gerufen. Eine ältere Frau klagt über Schmerzen in der Brust. Ich möchte betonen, dass du wegen all dieser Dinge kein schlechtes Gewissen zu haben brauchst. Aber es ist der Grund, warum das Hotel unsere Vorstellungen heute Abend gestrichen hat. Sie wollen die ganze Angelegenheit erst einmal mit dem Brandschutzbeauftragten klären. Und mit den Anwälten.«

Daniel schloss die Augen. »Es tut mir leid, Pete.«

»Mir auch«, antwortete dieser. »Es war die beste Nacht deines Lebens und eine der besten Nummern, die ich überhaupt jemals gesehen habe, und trotzdem – ich muss dir in die Parade fahren. Aber so ist es in diesem Geschäft eben. Und doch: Vielleicht hast du Glück. Vielleicht kommen die Manager ja zurück und singen dein Loblied, als wärst du das Allergrößte… sogar seit Houdini. In diesem Fall werden dir alle auf den Rücken klopfen und erklären, dass du ein Genie bist. Fantastisch. Aber wenn das passiert, dann vergiss nicht die Kehrseite der Medaille. Vergiss niemals den Preis, den wir alle für diese Arroganz hätten bezahlen können. Der Erfolg ist schon etwas Großartiges, Kleiner, aber immer nur so großartig wie die Person, die damit umzugehen hat.«

In diesem Augenblick bemerkte Iris aus dem Augenwinkel eine Bewegung links von den Männern: Blue. Er starrte sie an, als hätte er jedes Wort gehört, was auch sehr wahrscheinlich so war. Denn alle in der Anlieferungshalle hatten aufgehört zu arbeiten und hörten zu. Dies hier war ein Knüller, und zwar genau die Art von Knüller, die Daniel eine solche Behandlung einbringen würde, als wäre er ein Aussätziger, so lange bis sich die Zukunft des Zirkus geklärt hatte. Vergiss doch bloß dieses berühmte Zusammengehörigkeitsgefühl der Zirkusfamilie; dies hier war für fast alle Mitglieder des Zirkus – einschließlich Iris – ein einmaliges Engagement. Daniel hatte sie gerade eine Menge Geld gekostet und vielleicht sogar ihre Jobs.

Pete winkte Blue zu sich. »Ihr beiden seid wirklich seltsam. Ein kleines Vögelchen hat mir ins Ohr geflüstert, dass ihr heute Morgen einen Streit hattet. Aber nicht miteinander, sondern mit irgendwelchen Fremden, die sich ins Lager geschlichen haben sollen. Männern mit Waffen?« Er hatte die Stimme zu einem Flüstern gesenkt, was für Iris' Gehör jedoch kein Problem darstellte. Vor Schreck überlief es sie eiskalt, und plötzlich fürchtete sie sich.

Auch die Spannung auf Daniels Gesicht verstärkte sich. »Ja, wir haben uns drum gekümmert.«

»Und die Männer sind verschwunden«, fügte Blue hinzu. Seine Miene wirkte verschlossen und hart.

»Das sind sie«, stimmte Pete ihnen zu. »Dafür hat aber jemand anders Fragen gestellt, und zwar Fragen nach Daniel. Das ist übrigens nicht das erste Mal. Ich habe schon vor ein paar Wochen davon erfahren, die Angelegenheit allerdings nicht richtig ernst genommen. Jetzt aber nehme ich sie durchaus ernst. Ich möchte, dass ihr mir sagt, was an euch so besonders sein soll, dass euch irgendwelche privaten Schläger aufmischen wollen.«

Weder Blue noch Daniel sagten auch nur ein Wort, obwohl sie sich mit einem Blick maßen, der allmählich fast jede Begegnung zwischen ihnen begleitete. Iris wusste nicht genau, was es bedeuten konnte, wenn Männer sich so lange anstarrten, ohne zu blinzeln. Aber ihr schwante, dass es etwas mehr zu bedeuten hatte als nur das übliche alberne Muskelspiel.

Pete atmete geräuschvoll aus. »Also gut. Macht, was ihr wollt. Aber wenn mir noch einmal ein solcher Vorfall zu Ohren kommt, seid ihr beide draußen, ohne Rücksicht auf Verluste.« Er wartete einen Augenblick, starrte sie an und winkte dann ungeduldig mit den Händen. »Danny, verschwinde, und versuch bitte, nicht aufzufallen. Blue, du bleibst. Wir müssen miteinander reden.«

Daniel schien noch protestieren zu wollen, jedenfalls holte er dazu tief genug Luft, aber Pete gab nicht nach. Er senkte das Kinn und starrte den jüngeren Mann an, bis dieser schließlich den Mut verlor. Vielleicht schämte er sich auch nur. Jedenfalls atmete Iris erleichtert aus, als sich Daniel auf dem Absatz herumdrehte und verschwand. Seine Schultern und sein Rücken waren ein wenig gebeugt und höllisch angesengt, aber das würde eine Portion Entschlossenheit schon kurieren. Falls er überhaupt noch genug Feuer in sich hatte, um weiterzukämpfen.

Iris sah zu Blue und Pete zurück. Erschrocken bemerkte sie, dass Blue in ihre Richtung starrte. Er hatte den Kopf ein wenig geneigt, seine Miene wirkte undurchdringlich. Iris schoss die Hitze ins Gesicht, sie ließ den Vorhang fallen und kroch hastig rückwärts in die schattige Sicherheit vor dem Zwinger. Die Wärme in seinem Blick setzte ihr zu, ebenso wie die Erinnerung an seine Hände und seine Stimme, als er sie gefragt hatte: *Hab ich dich verletzt?* Am liebsten hätte sie den Vorhang doch wieder zur Seite gezogen, wäre hinausgegangen, hätte sich neben ihn gestellt und ihn … berührt.

Petro grollte leise. Die Raubkatzen beobachten sie mit wissenden Blicken, und sie fühlte ihre Zufriedenheit in ihrem Kopf, die Wärme … Dann dachte sie an Flucht – nicht zu Blue, sondern in den Zwinger hinein. Sie brauchte dringend eine Umarmung.

Einen Augenblick später hörte sie jedoch ein tiefes Flüstern außerhalb des Pavillons; es war weniger ein Zufall als ohne jeden Zweifel eine Art Ankündigung. Der Geruch von Zigarrenrauch und Blumen stieg ihr in die Nase. Dann auch der von Geld, der Geruch eines reichen Mannes.

Iris war gerade aufgestanden, als der Vorhang zur Seite

geschoben wurde. Ein Mann kam herein. Er hielt ein Bukett aus roten Iris in den Händen. Er war klein, hager und makellos gekleidet. Seine Haut war braun, sein Haar schwarz, und in seine asiatischen Gesichtszüge mischte sich noch genug anderes, das verhinderte, dass er auch nur im Geringsten gewöhnlich aussah. Als der Mann Iris sah, lächelte er – es war ein Lächeln, als wäre er gewohnt, Komplimente wegen seiner sehr weißen Zähne zu hören.

Er sagte jedoch nichts, und auch Iris schwieg. Sie konnte gar nichts sagen. Die Haare auf ihren Armen hatten sich aufgerichtet, in ihrem Kopf hörte sie einen lautlosen Schrei. Sie hatte ja Erfahrung mit Fans, jahrelange Erfahrung sogar, und sie konnte die Anzeichen erkennen, bemerkte den Unterschied zwischen denen, die sie wirklich bewunderten, und jenen, die etwas von ihr wollten. Meistens eine schnelle Nummer. Beide verrieten sich durch den Geruch, durch eine Energie und die Art und Weise, wie sie ihr in die Augen blickten oder – sie überhaupt nicht ansahen.

Der Mann vor ihr war leicht zu durchschauen. Er roch nach Blut und Sex. Er roch eher übel, vielleicht nach dem Schauplatz eines Mordes.

Sein Lächeln verstärkte sich. »Aus der Nähe sehen Sie sehr kräftig aus. Das gefällt mir.«

»Es wird Ihnen nicht mehr gefallen, wenn ich Ihnen in die Eier getreten habe«, antwortete Iris. »Ich weiß zwar nicht, wer Sie sind, aber Sie haben hier nichts zu suchen. Verschwinden Sie, und zwar sofort.«

Er lachte und warf ihr den Blumenstrauß vor die Füße. Die Blüten brachen von den Stängeln und verteilten sich auf dem Boden. Con und Boudicca setzten sich auf; Petro und Lila liefen an den Stäben entlang und peitschten die Luft mit ihren Schwänzen. Sie hatten die Lefzen so hochgezogen, dass man ihre Reißzähne sah. Iris trat einen Schritt auf sie zu. Der Mann rührte sich nicht, sondern beobachtete sie nur.

Er schien sie mit seinen Blicken zu entkleiden, als gehöre sie ihm; er musterte ihre Schenkel und Brüste. Die Schärfe in seinem Blick ging weit über eine bloße Aufdringlichkeit hinaus; er erinnerte Iris an scharfe Messer, ebenso wie seine Zunge, die ihm über die schmalen Lippen zuckte.

Dann zog der Mann etwas Kleines aus seiner Brusttasche: eine Karte. Er warf sie Iris zu, die sie in der Luft fing. Sie erkannte das weiche Papier bereits in dem Moment, indem sie es berührte. Eine seltsame Furcht breitete sich in ihrem Bauch aus.

Meine Liebe … Sie hörte auf zu lesen.

Der Mann lächelte erneut auf diese merkwürdige Art. »Ich bin auch ein Künstler, wissen Sie. Ich habe ein Auge für schöne Dinge … wie Sie, zum Beispiel.«

»Ich betrachte mich aber nicht als ein *Ding*.«

»Ah, sehr gut. Also eine Frau. Sie sind eine Frau. Macht Sie das jetzt glücklich? Ja? Denn ich will Sie glücklich machen, Iris.« Er warf einen Blick auf die Raubkatzen. »Sehen Sie das Papier, das Sie da in der Hand haben? Ich habe es für Sie gemacht. Ich habe es mit meinen eigenen Händen für Sie hergestellt. Es ist etwas ganz Besonderes, etwas sehr Seltenes. Ich glaube, Sie wissen die Quelle des Materials zu schätzen.«

Etwas in seiner Stimme, in der Art und Weise, wie er die Raubkatzen ansah, jagte ihr einen eiskalten Schauer über den Rücken. Iris strich mit den Fingern über das Papier, das immer noch weich war, aber diesmal vertraute sie nicht nur ihrem Tastsinn, sondern hob das Papier an die Nase und inhalierte tief. Sie roch – Haut.

Dann ließ sie den Fetzen zu Boden flattern, die Welt verschwamm vor ihren Augen, und am Rand des Blickfeldes nahm sie dunkle Punkte wahr. Petro knurrte und zog seine Krallen über den Boden, während die anderen Raubkatzen die Ohren anlegten und sich auf den Boden pressten. Sie spürte ihre Aufregung in ihrem Kopf und dachte: Nein, ganz ruhig, bleibt ganz ruhig.

Bleib ruhig, wenn du in Gefahr bist, hatte ihre Mutter einmal gesagt. Geh auf Samtpfoten.

Iris grub die Finger in die Handflächen. Eine Kralle bohrte sich in ihre Haut. Die schlafende Leopardin in ihrem Körper erwachte, blühte auf wie eine Knospe in einem Samen, erhob sich, drängte hinaus, immer voller Wut. Iris hielt die Bestie in Schach, was ihr den Schweiß auf die Haut trieb.

Das Lächeln des Mannes veränderte sich, als wüsste er etwas. »*Layak*«, flüsterte er. »*Layak.* Ich weiß, was du bist.«

Iris wusste nicht, was das bedeuten sollte, aber eine Eiseskälte durchströmte sie, das Gefühl eines noch schlimmeren Zaubers. Also trat sie auf den Mann zu, um ihm alle Knochen im Leib zu zertrümmern. Er wich nicht zurück, aber sein Blick wurde so boshaft, dass Iris unwillkürlich stehen blieb.

»Du gehörst mir«, flüsterte er. »Du gehörst mir schon längst.«

»Eher würde ich Sie töten«, erwiderte sie. »Ich würde Ihnen mit bloßen Händen die Gurgel herausreißen.«

»Und ich werde Ihnen für diesen Schmerz dankbar sein«, erwiderte er, trat lautlos zurück, durch den Vorhang aus Seide, und verschwand vor ihren Augen. Iris stand da und starrte auf die Stelle, wo er eben noch gewesen war. Ihr Herz hämmerte so fest, dass ihr fast schwindlig wurde und sie keine Luft mehr bekam. Die Raubkatzen drängten gegen die Gitter, fauchten, aber Iris konnte sie nicht trösten. Ihr Blick wurde wie magisch von dem Fetzen auf dem Boden angezogen, und sie fragte sich, welches Leben wohl dafür geopfert worden war.

Er kann dich nicht verletzen, versuchte sie sich zu beruhigen. Aber du kannst ihm wehtun.

Oder zumindest konnte sie ihm die Polizei auf den Hals

hetzen. Iris schob die Seidenvorhänge beiseite und trat in die Anlieferungshalle. Der Mann war verschwunden.

Sein Geruch nach Sex und Blut lag allerdings noch weiter in der Luft. Iris ließ sich davon durchdringen, sie spürte, wie ihre Zähne länger wurden, wie sich die Leopardin in ihr rührte. Sie biss sich auf die Zunge, schmeckte ihr eigenes Blut, und dann erfüllte ein warmes Rauschen ihren Magen. Hinter sich spürte sie eine Bewegung, auf der anderen Seite des Pavillons: Blue und Pete, die immer noch miteinander redeten. Sie blickte gerade in dem Moment über die Schulter, als die beiden auftauchten – und bemerkte, wie Blue sie ansah und wie seine Augen sich weiteten. Aber bevor er auch nur ein Wort sagen konnte, rannte sie schon los.

Es kümmerte sie nicht, was die Leute sagen und wie sie reagieren mochten; dieses Mal spielte es keine Rolle, ob sie Aufmerksamkeit auf sich zog. Der Mann, der da irgendwo vor ihr war und zu entkommen drohte, musste aufgehalten werden. Er musste unbedingt aufgehalten werden.

Die Anlieferungshalle war riesig, und die Luft war mit abgestandenen mechanischen Gerüchen angefüllt, in der die Duftspur des Mannes auffiel: wie Blut im Schnee. Wie Blut auf Haut, Blut auf blassem Papier, das aus Haut hergestellt worden war.

Iris hörte ihren Namen. Blue hatte ihn gerufen, rannte jetzt hinter ihr her. Iris ignorierte ihn jedoch und folgte dem Geruch durch die Türen der Anlieferungshalle. In der Sonne kniff sie die Augen zusammen, schnappte einmal kurz nach Luft, als eine heiße Woge aus Luft über ihren Körper glitt und ihre Haut zu verbrennen drohte. Aber dann erblickte sie den Mann, nicht weit von ihr entfernt. Er stieg in den Fond eines eleganten schwarzen Mercedes. Die Fenster des Wagens waren geschwärzt, den Fahrer konnte sie nicht sehen. Der Wagen hatte keine Kennzeichen. Hinter ihm parkte ein schwarzer Lieferwagen.

Iris schrie. Der Mann drehte sich zu ihr um, seine weißen Zähne blitzten. Dann brüllte er etwas, was eindeutig nicht englisch war und was auch ganz offenkundig nicht ihr galt. Die Türen des Vans glitten auf. Vier Männer in dunkler Kleidung sprangen heraus: große, sehr kräftige Männer.

Aber der eine, den sie haben wollte, Mr. Crazy, ließ sich in die Polster seines Mercedes fallen, der bereits anfuhr, bevor er die Tür ganz geschlossen hatte. Der Motor heulte auf, und Sekunden später verschwand der Wagen hinter einem Gehölz aus Palmbäumen.

Und sie war allein mit den Schlägern. Die Männer hatten fleischige Gesichter, gerötete Wangen, braunes Haar und trugen Sonnenbrillen. Sie hatten massige Oberkörper, ihre Arme waren so dick, dass sie sie kaum richtig beugen konnten.

»Ma'am«, sagte der eine von ihnen, mit einer überraschend hohe Stimme, »Sie müssen mit uns kommen.«

»Auf keinen Fall!« Sie wich zurück. Die Männer folgten ihr. Sie wirkten gelangweilt, schienen überhaupt nicht um ihre Sicherheit besorgt. Iris hatte kein Mitleid mit ihnen. Sie hörte erneut, wie jemand ihren Namen rief, lauter diesmal. Blue hatte sie endlich eingeholt. Aber sie konnte es sich nicht leisten, ihn anzusehen, weil die Männer nur einen kurzen Blick wechselten und dann angriffen.

Iris sprang leichtfüßig zurück, tanzte auf den Zehen, bewegte sich gerade ziemlich geschickt außerhalb der Reichweite ihrer Hände. Ihre Fingernägel wurden ein ganz kleines Stück länger, und als ihr der mit der hohen Stimme zu nahe kam, schlug sie zu und erwischte seine Stirn. Seine Sonnenbrille verrutschte, Blut rann ihm in die Augen. Er schrie auf und presste die Hände vors Gesicht. Die Langeweile war plötzlich wie weggeblasen. Die anderen Männer zögerten erschreckt. Einer von ihnen griff unter seine Jacke, und Iris bemerkte, wie etwas metallisch dunkel schimmerte.

Im nächsten Augenblick war Blue da. Seine Fäuste wirbelten wie Schemen durch die Luft und krachten wie Felsbrocken auf Knochen, während er sich auf die Männer stürzte, die Iris umzingelt hatten. Sein Gesicht bot einen schrecklichen Anblick. Seine Augen waren schwarz vor Wut, und er kämpfte gnadenlos, lautlos und atemberaubend gefährlich, als er wie ein Tänzer auf seinem Absatz herumwirbelte. Er kämpfte, als hinge sein Leben davon ab, er kämpfte für *sie*.

Aber der Mann griff noch immer nach seiner Waffe. Iris schoss wie ein Blitz um Blue herum, ihre Krallen verlängerten sich erneut in einem goldenen Schimmer, als sie dem Angreifer die Hand in den Magen rammte, Fett und Muskelgewebe durchtrennte und so tief in seinen Leib eindrang, dass sie ihn außer Gefecht setzte. Er starrte sie an, vollkommen fassungslos, und so war es ein Kinderspiel, ihm die Waffe abzunehmen. Sie brach ihm dabei das Handgelenk, er schrie vor Schmerz. Er schrie noch lauter, als sie ihm mit einem gezielten Tritt die Kniescheibe zertrümmerte und er zu Boden stürzte.

Ein Arm schlang sich um ihren Hals und zerrte sie zurück. Iris roch Knoblauch, Minze und Whisky … und rammte ihren Ellbogen in einen knochenharten Bauch. Sie erntete nur ein Grunzen, aber der Griff des Mannes wurde nicht lockerer. Sie fuhr mit ihren Krallen über seinen massigen Unterarm und grub sie so tief in sein Fleisch, dass sie schon über den Knochen kratzten.

Er murmelte Obszönitäten, ließ aber immer noch nicht los, sondern riss Iris von den Füßen und wirbelte sie so herum, dass sie Blue wieder sah. Blut tropfte von seiner Brust; der Mann, mit dem er kämpfte, hielt ein Stilett in der Hand. Iris hörte Schreie. Männer und Frauen kamen aus der Anlieferungshalle auf sie zugerannt. Ihre Gesichter verrieten ihren Schrecken. Auch einige Zirkusleute waren darunter. Samuel stürzte sich mitten ins Gewühl, hellhäutig und riesig. Sein

Hemd war bis zum Bauchnabel aufgeknöpft, die Smiley-Tätowierung war schweißbedeckt. Er stürzte sich auf den mit der hohen Stimme, der sich gerade wieder aufgerichtet hatte, um weiterzukämpfen. Die beiden Männer rollten über den Boden, bis Samuel schließlich oben landete und das Gesicht des Mannes mit seinen Fäusten zu einem blutigen Brei schlug.

»Verdammtes Miststück!«, zischte der Schläger, der Iris gepackt hatte. »Hör auf zu zappeln.«

»Selber Miststück«, erwiderte sie und ließ Energie in ihre Muskeln strömen. Sie trat zurück und bückte sich gleichzeitig heftig nach vorn. Der Mann flog über ihre Schulter und landete hart auf dem Beton. Sie trat zu, traf Kopf und Rippen, und plötzlich waren die mexikanischen Artisten da. Sie stießen Iris zur Seite, während einige von ihnen den stöhnenden Mann auf den Bauch drehten und seine Arme zurückbogen.

»Blue!«, schrie Iris. Das Herz schlug ihr bis zum Hals, als sie zusah, wie er einen Messerhieb gegen seine Brust parierte. Die anderen Schläger waren alle unschädlich gemacht, nur der letzte… Er wirkte irgendwie vorsichtig, als wäre er am liebsten weggelaufen, wusste aber, dass Blue ihn einholen würde, bevor er den Van erreichen konnte. Iris sah den Fahrer durch die Windschutzscheibe. Er beobachtete den Kampf mit grimmiger Miene, während er ein Handy an sein Ohr drückte. Dann sah er Iris an, die seinen Blick erwiderte. Er fuhr plötzlich das Fahrerfenster herunter und hielt ihr das Handy hin.

Iris zögerte. Daniel tauchte in der Anlieferungshalle auf. Sie bemerkte, wie er erst Blue ansah und dann dem Mann mit dem Messer in der Hand einen harten Blick zuwarf. Im nächsten Augenblick war das Messer weg, flog klappernd über den Zement, mehr als sieben Meter weit. Der Mann hatte es nicht fallen lassen oder gar zufällig verloren.

Der Fahrer hielt immer noch das Handy. Iris wollte es schon nehmen, aber in dem Moment tauchte Blue neben ihr auf und hielt ihren Arm fest. Der Fahrer sah ihn scharf an und kniff seine grünen Augen zusammen.

»Du bist schon so gut wie tot«, sagte er ruhig, während er Blue anstarrte. Daniel näherte sich ihnen und trat auf Iris' andere Seite. Der Fahrer sah auch ihn an, und plötzlich veränderte sich sein Blick… flackerte. Daniel erstarrte.

Der Motor des Vans ging aus. Der Fahrer versuchte ihn anzulassen, aber das Fahrzeug weigerte sich anzuspringen. Dann sprühte das Handy Funken, also ließ er es fluchend fallen. In der Ferne hörte Iris Sirenen.

»Sie hätten verschwinden sollen, als Sie noch die Chance dazu hatten«, sagte Blue.

»Ich hatte meine Befehle«, erwiderte der Fahrer grimmig und sah Iris an. Doch dann konzentrierte er sich auf Daniel und Blue, seine Miene wurde tückisch. »Ihr beide… ihr seid beide so was von am Arsch.«

»Oh, nach Ihnen«, erwiderte Daniel und lächelte.

Die Polizei tauchte auf. Iris beantwortete Fragen, Blue blieb bei ihr, ebenso wie Daniel, und man hörte mit grimmiger Konzentration zu, wie sie die ganze schmutzige Geschichte erzählte. Ihre frühere Aversion gegen Polizisten schien verschwunden zu sein, obwohl Iris eine gewisse Anspannung witterte, als man sie aufforderte, ihren Namen zu nennen. Schließlich gehorchte sie, aber so zögerlich, dass die Polizisten sie fast schon deshalb verhaftet hätten. Iris wusste nicht genau, was diese beiden Männer verbargen, aber sie hatte den schrecklichen Verdacht, dass es dabei um eben sie beide ging.

Fremde? Von wegen, dachte sie. Allerdings schienen sie ihre Feindseligkeit vollkommen vergessen zu haben, als sie jetzt denjenigen mit der hohen Stimme und auch die anderen Angreifer musterten, die noch auf dem Zement hockten und medizinisch versorgt wurden. Blue und Daniel betrachteten die Männer auffallend ernst, sahen sich dann verschwörerisch an und nickten einander zu. Iris erinnerte sich sehr deutlich an Petes kurze Diskussion mit ihnen, vor ihrem Pavillon.

»Mein Gott!«, platzte sie heraus. »Ihr kennt diese Kerle, ist es nicht so?«

Blue zögerte. »Einige von ihnen haben wir vorher vielleicht schon mal gesehen.«

»Und ihnen ihre Waffen abgenommen?«

Daniel runzelte die Stirn. »Du hast davon gehört?«

»Darauf kannst du deinen feuerfesten Anzug verwetten. Und diese Burschen haben nach dir gefragt?«

»Ja«, antwortete Blue an Daniels Stelle. »Und das ist... seltsam.«

Eine Sanitäterin tauchte vor ihm auf und schnippte mit den Fingern. »Sir, kommen Sie bitte mit. Ihre Brust blutet ja.«

»Das ist nicht schlimm«, erwiderte Blue. Aber dann schnippte Iris mit den Fingern und deutete auf den Krankenwagen. Die beiden Männer starrten sie an, aber nur Blue schien so etwas wie ein Lachen unterdrücken zu müssen. Daniel sah einfach bloß bestürzt aus. Iris konnte es ihm nicht verübeln.

Pete kam heran, war jedoch noch ein Stück entfernt, bei den Türen zur Anlieferungshalle. Er winkte ihnen zu, und Daniel räusperte sich, während er zwischen Blue und Iris hin und her sah. »Ich... Ich kümmere mich um ihn.« Bevor Iris etwas sagen konnte, marschierte er hastig davon. Sie sah ihm nach und hatte schreckliche Gewissensbisse.

»Hu!« Blue beobachtete ihn ebenfalls. »Ich glaube nicht, dass er mich noch umbringen will.«

»Weiß ich«, sagte Iris. »Und irgendwie finde ich das nicht ganz richtig.«

Die Sanitäterin winkte erneut, und Blue folgte ihr in Begleitung von Iris zum Krankenwagen. Bis zu diesem Zeitpunkt war sie ihm nicht nahe gekommen, aber als sie nebeneinanderher gingen, wagte Iris, seinen Arm zu berühren. Sie roch Parfüm. Es war dasselbe Parfüm, das sie schon im Gang vor ihrer Garderobe wahrgenommen hatte. Es war nur sehr schwach, und sie vermutete, dass er einfach bloß durch eine Wolke dieses Parfüms gegangen war. Aber trotzdem musste sie erneut an ihre Mutter denken.

»Ihre Wunde sollte lieber genäht werden«, verkündete die Sanitäterin. Sie zerrte fast fröhlich Blues T-Shirt von seinem sehr muskulösen Körper. Dann wischte sie rasch das Blut ab und klebte eine Bandage auf seine Verletzung.

»Mir geht es aber gut, danke«, behauptete er und setzte sich auf den Rand der Tür des Krankenwagens. Er hatte die Hände zu Fäusten geballt und presste die Knöchel gegen das harte Metall unter sich. »Sie sollten sich lieber um Iris kümmern. Immerhin wurde sie angegriffen.«

Die Frau brummte und warf einen Blick zu dem Mann mit der hohen Stimme und seinen drei Kumpanen, die gerade in verschiedene Krankenwagen verfrachtet wurden. Ihre Wunden waren nicht sonderlich schwer, aber Iris' blutige Finger und ihre sehr stumpfen Fingernägel zogen skeptische Blicke auf sich.

»Ich glaube, Ihrer Freundin geht es ausgezeichnet.« Die Sanitäterin klang etwas scharf. Blue kniff die Augen zusammen und schob die Hände der Frau dann sehr sanft von seiner Brust. Mit Mühe verkniff sich Iris ein Lächeln. Blue griff nach seinem T-Shirt und zog es sich über den Kopf. Iris hatte sich bis jetzt noch zusammengerissen und sich verzweifelt bemüht, höflich zu sein, aber nun warf sie einen verstohlenen Blick auf seinen Körper.

Eine muskulöse Brust. Ein flacher, muskulöser Bauch. Glatte, honigbraune Haut, die warm und ausgesprochen appetitlich aussah. Er schob den Kopf durch den Halsausschnitt des T-Shirts, und Iris sah hastig weg, nämlich in die Augen der Sanitäterin, die ihr einen ausgesprochen giftigen Blick zuwarf und ihre Latexhandschuhe so ruppig auszog, dass sie das Material zerfetzte.

Aber das spielte jetzt keine Rolle; Blue sprang von der Luke des Wagens und griff sofort nach Iris' Hand. Sie gab sie ihm auch, ohne nachzudenken – was sie wie ein Schock traf. Denn es fühlte sich so natürlich an und war doch so schrecklich falsch. Aber als sie versuchte, Blue die Hand zu entziehen, weigerte er sich, sie loszulassen. Er streichelte einfach nur mit dem Daumen über ihren Handrücken. »Geht es dir gut, Iris?«

Sie antwortete nicht sofort, sondern ertappte sich dabei, dass sie sich wünschte, er möge noch mehr berühren als nur ihre Hand; wenn er doch seine Arme um sie schlingen würde, damit sie sich in die Wärme und Sicherheit schmiegen konnte, die sie in seiner Gegenwart so deutlich empfunden hatte.

Vielleicht waren ihr die Gefühle ja ins Gesicht geschrieben, denn sie musste es nicht lange wünschen. Blue murmelte ihren Namen und zog sie an sich, drückte sie gegen sich und hielt sie so behutsam fest, dass ihr Tränen in die Augen stiegen. Sie hatte einen Kloß im Hals, ein dumpfer Schmerz machte sich in ihrem Herzen breit und strömte rasch durch ihren ganzen Körper.

»Nein«, flüsterte sie und presste ihr Gesicht gegen seinen borstigen Hals. »Es geht mir nicht besonders gut, Blue.«

»Dann werden wir dafür sorgen, dass es dir möglichst bald wieder gut geht«, brummte er leise. »Das verspreche ich dir.«

Kannst du mir auch versprechen, mir nicht das Herz zu brechen?, hätte sie gern gefragt. Mit dem Rest komme ich schon klar, aber brich mir nur bitte nicht das Herz.

Und außerdem wünschte sie sich, den letzten Mann vergessen zu können, den sie geliebt hatte, obwohl es eher noch ein Junge gewesen war, und das Entsetzen in seinem Blick, seinen blutüberströmten Körper und seine Schreie, diese schrecklichen Schreie, als er ihr wahres Gesicht gesehen hatte …

Iris wich zurück. Blue ließ sie los und strich mit den Fingern über ihr Kinn.

Iris hörte Schritte hinter sich. Als sie sich umdrehte, bemerkte sie, wie sich Pete ihnen näherte. Samuel folgte ihm und überragte ihn um fast zwei Köpfe. Der mürrische Mund des Hünen war das vollkommene Gegenteil zu der fröhlich grinsenden Smiley-Tätowierung auf seiner Brust. Daniel folgte ihnen und betrachtete Iris und Blue mit Besorgnis.

Sie hatte Fragen von Pete erwartet, eine Umarmung, irgendeinen Ausbruch von Sorge. Stattdessen fuhr sich der alte Mann mit einer Hand über seine verschwitzte Glatze. »Du musst hier verschwinden, Iris. Und zwar sofort. Einige Nachrichtenteams sind unterwegs. Das Hotelmanagement will diesen Überfall so gut wie möglich vermarkten.«

»Verdammt. Wann wurdest du vorgewarnt?«

»Einer von unseren Leuten hat gesehen, wie die Vans vor dem Haupteingang des Miracle vorfuhren, und er hat auch gehört, wie dein Name fiel. Wir haben nur eins und eins zusammengezählt.«

»Mistkerle. Sie hätten mich nicht mal vorher informiert.« Iris knackte mit ihren Knöcheln. »Und meine Katzen?«

»Der Transporter ist bereits da. Aber du solltest nicht warten. Es sei denn, du möchtest lieber mit der Presse reden.«

»Sehr witzig. Aber ich werde nicht ohne meine Katzen fahren. Ich gehe kein Risiko ein, was ihre Sicherheit betrifft, nicht nach den heutigen Vorfällen.« Sie warf einen Blick über die Schulter, als sie zu der Anlieferungshalle ging. Blue und Daniel folgten ihr, und hinter ihnen ging Samuel, der mit verwirrter Miene die Rücken der beiden musterte.

»He!«, rief er ihnen zu. »Wusstet ihr eigentlich, dass ihr von hinten wie eineiige Zwillinge ausseht?«

Daniel stolperte.

»Was hat er gesagt?«, fragte Blue.

»Zwillinge«, murmelte Daniel.

Blue verzog das Gesicht. »Mist!«

Wie auch immer, dachte Iris. Diese beiden Burschen hatten jedenfalls mehr Probleme miteinander, als sie in dieser kurzen Zeit auch nur registrieren konnte.

Pete scheuchte sie weiter. »Geh, Iris. Lauf schon voraus.«

Sie gehorchte und stellte keine weiteren Fragen. Der Transporter, ein Lastwagen, den sie von MGMs Löwenausstellung gemietet hatten, stand schon bereit. Der Fahrer hatte neben dem Pavillon geparkt und die Rampe ausgefahren, die bis zum Eingang des Zwingers reichte. Daran war ein ausziehbarer Maschendraht befestigt, der eine Art Tunnel vom Lastwagen bis zum Zwinger bildete, aber Iris brauchte ihn nicht, was der Fahrer auch wusste. Sie winkte ihm zu, er trat einen Schritt zurück, und sie öffnete die Tür des Zwingers.

Die Raubkatzen liefen jedoch nicht sofort die Rampe hinauf. Sie strichen um sie herum, schnupperten an ihrer Kleidung und rieben die Köpfe an ihr. Iris ging auf die Knie und gab ihnen, was sie wünschten.

»Miss McGillis«, meldete sich der Fahrer zu Wort. Barry, so hieß er, daran erinnerte sie sich jetzt. Er war blond und Mitte zwanzig. »Mr. Reilly hat mir eingeschärft, dass wir wenig Zeit haben. Ich glaube, wir sollten schnellstens losfahren.«

»Ja.« Aber es fiel ihr nicht leicht, sich aufzurichten. Sie schwankte, vergrub ihre Hand in Petros Mähne und sah suchend zu Boden. Der Zettel war verschwunden. Einer der Polizisten hatte erwähnt, dass ein Mann von der Spurensicherung vorbeikommen und ihn abholen werde. Sie konnte nur hoffen, dass er das auch getan und kein anderer den Zettel genommen hatte.

»Geh schon«, murmelte sie Petro zu und schob ihn zur Rampe. Im Lastwagen war ein Käfig, mit Stroh gefüllt und klimatisiert. Der Löwe gehorchte, ohne zu zögern. Lila, Con und Boudicca folgten ihm. Barry schüttelte den Kopf.

»Ich sehe es jedes Mal, aber ich kann es immer noch nicht glauben. Sie wissen das natürlich ganz bestimmt, Miss McGillis, aber solche Raubkatzen, ich meine, eine andere Spezies… Normalerweise benehmen sie sich doch nicht so wie Ihre Katzen. Und ich habe auch Ihre Show gesehen…« Er hielt inne und lächelte. »Sie gefällt mir sehr.«

Danke, dass Sie so normal sind und auch so nett, ein richtiger Fan, und sich kein bisschen wie ein Psycho benehmen.

Aber was hieß schon Psycho? Denn der Mann, der sie bedroht hatte, war nicht einfach nur verrückt. Wie viele Leute hatten ihre eigenen Schläger? Und wie viele Leute konnten diese Schläger dazu bewegen weiterzumachen, obwohl sie den Kampf eigentlich schon verloren hatten? So etwas ging nur mit Geld und Macht… oder eben mit Furcht.

»Miss McGillis«, flüsterte Barry drängend.

Iris warf einen Blick um den Lastwagen herum. Sie sah Anzüge, helle Scheinwerfer, Kameras… die sich allesamt in ihre Richtung bewegten, und zwar schnell. Sie glaubte zwar nicht, dass jemand von denen sie bisher gesehen hatte, aber sie betrachteten ohne jeden Zweifel den Pavillon.

»Schließen Sie mich ein«, befahl sie Barry und sprang zu den Katzen in den Lastwagen. Er nickte und schloss die Tür. Doch bevor sie ganz zufiel, hörte sie ein Schlurfen und eine leise Auseinandersetzung. Dann kletterte Blue hinter ihr in den Wagen.

»He«, machte er nur und lächelte.

»Ma'am?«, fragte Barry.

»Alles cool«, erwiderte sie.

Der junge Mann verschloss die Türen, und es wurde

schlagartig dunkel. Sie hörte laute Stimmen von draußen, eine Salve von Fragen; die Leute erkundigten sich danach, wo sie geblieben war, fragten nach dem Überfall. Wer wie warum verletzt worden sei und ob es stimme, dass sie von einem Mann aufgesucht worden war, der für Sex mit ihr hatte bezahlen wollen? Ob sie auch tatsächlich für Sex bezahlt worden sei oder ob sie deshalb gekidnappt worden sei, und wer die Schläger in den Anzügen waren, ob vielleicht ein Sexhandel schiefgelaufen war? Mochte es denn die Mafia gewesen sein oder eine Erpressung? Ob das Hotel so etwas dulde, sogar einen Anteil davon bekäme, vielleicht ein verkapptes Bordell führe?

Iris grub die Nägel in ihre Handflächen und nutzte den Schmerz, um ihre Wut zu kontrollieren. *Was für ein Haufen von Arschlöchern!*

Es dröhnte, als Barry den Motor anließ; Wände und Boden des Lastwagens vibrierten. Blue kroch über das Heu auf sie zu, um sich neben sie zu setzen. Durch die Schlitze der großen Türen drang etwas Licht ins Innere, aber lange nicht genug, um etwas sehen zu können. Für ihre Nachtsicht jedoch war es mehr als ausreichend. Sie sah, wie Blue auf Händen und Knien vorwärtskroch und gegen Lilas Hinterbeine stieß. Er erstarrte.

»Ein paar Zentimeter nach rechts«, murmelte Iris, ohne nachzudenken. Erst als es schon zu spät war, wurde ihr klar, wie merkwürdig er es finden musste, dass sie im Dunkeln so gut sehen konnte.

Aber Blue bedankte sich nur flüsternd, erreichte wenige Augenblicke später die Wand und sank neben ihr daran herunter.

»Also«, meinte er ruhig, während der Lastwagen über die Ausfahrt rumpelte.

»Ja«, antwortete Iris ebenso leise. Sie fühlte sich schmutzig, verschwitzt, und einen Augenblick lang schien alles

Adrenalin aus ihrem Körper zu weichen, geradezu aus ihr herauszufließen. Sie kämpfte um die Kontrolle über ihren Körper, war jedoch viel zu erschöpft, um das Zittern zu unterdrücken, das sie packte. Con drängte sich an sie, und sie schlang ihren Arm über seinen muskulösen Hals, sog den Moschusgeruch seines Fells ein, den Duft des frischen Strohs. Blue zog sie an sich. Sie seufzte, unfähig zu protestieren. Es fühlte sich einfach zu gut an, alles stimmte.

»Ich lasse mich nicht gern anfassen«, gestand sie ihm. »Aber bei dir scheine ich ohnehin schon ständig Ausnahmen zu machen.«

»Verzeih mir, wenn ich mich darüber absolut nicht beschweren möchte.«

»Dir gefällt das also, ja? In einem alten Lastwagen zu fahren, zusammen mit wilden Tieren und einem Mädchen, das vollkommen verrückt ist?«

»Ich könnte mir nichts Schöneres vorstellen.« Blue veränderte seine Position und streckte sein rechtes Bein aus. Er bewegte sich langsam und behutsam, als hätte er Schmerzen.

»Haben dich diese Kerle verletzt?«

»Nur meine Brust. Das Bein, das ist eine ältere Verletzung. Wäre die nicht gewesen, ich hätte mir vielleicht den Schnitt ersparen können.«

»Du bist ans Kämpfen gewöhnt?«

»Ein bisschen. Und du?«

»Ich? Nein. Ich habe nur im Lauf der Zeit einige Dinge aufgeschnappt. Zirkusleute schlagen sich bei Prügeleien immer ganz gut, und außerdem hat mir meine Mutter einige Tricks beigebracht.«

»Kann ich mir vorstellen.« Blue verstummte und sprach erst nach einer kleinen Pause weiter. »Erzähl mir von dem Mann, der dich besucht hat.«

Allein bei dem Gedanken drehte ihr sich der Magen um. »Ich habe der Polizei doch schon alles gesagt.«

»Du hast ihnen aber lediglich die abgespeckte Version geschildert. Ich möchte wissen, wie du dich dabei gefühlt hast und was dir deine Instinkte über diesen Mistkerl verraten haben. Bitte, Iris.«

Es war dieses kleine Wörtchen *Bitte*, das es ihr unmöglich machte, seine Aufforderung einfach zu übergehen. Er sprach es liebevoll aus, ohne Arglist oder Überheblichkeit, sondern so, als sei es ihm wirklich und wahrhaftig wichtig.

»Er hat mir Angst gemacht«, antwortete sie. »Todesangst. Er hat sich benommen, als besitze er mich, und er sagte auch, ich sei doch bereits sein Eigentum. Außerdem roch er wie der leibhaftige Tod.«

Diese letzte Einzelheit hätte sie nicht sagen sollen, das war Iris schon klar. Aber das Bedürfnis, es auszusprechen, war so groß, dass sie nicht anders konnte. Blue drückte sie fester an sich. »Und was noch?«

Iris dachte einen Moment nach. »Er hat mich mit einem Namen angesprochen, einem Wort, das ich nicht kannte. Ich glaube, es hieß *Layak*. Weißt du, was das bedeutet?«

»Nein.« Vor Anspannung war Blues Geruch scharf geworden. »Aber es klingt … indonesisch. Ich … Ich musste dort vor einer Weile eine ganze Zeit verbringen.«

»Wirklich? Reist du viel?«

»Das gehört zu meinem Job. Er ermöglicht mir nicht gerade ein ruhiges Leben. Deshalb habe ich mich von meiner letzten Freundin getrennt, aber um der Wahrheit die Ehre zu geben: Sie ist auch viel gereist.«

Iris wurde schwer ums Herz. »Eine Geschäftsfrau?«

»Nein. Musikerin. Ich scheine immer an die Künstlerinnen zu geraten.« Er streifte mit den Lippen ihren Scheitel, und sie hatte das Gefühl, Funken rieselten durch ihren Körper. »Du warst heute Abend wirklich bemerkenswert, Iris. Ich meine nicht nur, wie du mit diesen Männern umgegangen bist, sondern auch vorher schon: deine Vorstellung. So etwas hätte ich nicht erwartet.«

Sie lächelte und kraulte Con hinter den Ohren. »Ich arbeite nicht mit Tricks oder so was.«

»Nein«, bestätigte Blue ruhig. »Du erzählst Geschichten. Du versetzt die Menschen an andere Orte. Du erzeugst Magie, Iris.«

Sie unterdrückte ein Lachen, weil sie wusste, wie bitter es klingen mochte. Sie wollte sich aber jetzt nicht bitter fühlen. Sie wusste das Kompliment zu schätzen, wollte unbedingt glauben, dass es aufrichtig gemeint war. Aber es ihm zu zeigen, war noch zu viel verlangt.

»Ich ziehe damit nur unerwünschte Aufmerksamkeit auf mich, Blue. Psychos und Liebesbriefe, Schläger, die dich mit Messern verletzen und mich wer weiß wohin verschleppen wollen. Tierschützer, die mir meine Katzen wegnehmen und … und sie in irgendein Pseudorefugium schaffen möchten, wo alle so tun, als wären sie fett und glücklich und würden geliebt werden.« Iris schüttelte den Kopf. »Aber ich kann nicht aufhören. Ich kann es einfach nicht, weil das doch alles ist, was ich habe. Und selbst wenn ich das Geld nicht bräuchte, wäre ich immer noch hier. Wegen Pete, wegen der Katzen, wegen allen. Meine alte Heimat, die Ranch, wäre kein richtiges Zuhause mehr. Und für einen Achtstundenjob bin ich nicht gemacht.«

»Ist das denn überhaupt jemand?«

»Du jedenfalls nicht«, antwortete sie, ohne nachzudenken. »Ich kann mir dich nicht an einem Schreibtisch vorstellen oder in der Kundenbetreuung.«

Er lachte leise. »Mit dreizehn Jahren habe ich Toiletten sauber gemacht, Iris. Ich habe Lebensmittel eingepackt, Dosen gestapelt, Böden gewischt. Mit sechzehn habe ich es immerhin zum Tellerwäscher gebracht, dann zum Hilfskellner. Und mit neunzehn bin ich zum Militär gegangen, damit ich das College bezahlen und ein bisschen Lebenserfahrung sammeln konnte. Aber du hast schon recht, einen Schreibtischjob hatte ich nie.«

Iris wünschte sich, sie könnte sein Gesicht sehen, begnügte sich jedoch damit, kühn zu sein, sein Kinn zu berühren, seine Wange zu streicheln. Sein Bart war weich, aber für die Wüste wirkte er irgendwie zu warm. Wie er wohl darunter aussah? Warum sollte sich ein so gut aussehender Mann überhaupt einen Bart wachsen lassen? »Das klingt, als wärst du in so armen Verhältnissen aufgewachsen… wie ich auch.«

»Meine Mom war… Sie ist eine Anwältin, aber sie war noch sehr jung, als sie mich bekommen hat, sie hatte die Schule gerade erst hinter sich. Es war sehr schwer für sie. Und als Frau und Immigrantin war es noch schwieriger. Die Leute haben ihr nicht getraut.«

»Woher kommt sie?«

»Aus Afghanistan. Sie ist in den Siebzigern ausgewandert, noch bevor das Land zum Teufel ging. Als Studentin ist sie nach Amerika gekommen und nie wieder zurückgekehrt.«

»Und dein Dad?«

»Der spielt keine Rolle.«

Ah. Diesen Schmerz verstand sie nur zu gut. Aber das machte ein Gespräch darüber keineswegs leichter. »Mein Dad war auch nicht da.«

»Vermisst du ihn?«

»Ich habe ihn niemals kennen gelernt. Ich nehme allerdings an, dass meine Mom ihn behalten hätte, wenn er es wert gewesen wäre.« Iris zögerte. »Du hast mir noch nicht erzählt, was du beruflich eigentlich machst.«

»Ich weiß auch nicht, ob das eine gute Idee ist.«

»Ein Weltenbummler in Geheimnissen«, konterte sie. »Du musst ein Spion sein. Oder ein Buchhalter.«

Er knurrte. »Gar nicht schlecht. Ich bin ein Detektiv.«

»Tatsächlich? Ein echter Detektiv? So eine Art Magnum, Privatdetektiv?«

»Ich fahre zwar keinen Ferrari, aber ja, schon, ich bin echt.«

»Huh«, meinte Iris. Wie… wenig überraschend eigentlich. Denn hätte sie einen Beruf für Blue auswählen müssen, Detektiv hätte perfekt gepasst. Oder zumindest die Filmversion davon. Er hatte das Aussehen, bewegte sich entsprechend und war so ehrlich, dass selbst eine Ziege tot umgefallen wäre.

Doch es bereitete ihr Unbehagen. Sie wusste nur nicht genau, warum.

»Deshalb bist du also nach Las Vegas gekommen«, sagte Iris langsam. »Du bist auf einen Fall angesetzt.«

»Das bin ich«, bestätigte er. »Das heißt, ich war es.«

»Ist die Person, die du suchst, hier? In diesem Zirkus?«

Blue zögerte. »Das darf ich nicht sagen.«

»Darfst du das nicht, oder *willst* du das nicht?«

»So einfach ist es nicht. Ich kann diese Frage nicht geradeheraus beantworten, Iris.«

»Was soll das denn heißen?«

»Genau das, was ich gesagt habe. Die Umstände haben sich geändert.«

»So sehr können sie sich gar nicht geändert haben. Du bist immer noch hier.«

»Weil ein Löwe versucht hat, mich zu verschlucken. Ich habe mich verliebt.«

»Klugscheißer. Außerdem ist Petro viel zu nett für dich.«

»Ich weiß. Und seine Ziehmutter ist… etwas unheimlich.«

»Hinreißend«, erwiderte Iris und fühlte seine Lippen auf ihrer Wange. Er strich ihr Haar mit seiner kräftigen Hand so zärtlich zurück, dass ihr die Hitze ins Gesicht stieg und Tränen in ihren Augen brannten. Ihre Reaktion erschreckte sie zwar, aber sie konnte nichts dagegen tun. Ebenso wenig brachte sie es über sich zurückzuweichen.

Der Lastwagen holperte über den unebenen Boden des Parkplatzes. Die Raubkatzen gähnten und stöhnten, bewegten sich unruhig in der Dunkelheit. »Ich habe da gestanden, Iris«, sagte Blue so leise, dass sie ihn kaum hören konnte. »Direkt auf der anderen Seite des Zeltes. Er ist hereinspaziert, ohne dass irgendjemand das bemerkt hat, und hat dich bedroht. Er hat *dich* bedroht!«

»Ich habe es zugelassen. Ich hätte gegen ihn kämpfen können, ihn einschüchtern können, aber als ich das gerade tun wollte, hat er … Er hat mich einfach angesehen. Ich war wie erstarrt.«

»Das ist ja keine Schande.«

»Oh doch. Wenn er es geschafft hätte, mir oder den Katzen wehzutun. So fühle ich mich einfach nur … schmutzig.«

Blue tastete nach ihrer Hand, hob sie an die Lippen und küsste sie. Iris wusste nicht mehr, wie sie atmen oder reden sollte. »Sag das nicht«, flüsterte er. Sein Atem strich heiß über ihr Handgelenk. »Du hast das Richtige getan. Du musst deinen Instinkten vertrauen.«

»Manchmal irren sich meine Instinkte.«

»Nein. Du musst dir vertrauen, Iris. Du musst deinen Fehlern vertrauen. Selbst die schlechten Zeiten lehren uns doch gewisse Dinge.«

»Was haben sie dich denn gelehrt?«

Er legte ihre Hand auf seine Brust, direkt über sein Herz. »Dass es viel zu leicht ist, allein zu sein, und dass ich faul bin.«

»Ich würde sagen, dann sind wir schon zwei.«

»Du bist nicht faul.«

»Nein«, stimmte sie zu. »Ich habe einfach nur Angst.«

Blue seufzte. Der Lastwagen fuhr jetzt langsamer, was Iris ein wenig bedauerte. Sie wäre gern hiergeblieben, so wie jetzt, dazu gezwungen, mit Blue in der Dunkelheit zu sprechen.

Sie wollte nicht loslassen, und sie genoss es, das langsame Heben und Senken seiner warmen Brust unter ihrer Hand zu spüren. Sie fühlte auch die Bandage und erinnerte sich daran, wie er gekämpft hatte und wie er dabei ausgesehen hatte. »Es tut mir leid, dass du verletzt wurdest, Blue. Es tut mir unendlich leid. Aber trotzdem danke ich dir, dass du mir geholfen hast.«

»Ich hätte mehr getan, wenn ich es gekonnt hätte.«

»Ich bin sehr froh, dass du es nicht musstest«, erwiderte sie ruhig. »Ich bin froh darüber, dass nichts weiter passiert ist.«

Der Lastwagen stoppte. Blue ließ ihre Hand nicht los, und Iris machte sich nicht frei, als er ihr beim Aufstehen half. Barry öffnete die Türen. Der Zwinger war direkt vor ihnen, und daneben …

»Mein Wohnmobil«, sagte Iris. »Hat jemand den Zwinger in den Wohnbereich verlegt?«

Barry zuckte mit den Schultern. »Ich bin nur dahin gefahren, wohin Mr. Reilly mich geschickt hat.«

»Das ist doch ganz verständlich.« Blue sprang aus dem Lastwagen, zuckte zusammen und schonte sein rechtes Bein. »So können deine Nachbarn dich bewachen, und du kannst auf deine Katzen aufpassen.«

»Und wenn die Gesundheitsinspektoren kommen?«

»Was dann? Das Schlimmste, was passieren kann, ist doch bloß, dass sie dir eine Strafe aufbrummen.«

»Ich nehme an, du willst sie zahlen?«

»Es gibt einen Grund dafür, dass ich mich gut kleide«, erwiderte er.

Iris sprang aus dem Wagen, Barry zog die Rampe aus. Die Hitze der Wüste hüllte sie ein; sie roch Auspuffgase, Schweiß und weit entfernt das alte Fett einer Imbissbude.

Ein schwacher Geruch von Parfüm lag in der Luft, und die Sonne war so heiß, dass es wehtat.

Petro führte die kleine Kolonne aus dem Lastwagen an. Er stöhnte einmal und peitschte die Luft mit dem Schwanz, als er langsam die Rampe hinunterging. Jemand hatte ihr Schwimmbecken aufgebaut und von einer Seite des Zauns zur anderen eine blaue Plastikplane darübergespannt. Die Katzen bewegten sich sofort zu dem schattigen Platz. Con ging direkt ins Wasser, Boudicca und Lila ließen sich auf die Seite fallen, und Petro rollte sich auf den Rücken.

Barry schloss die Türen des Lastwagens. »Sehe ich Sie heute Abend, Miss McGillis?«

»Nein, Barry. Die Vorstellung heute Abend wurde abgesagt. Ich rufe Sie morgen Nachmittag an und gebe Ihnen dann den neuen Terminplan durch.«

Das genügte Barry. Er lächelte, verabschiedete sich mit einem Winken, und kaum eine Minute später rumpelte der Lastwagen schon wieder davon. Staub und trockenes Gras stoben hoch in die Luft. Iris hustete.

»Sie werden die Show nicht vollständig absetzen«, sagte Blue. Das T-Shirt auf seiner Brust war nur ein einziger großer roter Fleck.

Iris knurrte, da sie ihm weder zustimmen noch widersprechen wollte. »Dein Hemd ist ruiniert.«

»Ich hole mir ein anderes.«

»Hast du Gepäck mitgebracht?«

»Eigentlich nicht, nein. Pete hat Daniel befohlen, mir diese Kleider zur Verfügung zu stellen.«

»Ah, dein Seelenverwandter.«

Blues Miene wurde mürrisch. »Das ist nicht komisch.«

»Aber nichts im Vergleich zu dem, wie ihr beide euch zueinander verhaltet. Vor allem, weil ich es nicht verstehen kann. Aber eines weiß ich genau: Ihr seid ohne jeden Zweifel keine Fremden.«

Nun knurrte Blue. »Ich habe gemerkt, wie er dich angesehen hat. Wart ihr jemals … Wart ihr jemals zusammen?«

»Nein.« Seine Frage amüsierte sie ein bisschen. »Aber vor noch gar nicht allzu langer Zeit war ich schon in ihn verknallt. Außerdem hoffe ich, dass er mein Freund ist.«

Er knurrte wieder. »Entfesselungskünstler. So etwas hatte ich noch nie zuvor gesehen. Der Käfig, das Feuer … Ich habe gedacht, er würde sterben.«

»Er muss einer der besten der Welt sein. Was er da hinbekommen hat, und zwar schon von Anfang an, war eigentlich gar nicht möglich. Niemand ist jemals in der Lage gewesen, hinter sein Geheimnis zu kommen. Und wenn er so weitermacht und nicht gefeuert wird, bekommt er vielleicht sogar irgendwann seine eigene Show. Möglicherweise passiert das ja sowieso, selbst wenn das Miracle ihn feuert.«

»Dasselbe gilt aber auch für dich. Du bist einer der Stars.«

Iris zuckte mit den Schultern. »Ich mache meine Sache und genieße es, aber ich bin nicht besser als die anderen Künstler auch.«

»Aber wenn das Hotel oder irgendjemand dir die Möglichkeit böte, würdest du ja sagen, oder?«

Ja zu Ruhm und Geld, dachte sie, ja zu Glanz und zu Nachrichten und zu den Fernsehkameras und der Stadt? Ja zu einem Leben voller Illusionen?

»Ich weiß es nicht«, erwiderte Iris ehrlich. »Das Geld wäre mir schon sehr willkommen, aber ich würde die anderen hinter mir lassen. Nicht von mir aus, aber es gäbe trotzdem eine Barriere. Reillys Zirkus ist auf der anderen Seite alles, was ich seit langer Zeit hatte. Wie verlässt man eine Familie, Blue?«

Traurig lächelte er. »Am besten gar nicht, Iris. Niemals.«

»Du bist ja eine tolle Hilfe.« Und weil sie ohnehin dabei war, die Wahrheit zu sagen, setzte sie noch hinzu: »Ich wünschte, ich könnte weglaufen, Blue.«

Sie hatte ein Bild in ihrem Kopf, das einem alten Cartoon entsprungen zu sein schien. Sie hatte einen Stock über der Schulter, an dem ein vollgepacktes rotes Kopftuch schwang, um sie herum liefen ihre Katzen. Sie marschierten über eine leere Landstraße. Aber sie brauchte das Kopftuch nicht oder auch die Menschen; sie konnte in die Hügel und Berge gehen, dorthin, wohin Menschen niemals mehr ihren Fuß setzten, und einfach nur, um … für eine Weile etwas anderes zu sein. Sie konnte sich von der Leopardin in sich leiten lassen, von ihrer Haut. Sollte die Frau doch einen Tag oder einen Monat oder ein Jahr lang schlafen, bis die Menschheit, bis dieses Leben nichts weiter war als irgend so eine ferne erlöschende Erinnerung.

»Weglaufen, das hört sich sehr gut an«, meinte Blue. »Sogar ganz ausgezeichnet. Du bist hier wirklich nicht sicher, Iris.«

»Trotzdem habe ich Verpflichtungen.«

»Du hast vor allen Dingen die wichtigste Verpflichtung, am Leben zu bleiben. Jemand hat gestern Nacht auf dich geschossen, falls du das schon vergessen haben solltest. Und heute? Das war ein Entführungsversuch und auch, finde ich jedenfalls, eine psychische Belästigung.«

»Ich hab dir doch gesagt …«

»Schon klar, Verpflichtungen. Ich respektiere das auch, weißt du … Und ich verstehe es sogar.«

Iris drehte sich um und ging zu ihrem Wohnmobil. Blue holte sie an der Tür ein und streichelte ihren Arm, bevor sie das Schloss mit dem Schlüssel öffnen konnte, was für sie ungewohnt war.

»Lass mich das machen«, sagte er und bat sie, vor dem Wohnmobil zu warten, während er es als Erster betrat. Jetzt peilt er die Lage, sagte sie sich und überlegte, ob er wohl jemals auch als Leibwächter gearbeitet hatte, nicht nur als Detektiv.

»Weißt du«, sagte sie zu seinem Rücken, als er in dem dunklen Inneren ihres winzigen Zuhauses verschwand. »Obwohl ich vor diesem kleinen Psychopathen wie das Kaninchen vor der Schlange erstarrt bin, kann ich mich sehr gut selbst verteidigen. Gegen diese Schläger habe ich mich doch heute ziemlich gut gehalten.«

»Und wenn sie eine Pistole gehabt hätten? Vielleicht so eine Pistole, wie sie gestern Nacht gegen dich benutzt wurde?« Blues Stimme klang gedämpft. Iris hörte ein Klappern und warf einen Blick in ihr Wohnmobil. Blue befand sich in ihrem nahezu nicht existierenden Schlafzimmer und überprüfte gerade den winzigen Schrank darin.

»Entschuldige bitte«, sagte sie und betrat ihren Wagen. »Aber ich kann da ja kaum ein Hemd reinhängen, ganz zu schweigen davon, dass ein Mann ausreichend Platz hätte, sich dort zu verstecken.«

»Aha.« Sein Blick glitt über die Kleider, die auf dem Boden verstreut waren. Iris runzelte die Stirn und marschierte in das Zimmer, das heißt, sie marschierte eigentlich gar nicht, sondern zwängte sich zwischen Wand und Matratze hinein. Die Luft roch irgendwie abgestanden, nach Löwen und altem Teppich, aber wenigstens war es ein Zuhause. Außerhalb der Wände ihres mitgenommenen Wohnmobils tobte der reine Wahnsinn, aber hier drinnen konnte sie ihren Verstand von dem Stress ausruhen, der entstand, wenn sie sich der Welt stellte, und außerdem konnte sie hier in all ihrer pelzigen Pracht ganz und gar sie selbst sein. Es fühlte sich merkwürdig an, dass eine andere Person, wenn auch nur für kurze Zeit, in dieses Territorium eindrang.

»Ich nehme dir nichts weg«, sagte Blue freundlich und sah sie über die Schulter hinweg an.

Sie wurde rot. »Das habe ich auch nicht gedacht. Außerdem besitze ich nichts, was sich zu stehlen lohnte.«

»Oh, ich weiß nicht…« Blue hob zwei mit Strass besetzte

Pumps mit zehn Zentimeter hohen Absätzen. »Die hier sind schon ganz schick.«

»Du kannst sie ja haben. Für deine Beine tun sie bestimmt Wunder.«

Leise lachte er. Iris lehnte sich an die Wand und riss sich zusammen, versuchte, ihre Emotionen zu kontrollieren. Sie begehrte ihn, schon wieder, und diese Anziehung, sowohl die emotionale als auch die körperliche, verwirrte sie vollkommen.

»Ich bin doch in Sicherheit«, sagte sie und bemühte sich, gelassen zu klingen. »Du kannst jetzt gehen.«

Er hielt inne. »Willst du denn, dass ich verschwinde?«

»Du solltest dich nicht verpflichtet fühlen, mich zu beschützen.«

»Ich bin aber hier, weil ich möchte. Verpflichtung hat nichts damit zu tun.« Er runzelte die Stirn und trat zu ihr. »Ich mag dich, Iris. Hat denn noch nie jemand etwas für dich getan, nur weil er dich mochte?«

»Natürlich.«

»Aber das hier ist etwas anderes für dich.« Sein Blick wurde schärfer. »Wir sind auch … anders.«

»Ich will nicht darüber sprechen.« Sie schob ihn rückwärts aus dem Schlafzimmer und versuchte, stark zu bleiben, als Blue ihr dennoch weiter folgte. Seine Miene wirkte besorgt.

»Du hast wirklich Angst«, sagte er. »Iris, das musst du nicht.«

»Du hast leicht reden.« Sie nahm eine Wasserflasche vom Tresen der Kochnische und öffnete den Deckel. Blue streckte seine Hand aus und legte sie auf ihre. Seine Haut hob sich dunkel von ihrer ab, die Knochen seines Handgelenks erschienen kräftig und groß. Als er sie berührte, wurde sie innerlich weich, und dafür hasste sie sich. Sie hatte ihre Lektion doch gelernt! Sie musste diesem Mann doch widerstehen können!

Iris wich zurück. Sie brauchte Abstand, Raum zwischen sich und Blue, alles andere, nur ihn nicht, der sie trotz ihrer besten Absichten zu dicht an den Rand drängte, sie dazu brachte, all jene Lektionen zu vergessen, denen sie verdankte, dass sie überlebte und in Sicherheit war. Keine Lügen, Masken und Illusionen – ihr Leben war doch eine unendliche Vorstellung.

Deine Menschlichkeit ist keine Lüge. Du bist ganz genauso wie alle anderen.

Schön, nur stimmte das ja nicht. Nicht ganz jedenfalls. Und ebendiese andere Hälfte, die Leopardin, das Raubtier, die würde sie in große Schwierigkeiten bringen, wenn sie nicht verdammt aufpasste.

Iris machte den Fehler, Blue in die Augen zu sehen. Die Wärme, die sie dort fand, hallte leise und süß in ihr wider. Sie hätte sich gern die Lippen geleckt, wagte es aber nicht; sein Blick glitt zu ihrem Mund, er näherte sich ihr, langsam und vorsichtig, während die Zeit stillzustehen schien und zu einem Schmerz in ihrem Herzen wurde.

Elektrizität knisterte auf einmal in der Luft, ein Druck, der sich wie Wind und Blitze anfühlte, wie ein Lauf im dunklen Wald, während Gewitterwolken über den Himmel rollten. Sie inhalierte tief, füllte ihre Lunge mit diesem unerträglichen, wilden Duft, der durch ihren ganzen Körper waberte und sich um die Leopardin wand, die tief in ihrer Brust schlief. Iris fühlte, wie sich die Raubkatze regte, sie fühlte, wie das Licht und die Hitze unter ihrer Haut größer wurden. Doch noch während sie das unterdrückte und darum kämpfte, menschlich zu bleiben, dachte sie schon: Ich will ich selbst sein. Ich will, dass du *siehst*.

Blue berührte ihr Gesicht, ihre Wangen, ihren Hals, fuhr mit den Fingern durch ihr Haar. »Geh mit mir aus, Iris. Ich möchte dich zum Abendessen einladen. Oder wenn du kein Dinner magst, dann zum Lunch. Wenn das auch nicht gehen sollte, trinken wir einfach einen Kaffee. Aber lass mich dich irgendwohin bringen. Ich möchte mit dir zusammen sein. Ich wollte schon mit dir zusammen sein, seit ich dich das erste Mal gesehen habe.«

Gott steh mir bei, dachte Iris, aber ich will ja dasselbe. Doch statt Ja dazu zu sagen, statt sich immer weiter vorzubeugen, öffnete sie ihren Mund, kämpfte mit sich und sagte: »Heute Abend habe ich eine Verabredung mit Daniel.«

Blue starrte sie regungslos an. »Du bist mit meinem … mit Daniel verabredet?«

»Ja«, erwiderte sie, aber es klang eher wie eine Frage. Er runzelte die Stirn, trat noch näher an sie heran, bis ihre beiden Körper nur noch eine Haaresbreite voneinander entfernt waren, ein Wispern.

»Ja?«, fragte er leise. »Oder jaah?«

Iris schluckte. Blue bewegte sich langsam, gab ihr genug Zeit, ihn aufzuhalten, aber sie sagte gar nichts, als er mit den Händen über ihre nackten Arme bis zu ihrer Taille glitt. Seine Berührungen schienen ihren Körper unter Strom zu setzen, es war ein Kribbeln, das wie ein Schwall von ihrer Brust zu ihren Hüften strömte, ebenso heiß wie sein Atem auf ihrer Wange, so heiß, dass sie es fast schon schmecken konnte. Es kostete sie eine ungeheure Überwindung, sich nicht zu bewegen, nicht ihre Beine aneinanderzureiben, sich *an ihm* zu reiben. Schließlich gab sie auf, drückte ihre fast schmerzhaft angeschwollenen Brüste vor, gegen seine Brust, und rieb sich tatsächlich an ihm. Als sie dann hörte, wie er nach Luft rang, hätte sie am liebsten den Kopf zurückgeworfen und laut gelacht. O Gott, fühlte sich das gut an.

Blues Griff um ihre Taille wurde fester, und Iris keuchte erschreckt, als sie sich plötzlich hochgehoben fühlte. Im nächsten Augenblick saß sie auf dem kleinen Tresen der Kochnische, atemlos, und war kurz davor zu stöhnen, als Blue sich zwischen ihre Beine drängte, mit den Händen ihre

Schenkel hinauffuhr. Er berührte ihre Haut, ließ seine Fingerspitzen unter ihre Shorts gleiten, ließ sie hinaufwandern, immer weiter, und zögerte nur kurz, nämlich dort, wo eigentlich der Saum eines Höschens hätte sein sollen.

»Ich mag keine Unterwäsche«, murmelte Iris nur.

Blue schluckte vernehmlich und schob seine Finger tiefer in ihre Shorts. Iris erschauerte und schloss die Augen. Es war das erste Mal, dass sie so berührt wurde, und sie genoss es. Unwillkürlich hielt sie den Atem an.

Aber seine Hände waren groß – und die Shorts sehr eng. Sie behinderten ihn. Sie spürte, wie Blue zögerte, dann waren seine Finger wieder an ihrer Taille, glitten um ihren Hosenbund herum bis zu dem Knopf aus Zinn, dem Reißverschluss des Hosenschlitzes. Sie zwang sich dazu, gar nicht erst nachzudenken. Sie wollte berührt werden, sie wollte so sehr *loslassen*. Nur ein einziges Mal. Sie war jetzt älter – und stärker. Sie konnte das doch ganz bestimmt tun, ohne die Kontrolle zu verlieren.

Iris erwiderte seine Zärtlichkeiten, genoss seinen muskulösen Körper unter ihren Fingern, den flachen Bauch, die muskulöse Brust, die sich da unter ihren Handflächen bewegte, während sie über sein T-Shirt bis zu seinem Hals hinaufglitt. Sein Atem ging schneller und wehte durch ihr Haar, sein Duft war überall, drohte sie schon zu überwältigen, und erneut regte sich die Leopardin in ihr, rollte sich in ihrer Hitze herum, als seine Finger sich in ihr Haar gruben und daran zogen, ganz leicht nur, so viel, dass sich ihr Gesicht zu seinem hob.

Blue küsste sie. Sein Mund war heiß und hart, und Iris hatte das Gefühl zu halluzinieren, zu träumen, weil sich dies doch niemals so gut anfühlen, niemals so echt wirken konnte. Zwischen seinen Lippen schien geradezu Sonnenlicht zu strahlen, es strömte über ihre Haut, leuchtete in ihr Herz hinein, ergoss sich in jeden Muskel, durchdrang jede Pore ihres Körpers, wie…

Fell! Sie spürte das Fell auf ihrem Arm.

Iris stieß Blue weg, und zwar so fest, dass er tatsächlich gegen die Wand krachte. Aus der Steckdose neben ihm sprühten Funken.

Ihre Brutalität schockierte sie selbst, beschämte sie auch. Es war ein albtraumhaftes Echo von den Erlebnissen mit einem anderen Jungen. Zähne schnitten ihr in die Lippen, der bittere, kräftige Geschmack von Blut! Und obwohl sie zu Blue hingehen wollte, obsiegte doch ihre Furcht. Entsetzen und Schrecken zerstörten jeden Funken von Selbstbewusstsein und Hoffnung, die sie so schmerzhaft vorsichtig aufgebaut hatte. Iris rannte, stürmte in ihr Schlafzimmer, warf sich gegen die Wand, dorthin, wo Blue sie nicht sehen konnte. Da kauerte sie sich wie ein Kind zusammen.

Dann hörte Iris ein tiefes Stöhnen und biss sich auf die Lippen. Ihre Zähne hatten sich zurückgebildet, ebenso wie das gefleckte Fell auf ihren Armen. Aber sie würde nicht zu ihm gehen. Nicht nach dem, was sie gerade getan hatte. Er würde sie auch niemals verstehen.

»Iris!«, rief Blue leise.

»Geh fort!«, antwortete sie bloß und kämpfte gegen ihre Tränen an. »Tut mir leid, Blue, aber bitte, geh jetzt einfach.«

Sie hörte ein Rascheln. Und dann: »Versteck dich nicht, Iris. Bitte, nicht vor mir. Du musst es nicht verstecken…«

Schlagartig verstummte er. Stattdessen herrschte das tiefste Schweigen. Iris zögerte, aber diese Ruhe war irgendwie unnatürlich. Langsam stand sie auf, drehte sich um und blickte vorsichtig durch den Türrahmen.

Blue stand mit dem Rücken zu ihr da und starrte auf den Rauchmelder an ihrer Decke.

»O mein Gott«, sagte er. Iris wischte sich die Tränen vom Gesicht und trat zu ihm. Er reagierte nicht auf sie, ließ sich nicht anmerken, ob er sie überhaupt bemerkt hatte. Sie hob den Blick und betrachtete den kleinen weißen Rauchmelder.

Er sah so aus wie immer, aber Blue streckte seinen langen Arm aus, betastete die Oberfläche und holte dann tief Luft.

»He«, flüsterte sie und unterdrückte ein Keuchen, als Funken aus den dunklen Schlitzen des Rauchmelders sprühten. Blue zuckte nicht zusammen und wirkte auch kein bisschen überrascht, als er seine Finger unter den Rand des weißen Plastiks schob und knurrte, während er ihn von der Decke riss. Iris machte sich gar nicht erst die Mühe, ihn aufzuhalten. Er wirkte viel zu konzentriert und vertieft in das, was er da tat. Sie wollte wissen, warum, sie wollte wissen, warum dieses Ding hier plötzlich wichtiger sein sollte als das, was sie ihm angetan hatte.

Blue zog einen Schraubenzieher aus dem Werkzeuggürtel, den er immer noch um seine Hüften geschlungen hatte, und öffnete den Rauchmelder. Er arbeitete schnell und leise, und als er den Deckel abhob und der Inhalt sichtbar wurde, packte er Iris am Arm und zog sie an sich.

»Sieh dir das an«, sagte er und deutete auf ein rechteckiges Stück schwarzes Plastik, das in den Rauchmelder hineingeklebt war. Ein dicker Draht führte zum Deckel, wo das Ende ebenfalls angeklebt worden war. An der Spitze des Drahtes befand sich etwas Glänzendes, das wie Glas aussah. Eine Linse?

»Was ist das?«, fragte Iris.

»Ein Sender«, erwiderte Blue grimmig. »Mit einer Kamera.«

»Oh«, sagte Iris. »Verdammt.«

8

Für Blue war es schon schlimm genug gewesen, mit ansehen zu müssen, wie Iris angegriffen und beinahe entführt wurde; dass er jetzt auch noch eine versteckte Kamera in ihrem Rauchmelder fand, machte ihn vor Wut fast wahnsinnig. Allmächtiger Gott, dachte er, was für ein fürchterlicher Tag!

Er saß im Schatten auf der Türschwelle von Iris' Wohnmobil und leistete den Raubkatzen Gesellschaft. Schweiß lief ihm über das Gesicht, und die Flasche Wasser neben ihm war fast leer. Es war beinahe Abend, aber die Hitze ließ nicht nach. Er hatte sich einfach nur besser darauf eingestellt, sie zu ertragen.

Iris hielt sich in ihrem Wohnmobil auf. Er wusste nicht, was sie dort tat, vermutete aber, dass sie sich auf dem Bett zusammengerollt hatte. Oder auch nicht. Er hätte ihr gern Gesellschaft geleistet, aber er versuchte, sich wie ein Gentleman zu benehmen und ihr Raum zu lassen – obwohl er sich am liebsten an sie geschmiegt hätte. Verdammt, er hätte auch gern in ihre Arme gewollt.

Iris hatte sich geweigert, die Polizei zu verständigen. Sie wollte nicht mit den Beamten sprechen. Unter anderen Umständen hätte Blue sie sogar gezwungen, dort anzurufen, aber in ihrer Lage konnte er nichts riskieren.

Blue hielt den Rauchmelder noch immer in der Hand. Das Knistern der versteckten Kamera hallte nach wie vor scharf durch seinen Geist. Es war eine hochkomplexe Technik, weit komplizierter, als sie auf den ersten Blick wirkte. So etwas benutzte auch das Militär: Damit konnte man Fotos über sehr weite Strecken auf einen Computer übertragen. Dies hier schien auf keinen Fall die Arbeit eines Amateurs zu sein.

Das Problem war, dass er nicht genau wusste, wie lange die Kamera in Iris' Wohnmobil gewesen war. Ihrer Miene – und dem, was er von ihren Geheimnissen wusste – nach zu urteilen war eigentlich jeder Zeitraum zu lang. Der Schaden, das Fiasko, die Entdeckung ihrer Gestaltwandler-Existenz konnte bereits da sein.

Zum Beispiel, als wir uns geküsst haben, dachte er und erinnerte sich an das Gefühl von Iris' Körper an seinem, an ihre unglaubliche Wärme, an das goldene Licht, das aus ihren Augen geströmt war. Ihre Arme mit dem weichen, glatten Fell, das sich wie Seide unter seinen Fingern angefühlt hatte. Er liebte dieses Gefühl, das Wilde, das es ausstrahlte, und er konnte sich Iris gar nicht mehr anders vorstellen. Blue hatte sich nur gefragt, wie weit sie gehen würde, wie weit sie ihm wohl vertrauen würde.

Offenbar genauso weit, wie sie ihn sehen konnte. Was er ihr nicht verübeln konnte. Er verstand ja ihre Furcht. Angesichts seiner Vergangenheit war es dumm von ihm, sich überhaupt auf sie einzulassen. Wenn er sie jemals verletzte…

Blue widerstand dem Impuls, sich über den Rücken zu reiben. Der Schnitt in seiner Brust pochte schmerzhaft, sein Knie brachte ihn fast um, und er sah schon wieder Sterne, deren Helligkeit mit dem Strahlen der Wüstensonne wetteiferte. Iris hatte einen kräftigen Schlag.

Aber verglichen mit seiner Furcht war der Schmerz – nichts. Diese Furcht war eiskalt und drang ihm bis in die Knochen.

Santoso Rahardjo. Das Schicksal hatte einen wirklich perversen Sinn für Humor. Oder aber die Explosion der Bombe hatte Blues Gehirn zu sehr durchgeschüttelt. Das war durchaus im Bereich des Möglichen. Er konnte sich irren, reagierte vielleicht über oder steckte möglicherweise in irgendeinem durch Drogen verursachten Albtraum fest. Denn wie hoch standen die Chancen? Wie hoch war die Wahrscheinlichkeit, dass Blue am selben Ort auftauchte wie Santoso Rahardjo? Schon wieder?

Dennoch, sein Instinkt schlug Alarm, und die Zufälle waren einfach zu unwahrscheinlich. Diese Blondine, Santosos Angestellte, sollte so plötzlich im Miracle auftauchen? Ein Mann hinterließ indonesische Nachrichten auf einem Zettel, der aus Menschenhaut hergestellt war? Und ebenderselbe Mann war reich genug, um eine ganze Armee von Schlägern zu beschäftigen, die die Drecksarbeit für ihn machten? Schläger, die es außerdem auf Daniel abgesehen hatten?

Genau. Dieser Teil ergab keinen Sinn, aber zumindest signalisierte der Rest, dass Blue nicht verrückt geworden war. Und wenn er so tat, als wäre er nicht verrückt, dann konnte er auch die sehr reale Möglichkeit in Betracht ziehen, dass Santoso in der Stadt war. Die Frage war nur: Warum hatte er sich ausgerechnet Iris ausgesucht, und aus welchem Grund Las Vegas?

Geschäfte, beantwortete Blue sich die Frage selbst. Ungeachtet von Santosos Geschmack, was Frauen anging, war er vor allem ein Unternehmer. Und alles, was nicht mit Geschäften zu tun hatte, bedeutete für ihn Zeitverschwendung. Verbrecherbosse waren, jedenfalls nach Blues Erfahrungen, fast immer Workaholics. Nichts hielt einen Mann so gut in Form wie der drohende Verlust von Macht.

Also geht es hier wahrscheinlich um einen Deal. Irgendwas Großes. Es gibt gar keine andere Erklärung. Santoso besucht die Vereinigten Staaten so gut wie nie. Dort suchen zu viele Leute nach ihm.

Aber war Iris dann vielleicht mehr als nur ein Spielzeug,

ein Zeitvertreib für ihn? Beschäftigte sie Santoso zwischen seinen Geschäftsterminen? Wenn ja, wie erklärte das die verborgene Kamera, die versuchte Entführung, den persönlichen Besuch und diese perverse Nachricht?

Meine Liebe. Ich werde Dich zu der Meinen machen. Das klang doch nicht nach einem Mann, der nur ein kleines Abenteuer suchte.

Sein Handy summte. Con und Lila hoben die Köpfe und sahen ihn an, weil er ihren Schönheitsschlaf gestört hatte. Petro gähnte und zeigte den rosa Gaumen seines gewaltigen Mauls. Mit den Zähnen hatte Blue ja bereits Bekanntschaft geschlossen.

Auf dem Display des Handys wurde der Anrufer als Roland identifiziert. Blue nahm das Gespräch an, während er den Löwen betrachtete. »Ich hoffe, du hast gute Nachrichten für mich. Erinnerst du dich noch an den Schlamassel, von dem ich vorhin gesprochen habe? Ist inzwischen noch größer geworden. Ich bin jetzt ganz offiziell am Arsch.«

»Tatsächlich.« Die weibliche Stimme klang brüsk und gehörte ganz offensichtlich nicht zu Roland. »Ist deine Lage denn so schrecklich, Felix, dass du ein Gespräch mit solchen Ausdrücken beginnen musst?«

Blue erstarrte. »Mom? Wie kommst du zu Rolands Telefon?«

»Ich bin in seinem Büro in San Francisco«, antwortete sie knapp. »Brandan und ich sind dort vor knapp dreißig Minuten angekommen. Die Männer deines Vaters haben uns aufgespürt und haben sich … schwierig benommen.«

»Schwierig? Was meinst du mit *schwierig?* Haben sie versucht, dir wehzutun?«

»Sie haben versucht, mich zu deinem Vater zurückzuschleppen. Zweifellos, um eine neue Runde der Drohungen einzuleiten.« Er hörte das Rascheln von Papier. Offenbar durchwühlte Roland im Hintergrund irgendwelche Akten.

»Dein Arbeitgeber«, fuhr seine Mutter fort, »hat mir aber versichert, dass uns hier niemand finden kann.«

»Hast du irgendwas herausgefunden, was uns helfen könnte?«

»Die meisten illegalen Geschäfte deines Vaters wurden in bar abgewickelt. Alles andere wurde mit genügend Strohfirmen abgesichert, sodass selbst seine Mitarbeiter keine Ahnung haben, für wen sie eigentlich tatsächlich arbeiten. Glücklicherweise kenne ich mich mit einer dieser Firmenketten ziemlich gut aus. Dein Vater hat vermutlich mittlerweile den größten Teil seiner Papiere vernichtet oder gewaschen, aber ich habe so viel aus meinem Bürosafe mitgenommen, wie ich nur konnte, und es in einem Bankschließfach deponiert.«

»Also hast du Beweise?«

»Was nützen denn aber Beweise… gegen einen Toten? Nein, Felix, ich habe bei Weitem nicht genug. Nicht solange er tot bleibt.«

»Das muss er nicht. Wir könnten ihn enttarnen. Schleuse ein Kamerateam dort ein, überschwemme sein Haus mit Journalisten.«

»Und was dann? Sicher, er würde als Lügner enttarnt werden, aber du kennst ihn doch. Er wird die Wahrheit verdrehen, er wird behaupten, er hätte kurzzeitig den Verstand verloren. Er wird seine Freunde im Justizministerium um Gefallen bitten, und anschließend wird er immer noch sehr reich sein. Reich und wütend. Er wird deinen Freunden wehtun, Felix.«

Roland warf etwas ein.

»Sie verstehen diesen Mann nicht«, erwiderte Mahasti. »Überhaupt nicht.« Dann hörte Blue eine andere Stimme, eine Männerstimme, die der seines Vaters sehr ähnlich klang. Seine Mutter schnalzte mit der Zunge. »Brandon glaubt, dass wir deine Freunde in Gefahr bringen, weil wir hierhergekommen sind. Dein Vater müsste mittlerweile wissen, dass wir uns an Dirk & Steele gewandt haben.«

Blue konnte fast spüren, wie sie sich wand, als sie den Namen der Agentur aussprach. Für ihren Geschmack war er viel zu anzüglich.

Er hörte noch mehr Stimmen im Hintergrund. »Was dich und Brandon angeht…«, sagte er.

»Er ist mein Freund«, erwiderte Mahasti entschieden. »Und zwar schon ziemlich lange. Mehr werde ich zu diesem Thema nicht sagen, Felix. Jedenfalls nicht, bevor dies alles hier vorbei ist. Warte einen Augenblick. Roland möchte noch mit dir sprechen.«

Wie passend. Sie ließ ihm nicht einmal die Chance, sich zu verabschieden, als Roland sich auch schon mit einem Hüsteln meldete.

»Ich habe Neuigkeiten«, erklärte Blue und erzählte Roland, was in den wenigen Stunden seit ihrem letzten Telefonat passiert war. Er versuchte, leise zu sprechen, weil er nicht genau wusste, ob es Iris recht war, wenn er ihre Geschichte weitergab.

Roland brummte. »Du bist wirklich ein Unglücksrabe, Mann. Bist du sicher, dass es sich um Santoso handelt?«

»Ich bin jedenfalls lieber paranoid als tot.«

»Ich hätte lieber eine schwedische Massage mit ein paar nackten Blondinen, aber das Leben ist einfach nicht fair. Da wir gerade davon reden – du hast eigentlich keinen Grund, dich zu beschweren. Ich habe diese Iris McGillis gegoogelt. Das Miracle hat eine Website mit Fotos eingerichtet. Das sind ihre Katzen da vor ihr, oder?«

Der gute alte Hellseher. Roland war ein Meister der Fern-Sicht.

»Ja«, gab Blue zu.

»Bist du sicher, dass sie eine Gestaltwandlerin ist?«

»Ja.«

»Dann muss sie aber eine verdammt heiße Gestaltwandlerin sein.«

»Ja.«

»Und wenn ich jetzt einen dreckigen Witz über sie mache, dann wirst du die gesamte Elektrik meines Handys…«

»Ja«, unterbrach ihn Blue. »Darauf kannst du dich verlassen.«

Roland seufzte. »Ich weiß nicht, was ich dir betreffend Santoso sagen soll. Falls er es überhaupt ist. Wenn er es nämlich ist… Mein Gott, tu, was du kannst. Aber vergiss deine Prioritäten nicht. Du hast zwar Iris, aber du musst dich auch um deinen Bruder kümmern. Verlier das nicht aus den Augen, Blue. Er braucht deine Hilfe ebenfalls. Wir alle brauchen deine Hilfe, denn wenn wir nicht herausfinden können, wo dein Vater die Informationen über uns gespeichert hat, wo seine Back-ups sind und wie man an sie herankommt…«

»Ich weiß«, antwortete Blue.

»Nein, das weißt du nicht. Ich verspreche dir, dass wir noch einen anderen Weg finden werden. Das Problem ist nur, dass wir dazu vielleicht Daniels Hilfe benötigen. Denn die ganze Angelegenheit wird zumindest zu einer verdammten Riesenschweinerei führen.«

»Du hast gerade ein Schimpfwort vor meiner Mom benutzt«, meinte Blue.

»Was du nicht sagst. Ich musste mich wie ein Mönch vor ihr benehmen. Aber jetzt habe ich die Nase voll davon. Das hier ist *mein* Büro und… Scheiße! Ich muss auflegen. Deine Mom starrt mich gerade an. Ich glaube, sie verfügt ebenfalls über magische Kräfte. Sie braucht einen bloß komisch anzusehen, und schon hat man das Gefühl, als würde einem jemand die Eier abreißen.«

Blue hörte eine leise, scharfe Stimme. »Deine Verstärkung sollte bald da sein«, meinte Roland und unterbrach die Verbindung.

Blue starrte einen Augenblick lang auf das dunkle Display und spielte mit dem Gedanken zurückzurufen, um sich zu überzeugen, dass es seiner Mutter wirklich gut ging. Und auch, um Roland bei dieser Gelegenheit zu sagen, dass er keine Verstärkung brauchte. Aber er spürte, wie sich gerade ein Wagen näherte. Als er dann hochsah, hielt bereits eine dunkelgrüne Limousine auf einem freien Parkplatz ein paar Wohnmobile entfernt an. Agent Fred sprang heraus. Sein billiger Anzug war zerknittert, sein braunes Haar klebte flach an seinem Kopf. Blue legte den Rauchmelder auf den Boden und schob ihn mit dem Fuß unter den Tritt, auf dem er saß.

»Lange nicht gesehn … Ach, schon gut.« Fred zuckte mit den Schultern. »Ich glaube, ich sollte mich an Miss McGillis Bein anketten. Ich würde eine Menge Benzin weniger in die Luft blasen.«

Blue fand das nicht sonderlich komisch. »Was wollen Sie denn hier?«

Fred runzelte die Stirn. »Ich bin ein FBI-Agent, der an einem Fall arbeitet, in dem Miss McGillis eine Rolle spielt, und dann bekomme ich einen Anruf, in dem eine versuchte Entführung gemeldet wird. Was glauben Sie also? Natürlich komme ich her und stelle Fragen.«

»Ich glaube aber nicht, dass diese beiden Dinge etwas miteinander zu tun haben«, sagte Blue, obwohl er wusste, dass er besser den Mund halten sollte. Denn je mehr er redete, desto unangenehmer würde die Sache werden. »Die Männer, die sie heute angegriffen haben, waren nämlich keine Ökoterroristen.«

»Und natürlich ist Ihre Meinung von größter Bedeutung für mich«, bemerkte Fred sarkastisch. »Aber Sie haben hier tatsächlich recht. Den ersten Meldungen zufolge gehören die Männer, die wir verhaftet haben, zur Creme des Who's Who von Exknackis und entflohenen Straftätern. In ihren Kreisen gelten sie als richtige Superstars. Bedauerlicherweise gibt jedoch keiner Namen, Adressen oder irgendwelche Informationen preis, die uns zu der Person führen könnten, die sie angeheuert hat. Ich habe noch nie eine maulfaulere Bande von Gaunern erlebt als diese fünf Kerle. Ich würde es Loyalität nennen, wenn ich sie zu einer solchen Haltung denn überhaupt für fähig hielte.«

»Dann nennen Sie es doch beim Namen. Nennen Sie es Geld. Oder Angst.«

Fred lächelte. »Mich beschleicht das seltsame Gefühl, als wären Sie eine Art Experte in solchen Dingen. In Ihrem Hirn kocht jedenfalls erheblich mehr als das, was Sie der Welt servieren. Oder wollen Sie das abstreiten?«

Blue sagte nichts. Das Funkeln in Freds Augen beunruhigte ihn. Er wusste nicht genau, wie er es erklären sollte, aber irgendwie... fühlte es sich nicht... so gut an. Fred redete zu viel, gab einem vollkommen Fremden viel zu bereitwillig Informationen. Das war dumm, absolut dumm sogar. Und meilenweit vom typischen FBI-Verhalten entfernt.

Wenn du das nächste Mal im Büro anrufst, dachte er, dann lass ihn überprüfen. Das ist ganz einfach. Es sei denn...

»Wie war noch mal Ihr Nachname?«, fragte Blue.

»Wilhelm. Aber wenn die Leute mich so nennen, komme ich mir wie ein Trottel vor.« Freds Lächeln verstärkte sich noch. »Übrigens haben wir nie über Sie und diesen Heckenschützen geredet. Oder darüber, was Sie hier bei dem Zirkus eigentlich so machen.«

»Ich bin nur auf der Durchreise«, erwiderte Blue.

»Und schaffen süße Erinnerungen, wo Sie gerade dabei sind. Sehr süße Erinnerungen, wenn ich an das denke, was ich heute Morgen gesehen habe. Ich nehme an, dass Miss McGillis weiß, dass Sie nicht vorhaben hierzubleiben.«

»Ich glaube nicht, dass das Verhältnis zwischen Iris und mir Sie irgendetwas angeht. Sie sollten sich lieber um den Psychopathen kümmern, der sie verfolgt.«

»Mit dem kommen wir schon klar. Sie dagegen, Sie sind ein Rätsel. Ein echtes Problem.«

»Ich wüsste nicht, warum. Ich habe nichts Verbotenes getan.« Außer vielleicht, Iris und seinen Bruder von vorn bis hinten zu belügen.

Und wenn du ihr die Wahrheit gesagt hättest? Wenn du ihr von Anfang an gezeigt hättest, was du wirklich bist? Du weißt genau, dass du ihr hättest trauen können.

Schon möglich. Aber alte Gewohnheiten waren eben schwer abzuschütteln.

Die Tür hinter Blue öffnete sich, Iris steckte den Kopf hindurch. Sie wirkte müde und gereizt und war viel zu blass. Der Anblick von Agent Fred verbesserte ihre Laune jedenfalls nicht sonderlich.

»Ihr seid doch vollkommen nutzlos«, sagte sie statt einer Begrüßung und ohne das kleinste Zögern. »Absolut nutzlos. Und erschreckend inkompetent dazu. Oder vielleicht auch einfach nur angsteinflößend.«

»Dann werde ich Ihnen mal lieber keine Auskunftsbögen geben, in denen Sie Ihre Meinung über meine Arbeit ausdrücken könnten«, erwiderte Fred und kniff die Augen zusammen, weil die Sonne ihn blendete. »Würden Sie mir ein paar Fragen beantworten, was diese Vorkommnisse betrifft?«

»Nein«, erwiderte sie. »Ich habe der Polizei gegenüber bereits eine Aussage gemacht. Dabei habe ich nichts ausgelassen.«

»Darf ich einen Blick in Ihren Wohnwagen werfen?«

Iris warf ihm einen giftigen Blick zu, trat jedoch zur Seite und winkte ihn herein. Fred lächelte und verschwand in dem Wagen. Statt ihm zu folgen, wie Blue erwartet hatte, ließ sich Iris neben ihm auf die Stufe fallen. Fragend sah er sie an.

»Ich bin nicht gern in engen Räumen … mit Fremden zusammen«, erwiderte sie.

»Ach so.« Er erinnerte sie jetzt lieber nicht daran, dass sie sich noch vor Kurzem mit ihm in demselben engen Raum sehr gut geschlagen hatte. Jedenfalls die meiste Zeit über. »Geht es dir gut?«

»Nein!«, fuhr sie ihn an, riss sich dann jedoch zusammen, und ihre Miene wurde weicher. Schließlich bildete sich eine Falte zwischen ihren Augen, und auch ihr Blick wurde sanfter. »Wie geht es deinem Rücken?«

Er wollte sie schon anlügen, ihr sagen, dass er sich gut fühle, aber dann brachte er es nicht über sich. Es gab schon zu viele Lügen und Auslassungen zwischen ihnen. »Er schmerzt ein bisschen. Erinnerst du dich noch an die alte Verletzung, von der ich dir erzählt habe?«

Iris schloss die Augen. »Es tut mir so leid, Blue.«

»Du hattest Angst. Ich habe dir Angst gemacht, und das tut *mir* leid.«

Es wäre ein Leichtes für sie gewesen, diese Vorlage anzunehmen und ihm die Schuld zuzuschieben. Vor allem, weil Blue es erwartet hatte und es ihm auch nichts ausgemacht hätte. Aber sie überraschte ihn, als sie den Kopf vehement schüttelte.

»Du hast mich nicht erschreckt«, widersprach sie und senkte dann ihre Stimme, als Fred sich in der Nähe der Tür zu schaffen machte. »Was wir gotan haben, war … war doch wirklich gut. Ich habe nur eben … Angst bekommen. Ich habe früher einmal eine schlechte Erfahrung gemacht.«

Sie sah ihn bei diesen Worten nicht an, und das allein hätte schon genügt, alle seine Alarmglocken schrillen zu lassen. Aber ihre Stimme, das Zittern in ihrer Stimme, durchfuhr ihn wie ein Schlag. Er richtete sich auf und wetzte seine mentalen Messer.

»Hat dir jemand wehgetan?« *Wo ist er? Sag mir, wo er steckt, und ich werde die Scheiße sofort aus ihm herausprügeln.*

Iris seufzte, sah ihn jedoch noch immer nicht an. »Es war eigentlich eher anders herum, obwohl der Schmerz wohl beidseitig war.«

Blue legte eine Hand auf ihre Wange, drehte sanft ihren Kopf zu sich herum und zwang sie, ihn anzusehen. In ihren Augen zeichnete sich der Schmerz ganz deutlich ab. Er rang nach Worten, nach den richtigen Worten. Iris sprach offenbar nur sehr selten über sich, und er konnte sich kaum vorstellen, welche Überwindung es sie gekostet haben musste, ihm das zu erzählen.

»Nächstes Mal«, erklärte er sanft, »brauchst du nur *nein* zu sagen.«

»Nächstes Mal? Willst du mich wirklich noch einmal in deine Nähe lassen?«

Blue lachte. Er konnte nicht anders. Die Vorstellung, es nicht zu tun, war einfach zu lächerlich.

Iris errötete allmählich, und er fragte sich schon, ob er einen Fehler gemacht hatte. Doch dann zuckten ihre Mundwinkel, und die Unsicherheit in ihrem Blick verblasste. Diese Veränderung war so entzückend und kam so unerwartet, dass Blue schlagartig aufhörte zu lachen. »Meine Güte«, flüsterte er, »du bist so wunderschön.«

Es verschlug ihr den Atem, aber sie sagte nichts darauf, sondern starrte ihn einfach nur an, als hätte sie zum ersten Mal ein nettes Wort über sich gehört. Er hätte sie jetzt so gern geküsst, dass er schon fürchtete, sein Herz werde zerspringen.

Dann entspannte sie sich und lächelte. »Mit solchen Komplimenten, Blue«, erwiderte sie sehr leise, »kommst du … überall hin.«

»*Ich* bedauerlicherweise nicht«, mischte sich Fred ein, der gerade aus der Tür zu ihnen trat. »Ich habe Ihren Wohnwagen untersucht. Mir ist aufgefallen, dass Sie keinen Rauchmelder haben. Sie sollten ihn unbedingt ersetzen, es ist wesentlich sicherer, wenn man so ein Ding hat.«

Blue sah Iris an und wartete, was sie dazu sagen würde. Sie sah Fred an. »Danke.«

»Keine Ursache«, erwiderte er. Aber jetzt hatte er wieder diesen seltsamen Blick, den Blue überhaupt nicht mochte. Außerdem fiel ihm auf, dass Fred gar nicht nach seinem Namen gefragt hatte. Nicht ein einziges Mal.

»Sie sind ein merkwürdiger FBI-Agent«, meinte er.

»Und Sie haben für meinen Geschmack etwas zu viele Meinungen.«

»Klar. Anstatt mit uns zu reden, sollten Sie eigentlich auf der Suche nach diesem Psychopathen sein, der Iris bedroht hat.«

»Haben Sie nicht Lust, mir dabei zu helfen? Da Sie sich doch bei all dem hier so engagieren.«

»*Sie* sind der FBI-Mann. Ich bin nur ein einfacher Elektriker. Ich glaube, Sie schaffen das schon allein.«

Fred lächelte, aber sein Blick blieb kühl. »Sie und ich. Na ja … später.« Was auch immer er damit meinte.

Der FBI-Agent ging zu seinem Wagen zurück.

»Liegt es eigentlich an mir?«, fragte Iris, »oder hassen dich alle Männer?«

Blue lachte. »Nur ganz bestimmte. Ich wirke besonders abstoßend auf geborene Arschlöcher.«

Iris lächelte. Es war ein schwaches, aber entzückendes Grinsen.

»Gut«, meinte Blue. »Sehr gut, Iris. Du bist bereit weiterzukämpfen.«

»Bedeutet ein Lächeln so etwas?«

»Manchmal. Meiner Erfahrung nach lächeln Leute nicht so ohne Weiteres, es sei denn, sie haben etwas, wofür es sich zu leben lohnt. Und ich meine damit ein echtes Lächeln, nicht dieses aufgesetzte Grinsen, mit dem uns Agent Fred verwöhnt hat.«

»Er wirkte diesmal ein bisschen gekünstelt, das stimmt.«

Iris sah zu, wie der FBI-Agent seinen Wagen startete und davonfuhr. »Glaubst du, ich hätte ihm von der Kamera erzählen sollen?«

»Ich glaube, du hast es ganz richtig gemacht.«

»Es gibt Sachen, die ich niemandem zeigen möchte.«

»Das weiß ich.«

»Und wenn das FBI oder die Polizei die Person findet, die diese Kamera versteckt hat, und wenn es da Bänder oder Aufzeichnungen geben sollte…«

»Genau«, meinte Blue. »Du willst nicht, dass diese Aufzeichnungen die Runde machen. Mehr brauchst du mir gar nicht zu sagen.«

»Das muss ich wirklich nicht, oder?« Iris klang fast staunend, als sie sein Gesicht musterte. »Warum, Blue? Bist du nicht neugierig?«

»Doch«, gab er zu.

»Und?«

»Und… nichts. Du wirst es mir schon sagen, wenn du so weit bist.«

Ihre Miene wurde härter. Vielleicht war sie auch unentschlossen. Blue seufzte. »Iris, du hast weit Wichtigeres, worüber du dir im Augenblick den Kopf zerbrechen könntest.«

»Stimmt.« Sie grub ihre Fingernägel so fest in die Handfläche, dass Blue schon befürchtete, sie würde sich verletzen. »Also, was soll ich tun? Wie soll ich diese Sache wieder geradebiegen?«

»Das sollst du gar nicht.« Blue nahm ihre Hand, bog ihre Finger auf und streichelte ihre Handfläche, glättete die tiefen Eindrücke, die ihre Nägel hinterlassen hatten. »*Wir* werden es wieder geradebiegen, Iris. Zusammen. Ich bin ein Detektiv, schon vergessen? Also werde ich mal ein bisschen herumfragen. Ich werde dich beschützen und dir helfen, das Leben zu führen, das du führen möchtest.«

Er hatte Angst, ihr ins Gesicht zu sehen, sich ihrem Blick

zu stellen, aber sie schwieg so lange, dass er schließlich keine Wahl hatte. Er sah hoch und bemerkte, wie sie ihn mit großen Augen anstarrte. Ihre bernsteinfarbenen Augen schimmerten in einem goldenen Licht.

»Ich habe Angst, dir zu vertrauen«, sagte sie. »Ich habe Angst, dass du nicht echt bist.«

Eine Maske, eine Illusion – dass er nur nett war, weil er etwas von ihr wollte, dass er aber später, wenn die Stimmung umschlug, zu einem anderen Mann werden würde. Schwach, armselig, boshaft…

»Ich bin nicht vollkommen«, antwortete Blue. »Aber ich habe dir schon gesagt, Iris, dass ich dich… mag.«

»Du magst mich«, gab sie zurück. »Wie sehr magst du mich?«

Am liebsten hätte er wieder gelacht. »Ich mag dich so sehr, dass es mich nicht von dir fernhält, wenn du mir nicht vertraust. Obwohl ich dich genug mag, um mir zu wünschen, du würdest mir vertrauen.«

»So wie du das sagst, klingt das sehr einfach.«

»Ist aber nicht einfach, nein.«

»Das fühlt sich merkwürdig an. Als würde ich etwas Gefährliches tun.«

»Weil du es auch tust.«

»Das Gefährlichste, was ich jemals getan habe, was?«

»Vielleicht. Aber kannst du dir die Alternative vorstellen?«

Es überraschte ihn, dass sie lachte. »Dass ich meine Pumps nicht mit dir teile? Oder meinen Schrank ganz allein nutzen kann?«

»Welchen Schrank?« Er grinste. »Ich persönlich würde lieber die Küche noch mal inspizieren.«

Iris senkte den Kopf. »Ich weiß nicht, ob das eine gute Idee ist, Blue. Ich meine, wenn wir beide so… zusammen sind.«

»Ich halte es sogar für eine fantastische Idee.« Er berührte ihr Kinn. »Außerdem bin ich zäh. Und widerstandsfähig.«

»Diesmal vielleicht«, murmelte sie, richtete sich dann auf und sah nach links. Ihr Blick richtete sich in die Ferne. »Jemand kommt … Pete und Daniel.«

»Ah.« Blue fragte sich, ob ihr klar war, wie viel sie eigentlich von sich verraten hatte, indem sie ihm zeigte, wie ausgezeichnet ihr Gehör war. »Und du hast all diese Gesellschaft satt?«

»Das kommt drauf an.« Iris sah ihn an. Ja, dachte er, sie weiß genau, was sie gerade getan hat.

»Iris«, begann er, aber als er weitersprechen wollte, schienen die Worte in seinem Mund zu gefrieren. Was sollte er auch sagen? Die Wahrheit? Dass er wusste, *was* sie war? Dass er Freunde hatte, die ebenfalls Gestaltwandler waren? Dass seine eigene Menschlichkeit sich ebenfalls ein wenig außerhalb der Norm befand? Zum Teufel, er hatte ihr doch nicht einmal gestehen können, dass Daniel und er Brüder waren. Das war noch viel schlimmer.

»Was ist denn?« Sie runzelte die Stirn. »Blue?«

»Du bist nicht allein«, erwiderte er.

Ihre Miene verfinsterte sich, als sie ihm in die Augen sah. »Das weiß ich.«

»Nein«, widersprach er. »Das weißt du nicht. Nicht wirklich.«

Pete bog um die Ecke, dicht gefolgt von Daniel. Blue hörte auf zu sprechen. Iris' Miene verdüsterte sich noch mehr, als sie die Neuankömmlinge sah.

»Irgendwas stimmt da nicht«, murmelte sie. »Pete sieht nicht sonderlich glücklich aus.«

Sie hatte recht. Petes Miene wirkte durch seine fleischigen Wangen, den gesenkten Kopf und die hochgezogenen Schultern noch mürrischer.

Daniel war weniger zu durchschauen, aber seine Miene

wirkte ebenfalls hart. Seine Augen schimmerten kalt, ein Ausdruck, der ohne Zweifel zu den Perrineaus gehörte. Er sah Blue an, aber sein Blick wirkte nicht einschüchternd, jedenfalls nicht mehr als Blues eigener Ausdruck. Blutsbande waren eben Blutsbande. Aber Blue wollte jetzt lieber nicht darüber nachdenken, wie sehr sie beide ihrem Vater ähnelten.

Daniels Miene veränderte sich sofort, als er Iris ansah. Sie wurde weicher, besorgter, fast melancholisch, oder, das musste man ihm zugestehen, beinahe süßlich. »Iris«, murmelte er, aber sie schüttelte den Kopf und brachte ihn zum Schweigen.

»Mir geht's gut«, sagte sie. »Wie hat sich die Presse benommen?«

»Das Hotelmanagement ist stinksauer, dass du den Journalisten aus dem Weg gegangen bist«, erklärte Pete grimmig. »Sie drohen damit, dein Honorar einzubehalten, wenn du nicht vor die Kameras trittst, so wie wir es besprochen haben.«

»Sie können mein Honorar einbehalten, solange sie wollen. Ich kündige, bevor ich mich so von ihnen herumschubsen lasse.«

»Sie werden dich nicht feuern, und du wirst auch nicht kündigen«, erklärte Pete entschlossen. »Du brauchst das Geld, und sie brauchen dich. Aber sie können dir trotzdem Ärger machen. Besser ist es, ein wenig zu kooperieren, die Bestien zu beruhigen, wenn du es so ausdrücken willst. Dann kann man verhandeln.«

»Dieses Wort befindet sich aber gar nicht in meinem Vokabular.«

»Lügnerin.«

»He!«, protestierte Iris. Blue rückte näher und legte ihr die Hand auf den Rücken.

Pete und Daniel bemerkten es, und der Blick, den ihm

sein Bruder zuwarf, wirkte undurchdringlich. Es tat weh, so weh, dass Blue fast zusammengezuckt wäre. Gleichzeitig überraschte ihn diese Reaktion sehr. Und es überraschte ihn auch, dass er sich schuldig fühlte, als verrate er wegen seiner Gefühle zu Iris jemanden.

Pete mahlte mit dem Kiefer. »Junge, ich bin auch hier, um mit dir zu reden.«

»Stimmt was nicht?«, erkundigte sich Blue.

»Könnte man so sagen.« Der alte Mann seufzte und rieb sich das Gesicht. »Ich will nämlich, dass du gehst. Und zwar sofort.«

Blue sah ihn scharf an. »Du hast mir einen Tag versprochen.«

»Und der Tag ist vorbei. Die Sonne geht in einer Stunde unter.«

»Pete Reilly.« Iris' Stimme klang hart. »Was geht hier vor?«

»Geschäfte«, erwiderte der alte Mann. »Meine Geschäfte, Iris. Und Blue wird kein Teil davon sein.«

Sein Magen fühlte sich plötzlich leer an, so wie sein Herz. Er lauschte Petes Worten, die durch sein Hirn hallten, Worte, die so gar nicht zu den Augen des alten Mannes zu passen schienen oder zu seinem Blick, der eine ganz andere Geschichte erzählte, indem er zu sagen schien: *Bleib.*

Jemand hatte ihn unter Druck gesetzt. Das hier stinkt doch zum Himmel. Blue sah seinen Bruder an, aber Daniel starrte ebenfalls Pete an, und zwar sichtlich überrascht. Vielleicht sogar beunruhigt.

»Du kannst ihn doch gar nicht feuern«, sagte Iris. In ihre Stimme mischte sich ein fast verzweifelter Unterton. »Nicht nach alldem, was heute passiert ist. So, wie er mir geholfen hat. Das ist doch einfach lächerlich.«

»Ich habe nicht vor, das zu diskutieren, Iris. Er muss einfach gehen. Mach es bitte nicht schwieriger, als es sein muss.«

Sie wollte schon widersprechen, aber Blue legte ihr sanft die Hand auf die Schulter. »Nicht betteln. Tu das bitte nicht. Nicht für mich.«

Ihre Augen glühten auf, rasch und atemberaubend. Für alle bis auf Blue hätte es auch eine Spiegelung der Sonne sein können. Und obwohl sie ihn nicht küsste und auch nicht umarmte, spürte er doch ihren Geist, der sich an ihn lehnte, als bestünde ihr Schatten aus Elektrizität. Es war fast zu viel, jedenfalls mehr, als er ertragen konnte.

Ich will dich, dachte er und versuchte, es ihr mit seinen Blicken zu sagen. Ich glaube, ich liebe dich.

»Blue«, sagte Pete. Dieser unerklärliche, geheimnisvolle Pete, der ihn immer noch mit diesen sanften und traurigen Augen ansah, die so gar nicht zu seinem harten Mund und der kalten Stimme passten.

»Dies hier ist noch lange nicht vorbei«, antwortete Blue ruhig. Aber er sprach zu Iris, und zwar ausschließlich zu Iris, als würde nichts anderes existieren – nur sie. Sie nickte grimmig und ballte die Hände zu Fäusten. Daniel beobachtete sie ebenfalls.

Blue packte das Hemd seines Bruders und zog ihn an sich, sah ihm scharf in die Augen. »Du hattest recht, Daniel. Du kennst mich wirklich nicht. Nicht im Geringsten. Aber pass auf sie auf. Pass ja auf sie auf. Sonst, das schwöre ich dir bei Gott, werde ich all das tun, wozu du mich für fähig hältst, und das wird dir einen verfluchten Schrecken einflößen.«

Daniel zuckte nicht zusammen, sein Blick flackerte nicht einmal. Stattdessen nickte er und biss die Zähne zusammen. Blue ließ ihn los und stieß ihn ein Stück zurück.

Alles ging zum Teufel. Das war die Geschichte seines Lebens.

Blue sah Iris an. »Gib Petro einen Kuss von mir.«

Sie lachte erstickt, aber ihre Augen schimmerten verdächtig. Er gab ihr nicht einmal die Chance, etwas zu sagen – sein Herz hätte es nicht ertragen können.

Blue verschwand, und zwar schleunigst.

9

In der Wüste der Menschen, an jenem Ort, wo Beton und Stahl die heiße Erde bedeckte, war es Abend geworden. Das letzte Erröten des Tages überzog süßlich den Horizont. Iris spielte mit dem Gedanken, ihre Raubkatzen ins Wohnmobil zu packen, ganz gleich, wie wenig Platz sie dort hatten, und gemeinsam mit ihnen die Stadt zu verlassen. Einfach nur zu fahren, direkt in den Sonnenuntergang, bis sie in der Sonne verbrannten.

Pete war fort. Er war ins Hotel zurückgegangen, hatte sich in irgendein Loch verzogen, in eine Höhle, in die er ihrer Meinung nach auch gehörte. Sie würde nicht mehr mit ihm reden, nie wieder. Er hatte sich geweigert, ihr irgendwelche Gründe zu nennen, hatte gar nichts gesagt, und sie hatte auch seinen Geruch nicht verstehen können, der müde, traurig und schmerzlich gewesen war und so gar nicht zu seinem Verhalten zu passen schien.

Ebenso wenig, wie sie den Schmerz in ihrem Herzen begriff: wegen eines Mannes, den sie doch kaum kannte.

Dies hier ist noch lange nicht vorbei. Blues Stimme hallte noch immer in ihrem Kopf, ebenso kräftig wie das Geräusch seines Herzschlags – wie die Elektrizität in seinem Duft.

Sie lag im Zwinger der Raubkatzen flach auf dem Rücken. Cons schwerer Schädel ruhte auf ihrem Bauch, während sich Boudicca um ihren Kopf gelegt hatte. Petro lag neben ihr, Lila über seinem Rücken. Sie dösten mit halb geschlossenen Augen. *Faule Löwen.*

Dann hörte Iris ein leises Seufzen. Daniel. Er saß mit gekreuzten Beinen vor dem Zwinger, mit dem Rücken an den Maschendraht gelehnt. Er hatte kein Wort gesagt, seit Blue weggegangen war, sondern war ihr nur schweigend gefolgt, wie ein Geist, und hatte dabei jede ihrer Bewegungen beobachtet. Sie war viel zu müde und zu aufgewühlt, um ihn zum Teufel zu jagen.

Aber jetzt seufzte er erneut. »Du hättest mit ihm gehen können, Iris«, sagte er leise.

Das war leicht gesagt und auch ziemlich gedankenlos dahergeredet. Natürlich hätte Iris nicht einfach den Zirkus verlassen können. Blue hatte das gewusst, er hatte doch gesagt, *dies hier ist noch lange nicht vorbei*, und dass Daniel jetzt so etwas sagte, und es auch noch glaubte …

»Du kennst mich nicht«, erklärte sie. »Du kennst mich überhaupt nicht.«

»Das bekomme ich in letzter Zeit häufiger zu hören. Noch etwas öfter, und ich werde bald unsicher.«

»Lass das bloß nicht Pete hören. Er könnte dich auch feuern.«

»Das tut er vielleicht ohnehin. Ich stecke in der Klemme, Iris.«

»Du bist richtig arrogant geworden, das ist es«, beschuldigte sie ihn, während sie in den dunklen Himmel sah, der eine tiefblaue Färbung angenommen hatte. »So nennt sich deine Art *Klemme.*«

»Arrogant«, wiederholte Daniel leise. »Ja.«

»Ja«, murmelte sie. »Warum magst du Blue nicht, Danny?«, fragte sie dann.

Er antwortete nicht. Das Schweigen dehnte sich aus, und Iris wartete.

»Möchtest du mit mir zu Abend essen?«, fragte Danny.

Iris hätte sich beinahe aufgerichtet, um ihn anzusehen. »Danny!«

»Nein«, erwiderte er entschlossen. »Ich will nicht über ihn reden. Nicht jetzt. Außerdem bin ich hungrig. Und du musst auch hungrig sein.«

»Danny…«

»Es braucht keine Verabredung zu sein, Iris. So dumm bin ich wirklich nicht.«

Iris schloss die Augen. »Du benimmst dich irgendwie so anders, Danny. Du bist nicht mehr derselbe Mann wie heute Morgen.«

Er lachte, leise und ganz und gar nicht amüsiert. »*Danny*. Du hast mich immer Danny genannt. Aber Danny ist eben jemand anders. Ein ruhiger Mann mit einer Neigung zur Dramatik. Jetzt sprichst du mit Daniel.«

Dem konnte sie nur zustimmen. Trotzdem musste sie die Frage stellen. »Und wer ist Daniel?«

»Das steht auf einem anderen Blatt.« Er sprach leise, und der Zaun knarrte, als er aufstand. Iris setzte sich auf, und Con rollte sich von ihr herunter.

Sie sah Daniel an. Sein Gesicht wirkte erschöpft und ausgelaugt.

»Und – das Dinner?«, fragte er erneut. Iris erinnerte sich flüchtig daran, dass sie einmal in diesen Mann verliebt gewesen war und dass er jetzt immer noch ein Freund sein könnte.

»Einverstanden«, sagte sie.

Wenn sie durch das Miracle ging, hatte Iris das Gefühl, sie wäre eine Schauspielerin in einem Theaterstück. Allerdings galt das für die meisten Hotels in Las Vegas. Üppige Dekorationen, gleißende Lichter, Glitzer, Glitter und Pomp, all das hinter prunkvollen Fassaden, die billige Gerüste verbargen, die lediglich der Show dienten. Allerdings war nichts auf dem Strip für die Ewigkeit geplant. Nicht einmal sie selbst, obwohl es interessant war, ihr eigenes Gesicht und die Raubkatzen auf einem Poster in der Nähe der Eingangshalle zu entdecken. Es war sowohl interessant als auch ein wenig beunruhigend. Ihre Mutter hatte sie immer vor öffentlichen Fotos gewarnt. Sie hatte diese Fotos verachtet. Iris hatte nie herausfinden können, was eigentlich der Grund dafür gewesen war.

Sie hat vieles getan, was du nicht verstanden hast. Zum Beispiel, dass sie verschwunden ist.

Vor zwei Jahren. Sie war einfach gegangen, hatte weder ihre Kleider noch ihr Geld mitgenommen, gar nichts, und nur einen Zettel hinterlassen, mit einer nicht allzu erleuchtenden Erklärung.

Die Wildnis ruft, hatte ihre Mutter geschrieben. *Die Wildnis ruft, und ich muss diesem Ruf folgen.*

Blödsinn! Alles nur ein Haufen Blödsinn. Iris hatte es nicht verstanden und würde es auch niemals verstehen. Sicher, sie erinnerte sich daran, dass ihre Mutter in jenen Wochen vor ihrem Verschwinden rastlos gewirkt hatte. Jedes Mal, wenn sie Iris angesehen hatte, hatte etwas Scharfes in ihrem Blick gelegen. Als schätzte sie sie ab, als führte sie eine Art Bestandsaufnahme durch und schätzte jede Stärke und Schwäche mit derselben kalten Präzision ein, die alle Handlungen ihrer Mutter kennzeichnete.

Daniel und sie traten auf die Straße, in die Menschenmenge und in den Gestank hinaus. Prostituierte drängten sich an den Ecken. Ihre Haare wurden durch die vorbeirasenden Wagen hochgeweht. Um sie herum verteilten kleine schwitzende Männer aufdringlich Handzettel, die Fotos von nackten Frauen zeigten. Der ganze Bürgersteig war davon bedeckt, davon und auch von Katalogen, Handzetteln und großen und kleinen Karten. Alle hatten nur ein Thema: Sex, Sex, Sex. Iris dachte an den Liebesbrief, der auf ein Stück Haut geschrieben war, und knirschte mit den Zähnen.

Um sie herum wogte die Menschenmenge. Staub hing in

der trockenen Luft. Daniel ging voraus, und Iris folgte ihm. Sie wurde gestoßen, berührt, war von Frauen und Männern umlagert, von ganzen Familien mit glotzenden Kindern im Schlepptau. Der Anblick und die Geräusche überwältigten ihre Sinne.

Es gibt einen Grund, warum du das Gelände des Miracle niemals verlassen hast, dachte sie und zupfte Daniel am Ärmel. »Müssen wir noch weit gehen?«, fragte sie.

Daniel stockte und betrachtete ihr Gesicht. Ohne ein Wort zu sagen trat er an den Rand des Bürgersteigs und winkte ein Taxi heran. Iris seufzte.

Die Luft in dem Wagen war ein Gemisch aus Zigarettenrauch, Lufterfrischer und billigem Parfüm. Die Plastiksitze waren klebrig. Die Leopardin rührte sich in ihrer Brust, träumte von der offenen Wüste, von Bergen und Wäldern, vom Laufen.

Iris und Daniel redeten kein Wort, während das Taxi durch den dichten Verkehr auf dem Strip glitt. Sie dachte an Blue, während sie die Passanten auf dem Fußweg musterte, die Gesichter der Männer betrachtete, die wie Geister in diesem Moloch aus Neonlicht vorüberglitten und nach einer Magie in dieser kühlen Nacht suchten. Es waren harte Gesichter und auch weiche Gesichter, müde Gesichter. Sie alle träumten von Vergnügungen, von einem kleinen Risiko, von etwas Tollem, das sie behalten und mit nach Hause nehmen konnten.

Man verlässt Las Vegas niemals mit leeren Händen. Geht es nicht genau darum?

Aber wenn Iris diese Stadt verließe, was mochte sie dann mitnehmen? Ruhm, Pracht, Geld. Aber nichts davon zählte. Nichts davon war für immer.

Und du glaubst, Blue wäre schon für immer? Du glaubst, Blue würde länger bei dir bleiben als ein pralles Konto? Du glaubst tatsächlich, er hielte länger aus als bis zum letzten

Klatschen, er wäre bereit, mit einer Frau ins Bett zu gehen und neben einer Leopardin aufzuwachen?

Iris erinnerte sich an seine Augen, an seine warmen großen Hände. An die Intensität und Leidenschaft, die er wie einen leisen Donner ausgestrahlt hatte, wie klare Blitze, die sie umgeben hatten, sie emporgehoben und zu ihm gezogen hatten.

»Wir sind da«, meinte Daniel. Iris konnte nur sein Profil erkennen, das sich deutlich gegen das blitzende Rot und Gold abhob. Einen Augenblick lang erinnerten seine Nase und Stirn an Blue, und sie zwang sich, tief Luft zu holen. Was allerdings auch nichts nützte: Daniels Geruch erinnerte sie ebenfalls an Blue.

Gott, war sie erbärmlich!

Fremont Street. Die Show hatte schon begonnen. Einen Moment lang standen Daniel und sie mit offenem Mund wie Zombies da und verrenkten sich die Hälse, während sie auf das Feuerwerk starrten, das gerade auf dem gigantischen Bildschirm, der über ihren Köpfen montiert war, explodierte. Elektrische Lava strömte knisternd darüber, explodierte, wandelte sich zu Feuerwerk und Schatten, zu gigantischen Ausbrüchen von Nacht und kosmischen Regenbögen. Die Musik dröhnte, und Iris schob verstohlen die Hände zu ihren Ohren. Schließlich gab sie den Stolz ganz auf und hielt sie sich zu, während sie vor Schmerz zusammenzuckte. Daniel bemerkte es, dann gingen sie weiter.

Die Casinos und Hotels hatten während der Show ihre Neonreklamen abgestellt; die ganze Straße wurde nur von den grellen Lichtern auf dem Bildschirm dreißig Meter über ihnen erhellt. Iris starrte auf ihre Arme, auf die Gesichter ringsum, und hatte das Gefühl, in Feuer zu baden.

Die Straße war zwar von Restaurants gesäumt, aber Daniel führte sie in das Golden Nugget Casino. Vor der Tür drängte sich eine Menschenmenge, und Iris und Daniel mussten sich gewaltsam hindurchschieben. Für einen kleinen Moment geriet Iris in Panik. Wenn sie sich jetzt wandelte, wenn jetzt das Fell ihren Körper bedeckte, hier, wo jeder es sehen konnte …

»Wie bist du auf dieses Casino gekommen?«, erkundigte sie sich.

»Natalya hat mir davon erzählt. Sie meinte, die Steaks wären hier ausgezeichnet.«

Iris hatte sich sehr zurückgehalten. Das Golden Nugget war erst das zweite Hotelcasino, das sie seit ihrer Ankunft in Las Vegas besuchte. Die Eingangshalle war hell, bestand zwar aus Marmor, wirkte aber nicht ganz so protzig wie die des Miracle. Daniel führte sie ins Casino und über einen mit Teppich ausgelegten Weg, der am Rand der Spielhölle entlangführte.

Das Casino sah aus, als wäre es für jemanden mit dem kitschigen Geschmack einer Elster entworfen worden. Überall gab es billigen Glitter und Lichter, alles, was die Augen und das Herz verlockte und ihnen zuflüsterte: *Komm her, komm zu mir*. Jedenfalls hatte es diese Wirkung auf alle Männer und Frauen, die nur für das Dollarzeichen lebten. Iris verstand die Anziehungskraft von Glücksspielen nicht, ebenso wenig wie sie begreifen konnte, dass viele Menschen ihr ganzes Leben und ihren Besitz riskierten. Das Geld, das sie so mühsam verdienten, warfen sie einfach weg, auf Tische oder in Geldautomaten, als wären es Rettungsanker auf einem sinkenden Schiff. Dabei waren es doch Anker, die sie hinabzogen, sie und alle anderen, die sich von diesem harten, kalten Geld abhängig gemacht hatten.

Daniel fragte nicht, ob sie ihr Glück versuchen wollte. Das musste sie ihm hoch anrechnen, auch wenn sie nicht genau wusste, ob sein Schweigen in der Hinsicht zu deuten war, dass er sie verstand. Er roch nervös, sein Blick glitt unaufhörlich umher, streifte Menschen, dann die Sicherheitsmonitore und auch die Sicherheitsbeamten.

»Alles okay?«, fragte sie ihn.

»Alles ist gut, obwohl ich allmählich glaube, dass es doch eine dumme Idee war.«

»Hier sollten wir jedenfalls sicher sein. Ist ja ziemlich voll.«

»Das ist eben das Problem.« Er sah sie scharf an. »Tut mir leid, Iris. Ich hatte vergessen, wie sehr du solche Orte verabscheust. Wir können auch wieder gehen, wenn du möchtest.«

Sie seufzte. »Jetzt sind wir hier. Versuchen wir einfach, das Beste daraus zu machen.«

Als sie das Restaurant erreichten, das am anderen Ende eines langen und anstrengenden Marsches durch ein lärmendes Casino-Labyrinth lag, war Iris nicht mehr in der Stimmung zu essen. Daniel war immer noch viel zu still, und das Durcheinander in seinem Geruch bereitete ihr Unbehagen. Außerdem vermisste sie Blue.

Du kennst ihn doch noch gar nicht. Jedenfalls nicht richtig.

Dennoch roch er immer genau so, wie seine Worte klangen. Gerüche logen nicht. Es verblüffte sie, wie viele Menschen logen, selbst wegen der unbedeutendsten Dinge. Blue jedoch hatte niemals eine Seite seines Wesens vorgetäuscht, um dann eine andere vorzuziehen. Er war kein Wolf im Schafspelz. Er hielt etwas vor ihr zurück, ja, das zu erkennen war kein Problem. Aber ironischerweise war er auf seine Art trotzdem *geradeheraus.* Selbst wenn der größte Teil seines Lebens noch ein Rätsel für sie war, hatte er ihr doch das Gefühl vermittelt, als kenne sie ihn besser als jeder andere – es war eine Art Herzenswissen, ein Bauchgefühl, eine winzige Stimme, die in ihrem Hinterkopf flüsterte: *Ja, ja, er ist es.*

Iris war klar, dass sie eine sehr merkwürdige Art und Weise hatte, ihm das zu zeigen. Ihn durch das Zimmer zu schleudern, wegzulaufen und einen Nervenzusammenbruch zu bekommen. Sich wie eine verängstigte Idiotin zu benehmen, und zwar, weil sie tatsächlich so viel Angst hatte.

Sehr romantisch. Genau das richtige Verhalten, damit die Jungs bleiben.

Das Restaurant des Golden Nugget hatte hübsche Tischdecken und war in dunklem Holz eingerichtet; es strahlte gediegene Sachlichkeit aus, vermutlich, um das krasse Äußere auszugleichen.

Iris hatte eine private Vereinbarung mit dem Management des Miracle, was ihr Essen betraf. Sie hatte Tickets bekommen, sodass sie jedes Mal ans Büfett gehen konnte, wenn ihr danach war. Und von den Köchen im Restaurant bekam sie frisches Obst und Gemüse. Dies war nicht einfach nur Mildtätigkeit – es gab einfach zu viele Nahrungsmittel.

Die Luft roch nach Fett und Bier. Die Schlange am Eingang war recht lang, und obwohl Daniel reserviert hatte, führte eine Kellnerin sie zur Bar. Dort sollten sie warten, bis man einen Tisch für sie vorbereitet hatte. Die Bar entsprach allerdings nicht gerade dem Ort, den sich Iris gewünscht hatte, um entspannt aufs Essen zu warten. Zu viele Leute saßen da, außerdem war es stickig. Männer stießen sie an, überschütteten sie mit ihren Gerüchen, starrten auf ihre Brüste. Münder grinsten ihr entgegen.

Jedenfalls gelang es Iris, niemandem in die Hoden zu treten. Daniel überließ ihr den einzigen freien Hocker und stellte sich quer neben sie, um sich an den glatten Tresen lehnen zu können. Über der Bar hing ein TV-Gerät, CNN war eingestellt. Das Programm schien ihr zwar nicht besonders geeignet, sich dabei zu betrinken, aber Iris hielt sich auch nicht unbedingt für eine Expertin, was dieses Thema anging. Alle anderen schienen sich dabei jedenfalls prächtig zu amüsieren.

»Was willst du trinken?« Daniel winkte den Barkeeper heran.

»Eine Coke. Ohne irgendwas anderes.« Ein betrunkener Gestaltwandler war, unterm Strich betrachtet, kein sehr schlauer Gestaltwandler. Sie hatte ja schon genug Probleme, sich zu beherrschen, wenn sie aufgeregt war.

Daniel bestellte sich ein Bier. Während sie auf ihre Drinks warteten, zeichnete er Kreise auf den polierten Tresen. Draußen klingelten misstönend die Geldautomaten, während das dumpfe Gemurmel von Stimmen, betrunkenen und nüchternen, wie Gezeiten wogte. Es war der Herzschlag der Stadt, die auch einen besonderen Geruch hatte: nach Geld, Aufregung, Erregung und Verzweiflung. Das waren harte, raue Gerüche. Sie würden niemals schöner oder sanfter werden, ganz gleich, wie geschickt Las Vegas auch versuchte, ihre Blicke blenden.

»Gehst du oft aus?«, erkundigte sich Iris. Sie wusste nicht, was sie sagen sollte, aber das Schweigen zwischen ihnen fühlte sich irgendwie schwer und viel zu peinlich an. Es sollte kein Date sein, aber es machte eben genau diesen Eindruck. Auch wenn sie keine sonderlich große Erfahrung in dieser Hinsicht hatte. Sei ehrlich, dachte sie. Du bist vierundzwanzig Jahre alt und könntest ebenso gut in einem Kloster aufgewachsen sein.

Klar, sie würde ja auch eine tolle Nonne abgeben.

»Das ist das erste Mal seit unserer Ankunft hier, dass ich den Zirkus überhaupt verlassen habe«, erklärte Daniel.

»Das ist doch schon Monate her. Daniel, du bist ja noch schlimmer als ich!«

Er lächelte und zeichnete weiterhin Kreise auf das Holz. »Ich habe gerade versucht, wieder auf die Beine zu kommen. Ich musste über sehr viel nachdenken, da war mir nicht sonderlich nach Ausgehen zumute.«

Ihre Drinks kamen; sie wurden in Gläsern serviert, die so groß waren, dass man darin hätte ertrinken können. Iris nahm ihre Cola und hob das Glas zu einem Toast: »Aufs Ausgehen! Und – wir sollten ein neues Leben führen.«

»Wie wär's damit, das Leben zu behalten, das wir schon haben?« Daniel lächelte wehmütig. »Dafür würde ich eine ganze Menge geben.«

»Die Dinge verändern sich«, meinte Iris, während sie über ihr eigenes Leben nachdachte. »Man will es vielleicht nicht, aber so ist es eben.«

Daniel trank sein Bier und beobachtete sie über den Rand seines Glases hinweg. Iris wich seinem Blick aus; viel zu eindringlich und prüfend war er.

»Du liebst ihn«, sagte er schließlich. »Blue.«

Iris schüttelte den Kopf, ihre Wangen glühten. »Nein.«

Er lächelte traurig. »Ist schon okay.«

»Und das hört man von einer Person, die Blue vom ersten Moment an gehasst hat.«

»Stimmt«, räumte er ein. »Ich habe ihn tatsächlich gehasst. Aber jetzt weiß ich nicht mehr genau, was ich empfinde. Eifersucht vielleicht?«

Iris schüttelte den Kopf. »Es ist kein großes Geheimnis, dass ihr beide euch kennt. Hast du Lust, es mir zu erklären?«

»Er hat es dir nicht gesagt?«

»Ich habe ihn nicht gerade deswegen bestürmt. Und ich will auch dich nicht unter Druck setzen.«

»Du bist viel zu … freundlich, Iris.«

»Na ja.« Sie lächelte und trank einen Schluck. »Also … wir waren bei Blue … «

»Wir sind Fremde«, meinte Daniel. »Das stimmt tatsächlich. Ich habe einfach nur zufällig … von ihm gewusst, das ist alles.«

»Sein Ruf ist ihm vorausgeeilt?«

»So ähnlich.«

»Er hat mir erzählt, dass er ein Detektiv ist.«

Daniel nickte. Sein Geruch war beißend vor Anspannung. »Das wusste ich.«

Iris starrte ihn an, als es ihr so plötzlich dämmerte, dass

sie fast gekeucht hätte. »Meine Güte! Du warst es... Er hat nach dir gesucht, nicht wahr? Er wurde deinetwegen hergeschickt. Deshalb hast du auch angefangen, von deiner Familie zu sprechen!«

Daniel verzog das Gesicht. »Iris, er *ist*... meine Familie.«

Jetzt hätte sie fast ihr Glas fallen lassen. Daniel reagierte zwar blitzschnell und hielt es noch fest, aber die Cola schwappte schon über ihrer beider Handgelenke. Sie wollte etwas sagen, aber ihre Stimme gab keinen Laut. Daniel wurde rot. Er schnappte sich eine Serviette und tupfte ihre Hand ab.

»Tut mir leid«, murmelte er. »Ich hätte mir denken können, dass dich das ein bisschen überrumpelt.«

»Ach wirklich?«, fuhr sie ihn an. »Was seid ihr denn? Brüder?«

»Halbbrüder«, erwiderte Daniel und zuckte beiläufig mit den Achseln, allerdings ohne sie anzusehen. »Es ist allerdings das erste Mal, dass wir uns sozusagen von Angesicht zu Angesicht gegenüberstehen.«

Iris ließ sich gegen den Tresen sinken. »Ich glaube das einfach nicht!«

»Ich konnte es auch nicht glauben, als ich ihn sah«, murmelte Daniel finster. »Ich habe Blue nur erkannt, weil unser Vater gern Fotos von ihm herumgezeigt hat, um mich zu quälen.«

Iris hob die Brauen. »Er hat dich damit gequält?«

»Es ist ein Spiel, das mein Vater gerne spielt. Es gefällt ihm sehr, andere Leute wie ein Stück Dreck zu behandeln.«

»Und Fotos von Blue konnten das bewirken?«

»Nicht die Fotos allein. Sondern dass mein Vater sie immer benutzt hat, um mich an meine... Unzulänglichkeiten zu erinnern.«

Jetzt brauchte sie wirklich etwas Stärkeres als Cola. »Was soll das denn jetzt heißen?«

»Alles, was du willst.« Daniel zuckte erneut die Achseln und leerte sein Glas. »Ich glaube nicht, dass Blue überhaupt davon weiß. Soweit mir bekannt ist, hatte der Alte niemals etwas mit ihm zu schaffen.«

Iris schloss die Augen. Brüder. Daniel und Blue waren Brüder. Was auf eine verdrehte Art und Weise auch wieder ganz logisch erschien. Jedenfalls erklärte es die Ähnlichkeit ihrer Gerüche und dass sie ab und zu gedacht hatte, wie sehr sie sich ähnelten.

»Wow!«, stieß sie schließlich hervor. »Wie schräg wird dieser Tag denn noch?«

Daniel unterdrückte ein Lachen. »Ich fürchte mich etwas davor, das herauszufinden.«

Iris ging es nicht anders. »Hast du schon mit Blue … darüber gesprochen?«

»Nein. Wir … tanzen sozusagen ein wenig umeinander herum.«

»Ich würde eher sagen, dass ihr euch beinahe in Stücke reißt.«

»Angesichts unserer Familiengeschichte wäre das passender, als du dir vorstellen kannst.«

»Okay …«, meinte Iris. »Weißt du denn wenigstens, warum er hier ist?«

»Ich dachte es jedenfalls. Jetzt bin ich aber nicht mehr sicher. Er ist nämlich … keineswegs das, was ich erwartet habe.«

»Nein«, murmelte sie. »Das scheint er mir wirklich nicht zu sein.«

Erneut lächelte er traurig. »Da ist es wieder. Du liebst ihn.«

»Ich liebe ihn nicht. Ich kenne ihn doch kaum.«

»Ich habe dich seit Monaten beobachtet, Iris. Du bist lustig, entzückend und vermutlich überhaupt die hinreißendste und talentierteste Frau, die ich jemals kennen gelernt habe.

Aber du gehst niemals aus, du hast keine engen Freunde, und du fasst auch niemanden an. Niemals, nicht mal zufällig.«

»Ich bin eben nicht so der Kuscheltyp. Und? Verklag mich doch!«

»Das hat nichts mit Kuscheln zu tun, Iris. Erst dachte ich, du hättest irgendeine Art von Phobie, aber nach einer Weile wurde mir klar, dass du einfach nur… verschlossen warst. Du warst so daran gewöhnt, mit dir allein zu sein, dass du dir keine Alternative dazu vorstellen konntest. Damit will ich dich nicht kritisieren. Ich bin ja genauso. Nur nicht… ganz so…«

»Danke«, erwiderte sie bissig.

Daniel zuckte mit den Schultern. »Typen wie wir… Es ist schon etwas Besonderes nötig, um uns aus unseren Muscheln zu locken. Wir sind viel zu sehr daran gewöhnt, allein zu sein. Vielleicht weil wir zu viel Angst vor dem haben, was passieren könnte, wenn wir mit einem anderen zusammen sind. Also, als ich dich dann mit Blue gesehen habe, Iris… du hast ihn berührt, du hast zugelassen, dass er dich berührte…« Er sah sie vielsagend an. »Rote Flagge, Iris. Eine große, knatternde rote Fahne!«

»Das klingt ja fast so, als hätte ich was Falsches getan.«

»Nein.« Er schüttelte den Kopf. »Nichts Falsches. Falsch ist nur, dass du nicht ein einziges Mal zugeben kannst, dass du ihn magst.«

»Ich mag ihn ja. Wahrscheinlich mag ich ihn wesentlich mehr, als du ihn magst.«

»Sehr wahrscheinlich«, knurrte Daniel. »Die Frage ist nur, was willst du diesbezüglich unternehmen? Was wirst du vor dir selbst zulassen?«

Iris kniff die Augen zusammen. »Ich mag es jedenfalls nicht, wenn mich Leute analysieren, Danny. Das setzt ein Maß an Arroganz voraus, das ich nicht sonderlich schätze.

Und ehrlich gesagt gehen meine Gefühle für Blue dich doch auch gar nichts an. Wirklich überhaupt nichts.«

»Arroganz ist mein zweiter Vorname, Iris. Und ich analysiere dich auch nicht. Ich denke nur laut.«

»Zu deinem oder meinem Vorteil?«

»Beides.«

»Also haben wir ein Problem. Wir haben Schwierigkeiten, Leuten zu vertrauen. Tolle Sache, Danny. Warum reden wir überhaupt drüber?«

»Weil Blue die einzige Person ist, über die wir beide unaufhörlich nachdenken müssen.« Er verzog den Mund zu einem ironischen Lächeln. »Die einzige Person, die wir nicht ignorieren können. Und wenn keiner von uns beiden den Mut dazu aufbringt, sich mit dem auseinanderzusetzen, was seine Gegenwart mit uns anstellt, dann sind wir bald beide erledigt.«

Iris sah in ihren Drink. »Jetzt wirst du aber melodramatisch.«

»Ich fühle mich auch melodramatisch!« Daniel schob das leere Bierglas weg. »Aber ich habe recht damit, und das weißt du auch. Man hat mich dazu erzogen, ihn zu hassen, und dass ich es nicht tue, nicht mehr jedenfalls, fühlt sich irgendwie merkwürdig an. Als könnte ich mir nicht mehr trauen.«

»Wcil du Angst hast, dass er dir wehtut«, erklärte sie. »Oder dass du ihm wehtust. Und du weißt jetzt nicht, ob du der Richtung trauen sollst, in der du erzogen wurdest, oder dem, was dein Herz dir sagt.«

»Sehr poetisch.« Daniels Hand rückte unwillkürlich ein Stück dichter an ihre. »Du kannst die Zukunft niemals mit der Vergangenheit planen.«

»Warum solltest du das auch tun?«, meinte Iris. Sie zögerte lange, bevor sie seine Hand tätschelte. Kurz, aber immerhin lächelte er weich.

»Ich habe zu lange gewartet, bis ich dich um ein Rendezvous gebeten habe«, sagte er. »Aber wahrscheinlich hättest du ohnehin Nein gesagt.«

»Schwer zu beantworten«, erwiderte Iris. »Und ich bin immer noch nicht überzeugt, was Blue angeht.«

»Ich auch nicht. Unser Vater hat so viel Charme, dass er selbst die Engel dazu bringen könnte zu meinen, dass sie sich wie Teufel benehmen sollten. Und wenn Blue ihm auch nur ein bisschen ähnlich ist, wird er sich holen, weshalb er gekommen ist, und dich dann verlassen. Er wird dich aufbauen und dich zerstören, bis du nur noch eine Hülle bist, bis selbst deine Erinnerung an das Leben, das du vorher geführt hast, dir so wehtut, dass du dir lieber eine Rasierklinge nehmen und deinem Leben ein Ende setzen möchtest, als dich weiterhin mit den Lebenden abzugeben. Männer wie er, ich meine jetzt unseren Vater, tun das mit solchen Frauen wie dir. Sie wissen einfach nicht, wie man liebt.«

»Himmel.« Iris sah ihn entsetzt an. »Nimm ein paar Wohlfühlpillen, okay?«

»Tut mir leid. Ich hab es nur sagen wollen, das ist alles.«

»Klar.« Iris schob ihr Glas zurück. »Danke für den entzückenden Abend. Ich glaube, ich werde das Essen lieber ausfallen lassen.«

»Gut«, antwortete er noch, dann aber verstummte er. Er hatte sie ohnehin nicht angesehen, doch jetzt war sein Blick an dem Fernsehgerät hängen geblieben, und er erstarrte.

Iris drehte sich um. Sie sah nur ein Foto, das Gesicht eines Mannes, der trotz seines Alters und seiner Falten ausgesprochen gut aussah. Er hatte einen kräftigen Blick, tiefliegende Augen, blau und durchdringend. Unter seinem Foto standen ein Todesdatum und ein Bildtext, in dem von Herzinfarkt und Verlust die Rede war, und davon, wie sehr die Welt um ihn trauere.

Vielleicht ein Teil der Welt, aber sicher nicht der Teil, aus dem Iris stammte. Sie hatte keine Ahnung, wer der Mann war.

Daniel dagegen schon. Sie sah es seinem Gesicht an. Seine Miene war … einfach schrecklich. Vollkommen erschüttert und verzerrt. Außerdem war er kreidebleich.

»Danny«, murmelte sie, aber er schien sie gar nicht zu hören. Auf dem Bildschirm tauchte eine Journalistin auf und nannte einen Namen. Felix Perrineau. Sie sprach von einer Bestattung, die am Vortag stattgefunden hätte, und ratterte eine beeindruckende Liste von Trauergästen herunter, Berühmtheiten, Geschäftsmogule – und sogar ein ehemaliger Präsident. Weitere Journalisten tauchten auf, Kommentatoren, die alle wie widerliche kleine Haie grinsten, während sie eine geschmacklose Diskussion über den Wohlstand des alten Mannes führten und darüber spekulierten, wie Mr. Perrineaus Besitz aufgeteilt werden würde, und dass all diese Reichtümer seinem einzigen Kind in den Schoß fielen, einem Sohn, der gerade erst entdeckt worden war, von dem niemand wusste und der zurzeit auch nicht zu erreichen war.

All das erklärte jedoch noch nicht, warum Daniel von dem Tod eines solchen sehr reichen Kerls so erschüttert war. Doch als sie die Sendung verfolgte, über den bombastischen Journalismus von CNN staunte und sich insgeheim fragte, wie sie wohl über ihre, Iris', Geheimnisse schwadronieren würden, zeigte der Sender ein Foto von Felix Perrineaus Sohn und Erben – und der sah genauso aus wie Daniel. Und zwar ganz genau so.

»Oh«, stieß Iris hervor. »O mein Gott!«

»Scheiße«, murmelte Daniel. »Scheiße!«

Er wirkte erschüttert, entsetzt. Iris wollte ihn berühren, aber diesmal zuckte *er* zurück, wie ein Kind, das einen harten Schlag erwartete. Er zog die Schultern zusammen, seine Brille rutschte die Nase herunter, er versuchte, sich zu verstecken, er wollte weniger er selbst sein.

Und er roch nach Furcht. Nach Schmerz. Er roch nach all diesen Dingen, die Iris bei jedem anderen Mann in die Flucht getrieben hätten. Ein Nervenzusammenbruch stand unmittelbar bevor, er würde auf offener Straße verrückt werden. Das war nicht gut, das war ganz und gar nicht gut.

Wenn man vom Teufel spricht, dachte Iris und erinnerte sich an all das, worüber sie eben noch gesprochen hatten. Was für ein schrecklich gutes Timing.

»Es tut mir leid.« Daniel starrte auf das Fernsehgerät. »Ich habe keine Nachrichten gesehen und auch keine Zeitungen gelesen …« Er unterbrach sich und sah Iris an. »Mein Vater ist tot. Ich kann es nicht glauben. Dieser Hundesohn ist tatsächlich erledigt.«

»Danny«, murmelte sie, aber er kniff die Augen zusammen und schüttelte den Kopf. Seine Schultern bebten. Tränen, dachte Iris. Und Daniel weinte tatsächlich. Aber statt in Schluchzen auszubrechen, statt zusammenzubrechen …

… begann er plötzlich zu lachen.

Es dauerte einen Moment, bis Iris die Wahrheit registrierte. Es war ja zu unerwartet, viel zu bizarr. Daniel schlug die Hände vor den Mund, doch er konnte das Geräusch des Lachens nicht unterdrücken, das aus seinem Mund drang. Es war hysterisch, er stand kurz vor einem Nervenzusammenbruch, aber das Lachen war dennoch echt. Es klang schmerzhaft und erstaunlich echt.

Iris sagte seinen Namen. Daniel taumelte zurück. Die Leute beobachteten sie mittlerweile schon. Iris fragte sich, ob es wohl schlecht wäre, wenn ihn hier jemand erkannte.

Sie wollte ihm folgen, aber Daniel schüttelte den Kopf. Er ließ die Hände sinken, ballte sie zu Fäusten und presste sie auf seinen Bauch. Der Boden unter ihren Füßen vibrierte, und zwar so stark, dass die Gläser auf dem Tresen klirrten. Iris spreizte die Füße, als das Beben noch schlimmer wurde. Leute schrien ängstlich auf.

Iris hatte jedoch keine Angst. Sie beobachtete Daniel. Eine Ader trat auf seiner Stirn hervor, als er ihr in die Augen starrte. Sie hatte das Gefühl, als beobachte sie, wie eine Decke auf ihn herabsank und einen gewaltigen, zerquetschenden Druck ausübte.

Langsam, ganz langsam verebbte das Beben wieder.

»Tut mir leid«, flüsterte Daniel heiser. »Es tut mir so leid.«

»Nein, nicht«, sagte sie, aber es war schon zu spät. Er wirbelte herum und rannte davon, stürmte durch die Menschenmenge; rücksichtslos, fast brutal. Iris versuchte ihm zu folgen, und schaffte es auch bis zu den Geldautomaten. Doch dann schoss eine kräftige Hand aus dem Nichts hervor und packte ihren Arm. Die Hand zog so heftig an ihr, dass sie taumelte. Atemlos und erschreckt über die Kraft dieses Griffes, drehte sich Iris herum.

Der Mann, der sie festhielt, war klein und dunkelhäutig und hatte ein Gesicht, das sie niemals vergessen würde.

»Meine Liebe«, sagte er lächelnd. »Jetzt ist es so weit.«

10

Las Vegas brannte im Neonlicht. Blues Hirn fühlte sich an, als stünde es in Flammen, als er sich gegen eine schmale Mauer neben der türkisgestreiften Markise und Fassade des Horseshoe-Casinos lehnte. Sein rechtes Bein zitterte etwas, er ging in die Hocke. Diese Haltung bot aber eher eine psychologische Entlastung als eine körperliche. Blue hätte sich am liebsten auf dem Bürgersteig ausgestreckt, seinen Körper und seinen schmerzenden Kopf gekühlt, aber das hier war Fremont Street, *downtown.* Hier ging es nicht so frei und schmuddelig zu wie auf dem Strip, und er spürte bereits, wie die Polizisten, die in der Nähe patrouillierten, ihn aus den Augenwinkeln beobachteten.

Also hockte er sich einfach hin und beobachtete unter seinen Wimpern hervor die vielen Leute am Eingang des Golden Nugget, der in all seiner messingfarbenen Pracht auf der anderen Seite des von Touristen überlaufenen Bürgersteigs prunkte. Er versuchte, jeden Gedanken an ein dringend benötigtes weiches Bett oder an Schlaf einfach zu verdrängen, an eine lange und ausgedehnte Auszeit, in der er von nichts Stärkerem umgeben wäre als höchstens von einer Batterie.

Wenn du noch länger hierbleibst, dachte er, werden deine Schilde zusammenbrechen.

Vor zwei Wochen, vor der Bombenexplosion, wäre das kein Problem gewesen. Aber die Explosion, dieser ständige Schmerz in seinem Kopf…

Iris.

Blue knirschte mit den Zähnen. Er konnte die Türen des Golden Nugget durch die Menschenmenge kaum erkennen. Die meisten warteten darauf, dass die Lichtshow auf dem Viva!-Vision-Bildschirm über ihnen erneut begann. Zwölf Millionen Lampen, Hunderttausende von Watt, und alle dröhnten wie Presslufthämmer in seinem Schädel. Die Casinos waren kaum besser; das Horseshoe und das Golden Nugget fühlten sich wie Vulkane an, die kurz vor dem Ausbruch standen: Feuer, das sich in Elektrizität verwandelte, Elektrizität, die in ein brennendes Inferno überging.

Die Energie sprach zu ihm; nur eine Berührung, ein begehrliches Flüstern. Ein Gedanke – und die Welt würde dunkel werden. Las Vegas wäre tot.

Tu es. Tu es und finde heraus, wie es sich anfühlt, eine ganze Stadt in die Knie zu zwingen.

Unbehaglich trat Blue von einem Fuß auf den anderen. Ein älteres Ehepaar, das in der Nähe vorbeiging, warf ihm ebenso unbehagliche Blicke zu, bevor beide dann hastig wegsahen und sich durch die Menschenmenge drängten. Was sie wohl in seinem Gesicht gesehen haben mochten? Blue kam zu dem Schluss, dass er es lieber gar nicht wissen wollte. Heute Abend herrschte eine Dunkelheit in ihm, eine Härte, die immer gefährlicher geworden war, seit er Iris verlassen hatte. Er konnte das bittere Gefühl auf der Zunge schmecken, den Geschmack von Blut.

Nein. Er kämpfte gegen die alte Versuchung an. Du musst die anderen beschützen. Das ist das Wichtigste.

Denn er wollte nicht mit dem Preis leben, den dieses Nachgeben gekostet hätte, er wollte keine Person sein, die sich berechtigt fühlte, Schaden anzurichten, nur weil sie es konnte. Große Macht zog auch großes Verantwortungsgefühl nach sich und so weiter. Außerdem wollte er nicht seinen lebenslangen Kampf um Kontrolle über Bord werfen, nur um … nur weil er …

Weil du wissen willst, wie es sich anfühlt, wie dein Vater zu sein. Rücksichtslos und ohne jedes Gewissen. Ein vollkommenes, gerissenes Ego. Besäße er aber deine Gabe…

Dann stehe Gott uns bei. Angewidert unterdrückte Blue den Gedanken und konzentrierte sich auf das Golden Nugget. Ob er hineingehen sollte? Iris und Daniel waren vor Kurzem dort verschwunden, und obwohl Blue seinen Bruder durchaus für fähig hielt, Iris zu beschützen, und außerdem wusste, dass sie sehr gut auf sich allein aufpassen konnte, beunruhigte es ihn doch, dass er Iris nicht mehr sehen konnte. Es war schon schwer genug gewesen, seinen Taxifahrer dazu zu bringen, ihnen in dem dichten Verkehr auf dem Strip auf den Fersen zu bleiben, und es war ihm auch nicht leicht gefallen, Abstand zu halten, als er ihnen beiden zu Fuß gefolgt war. Aber jetzt, da er ihr so nah war…

Er hatte eigentlich vorgehabt, Santoso zu fangen, als er zum Miracle zurückgekehrt war. Doch stattdessen waren ihm Daniel und Iris ins Netz gegangen; unterwegs zu der Verabredung, von der sie ihm erzählt hatte.

Na, und wenn schon! Schließlich hast du nicht über ihre Leben zu bestimmen!

Das mochte ja sein, über sein eigenes aber schon! Und das war zurzeit ausschließlich dem Bemühen gewidmet, sie zu beschützen.

Und was seinen Bruder betraf…

Die Menge wogte hin und her; Blitzlichter flammten auf, und die Touristen verrenkten sich die Hälse, während sie in verschiedenen Sprachen miteinander redeten, weiterhin den dunklen Schirm anstarrten und warteten. Blue hörte das schwache Klingeln von Geldautomaten, das Gebimmel eines Karussells. Darunter mischte sich der Sound einer Gitarre. Jemand spielte einen alten Elvis-Song; er zupfte die Melodie, die Noten wehten sanft durch die Luft. Zarte Töne auf einer harten Straße.

Er roch Parfüm. Ein sehr bekanntes Parfüm.

Die kalte Mündung einer Pistole presste sich gegen seinen Hinterkopf, während sich ein langer honigbrauner Schenkel fest an seine Schulter drückte. Sein Körper wurde an die Wand geschoben und verbarg damit die Waffe.

»Sie sind wirklich ein merkwürdiger Mann«, sagte eine Stimme, die ihm ebenfalls bekannt vorkam. »Ein äußerst merkwürdiger Mann.«

»Aber nicht sonderbarer als Sie«, antwortete Blue und drehte langsam den Kopf herum. Die Frau neben ihm hatte ihr Äußeres gründlich verändert; jetzt trug sie langes dunkles und etwas strähniges Haar, das über ein weites, mit Flecken übersätes T-Shirt fiel. Dazu weite Shorts und abgeschabte Tennisschuhe. Und eine schwarze Bauchtasche sowie natürlich eine Sonnenbrille.

»Nette Verkleidung«, bemerkte Blue.

»Ich werde gesucht«, erwiderte sie. »Einer von Santosos Männern hat Sie heute erkannt und aus dem Gefängnis angerufen. Ich konnte nur mit großer Mühe mein Leben retten.«

»Aber trotzdem sind Sie noch hier.«

Die Waffe drückte fester gegen Blues Schädel. »Vielleicht wollte ich Sie ja bestrafen, weil Sie mir bei meinem Job in die Quere gekommen sind.«

»Wenn Sie wirklich eine Auftragskillerin sind, dann verstehen Sie aber nicht gerade viel von Ihrem Job.«

»Und Sie haben keine Ahnung, wie man vernünftig Small Talk macht.« Die Frau seufzte. »Und weglaufen können Sie auch nicht.«

»Ich gebe eben nicht auf.«

»Nein«, murmelte sie. »Das tut keiner von euch.«

»Und was soll das bedeuten?«

»Es bedeutet, dass Sie und Ihre Agentur einen gewissen Ruf haben, Mr. Perrineau. Keinen schlechten Ruf, ganz und gar nicht, aber doch einen, der ein gewisses Maß an… Naivität offenbart.«

»Naivität.« Blue schüttelte grimmig grinsend den Kopf. »Sie scheinen wirklich über alles Mögliche ein bisschen zu wissen, stimmt's?«

»Das hab ich mir zur Aufgabe gemacht.«

»Gehört es auch zu Ihrer Aufgabe, Männer wie Santoso auszuspionieren?«

Die Frau antwortete nicht. Ihr Körper verdeckte immer noch die Waffe, die sie an seinen Kopf presste; Polizisten standen in der Nähe, aber Blue hatte nicht vor, sie um Hilfe zu bitten. Dafür war er viel zu sehr von dieser Frau fasziniert. »Wenn Sie etwas über die Agentur wissen, oder wenn Sie etwas über mich wissen, dann müsste Ihnen doch klar sein, dass wir anderen Leuten keinen Schaden zufügen. Sie können uns trauen. Sie können *mir* trauen. Wir könnten zusammenarbeiten.«

»Sie sind ein Narr«, antwortete die Frau, aber es klang diesmal nicht unfreundlich. »Sie sind ein Narr, wenn Sie so etwas sagen und es auch noch glauben. Sie wissen nichts über Ihre Agentur.«

»Dann erleuchten Sie mich doch«, erwiderte er. Langsam wurde er wütend. »Geben Sie mir irgendetwas, das hilfreich wäre. Zum Beispiel Ihren Namen… statt so überheblich zu tun, nur weil Sie irgendetwas wissen, das ich offenbar nicht weiß.«

»Immer mit der Ruhe«, murmelte sie, ließ ihre Waffe jedoch mit einer Handbewegung verschwinden. Sie beugte sich vor, die Spitzen ihrer synthetischen Haare berührten seinen Schädel. »Sie wollen Santoso, aber er ist nur ein Rädchen im Getriebe einer viel größeren Maschine, und wie eine Maschine hat man ihn auch dazu gebracht zu gehorchen. Alles, was er ist, alles, was er geworden ist, hat man ihm beigebracht. Er hat sich überhaupt nichts selbst verdient.«

»Sie wollen damit sagen, er wäre nur ein Strohmann?«

»Ein sehr gefährlicher Strohmann allerdings. Er ist mit dem Auftrag in die Vereinigten Staaten gekommen, seine Operation auszudehnen und neue ... Investoren zu finden.«

»Und ist ihm das gelungen?«

»Ja«, sagte die Frau sehr ruhig. »O ja.«

Blue betrachtete ihren Mund, ihr Kinn. Alles andere war unter der Perücke und der Brille versteckt. »Sie wurden geschickt, um herauszufinden, für wen er arbeitet, nicht wahr?«

»Es hat mich Jahre gekostet, sein Vertrauen zu gewinnen«, sagte sie leise. »Und viele Opfer erfordert. Und Ihretwegen ...«

Sie hielt inne. »Sie hätten mich sterben lassen können«, sagte Blue.

»Ja«, antwortete sie und sah zum Golden Nugget hinüber. Ihre Schultern versteiften sich. »Stehen Sie auf. Sofort, Mr. Perrineau."

Blue gehorchte und folgte ihrem Blick. Er unterdrückte einen Schrei, als er Daniel plötzlich vor dem Casino stehen sah. Sein Bruder hatte die Schultern hochgezogen, sein Gesicht war rot, und er wirkte so verloren wie ein kleiner Junge.

Iris war nicht bei ihm.

»Mist!«, murmelte er und setzte sich in Bewegung. Die Frau hielt seinen Arm fest. Ihre Finger waren wie Stahl, ihr Griff tat weh.

»Was will er hier?«, flüsterte sie harsch. »Ist er allein gekommen?«

»Nein«, antwortete Blue grimmig, während er seinen Bruder beobachtete. »Nein, er hat eine Freundin mitgebracht.«

Die Frau stöhnte leise auf, und das passte so wenig zu ihrer kalten, so gefährlichen Haltung, dass Blue sie jetzt anstarrte. Sie betrachtete Daniel, und plötzlich begriff er es;

seine Instinkte schrien ihn förmlich an. Er riss ihr die Sonnenbrille vom Gesicht.

Die Frau zuckte zusammen und sah ihn an. Ihre Augen waren bernsteinfarben. Und nicht einmal menschlich. Er sah die geschlitzte Iris.

Es waren Katzenaugen.

»Oh.« Dann sah Blue noch mehr als nur ihre Augen: ihr Gesicht, ihre Wangenknochen. Und er erinnerte sich auch an die Art und Weise, wie sie Iris angestarrt hatte, als diese unten auf der Bühne ihre Show vorgestellt hatte.

Die Frau presste die Lippen zu einem weißen Strich zusammen. Es war eine eigensinnige Miene, und dazu glich sie noch einer, die Blue bereits bei einer viel jüngeren Frau gesehen hatte. Sie streckte die Hand aus. Blue ließ die Sonnenbrille in ihre Handfläche fallen, und langsam setzte sie sie wieder auf.

»Santoso ist im Golden Nugget«, sagte sie kalt und vollkommen ruhig. »Ich bin ihm hierher gefolgt. Sie sagten, Daniel hätte eine Freundin mitgebracht?«

Erneut versuchte Blue, sich zu bewegen. Der Griff der Frau wurde nicht schwächer, aber sie beugte sich vor. »Kümmern Sie sich um Ihren Bruder.« Ihre Stimme klang jetzt so gefährlich, dass sich seine Nackenhaare aufrichteten.

Dann war sie verschwunden, lief leichtfüßig durch die Menschenmenge über die Straße, zum Eingang des Golden Nugget. Blue folgte ihr und sah, wie sie Daniel erreichte und sein Hemd in Höhe der Brust packte. Der junge Mann hatte keine Zeit für eine Reaktion, dafür war sie einfach zu schnell. Sie drehte sich herum und schleuderte ihn hart und schnell in Blues Arme.

Die beiden Männer stürzten zu Boden, prallten gegen irgendwelche Touristen und rissen alle, die in der Nähe standen, mit hinunter. Blues Körper schrie auf, während Sterne vor seinen Augen explodierten, aber er versuchte trotzdem aufzustehen. Und stellte fest, dass Daniel noch über ihm lag.

»Du Hundesohn«, knurrte Blue und schob Daniel weg. »Du hast sie allein gelassen!«

Mehr konnte er nicht sagen. Vor dem Golden Nugget tauchten Männer in Anzügen auf; ein Blick genügte, und Blue wusste, dass es nicht gerade Leute vom Sicherheitsdienst waren. Sie hatten die gleichen kalten Augen wie jene Männer, die Daniel in einen Hinterhalt gelockt und versucht hatten, Iris zu entführen. Sie hatten die gleichen Anzüge, den gleichen Körperbau. Es waren Schläger, die man nach ihrem Aussehen und ihrem Temperament einfach so ausgesucht hatte wie Schlachtrösser oder Jagdhunde. Sie lächelten, als sie Blue und Daniel sahen. Es war, als hätten sie ihre Beute gewittert.

Blue rappelte sich hoch. Er sah, wie sich Polizisten durch die Menschenmenge schoben. Santosos Männer sahen sie ebenfalls. Sie wichen etwas zur Seite aus. Die Musik dröhnte, und über ihren Köpfen erwachte der Viva!-Vision-Bildschirm zum Leben. Farben zuckten darüber. Daniel stand ebenfalls auf und starrte die Männer an.

»He«, meinte einer der Schläger und näherte sich ihnen. Die Polizisten und die Leute um sie herum schienen ihn gar nicht zu interessieren. »He, du reiches Bübchen. Kommst du freiwillig mit?«

»Ehm… nein.« Daniels Wangen waren nass, vielleicht von Tränen. Er sah Blue an. »Du steckst doch nicht zufällig dahinter, nicht wahr?«

»Wir stehen auf derselben Seite, du Arschloch.«

»Na klar. Als wenn du es mir übel nehmen könntest, dass ich gefragt habe.«

»He!«, mischte sich der Schläger ein.

»Natürlich kann ich dir das verübeln!«, fuhr Blue seinen Bruder an. »Habe ich dir irgendetwas getan? Auch nur ein Härchen gekrümmt?«

»Noch nicht«, murmelte Daniel.

Der Schläger verdrehte die Augen. »Also gut, lassen wir die Kugeln sprechen.«

»Wie du meinst«, sagte Blue. Die Männer in den Anzügen näherten sich ihnen und griffen unter ihre Jacken nach ihren Pistolen. Die Polizisten waren nicht mehr weit entfernt, aber offensichtlich kümmerte das niemanden. Dies hier würde eine richtige Schweinerei werden.

»Daniel«, Blue spreizte die Beine. »Hättest du nicht Lust, dich zu retten?«

»Ich liebe diese Fangfragen. Was soll ich denn tun?«

»Stoßen!«, sagte Blue und ließ seine Schilde sinken.

Noch im selben Augenblick gingen alle Lichter aus.

Hätte Iris nicht mitten in einer Spielhalle gestanden, die bis zum Rand mit Sicherheitskameras und gewöhnlichen Menschen vollgestopft war, die sich nur amüsieren wollten, sie hätte vielleicht alle Vorsicht in den Wind geschlagen und der Leopardin, die in ihrer Brust losschrie, eine Chance gegeben, Blut zu lecken. Vielleicht hätte sie dem Mann vor ihr das Herz aus der Brust gerissen, um es ihm dann in den Hals zu stopfen. Auch wenn das vielleicht ein wenig drastisch gewesen wäre.

Bedauerlicherweise war es aber der falsche Moment. Ihr ganzes Leben floss gerade den Gully herunter.

»Wir müssen wirklich aufhören, uns immer auf diese Art über den Weg zu laufen«, sagte sie. »Sonst könnte ich noch auf den Gedanken kommen, dass Sie mir nachstellen.«

Der Griff des Mannes wurde fester. »Nachstellen ist so ein hässliches Wort. Ich ziehe es vor, es eine … eine Art Neuerwerbung zu nennen.«

»Das ist auch nicht viel besser«, antwortete Iris. »Wirklich nicht.«

Der Mann lächelte. »Die beunruhigende Zukunft. Für uns

alle ist es dasselbe, das versichere ich Ihnen. Das Unbekannte kann so… furchtbar erschreckend sein.«

Die Menschenmenge wurde allmählich dünner. Das Casino erstreckte sich in alle Himmelsrichtungen, glitzerte vor goldenen Kronleuchtern und Neonlichtern. Vor den Geldautomaten lungerten Frauen auf Hockern herum, die mit Tierdrucken bezogen waren. Ihr Haar war farblos, ihre Augen trübe. Hinter ihnen standen in einem losen Kreis eine Reihe von Männern in Anzügen. Alle rochen sie nach Zigaretten und schmutziger Unterwäsche, ihre Augen aber waren dunkel und kalt.

»Es wäre keine gute Idee, wenn Sie jetzt eine Szene machten«, sagte der Mann. »Ich weiß, dass Sie gern schreien würden. Kreischen und Zeter und Mordio schreien und uns die Sicherheitsleute auf den Hals hetzen.«

»Gibt es einen Grund, warum ich das nicht tun sollte?«

»Aber sicher.« Er schnippte mit den Fingern. Einer seiner Schläger trat vor. Er hatte eine große Tasche in der Hand. Sie war schwarz, aus Leder und eckig. Iris wunderte sich, dass niemand sie angehalten und sich überzeugt hatte, dass keine Bombe darin war. Außerdem roch die Tasche auch recht merkwürdig. Nach Blut.

Es waren immer noch nicht viele Leute da, und in ihrer Nähe hielt sich überhaupt niemand auf. Der Rest der Anzugträger trat näher und bildete einen engen Kreis, als der Mann mit der Aktentasche den Deckel mit einem Klicken öffnete. Iris würgte, als eine Wolke aus Gestank sie überrollte; sie drehte den Kopf weg, aber die Aktentasche folgte ihr, bettelte darum, dass sie hineinsah.

Sie bemerkte einen Kopf. Blond, irgendwie bekannt und… irgendwie auch ungewöhnlich locker.

»Kevin Cray.« Der Mann ließ sich den Namen auf der Zunge zergehen. »Meine Quellen teilten mir mit, dass er Sie wegen einer Tätlichkeit verklagen wollte. Ich hielt es daher für besser, ihm ein wenig … den Kopf zurechtzurücken, bevor er Ihnen Schwierigkeiten machen konnte.«

Der Deckel wurde geschlossen. Iris knurrte und riss ihren Arm los. Dann ließ der Mann sie los, aber nur kurz. Sie spürte Bewegungen um sich herum und merkte, dass die Mauer aus Männern enger wurde, wie ein lebendiger Käfig. Der Gestank von Körpern und Rauch wurde beinahe überwältigend, zusammen mit etwas Kälterem, etwas wie Bleichmittel. Und die Leopardin entrollte sich in ihrer Brust. *Kämpfe,* flüsterte sie.

»Nennen Sie mir Ihren Namen«, sagte sie zu dem Mann, während sie spürte, wie sich etwas in ihr veränderte. Doch es war diesmal eine Veränderung des Geistes, nicht des Fleisches. Sie war ruhig und unsichtbar.

»Nur für dich, *Layak*«, erwiderte er. »Mein Name ist Santoso.«

»Santoso«, murmelte sie. »Sie sind ein sehr, sehr böser Mann.«

»Ich weiß«, er beugte sich zu ihr. »Oh, das weiß ich sehr gut.«

Es war das Golden-Nugget-Casino, ein öffentlicher Ort, an dem es von Menschen, Sicherheitsleuten und Überwachungskameras nur so wimmelte. Iris öffnete den Mund, um zu schreien und …

… sah, wie eine Frau durch die Passage kam, von der Lobby herüber. Es war eine Frau mit langem, dunklem Haar, einer Sonnenbrille, einem weiten T-Shirt, einem kantigen Kinn, langen, braunen Beinen … Iris spürte einen donnernden Puls in ihrem Körper, einen lautlosen Donner, der wie Wasser durch ihre Knochen schwappte. Alles um sie herum schien zu erstarren. Santoso erstarrte auch, die Männer hinter ihm erstarrten, das ganze Casino erstarrte mitten in diesem schillernden Glanz. In ihr war alles ruhig und stumm geblieben. Die Welt war aschgrau geworden, und das Einzige, was überhaupt existierte, war ebendiese Frau, die nun wie in Zeitlupe ihre Brille absetzte.

Mom, dachte Iris. Ihr Herz hämmerte heftig in ihrer Brust. Mami.

Die Zeit lief weiter, Farben und Bewegungen setzten wieder ein, und Iris sah erstaunt und atemlos zu, wie Serena McGillis geradewegs auf sie zulief, rasend schnell, wie ein Leopard, der durch dünne Luft rauscht.

Santoso drehte sich um, sagte etwas und …

… die Lichter gingen aus. Schreie erfüllten das Dunkel, verwirrte Schreie. Aber Iris' Nachtsicht setzte ein. Sie hämmerte Santoso eine Faust ins Gesicht, und er stürzte flach auf den Hintern. Er schrie auf und rollte sich herum, doch als Iris über ihn hinwegspringen wollte, packte er ihren Knöchel und hielt ihn fest.

Sie versuchte noch, sich zu befreien, hätte ihm auch die Hand abgerissen, wenn es nötig gewesen wäre, aber dann roch sie plötzlich Parfüm, ein vertrautes Parfüm. Und sie spürte einen warmen Körper an ihrem eigenen. Tränen brannten in ihren Augen.

»Baby«, murmelte ihre Mutter. Iris hörte ein reißendes Geräusch. Santoso schrie auf und ließ ihren Knöchel los. Ihre Mutter packte ihre Hand, zog und …

Schüsse peitschten. Serena fiel. Iris schrie. Es war ein leiser, zischender Schrei, weil er ihr in der Kehle stecken blieb, wie bei einem Kind, das viel zu viel Angst hatte, laut aufzuschreien. Etwas Spitzes bohrte sich in ihren Nacken, und glühende Wärme strahlte auf ihren Rücken aus, lief ihr Rückgrat hinunter. Sie drehte sich um, verlor das Gleichgewicht und sank auf ein Knie. Iris roch erst Blut, Parfüm, und sah dann ihre Mutter, die regungslos auf dem Teppich des Casinos lag.

Iris brach zusammen, fiel ebenfalls und konnte ihre Mutter unter dem Parfüm noch riechen, warm, wirklich da und so weich wie Sonne und Honig.

Ein Stiefel traf Iris' Schulter. Und heißer Atem schlug an ihr Ohr.

»Du gehörst mir!«, flüsterte Santoso.

Iris spürte einen zweiten Stich, diesmal in ihrem Arm, und die Welt verschwand.

Downtown Las Vegas war ein wundervoller Ort, wenn alle Lichter erloschen waren. Die Welt in Blues Kopf verstummte. Es war ein süßes Schweigen, das allerdings von sehr menschlichen Schreien gestört wurde, und obwohl er nichts sehen konnte, spürte er in sich eine Woge, die ihn immer höher trug, weiter empor, bis er schließlich so leicht geworden war, dass er fliegen konnte.

»Daniel«, sagte Blue. Einen Augenblick später hörte er lautes Knurren und dumpfe Schläge. Seine Sehkraft stellte sich auf die Dunkelheit ein, und er fühlte seinen Bruder neben sich.

»Erledigt«, meinte Daniel atemlos. »Die Männer sind am Boden.«

»Gut«, antwortete Blue und lauschte den Polizisten, die den Leuten zuschrien, sie sollten Ruhe bewahren. Blinklichter flammten auf, also ließ er sie in Ruhe. Er wollte zwar den Schutz der Dunkelheit, aber er musste nicht gleich bis ins Mittelalter zurückgehen.

Dann lief er zum Hotel, schickte seinen Geist aus, schaltete hier und da ein Licht an, bis es so viele Lichter waren, dass er sich sicher bewegen konnte. Plötzlich hörte er seinen Namen, und einen Moment später tauchte Daniel neben ihm auf.

»Was zum Teufel ist hier los?«, fragte Daniel, als sie durch die dunkle Marmorlobby des Golden Nugget stürmten, wobei sie ein paar orientierungslosen Frauen und Männern auswichen.

»Iris«, erwiderte Blue. »Du hast sie in einem Vipernnest allein gelassen.«

»Sie war doch an … an einem öffentlichen Ort.«

»Öffentlichkeit bedeutet dem Mann, der sie verfolgt, überhaupt nichts. Ich hatte dir gesagt, du sollst dich um sie kümmern.« Blue fuhr herum und packte das Hemd seines Bruders. Als er ihn berührte, wurde die Luft um ihn herum dicker; sein Griff wurde schwächer, seine Finger wurden gewaltsam geöffnet.

»Fass mich nicht an«, flüsterte Daniel. »Erhebe nie wieder die Hand gegen mich. Beim ersten Mal war ich noch geduldig, aber ich schwöre bei Gott, dass ich dir die Knochen brechen werde, wenn du es noch einmal tust. Selbst wenn wir zu einer Familie gehören.«

»Du weißt also, wer ich bin.« Blue knirschte mit den Zähnen. »Du wusstest es von Anfang an und hast kein Wort gesagt.«

»Du auch nicht.«

»Ich hatte meine Gründe.«

»Ich ganz genauso. Ich wusste, dass du mir wehtun würdest und dass du mich nach Hause holen solltest. Aber ich habe mich geirrt, ist es nicht so? Er ist tot. Er ist jetzt tot, und ich habe es nicht gewusst. Ich habe es gerade erst erfahren …«

»Nein«, unterbrach ihn Blue. Die Wahrheit war jetzt ohnehin ans Licht gekommen, und er wollte seinen Bruder nicht hintergehen. Er wollte ihn auf keinen Fall belügen. »Nein, Daniel. Er ist überhaupt nicht tot. Nicht einmal im Entferntesten …«

Daniel starrte ihn an. Seine Verwirrung schlug rasch in eine beißende Wut um, die seine blauen Augen eisig werden ließ. »Dieser Hundesohn. Dieser Mistkerl hat mich reingelegt.«

»Er hat uns beide reingelegt«, sagte Blue. Er hörte Sirenen vor der Lobby, zuckte zusammen und erinnerte sich an Iris. Er konnte sich wieder bewegen.

Daniel und er rannten in das Casino hinein. Dort herrschte das blanke Chaos: Schreie, lautes Weinen, Wimmern. Die meisten Besucher des Golden Nugget waren an den Geldautomaten oder an den Spieltischen gewesen, als die Lichter ausgingen; diejenigen, die versucht hatten, nach draußen zu kommen, hatten sich nur gegenseitig niedergetrampelt.

Das schlechte Gewissen setzte ihm zu. Also schaltete Blue noch ein paar Lampen an.

Doch das Erste, was er sehen konnte, ließ ihn beinah verzweifeln, und dann verschwamm ihm alles vor den Augen. Eine Frau lag auf dem Boden; eine Frau mit langem dunklem Haar und einem Blutfleck auf ihrem T-Shirt. Ihre Sonnenbrille war verschwunden.

Blue lief zu ihr, ließ sich neben ihr auf ein Knie fallen. Der Schmerz zuckte durch sein Bein, aber er unterdrückte ihn und tastete nach dem Puls der Frau. Er fand ihn auch, und zwar kräftig und vollkommen … regelmäßig. Die Frau schlug die Augen auf. Sie waren bernsteinfarben und katzenartig.

»Iris«, sagte sie.

»Daniel!«, fuhr Blue herum. »Hilf mir, sie hier wegzuschaffen!«

»Iris«, wiederholte sie und versuchte sich aufzurichten. »Santoso hat sie verschleppt!«

»Rühren Sie sich nicht!«, knurrte er nur und versuchte, sie am Boden festzuhalten. »Daniel!«

»Zum Teufel«, flüsterte sie und rammte ihm ihr Handgelenk ins Gesicht. Blue taumelte zurück. Sie sprang auf und rannte los. Daniel verfolgte sie, und Blue ebenfalls, obwohl er das Gefühl hatte, sich gleich übergeben zu müssen.

Die Frau verließ die Lobby und rannte zwischen dem Spalier aus Menschen und Maschinen hindurch. Sie bewegte sich fast wie eine Tänzerin, als sie ein paar Kämpfen auswich, die vor ihr stattfanden; an den Spieltischen herrschte nach wie vor die größte Verwirrung. Während des kurzen

Blackouts waren Spieltische geplündert worden, die Sicherheitsbeamten des Casinos spielten Räuber und Gendarm. Sie waren so sehr damit beschäftigt, das Geld zu beschützen, dass sie überhaupt nicht bemerkt hatten, wie eine Frau angeschossen und eine andere gekidnappt worden war.

Iris' Mutter, dachte Blue, der bemerkt hatte, wie ihr Blut den Teppich verschmutzte, während sie aus dem Casino gerannt war. Iris' Mutter, die Gestaltwandlerin. Die engagiert worden war, Santoso Rahardjos Organisation zu infiltrieren und auszuspionieren. Die Blue in diesem indonesischen Slum in die Luft gesprengt hatte, ihm eine Knarre ins Gesicht gehalten und ihn dann – geküsst hatte.

Mist!

Er schickte seinen Geist aus, suchte nach Uhren, Handys, nach irgendeiner geschlossenen Gruppe, die gemeinsam reiste. Aber er stieß auf nichts Bemerkenswertes. Hier waren einfach zu viele Menschen an einem zu kleinen Ort zusammengepfercht. Und er hatte auch nicht mehr Glück, als er dem Summen des Stroms aus dem Casino folgte, auf die Straße hinaus.

Polizeiwagen rasten mit heulenden Sirenen an ihnen vorbei. Iris' Mutter lief bis zum Rand des Fußwegs, und es sah für einen Moment aus, als würde sie sich unter die Räder eines Wagens werfen. Daniel wollte sie aufhalten, aber sie blieb stehen, bevor er sie berühren konnte. Blue hörte, wie sein Bruder ein Keuchen unterdrückte, als sie sich herumdrehte und ihn mit einem kalten, unmenschlichen Blick musterte.

»Du hast meine Tochter verloren«, flüsterte sie. »Du hast sie im Stich gelassen.«

Blue trat rasch vor Daniel. »Er konnte es nicht wissen. Wenn jemand dafür verantwortlich ist, dann bin ich es.«

Die Frau fletschte knurrend die Zähne, wirbelte dann jedoch herum, riss sich die Perücke vom Kopf und ließ sie fallen. Ihr kurzes blondes Haar war schweißnass, klebte an ihrem Kopf – sie fuhr mit den Fingern hindurch, als sie sich auf den Bürgersteig kauerte, dann ein paar Schritte geduckt hin und her ging und wieder zurückkehrte.

»Der Geruch hört hier auf«, sagte sie. Ihre Stimme klang gebrochen, als blute noch etwas anderes als ihr Körper, und auch wenn Blue keinerlei Emotionen in ihren Gesichtszügen entdecken konnte, bemerkte er doch, wie sie zitterte. Er spürte, wie sie dagegen ankämpfte und wusste, dass sie gerade … innerlich starb.

»Sie müssen sofort in ein Krankenhaus«, sagte Daniel, der nicht aufhören konnte, ihre Augen anzustarren.

»Kein Krankenhaus.« Ihre Finger tasteten nach ihrer Wunde, die beträchtliche Aufmerksamkeit der Passanten auf sich zog. »Mein Blut.«

Daniel runzelte die Stirn, aber Blue verstand sie. Das Blut von Gestaltwandlern konnte unmöglich die gleiche Beschaffenheit haben wie das von Menschen, und wenn jemand sie untersuchte oder ihr auch nur in die Augen sah, die offenbar nicht mehr menschlich werden konnten …

Blue hielt ein Taxi an. Als der Wagen stand, trat Iris' Mutter von der Straße zurück und schüttelte den Kopf.

»Dafür habe ich jetzt keine Zeit«, sagte sie und ging weiter über den Bürgersteig. Schnell, aber nicht sonderlich sicher.

»Daniel«, meinte Blue. »Sie muss bei uns bleiben. Wir brauchen sie. Jetzt.«

»Ich wünschte, ich wüsste auch, warum«, murmelte dieser, aber einen Moment später blieb Serena endlich stehen und drehte sich um. Sie bewegte sich ruckartig, wie ein Roboter oder ein Zombie, und es schien ganz klar, dass sie sich mit aller Kraft zur Wehr setzte. Denn als sie schließlich auf sie zukam, lehnte sie ihren gesamten Oberkörper in einem schier unmöglichen Winkel zurück; eine Limbokönigin auf den Straßen von Las Vegas, die sich in einem ruckartigen, fast lächerlichen Gang auf sie zubewegte. Sie hatte die Zähne wütend gefletscht und sah wahnsinnig aus, furchtbar gefährlich. Das Blut auf ihrem T-Shirt tat ein Übriges. Die Leute machten einen großen Bogen um sie. Einige griffen sogar nach ihren Handys. Blue schaltete sie alle ab.

»Wir müssen uns dringend darüber unterhalten«, presste Daniel hervor.

»Das ist jetzt nicht der richtige Zeitpunkt.«

»Und ob er das ist. Was ist hier eigentlich los?«

»Da habe ich aber eine wesentlich bessere Frage. Warum überrascht es dich nicht, dass ich weiß, dass du ein Telekinet bist?«

»Ich habe keine Ahnung, wovon du da redest.«

»Sehr witzig. Du willst mir also sagen, dass du diese Frau nicht zwingst, gegen ihren Willen zu uns zu kommen, indem du nur deinen verdammten Verstand benutzt. Oder vielleicht möchtest du mir ja erklären, aus welchem Grund du nicht gezögert hast, deinen Verstand einzusetzen – bei mir, bei ihr, bei diesen Schlägern auf der Fremont Street oder vor Hunderten von Zuschauern auf einer verfluchten Bühne! *Du* hast vielleicht ein Ego, Daniel. Oder nenn es meinetwegen Gottvertrauen.«

»Es hat gar nichts mit Vertrauen zu tun.« Daniel sah ihn an. »Es interessiert mich einfach nicht.«

Das Taxi wartete immer noch. Iris' Mutter war schließlich wieder bei ihnen angekommen und hatte die Zähne wie eine Raubkatze gefletscht. Blue beugte sich vor und genoss einen Moment lang ihre Hilflosigkeit, ihre Unbeweglichkeit, denn Revanche war ein so süßes Gift. »Ich werde Ihre Tochter finden oder bei dem Versuch sterben, und wenn ich zu schmutzigen Tricks greifen muss, damit Sie mir helfen, dann werde ich auch das tun. Also spielen Sie nicht weiter mit mir herum, Miss McGillis, sonst ziehe ich eine Bombe aus meinem

Arsch und sprenge Sie damit ins Nirwana, so wie Sie es mit mir versucht haben. Kapiert?«

»Kapiert.« Ihre Stimme klang eisenhart. »Und Ihnen muss klar sein, dass ich Ihnen das Lebenslicht auspusten werde, wenn wir versagen.«

Blue biss die Zähne so fest zusammen, dass er schon das Gefühl hatte, sie würden gleich durch seine Nase davonfliegen. »Schön, einverstanden. Jetzt steigen Sie bitte in das Taxi.«

»Zwingen Sie mich doch«, sagte sie.

Er tat es, und zwar mit Daniels Hilfe. Sie ließen ihren steifen Körper ohne viel Federlesens auf den Rücksitz plumpsen. Der Fahrer ignorierte sie und zählte gleichzeitig die Risse in seinem mitgenommenen Lenkrad. *Ärger? Wo denn? Hier? Nein, niemals, Sir!*

»Miss McGillis?«, zischte Daniel, aber Blue hob die Hand, und sein Bruder klappte den Mund zu, während er den Verkehr abwartete und auf der anderen Seite einstieg. Blue setzte sich rechts neben die Frau. »Wo könnte Santoso sie hinbringen?«

Sie fletschte erneut die Zähne. »Wir sind nicht genügend ausgestattet, um gegen ihn zu kämpfen.«

»Wir könnten aber vielleicht etwas aufrüsten.« Blue griff nach dem Handy. »Sagen Sie mir einfach, wohin wir fahren müssen.«

»Nein. Wenn Sie meine Hilfe wollen, dann machen wir es auf meine Art und Weise.«

»Wer verschwendet denn jetzt Zeit, hm?«

»Wollen Sie das überleben, oder wollen Sie sterben?« Sie starrte ihm in die Augen. »Die Frage ist ganz einfach, Mr. Perrineau. Was schätzen Sie mehr? Ihr Leben oder Ihren Stolz?«

»Blue«, warf Daniel ein. »Woher weiß sie ...?«

»Sie sind ein Narr!«, fuhr sie Daniel an. »Sie beide, Brüder und Narren!« Sie lehnte sich ins Polster zurück und starrte den Taxifahrer an. Ihr Körper roch wie Blut; ihr T-Shirt war so durchtränkt davon, dass es glänzte und an ihrem schlanken Körper klebte. Sie drückte die Handfläche auf die Wunde.

»Sagen Sie ihm bitte, er soll uns zum Flughafen bringen«, stieß sie keuchend hervor. »Dort steht ein Wagen für mich bereit.«

»Und dann?« Blue versank an jenem dunklen Ort in seinem Innersten, während sich alte Erinnerungen wie Zombies erhoben und seine Seele küssten.

Sie zog die Oberlippe hoch. »Dann … töten wir.«

11

Iris versank in Blut, in einem dunklen Traum, in dem ihre Mutter tot und verfault dalag, während ein Fluss aus ihrer Brust heraus- und in einen Wald hineinströmte, durch den zur gleichen Zeit Leoparden streiften. Blue war auch da und lief neben ihr durch die Dunkelheit. Sein Herzschlag donnerte, allerdings ohne wirklich Lärm zu machen. Und überall um sie herum war Feuer. Indem es brannte, bannte es sie auch und hielt sie eng umschlungen…

Iris schlug die Augen auf. Sie brauchte einen Moment, bis sie sich orientiert hatte. Alles war verschwommen, voller Schatten, die von Kerzenlicht durchdrungen wurden. Hier roch es nach Bienenwachs, Marihuana, Zigarettenrauch. Unter sich fühlte sie Seide. Sie versuchte, sich zu bewegen, aber ihr Körper widersetzte sich. Nicht aus Müdigkeit, sondern weil sie an Knöcheln und Handgelenken gefesselt war. Sie roch auch Eisen, hörte das Klirren von Metall.

Ketten. Also trug sie Ketten. Große glänzende Ketten, so schwer wie die Sünde selbst. Doch im Augenblick spielte das keine Rolle. Iris konnte ausschließlich an ihre Mutter denken. Und diese Erinnerung war ein Albtraum, ein endloser Film aus Bildern und Geräuschen. Sie erinnerte sich geradezu körperlich an die Hand ihrer Mutter an ihrem Handgelenk und hörte auch, wie sie sagte: *Baby.* Und dann den scharfen Knall, den Pistolenschuss. Sie roch das Blut.

Sie ist aber nicht tot. Sie kann nicht tot sein.

Iris weigerte sich, an diese Möglichkeit zu glauben. Ihre

Mutter war eine Kämpferin, stark und schnell, und eine Kugel, eine einzige Kugel würde sie niemals aufhalten können.

Aber dann ist sie vielleicht in der Nähe. Vielleicht hat Santoso sie ebenfalls gekidnappt.

Iris hob den Kopf und blinzelte. Rechts neben ihr bewegte sich etwas. Sie drehte den Kopf und sah einen durchscheinenden Vorhang. Der hauchdünne Stoff bauschte sich, als er zur Seite geschoben wurde.

Eine Frau trat dahinter hervor. Iris hielt sie für jung, aber ganz genau konnte sie es nicht sagen. Zwischen zwanzig und vierzig vielleicht. Ihre Augenbrauen waren hauchdünne Linien, ihre Haut wirkte stark geschminkt, was den schwarzen Lidschatten und den hellroten Lippenstift etwas billig aussehen ließ. Die junge Frau hatte strähniges braunes Haar, einen trägen Blick und ein ebenso träges Lächeln. In der Hand hielt sie einen Joint.

Und sie war nackt. Sie trug nur eine Schicht Glitzerpuder.

»He«, sagte sie leise. »He, endlich bist du mal aufgewacht.«

Iris zerrte an den Ketten. »Was zum Teufel soll das? Wo bin ich?«

»Im Palast des Königs.« Das Mädchen lachte. »Gott, ja. Heil dem Scheißkönig.«

Iris blickte an der jungen Frau vorbei und sah durch einen Nebel aus Schatten und Rauch weitere Frauen. Schwarze Frauen, asiatische Frauen, kaukasische Frauen. Sie alle lungerten auf dem Boden herum, auf bestickten Kissen und weichen Decken. Keine schien auch nur annähernd bei Bewusstsein, und Iris sah viele Spritzen und roch etwas Bitteres, das noch bitterer als Marihuana war. Vielleicht Heroin.

Sie war auch die Einzige, die bekleidet war. Alle anderen trugen nur Schmuck. An Hälsen und Handgelenken glitzerten Diamanten.

Iris richtete sich auf die Knie auf und versuchte, etwas mehr zu erkennen. Die Wände waren mit verschlungenen

Mosaiken geschmückt, und dicke Kerzen auf goldenen Ständern spendeten Licht. Geschnitzte Pfeiler unterteilten den Raum mit Vorhängen wie dem, der Iris' kleinen Verschlag umgab. Große Schalen mit Früchten standen auf dem Boden zwischen den berauschten Frauen. Die meisten sahen unberührt aus.

Iris entdeckte keine Tür, aber da war immerhin ein Vorhang. Vielleicht befand sich die Tür dahinter.

Atme, sagte sie sich. Atme nur ein und aus, und bleib ganz ruhig.

Genau. Verdammter Mist! Sie war in einem verfluchten Harem!

Iris zog an den Ketten. Sie waren stark, die Fesseln schnitten in ihre Haut. Sie saßen eng, sehr eng. Wenn sie jetzt die Gestalt wandelte, konnte sie vielleicht herausschlüpfen. Aber ein kurzer Blick an die Decke und in die Ecken des Raumes sagte ihr, dass dort zwei Kameras montiert waren, beide auf sie gerichtet.

Scheiß doch auf die Konsequenzen. Jetzt geht's ums Überleben!

Sehr verlockend. Aber wenn dann eine Aufnahme von ihrer Wandlung… benutzt wurde? Iris sah das Mädchen an, das schwankend dastand und leise vor sich hin summte. Ihre Augen waren glasig, mit einer Hand rieb sie sich langsam über den Unterleib. Iris schnippte mit den Fingern. »He! He, du! Wir müssen uns unterhalten!«

Das Mädchen schwankte weiter und lächelte. »He, he! Ich will aber tanzen. Willst du mit mir tanzen, hm? O ja, wie J-Lo!«

Iris holte tief Luft. Die Leopardin in ihrer Brust wütete, knurrte, knurrte sogar sehr laut. Plötzlich begriff sie, dass sie das Geräusch nicht im Kopf hörte, sondern dass es aus ihrer Kehle kam. Ihre Haut juckte; die Fingernägel taten weh. Sie zwang sich erneut, ruhig zu atmen. Wenn sie jetzt die Kontrolle verlor, dann konnte alles verloren sein. Sie dachte an ihre Mutter, an ihre Mutter in dieser Verkleidung, wie sie lief, wie sie neben ihr hockte – *Baby, Baby!* Wie sie angeschossen wurde, blutete und so regungslos dalag. Sie hatte überhaupt keine Zeit gehabt, *Hallo* oder *Auf Wiedersehen* oder *Ich liebe dich* zu sagen …

»He«, stieß Iris heiser hervor, leiser diesmal, und schob sich dann ein Stück auf ihren Kissen vor; die Ketten ließen allerdings nicht zu, dass sie sich weit bewegte. »He, Kleine, Süße. Ich möchte auch gern tanzen. Aber ich bin gefesselt, siehst du?«

»Ganz gefesselt«, sang das Mädchen. »Der König hat den Schlüssel umgedreht.«

»Der König«, wiederholte Iris. »Santoso? Redest du über ihn?«

Das Mädchen lächelte, sank vor Iris auf die Knie und starrte ihr aufmerksam ins Gesicht.

»Du hast hübsche Augen«, sagte es gleichgültig. »Deshalb muss er dich genommen haben.«

»Hat er denn noch jemanden … genommen? Oder war ich allein?«

»Ganz allein«, erwiderte das Mädchen schleppend. »Nur du und er. Noch eine Königin für seine Krone.«

Das Mädchen war verrückt, vollkommen durchgeknallt. Verdammt! Iris beugte sich vor, zerrte an den Ketten. »Und du? Bist du auch eine von seinen … Königinnen?«

»Eine Königin«, murmelte das Mädchen. »O ja. Ich war etwas Besonderes.«

»Warum?«, hakte Iris nach. »Warum warst du etwas Besonderes?«

Das Mädchen lachte wieder. Aber diesmal klang es bitter, scharf, fast gefährlich. Die junge Frau senkte das Kinn auf die Brust und bewegte ihre Hände mit den eleganten Gesten einer Tänzerin. Iris erwartete fast eine Pirouette, eine

Drehung, irgendeinen trägen Tanz, aber plötzlich hörte die junge Frau auf, sich zu bewegen, rührte sich überhaupt nicht mehr und … fing an zu singen. Es war ein hoher Triller, der aber so entzückend klang, so süß und so unerwartet, dass Iris der Atem stockte. Klare, reine Töne drangen aus ihrer Kehle, Stakkato und Selbstbeherrschung. Die Art, wie sie sich hielt, deutete auf eine Ausbildung hin, auf Geld und ein gutes, behütetes Leben.

Dieses Mädchen hat irgendwo eine Familie, dachte Iris. Es wird entführt worden sein.

So wie Iris. Vermutlich auch wie diese Frauen, die ihren Rausch ausschliefen.

Das Mädchen hörte jetzt auf zu singen. Ihre Augen leuchteten. Iris bemerkte auf ihren blassen, dünnen Armen blaue Flecken.

»Singvogel«, sagte das Mädchen mit ihrer melodischen Stimme. »Der König nennt mich Singvogel.«

Iris strich mit den Fingerspitzen über das Gesicht der jungen Frau. Aus der Nähe wirkten ihre Wangen eingefallen, unter ihren Augen lagen tiefe Schatten. Das Mädchen ließ die Berührung geschehen, doch nach einem Augenblick runzelte sie die Stirn und wich zurück.

»Wie heißt du wirklich?«, fragte Iris leise.

»Singvogel«, antwortete die junge Frau wieder leise und presste ihre Handwurzel gegen die Stirn. »Ich heiße nur Singvogel.«

Iris lehnte sich zurück und sah an ihr vorbei zu den anderen Frauen hinüber. Sie zählte wenigstens fünfzehn von ihnen, doch sie hatte das dumpfe Gefühl, dass irgendwo noch mehr gefangen gehalten wurden, vielleicht in anderen Räumen. Sie dachte an ihre Mutter und versuchte sich vorzustellen, dass sie ganz in der Nähe war, ebenfalls in Ketten geschlagen. Aber in ihrer Erinnerung konnte sie nur das Bild von ihrer Mutter auf dem Boden des Casinos heraufbeschwören, das Geräusch des Schusses, und andere Momente, als sie ein Kind in ihren Armen war, als Katzenjunges neben ihr, wie sie rannten, immerzu rannten, den Wind und den Mond in ihrem Blut …

Ein furchtsamer Stich drang in ihr Herz, aber Iris bekämpfte die Angst; dafür hatte sie jetzt keinen Platz. Nicht hier und nicht jetzt. Sie musste stark sein, sie musste kämpfen.

»Singvogel«, sagte sie und zog den Blick des Mädchens auf sich. »Wie lange bin ich schon hier?«

»Eine ganze Weile«, antwortete das Mädchen.

»Und du?«

»Auch eine Weile«, wiederholte sie. Das konnte also, wie Iris klar wurde, alles bedeuten, von einigen Stunden bis hin zu Wochen. Dieses Mädchen war vollkommen stoned. Vermutlich aus gutem Grund.

Iris' Blick folgte den Ketten bis zu einem Ring in der Wand. Sie stemmte ihre Füße gegen die Mauer, zog an der Kette, und zwar so fest, dass sie aufschrie. Sie fühlte, wie unmerklich etwas nachgab, und hielt sofort inne. Die Kameras waren auf sie gerichtet. Selbst dieser Versuch könnte zu viel Aufmerksamkeit erregen. Wenn Santoso sie …

Dann reiß ich ihm die Eier ab!, dachte Iris und spürte, wie sich die Leopardin in ihr regte. Ich werde ihm den Schwanz abreißen und ihn verbluten lassen!

Guter Plan! Vorausgesetzt natürlich, dass er sie nicht wieder unter Drogen setzte.

Sie hörte ein Klappern. Stimmen. Männerstimmen. Singvogel schien es nicht zu bemerken, aber es klickte, eine kleine Glocke schlug, und die junge Frau zuckte zusammen. Das träge Lächeln verschwand ebenso wie die Tanzkönigin, und der Nebel in ihren Augen klarte auf.

»Komm her«, sagte Iris. Das Mädchen drängte sich eng an sie und lehnte sich an die Wand.

Der Vorhang wurde geöffnet, Männer betraten den Raum. Dadurch bestätigte sich Iris' Vermutung, dass sich hinter dem Vorhang eine Tür befand.

Einer der Neuankömmlinge war blond und groß. Er trug einen Anzug. Die Männer, die ihm folgten, trugen ebenfalls Anzüge, aber sie waren älter und kleiner und unterhielten sich leise auf Japanisch.

»Broker«, murmelte Singvogel leise und sah den Blonden an. »Das ist Broker.«

Broker hatte ein ausgezeichnetes Gehör. Über die Schulter warf er Iris einen Blick zu. Seine Augen waren eiskalt und hart. Er musterte sie nur einen kurzen Moment lang, bevor er rasch etwas zu den beiden Japanern sagte, in flüssigem Japanisch. Die zwei nickten, lächelten, und Broker deutete mit einer ausladenden Handbewegung auf die herumliegenden Frauen, von denen sich einige gerade rührten. Ein paar winkten und lächelten schwach, aber die meisten waren zu berauscht, um überhaupt zu reagieren.

Die Männer gingen weiter. Es war ganz klar, was das hier sein sollte und warum sie gekommen waren. Iris hätte sich beinahe übergeben, als sie über Beine, Arme und Köpfe traten, sich bückten, in Brüste kniffen, Hüften tätschelten und Schamhaar betasteten. Es war eine Art Fleischmarkt, ein Sexmarkt. Körper zum Verkauf. Singvogel schüttelte sich.

Einer der Männer sah hoch und erblickte Iris. Er deutete auf sie und sagte etwas zu Broker, der nur mit dem Kopf schüttelte.

Off limits. Iris brauchte kein Japanisch zu sprechen, um zu wissen, was diese Geste bedeutete, und sie war froh darüber. Heilfroh.

Die Männer trafen schließlich ihre Auswahl, zwei blonde Frauen mit langen Beinen, die ebenfalls vollkommen stoned waren. Broker griff in seine Jackentasche und zog zwei goldene Armbänder heraus, die wie kleine Glocken bimmelten.

Er gab je eines davon jedem der Männer, die sich neben die Frauen hockten und die Armbänder sorgfältig an ihren dünnen Handgelenken befestigten. Vielleicht war es eine symbolische Geste, eine Art, in der diese primitiven Perversen sagen wollten: *Ich gebe dir das*, oder vielmehr *Du gehörst mir*. Die Handschellen um Iris' Gelenke schabten ihr die Haut auf; die Ketten fühlten sich genauso an wie diese Armbänder.

Broker hob ein Handy ans Ohr. »Wir sind bereit für das Team«, sagte er.

Bereit für den Abflug. Iris konnte die beiden Männer riechen: ihre Erregung, ihre Aufregung. Einer von ihnen musste den Schwanz in seiner Hose zurechtrücken, während der andere sich sogar streichelte. Er schloss die Augen, als käme er gleich hier … vor allen.

Broker steckte das Handy wieder ein und deutete auf die Tür, während er leise etwas auf Japanisch sagte. Die beiden Männer wirkten nicht sonderlich glücklich, nickten aber, verbeugten sich und verschwanden.

Broker folgte ihnen nicht, sondern drehte sich nur langsam herum und sah Iris an. Er hatte hervorstehende Wangenknochen und einen entschlossenen Mund. Man konnte ihn fast gut aussehend nennen. Iris hätte ihn am liebsten umgebracht.

»Diese kleine Show war nur für Sie gedacht«, sagte er ruhig. »Santoso wollte, dass Sie wissen, wie es auch sein könnte.«

»Auch sein könnte«, wiederholte Iris und versuchte, nicht daran zu denken, wie solche Männer sie berührten, lüstern nach ihr lechzten, ihre Schwänze in sie steckten. »Und wenn ich brav bin?«

Broker grinste. »Dann werden Sie nur einem einzigen Mann dienen. So wie Singvögelchen hier.«

»Das ist ein Angebot«, erwiderte Iris, »das ich wohl kaum ablehnen kann.«

Plötzlich tauchten vier Männer hinter Broker auf. Sie hatten zwei Tragen dabei und luden rasch und leise die beiden Frauen darauf, die ausgewählt worden waren.

»Weckt sie, aber lasst sie nicht zu wach werden«, instruierte Broker die Männer. »Unsere Gäste wollen, dass sie fügsam sind, aber nicht anspruchsvoll.«

»Gott verhüte, dass eine Frau plötzlich anspruchsvoll wird«, sagte Iris laut. »Das könnte viel zu viel Aufregung bedeuten für so einen Schlappschwanz.«

Einer der Männer schnaubte; Broker warf ihm einen eisigen Blick zu und drehte sich dann zu Iris um. Er ging zu ihr, und sie zerrte an ihren Fesseln, raffte den letzten Mut und eigensinnigen Trotz zusammen, den sie in ihrem geschundenen ängstlichen Herz noch finden konnte.

Broker betrachtete ihr Gesicht, bis sein Blick an ihren Augen hängen blieb. »Amüsieren Sie sich, solange Sie es können. Santoso hat Pläne mit Ihnen, und was Santoso will, das bekommt er.«

»Vielleicht wird er diesmal enttäuscht werden«, erwiderte Iris und bemühte sich nach Kräften zu verhindern, dass ihre Stimme bebte. »Vielleicht hat er diesmal einen zu großen Bissen genommen.«

»Vielleicht«, bemerkte Broker zu ihrer Überraschung. »Aber Santosos Pläne sind auch meine Pläne, und ich darf Ihnen versichern, dass ich sehr genau weiß, wo Sie … stehen.«

Es überlief sie eisig. Broker lächelte und verschwand. Sobald die Tür ins Schloss fiel, streckte sich Singvogel und kroch auf allen vieren zu Iris hinüber. Sie hatte immer noch ihren Joint im Mund. Er wippte zwischen ihren Lippen, bis er mit einem kaum vernehmlichen Laut zu Boden fiel.

»Broker ist ein böser Mann«, murmelte Singvogel. »Er sorgt dafür, dass so … Dinge … passieren.«

»Er verkauft Frauen.«

»Er macht noch andere Sachen.« Die Schultern des Mädchens zitterten, als es durch den Vorhang spähte. »Er will deine Augen. Der König, meine ich. Ich habe gehört, wie er zu Broker sagte, dass er deine Augen will. Und deinen Körper auch.«

»Er bekommt aber beides nicht. Ich werde es nicht zulassen«, versicherte sie dem Mädchen.

»Schon möglich«, erwiderte die junge Frau und hob den Joint auf. Ihre Hand zitterte. »Aber er ist ja nicht derjenige, der die Ketten trägt.«

An Schlaf war nicht zu denken. Iris lag auf ihren Kissen, während Singvogel in ihrer Nähe ruhte, und sagte sich einfach alle möglichen Motivationsmantras vor, *tritt, beiß, kämpf, töte*, während sie auf die nächste Wendung in ihrem Leben wartete.

Sie dachte auch an ihre Mutter. Warum ihre Mutter ausgerechnet jetzt nach Hause gekommen war. Es waren wesentlich ungefährlicherere Gedanken als die anderen Möglichkeiten, über die sie auch hätte nachdenken können: *Pistole, Blut, Leiche*. Denn alles andere erfüllte sie mit einem Schmerz, der jede Hoffnung hätte abtöten können, wenn sie zu lange darüber gegrübelt hätte.

Sie war bewusstlos, das war alles. Es gibt keinen Grund für Tränen, für Angst, es gibt keinen Grund, Trübsal zu blasen …

Blue. Sie sehnte sich beinahe genauso danach, ihn zu sehen, wie sie ihre Mutter herbeiwünschte. Und das schockierte sie. Was war das noch mal für ein alter Test, mit dem man die Liebe überprüfte? Häng jemanden über den Rand eines Vulkans und warte ab, nach wem er schreit?

Iris wusste es. Obwohl sie im Augenblick eigentlich nicht über die Liebe nachdenken wollte. Nicht über ihre Liebe und auch nicht über seine. Falls er überhaupt etwas für sie empfand. Und warum sollte er auch so etwas tun? Immerhin kannte er sie erst seit einem Tag.

Außerdem spielt das ohnehin keine Rolle. Selbst wenn ihm etwas an mir liegt, wird er mich nicht finden. Er versucht es vielleicht, aber die einzige Möglichkeit, hier herauszukommen, muss ich mir schon selbst schaffen. Ich kann mich auf niemanden sonst verlassen.

Denn selbst wenn sie auf die Hilfe ihrer Freunde oder die der Polizei hoffen würde, vorausgesetzt, es gab überhaupt eine Chance auf Rettung, so war es doch viel zu gefährlich, sich auf diese Möglichkeit zu verlassen. Zufriedenheit war nichts als ein Teufel. Genauso gut könnte sie auch die Verantwortung für ihr Leben abgeben, wenn sie selbst keine mehr für sich übernahm; sie konnte alles aufgeben, dumm spielen, sich eine Nadel nehmen und ihren Verstand wegspritzen, damit es keine Rolle mehr spielte, was als Nächstes passierte.

Genau. Das ist ja genau dein Stil. Mach mal Pause!

Sie hörte Lärm vor der Tür, die sich hinter dem Vorhang öffnete. Die beiden Frauen, die weggeschafft worden waren, tauchten wieder auf. Sie waren immer noch nackt, jetzt aber etwas wacher. Sie gingen sofort zu den Kissen, auf denen sie zuvor gelegen hatten, und aßen etwas von den Früchten in der Schüssel neben ihnen. Sie sahen Iris nicht an, sondern hielten ihre Blicke starr auf den Boden gerichtet, auf die Früchte und auf ihre Hände.

Hinter ihnen tauchte Santoso auf. Begleitet wurde er von drei Männern, die auch im Casino schon bei ihm gewesen waren. Singvogel stand auf.

»Du kannst gehen«, sagte er zu ihr. »Außerdem solltest du duschen. Dein Haar ist schmutzig.«

»Ja«, sagte sie und lief hinaus, ohne Iris auch nur eines Blickes zu würdigen.

»Ich hoffe, Sie erwarten nicht von mir, dass ich genauso

gut dressiert bin«, sagte Iris zu ihm. »Das ist nämlich nicht mein Stil.«

»Nein, nein. Das weiß ich.« Santoso nahm einen Schlüsselring aus der Hosentasche. »Ich werde deine Fesseln jetzt abnehmen. Vermutlich wirst du darin eine Chance zur Flucht sehen, aber das wäre sehr unklug. Meine Männer werden dich aufhalten.«

»Ich bin eine geduldige Frau«, antwortete Iris.

»Ja«, stimmte Santoso zu. »Andererseits bist du nicht wirklich eine … Frau.«

Iris runzelte die Stirn. Santoso ging um sie herum, öffnete das Schloss der Kette an der Wand, mit dem alle anderen Ketten verbunden waren. Er hielt die Stahlketten fest und zog daran wie an einer Leine.

»Los«, befahl er. »Hoch mit dir.«

Iris spielte mit dem Gedanken, wie ein Hund zu bellen, hatte aber Angst, dass ihn das anmachen könnte. Sie stand auf. Ihr Körper tat weh, ihre Beine fühlten sich schwach an, aber die Leopardin in ihr reckte sich, und ihre Muskeln reagierten bereits. In wenigen Sekunden war sie so gut wie erfrischt. Sie stellte sich vor, wie sie nach Santosos Hals schnappte; nie hätte sie gedacht, dass sie so blutrünstig sein konnte, aber dann sah sie, dass die Männer Pistolen in den Händen hielten. Also später, sagte sie sich. Warte, bis er einen Fehler macht.

Santoso zwang Iris, vor ihm zu gehen. Das fiel ihr nicht leicht. An den Knöcheln war sie noch gefesselt, und außerdem hatte sie das Gefühl, stolpern zu müssen, als sie über die Frauen trat, die am Boden ruhten. Ein Mann ging vor ihr, die beiden anderen folgten Santoso, und so wirkten sie wie die moderne Version einer Haremsprozession. Dann betrat sie das Titelblatt einer Architekturzeitschrift.

Der große Raum hinter der Tür war ein Wartezimmer, was sie sofort erkannte. Der Holzboden war auf Hochglanz poliert, über ihr schwangen sich Bögen, mit Schnitzereien von Bäumen und Vögeln verziert. Iris hörte im Hintergrund tatsächlich leise New-Age-Musik, Flöten und Trommeln. Es war ein neutrales, melodisches Thema, so ein hübscher Waldsound, und die riesigen Bronzetöpfe mit Farnen und Orchideen verstärkten noch den Eindruck von Natur, von künstlicher Intimität. Braune Ledersessel, in denen Männer in Anzügen saßen, waren am Rand des Raumes arrangiert. Die Männer nippten an Drinks, blätterten in Magazinen und wirkten so vollkommen normal, dass Iris sie am liebsten angeschrien hätte, als sie sie mit mildem Interesse musterten. Als wäre eine junge Frau in Ketten ein ganz üblicher Anblick. Ebenso wie diese Frauen auf Tragen, die sie doch zweifellos ebenfalls gesehen haben mussten.

Es gab sogar eine kleine Bar mit Erfrischungen. Eine junge Frau in einer sittsamen schwarzen Uniform servierte einem älteren Mann, der am Tresen davor lehnte, einen Kaffee. In einer anderen Ecke stand ein Schreibtisch mit einem Computer und einem Telefon. Dahinter saß eine Frau in der gleichen Uniform. Iris hörte, wie sie eine Zeit und ein Datum erwähnte, die Sitzung mit einer Therapeutin. Es war überhaupt nicht komisch. Iris sah Santoso an. »Was zum Teufel ist das hier?«

»Ein Imperium, *Layak*«, erwiderte er. »Beziehungsweise die Zukunft eines Imperiums.«

»Und es gehört Ihnen?« Ihr fiel wieder ein, dass Singvogel ihn König genannt hatte. »Sie sind also für all das hier verantwortlich?« Für diese Grausamkeit, diese Perversion, diese Zurschaustellung von Raffinesse und Reichtum, die nur eine Maske für Sklaverei und Erniedrigung war ... und für wer weiß welche Schrecken sonst noch.

Santoso sah sie an. Er betrachtete ihre Augen auf dieselbe eindringliche Art und Weise, wie Broker es auch schon getan hatte, so als versuche er, in sie hineinzutauchen. Das verunsicherte sie, gab ihr das Gefühl, etwas stimme nicht mit ihr, so als hätte sie etwas Schreckliches an sich, das durch einen einfachen Blick in ihr Gesicht enthüllt werden konnte. Iris hätte gern einen Spiegel gehabt, um ihre Augen sehen zu können. Sie dachte unwillkürlich an ihre Mutter, die immer eine schwarze Sonnenbrille trug, damit die Leute ihre Entstellung nicht entdeckten, die geschlitzte Iris in beiden Katzenaugen, die nach einer unvollkommenen Wandlung für immer zurückgeblieben waren.

Santoso beantwortete ihre Frage nicht, sondern deutete auf eine Halle jenseits des Empfangstisches. Iris hätte sich fast geweigert. Sie hatte Lust herauszufinden, ob sie diese Perversen aufscheuchen konnte, die so ruhig und gelassen dasaßen, während sie ihren Körper betrachteten. Aber sie beruhigte sich und ging weiter, während ihre schweren Ketten klirrten. Broker tauchte aus einem anderen Bogengang auf, sah kurz in ihre Richtung und sprach dann mit einem grauhaarigen Mann in einem grünen Hemd. Er sagte etwas auf Französisch und deutete auf eine andere Tür neben derjenigen, aus der Iris gerade gekommen war.

»Noch mehr Sex?«, fragte sie Santoso.

»Dieser Flügel ist ausschließlich dem Sex gewidmet«, antwortete er, als sei es das Natürlichste von der Welt. »Haben Sie etwa etwas Primitives erwartet? Das ist ganz unnötig. Es gibt keinen Grund, weshalb man Sex nicht mit Stil und Würde verhandeln könnte, ebenso wie alles andere, das die Welt abstoßend findet.«

»Sicher. Weil hier die Entführung von Frauen und ihre Unterwerfung als Sexsklavinnen auf derselben Ebene rangiert wie der Nachtmittagstee oder ein Sonntagsbraten. Sie sind widerlich, Santoso.«

»Sie glauben, Sie können mich beleidigen?« Er lächelte. »Wir sind alle Sklaven, Iris. Der entscheidende Kampf, der einzige Kampf im Leben, der zählt, ist doch der, der Sklaventreiber zu werden.«

»Dann werden wir sicher eine sehr interessante Beziehung führen«, erwiderte Iris und zog an den Ketten.

Sie gingen weiter. Die Hallen waren sehr groß und wundervoll eingerichtet. Es gab keinerlei Fenster, sodass man auch nicht wusste, ob es Tag war oder Nacht. Es roch nach Blumen. In ihren Duft mischte sich der scharfe Geruch von Bleichmitteln und anderen Reinigungsstoffen. Sie hatte keine Vorstellung davon, wie die Männer im Wartezimmer das Gebäude betreten hatten. Bisher hatte sie keine Tür entdeckt, die wie ein Ausgang aussah, und auch niemand anderen, der kein Gast war.

Aber die Gerüche veränderten sich. Sie roch Blut, obwohl sie nicht wusste, woher es kam. Und sie nahm auch den Gestank von Krankheit wahr, von Tod und von Sterbenden.

»Wir sind in einem anderen Flügel«, sagte sie, ohne nachzudenken, und warf wieder einen Blick auf Santoso.

»Ja.« Er legte den Kopf schief, als er sie betrachtete. »Hier verkaufen wir keinen Sex.«

»Sondern?«

»Wir haben einen Konzern mit verschiedenen Geschäftszweigen. Du wirst schon sehen.«

Und offenbar würden auch alle anderen sie sehen. In die Wände waren Kameras eingelassen, ebenso in die Decke. Sie bemerkte dicht über dem Boden kleine silberfarbene Metallplatten, zweifellos Bewegungsdetektoren. Wenn sie jetzt ihre Gestalt wandelte und Santoso mit ihren Krallen die Kehle zerfetzte, würde irgendjemand das sehen. Jemand würde es aufzeichnen. Und dann? Es als Beweis für die Massen verwenden? Oder schlimmer noch, als Anregung für irgendeine Untergrundgruppe von Leuten wie Santoso, die versuchen würden, sie als eine Laune der Natur zu verkaufen, ein Prachtstück für Perverse oder Wissenschaftler?

Nur eine Sache zur gleichen Zeit. Ein Schritt nach dem

anderen, ein Atemzug, eine Handlung. Lebe den Augenblick. Mehr hast du ja nicht.

Das war alles, was sie tun konnte, und es war so furchteinflößend, dass sie am liebsten schreiend aus ihrer Haut gefahren wäre. Denn die Falle war zugeschnappt, und die Wildnis war verschwunden. Sie war an der Leine und gefesselt, eine Sklavin des Fleisches. Und je weiter sie ging, desto stärker wurde auch das Gefühl, bis es schließlich so überwältigend war, dass sie sich kaum daran hindern konnte, ihr Leben in einem einzigen Lichtblitz aufzugeben; sie wollte den menschlichen Geist aufgeben, selbst wenn das bedeuten sollte, dass sie Kugeln auf sich zöge und ihre eigene Art verriete. Sie konnte es nicht ertragen, sie konnte es einfach nicht.

Aber Iris presste ihre Reißzähne, die länger wurden, in ihre Zunge, bis sie Blut schmeckte. Sie drückte ihre Krallen in die Handflächen, bis sie ihre Haut ritzten. Sie verfütterte ihren körperlichen Schmerz an die Leopardin und sagte ihr: *Ruhe noch etwas länger. Schlaf ein wenig. Schlafe und träume.*

Träume dir eine Fluchtmöglichkeit. Träume ein Schicksal, das mehr beinhaltet, als nur Santosos Sexsklavin zu sein.

Sie blieben vor einer breiten, kunstvoll mit Schnitzereien verzierten Doppeltür stehen. Auf der anderen Seite erwartete Iris ein sehr schlicht gehaltener Raum. Ein langer Tisch nahm den größten Teil des Platzes ein, und an einer Wand hing ein großer Plasmabildschirm. »Unsere Spezialisten halten hier ihre Konferenzen ab«, sagte Santoso. »Du kannst dich ruhig hinsetzen, wohin du willst.«

Iris setzte sich in den Stuhl direkt neben dem Eingang. Sie spürte, wie einer der Männer hinter ihr Posten bezog. Sie roch seinen Schweiß, sein Aftershave, das Metall seiner Waffe. Klirrend hingen ihre Ketten bis auf den Boden herunter, ihre Handgelenke und Knöchel schmerzten.

»Sind die hier denn wirklich nötig?« Sie deutete auf die Fesseln. »Die anderen sind doch viel zahlreicher als ich.«

Santoso lächelte und gab dem Mann neben ihm ein Zeichen. Er öffnete einen kleinen Schrank in der Wand, in dem wiederum ein winziger Kühlschrank stand. Er nahm zwei Flaschen Wasser heraus. Eine gab er Santoso, dann öffnete er die zweite und reichte sie Iris. Sie zögerte und kämpfte kurz mit ihrem Stolz. Aber ihre Zunge klebte plötzlich an ihrem trockenen Gaumen, und sie nahm die Flasche an. Das kühle Glas fühlte sich auf ihrer Haut wundervoll an. Sie trank gierig, ohne abzusetzen. Iris wusste, dass Santoso sie beobachtete, aber das kümmerte sie nicht. Sie musste doch bei Kräften bleiben.

»Die Ketten«, sagte Santoso gedehnt, »sind ein Experiment.«

»Was Perversionen angeht?«

»Eher was den Erfindungsreichtum und die Verzweiflung angeht. Ich will wissen, was es dich kostet, dich zu befreien. Wie weit du gehen wirst.«

»Sie tun so, als könnte ich diese Ketten einfach jederzeit abschütteln.«

»Kannst du das etwa nicht?« Er lächelte wieder, aber diesmal fröstelte Iris bis auf die Knochen. Er sah sie wissend und gerissen an, und sie rief sich ins Gedächtnis, dass sich dieser Mann Notizen auf Zetteln machte, die aus Haut bestanden, dass er auf ihre Mutter geschossen hatte – *nein, denk nicht daran, nicht jetzt* – und dass er trotz seiner zivilisierten Tünche genauso war wie das Geschäft, das er führte: schmutzig, krank und brutal, mit keinerlei Respekt vor der Würde und der Freiheit anderer Menschen.

Mit anderen Worten, er war ein gefährlicher Mistkerl.

Santoso drückte auf den Tisch, und Iris bemerkte erst jetzt die Knöpfe, die in das Holz eingelassen waren. Das Fernsehgerät erwachte zum Leben.

»Du bist mir schon vor einer Weile aufgefallen«, sagte er. »Ein Bekannter hat mich in deine Show mitgenommen, und während die anderen Darbietungen durchaus erträglich waren, war deine …« Er hielt inne, und zum ersten Mal wirkte sein Lächeln echt. »Du, Iris, du warst einfach wundervoll. Frei, mächtig, voller Jugend. Mit anderen Worten, du warst vollkommen. Ich habe seitdem nicht eine deiner Vorstellungen versäumt.«

»Und deshalb haben Sie beschlossen, mich zu entführen? Haben Sie denn geglaubt, dass Sie damit keine Aufmerksamkeit erregen würden oder dass mein Verschwinden nicht bemerkt werden würde?«

Santoso lachte. Es war ein höchst unangenehmes Geräusch, und seine Augen wurden von dieser Heiterkeit überhaupt nicht berührt. Sie funkelten klein und dunkel. Er drückte auf einen anderen Knopf. Ihre Garderobe im Miracle tauchte auf dem Bildschirm auf.

»Meine Pläne waren ganz einfach«, sagte er ruhig, während Iris entsetzt beobachtete, wie sie selbst den Raum betrat. Es musste eine Aufnahme von diesem Morgen sein; sie trug noch dieselben Kleider, und sie erinnerte sich an das, was sie getan hatte, wie sie an den Blumen stehen geblieben war, wie sie sie auf den Schminktisch geworfen hatte …

»Ganz einfach«, sagte er. »Ich wollte dich zu meiner Frau machen. Ich wollte, dass du für mich auftrittst, und zwar nur für mich. Meine Tänzerin, mein Schätzchen, die Katzenfrau für mein Singvögelchen. Es war ein ausgezeichneter Plan, ein perfekter Plan sogar. Und dann … ja. Sieh her.«

Iris konnte den Blick nicht von dem Bildschirm losreißen. Sie wusste, was nun kam, erinnerte sich sogar sehr genau daran. Aber sie starrte trotzdem hin, sah, wie die Veränderung über sie kam, bemerkte das Fell und das Licht, sah das Kräuseln ihrer Haut, als die Katze sich befreite. Es war so wunderschön und zugleich schrecklich, verstörend jenseits aller Worte, denn sie sah in diesem Augenblick, wie weit sie vom Rest der Welt entfernt war. Wie *unmenschlich* sie wirklich war. Und dass dieser Mann es auch sehen konnte …

Iris sah zu Santoso hinüber, bemerkte, wie er sie beobachtete, ihre Reaktion in sich einsog. Sie setzte eine harte Miene auf, und dann lächelte er. »Nein, du kannst dich nicht vor mir verstecken, Iris McGillis«, flüsterte er. »Ich habe gesehen, was du bist, und es ist ganz und gar wundervoll. Du bist wirklich eine *Layak*. Eine Gestaltwandlerin.«

Iris kämpfte gegen den Brechreiz an. »Was wollen Sie von mir, Santoso?«

Er deutete auf den Bildschirm. »Das da. Ich will es. Gib mir das!«

»Sie wollen sehen, wie ich mich verwandle?«

»Nein, nicht nur das, aber … gut. Ja. Zuerst wirst du dich für mich verwandeln.«

Und was kommt dann?, fragte sich Iris, aber sie wagte nicht, diese Frage laut zu stellen. Nicht jetzt, solange er einen so gierigen, erregten Ausdruck auf seinem Gesicht hatte. Er roch ganz erregt. Seine Männer dagegen rochen nach Angst.

O ja, dachte sie. Habt nur Angst. Hier gibt es auch Monster.

»Ich werde es aber nicht tun«, sagte Iris. »Und Sie werden mich trotzdem nicht töten. Also haben wir ein Problem.«

»Sie haben ein Problem, nicht ich.« Santoso sah den Mann neben sich an, der sofort hinausging. Aber nach einem Moment kehrte er mit Singvogel zurück. Ihr Haar und ihre Haut waren noch nass. Offenbar hatte der Mann sie aus der Dusche geholt und ihr nicht einmal ein Handtuch gegeben, um ihre Blöße zu bedecken oder sich wenigstens abzutrocknen. Wie lange hatte sie wohl draußen vor der Tür gestanden und auf diesen Moment gewartet?

Der Mann schob Singvogel an die Wand und hielt sie

dort fest. Sie war im Vergleich zu ihm sehr klein. Klein, schwach und blass. Dann zog der Mann ein langes Messer aus der Tasche, bei dessen Anblick die junge Frau wimmerte. Nicht nur aus Angst, sondern weil sie es offensichtlich erkannte. Ihre Augen wirkten jetzt klarer. Die Wirkung der Drogen hatte offenbar nachgelassen. Iris konnte das Entsetzen des Mädchens riechen. Sie war vollkommen panisch vor Furcht.

»Ich nehme an, das ist ein weiteres Experiment«, sagte Santoso ruhig, als sich der Mann mit dem Messer dem zitternden Mädchen näherte. »Ein Experiment bezüglich des Mitgefühls. Natürlich meine ich nicht *mein* Mitgefühl. Glaub bitte nicht auch nur einen Moment, dass ich dich nicht verletzen würde, wenn es nötig wäre, Iris McGillis. Wenn du nur *irgendeine* Frau wärst, würde ich mich auch nicht so zurückhalten, sondern … dich gewaltsam brechen. Ich würde dich fesseln, die Männer auf dich pissen lassen, dich von jedem einzelnen Mann in diesem Gebäude vergewaltigen lassen, bis du schließlich *ja* sagen würdest. Bedauerlicherweise habe ich aber Bedenken, was den Schaden an deiner Physiologie angeht, und so kann ich nicht riskieren, deinen Körper zu beschmutzen. Jedenfalls nicht, solange ich eine andere Verwendung dafür habe.«

»Sio cind oin Vich«, murmelte Iris. »Sie sind ein Vieh, und ich werde Sie töten.«

»Nein«, widersprach er. »Du wirst mich retten. Also wandele deine Gestalt. Du wirst deine Gestalt verändern, und zwar sofort. Oder ich befehle diesem Mann dort, ihr eine Brust abzuschneiden.«

Iris zögerte. Der Mann setzte das Messer unter Singvogels Brust an und drückte es langsam nach oben. Das Mädchen zuckte erst zusammen, schrie dann auf. Blut tropfte schon aus einer Wunde.

»Halt«, rief Iris. »Hören Sie auf, bitte.«

»Dann zeig mir deine andere Gestalt. Zeig sie mir sofort, jetzt!«

Singvogel jammerte, wand sich in den Händen, die sie festhielten. Das Messer drang tiefer in ihre Haut. Iris trat vor, und sofort wurde eine Pistole auf ihr Gesicht gerichtet. Sie knurrte. Ihre Fingernägel schimmerten auf und verschwanden dann unter Krallen. Ihre honigbraune Haut wurde von glattem, getupftem Fell überzogen.

»Sie wollen also Amüsement?« Iris hob ihre Hände vor Santosos Gesicht, vor seine weit aufgerissenen Augen, und obwohl sie es mit jeder Faser ihres Körpers hasste, dass sie so entblößt und gezwungen wurde, sich zu seinem Vergnügen verwandeln zu müssen, ließ sie die Leopardin in einem goldenen Lichtblitz erscheinen. Das Fell erstreckte sich über ihren ganzen Körper, das Licht rauschte wie Wasser durch ihre Knochen. Sie zerfetzte ihr Tanktop, ihre Shorts, ihre Unterwäsche. Aber diese Nacktheit hatte gar nichts zu bedeuten, denn sie war ja ohnehin schon bis auf ihre Seele entblößt. Sie konnte nur die Scham nehmen und sie in Macht verwandeln, sich selbst das geben, was sie gezwungenermaßen weggeben musste.

Iris fletschte die Zähne und schrie. Aber ihre Stimme war jetzt nicht mehr menschlich, sie war wild. Santoso lachte, und obwohl sie ihm nah genug war, tötete sie ihn nicht. Sie spürte die Pistolen, die sich auf ihren Kopf richteten, sie sah auch, dass der Mann immer noch das Messer auf Singvogels Brust richtete. Aber die Furcht, diese Furcht, die sie witterte, war so wundervoll. Sie saugte sie auf, sog den Geruch von Pisse und Schweiß auf, als ihr Gesicht die letzte Wandlung ankündigte und sich verlängerte. Ihre Ohren wurden größer, während ihr Haar in ihrer Kopfhaut verschwand und vollkommen von Fell verschluckt wurde. Ihr Rückgrat veränderte sich, wurde biegsamer; sie ließ sich auf alle viere herabsinken und trat aus ihren Fesseln. Ein Schwanz wuchs aus ihrem Steißbein, während sich einer der Männer hinter ihr übergeben musste. Singvogel kreischte wie eine Banshee, doch ihr Schrei verstummte unmittelbar darauf. Iris sah zu ihr hinüber; sie hing jetzt schlaff im Griff des Mannes, bewusstlos geschlagen.

Santoso war der Einzige, der keine Furcht empfand. Im Gegenteil, seine Miene verriet sogar ein reines Entzücken.

»Wundervoll.« Seine Augen glänzten. »Wunderschön.«

Aber sie hörte ihn kaum. Es war schon lange her, seit Iris eine vollkommene Wandlung zugelassen hatte. Sie war an das Gefühl nicht mehr gewöhnt, an diese rohe Qualität ihrer Sinne, die die Welt filterten. Und dieser Körper fühlte sich so anders an, war so geschmeidig und stark, so lang und schlank wie ein Pfeil. Sie fragte sich, wie sie es so viele Jahre ohne dies hier hatte aushalten, wie sie nur hatte vergessen können, wie es sich anfühlte.

Santoso rollte einen Ärmel seines Hemdes hoch und kniete sich vor sie. Ihr Schwanz peitschte durch die Luft; sie wollte springen, zupacken, ihre Zähne in ihn graben und ihn töten. Sie hätte es auch fast getan, wären da immer wieder nicht die Pistolen gewesen, diese schrecklichen Pistolen. Vielleicht wollte Santoso ihren Tod gar nicht, aber die anderen würde das gewiss nicht kümmern. Sie würden sie häuten, ihr Fell an die Wand hängen und dabei flüstern: »Das war mal ein Mensch. Ein Märchenwesen. Und wir haben sie getötet.«

Santoso starrte ihr in die Augen. Er lächelte immer noch und roch wie die Verkörperung des Glücks. Es war eine unglaubliche Ironie, dass der einzige Mann auf der Welt, der sie ansah und nicht schreiend davonlief, ein ganz und gar Wahnsinniger war. Typisch für ihr Glück.

Er hielt seinen Arm unter ihre Schnauze. Seine Haut roch bitter. Iris knurrte.

»Sir«, sagte einer seiner Männer, aber Santoso schüttelte nur den Kopf, ohne seinen Blick von ihr zu nehmen.

»Deine Augen«, flüsterte er. »Deine Augen verraten dich, weißt du. Sie sind wie das Gold des Himmels, und du bist seine Magie, du bist alles, wovon ein Mann als Kind träumt, was er aber niemals erreichen kann, weil der Himmel so weit entfernt ist, viel zu unwirklich und zu sehr ein Traum. Aber nun habe ich dich. Ich habe dich, Iris, und ich werde meinen Traum bekommen. Ich werde meine Magie bekommen. Ich werde all das bekommen.«

Santoso hob den Arm höher, drückte ihn direkt gegen ihre Schnauze.

»Beiß mich«, sagte er. Er meinte es vollkommen ernst, todernst.

Beiß mich. Genau. Sehr gut. Danke, Gott.

Und Iris hätte es auch fast getan, weil er schließlich wirklich darum bettelte. Und zwar im wörtlichen Sinn.

Aber im letzten Moment hielt sie sich doch noch zurück, kontrollierte sich. Irgendetwas stimmte hier nicht, gut, es stimmte sogar einiges nicht… Aber dass Santoso sie bat, ihn in den Arm zu beißen, das war auf eine Art und Weise falsch, die sie nicht ganz verstand. Und da mehrere Pistolen auf ihren Kopf gerichtet waren, wollte sie wissen, was genau das war, und zwar *bevor* sie sein Blut schmeckte… und vielleicht eine Kugel in den Kopf bekam.

Iris verwandelte sich wieder zurück, nicht ganz zwar, sondern nur so weit, dass sie sprechen konnte. Sie blieb auf dem Boden hocken, ihr Schweif peitschte aufgeregt hin und her. Ihre Stimme klang rau. »Was zum Teufel meinen Sie damit, dass ich Sie beißen soll?«

»Ich will so sein wie du. Ich will, dass du mir deine Gabe schenkst.«

»Dass ich Ihnen meine…« Iris hielt inne und unterdrückte ein Lachen. Santoso hatte offenbar zu viele Filme gesehen. Er glaubte, dass er ihre Fähigkeiten entwickeln würde, wenn sie ihn biss? Was für ein alberner Witz.

Na und? Willst du ihm die Wahrheit sagen? Wie schlau wäre das denn wohl, hm?

Denn entweder würde er glauben, dass sie log, was üble Konsequenzen für sie haben mochte, oder aber dass sie die Wahrheit sagte, wodurch sie vollkommen nutzlos für ihn werden würde. Welche Möglichkeit auch immer zutraf, sie war auf jeden Fall geliefert.

Santoso hielt ihr weiterhin den Arm hin, aber sein Blick veränderte sich, wurde kalt und dunkel, als er sich schließlich bereit machte, ihr wehzutun. Was soll's?, dachte sie. »Ich kann Sie beißen, aber das heißt noch nicht unbedingt, dass Sie auch so werden wie ich. Es gibt keine Garantie, absolut keine. Es funktioniert nämlich nicht bei jedem, und auch nicht sofort. Diese Veränderung findet auf einer genetischen Ebene statt. Das braucht Zeit.«

Ja, genau, viel Zeit. Und sie war der größte Possenreißer ihrer Generation.

Santoso kniff die Augen zusammen. »Wenn du mich belügst …«

»Meine Pfote drauf! Warum sollte ich lügen?«

»Ich kann mir zahllose Gründe dafür vorstellen«, erwiderte er trocken. »Glücklicherweise habe ich bereits einen entsprechenden Krisenplan vorbereitet.«

Tatsächlich? Iris konnte sich zwar keinen Krisenplan vorstellen, durch den ein menschlicher Mann in einen Gestaltwandler verwandelt wurde, aber es verschaffte ihr immerhin Zeit, und wenn es Santoso glücklich machte …

Er schob ihr seinen Arm vor das Gesicht. »Mach schon, beiß endlich zu!«

Iris verwandelte sich erneut, wurde wieder ganz zur Leopardin. Sie roch an Santosos Arm, hoffte, dass ihr Würgereflex jetzt nicht einsetzte, und biss langsam zu. Sie hätte auch schnell zubeißen können, hart, aber sie wusste, wie kräftig ihre Kiefer waren. Sie wollte dem Mann schließlich nicht den Arm abreißen. Ihre Zähne gruben sich in die Haut, drückten zu, und Santoso erbleichte, seine Kiefer arbeiteten. Dann spürte sie, wie seine Haut riss: wie eine Seifenblase. Blut füllte ihren Mund, heiß und metallisch, und nun war es wie eine Flut, wie eine Droge, die ihre Kehle hinunterlief.

Menschliches Blut. Sie hatte noch nie menschliches Blut gekostet. Es war fast ein Jahrzehnt her, seit sie das letzte Mal Blut geschluckt hatte, aber menschliches Blut ... Es war ganz anders als das Blut von Elchen oder Schafen, es war auch nicht mit dem eines Lebewesens aus dem Wald oder den Bergen zu vergleichen. Es war irgendwie ... sexy. Und es weckte den Hunger der Leopardin.

Ihre Kiefer packten fester zu. Santoso wand sich und schrie auf. Sie spürte einen Schlag auf ihre Schultern und knurrte nun, verstärkte ihren Biss noch. Ein weiterer Schlag sauste herab, dann noch einer. Santoso schrie, zog jetzt den Arm zurück. Iris ließ los. Sie wollte es nicht, aber sie erinnerte sich: *Ein Mensch, ich bin ja ein Mensch.* Die Leopardin beugte sich der Frau.

Sie hörte Schreie, roch Schmerz; also wandelte sie sich. Das Fell verschwand in der hellen Haut, ihr Rückgrat schrumpfte, der Schwanz verschwand in ihrem Steißbein. *Werde wieder Mensch, schnell!*, befahl sich Iris, aber während der Verwandlung veränderte sich auch der metallische Geschmack in ihrem Mund. Das Blut schmeckte nicht mehr so gut. Iris beugte sich vor und übergab sich. Ein Fuß landete hart in ihren Rippen.

»Du hast versucht, mir wehzutun«, sagte Santoso. Seine Stimme bebte, ob aus Wut oder Schmerz, das wusste Iris nicht. Einer der Männer hatte einen Erste-Hilfe-Kasten aufgeklappt und verband nun Santosos Arm sorgfältig und fast zärtlich.

Geld oder Furcht. Iris wusste noch immer nicht, was diese Art von Loyalität hervorrief.

»Sie haben mich doch aufgefordert, Sie zu beißen«, gab sie schwach zurück. Ihre Rippen schmerzten, sie hatte einen Geschmack im Mund, der den Gedanken an einen verfaulenden Kadaver hervorrief. Fast konnte sie die Fliegen sehen, die um ihren Mund summten. »Was haben Sie denn erwartet? Eine Vergnügungsfahrt?«

Santoso holte tief Luft. »Du genießt das hier.«

Iris lächelte. »Und Sie? Berauschen Sie sich nicht am Schmerz? Machen Sie das nicht genau deshalb? Sagen Sie mir nicht, dass es Ihnen ums Geld ginge. Das reicht nicht. Nicht nach allem, was ich gesehen habe.«

Sie hörte ein Klopfen und drehte sich um. Broker stand in der Tür. Er sah erst sie an, dann Santoso. Er wirkte amüsiert, obwohl Iris nicht wusste, warum. Ganz sicher jedoch war es etwas, was sein Boss nicht sonderlich schätzte.

Iris stand auf, als Broker hereinkam. Singvogel war immer noch fast bewusstlos. Sie stöhnte, ihre Finger zuckten.

»Die Russen sind da«, erklärte Broker. »Nikolai Petrovona wartet in Ihrem Büro.«

Santosos Miene verhärtete sich. »Er ist zu früh.«

»Und er sagt, Sie hätten sich mit Ihrer Lieferung verspätet. Und meint, dass diese Einrichtung hier Geldverschwendung wäre.«

Der Mann hatte den Verband fertig angelegt. Santoso zog den Ärmel herunter und sah nun Iris an. »Ich will, dass sie in den Lagerraum geschafft wird. Gebt ihr keine Kleidung, kein Essen und auch nichts zu trinken. Und sagt den Ärzten, sie sollen die medizinische Abteilung vorbereiten.«

»Die medizinische Abteilung?«, fragte Iris. »Was hat das …?«

»Ich wollte dich ficken«, unterbrach Santoso sie kalt. »Bevor ich wusste, was du warst, wollte ich dich nackt an einer Leine halten und dir niemals erlauben, dich höher als bis zu meinen Knien aufzurichten. Aber ich habe schon so viele

Frauen für den Sex, und du kannst mir weit mehr bieten, oder etwas anderes. Du bist einfach … mehr. Also werde ich dich zu einem Teil von mir machen, und zwar für immer.«

»Nette Rede«, erwiderte Iris. »Sie Hund …«

Santoso schlug ihr mit dem Handrücken ins Gesicht. Iris wäre fast auf die Knie gefallen, behielt aber ihr Gleichgewicht und spürte, wie ein Lachen in ihr aufstieg. Dann lachte sie leise, und die Männer starrten sie erstaunt an.

»Ihr Versuch eines Vorspiels beeindruckt mich gar nicht«, sagte Iris und berührte ihre brennende Wange. »Ganz und gar nicht, Santoso.«

Er hob die Faust. »Sir«, mischte sich Broker ein. »Sie haben im Augenblick keine Zeit für so etwas.«

Vielleicht hatte er tatsächlich keine Zeit, aber er schlug sie trotzdem. Jedenfalls versuchte er es, aber Iris blockte den Schlag ab, packte sein Handgelenk und bog es zurück, bis er auf dem Boden lag. Santoso schrie auf. Die kalte Mündung einer Pistole drückte gegen Iris' Schläfe. Sie ließ nicht los, aber ihr Blick glitt seitwärts zu Broker. Er war verdammt schnell, das musste sie ihm lassen. Sie hatte nicht einmal gesehen, wie er die Waffe zog.

»Ich finde Sie einfach zum Kotzen«, sagte sie. »Ihr alle seid doch viel zu krank, um leben zu dürfen.«

»Sie aber nicht«, erwiderte Broker. Seine Waffe bewegte sich keinen Millimeter. »Also, warum verlängern Sie dann Ihr Leben nicht ein wenig und lassen meinen Boss los?«

Iris sah wieder zu Santoso hinüber, blickte auf seinen Hals, sein fettiges schwarzes Haar, und spürte, wie etwas an ihren Augäpfeln zu saugen schien, als sie den Mann betrachtete. Sie wusste mit einer kalten, harten Gewissheit, dass sie einer Verwandlung zusah. Nicht zur Katze oder in etwas Übermenschliches, nein, sondern eher eine Verkleinerung, eine Verwandlung in eine kleine, wirkungslose Kreatur. Ein winziger Mann mit einem noch kleineren Herzen. Etwas in ihr konnte diese Schwäche geradezu schmecken, und im Gegensatz dazu dann ihre eigene Macht. Sie wusste, dass sie durch die Maske seines Gesichts blicken und den Geist darunter erkennen konnte, wenn sie den Mann einfach nur umdrehte. Er war doch lediglich eine teure, zerbrechliche Hülle.

Die Furcht fiel gänzlich von ihr ab, auch jegliche Unsicherheit erlosch. Iris spie ihm auf den Hinterkopf und ließ ihn los, schob ihn mit einem kraftvollen Stoß von sich fort. Santoso knurrte zwar wütend, aber Broker trat zwischen sie beide.

»Die Russen«, sagte er nachdrücklich, und zu Iris' Erstaunen hörte Santoso sogar auf ihn. Er zitterte vor Wut, schüttelte sich fast, als er an Iris vorbeiging, und versuchte nun, sie mit seinem Blick zu bezwingen. Iris erwiderte diesen Blick, und unmittelbar bevor er die Halle erreichte, drehte er sich um, hob eine zitternde Hand und deutete auf sie.

»Du und ich«, sagte er und legte einen Finger an einen Augenwinkel. »Zusammen.«

Eine angemessen rätselhafte Aussage, angesichts all dessen, was er schon zu ihr gesagt hatte. Santoso verschwand, gefolgt von zwei seiner Leute. Der Dritte zögerte und sah zwischen Broker und Iris hin und her.

»Gehen Sie«, forderte Broker, der die Waffe noch immer in der Hand hielt. »Ich komme schon mit ihr klar.«

Die Miene des Mannes verriet eindeutig, dass er da anderer Ansicht war, aber er gehorchte, packte Singvogel und verschwand mit dem Mädchen.

Endlich allein. Iris trat einen Schritt zurück und betrachtete Broker. Er erwiderte ihren Blick und musterte ihren Körper mit einer klinischen Gleichgültigkeit, die ihr vor einer halben Stunde noch Angst eingeflößt hätte. Aber das lag jetzt weit hinter ihr.

Ja, sieh dir meine Brüste ruhig an, du Arschloch. Es sind

dieselben Brüste, die die Hälfte der Weltbevölkerung hat, und wenn du versuchst, sie anzufassen, dann beiß ich dir die Hände ab und schiebe sie dir in den Hintern, so wahr mir Gott helfe.

»Sie würden sich hier sehr gut machen«, meinte Broker und sah ihr schließlich ins Gesicht. »Na, was soll's?« Er warf einen Blick auf die Ketten, die nutzlos am Boden lagen, machte jedoch keine Anstalten, sich zu bücken, sie aufzuheben oder sie fesseln zu wollen. Er deutete mit der Waffe zur Tür. »Begleiten Sie mich.«

Alles, was Iris erlaubte, mehr von diesem Ort zu sehen, war ihr recht, obwohl seine Liebenswürdigkeit sie etwas argwöhnisch machte. Broker führte Iris durch einen breiten, elegant eingerichteten Flur, der immer noch nach Blut und Antiseptika stank. Sie sah keine anderen Menschen, hörte jedoch mehrmals leise Stimmen, von denen eine die Anzahl weißer Blutkörperchen aufzählte.

»Also«, wandte sie sich schließlich an Broker, »wohin führen Sie mich?«

»Ich bin nicht sicher, ob das eine Rolle spielt. Wo glauben Sie denn, befinden Sie sich?«

Iris spielte mit dem Gedanken, ihm die Waffe aus der Hand zu reißen. »Ich glaube, ich bin an einem Ort, wo man alles kaufen kann und an dem sich wirklich sehr miese Menschen einen zivilisierten Anstrich geben können, während sie schreckliche Dinge tun.« Sie sah ihm in die Augen. »Sie wissen ja, was ich bin.«

»Sie meinen, ich weiß, dass Sie Ihre Gestalt wandeln können?« Broker lächelte. »Ja.«

»Sie tun gar nicht überrascht.«

»Ich soll bei dem, was ich tue, den Überraschten spielen? Ich soll überrascht sein und dennoch die Wünsche von Männern und Frauen erfüllen, die hier Geschäfte machen? Aber nein. Ein Gestaltwandler ist doch nichts – im Vergleich zu diesen Leuten. Ich würde fast sagen, er ist ganz alltäglich.«

»Aber Sie arbeiten trotzdem hier.«

Brokers Lächeln wurde stärker. »Ich mache Menschen gern glücklich.«

Iris duckte sich und trat Broker in die Kniekehle. Der Mann ging zu Boden, blieb jedoch nicht liegen, sondern rollte sich herum, packte ihren Knöchel und drehte ihn um. Iris fiel zwar nicht hin, sondern taumelte nur, aber ihre Pläne, ihn zu Boden zu werfen und ihm die Waffe wegzunehmen, lösten sich in Luft auf. Er schoss wieder hoch, erstaunlich schnell, und presste ihr den kalten Stahl seiner Waffe auf die Stirn. Iris erstarrte.

»Peng«, flüsterte er.

»Peng«, wiederholte sie leise und sah ihm dabei in die Augen. Sie waren kalt und grau, so grau wie Sturmwolken, oder wie Knochen.

Broker trat langsam zurück. Die Waffe blieb auf Iris' Stirn gerichtet. »Sie haben es versucht. Das bewundere ich. Hätten Sie mich getötet?«

»Vielleicht«, sagte Iris.

»Vielleicht.« Broker legte sichtlich amüsiert den Kopf auf die Seite. »Sie haben noch nie ein Leben ausgelöscht. Das sehe ich an Ihrem Blick. Fangen Sie jetzt nicht damit an, Iris.«

»Schmutzige Zeiten, schmutzige Mittel. Ich will leben, Broker.«

»Dann leben Sie doch.« Er winkte. »Aber beeilen Sie sich.«

Iris runzelte die Stirn und folgte dem Mann, als er eine Tür aufstieß, die zu einem Raum mit medizinischer Ausrüstung führte. Ein Operationstisch, Instrumente, Lampen, Monitore und ein Tresen mit seltsamen Metallkanistern.

»Santoso glaubt, dass er mehr sein kann als ein Mensch«,

sagte Broker. Seine Worte hallten leise in dem Raum wider. »Er glaubt, dass er nicht mehr die Beute sein muss, wenn er der Jäger sein kann.«

»Beute? Für wen denn? Soweit ich sehen kann, ist er doch niemandem Rechenschaft schuldig.« Iris schüttelte den Kopf. »Also gut. Er sieht, dass ich eine Gestaltwandlerin bin, und glaubt, dass es ihm einen Vorteil geben würde, wenn er auch einer wäre. Er hat aber keine Ahnung, welchen Preis das kostet.«

»Das weiß aber niemals jemand.« Broker beugte sich zu ihr und sah sie eindringlich an. »Er will Ihren Körper, Iris. Er will Ihr Blut. Sehen Sie diesen Raum? Hier soll es geschehen. Alles ist vorbereitet, die besten Ärzte stehen zur Verfügung. Was er für andere tut, will er jetzt auch für sich tun, obwohl er gesund ist. Er wird Sie auseinandernehmen, Iris. Er wird Sie auseinandernehmen und in sich wieder zusammensetzen.« Grimmig grinste er. »Und ich glaube, mit Ihren Augen wird er anfangen.«

Iris zögerte. »Das können Sie doch nicht … ernst meinen.«

»Wir beide wissen doch, dass ihn ein Biss allein nicht weiterbringen wird.«

»Ebenso wenig bringt es ihn aber weiter, wenn er sich meine Körperteile einverleibt.« Iris sah sich nach einer Waffe um oder nach irgendetwas, das sie als Waffe benutzen konnte. Sie hatte genug von diesem perversen Unsinn. Eine Kugel war immer noch besser als das, was dieser Operationstisch verhieß.

Aber Broker zielte auf ihren Kopf, ging langsam um sie herum und deutete dann auf zwei Türen rechts neben der medizinischen Station. »Machen Sie die auf, sofort.«

»Noch eine Überraschung?«

»Ja«, sagte Broker. »Öffnen Sie.«

Die Türen waren schwer. Der Rand war so mit Gummi isoliert, dass sie luftdicht schlossen. Sie zog mit aller Kraft daran, und als der Gummi sich schließlich löste, roch Iris Staub und die frische, saubere Luft. Ihr Haar wehte aus ihrem Gesicht, und sie warf den Kopf zurück, während sie die Tür öffnete und die Wüste vor sich sah.

Broker trat zu ihr. »Ich bin sicher, Sie haben bereits begriffen, dass diese Einrichtung nicht nur ein Bordell ist. Wir bieten auch gewisse medizinische Dienste an, und dies hier ist der direkte Eingang für unsere eher heiklen Patienten. Die Krankenwagen können direkt bis vor die Tür fahren.«

Iris hätte schreien mögen. »Warum tun Sie das? Wollen Sie mich erschießen, wenn ich davonlaufe?«

»Nein.« Broker steckte die Waffe ein. »Aber ich kann auch nicht versprechen, dass ich Sie nicht jagen werde.«

Iris trat durch die Tür. Ihre nackten Füße berührten den Sand, der sich wie Seide anfühlte. Sie warf einen Blick über ihre Schulter. »Wurde ich allein hierhergebracht, Broker? Oder gab es da noch eine andere Frau?«

Er lächelte. »Es waren nur Sie, Iris.«

»Und ich soll Ihnen das glauben? Ich soll Ihnen überhaupt irgendetwas glauben, das Sie gesagt haben? Ich dachte, Sie sagten, Santosos Pläne wären Ihre Pläne.«

»Das habe ich auch gesagt. Aber ich habe merkwürdige Neuigkeiten erfahren, und außerdem ist mir eine gewisse Flexibilität gestattet.«

»Ich bezweifle, dass Ihr Boss das genauso sieht.«

»Ah.« Sein Lächeln vertiefte sich. »Aber auf welchen Boss beziehen Sie sich damit, hm?« Er deutete auf die Wüste. »Sie haben fünf Minuten Zeit. Nutzen Sie sie gut.«

Die Nacht rief. Der Wind schmeckte süß, der Mond stand hell und klar am Himmel – wie ein Diamant.

Iris rannte los.

12

Als Blue sehr viel später befragt wurde und die Ereignisse schildern sollte, die der Entführung von Iris folgten, stellte er fest, dass seine Erinnerungen höchst lückenhaft waren und ihm sämtliche Einzelheiten fehlten. Er konnte sich nur noch an die deutlichsten Geschehnisse erinnern: an Gesprächsfetzen, Neonlichter, die sich in den Brillengläsern seines Bruders spiegelten, die Hitze und den Duft der Frau mit der blutigen Schlusswunde neben ihm. Das waren zwar harte, aber scharfe Erinnerungen, und sein Herz schmerzte ihm in der Brust.

»Sie sind Iris' Mutter«, sagte Daniel während dieser Taxifahrt. »Sie sind Serena McGillis.«

»Serena«, sagte Blue leise, »oh Serena.«

»Lassen Sie das!«, fuhr sie ihn an. »Verwenden Sie diesen Namen nicht.«

»Welchen Namen sollen wir denn dann verwenden?«, fragte Blue. Serena antwortete nicht, und ihm blieb nur, ihren angestrengten Atemzügen zu lauschen und darauf, wie sie ihre Schmerzen herunterschluckte.

Wie sie gesagt hatte, wartete ein Wagen am Flughafen. Ein schwarzer Hummer, der zwei Parkplätze in Anspruch nahm und so groß wirkte, als könnte er Iris mit einem ganzen Rudel ihrer Katzen Raum bieten.

»Hier.« Serena drückte Blue die Autoschlüssel in die Hand. Vom Blut waren sie klebrig.

»Sie brauchen einen Arzt«, erklärte er. Doch sie hatte sich

bereits herumgedreht und kroch auf den Rücksitz ihres Wagens. Daniel schloss hinter ihr die Tür und sah Blue an. Sein Blick sagte unmissverständlich: *Was soll's?*

Blue zuckte mit den Schultern. Er würde nicht erklären, woher er Serena kannte, es sei denn, sie sprach das Thema als Erste an. Daniel mochten seine Geheimnisse gleichgültig sein, aber Blue war dafür viel zu professionell. Jedenfalls meistens.

Die beiden Männer stiegen ein. Serena beschrieb Blue, welchen Weg er nehmen sollte, und während die Energie der Stadt noch immer am Rand seines Bewusstseins summte, fuhr er sie in die Wüste hinaus, wo der Mond gerade über den Bergen aufging und sie in ein kaltes, beinahe flüssiges Licht tauchte.

Blue hörte, wie Stoff riss, hörte auch ein Knurren und Keuchen. All diese Geräusche verrieten Unbehagen und Schmerz. Daniel und er sahen sich kurz an. Dann warf Blue einen Blick in den Rückspiegel, sah dort jedoch nur Schatten. »Sind Sie wirklich sicher, dass Sie keine Hilfe brauchen?«

Der Lauf einer Waffe presste sich gegen seinen Hinterkopf. »Ich bin sicher. Und sehen Sie nicht mehr in diesen Rückspiegel.«

Blue räusperte sich. »Entschuldigung.«

Ein leises Knurren antwortete ihm, dann tippte sie mit der Waffe gegen seinen Kopf. »Nehmen Sie die. Daniel, hier ist auch noch eine für Sie.«

Blue streckte die Hand aus und nahm die Waffe. Sein Bruder folgte seinem Beispiel. Daniel hielt die Waffe so locker in der Hand, als könne er damit umgehen.

»Wo ist Iris?«, fragte Blue Serena. »Können wir sie auf dieser Straße einholen?«

»Nein.« Serenas Stimme klang rau und müde. »Santoso wird sofort zum Flughafen gefahren und anschließend mit seinem Hubschrauber zu seiner Fabrik geflogen sein. Sehr gut möglich, dass Iris bereits gefangen wurde.«

»Was soll das heißen?«, wollte Daniel wissen. »Wer zum Teufel sind nur diese Leute, und was haben sie mit Iris vor?«

»Santoso Rahardjo will Iris aus demselben Grund, aus dem er immer alles haben will, was schön ist«, antwortete Serena kalt. »Um es zu benutzen.«

»Ein Organhändler«, sagte Blue zu seinem Bruder. »Angeblich ist er der Kopf einer globalen Operation, die sich auf den Schwarzmarkthandel mit menschlichen Organen spezialisiert hat: Herz, Leber, Hornhaut und Knochen. Er handelt mit allem und jedem. Seine Leute holen sich das, was sie brauchen, mit Gewalt, und wenn sie zahlen, dann nur lächerliche Summen. Oder sie machen einen Tauschhandel.«

»Sie sehen die Situation aber ziemlich… eingeschränkt.« Serenas Stimme klang scharf aus den Schatten zu ihnen hinüber. »Sie haben nur den medizinischen Aspekt seiner Geschäfte im Blick. Die Operation ist aber weit größer. Santoso handelt im wahrsten Sinne des Wortes mit Menschen, mit Fleisch in all seinen Formen. Er hat seine Finger sehr tief im internationalen Sexhandel, sowohl was Frauen als auch was Kinder betrifft, und er ist gerade dabei, einen Handel mit den Russen abzuschließen, was Haut und Waffen angeht.«

»Und dieser Kerl hat Iris in seiner Gewalt? Um Himmels willen«, murmelte Daniel.

Blue musste sich zwingen, seine Kiefer zu entspannen. »Wird er sie verkaufen?«

»Nein. Er ist vollkommen verrückt nach ihr. Seit er in diese Stadt gekommen ist, hat er nicht *eine* Vorstellung versäumt. Er hält sich die ganze Zeit im Hotel auf und schickt ihr Nachrichten.«

»Ja«, antwortete Blue tonlos. »Das habe ich auch schon gehört.«

»Es sind Liebesbriefe. Obszöne Liebesbriefe. Als ich herausgefunden habe, was er da tat…« Sie verstummte. Blue konnte einfach nicht den Mund halten.

»Haben Sie Ihr Schweigen gewahrt. Sie haben ihn einfach weitermachen lassen. Sie haben Ihre Tochter nicht geschützt, sondern sie dem Wolf zum Fraß vorgeworfen. Sie haben ihr nicht einmal gesagt, dass Sie noch am Leben sind.« Es waren einfache Worte, aber wahre Worte, und mit jedem wuchs sein Ärger, und seine Wut vergrößerte sich. Er wusste, dass dieser Ärger wie Furcht aussehen würde, wenn er in den Spiegel blickte, aber das war okay. Furcht war gut. Die Angst um Iris würde verhindern, dass er scheiterte.

Doch all diese Gefühle bereiteten ihm Kopfschmerzen, und der Schmerz drängte gegen seine Schilde. Blue zwang sich zu atmen und sich zu entspannen. Alles hing von seiner Kontrolle ab, davon, sich zusammenzureißen. Ärger war gut, sogar großartig, aber er musste ihn überwinden und etwas Konstruktives daraus machen, ihn umformen, ihn beruhigen, bevor er etwas Dummes tat…

Blue schlug auf das Armaturenbrett, auf das Lenkrad. Er hämmerte so fest gegen das Dach des Wagens, dass er sich die Knöchel aufriss, aber er wollte mehr. Er wollte irgendetwas zusammenschlagen und sehen, wie es blutete.

»Um Himmels willen«, sagte Daniel.

»Fühlen Sie sich jetzt besser?«, fragte Serena. »Wollen Sie anhalten und mich verprügeln?«

Es überlief ihn eiskalt. »Das ist nicht komisch.«

»Nein«, stimmte sie zu. »Das ist es wirklich nicht.«

Blue sah Daniel an, weil er erwartete, dass sein Bruder ihn ebenfalls verdammte, doch dieser starrte nur auf seine Hände und wirkte gehetzt.

»Verdammt«, murmelte er. »Wir sind doch genauso wie unser Vater.«

Die Kälte, die Blue empfand, verwandelte sich in Eis. »Was soll das heißen?«

Daniel schloss die Augen. »Das ist eine dumme Frage, Blue.«

Er hatte recht, es war eine dumme Frage, aber etwas anderes konnte Blue nun einmal nicht sagen. Er brachte es nicht über sich, weil die Vorstellung, so zu sein wie sein Vater – mit dieser Wut, dieser Brutalität –, einfach zu unerträglich war. Lieber wäre er gestorben.

»Tut mir leid«, sagte Blue. Er wollte noch mehr sagen, hielt aber lieber den Mund. Entschuldigungen waren sinnlos. Es spielte keine Rolle, wie selten er seine Beherrschung verlor; ein einziges Mal genügte vollkommen, ein einziger gewalttätiger Akt, den er nicht mehr zurücknehmen konnte. Er wartete auf eine Reaktion, erntete jedoch nur ein leises Seufzen von Seiten Daniels, der die Arme vor der Brust verschränkte und sich in dem Sitz zurücklehnte. »Ich will wissen, wohin wir fahren.«

Blue hörte Geräusche vom Rücksitz, denen ein Knurren und ein reißendes Geräusch folgten. »Santoso hat eine hochmoderne Fabrik in der Wüste gebaut. Auf dem Papier nennt sie sich *private Residenz*, und von außen mag sie auch so aussehen, aber die gesamte Einrichtung erstreckt sich auch über mehrere Stockwerke *unter* dem Boden, und sie ist ganz ungeheuerlich, sowohl was die Größe als auch die Einrichtung betrifft. Sie bietet an einem Ort sämtliche Dienstleistungen, mit denen er sonst überall in der Welt hausieren geht. Organverpflanzungen vor Ort einschließlich operativer Nachsorge, zusammen mit Sex, illegalen Adoptionen, Drogen, Waffen … alles und jedes, solange seine Kunden genug Geld haben.«

Blue taten die Knöchel weh. »Und Iris?«

»Santoso ist sehr stolz auf diese ganze … Einrichtung, und sie wird ausgesprochen gut bewacht. Ich bin sicher, dass Iris dort ist.«

Sie war da, allein – und in Gesellschaft eines Psychopathen. Blue drückte das Gaspedal fast in den Boden. Der Hummer heulte auf. Daniel streichelte die Waffe in seiner Hand.

»Er hat dir also das Schießen beigebracht«, sagte Blue, der sich ganz kurz an einen Waffenraum im Anwesen seines Vaters in den Bergen erinnerte: unendliche Reihen von Waffen, einige in Vitrinen an den Wänden, andere unter Glas.

»Einer der Leibwächter hat es mir heimlich beigebracht. Er hatte Angst, dass ich in gewisse schwierige Situationen geraten könnte, dass Leute versuchen könnten, mir etwas anzutun. Eigentlich sehr komisch. Die einzige Person, die jemals versucht hat, mich zu missbrauchen, war doch er.«

Er. Ihr Vater.

Blue wusste, dass Serena zuhörte, aber es störte ihn nicht. Er sah seinen Bruder an. »Er hat seinen Tod vorgetäuscht, um dich aus deinem Versteck zu locken, und als das nicht gelang, verzweifelte er. Er hat mich erpresst, damit ich dich nach Hause hole. Er hat meine Mutter und meine Freunde bedroht.«

»Und du willst das tun.«

»Ich habe daran gedacht. Aber ich werde eine andere Möglichkeit finden.«

»Und du erwartest, dass ich dir das glaube?«

»Glaub, was du willst.«

»Aber stell dich dabei nicht zu dumm an«, stieß Serena heiser hervor. »So schwer dir das auch fallen mag.«

»Hör zu«, begann Daniel schon, aber als er sich auf seinem Sitz herumdrehte, flog etwas Hartes aus der Dunkelheit und traf ihn am Kopf. Blue hörte, wie sein Bruder keuchte, beinahe aufschrie. »Mist, Sie haben mir eine Handgranate an den Kopf geworfen.«

»Du wirst sie später vielleicht noch brauchen«, sagte Serena. »Und sieh mich nicht an.«

»Gott steh mir bei, ich werde es nicht einmal versuchen.«

Daniel hielt die Granate in den Händen und starrte sie hilflos an.

»Handschuhfach«, schlug Blue vor.

»Na klar«, stieß Daniel hervor. »Ich gehe nicht zu ihm zurück, Blue«, fuhr er dann leiser fort. »Ich tu es einfach nicht.«

»Okay.«

Daniel sah ihn scharf an. »Nein, das ist gar nicht okay. Ich habe mir hier ein Leben aufgebaut, Blue. Und zwar ganz allein, ohne Hilfe, nur mit harter Arbeit. Selbst wenn du mich nicht verrätst, ist klar, dass diese Schläger, die mir aufgelauert haben, ganz offensichtlich für jemanden arbeiten, der mein Geheimnis kennt.«

»Santoso. Aber was kann *er* von dir wollen?«

»Vielleicht ein Lösegeld erpressen?«

Blue runzelte die Stirn. »Was wissen Sie darüber, Serena?«

»Nichts. Was ich allerdings ausgesprochen merkwürdig finde. Sind Sie denn sicher, dass Santosos Männer Daniel verfolgt haben?«

»Es ist heute Morgen passiert. Und dieselben Typen haben dann einige Stunden später versucht, Iris gefangen zu nehmen.«

»Trotzdem erklärt das immer noch nicht die Motive unseres Vaters«, wandte Daniel ein.

»Hast du eine Ahnung, warum er sich so viel Mühe machen sollte?«

»Ich habe lange aufgehört zu raten, was in seinem Hirn vorgeht. Vielleicht ist seine Verzweiflung ja sogar echt. Auch wenn ich das bezweifle.«

»Was bedeutet, dass du etwas haben musst, das er… unbedingt will.«

Daniel seufzte. »Ich war in New Orleans, unmittelbar nachdem der Hurrikan die Stadt verwüstet hatte, und habe beim Roten Kreuz gearbeitet. In all dem Chaos war es leicht unterzutauchen. Aber ich habe nur Bargeld und Kleidung mitgenommen. Ich war schon vorher monatelang nicht mehr in dem alten Haus. Ich kann unmöglich etwas mitgenommen haben, was wertvoll für ihn ist.«

Es sei denn, dachte Blue, du selbst wärest der Schatz. »Und der Zirkus? Wie bist du dorthin gekommen?«

»Ich bin ihnen über den Weg gelaufen. Genauer gesagt, ich habe Iris in einem Restaurant gesehen und bin ihr bis zum Zelt gefolgt.«

Blue warf ihm einen giftigen Blick zu. Daniel zuckte mit den Schultern. »Jedenfalls stellte sich dieser Zirkus als genau das heraus, was ich brauchte. Er war nicht weiter von Bedeutung, dabei ständig in Bewegung. Und die Leute waren eher arm. Es war der letzte Ort, an dem mich jemand vermutet hätte.«

»Und außerdem ein Ort, an dem du deine telekinetischen Fähigkeiten trainieren konntest«, erklärte Serena aus dem Schatten auf dem Rücksitz. »Was für ein Pech, dass du den Stolz von deinem Vater geerbt hast. Heute hast du viel zu viel Aufmerksamkeit auf dich gezogen.«

Wieder wollte sich Daniel umdrehen, hielt jedoch im letzten Moment inne. »Woher kennen Sie unseren Vater?«

»Er hat für meinen Arbeitgeber gearbeitet. Meinen anderen Arbeitgeber, meine ich.«

Blue trat auf die Bremse und fuhr rechts an die Seite. Die Autofahrer hinter ihm hupten. Daniel schlug mit der Hand auf das Armaturenbrett, und hinter ihm drang ein leiser Schmerzensschrei durch die Dunkelheit.

»Reden Sie schon«, sagte Blue.

»Da gibt es aber gar nichts zu reden«, antwortete Serena kalt. »Er hat für meinen Arbeitgeber Aufträge erledigt. Juristische Aufträge. Und er war verdammt gut.«

»Arbeitet er immer noch für … Ihren Auftraggeber?«

»Nein. Er hat schon vor Monaten sämtliche Verbindungen

abgebrochen. Als Grund schob er seine Krankheit vor, und wir konnten seine Behauptungen bestätigen.«

»Was für eine Krankheit?«

»Krebs. Einen sehr aggressiven Krebs.«

»Verdammt«, knurrte Blue.

Daniel legte die Stirn gegen das Armaturenbrett. »Für wen arbeiten Sie, Serena?«

»Das geht dich gar nichts an. Und es ist auch ehrlich gesagt absolut nicht wichtig, wenn es darum geht, meine Tochter zu retten.«

Blue fädelte sich wieder auf den Freeway ein und gab Gas. »Also hat unser Vater für Ihre Auftraggeber gearbeitet, bis er zu krank wurde. Ich nehme an, Sie kennen seine persönlichen Probleme und ... auch seine anderen, nicht ganz so legalen Geschäfte.«

»Selbstverständlich. Aber solange sie nicht die Angelegenheiten beeinträchtigte, die er für uns erledigt hat ...« Sie verstummte, doch die Botschaft war klar. Eine Hand wäscht die andere. Und niemand stellt irgendwelche Fragen.

»Trotzdem erklärt das noch immer nicht, was er von Daniel will«, meinte Blue.

Sein Bruder schnaubte verächtlich. »Eifersüchtig?«

»Idiot!«

»Vielleicht willst du ja sein Geld. Vielleicht hast du dich deshalb bereit erklärt, ihm zu helfen. Vielleicht ist die Geschichte mit der Erpressung nur gelogen, und das alles ist nur ein Teil eines komplizierten Planes, um seinen faltigen, weißen Hintern zu küssen ...«

Blue streckte seine Hand aus. Zu spät fiel ihm Daniels Warnung ein. Seine Finger schlossen sich bereits um den Kragen seines Bruders – und er drehte den Stoff herum. Die Luft vibrierte. Blue spürte einen Druck auf seinem Hals, der immer stärker wurde. Der Wagen schaukelte hin und her, aber er lenkte gegen und versuchte, gleichzeitig die Straße und seinen Bruder im Auge zu behalten.

»Lass mich los«, sagte Daniel ruhig. »Und zwar sofort.«

»Loslassen?« Blue unterdrückte ein boshaftes Lachen und hustete, als der Druck stärker wurde. »Du zuerst, Danny. Lass dieses alberne Verhalten, wirf den Ballast über Bord, und sag so etwas nie wieder zu mir. Du hast nicht die geringste Ahnung, was dieser Mann meiner Mutter und mir angetan hat.«

»Ach«, stieß Daniel hervor. »Wollen wir unsere Geschichten mal vergleichen? Du glaubst also, dich hat es schlimm getroffen, ja? Fahr zur Hölle, Blue.«

Blue stieß ihn weg. »Verdammt, Daniel. Du glaubst wohl, du bist der Einzige, der von ihm misshandelt wurde? Du glaubst, mir hätte er das Leben nicht zur Hölle gemacht, nur weil ich nicht da war?«

Daniel schüttelte den Kopf, setzte seine Brille ab und rieb sich die Augen. »Ich hätte dein Leben jederzeit meinem eigenen vorgezogen, Blue, ohne jede Frage.«

»Das reicht«, sagte Serena und beugte sich vor. Bis auf eine feste Bandage um ihre Schulter war sie nackt. Die verletzte Seite ihres Körpers war von einem Fell bedeckt: Leopardenflecken erstreckten sich über ihre Brüste und ihren Arm.

»Die Kugel steckt noch drin, stimmt's?«, fragte Blue und versuchte, seinen Blick nicht von der Straße zu nehmen. Daniel starrte sie dagegen hemmungslos an.

Serena beugte sich vor und schlug ihm so fest ins Gesicht, dass seine Lippen aufsprangen. »Was habe ich dir gesagt?«

Daniel sank gegen die Tür. »Tut mir leid.«

Serena schwieg. Einen Moment später tauchte ihre Hand neben Blues Gesicht auf, und er konnte sich das Geschoss ansehen. Es war, wie auch ihre Hände, noch immer von ihrem Blut bedeckt.

»Sie haben vielleicht Mut«, meinte Blue.

»Allerdings«, erwiderte Serena. »Und außerdem bin ich äußerst dankbar, dass ich nur *ein* Kind habe. Euer Vater hätte euch beide in eine Grube werfen sollen, als ihr noch jung wart. Die Natur hätte ihren Lauf nehmen sollen.«

»Ich nehme an, dass Sie genau das mit Iris getan haben.« Blue konnte einfach nicht anders. »Oder ist Santoso Ihre Version einer Grube? Nur die Stärksten überleben?«

»Kümmern Sie sich lieber um sich selbst«, antwortete Serena kalt. »Im Augenblick ziele ich mit einer Pistole auf Ihren Hals. Ich könnte Sie lähmen, Sie zu einem Leben mit Windeln und aufgescheuerter Haut und Amputationen verdammen, weil Ihnen Ihre Glieder vom Körper faulen, da Sie sie nicht benutzen. Wollen Sie das, Mr. Perrineau?«

»Ich will nur Ihre Tochter. Sobald sie in Sicherheit ist, können Sie mit mir machen, was Sie wollen.«

»Oh, das sind leere Versprechungen«, sagte Serena. Aber sie lehnte sich zurück, und Blue atmete langsam aus.

Sie schwiegen. Daniel legte den Kopf an das Fenster und schloss die Augen. Serena brütete vor sich hin. Blue fuhr weiter den Wagen. Er dachte an Iris, während die Scheinwerfer die Straße und die Wüste erleuchteten. An Iris und an seinen Vater, meistens aber nur an sie. Er versuchte, nicht an die Gefahr zu denken, in der sie schwebte, oder daran, was man ihr vielleicht bereits angetan hatte. Stattdessen stellte er sie sich vor, wie sie auf der Bühne gewesen war, gefangen in diesem Netz, und dann kam dieser Schmerz, der durch sein Herz zuckte, und raubte ihm fast den Atem.

Daniel atmete tiefer ein. Serena beugte sich vor und winkte mit den Fingern vor seinen geschlossenen Augen.

»Bemerkenswert«, flüsterte sie. »Ich kann kaum glauben, dass er Ihr Bruder ist.«

»Sie kennen ihn ja gar nicht«, sagte Blue.

»Die Loyalität zu Ihrer Familie ist zwar bewundernswert,

aber vollkommen fehl am Platze. Er hat meine Tochter im Stich gelassen. Das kann ich ihm nicht verzeihen.«

»Und ich?«

»Das bleibt abzuwarten. Sie ähneln beide so sehr Ihrem Vater!«

»Das glaube ich nicht.«

»Dann sind Sie aber ziemlich naiv. Alle Männer sind Produkte ihrer Väter, das ist doch unausweichlich. Sie, Blue, tragen den alten Mann immer mit sich herum. So wie Sie reden, wie Sie gehen, wie Sie jemandem ins Auge blicken. Das ist immer er, all das ist er.«

»Sie klingen, als würden Sie ihn gut kennen.«

»Geschäftlich, ja.«

»Klar.« Blue seufzte. »Sie sind also eine Gestaltwandlerin. Wissen Ihre Arbeitgeber das eigentlich?«

»Wissen Ihre, dass Sie ein Elektrokinetiker sind?«

Blue runzelte die Stirn. »Ich hasse es, wenn Sie das sagen.«

»Ich kann nichts dafür, dass die Spionageabwehr von Dirk & Steele so mies ist.«

»Und was ist mit Iris? Weiß sie etwas davon?«

Serena zögerte. »Nein. Ich habe es ihr nie gesagt.«

»Also haben Sie sie einfach allein gelassen, jahrelang. Haben Sie jemals darüber nachgedacht, wie sie sich dabei gefühlt haben muss? Was sie von Ihrem Verschwinden gehalten hat?«

»Natürlich!«, fuhr Serena ihn an. »Aber ich hatte keine Wahl. Oder wäre es Ihnen lieber, dass Männer wie Santoso frei herumlaufen?«

»Er lief jedenfalls noch frei herum, als Sie ihm nachspioniert haben. Ich glaube nicht, dass Sie sehr viel getan haben, außer vielleicht, die Drecksarbeit für ihn zu erledigen.«

»Wenn man einem Hund ein Bein abschneidet, kann der

immer noch laufen. Wenn man ihm den Schwanz abschneidet, kann er auch noch laufen. Schneiden Sie ihm aber den Kopf ab, dann ist er tot. Santoso war nichts weiter als ein Körperglied. Ich brauchte also etwas Wirkungsvolleres. Was Sie, da wiederhole ich mich, ruiniert haben.«

»Die Kleinigkeiten brechen mir vielleicht die Knochen, aber Bomben können mir nichts anhaben.«

Daniel schlief immer noch. Serena beugte sich dichter zu Blue. Ihr Atem kitzelte sein Ohr, als sie flüsterte: »Sie irren sich in mir. Ich habe meiner Tochter geholfen, so sehr ich konnte. Auch wenn sie meine Gegenwart in ihrem Leben vielleicht nicht gespürt hat. Aber da Santoso ständig in ihrer Nähe war, konnte ich nicht zu offenkundig vorgehen. Ich musste sehr vorsichtig sein.«

»Sie vermisst Sie. Ich kenne sie zwar noch nicht lange, aber das habe ich jedenfalls bemerkt.«

»Sie glauben, Sie lieben sie.«

»Ja.« Blue konnte ihr nicht sagen, dass er es nicht nur glaubte, sondern dass er es sogar wusste, es tief in seinem Inneren spürte. »Aber ich weiß nicht, was sie für mich empfindet.«

»Hatten Sie Sex?«

Blue riss seinen Blick von der Straße los, drehte den Kopf und zwang sich, ihr in die Augen zu sehen. Goldenes Licht blitzte auf, und er roch einen schwachen Hauch von Parfüm. »Noch nicht.«

»Noch nicht«, wiederholte Serena leise. »Meine Tochter war noch nie mit einem Mann zusammen«, sagte sie dann. »Sie müssen sehr behutsam mit ihr sein.«

»Okay«, antwortete er. Er versuchte, sich nicht anmerken zu lassen, wie sehr ihn dieses Gespräch verunsicherte. Natürlich würde er vorsichtig sein, aber dass Serena ihm das sagte, gab ihm das Gefühl, er wäre ein Perverser, nur weil er ihre Tochter begehrte.

Er räusperte sich. »Also, zurück zu Santoso. Was haben wir da zu erwarten, ich meine, welche Waffen?«

»Wir haben es mit äußerst überlegenen Kräften zu tun. Diese Niederlassung ist das größte stationäre Unternehmen dieser Art auf der ganzen Welt. Das ist keine Hinterzimmer-Klitsche!«

»Jemand beim FBI oder bei der CIA muss doch davon wissen.«

»Nein, niemand. Und jeder, der ihm zu nahe gekommen ist, ist jetzt entweder sehr reich oder tot. Für alles andere steht zu viel auf dem Spiel. Er verdient schon jetzt weltweit Milliarden, und wenn sich diese … Einrichtung noch etwas mehr etabliert hat und er erst ein ganzes Netzwerk davon hochgezogen hat, dann wird er vermutlich noch mehr verdienen.«

»Mit so viel Geld muss ihm eine ganze Armee zur Verfügung stehen.«

»Richtig.«

»Also brauchen wir Hilfe.«

»Ganz und gar nicht. Wir drei sind schon genug. Zu viele Leute vergrößern nur das Risiko, dass jemand verletzt wird.«

»Ich glaube, das Gegenteil ist wahr.«

»Diese Frage wird nicht verhandelt.«

Blue biss sich auf die Innenseite der Wange. »Also gut. Ich nehme an, Sie wissen, was Sie tun.«

Serena antwortete nicht darauf, sondern streckte die Hand aus. »Sehen Sie diese Abzweigung da? Nehmen Sie sie.«

Blue gehorchte. Der Hummer schwankte, und Daniel wachte auf. Er schnaufte und hustete. Serena knurrte leise etwas und wich in die Schatten auf dem Rücksitz zurück. Blue hatte Mitleid mit seinem Bruder und reichte ihm eine Wasserflasche, die zwischen ihnen gestanden hatte.

»Danke«, murmelte Daniel.

»Warum bist du weggelaufen?«, erkundigte sich Blue. Er

stellte die Frage ohne jede Vorwarnung, setzte seinem Bruder praktisch eine Pistole auf die Brust.

Daniel setzte die Wasserflasche ab. »Weil er meine Mutter ermordet hat.«

Blue hatte das Gefühl, als erstarre selbst die Luft im Wagen. »Er hat sie ermordet?«

»Nicht mit einer Kugel oder mit Gift. Aber er hat sie ermordet, so sicher, wie ich hier sitze. Er hat sie mit seiner Bosheit unter die Erde gebracht. Geschlagen hatte er sie auch, aber diese körperliche Züchtigung war längst nicht so schlimm wie seine psychologischen Spielchen.« Daniel blickte auf seine Hände, dann auf die Wasserflasche. »Meine Mutter war das einzig Gute in meinem Leben, während ich heranwuchs.«

Blue dachte an seine eigene Mutter. »Sie hat ihn nicht verlassen?«

»Nein, obwohl ich so ziemlich alles versucht habe, sie dazu zu bewegen. Sie wollte einfach nicht. Sie hatte Angst vor ihm, meinetwegen... Und sie wollte sichergehen, dass ich mein... Geburtsrecht bekam.« Daniel sprach das Wort aus, als brenne es ihm auf der Zunge. »Sie hat es zwar nie gesagt, aber ich glaube, dass sie schon vorher missbraucht worden war. Ihrer Meinung nach war es besser, wenigstens reich zu sein, wenn man schon in der Klemme saß.«

»Wann ist sie gestorben?«

»Vor einem Jahr. Sie hat sich die Pulsadern aufgeschnitten.«

Der Wagen schwankte ein wenig. Blue sah seinen Bruder an, betrachtete das scharfe Profil, und in seinem Kopf hallte die dumpfe Stimme seines Bruders wider.

»Das tut mir leid«, murmelte er.

»Unser Vater war damals in Jordanien«, erklärte Daniel. Noch immer sprach er leise und beherrscht. »Er ist weder nach Hause gekommen, noch hat er es mir gesagt. Die Haushälterin hat mich informiert, und ich hatte noch Glück, dass ich überhaupt ihren Leichnam sehen konnte, weil der Alte sie fast sofort hat einäschern lassen. Wäre ich nicht so schnell da gewesen, ich hätte nie herausgefunden, was passiert war.«

Blue kaute auf der Innenseite seiner Wange und fragte sich, wie viel er sagen konnte, überlegte, ob es irgendwelche Worte gab, die nicht beleidigend klingen konnten. Schließlich sagte er dann das, was er für das Einfachste hielt. »Der alte Mann hat deine Mutter erwähnt, als er mir befahl, dich zu suchen. Er sagte, sie war… wunderschön. Eine gute Frau.«

Daniel warf ihm einen scharfen Blick zu. »Soll das ein Trost sein?«

»Es soll gar nichts sein. Ich wusste nur nicht genau, ob du es weißt.« Oder ob es eine Rolle spielt.

Serena tippte Blue auf die Schulter. »Da vorn geht eine andere Straße ab. Biegen Sie da ab.«

Blue bremste. Er sah nur einen Feldweg, der in die Wüste führte, aber da ihm Serena keine weiteren Instruktionen gab, bog er darauf ein. Der Hummer rumpelte und ächzte, seine Scheinwerfer beleuchteten Felsen, Büsche und Kakteen. Der Mond war höher gestiegen, sein Licht schimmerte auf den Bergen.

Nach einigen Meilen spürte Blue wieder ein Tippen auf der Schulter. »Halten Sie an«, befahl Serena.

Er gehorchte, schaltete das Licht ab, sodass die Dunkelheit sie nun zu verschlucken schien. Serena öffnete die Tür und glitt aus dem Wagen. Blue wechselte einen kurzen Blick mit seinem Bruder und folgte ihr. Die Waffe, die sie ihm gegeben hatte, steckte er in den Hosenbund seiner Jeans.

Es roch angenehm, die Luft war kühler als in der Stadt. Blue drehte sich einmal um sich selbst und sah einen Schimmer am Horizont; Las Vegas ließ selbst die Sterne verblassen.

»Und jetzt?«, fragte Daniel flüsternd. Es war ganz still, so ruhig, dass selbst das Knirschen von Sand unter ihren Schuhen laut klang.

Serena schnippte mit den Fingern. Blue hatte Lust, dasselbe zu tun, riss sich jedoch zusammen und trat zu ihr, um herauszufinden, was sie wollte. Sie war immer noch nackt und stand am Kofferraum des Hummer. Sie hatte die Hand auf die blutgetränkte Bandage ihrer blutigen Schulter gedrückt. Der verletzte Teil ihres Körpers war nach wie vor von Fell bedeckt, ihre Augen glühten.

»Hinten im Wagen gibt es jede Menge Ausrüstung«, sagte sie ruhig. »Waffen, Wasser und Nahrungsmittel. Sie und Ihr Bruder müssen so viel davon mitnehmen, wie Sie tragen können.«

»Wie weit ist es bis zu Iris?«

»Die Distanz ist hier nicht das Problem.« Serena hob den Kopf und witterte. »Das Problem ist eher, was passiert, nachdem wir sie befreit haben. Möglicherweise können wir nämlich nicht hierher zurückkehren.«

Daniel trat zu ihnen. Blue öffnete den Kofferraum des Hummer. Jede Menge Wasserflaschen, Schachteln mit Energieriegeln, Nüsse, Trockenfleisch und andere nicht verderbliche Lebensmittel stapelten sich dort. In einer Ecke standen mehrere Rucksäcke, zusammen mit einem gefalteten Material, das wie Aluminium aussah, aber so weich wie Seide war.

»Schlafsäcke«, erklärte Serena. Ihre Stimme klang rau, und Blue glaubte sehen zu können, dass sie etwas schwankte. »Sie sind wasserdicht, man kann sie auch als Zelte benutzen. Das ist ein neuer Stoff, ganz ähnlich wie der, den das Militär benutzt, aber er ist wesentlich besser.«

»Mit freundlichen Grüßen von Ihren Arbeitgebern?«

Sie sagte nichts, was Antwort genug gewesen wäre.

Daniel und Blue machten sich daran, die Rucksäcke vollzupacken. Serena öffnete eine Kiste, in der Pistolen, Handgranaten, Elektroschockgeräte und selbst eine Schachtel mit sorgfältig verpackten Spritzen lagen.

»Beruhigungsmittel«, erklärte sie.

»Oh.« Daniel kaute auf seiner Lippe. »Was sagten Sie noch mal, tun Sie?«

Serena lächelte. »Ich glaube, das sollte mittlerweile mehr als offensichtlich sein.«

»Nein.« Er sah ihr direkt in die Augen. »Das ist es eigentlich nicht. Noch vor zwei Jahren sind Sie im Zirkus aufgetreten. Das ist nicht gerade ein Ort, an dem man lernt, wie man mit Granaten jongliert. Oder spioniert. Oder ... was auch immer tut.«

Serena antwortete nicht, sondern starrte ihn einfach nur an. Blue überlegte, ob sie sich wohl gerade die verschiedenen Möglichkeiten vorstellte, wie sie ihn töten, in die Luft sprengen oder seinen Kopf in eine Toilettenschüssel stecken könnte. Allerdings machte er sich nicht wirklich Sorgen, dass eine dieser Möglichkeiten Realität werden würde. Er streifte sich ein leichtes Netzhalfter über und packte Pistolen in die Rucksäcke. »Wir müssen gehen. Wie weit ist es, Serena?«

»Vier Meilen. Das Gelände wird mit Bewegungsmeldern abgesichert. Allerdings glaube ich nicht, dass sie ein Problem sein werden.«

Blue lächelte. »Dann können wir doch einfach hinfahren.«

»Diese Straße verengt sich zu einem Fußpfad, der mehr als eine Meile lang ist. Danach wird das Land zwar ebener und befahrbar, aber wir würden niemals so weit kommen. Und es gibt keinen anderen Weg dorthin. Wollen Sie wirklich unser einziges Transportmittel riskieren?«

»Und Sie?«, erkundigte sich Daniel. »Was ist mit Ihrer Verletzung? Sie wurden immerhin angeschossen.«

»Ich komm schon klar.« Ihre Augen erstrahlten, doch diesmal schien das Licht über ihren Körper zu laufen, über ihren Hals, ihre Brüste, ihren muskulösen Oberkörper und ihre schmalen Hüften. Daniel stieß einen kehligen Laut aus, als wäre er angewidert, aber Blue sah ihn nicht an und riss auch seinen Blick nicht von Serena, als Fell durch ihre Haut drang, ihr Körper sich streckte und länger wurde. Ihre Muskeln wurden kräftiger, die Gelenke knackten, bis sie auf alle viere hinunterging. All das geschah aber so schnell, dass er sich kaum noch daran erinnern konnte, als das goldene Licht erlosch. Dort, wo Serena gestanden hatte, kauerte jetzt ein Leopard und beobachtete sie mit ganz erstaunlichen Augen.

O ja! Blue wurde dieses Anblicks nie müde.

Serena glitt an ihnen vorbei, und nur ein fast unmerkliches Humpeln verriet noch, dass sie angeschossen worden war. Sie blieb unmittelbar hinter dem Wagen stehen und sah über die Schulter zurück.

Blue reichte Daniel einen Rucksack. Sein Bruder nahm ihn, aber er schien sehr schwach zu sein. Der Rucksack glitt ihm aus der Hand. Er machte keinerlei Anstalten, sich zu bücken und ihn aufzuheben, sondern starrte nur weiterhin Serena an. Selbst in dem spärlichen Mondlicht konnte Blue erkennen, dass die Augen seines Bruders hell und riesig waren.

Blue seufzte und schloss die Wagentür. Daniel zuckte zusammen, als die Tür ins Schloss fiel, und fasste sich an die Brust, als wäre er angeschossen worden. Doch er sagte nichts, machte auch nicht das geringste Geräusch, sondern starrte sie nur an. Blue wartete einen Moment, wollte ihm eine Chance geben … Aber als sich Serena entfernte, gab er auf und rannte hinter ihr her. Sein Knie schmerzte, doch er dachte an Iris und verschluckte den Schmerz.

Er hörte ein Scharren hinter sich und warf einen Blick über die Schulter. Daniel folgte ihm. Der Rucksack schwang an einer Hand, als er versuchte, ihn zu schultern, ohne langsamer zu werden. Rasch holte er Blue ein, obwohl er immer noch vollkommen schockiert wirkte. Blue überlegte, ob er mit ihm reden, sich vergewissern sollte, dass es ihm gut ging. Aber immerhin rannte Daniel neben ihm, und außerdem würde sich sein Bruder schon äußern, wenn er es wollte.

Serena bewegte sich sehr schnell voran. Blue konnte ihr in der Dunkelheit nur folgen, wenn er sich auf das schwache elektrische Summen ihres Herzens konzentrierte. Das Mondlicht half zwar auch ein wenig, aber letztlich zeigte es ihm nur, dass sie auf einem schmalen Weg liefen, der eine Schneise durch die Wüste zu schlagen schien. Vielleicht war es auch eine Straße. Blue hatte keine Ahnung, wo sie waren. Es war sehr ruhig, und die Luft wirkte angenehm kühl.

Er klopfte sich auf die Jackentasche, um sich zu vergewissern, dass sein Handy noch darin war. Roland hatte zwar Verstärkung versprochen, aber das war nun schon Stunden her. Ihm kam es wie ein ganzes Lebensalter vor. Seine Freunde hatten keine Chance, ihn jetzt noch zu finden, es sei denn, Dean war dabei. Und selbst wenn sie nach ihm suchten, bezweifelte Blue sehr, dass sie rechtzeitig ankämen, um noch dabei helfen zu können, Iris zu befreien.

Vergiss Serena und ihre Regeln. Setz dich mit Roland in Verbindung.

Aber er tat es nicht. Er zog das Handy aus der Tasche und stellte es ab. Daniel beobachtete ihn. Er bewegte sich sehr laut weiter; sein Atem zischte, und seine Jeans machte reibende Geräusche.

»Hast du vor, jemanden anzurufen?« Daniel senkte seine Stimme zu einem Flüstern.

»Nein. Wir sind auf uns allein gestellt.«

Irgendwo in der Ferne heulte ein Coyote. »Du hast gesagt, du wärst mal beim Militär gewesen, stimmt's?«

»Ich war zwar nur ein Techniker, aber ich habe meinen Dienst geleistet.«

»Das klingt aber ziemlich vage.«

»Muss es auch. Einiges von dem, was ich getan habe, unterliegt immer noch der Geheimhaltung.«

Daniel knurrte. »Also glaubst du, du bist qualifiziert, die Burg zu stürmen und die Prinzessin zu retten?«

»Glaubst du das nicht?«

Das brachte ihm ein kleines Lächeln ein. »Beantworte mir eine Frage.«

»Wenn ich Lust dazu habe.«

»Fick dich doch.«

»Nicht unter Brüdern, bitte.«

Daniel atmete zischend aus. »Du warst nicht gerade überrascht von meinen … Fähigkeiten. Ich wüsste gerne, warum nicht.«

»Woher wusstest du, wer ich war, als du mich zum ersten Mal gesehen hast?«

»Meine Frage zuerst.«

»Später vielleicht.« Blue fiel von einem schnellen Marsch in einen Lauf. Sein Körper protestierte zwar, aber er riss sich zusammen, um regelmäßig zu laufen und damit den Schmerz zu bezwingen. Daniel hielt leicht mit ihm Schritt. Er stellte keine Fragen mehr, sondern senkte das Kinn und starrte stur auf den Weg, der vor ihnen lag.

Serena war nicht mehr als ein Schimmern im Mondlicht, ein Schatten, der von einem dunklen Fleck zum anderen glitt. Während Blue sie beobachtete, schickte er seinen Geist aus und ging bis an die Grenzen seiner Fähigkeiten. Ohne jeden Strom, auf dem er reiten konnte, war seine Reichweite begrenzt. In einer Stadt gab es überall Energie. Er konnte den Leitungen folgen, er konnte sich auch in individuellen elektromagnetischen Feldern verlieren – das war sein eigenes privates Labyrinth. Aber hier gab es nichts dergleichen.

Bis plötzlich etwas Scharfes gegen seine Schilde tippte, ein Stakkato-Tanz, und Blue schrie eine Warnung heraus, noch während er seinen Geist mitten in ein Raster schickte. Die Elektrizität verlief unter dem Boden – unmittelbar vor ihnen – und speiste ein Netzwerk von Sensoren.

Blue stellte sie ab. Es war ganz einfach, er musste nur daran denken, nutzte seine Instinkte, um danach zu tasten, wo der Stromkreis unterbrochen werden sollte und … da. Erledigt.

»Was ist passiert?«, fragte Daniel, als Serena vor ihm auftauchte. Sie war nach wie vor ein Leopard und lief noch immer auf allen vieren. Blue ignorierte sie beide, folgte dem Stromkreis, den Geräten, versuchte bis zur Quelle zu kommen, suchte nach etwas anderem, was ihnen vielleicht Schaden zufügen konnte. Aber nichts. Gar nichts. Er hatte fast schon seine körperlichen Grenzen erreicht, als er doch noch etwas anderes bemerkte, etwas Großes, das sich schnell bewegte.

Autos. Sie waren zu ihnen unterwegs. Er hörte die Wagen in seinem Kopf, sie summten wie Bienen. Erst als Daniel sich bewegte und sagte: »Da kommt etwas«, realisierte Blue, dass das Summen gar nicht in seinem Kopf war, sondern in seinen Ohren. Es waren Motoren.

Ein Gewehrsschuss knallte. Daniel zuckte zusammen. Serena erstarrte, hob den Kopf und ließ ihre Ohren kreisen. Ihre Augen glühten.

»Nicht«, sagte Blue, doch er kam zu spät. Serena rannte schon los.

»Verdammt!«, knurrte Daniel, weil Blue ihr folgte. Er rannte so schnell er konnte, so schnell, dass seine Knochen schmerzten und sein Atem in seiner Lunge pfiff. Was für eine höllische Woche, sagte er sich dabei. Wie die Grundausbildung, alles noch mal von vorn. Nur war er jetzt zweiunddreißig Jahre alt und verletzt, und er versuchte, mit einem gottverdammten Leoparden mitzuhalten. In der Wüste. Mitten in der Nacht.

Serena verließ den Pfad. Der Boden wurde uneben. Überall gab es scharfe Felsen und noch schärfere Pflanzen. Blue senkte seine Schilde noch weiter, teilte seinen Fokus, überließ es seinem Körper zu rennen, während seine Gedanken durch das unterirdische Netzwerk glitten. Die Reise dauerte nur Bruchteile von Sekunden. Sein Geist tauchte unmittelbar unter den Wagen auf, schickte ihn direkt in ihre metallischen Herzen, in ihre pulsierenden Stromkreise, die von den Batterien ausgingen. Blue drang darin ein, in eine nach der anderen, und unterbrach dann den Energiefluss.

Stille. Blue verfolgte das Summen von Sprechfunkgeräten und schaltete sie ebenfalls kurz. Er hörte einen schwachen Schrei und dann erneut einen Schuss. Er strengte sich noch mehr an und wünschte sich, dieser Hummer wäre da, als er eine niedrige Anhöhe hinaufrannte. Mit dem Fuß streifte er einen Haufen spitzer Felsen und wäre fast gestürzt. Doch Daniel war plötzlich neben ihm, stützte ihn unter dem Arm und zog ihn hoch.

Sie erreichten die Spitze der Anhöhe. Unter ihnen breitete sich die Wüste aus. Das Mondlicht schimmerte dunkel auf ein paar Wagen, die zerstreut und regungslos herumstanden. Die Kegel von Taschenlampen zuckten über den Boden. Blue hörte noch mehr Schreie, Türen, die zugeschlagen wurden. Hinter ihnen, weit entfernt, tanzten noch mehr Scheinwerfer, und dahinter sah Blue Licht von einem Gebäude, das selbst aus dieser beträchtlichen Entfernung sehr groß wirkte. Die Niederlassung befand sich außerhalb seiner Reichweite, ebenso wie die Wagen, die von dort wegfuhren. Aber schon bald waren sie nahe genug.

Daniel und er befanden sich viel zu weit oben auf der Anhöhe, als dass man sie hätte sehen können, aber Serena war bereits nach rechts abgebogen und rannte nun direkt auf die Männer zu, verzweifelt und leichtsinnig. Sie bemühte sich nicht einmal, verborgen zu bleiben. Es schien fast, als wollte sie die Aufmerksamkeit auf sich ziehen – um jemanden zu beschützen.

»Was tut sie da?«, fragte Daniel, doch in diesem Augenblick bemerkte Blue eine Bewegung am Fuß der Anhöhe. Einen langen, dunklen Körper, der dicht am Boden entlangrannte, ein Schatten im Schatten. Er dachte nicht nach und plante auch nichts, sondern krabbelte ebenso entschlossen die Anhöhe herunter, wie er sie erklommen hatte. Er stürzte auf seine Hüfte und rutschte fast den ganzen Weg herab, eine Hand auf den unebenen Boden gedrückt, während er sich eine Bresche durch das Unterholz bahnte. Dabei war er ziemlich laut und erwartete Gewehrfeuer, Schreie, einen Kaktus, der sich zwischen seine Beine grub …

Etwas pfiff dicht an ihm vorbei, und eine Kugel schlug in den Boden neben ihm ein. Das war zwar knapp, aber er rutschte weiter, kam endlich auf die Füße, bog ab und schlug nun Haken. Er warf einen Blick über die Schulter: Daniel war hinter ihm und rannte erheblich eleganter den Hügel herunter. Sei vorsichtig, dachte Blue, aber er hatte schon keine Zeit mehr, sich noch um seinen Bruder zu kümmern. Er hatte den ebenen Boden fast erreicht, und jetzt rannten die Männer auf ihn zu. Blue schaltete ihre Taschenlampen aus. Er spielte mit dem Gedanken, noch stärker einzugreifen, falls er denn nahe genug an sie herankam. Ein Gedanke – und zehn Herzinfarkte. Aber er hielt sich zurück. Wenn er die Kontrolle verlor …

Du bist jetzt älter. Du weißt, was du tust.

Vielleicht. Aber vielleicht auch nicht. Einen Menschen nur mit seinem Geist zu töten, war etwas ganz anderes, als einen Toaster auszuschalten.

Blue hatte den Fuß der Anhöhe erreicht. Serena zog bereits das Feuer auf sich, obwohl die Geräusche, die sich in seinen Ohren abwechselten, eine Mischung aus Kugeln und etwas Weicherem waren. Es fühlte sich wie das Schlagen von Flügeln an, wie ein Klatschen. Vielleicht war es auch ein Betäubungsgewehr. Kugeln, um die Beute in die Enge zu treiben, Beruhigungsmittel, um sie zu Boden zu zwingen? Blue fragte sich, ob die Männer wirklich wussten, was sie da jagten, Frau oder Leopard… oder beides. Denn dies da unten war Iris, das wusste er, sein Instinkt sagte es ihm, und auch die Art, wie Serena sich verhielt. Aber wenn Santoso es auch wusste…

Der Mond war zu hell. In seinem Licht konnte man keine gute Deckung finden. Er hatte die Männer nicht dadurch aufgehalten, dass er ihre Taschenlampen ausgeschaltet hatte – was einiges über ihre Ausbildung aussagte.

»Kannst du ihre Gewehre aus dem Verkehr ziehen?«, rief Blue seinem Bruder zu.

Daniel kam näher. »Sie sind noch zu weit weg. Meine Reichweite ist begrenzt. Aber ich wette, dass Serena diesen Arschlöchern entkommen könnte. Sie muss vor ihnen weglaufen, nicht auf sie zu.«

Blue sagte nichts. Er wusste, warum sie die Aufmerksamkeit auf sich zog, und sein Verdacht wurde bestätigt, als er einen hohen, wilden Schrei hörte, der ohne jeden Zweifel nicht von Serena stammte.

Verdammt! Blue griff nach seiner Pistole. Ihn trennten noch mehr als dreihundert Meter Felsen und Büsche von seinen Feinden, die von den drei lahmgelegten Fahrzeugen in einem rhombenförmigen Muster ausgeschwärmt waren. Blue ließ los, als ein langer dunkler Körper über den Boden auf Serena zurannte, die plötzlich aus den Büschen auftauchte und eine Spur aus goldenem Licht nach sich zog. Sie stürzte sich auf einen der Bewaffneten. Und obwohl Blue in der Dunkelheit nichts sehen konnte, hörte er den Mann aufkreischen, als hätte man ihm die Eier abgerissen. Serena war schnell und brutal. Sie ließ den Mann im Dreck liegen und stürzte sich auf den nächsten. Immer noch liefen goldene

Wellen über ihren Körper, während sie sich bewegte – bis sie ganz plötzlich auf zwei Beinen stand, nicht mehr auf vieren, und wie eine Turnerin tanzte. Sie zerkratzte Gesichter und Körper und schimmerte wie ein Geist des Todes.

Blue blieb stehen und zielte, aber er hatte keine freie Schussbahn, konnte nicht riskieren abzudrücken, da er vielleicht Serena getroffen hätte. Die Männer bemühten sich, sie mit einem Beruhigungsgewehr niederzuschießen. Aber sie war viel zu schnell für sie, trotz der Schusswunde nicht zu fassen.

Der andere Leopard war schon fast bei ihr. Er rannte so schnell, dass seine Gestalt im Mondlicht zu verschwimmen schien. Blue folgte ihr unwillkürlich, schrie ihren Namen, schrie laut: »Iris!« Die Raubkatze stockte und sah ihn an. Ihre Augen glühten, leuchteten in ihrem Gesicht. Einen Moment lang konnte Blue die Frau in dem Leoparden erkennen, sah ihre Wangen, ihre Augen, einen Blick, der so menschlich war, so erschreckt, dass Blue den Eindruck hatte, er würde weder Fell noch Klauen oder Schwanz sehen. Nur Iris. Einfach nur sie.

»Bleibt zurück!«, schrie er sie an. Aber Serena heulte auf, diesmal vor Schmerz. Iris wandte sich ab und stürzte sich in den Kampf.

»Iris?«, murmelte Daniel, aber jetzt war keine Zeit für Erklärungen. Die beiden Brüder rannten weiter, und diesmal feuerte Blue. Er schoss einfach drauflos, wollte gar nicht treffen, sondern nur eine Ablenkung erzeugen, versuchen, das Feuer von Iris und Serena abzuziehen, während sich die beiden Gestaltwandler auf Santosos Männer stürzten. Die Dunkelheit schützte sie noch, aber Blue wusste bereits, dass es nicht mehr allzu lange dauern konnte. Serena bewegte sich, soweit er sehen konnte, schon nicht mehr ganz so schnell.

Und die Wagen kamen immer näher. Noch waren sie außerhalb seiner Reichweite. Blue sah ihre Scheinwerfer größer werden. Bald, schon bald …

Santosos Männer erwiderten das Feuer. Blue ließ sich auf den Boden fallen und zog Daniel mit sich. Einige Männer waren so dumm, sich von den anderen zu entfernen. Blue schoss sie nieder.

»Sind sie jetzt nahe genug?«, fragte Blue seinen Bruder.

Daniel verzog das Gesicht und kroch auf seinem Bauch auf den Kampf zu. Blue folgte ihm, deckte ihn, versuchte immer noch, die Aufmerksamkeit von Iris und ihrer Mutter auf sich zu ziehen. Sie hatten nun wieder beide die Gestalt von Leoparden angenommen und waren nicht mehr zu unterscheiden. Blue sah, wie der Kolben eines Gewehrs auf einen gefleckten Rücken herabsauste und spürte, wie der Schmerzensschrei bis in seine Brust drang und sie zusammendrückte.

Er hätte den Mann fast getötet, hätte beinahe seinen Geist eingesetzt, um die Elektrizität, um sein Herz auszuschalten.

Und wenn du einen Fehler machst? Wenn Iris die Welle ebenfalls abbekommt? Oder ihre Mutter oder Daniel?

Mist! Es war vollkommener Unsinn, hier bloß so herumzusitzen, während sie da mitten im Getümmel waren. Blue sprang auf und rannte los. Daniel rief seinen Namen, aber jetzt konnte er nicht mehr zurück. Er schrie Santosos Männern etwas zu, winkte mit seinen Armen und kam sich wie ein Verrückter vor. Es kümmerte ihn nicht, als sich noch mehr von ihnen von den anderen trennten und ihre Waffen hoben. Blue schoss schneller, doch noch während er feuerte und während die Männer zu Boden stürzten, spürte er bereits, wie etwas den Rand seiner Schutzschilde berührte. Es war ein leises Summen, nicht stark genug, als dass es ein Wagen hätte sein können, aber es besaß eine ähnliche Masse. Oder aber es waren genug Personen, dicht aneinandergepresst, um sich wie eine solche Masse anzufühlen.

Es waren Menschen. Viele Menschen.

Kälte durchdrang ihn. Er tastete genauer, fühlte jedoch keine Wagen und auch keine Funkgeräte hinter dieser Gruppe. Sie hatten nichts Elektronisches bei sich, und sie waren sehr nah. Es waren zehn Herzen, und keiner von ihnen trug auch nur eine Uhr. Sie pressten sich eng aneinander, und ihre elektrischen Ladungen waren zu schwach, als dass er sie hätte ausmachen können, wenn sie getrennt vorgegangen wären, es sei denn, er hätte gewusst, wonach er suchte.

Aber wie können sie das wissen?, dachte Blue, der sich wie betäubt fühlte. Wie konnten sie denn nur wissen, wie sie sich verstecken mussten, es sei denn … es sei denn …

»Iris!«, brüllte Blue, aber jetzt war es schon zu spät. Er sah die Bewegung kaum hundert Meter entfernt am Fuß der Anhöhe, verborgen zwischen einigen Felsbrocken, die nur wenige Schritte von einem der lahmgelegten Fahrzeuge entfernt waren.

Er rannte los. Er rannte direkt auf Iris zu, auf Iris, die da kämpfte, die gerade mit ihrem kräftigen Kiefer einem Mann die Gurgel herausriss und mit den Hinterläufen seinen Unterleib zerfetzte. Er spürte, wie Kugeln an seinem Kopf vorbeipfiffen, als er direkt in die Mündung einer Waffe blickte, die auf sein Gesicht zielte. Das Mondlicht schimmerte bläulich auf dem Lauf.

Aber die Waffe wurde nicht abgefeuert. Sie war da, und im nächsten Augenblick war sie schon verschwunden, sie flog durch die Nacht und landete klappernd zwischen den Felsen. Und zwar nicht nur diese eine Waffe, sondern ebenso andere Waffen. Alle Waffen in diesem kleinen Kreis von Gewalt flogen einfach davon, und einen kurzen Augenblick lang glaubte Blue, dass sie es schaffen konnten, dass sie tatsächlich eine Chance hatten zu entkommen.

Doch dann eröffneten die Männer, die zwischen den Felsen im Hinterhalt gelegen hatten, das Feuer, und ihre Waffen flogen nicht davon – und sie hörten auch nicht auf zu schießen. Serena und Iris lösten sich von den Männern, mit denen sie gekämpft hatten und die jetzt wie zerbrochene Puppen auf den Steinen lagen. Die anderen hielten sie nicht auf, als sie zu Blue und Daniel eilten.

Blue kam Iris auf halbem Wege entgegen, riss sie in die Arme, drückte ihre sehnige lange Flanke an sich und legte eine Hand auf ihren pelzigen Rücken, während er versuchte, sie gegen den Hagel von Pfeilen zu schützen, die vom Boden zu ihren Füßen abprallten. Er lauschte in seinem Kopf nach den Herzschlägen und wusste, dass er die Männer jetzt hätte ausschalten können, denn die Dunkelheit bot ihnen keinen Schutz dagegen.

»Was zum Teufel ist das?«, schrie Daniel. Er rannte immer noch, aber in die entgegengesetzte Richtung, also zurück zu der Anhöhe. Blue warf einen Blick über die Schulter zu den lahmgelegten Autos. Doch es war zu spät. Jetzt konnten sie nicht mehr dorthin.

»Eine verdammte Falle!«, keuchte er und schlug leicht auf Iris' Schulter, damit sie schneller lief. Sie blieb bei ihm, knurrend, selbst als ihre Mutter kurz vorauslief. Sie warf ihrer Tochter einen Blick zu, der eindeutig besagte: *Lass diese armseligen Loser doch stehen und folge mir!* Blue konnte ihr nur aus ganzem Herzen zustimmen.

»Lauf!«, schrie er Iris an und versuchte selbst, seine Schritte zu beschleunigen. Nur die Verzweiflung gab ihm Kraft. Wenn sie seinetwegen verletzt wurde…

Zu spät. Ein Pfeil grub sich in ihre Seite. Iris stolperte, lief noch ein paar Schritte, bevor sie dann auf dem Felsen zusammenbrach. Im nächsten Moment war Serena bei ihr. Goldenes Licht zuckte wie ein Sturm über ihr, und Blue hörte, wie sie flüsterte: »Wandle! Wandle dich, Iris. Schnell!«

Sie gehorchte – und veränderte sich von der Leopardin in die Frau zurück, so wie auch ihre Mutter es getan hatte, die sie mit Worten anleitete, die Blue nicht verstehen konnte, die aber wie ein Lied klangen.

»Mom«, murmelte Iris, aber zu mehr war sie nicht in der Lage. Ihre Augenlider flatterten und schlossen sich. Serena riss den Pfeil aus ihrer Seite und versuchte ihre Tochter hochzuheben. Von wegen!, dachte Blue. Er schob sie zur Seite und warf sich Iris mit einer einzigen Bewegung über die Schulter. Es war eine ungeheure Anstrengung, und er unterdrückte ein Stöhnen. Er hatte sein verletztes Knie vergessen!

Serena verwandelte sich nicht wieder in die Raubkatze. Sie war nur teilweise Mensch, denn die untere Hälfte ihres Körpers war noch immer von Fell bedeckt. Sie hielt die Hand ihrer Tochter und stützte sie, während sie weiterrannte. Blue spürte, wie ihre Verfolger die Deckung der Felsen verließen und sich mit den anderen Männern zusammenschlossen. In der Ferne hüpften noch immer die Scheinwerfer durch die Dunkelheit. Aber jetzt waren sie nah genug gekommen – und Blue legte die Motoren mit einem einzigen Gedanken lahm.

»Wir schaffen es nicht bis zur Anhöhe«, erklärte Daniel, der einen Augenblick stehen blieb und mit den Händen durch die Luft fuchtelte. Eine Wand aus Staub und Felsen erhob sich hinter ihnen, ein Schleier, der ihre Bewegungen vor den Verfolgern verbarg. Allerdings war es nur eine kurze Atempause; Betäubungspfeile zischten immer noch an ihnen vorbei, und Daniel richtete die Pistole blindlings über seine Schulter zurück und schoss einfach drauflos. Blue knirschte mit den Zähnen und gab seine Waffe an Serena weiter. Sie nahm sie wortlos an, drehte sich herum und feuerte das gesamte Magazin in die Meute. Blue hörte Schreie, das waren Schmerzensschreie … Und im selben Augenblick klatschte ein Pfeil mit einem dumpfen Geräusch in ihren Oberschenkel.

Sie riss ihn zwar schnell heraus, aber es war schon zu spät.

Sie schwankte und sackte auf ein Knie. Daniel versuchte ihr zu helfen, doch sie schob ihn nur mit einem Fauchen zurück. Er versuchte es noch einmal, woraufhin sie einen Felsbrocken packte und ihn in Richtung seines Schoßes warf. Aber sie hatte schlecht gezielt – der Stein prallte von seiner Hüfte ab. Blue konnte ihre Reaktion verstehen, schmeckte auch ihre Furcht und Verzweiflung, als sie ihren Blick von Daniel losriss und hilflos auf ihre Tochter starrte.

»Iris«, sagte sie fast flehentlich. »Bitte, schaffen Sie sie weg!«

»Serena…!« Blue wollte protestieren, aber sie schüttelte den Kopf und fiel mit einem lauten Plumps auf die Seite. Ihr Kopf rollte willenlos hin und her, und das Licht in ihren Augen erlosch. Aber ihre Lippen bewegten sich noch weiter, und er hörte, wie sie den Namen ihrer Tochter flüsterte, als wäre es ein Mantra.

Daniel zögerte, beugte sich über sie… und stöhnte. Ein leises, feuchtes Klatschen ertönte, und Blue kam es so vor, als würde die Staubwolke dünner werden, und die Zeit schien langsamer zu laufen, als sich sein Bruder an die Seite griff und einen gefiederten Pfeil herausriss.

»Verflucht!«, stieß er hervor. Blue beugte sich zu ihm, als sein Bruder schwankte. Aber Iris lag wie ein Sack Zement auf Blues Schulter, und so konnte er den schweren Körper seines Bruders nicht festhalten, ohne dabei selbst zu Boden zu gehen. Also ließ er Daniel sanft hinabgleiten.

Er hörte erst Schreie, dann das Knirschen von Steinen oder Stiefelsohlen. Schließlich spürte er, dass die Männer kaum dreihundert Meter entfernt waren. Und sie kamen rasch näher.

»Tut mir leid«, murmelte Daniel schwach.

»Das ist nicht nötig«, erwiderte Blue mit belegter Stimme. »Keine Sorge, Daniel. Ich schaffe dich hier weg.«

»Dazu hast du gar keine Zeit, unmöglich. Du musst verschwinden, Blue. Du hast recht, sie wollen uns lebendig. Verschwinde und hol Hilfe. Nimm Iris mit!«

»Iris«, murmelte Serena.

Tränen brannten in Blues Augen. Das kam von der Wut oder wegen des verdammten Staubs, aber er war erledigt, verzweifelt – und hatte es satt wegzulaufen.

Dann bring sie doch um. Mach es, und setz dem Ganzen hier ein Ende. Jetzt.

Also schickte er seinen Geist aus. Die Männer, die sie verfolgten, waren nahe genug; er isolierte einen, der so schnell er konnte über die vom Mond erhellte Ebene rannte. Er konzentrierte sich, suchte seine Mitte.

Aber er konnte es einfach nicht tun. Er konnte nicht töten, nicht auf diese Weise. Er konnte nicht noch einen Menschen und eine Seele zu all diesen Erinnerungen des Todes hinzufügen, den Erinnerungen an all die Jahre – und an die Leichen, die er bereits zurückgelassen hatte, als noch jeder, der in seine Nähe gekommen war, sein Leben riskiert hatte, und als selbst seine Mutter, seine eigene Mutter, davon getroffen wurde.

Du Heuchler. Du verteidigst dich doch auch mit Kugeln.

Aber das war etwas anderes. Es war immer schon etwas anderes gewesen.

Ein Pfeil flog an seinem Bein vorbei, ein anderer zischte nicht weit entfernt von seinem Ohr durch die Luft. Er musste eine schwierige Entscheidung treffen und schaffte es einfach nicht. Verdammter Hundesohn!

»Geh schon!«, flüsterte Daniel und schlang seinen Arm über Serenas reglosen Rücken. »Verschwinde, Blue!«

Freunde oder Familie … oder beide? Wen lässt du im Stich? Wer bedeutet dir mehr?

Blue spürte Iris' Atem auf seinem Hals, ihren Herzschlag in seinem Kopf. Er fühlte ihren Körper auf seinem eigenen, in seinen Händen – und dachte daran, wie Santoso sie angefasst haben mochte, ihr weit wehtun würde, sie vielleicht zwang, schreckliche Dinge zu tun.

Blue sagte nicht *Auf Wiedersehen*, und er blickte auch nicht zurück. Er lief los, sein Körper protestierte vor Schmerzen, aber er hörte nicht darauf, als er zu der Anhöhe rannte, humpelte, da sein Knie drohte, ihm den Dienst zu versagen. Er hörte Schreie, Rufe, aber obwohl er erwartete, den Stich eines Pfeils zu spüren, schossen sie nicht mehr auf ihn. Er erreichte den Fuß des Hügels und lief weiter hinauf, kämpfte gegen das widrige Gelände und seine eigene wachsende Schwäche an.

Auf halben Weg zur Spitze blieb er stehen und warf einen Blick über seine Schulter.

Die Männer verfolgten ihn nicht mehr. Er sah, wie sie sich um Daniel und Serena sammelten. Sie hatten keine Wagen und auch keine Möglichkeit, sich mit der *Residenz* in Verbindung zu setzen, aber Blue vermutete, dass sich das sehr bald ändern würde.

Einer der Männer löste sich von den anderen und ging gemächlich ein paar Schritte in Richtung der Anhöhe. Selbst über diese beträchtliche Distanz sah Blue sein blondes Haar, das im Mondlicht schimmerte, und spürte, wie sich ein finsterer Blick auf ihn richtete. Er war dunkler als die Nacht selbst, ein ruhiges, gelassenes Starren. Eines, das an seinen Schilden kratzte.

Es überlief ihn kalt. Blue schob Iris etwas höher auf seine schmerzende Schulter, drehte sich um und lief weiter.

13

Es war kein Traum, sondern nur eine Erinnerung. Iris erwachte und hatte eine Vision von Gewalt und Sex, von Mondlicht auf kalten Wüstenfelsen und auch von ihrer Mutter, die lebendig war und kämpfte, ihrer Mutter, die sich an ihrer Seite befand. Und da waren Gewehrsschüsse, der Geschmack von heißem Blut in ihrem Mund, und auch Blue... Blue...

Iris öffnete die Augen. Über und unter ihr war Fels, nur Fels. Sie lag auf hartem, unebenem Boden. Etwas Spitzes bohrte sich in ihre Schulter. Behutsam atmete sie ein; die Luft schmeckte trocken und warm, mit einem Hauch von Elektrizität. Wie ein Gewitter.

Iris drehte den Kopf zur Seite. Blue lag neben ihr. Der Position seiner Beine nach zu urteilen, hatte er vermutlich zunächst gesessen und war dann eingeschlafen. Er hatte wohl so tief geschlafen, dass er wie eine Puppe einfach umgekippt war. Seine Augen wirkten blutunterlaufen, seine Wangen eingefallen, und bei alldem drückte er eine Pistole an seine Brust.

Sie hätte ihn fast berührt, ihn geweckt, doch im letzten Augenblick zog sie noch ihre Hand zurück und beobachtete ihn im Schlaf. Er sah aus wie ein Mann auf der Flucht, wie ein Gejagter, und sie erinnerte sich an seine Augen in der Nacht, an seinen Blick, mit dem er sie durchbohrt hatte, als er die Leopardin angestarrt und ihren Namen gerufen hatte.

Sie erinnerte sich an das Blut. Sie berührte ihre Lippen, die von getrocknetem Blut überzogen waren.

Iris holte tief Luft. Sie war nackt und nur in eine hauchdünne Decke aus einem warmen glänzenden Material gehüllt. Kleidung hatte sie nicht dabei. Aus seinem Rucksack neben ihr ragte eine Wasserflasche heraus. Sie nahm sie, öffnete den Verschluss und trank. Dann spritzte sie Wasser auf ihr Gesicht und rieb sich den Mund sauber.

Sie versuchte nicht an ihre Mutter zu denken, an den Grund, warum Serena nicht bei ihnen war… und warum sie ihren Geruch nicht wahrnehmen konnte. Sie versuchte, nicht daran zu denken, weil sie die Wahrheit schon kannte, tief in ihrem Herzen. Sie kam einfach nicht mit der Vorstellung zurecht, dass ihre Mutter schon wieder verschwunden war. Dass sie lebte und sich bei Santoso befand. Dass sie lebte und Schmerzen erdulden musste, dass sie gerade jetzt in ihre Einzelteile zerlegt wurde. Denn ihre Mutter war nicht vorsichtig gewesen. Die Männer hatten gesehen, wie sie sich verwandelte. Die Wahrheit war ans Licht gekommen.

Blue bewegte sich. Träge und langsam, bis er ruckartig die Augen öffnete. Er rührte sich nicht, sondern starrte sie einfach nur an. Iris sagte nichts. Sie sagte nichts und dachte auch nichts, sondern lauschte nur auf ihre Instinkte, die ihr rieten, lieber wegzulaufen und sich zu verstecken. Nur war es dafür zu spät. Viel zu spät. Blue wusste das. Er wusste alles.

Iris hielt ihm die Wasserflasche hin. Blue rührte sich nicht.

»Geht es dir gut?« Seine Stimme klang heiser, rau, wie Sandpapier, obwohl er flüsterte. Dieser Klang traf sie mitten ins Herz.

»Nein«, antwortete sie leise. »Aber das werde ich bald ändern.«

Er biss die Zähne zusammen, seine Augen wurden dunkel und hart. Iris unterdrückte ein Lächeln, als sie es sah. Es passte gut zu der Wut, die sie selbst empfand.

Ich werde Santoso töten, dachte Iris. Ich werde ihn fressen, ihn ausscheiden und seine Knochen in der Wüste zurücklassen. Ich werde seine Existenz auf diesem Planeten auslöschen.

Und danach würde sie sich um diese Residenz kümmern. Sie würde sie niederbrennen, und zwar bis auf die Grundmauern, mit Broker darin.

Blue nahm die Wasserflasche. Er setzte sich auf, zuckte zusammen, und als er versuchte, die Flasche an die Lippen zu nehmen, zitterte seine Hand so sehr, dass Iris instinktiv zugriff. Sie hütete sich, ihm ins Gesicht zu sehen. Sie hatte Angst, weil sie so nahe an seinen Augen war, an diesen Augen, die sie so gut kannten. Aber sie legte ihre Hand auf die warme Haut seiner kräftigen Handgelenke und hielt ihn, stützte ihn und beobachtete, wie die Öffnung der Flasche seine Lippen berührte und das Wasser über sein Kinn lief. Dann betrachtete sie seine Gurgel, die beim Schlucken arbeitete.

»Danke«, sagte er. Iris nickte, ohne ihren Blick zu heben. Sie ließ ihn los, wollte zurückweichen, aber er hielt ihre Hand fest. »Sieh mich an«, flüsterte er.

Sie gehorchte. Der Blick seiner Augen war immer noch erstaunlich warm, so warm, dass sie am liebsten geweint hätte. Sie hatte es so satt, immer nur Angst zu haben, hatte diesen Albtraum satt, wollte nicht mehr allein sein, und wenn sie ihn so ansah wie eben gerade, dann hatte sie fast das Gefühl, zu Hause zu sein.

Blue berührte ihr Kinn. Er streichelte ihre Wange und glitt hinunter zu ihrem Hals. Er sagte nichts, aber sein Blick genügte. Iris wich nicht zurück. Genau so… Genau so sollte ein Mann eine Frau ansehen. Dieser Blick half ihr, alte Erinnerungen abzuschütteln, Erinnerungen an diesen Raum mit Singvogel und den anderen berauschten Frauen, Bilder von Santoso und seinen Ketten, Bilder von dieser Vergewaltigung ihrer geheimen … Identität. Diese Erinnerung schmerzte sie noch immer, machte sie weiter wütend, beschämte sie und flößte ihr so viel Angst ein. Denn jetzt gab es einen Beweis, einen Beweis und …

»Ich bin froh, dass du hier bist«, sagte Iris zu ihm.

Blue atmete zischend ein. Er sagte immer noch nichts, sondern sah sie nur an, mit diesem schrecklichen Blick, der sowohl hart als auch liebevoll war, und dabei unendlich müde. Er hob seine Arme, doch Iris kam ihm zuvor. Sie rückte näher an ihn heran, bis sich ihre Hüften berührten, lehnte sich an ihn und legte ihre Wange an die seine. Sein Bart kratzte auf ihrer Haut, aber es störte sie nicht. Zum ersten Mal in ihrem Leben hatte sie keine Angst davor, gehalten zu werden; im Gegenteil, sie wollte es so, sie brauchte es ja sogar.

»Meine Mutter«, sagte sie leise.

»Sie lebt«, erwiderte Blue.

»Noch… Wenn Santoso herausfindet, was sie ist …« Iris zögerte. »Du kennst die Wahrheit.«

Blue küsste sie auf die Schulter. »Ich wusste, was du warst, schon als ich dich zum ersten Mal gesehen habe.«

Mit dieser Antwort hatte sie nicht gerechnet. Iris wich ein Stück zurück und sah ihn erstaunt an. »Wie ist das möglich?«

»Deine Augen. Nur Gestaltwandler haben eine solche Augenfarbe.«

Iris dachte an Santoso. *Deine Augen verraten dich, weißt du. Sie haben die goldene Farbe des Himmels.* Iris verschlug es den Atem.

»Du kennst noch andere Gestaltwandler?«

Er lächelte müde, aber aufrichtig. »Sie sind meine Freunde.«

Das überstieg Iris' Vorstellungsvermögen. Die ganze Zeit über hatte dieser Mann es also gewusst… Und es gab noch andere von ihrer Art, mehr als einen …

Blue streichelte ihre Wange. Seine Finger waren warm, und sein Geruch war stark und wild. »Wir holen deine Mutter zurück, Iris.«

»Er wird sie umbringen«, sagte sie. »Er hatte eine Kamera in meiner Garderobe installiert, Blue. Vielleicht hat er auch die Kamera in meinem Wohnmobil einbauen lassen. Er wusste, was ich bin.«

Ebenso wie Blue es wusste. Vielleicht hat ja auch Blue die Kamera in deinem Wohnmobil installiert. Vielleicht steckt viel mehr dahinter, als du glaubst.

Vielleicht war sie allmählich auch paranoid, und es waren einfach zu viele Informationen, mehr als sie fassen konnte. Mutter. Blue. Das war ja schon genug. Alles andere würde sie umbringen.

Blue runzelte die Stirn. »Santoso ist ein Menschenhändler, Iris. Deine Mutter und du, ihr seid doch lebendig wesentlich wertvoller für ihn.«

Lebendig. In diesem Raum, mit seiner Stimme. *Ich habe dich, Iris. Ich werde meinen Traum bekommen. Ich werde meine Magie bekommen. Ich werde all das bekommen.* Sie grub die Fingernägel in ihre Handfläche, um mit dem Schmerz die Erinnerungen zu verscheuchen. Blue berührte ihr Handgelenk, doch sie hörte nicht auf, sondern grub sie noch tiefer hinein.

»Hier geht es nicht um Geld«, erwiderte sie und bemühte sich, ihre Stimme kräftig und klar klingen zu lassen. »Er will einfach genau so werden wie wir. Er will wie wir *sein*. Er will sich wandeln können. Er hat mich gezwungen, ihn zu beißen, weil er dachte, das werde ihn mit meinen Fähigkeiten infizieren.« Iris lachte, aber es klang hässlich. »Ich habe ihn gebissen. Ich hätte ihn am liebsten getötet. Dann habe ich ihm eine Lüge auf die Nase gebunden, dass es eine Weile dauern werde, bis die Veränderung einsetze. Aber es hat nicht funktioniert, es hat mir keine Zeit eingebracht. Jedenfalls nicht so viel, wie ich brauchte. Er hatte auch noch einen Plan B. Wenn der Biss nicht wirke, wolle er mir meine … die lebenswichtigen Organe entnehmen und sie sich selbst einpflanzen.«

Blues Griff um ihr Handgelenk verstärkte sich. »Das ist doch gar nicht logisch. Selbst wenn sein Körper deine Organe nicht sofort abstieße …«

»Ich weiß. Vielleicht war das ja auch nur Unsinn; vielleicht wollte er eigentlich nur eine Laborratte bekommen. Aber wie dem auch sei, jetzt, da er mich nicht mehr hat, wird er doch sie benutzen.« Iris schloss die Augen und schüttelte den Kopf. »Sie war fast zwei Jahre fort, Blue. Zwei verdammte Jahre. Und in der Nacht, in der sie zurückkehrt, geht alles … zu Ende.«

Blue sagte nichts. Sein Schweigen war merkwürdig, so merkwürdig wie alles andere auch. Aber sein Verhalten war tatsächlich noch etwas merkwürdiger, wahrscheinlich weil sein Schweigen ein Gewicht zu haben schien, eine Schwere, die vermuten ließ, er wüsste etwas.

Wirklich, dachte Iris, kann das denn wirklich ein Zufall sein, dass sie beide gestern Abend dort waren?

War es nicht eher ein verrückter Traum, dass sie in die Wüste lief, verfolgt von Broker und seinen Männern, und dort ihre Mutter, Blue und Daniel fand, auf der anderen Seite der Freiheit? Was für eine Art von Welt war das bloß? Was für eine entsetzliche Normalität, wo Gespräche über Tod, Gestaltwandler und Männer, die sie vergewaltigen und töten wollten, ganz selbstverständlich hingenommen wurden?

Iris betrachtete Blues Gesicht. Er machte sich nicht die Mühe, sein Unbehagen vor ihr zu verbergen. Sie sah es an seinem Blick, roch es an seinem Körper.

»Sag es mir«, forderte sie ihn auf.

»Ich habe nicht das Recht, es dir zu erzählen. Du musst es von ihr selbst hören.«

»Aber du kennst die Wahrheit? Du, ein Fremder?«

»Ich bin kein Fremder, für deine Mutter nicht«, erwiderte er ruhig. »Aber auch das gehört zu der Geschichte, in die ich dich nicht einweihen kann. Jedenfalls nicht, bevor sie die Chance hat, sie dir zuerst zu erzählen. Es wäre nicht fair, Iris.«

»Nicht fair?« Iris hätte ihn am liebsten geohrfeigt, ihn gewürgt, ihn geküsst, bis er blutete und ihm dann sein Hirn aus den Ohren geschüttelt. »Wie lange kennst du meine Mutter schon?«

Blue zögerte. »Nicht besonders lange. Ich habe sie einmal getroffen, vor etwa zwei Wochen. Aber ich wusste nicht, wer sie war, bis zur letzten Nacht, als ich ihr erneut begegnet bin. Und ich wusste auch nicht, dass sie deine Mutter ist, Iris.«

»Das sind ein bisschen zu viele Zufälle. Du hast gesagt, du wärst ein Detektiv und dass du hier seist, weil du jemanden beobachtest. Ich dachte, es wäre … es müsse jemand anders sein, aber war *ich* es am Ende doch? Hat sie … Hat *sie* dich geschickt?« Warum sonst sollten die beiden eine Verbindung haben? Was sonst konnte zwei so grundverschiedene Menschen zusammenbringen?

Und was zum Teufel, dachte sie, hat meine Mutter in den beiden letzten Jahren gemacht?

Blue fuhr sich mit den Fingern durchs Haar. »Nein«, knurrte er. Er legte den Kopf in den Nacken und schloss die Augen. »Nein, Iris. Sie hat mich nicht engagiert. Und ja, es ist tatsächlich alles Zufall, so sonderbar es auch scheinen mag. Ich war wegen jemand anderem hier, wegen meines Bruders.« Er holte tief Luft. »Daniel.«

Iris schnaubte verächtlich. »Das ist ja längst bekannt. Damit kannst du mich nicht überraschen.«

Er sah sie so verblüfft an, als hätte sie einen toten Fisch aus der Luft gezaubert und ihm über den Schädel gezogen. »Du wusstest es also? Woher?«

»Daniel hat es mir gesagt. Kurz bevor er herausgefunden hat, dass sein… dass euer Vater gestorben ist.«

Blue schloss die Augen. »Er ist aber gar nicht gestorben. Das ist eine Lüge. Der alte Mann hatte es bloß vorgetäuscht.«

Er sagte die Wahrheit. Er roch nach Stress, aber nicht nach Täuschung. Iris legte sich auf den harten Boden und sah an ihm vorbei auf die Wüste. Sie lagen unter einem Felsvorsprung im Schatten, aber sie waren draußen. Der Fels und der Sand strahlten zwischen den Büschen und Kakteen. Weiter entfernt gab es Berge. Die Luft war sauber, ebenso die Gerüche.

Atme, sagte sie sich. Lass es einfach heraus.

Oder behalte es in dir. Sie hatte Fragen, von denen jede einzelne hundert neue erzeugen würde. Aber dafür hatten sie jetzt keine Zeit, sie hatten nur Zeit fürs Überleben. Anstatt sich mit dem Chaos in ihrem Kopf zu beschäftigen, anstatt zu versuchen, das Puzzle zu lösen, schob sie es bloß weg. Selektive Amnesie, dachte sie. Wundervoll. »Wo sind wir?«, fragte sie ihn.

»Das weiß ich nicht.« Blue betrachtete sie, als würde sie ihn gleich beißen. »Man hat uns gestern Nacht eine Falle gestellt, Iris. Die Männer, die dich gejagt haben, wussten, dass wir kamen.«

»Sie wussten es, ja«, antwortete Iris leise, und ihre Miene wurde hart. »Dieser Hundesohn. Deshalb hat er es getan.«

»Was soll das heißen?«

Iris schüttelte den Kopf. »Broker. Santosos rechte Hand. Er hat mich laufen lassen, Blue. Er hat mir zur Flucht verholfen. Ich dachte schon, er hätte es bloß getan, weil er jagen wollte, einfach um etwas zu beweisen. Aber vielleicht ging es noch um etwas ganz anderes, um viel mehr. Um dich, um Danny und um meine Mutter.«

»Du meinst, er hat dich als Köder benutzt?« Blues Miene wurde finster. »Du weißt doch, was das bedeutet?«

»Etwas Entsetzliches«, erwiderte sie. »Es bedeutet einen Haufen von Furchtbarkeiten.«

Er streckte sich neben ihr auf dem Boden aus. Iris hörte, wie seine Knochen und Gelenke knackten. »Wir hatten einen Wagen, Iris. Es steht nicht weit von hier entfernt. Aber als ich näher kam, habe ich festgestellt, dass dort Leute warteten. Noch eine Falle. Also musste ich weitergehen und uns einen sicheren Platz suchen. Ich bin gegangen, bis ich nicht mehr konnte. Diese Stelle hier zwischen den Felsen habe ich durch puren Zufall gefunden.« Er drehte den Kopf und blickte in den Himmel und die Sonne. »Ich glaube nicht, dass wir lange hier gewesen sind. Als ich ankam, dämmerte schon der Morgen.«

»Du hast mich also getragen. Die ganze Nacht.«

»Keine Angst, ich habe dich nicht an den Haaren hinter mir hergeschleift«, erwiderte er gereizt. Iris unterdrückte ein Lächeln.

Aber es gelang ihr nicht. Sie bemerkte, dass er es gesehen hatte, da er ebenfalls lächelte. Dann lachte er. Es war ein leises, dunkles Lachen, das müde und traurig klang – und dazu führte, dass sie ihn am liebsten berührt hätte, ihn umarmt hätte und ihm die Falten zwischen den Augen fortgestreichelt hätte.

»Es tut mir leid«, sagte er. »All das tut mir so entsetzlich leid, Iris.«

»Ich bin frei, und ich bin am Leben«, antwortete sie entschlossen. »Ich bin zwar verwirrt und mehr als nur ein bisschen wütend, aber das ist ganz gut so. Es wird mir helfen, meine Mutter zu retten. Und Danny auch.«

Blue runzelte die Stirn. »Ich kann mir nicht vorstellen, aus welchem Grund Santoso ihn haben will.«

»Ich auch nicht. Nach allem, was ich gesehen habe, braucht Santoso niemanden zu entführen, um Lösegeld zu erpressen. Er hat ja schon mehr als genug Geld.«

»Du hast seine Organisation gesehen?«

»Einen Teil davon. Das war aber schon zu viel. Er ist pervers, Blue. Er ist so krank, wie ich es mir kaum vorstellen kann. Aber das Schlimmste ist, dass er nicht mal existieren würde, wenn es nicht schon längst Hunderte oder Tausende von Menschen gäbe, die ganz genauso widerlich sind wie er.«

»Angebot und Nachfrage. Ich wünschte, ich hätte dich davor beschützen können.«

»Du glaubst also, ich könnte mich nicht selbst beschützen?«, fragte Iris. Aber ihr Verhalten war im Grunde nichts anderes als aufgesetzte Tapferkeit. Denn in der letzten Nacht hatte sie sich eben nicht beschützen können, trotz all ihrer Fähigkeiten und ihrer Vorsichtsmaßnahmen. Ihr Leben hatte in den Händen von anderen gelegen, und sie hatte kläglich versagt. Sie war am Leben geblieben, das schon, und auch nicht gebrochen worden. Aber sie war doch festgekettet gewesen.

Jetzt aber hatte sie keine Ketten mehr. Jetzt war sie frei.

Nicht ganz. Erst, wenn Santoso tot war, würde sie es sein. Erst, wenn sie ihre Mutter und Danny lebendig befreit hatte.

Iris hob die Hand und verwandelte sich langsam. Sie beobachtete Blues Gesicht dabei, als das goldene Licht über ihre Finger und ihre Handgelenke glitt. Das Fell wuchs wieder aus ihrer Haut, goldgelb und schwarz, glatt und mit runden Punkten. Krallen durchstießen ihre Nägel. Sie war Tier und Mensch, in einer Person vereint. Und ein Teil von ihr beobachtete diese Transformation voller Unglauben, fast schon mit Wut, weil sie ihren Impuls nicht kontrollieren konnte, um Blues Reaktion zu beobachten. Sie wollte sehen, ob er wirklich ertragen konnte, was sie dann war, ohne Furcht, aber auch ohne diese schreckliche Lust, die Santoso gezeigt hatte. Ihr Herz hämmerte, und eine kleine Stimme kreischte in ihrem Kopf. *Es ist nicht richtig so! Es ist nicht richtig!* Aber ihr Leben ging sowieso gerade zum Teufel, und sie wollte doch wissen, wie tief sie fallen musste, bevor sie auf den Boden aufschlug. Sie wollte einfach, dass Blue sich *bewies.* Vor allem wollte sie seine Augen sehen.

Als sie ihm in die Augen sah und beobachtete, wie er sie betrachtete, sah er gerade von ihrer Hand weg … und dann in ihr Gesicht. »Damit erschreckst du mich nicht, Iris McGillis.«

»Ich bin kein Mensch«, flüsterte sie. Blue nahm ihre Hand, verschränkte seine Finger mit ihren Fingern, und dann hielt er sie hoch, Haut neben Fell, Handfläche an Handfläche. Der Anblick war faszinierend, aber auch erschreckend – und berauschend.

»Das ist mir vollkommen gleichgültig«, sagte er. »Ich glaube, ich liebe dich genau so, wie du bist.«

Iris stieß die Luft aus und sah zu, wie er ihre Hand, ihre fellbedeckte, gefleckte Hand, an seinen Mund hob. Er küsste ihr Handgelenk, ihre Handfläche, und sie kämpfte mit sich selbst, kämpfte gegen ihr Herz. Es war einfach zu wundervoll, und im Augenblick glaubte sie nicht daran, dass Träume wahr werden konnten. Sie wusste nicht, ob sie dieser Möglichkeit vertrauen durfte.

Dann wirst du nie zufrieden sein. Man wird dir die Welt zu Füßen legen, doch du wirst sie aus Angst wegstoßen.

»Wir müssen gehen«, sagte sie leise.

»Ich weiß.« Er öffnete ein Auge. »Mein Handy funktioniert hier draußen nicht. Wir sind ganz auf uns allein gestellt, Iris.«

»Du sagst das so, als wäre es … eher etwas Schlechtes.«

»Das ist es auch, wenn wir vorhaben, eine Burg zu stürmen.« Er lächelte, als er einen Moment lang ganz eindeutig an etwas Verruchtes dachte. »Oder hast du was anderes im Sinn?«

Iris beugte sich vor und küsste ihn. Es war zwar ein schneller und etwas ungelenker Kuss, aber das schien ihn nicht zu stören. Er richtete sich auf, als sie wieder zurückwich, folgte ihrem Mund mit seinem eigenen – und sie konnte ihm nicht entkommen, als er mit seiner freien Hand ihren Hals umfasste und seine Finger in ihrem Haar vergrub. Sein Kuss war überraschend sanft, eine zärtliche Berührung, fast so zart wie ein Atemhauch. Doch sie spürte, wie sein Körper zitterte und seine Arme sich anspannten. Es war Hunger, brennender Hunger, und das Feuer in ihrem Herzen strömte in ihren Magen, wo es sich fast schmerzhaft zusammenballte.

Die Decke glitt herunter. Ihre Brüste rieben sich an seiner Brust. Blue hörte auf, sie zu küssen. Er atmete schwer, ebenso wie sie. Ihre Herzen hämmerten wie verrückt – und dabei im Gleichklang. Er drückte sie an sich, zerquetschte sie fast.

»Nicht hier«, hauchte er ihr ins Ohr. »Und … auch nicht so.«

Was heißt das, warum nicht *so*?, hätte Iris ihn gern gefragt. Sie hatte den starken Verdacht, dass es sich auf einem harten Boden mitten in der Wüste ebenso toll anfühlte, mit Blue zu schlafen, wie in irgendeinem vornehmen Hotel auf hübschen und sauberen Laken. Obwohl eine Dusche vorher vielleicht ganz schön wäre.

Doch es gab ja auch noch das Wissen, dass sich ihre Mutter und ihr Freund in den Händen eines größenwahnsinnigen, psychotischen Perversen befanden.

Blue ließ seine Hand von ihrem Haar ihren Rücken hinunterwandern und schrieb mit den Fingern kleine Kreise auf ihre Taille. Er hielt unmittelbar vor der Spalte zwischen ihren Pobacken inne. »Sagtest du nicht, dass jetzt nicht der richtige Moment sei?«

»Gib mir eine Minute«, murmelte er.

Iris lachte und stieß ihn weg, während sie die Decke wieder um ihren Oberkörper wickelte. Obwohl diese Art von

Sittsamkeit zu diesem Zeitpunkt zwischen ihnen eigentlich beinahe lächerlich wirkte, wenn sie genau darüber nachdachte.

»Es ist keine gute Idee, jetzt durch die Wüste zu marschieren«, sagte sie. »Die Hitze ist selbst im Schatten beinahe unerträglich.«

»Ich glaube, wenn wir hierblieben, wäre es noch schlimmer.« Er räusperte sich und starrte in den grellen Sonnenschein außerhalb des Felsvorsprungs. »Santosos Männer haben uns gestern Nacht entkommen lassen. Ich kann mir nicht vorstellen, dass er das einfach so hinnimmt.«

Iris dachte an Broker, sagte aber nichts. Was hätte sie Blue auch sagen sollen? Dass in dem Gebäude dort irgendetwas vor sich ginge? Ein Machtkampf vielleicht? Sie stand auf. »Wenn wir gehen, muss ich meine Gestalt wandeln. Auf diesen Felsen ohne Kleidung und ohne Schuhe zu gehen, dürfte eine sehr interessante Erfahrung sein.«

»Was du nicht sagst«, murmelte er dazu. Iris verdrehte bloß die Augen und unterdrückte erneut ein Lächeln. Blue grinste und drehte sich herum, um ihr ein wenig Privatsphäre zu lassen.

Sie ließ die Decke fallen und bereitete sich darauf vor, sich zu verwandeln. Doch in diesem Moment überkamen sie wieder Erinnerungen, an Santoso und seine Männer, an Ketten, an Singvogel, die weinte, während sich ein Messer in ihre Brust zu bohren schien. Sie erschauerte und stöhnte vielleicht auch einmal leise auf, denn Blue bewegte sich, wandte ein wenig den Kopf und sagte dann ihren Namen.

Sie betrachtete seinen Rücken, sein dunkles Haar, das ihm bis auf die Schultern reichte. Iris dachte an seine Augen, wie sie wohl aussehen würden, wenn er ihren Körper betrachtete. Plötzlich flammte Trotz in ihr auf, Trotz erst – und dann eine tiefe, ruhige Wut.

»Blue«, sagte sie. »Blue, dreh dich um. Bitte.«

Er gehorchte. Sein Blick zuckte kurz über ihren nackten Körper, bevor er sich ganz auf ihr Gesicht konzentrierte.

»Iris«, sagte er. »Was …?«

»Ich möchte, dass du zusiehst«, unterbrach sie ihn. »Ich möchte, dass du siehst, wie ich mich verwandle.«

Er runzelte die Stirn. »Ich habe nichts dagegen, aber … Du brauchst mir nichts zu beweisen, Iris.«

Da irrst du dich aber, dachte sie, sprach es allerdings nicht laut aus. Sie antwortete ihm vielmehr überhaupt nicht. Stattdessen ließ sie ihre Haut golden schimmern, bis ihr Körper sich zu verflüssigen schien. Sie sah ihm zu, wie er sie dabei beobachtete, und konzentrierte sich darauf, ihren Geist lieber mit Erinnerungen an etwas Gutes zu füllen, bevor Dunkles sich darin ausbreiten konnte: Also dachte sie an Blue.

Nicht zurückzucken. Niemals, nicht vor ihr.

Blue enttäuschte sie nicht. Sie suchte nach seiner Furcht, nach dem Ekel, und fragte sich, ob sie jemals aufhören würde, ihn prüfend zu mustern und nach dieser Ablehnung zu suchen. Aber in seinen Augen fand sie nur Verlangen, eine Hingabe, die weder erzwungen noch herablassend war, sondern ganz rein und beinahe liebenswürdig.

Du bist ein guter Mann, dachte sie, selbst als sein Blick zu ihren Brüsten wanderte und dann noch etwas tiefer. Seine Augen wurden dunkler, strahlten eine andere Art von Hitze aus. Iris musste sich zusammenreißen, um sich nicht die Lippen zu lecken und die Verwandlung künstlich hinauszuzögern. Sie hatte gedacht, sie teste seine Toleranz; doch dies hier schlug sehr rasch in etwas vollkommen anderes um.

»Iris«, sagte Blue gepresst. »Iris, du solltest jetzt lieber etwas tun. Sonst – tue ich etwas.«

»Wirklich?«, erwiderte sie. Ihre Stimme wurde dunkler, als sich ihr Hals dehnte. Fell bedeckte ihren Körper, ein glattes Fell, das sehr bald dichter würde. Im Augenblick jedoch war es nur ein Hauch auf ihrer Haut. Sie hatte noch nie die

Sinnlichkeit ihres Körpers genossen, oder die ihres zweiten Selbst. Aber dies hier, der Blick in seinen Augen … und wie seine Hand langsam zu seinem Schenkel glitt …

Iris ließ sich auf alle viere nieder, umhüllt von Licht. Ihr Schwanz erstreckte sich aus ihrem Steißbein, ihr Rücken bog sich und wurde länger, während sich die Muskeln dehnten. Und auch ihr Oberkörper dehnte sich aus … Immer noch sah Blue zu. Sie spürte sein Verlangen und auch ihr eigenes. Als sie schließlich zur Leopardin geworden war, ganz und gar zur Raubkatze, näherte sie sich ihm und strich an seinen Beinen entlang.

Blue streichelte die Seiten ihres Gesichts, da sah sie, wie sein Verlangen in ein Staunen umschlug. Seine Hände fühlten sich auf ihrem Fell gut an. Ihr ganzer Körper fühlte sich gut an. »Du bist so wunderschön«, murmelte er. »Ich wünschte, ich könnte dich küssen.«

Iris wandelte sich ein ganz kleines bisschen, sodass ihr Gesicht wieder fast ganz menschlich wurde, während ihr Körper noch immer von glattem Fell bedeckt blieb. Es war eine schwierige Verwandlung, doch sie gelang ihr. Blue beugte sich vor, berührte ihr Gesicht, ihre Lippen. Er küsste sie, genüsslich und leidenschaftlich, und drückte dann seinen Mund an ihr Ohr.

»Warum?«, fragte er. Es klang nicht unfreundlich. »Warum, Iris?«

»Weil ich es … wollte«, antwortete sie flüsternd und drängte sich noch enger an ihn. »Ich musste es einfach tun. Du musstest mich einmal sehen. Ich brauchte … eine bessere Erinnerung.« Denn wenn sie sich das nächste Mal in eine Leopardin verwandelte, wäre Santoso nun nicht mehr das Erste, woran sie dachte. Vielleicht das Zweite, gut, aber eben nicht das Erste – und das war alles, was jetzt für sie zählte.

Dies und dass sich Blue nicht abgewandt hatte. Er war nicht vor ihr davongelaufen.

Blue erstarrte. Er strahlte eine gefährliche Ruhe aus. »Santoso … hat dir wehgetan, nicht wahr?«

»Das hat er«, stimmte Iris leise zu und wich ein Stück zurück, um ihm in die Augen zu sehen. »Aber nicht so, wie du meinst.«

Er wollte sie fragen, er wollte es wissen. Sie sah seinen inneren Kampf in seiner Miene, doch er blieb stumm. Darüber war sie froh. Sie würde es ihm eines Tages erzählen, aber nicht jetzt. Jetzt noch nicht. Das hier genügte, um den Schmerz zu lindern und sie auf den Weg zu etwas Besserem zu schicken.

Zärtlich küsste Blue ihre Schläfen. »Hast du dich jemals jemand anderem so gezeigt? Dich vor ihm verwandelt?«

Iris nickte, schloss dann aber die Augen und versuchte, sich *nicht* zu erinnern. »Es war schlimm, Blue. Es endete … schlimm.«

Er ließ sich neben ihr zu Boden gleiten und zog sie auf seinen Schoß. Er streichelte ihren Rücken, ihr Fell, wärmte ihre Muskeln. Iris schmiegte sich fast willenlos an ihn. »Ich war sechzehn. Wir lebten noch in Montana. Er war ein Junge, der immer bei uns rumhing, der Sohn eines Viehranchers. Tommy. Ich mochte ihn, ich war sogar in ihn verliebt. Und ich dachte, er würde auch mich lieben. Ich hatte diese romantischen Vorstellungen davon, dass Liebe alles bewirken kann. Ich war ja so dumm.«

»Nein«, widersprach Blue. »Es war nur eine andere Art von Liebe, das ist alles. Du warst noch *sehr* jung.«

Iris schluckte und legte ihre Wange gegen seine Brust. »Irgendwann haben wir herumgeknutscht. Wir waren im Wald, und da habe ich mich verwandelt. Ich konnte nicht anders. Und er … Er ist ausgeflippt. Er hatte ein Gewehr dabei, er hatte immer ein Gewehr dabei, und dann hat er versucht, auf mich zu schießen. Ich bin weggelaufen, er hat mich eingeholt, und ich … Ich habe mich gewehrt. Ich habe ihn übel zugerichtet, Blue. Obwohl ich es nicht wollte. Als er nach einiger Zeit wieder reden konnte, hat er versucht, den Leuten zu erzählen, was passiert ist. Er sagte, ich wäre diejenige gewesen, die ihn verletzt hätte. Aber seine Wunden stammten von einem Tier, und niemand hat ihm geglaubt. Sie haben Tommy dann eine ganze Weile weggesperrt. Und meine Mom und ich sind weggezogen, wir haben uns dem Zirkus angeschlossen.«

Blue drückte sie fester an sich. »Und jetzt hat Santoso…«

»Und du auch.« Sie küsste seinen Hals, schmeckte seine salzige Haut, sog seinen Duft ein und machte ihn zu einem Teil von sich selbst. Er grub seine Finger in das Fell an ihrem Hinterkopf und küsste sie – leidenschaftlich –, bis ihr schwindlig wurde und sich ihr Inneres in reines Feuer verwandelte. Sie klammerte sich an ihn, sehnte sich verzweifelt nach der Sicherheit seiner Arme, seinem Verlangen und unterdrückte die Bilder von Santoso, die plötzlich durch ihren Geist flackerten.

Iris unterbrach keuchend den Kuss. »Es tut mir leid. Es tut mir furchtbar leid. Ich brauche noch ein wenig. Gestern Nacht…« Sie unterbrach sich, weil sie es nicht erklären konnte. Blue drückte seine Lippen auf ihre Stirn. Sein ganzer Körper zitterte.

»Iris«, sagte er. Ein schrecklicher Unterton schwang in seiner sanften, tiefen Stimme mit, etwas Dunkles und Gefährliches und dennoch unendlich Sanftes. »Du kannst mir sagen, was du möchtest, was du brauchst, und ich gebe es dir. Alles. Du musst nur fragen. Was auch immer du brauchst, es wartet schon auf dich.«

Aus dem Mund eines jeden anderen Mannes hätte es wie ein Witz geklungen, *o ja, benutze mich, gebrauche mich, bitte, o bitte,* aber Iris wusste, dass er ihr mehr anbot als nur Sex. Seine Worte schienen sie zu durchbohren. Ihr Herz blutete ein wenig, weil dies alles einfach viel zu gut war, erstaunlicher, als sie sich je erträumt hatte. Und das machte ihr Angst.

»Das ist jetzt… aber gefährlich«, murmelte sie. Sie spürte das Echo, das Déjà-vu eines Gesprächs, das sie vor einem halben Lebensalter geführt hatte.

Unmerklich lächelte er. »Es ist das Gefährlichste, was wir jemals tun werden. Falls du mir vertraust.«

»Ich vertraue dir«, hauchte sie. »Ich glaube, ich hatte nie eine andere Chance, als dir zu vertrauen. Hätte es denn eine Alternative gegeben…«

Blue grinste. »Dann läge ich jetzt wohl zerfetzt in irgendeinem Straßengraben.«

Iris unterdrückte ein Lächeln. »Du bist mir wirklich unter die Haut gegangen.«

Er lachte leise, aber nur kurz. Sein Blick wurde wieder ernst. »Vielleicht sollte ich dir noch etwas sagen. Über mich.«

»Ich weiß nicht, ob es mir gefällt… Das klingt so bedrohlich.«

»Es ist nichts Schlimmes. Nur… Ich habe meine eigenen Geheimnisse. Ich kann gewisse Dinge tun, die nicht ganz… normal sind.«

Sie sah ihn scharf an. »Was willst du damit sagen? Du bist doch kein Gestaltwandler.«

»Das muss ich auch nicht sein.« Er wirkte fast ein wenig verlegen. »Ich bin ein Psi.«

Iris hätte gelacht, wenn seine Miene nicht plötzlich so ernst geworden wäre, dass sie ihr Lachen mit einem Husten erstickte. Sie starrte ihn einen Moment lang an und dachte über seine Worte nach. Sie wog sie in ihrem Kopf ab, gegen alles, was sie über die Welt wusste. »Du meinst es ernst, nicht wahr?«

»Sag mir nicht, dass du glaubst, ich würde lügen.«

»Es ist jedenfalls schwer zu glauben.«

»Du meinst, weil Frauen sich nicht in Katzen verwandeln können?« Blue drückte sanft ihre Hand. »Oder stelle ich mir dieses Fell da gerade nur vor?«

Sie versuchte zurückzuweichen, aber er ließ sie nicht los. Ein Teil von ihr war froh darüber. Der andere Teil … weniger.

»Beweis es«, sagte sie.

Blue schnaubte vor Lachen. »Meine Güte, bist du hartnäckig.«

»Ich verstehe das als ein Kompliment.«

»Gut.« Blue hob seinen Arm und zeigte ihr seine Armbanduhr. Das Zifferblatt wirkte wie eine Mischung aus analog und digital – sehr kompliziert und zweifellos sehr kostspielig.

»Sieh genau hin«, forderte er sie auf.

»Worauf soll ich denn acht…?«, begann Iris schon, doch dann klappte sie den Mund zu, als der Sekundenzeiger der Uhr plötzlich stehen blieb. Die digitale Anzeige war schwarz geworden.

»Und jetzt …«, flüsterte Blue. Iris spürte ein Kribbeln auf ihrem Arm, als die Uhr nun wieder weitertickte. Sie nahm sein Handgelenk und zog es so dicht vor ihre Augen, dass das Glas des Zifferblatts von ihrem Atem beschlug.

»Du hast sie mit deinem … Geist ausgeschaltet?«, fragte sie ungläubig.

»Ja. Das kann ich mit allem tun, das Elektrizität benutzt.«

»Was ja so gut wie bei allen Dingen auch der Fall ist.«

»Fast allen«, stimmte er zu und beobachtete sie dabei mit einer Intensität, die sie für einen Augenblick an sie selbst erinnerte, als sie ihn getestet und ihn beurteilt hatte.

Und jetzt tat er dasselbe mit ihr.

Iris drückte seine Hand. »Du jagst mir keine Angst ein, Blue. Nicht im Geringsten.«

Den Ausdruck von Schmerz, der da über seine Miene glitt, hatte sie nicht erwartet, aber sie schrieb es demselben alten

Schmerz zu, mit dem sie auch lebte. Ihm war etwas Schlimmes zugestoßen, vielleicht sogar mehrmals. Das konnte sie verstehen.

Sie packten ihre Sachen zusammen und traten aus dem schattigen Felsüberhang in die Wüstensonne. Die Hitze war schon im Schatten schlimm gewesen, aber draußen in der Sonne war sie ganz unerträglich. Iris beobachtete Blue, der mit einer Wasserflasche in der Hand neben ihr ging, und zählte, wie oft er trank. Es schien ihr genug zu sein. An einem solchen Ort konnte jemand verdursten, ohne es zu merken, bis er plötzlich tot zu Boden fiel.

Sie trank ebenfalls, auf Drängen von Blue. Sie schlabberte Wasser aus einer kleinen Tasse, die er in seinem Rucksack hatte. Als Leopardin schmeckte das Wasser anders, reichhaltiger, schärfer, mit Nuancen, die sie als Mensch nie bemerkt hatte. Sie hatte so viel vergessen.

Sie gingen nach Osten und folgten einem verschlungenen Pfad bis zu Santosos Gebäude. Blue fand die Richtung, indem er sich an die unterirdischen, elektrischen Leitungen hielt. Das war ein guter Trick. Iris fragte sich, ob er vielleicht doch noch mehr war als nur ein Detektiv. Etwas an der Art, wie er sich verhielt, was er konnte, und die Tatsache, dass er sogar Gestaltwandler kannte, ließ sie ahnen, dass er vielleicht doch ein kleines bisschen *anders* war.

Du kennst ihn überhaupt nicht. Du weißt eigentlich gar nichts von ihm.

Aber damit konnte sie leben. Fürs Erste.

Iris lief voraus und witterte im Wind nach einer Bedrohung. In diesem Teil des Landes wimmelte es von kleinen Hügeln und Felsüberhängen, ausgetrockneten Flussbetten, die aussahen wie Baby-Canyons. Die Welt war voller Geräusche: Insekten zirpten, ein einsamer Vogel zwitscherte ein kleines Lied, Geröll knirschte unter Blues Schuhen, und der Stoff seiner Jeans raschelte leise dazu. Der Wind murmelte.

Die Hitze des Nachmittags dämpfte die Geräusche nicht, sondern sie verstärkte alles, auch das plötzliche Krachen von Knochen.

Das Geräusch war so laut wie ein Gewehrsschuss, und als sie es erneut hörte, stellte sie sich vor, wie die Knochen brachen und das Mark freigelegt wurde. Sie hörte das feuchte Klatschen einer Zunge. Es war nicht weit entfernt; sie hob die Schnauze in den Wind und roch etwas Tierisches. Und noch etwas, diesmal etwas Älteres. Aas, das musste menschliches Aas sein.

Iris fauchte, grub ihre Klauen in den Sand, und als sie sicher war, dass sie Blues Aufmerksamkeit hatte, bog sie von ihrem Weg ab und sprang zu einem niedrigen Felshügel. Sie sah einen Kojoten, der heftig kaute, und zwar an einem menschlichen Körperteil, einem Arm. Doch es war nicht nur eine Leiche. Hinter dem Felsen fanden sie einen langen Graben, in dem notdürftig verscharrte Leichen lagen.

Iris verjagte den Kojoten. Er rannte sofort davon und zerrte den Arm mit sich, an dem er gerade gekaut hatte. Aber der größte Teil des Oberkörpers blieb zurück. Iris fragte sich, wo die Geier blieben, aber als sie näher kam, stellte sie fest, dass der Geruch nicht so stark war, wie er hätte sein können. Der Leichnam selbst war vertrocknet und bereits abgefressen. Offenbar hatte er bereits eine Weile im Freien gelegen, und das meiste Fleisch war schon weg.

Dennoch war zu erkennen, dass es eine weibliche Leiche gewesen war, denn sie war nackt. Mit langem dunklem Haar. Ob sie hübsch gewesen war, konnte man zwar nicht mehr erkennen, aber vermutlich ja, dachte Iris, sie musste wohl hübsch gewesen sein. Von der Hüfte abwärts war sie mit Sand bedeckt, trug weder Tätowierungen noch Geburtsmale. Nichts, was man einer vermissten Person hätte zuordnen können.

Iris wandelte ihre Gestalt und wurde in einem solchen

Ausmaß menschlich, wie sie nur konnte, während sie ihr Fell aber noch behielt. Blue trat neben sie. Gemeinsam betrachteten sie die lange Reihe der Toten. Ihre genaue Zahl war nicht zu erkennen. Aber Iris schätzte, dass es mindestens vierzig bis fünfzig Leichen waren.

»Ein Massengrab«, murmelte Blue. »So etwas habe ich schon einmal gesehen, Iris. Auf den Philippinen. Dort hat Santoso etwas ganz Ähnliches angerichtet.«

Sie brauchte eine Weile, bis sie ihn verstand, weil sie immer noch versuchte, mit all den Toten vor ihren Augen klarzukommen. »Etwas Ähnliches? Du … Du wusstest also schon von Santoso? Du wusstest von seiner Existenz, bevor all das geschah?«

Er biss die Zähne zusammen. »Ich habe ihn während der letzten drei Monate gejagt.«

»Drei Monate«, wiederholte sie. »Das heißt also, du wusstest, dass er hier in Las Vegas sein würde.«

»Nein.« Blue warf ihr einen scharfen Blick zu. »Nein, Iris. Ich wurde vor zwei Wochen verletzt und von dem Fall abgezogen. Mein Vater hat mich dann vor ein paar Tagen erst gebeten, meinen Bruder zu suchen. Deshalb bin ich auch hergekommen. Der Rest war … Zufall.«

»Zufälle. Die häufen sich aber in letzter Zeit – bemerkenswert.«

»Wenn du mir nicht glaubst …«

»Oh, ich glaube dir schon. Aber allmählich fühle ich mich manipuliert, Blue.«

»Ich weiß genau, was du meinst«, erwiderte er und griff nach ihrer Hand. Ihre Handfläche tat weh, und ihr wurde klar, dass sie ihre Krallen in ihre eigene Haut gepresst hatte. Blue öffnete sanft ihre Finger und zischte dabei leise. Ihre Handfläche zeigte eine blutige Masse. Ihre Krallen waren sehr scharf.

»Das heilt schnell«, erklärte sie.

»Möglich, aber es ist trotzdem eine schlechte Angewohnheit, Iris.«

»Du bist eine schlechte Angewohnheit.«

»Das nehme ich als Kompliment.«

Iris riss den Blick von ihm los und sah wieder auf die Leiche der Frau. Sie dachte an Singvogel und die anderen Mädchen, die so still und berauscht auf ihren seidenen Kissen gelegen hatten. Fleisch, Ware, um verkauft zu werden, wenn der Preis stimmte.

»Du hast gesagt, du hättest so etwas schon mal gesehen.« Iris sah Blue an und richtete den Blick dann wieder auf die Leichname. »Wer wurde da begraben? Frauen?«

»Auch Frauen, ja, aber vor allem viele Kinder und junge Männer. Alles Opfer von Santosos Handel mit menschlichen Organen. Sie wurden wegen ihrer Herzen und Nieren und all der Organe getötet, die zu bestimmten Zeitpunkten hohe Preise erzielen.«

Iris schloss kurz die Augen. »Ich wette, diese Leute hier waren Sklaven. Sexsklaven. Santoso hat mich mit einer Gruppe von ihnen zusammengeschlossen, in Ketten. Um mir zu zeigen, was mir geschehen würde, wenn ich nicht kooperiere. Ich bezweifle, dass viele von ihnen an diesem Ort lange überleben werden.«

Blue sagte nichts, aber sie spürte, wie er sie anstarrte. Er wirkte wütend, und sein Geruch, als er sie schließlich erreichte, war ebenso brutal. Iris konnte ihn nicht ertragen und ging weg. Als er ihr nicht folgte, blieb sie stehen. Sie sah zu, wie er sich über die vertrockneten Überreste beugte. Er hatte die Augen geschlossen und flüsterte etwas, aber so leise, dass es fast nur ein Atemhauch war. Sie verstand lediglich ein Wort: *verspreche.*

Dann ging er zu ihr, rannte auf sie zu, und sie stolperte zurück. Seine Miene war schrecklich, düster, und dann umschlang er sie, zog sie an sich, quetschte ihr fast das Leben aus dem Leib. Er war so stark, dass ihr Tränen in die Augen stiegen. Sie erwiderte die Umarmung, weinte und versuchte nicht zu zittern, als ein Schluchzen sie erschütterte. Blue küsste ihr Gesicht, ihren Mund und grub seine Finger in das Fell an ihrem Hinterkopf.

»Er wird dir nie wieder etwas tun«, flüsterte er rau. »Das verspreche ich dir, Iris.«

Sie glaubte ihm, glaubte seinen Absichten, aber nicht seinem Versprechen. Sie hätte das auch gesagt, wenn sie in diesem Augenblick nicht das leise Dröhnen eines Automotors gehört hätte, das der Wind zu ihnen trug.

»Blue.« Iris tippte an ihr Ohr und deutete nach Süden. Er zögerte nur einen Augenblick und legte den Kopf auf die Seite, als wenn er lauschte.

»Verwandle dich«, sagte er. Sie gehorchte, fiel auf alle viere und wurde zur Leopardin. Blue rannte los, und sie folgte ihm, durch das Flussbett und zwischen den hohen roten Felsen hindurch. Die Hitze war unerträglich. Sie spürte, wie Blues Kraft nachließ, wie der Atem in seiner Lunge pfiff. Er schonte sein rechtes Bein. Das Motorengeräusch wurde lauter. Blue murmelte etwas, und das Geräusch verstummte wieder. Iris konnte jetzt den Wagen nicht mehr wahrnehmen, aber Blue schien dieses Problem nicht zu haben. Er führte sie zielsicher weiter, aus dem Flussbett heraus und auf einen schmalen Pfad, der einen steilen Hügel hinaufführte, der mit Geröllbrocken übersät war.

Auf dem Kamm des Hügels drehte sich Iris um und blickte auf das Tal, das sich vor ihnen ausstreckte. Am Boden des Tals sah sie einen schwarzen Jeep, der mitten im Sand stand und lediglich wie ein schwarzer Jeep aussah. Daneben standen Männer. Der eine war groß und blass, hatte dunkles Haar, trug ein langärmeliges Hemd und Handschuhe. Neben ihm stand ein weit kleinerer, blonder Mann, der die Hände gegen seine Brust gedrückt hatte. Ein schlankes Pistolenhalfter war mit dünnen Bändern an seinem Schenkel befestigt.

Blue trat neben sie und spähte ins Tal hinab. Dann hielt er den Atem an und grinste wölfisch. »Verdammt«, sagte er. »Das sind meine Freunde, Iris. Komm, jetzt sind wir… in Sicherheit.«

Nein, dachte sie, das sind wir noch nicht.

Aber sie folgte ihm trotzdem und versuchte, das Gefühl von Furcht zu unterdrücken. Auch wenn sie eine Leopardin war, befreite sie das deshalb noch nicht von Nervosität; in diesem Fell steckte durchaus noch eine Frau, und die Vorstellung, den Fremden dort gegenüberzutreten, war gelinde gesagt unerfreulich. Blues Freunde mussten nicht unbedingt auch ihre Freunde sein.

Auch nicht, wenn diese Freunde Gestaltwandler sind?

Das war zwar großartig, einfach fantastisch, wirklich wundervoll, aber noch lange keine Garantie für einen guten Charakter, keine Gewährleistung für Vertrauenswürdigkeit.

Die Paranoia behielt die Oberhand. Iris schlug sich in die Büsche und begleitete Blue auf einem parallel verlaufenden, aber etwas geschützteren Pfad. Sie sagte es ihm nicht, aber er sah einmal zurück. Er bemerkte, dass sie verschwunden war, und nickte stumm.

Gut. Er verstand es also. Obwohl er deshalb nicht besonders glücklich aussah.

Die Männer sahen ihn schon kommen. Der Blonde stieß einen Freudenschrei aus, der so freundlich klang, dass sie etwas getröstet war. Doch beim Anblick des anderen Mannes richteten sich Iris' Nackenhaare auf. Er rührte sich nicht von der Stelle, lehnte an seinem Jeep, ließ die Arme locker an den Seiten herunterhängen und starrte Blue nur entgegen.

Der Blonde lief den Hügel hoch und packte Blues Hand, schüttelte sie lange Zeit, wie ein Junge. Freundlich und entspannt; vermutlich war dies das Äquivalent eines Klapses auf den Hintern in der Umkleidekabine.

Iris kauerte in der Vegetation und sah, wie Blue grinste. »Hast du mich vermisst, Dean?«

»Wie einen feuchten Furz«, erwiderte der Mann. »Roland hat aber gejammert wie ein Baby, weil du bis zu den Eiern in der Klemme stecktest, also hab ich mich freiwillig bereit erklärt, dich aus dem Mist auszugraben. Mir war nur nicht klar, wie viel Arbeit das bedeuten würde.«

»Ich bin gerührt«, sagte Blue und sah an seinem Freund vorbei zu dem anderen Mann hinüber. »Was ist denn mit Artur los?«

Deans Lächeln erlosch. »Nichts.«

Was für ein schrecklicher Lügner, dachte Iris, die langsam näher kroch. Sie sah, wie er sich die Brust rieb, als hätte er Schmerzen. Dann sah sich der blonde Mann in der Gegend um und richtete den Blick auch ganz kurz auf ihr Versteck.

»Dean?« Blue runzelte die Stirn.

»Lass es sein«, antwortete dieser. Sein jungenhafter Charme war verschwunden, er klang müde und hart. »Bitte, Blue.«

Nein, dachte Iris. Das ist nicht sein Freund. Etwas stimmt hier nicht. Etwas stimmt nicht mit diesem Mann, diesem Artur.

Blue sagte jedoch nichts und folgte Dean den Hügel hinab. Iris glitt hinter ihnen her, schlich durch das Unterholz. Der Knoten in ihrem Hals wurde immer dicker und härter, als der Mann, Artur, sich von dem Jeep abstieß. Er bewegte sich wie ein Tänzer, ohne eine überflüssige Bewegung, elegant und höchst gefährlich.

Ein Killer, dachte Iris, als sie ihn ansah. Sie hatte das Gefühl, Dean wirke ebenfalls unbehaglich. Seine Hand schwebte dicht neben dem Kolben der Pistole, die er an seinen Schenkel geschnallt hatte.

»Artur«, sagte Blue und streckte die Hand aus, als sie sich näherten. »Wie…«

Es gab keine Warnung, keine Zeit. Artur stürzte sich auf ihn und schleuderte Blue mit so viel Wucht zu Boden, dass dieser von den Felsen abprallte. Iris knurrte und hatte sich bereits bei der ersten Berührung in Bewegung gesetzt. Sie stürmte mit so viel Energie aus der Deckung, dass sie den Mann in zwei Teile zerfetzt hätte, hätte sie ihn denn erreicht.

Aber sie erreichte ihn nicht. Dean trat zwischen die beiden, streckte die Hände aus, Licht pulsierte unter seinem weißen T-Shirt und…

… Iris stand plötzlich wieder auf dem Hügel, fast sieben Meter entfernt.

Was…? Aber Blue lag noch immer auf dem Boden, und dieser Mann, dieser Artur, umklammerte Blues Kehle. Der wehrte sich aber gar nicht, sondern starrte dem anderen nur in die Augen. Seine Miene verriet eine vollkommene Verwirrung. Sie hörte, wie er immer wieder Arturs Namen sagte, um dann lauter und mit rauer Stimme zu fragen: »Warum?«

Ein Ausdruck grauenvoller Qual flog über Arturs blasses Gesicht, eine Miene atemberaubenden Schmerzes, bei dessen Anblick sich Iris fragte, wie der Mann es nur schaffte, immer noch zu stehen, ganz zu schweigen davon, dass er seinen sogenannten Freund gerade verprügelte.

»Artur«, sagte Dean ganz ruhig.

»Weil du sie getötet hast«, flüsterte Artur. Er hatte einen starken russischen Akzent. »Mein Freund, du hast meine Frau umgebracht.«

14

»Du hast meine Frau umgebracht. Du hast sie getötet – meine Elena.«

»Nein«, stieß Blue krächzend hervor. Das war unmöglich. Elena konnte nicht tot sein, nicht nachdem sie sein Leben gerettet hatte. Und schon gar nicht seinetwegen, wegen seines Geistes, seines verdammten Geistes, dessen Schilde offen gewesen waren und dessen Macht unkontrolliert gewesen war, eine Macht, der man nicht trauen konnte, niemandem gegenüber, nicht einmal … *Iris, oh, Iris.*

»Artur«, sagte Dean scharf. »Das reicht jetzt aber, mein Freund.«

»Nein«, murmelte Artur, und Blue spürte schon die Kugel in seinem Hirn. Er fragte sich, ob es ein Fehler gewesen sein mochte, sie nicht zu akzeptieren, und überlegte, warum er nicht längst schon tot war.

Dean sank neben ihm auf die Knie. »Du Dummkopf, Artur! Blue, hör nicht auf ihn, er übertreibt. Elena ist nicht tot.«

Er wurde verrückt, er wurde wahnsinnig. Blue starrte Dean an, viel zu erschüttert, um etwas sagen zu können, aber sein Freund nickte nur grimmig. »Es stimmt schon, Mann. Sie ist gestorben, das war keine Lüge. Aber die Ärzte konnten sie wiederbeleben.«

»Zwei Minuten«, flüsterte Artur, immer noch mit dieser schrecklich zitternden Stimme, aus der die Bereitschaft zu Mord sprach, Tod und Finsternis, alles in einem. »Sie war zwei Minuten lang tot. Und jetzt … stirbt sie immer noch,

Blue. Du hast ihr Herz schrecklich zugerichtet. Die Ärzte geben ihr weniger als einen Monat, wenn überhaupt. Vielleicht sind es auch nur Tage. Und sie kann … Sie kann sich nicht selbst heilen.«

»Artur«, setzte Blue an, aber der Russe schloss die Augen. Sie strahlten zu hell und waren blutunterlaufen. Er lehnte sich zurück und ließ die großen Hände über seine Knie baumeln. Blue richtete sich auf, stand jedoch noch nicht. Er würde nie wieder stehen. Sein Körper fühlte sich an, als hätte man ihm eine gigantische Gabel in den Bauch gerammt, sie darin umgedreht und gerührt, bis seine Eingeweide flüssig waren.

Erinnerungen stiegen in ihm auf, nicht nur an Elena, sondern auch an andere: an Haustiere, Fremde in Bussen und auf Straßen, seinen Lehrer, seinen Nachbarn, seine eigene Mutter …

Alle tot oder verletzt. Du bist ein Killer, du bist schon immer ein Killer gewesen. Es spielt keine Rolle, ob es nur ein Unfall war; du hast Leben mit nur einem Gedanken ausgelöscht, und manchmal nicht mal das.

Der falsche Ort und die falsche Zeit. Eine Bresche in seinen Schilden, starke Gefühle, Stress, und schon … schon geschahen die schrecklichsten Dinge. Herzen setzten aus.

Blue blieb schweigend im Staub sitzen. Artur und Dean ebenfalls. Die drei Männer starrten überallhin, nur, um sich nicht ansehen zu müssen.

Jemand bewegte sich. Iris. Es hatte keinen Sinn mehr, sich zu verstecken. Sie tastete sich den Hügel herunter, schweigend, immer noch eine Leopardin mit diesen wunderbaren, entzückenden goldenen Augen, die nur Blicke für ihn hatten. Die Muskeln spielten unter den runden Flecken auf ihrem glänzenden Fell, und sie schien in der Hitze der Wüste zu schimmern, warf Schatten und Licht, wundervoll, wild, fremdartig und doch so vertraut, fast wie zu Hause. Es war merkwürdig, eine Frau sein *Zuhause* zu nennen. Oder dass es den schrecklichen Schmerz lindern konnte, der sein Herz umklammerte, bloß wenn er sie sah.

Da, dachte er, als sie aus dem Dickicht trat, ganz Leopardin und vollkommen unmenschlich. Genau da. Da ist deine Ewigkeit. Falls du sie nicht tötest.

»Iris.« Seine Stimme klang belegt, spiegelte den Schmerz in seinem Herzen.

Sie zögerte und betrachtete die anderen Männer. Artur sah sie kaum an; er schien fast zu erschöpft zu sein, um auch nur atmen zu können. Dean nickte lediglich einmal kurz, was auch gut so war. Blue erinnerte sich an das, was er mit Iris gemacht hatte. Er hatte sie teleportiert, im Raum versetzt. Welch nichtssagenden Worte für Magie! Blue fragte sich, was Iris wohl davon halten mochte. Aber jetzt trug sie mit tödlicher Gelassenheit die Maske einer Leopardin. Man sah kein Zucken, nirgendwo.

Sie kam näher. Blue roch Felsen und Wind und Hitze. Er berührte ihre Tatze. »Iris, darf ich dir meine Freunde vorstellen? Dean Campbell und Artur Loginov. Wir… wir arbeiten zusammen.«

Wir arbeiten zusammen? Im Augenblick vielleicht, aber Blue durfte doch nicht die Energie und Verlässlichkeit erwarten, die sie in den letzten sieben Jahren geteilt hatten und die sie auch so stark hatte werden lassen. Nicht nach all dem, was inzwischen geschehen war. Er versuchte, sich vorzustellen, die Agentur zu verlassen, einfach auszuscheiden, um in der Welt seinen eigenen Weg zu gehen, ohne Freunde, ohne die Familie, die er hatte, seit er das erste Mal in den tröstlichen Schoß von Dirk & Steele eingeladen worden war.

Du würdest überleben, dachte er, mehr brauchst du gar nicht zu wissen.

Als wenn das pure Überleben genügen könnte. Blue streichelte Iris' Tatze, und sie lehnte sich an ihn, als der Wind plötzlich erstarb und die Hitze seinen Körper zu versengen drohte. Die Welt schimmerte, glühte, um ihn herum war nur Licht: ein Strahlen, das von Iris ausging. Er sah zu, wie der goldene Schein ihr Fell auflöste, wie ihr Körper sich veränderte – wandelte.

Aber sie wandelte sich nicht vollständig. Sie hielt in diesem Zwischenstadium zwischen Mensch und Leopardin inne, hatte einen menschlichen Körper, der von glattem gepunktetem Fell überzogen war und der um Taille und Schultern kräftiger wirkte. Ihr Gesicht war eindeutig weiblich, aber dennoch ein wenig fremdartig. Ihre Wangenknochen hoben sich so sehr, dass sie fast abstanden. Ihr Mund und ihre Nase wirkten beinahe ganz menschlich, wenn auch etwas zierlicher, schwarz und rosa gezeichnet, und ihre Ohren, die wie die Ohren eines Menschen an ihrem Kopf saßen, endeten in scharfen Spitzen.

Ihre Augen jedoch machten einen ganz weiblichen Eindruck. Und sie waren ausschließlich auf ihn gerichtet.

»Ich glaube, ich habe hier gerade eine Art Cat-Woman-Moment«, bemerkte Dean. »Würde mich bitte mal jemand kneifen?«

Blue fragte sich, ob das Fell für Iris gleichbedeutend mit Nacktheit war. »Zwick dich doch selbst. Schließlich siehst du so was nicht zum ersten Mal.«

»Schon richtig«, erwiderte Dean. »Aber sie ist ein Mädchen.«

»Sehr gut beobachtet.« Iris' Stimme klang rau und guttural, beinahe so tief wie ein Grollen, das weich über ihre Lippen kam. Und dazu war es unerträglich sexy, weil ihre Vokale noch tiefer schwangen als ein Schnurren. Sie sah Blue an. »Also haben die beiden so etwas auch schon mal gesehen?«

»Wir sind beglaubigte Experten in der Welt des Abstrusen«, antwortete Dean. »Tut mir leid, Darling, aber du bist noch nicht mal annähernd das Merkwürdigste, was wir so gesehen haben.«

»Soll das ein Trost sein?«

»Allerdings«, gab Dean liebenswürdig zurück. »Unbedingt, würde ich sagen.«

Iris kniff die Augen zusammen. »Warum seid ihr eigentlich hier?«

Blue fand diese Frage zwar überflüssig, aber Dean überraschte ihn, als er zögerte. »Wir sind hier, um zu helfen.«

Sie blähte ihre Nasenflügel. »Sie lügen.«

Dean wollte schon protestieren, aber Artur hob die Hand. Er sah Iris an, und seine Augen waren schwarz, hart und kalt. »Nein, er lügt nicht. Dean ist tatsächlich hier, um zu helfen. Ich dagegen … Ich habe andere Absichten.«

»Sie wollen Blue etwas antun.«

»Nein«, flüsterte Artur. »Ich will etwas ganz anderes. Ich suche den Mann, den ihr jagt.«

»Santoso?«, erkundigte sich Blue, aber noch während er diesen Namen aussprach, begriff er. Unmöglich, dachte er erneut, aber als er dann in Arturs Gesicht blickte, wusste er, dass es stimmte. Er wusste nicht, konnte einfach nicht verstehen, warum ein Teil von ihm überhaupt nicht überrascht war, warum er ruhig und gelassen blieb, während der Rest von ihm vor Wut tobte. Er erinnerte sich an die Toten, die Menschen, die aufgeschnitten worden waren. Die man in Gruben und Gassen einfach hatte verrotten lassen.

Artur beugte sich vor. Seine dunklen Augen brannten, seine Lippen bildeten zwei schmale Striche. »Du weißt es, ja? Santoso hat Zugang zu menschlichen Organen. Und ich will eins davon. Für Elena. Wir haben einfach keine Zeit mehr, um es auf legalem Weg zu versuchen. Das haben mir die Ärzte versichert.«

Ein Albtraum. Was war das für ein Albtraum! »Sie braucht ein neues Herz, Artur.«

»Und er kann ihr eins besorgen. Und zwar das richtige. Er hat die nötigen … Ressourcen.«

»Diese sogenannten Ressourcen, das sind lebende Menschen. Jeder Spender, den Santoso findet, ist noch am Leben und wird höchst unfreiwillig dazu gezwungen, sein Organ abzugeben. Du wirst dafür bezahlen, dass er – jemanden ermordet.«

»Ich werde dafür bezahlen, Elena zu retten. Um das zu bewerkstelligen, würde ich allerdings jeden töten.«

Seine Stimme verriet keinerlei Mitgefühl, nicht einmal eine Andeutung von Zögern. Blue hatte das Gefühl, in das Gesicht eines Fremden zu sehen. Und ihm fehlten die Worte, ihm zu antworten oder ihm auch nur zu widersprechen. Er sah Dean an, der seinen Blick erwiderte. Deans Miene wirkte unfassbar grimmig.

Und du selbst?, fragte er sich. Für Iris? Wie weit würdest du für sie gehen? Was würdest du riskieren?

Erinnerungen zuckten in ihm hoch: Mondlicht und Schreie, die Gewehre, Betäubungspfeile, eine Jagd auf Leben und Tod, eine Jagd um Iris' Leben, eine Jagd, auf der er seinen Bruder und Serena im Stich gelassen hatte, weil er sich nicht entscheiden konnte, seine Gabe einzusetzen, um zu töten.

Aber eine Kugel wäre doch in Ordnung gewesen, nicht wahr?, fragte er sich. Eine Kugel, ein Messer in die Eingeweide, eine Bombe oder Handgranate oder eine Grube mit Pfählen? Was zum Teufel ist denn der Unterschied? Tot ist doch – tot.

So wie Elena beinahe tot war. Tot beziehungsweise im Sterben lag, weil sein Verstand nicht so gehorsam oder vorhersagbar funktionierte wie eine Waffe. Einer Pistole konnte man trauen.

Iris umklammerte seine Hand und drückte sie; ihre Handfläche war warm und weich, von glattem Fell überzogen. Sie sah Artur an. »Sie können das nicht tun. Es wäre falsch.«

»Wagen Sie es nicht zu urteilen«, erwiderte Artur. »Dazu haben Sie überhaupt kein Recht.«

»Sie haben vielmehr kein Recht zu Ihrem Verhalten!«, fuhr sie ihn an. »Sie haben ja keine Ahnung, mit wem Sie es da zu tun haben! Dieser Mann, Santoso, hat mich an eine Wand mitten in einem gottverdammten Harem angekettet, wo Frauen wie Fleisch behandelt wurden, wo ich selbst wie Fleisch behandelt wurde. Der einzige Grund, warum man mich nicht innerhalb der ersten Stunde vergewaltigt hat, war der, dass er meinen Körper unberührt besitzen wollte. Er wollte ihn ganz und gar zur Verfügung haben, aber nicht, weil er der erste Mann sein wollte, der mich besaß! O nein. Er wollte mich töten.«

Iris beugte sich zitternd vor. Blue beobachtete, wie ihre entzückenden Augen vor Wut, Furcht und Scham dunkler wurden, und stellte fest, dass er selbst vor Wut zitterte. Es war eine tiefe, eine mörderische Wut. Er wollte sie umarmen, und gleichzeitig wollte er Santoso den Kopf abreißen.

Iris' Krallen kratzten über Steine und durch Sand. »Hier, sehen Sie mich an. Sehen Sie mich doch an! Sie wollen ein Herz? Sie wollen jemanden umbringen, für Ihre Frau? Sie wollen also genau das Spiel mitspielen, von dem Santoso lebt? Er wollte mich nämlich wegen meiner lebendigen Körperteile auseinandernehmen, müssen Sie wissen. Er wollte meine Organe verpflanzen, und zwar in seinen eigenen Körper. Er wollte mich ausnehmen, um endlich auch zu einem verdammten Gestaltwandler werden zu können. Und jetzt hat er meine Mutter in seinen Fängen, und ihr wird er also ganz genau dasselbe antun. Falls er es nicht schon längst getan hat.«

Selbst Artur konnte ihrem Blick nicht standhalten. »Sie scheinen zu glauben, dass ich ein Mann bin, den Ihre Geschichte berührt. Sie scheinen tatsächlich zu glauben, dass es mich kümmert, ja?«

»Weil es doch stimmt«, murmelte Dean. »Mein Gott, Artur.«

»Gott? O nein.« Artur warf seinem Freund einen finsteren Blick zu. »Mitgefühl ist hier vollkommen irrelevant. In diesem Fall werde ich tun, was getan werden muss, selbst wenn die Konsequenzen widerlich sein sollten.«

»Und was wird eigentlich Elena dazu sagen?« Blue beugte sich vor, während sich die Klammer um sein Herz auflöste und zu etwas Wildem, fast Angewidertem wurde. »Du weißt doch, was sie für ein Mensch ist. Dafür wird sie dich hassen, Artur. Sie wird dieses Herz nicht…«

Artur schleuderte Blue auf den Felsen und landete mit einem Knurren auf ihm. Er hob seine behandschuhten Fäuste. Blue wappnete sich gegen den Schlag, aber als die Hände dann herabsausten, landeten sie mit atemberaubender Wucht rechts und links neben seinem Kopf.

Iris wollte sich schon einmischen, aber Dean hielt ihren Arm fest. Der Blick in ihren Augen war schrecklich und wild. Artur hörte jedoch auf, seine Fäuste auf den Boden zu hämmern, nachdem sie sich befreit hatte. Er saß immer noch auf Blue und schwankte. Sein Blick war leer.

»Ich hasse dich nicht«, flüsterte er Blue zu. »Ich weiß, dass du ihr nicht wehtun wolltest, aber du warst es nun einmal, der das angerichtet hat. Du warst es. Und wenn sie stirbt…«

Artur beendete seinen Satz nicht. Das musste er auch gar nicht. Tränen stiegen ihm in die Augen, und er berührte seine Stirn mit den Fingern. Er strich über seine Haut, als täte es so weh, dass er diese Berührung kaum ertragen konnte.

»Ich kann sie nicht hören«, flüsterte er. »Sie ist so leise, Blue. So leise, ganz gleich, wie laut ich auch schreie. Ich bin seit damals nicht mehr von ihr getrennt gewesen, und jetzt…« Artur stieg von ihm herunter und ließ sich in den Sand fallen, auf den Rücken. Er war entsetzlich erschöpft, schien beinahe gebrochen. »Elena ist vor einigen Tagen ins Koma gefallen. Unsere psychische Verbindung ist damit verschwunden. Sonst hätte ich sie nicht verlassen.«

Blue schloss die Augen gegen das grelle Sonnenlicht. Es war jetzt unerträglich heiß und fühlte sich an, als brenne sein Herz. Das alles konnte nur noch schlimmer werden, wenn …

Iris berührte ihn. Sie umklammerte sein Handgelenk, und seine gesamte Konzentration, all seine Furcht, fokussierte sich nun auf diese eine weiche Berührung, diese sanfte, stetige Verbindung.

Zieh dich zurück, sagte er sich. Und zwar jetzt. Tu ihr weh, verweigere dich ihr, schick sie in die Wüste. Bevor sie wie Elena endet, sterbend oder tot, und du auf dem Boden liegst und deine Seele ausblutest.

Fast hätte er es auch getan. Er hätte beinahe den starken Mann gespielt, beherrscht und kalt, einen Mann, der in der Lage war, das Richtige zu tun. Stattdessen jedoch öffnete er seine Augen, sah ihr ins Gesicht … und die Schwäche, die ihn nun überkam, machte ihn atemlos. Er brauchte sie einfach zu sehr.

Blue richtete sich auf. Iris drückte seine Hand und sah ihn an, als wenn Mitgefühl dasselbe wäre wie das Atmen. Und so würde sie für ihn atmen, sie würde ihn allein mit der Stärke ihres Herzens am Leben halten.

Mochte Gott ihnen beistehen, denn Blue wollte durchaus, dass sie es tat. Er wollte dasselbe tun, sie so sehr lieben, dass sie sich ein Leben ohne ihn nie mehr vorstellen oder auch nur davon träumen konnte. Sie sollte ihn niemals mehr verlassen.

Dean seufzte. »Ich übernehme in unserem kleinen Grüppchen hier gar nicht sehr gerne die Stimme der Vernunft, aber wir müssen allmählich mal verschwinden, und zwar verdammt schnell.«

»Und wohin wollen wir denn gehen?«, erwiderte Iris herausfordernd. »Er hat doch meine Mutter. Und Blues Bruder auch.«

»Falls die beiden überhaupt noch leben«, ergänzte Blue grimmig.

»Das muss ich wissen. Ich muss sie retten, wenn ich kann.«

»Wir sind gestern Abend nur mit Mühe entkommen, Iris. Wir brauchen einen guten Plan – und mehr Leute.«

»Und woher willst du mehr Leute nehmen? Hast du noch ein paar Freunde in deinem Jeep versteckt? Oder wartet hinter dem Hügel eine ganze Armee? Wir haben keine Zeit, um lange zu warten.«

Artur stand auf, drehte sich etwas zur Seite, zog einen Handschuh aus und drückte seine Handwurzel gegen ein Auge. Dann rieb er ein wenig. Verzweiflung drohte Blue zu überkommen, aber er schob sie beiseite und konzentrierte sich auf Dean. »Ich habe deinen Wagen lahmgelegt, aber ich kann ihn wieder reparieren. Er steckt doch nicht zwischen den Felsen fest, oder?«

»Jedenfalls nicht so, dass ein bisschen Muskelschmalz das Problem nicht lösen könnte«, sagte Dean. Er ließ seine Knöchel knacken und vermied es sehr umsichtig, Artur anzusehen. »Hier draußen haben wir keinen Handyempfang, also musste ich deinen Vibrationen folgen. Unmittelbar, nachdem der Reifen in den Felsen feststeckte, hatte ich eine Vision, wie ihr beide in unsere Richtung kamt. Deswegen brauchte ich mir auch keine Sorgen zu machen, dass wir vielleicht von Wölfen oder hungrigen Höhlenweibchen weggeschleppt werden würden.«

»Sie hatten – was? Eine … Vision?«, wiederholte Iris langsam.

»Dean ist hellsichtig«, erklärte Blue. »Gib ihm etwas von dir, woran er sich orientieren kann, dann wird er dich überall aufspüren.«

»Tatsächlich.« Sie warf Dean einen scharfen Blick zu. »Ich glaube, ich kann mich daran erinnern, dass Sie etwas ganz anderes mit mir gemacht haben.«

»Das ist nur eines meiner Talente. Ich habe so viele Gaben, dass mir davon selber schon schwindlig wird.« Dean grinste, aber es war nicht nur ein fröhliches Grinsen. Er kratzte seine Brust, und Blue konnte beinahe die dunklen Linien unter dem dünnen Stoff des T-Shirts erkennen. Es war eine Inschrift auf einem roten Stein, der in seine Haut eingelassen war.

Ein leises Dröhnen drang an ihre Ohren. Blue blickte hoch und sah einen kleinen Jet, der langsam hochstieg. Einen Moment später folgte ihm ein zweiter, und dann noch einer. Insgesamt erhob sich eine Flotte von acht Flugzeugen aus der Wüste. Bei diesem Anblick schmerzten Blue die Zähne, und seine ganze rechte Körperseite tat weh. »Hat Santoso ein eigenes Flugfeld?«

Iris starrte auf die Flugzeuge. »Das weiß ich nicht, aber es wäre durchaus logisch.«

Blue warf einen Blick auf den Jeep. »Von wo seid ihr gekommen, Dean?«

»Von Osten, in einem Bogen. Warum?«

»Santoso hat Bewegungsmelder und Sicherheitskameras an den Grenzen seines Landes installiert. Ich habe alle, die in unserem Weg lagen, abgeschaltet, aber das war nur ein kleines, begrenztes Gebiet. Wenn ihr hineingefahren seid, habt ihr möglicherweise einen Alarm ausgelöst. Also wissen sie, dass wir hier sind.«

»Vermutlich glauben sie, dass wir eine Spritztour unternehmen. Sie hätten sicher längst versucht, uns aufzuhalten, wenn sie uns für eine echte Bedrohung gehalten hätten.«

Das konnte Blue nicht trösten. »Sie hätten uns gestern Abend ganz leicht erwischen können, sind uns dann aber nicht gefolgt. Das ist irgendwie unverständlich.«

»Vielleicht ist es aber doch ganz logisch«, widersprach Iris. »Da ist ein Machtkampf in Gang. Santoso mag ja innerhalb seiner Residenz eine Art Gott sein, aber auch er muss sich irgendjemandem gegenüber verantworten. Und zwar ist das jemand, den er unbedingt ausschalten will. Er dachte zunächst, ich wäre der Hebel, mit dem ihm das gelingen könnte, aber wenn er jetzt meine Mutter hat und mich nicht mehr will…«

Das ist unwahrscheinlich, dachte Blue. Er erinnerte sich an die Nachricht, die ihr Santoso hinterlassen hatte und in der er ihr seine Liebe ausgedrückt hatte. Und dann die Mühe, die er sich gemacht hatte, um sie zu werben, die viele Zeit, die er investiert hatte, ihre Vorstellungen zu besuchen. Dieser Mann war ohne Frage besessen.

Was folglich bedeutete, dass etwas oder jemand ihn jetzt blockierte. Offenbar war ihm irgendetwas dazwischengekommen.

»Dieser Mann, der dich hat laufen lassen, dieser Broker«, sagte Blue. »Was ist mit dem?«

»Er scheint auch noch für jemand anderen als Santoso zu arbeiten«, antwortete Iris.

»Vielleicht ist das ja der Boss, den Santoso fürchtet«, brummte Artur und drehte sich zu ihnen herum. »Aber wenn das stimmt, warum zieht er dann diesen Mann nicht einfach aus dem Verkehr? Er könnte ihn doch mit einer Kugel oder durch irgendeinen Unfall beseitigen?«

»Vielleicht will er ja etwas ganz anderes, zum Beispiel, dass Santoso scheitert.«

»Oder er will deine Mutter«, setzte Blue hinzu.

»Und Daniel?«, fragte Iris ruhig. »Du hast dir doch schon Sorgen gemacht, dass Santoso die Wahrheit über ihn erfahren könnte.«

»Ich wüsste nicht, welche Rolle das spielen sollte«, erwiderte Dean. »Mein Gott, Blue. Ihr analysiert einfach viel zu viel. Sagen wir mal, diese Kerle sind widerliche Arschlöcher, und machen wir dem ein Ende. Erschießen wir sie, vergießen wir etwas Blut. Verabreichen wir ihnen also ihre eigene Medizin.«

»Und das alles an einem einzigen Tag, ja?« Iris kniff die Augen zusammen. »Was tut ihr drei eigentlich wirklich? Blue sagte, er wäre ein Detektiv, aber dies hier…«

»… ist unsere Arbeit«, unterbrach Dean sie schnell. »Pfadfinderehrenwort.«

»Das stimmt«, mischte sich Artur ein. »Wir arbeiten tatsächlich für eine Detektivagentur, aber die Organisation selbst ist nur eine Tarnfirma: ein legitimer, akzeptabler Vorwand für uns, um uns in Situationen einzumischen, in denen wir als Individuen nicht sonderlich willkommen wären. Die Agentur erlaubt uns, öffentlich Menschen zu helfen, ohne die Aufmerksamkeit auf unsere besonderen Fähigkeiten zu lenken.«

»Psi-begabte Pfadfinder also? Das klingt ja so, als gäbe es noch mehr solcher Leute wie euch. Viel mehr.«

»Jedenfalls mehr, als uns jemals klar gewesen ist.« Arturs Stimme klang eisig. »Es gibt mehr, ob das nun gut oder schlecht ist.«

Dean und Blue wechselten einen kurzen Blick. Iris öffnete den Mund, um etwas zu fragen, aber Blue nahm sanft ihr Handgelenk und schüttelte den Kopf. Nicht jetzt, nicht hier, hieß das. Es gab einfach zu viel zu erzählen, zu viel, was verwirrte und Furcht einflößte. Zum Beispiel von rivalisierenden, kriminellen Organisationen, von Entführungen, Folter… und nichts, was all diese Gewalt erklären konnte.

Nur noch mehr Geheimnisse.

So wie jetzt.

Artur blickte zu den Flugzeugen hinauf. »Santoso ist enttarnt worden, das weiß er jetzt. Und sie sind entkommen. Ganz gleich, wie viel Geld er in diese Einrichtung gesteckt hat, ein Mann wie er wird nicht dableiben, nicht, wenn so viel anderes auf dem Spiel steht.«

»Willst du damit sagen, dass er das Gelände evakuiert?«, fragte Blue. »Es wäre doch viel einfacher gewesen, uns zu töten. Genug Leute dafür hat er.«

»Also irre ich mich, ja?«

Iris drückte Blues Hand. »So schnell hätte sich Santoso meiner Mutter niemals entledigt.«

»Bringt mich an einen Platz, wo er gewesen ist, dann kann ich euch auch sagen, wohin er geht«, schlug Dean vor. »Ich brauche nur den Hauch einer Spur, dann kann ich ihn bis zum Jüngsten Tag verfolgen.«

Artur seufzte. »Wir müssen einen Weg in dieses Gebäude hinein finden. Vielleicht kann ich dann auch …«

Iris fuhr herum. »Was …?«, fragte Blue. Doch sie hob die Hand und brachte ihn zum Schweigen. Dean und Artur griffen nach ihren Waffen. Iris setzte sich in Bewegung und sprang im Nu auf einen Felsbrocken in der Nähe. Sie presste sich auf die Spitze und hielt sich nur mit ihren Zehen fest. Es sah aus, als schwebe sie. Ihre Balance wirkte vollendet und atemberaubend, während sie auf den Horizont starrte.

»Hört ihr das?«, rief sie zu den Männern hinunter. »Blue, siehst du in deinem Kopf, was da kommt?«

Blue senkte seine Schilde, glitt über die bioelektrischen Impulse der drei Herzen um ihn herum hinaus und suchte das Gelände in der Richtung ab, in die Iris gerade deutete. Zunächst fand er nichts, kein Summen und kein Klappern, doch dann, als öffnete sich eine Tür, spürte er ein Rumpeln in seinem Kopf. Etwas kam in Reichweite.

»Hubschrauber«, sagte er betrübt. »Vier Maschinen, sie fliegen in unsere Richtung. Sie sind noch eine halbe Meile entfernt, kommen aber schnell näher.«

Dean legte eine Hand schützend über seine Augen. »Aus welcher Richtung?«

»Sie befinden sich noch hinter diesem Hügel.«

Dean knurrte. »Vielleicht sind es ja Touristen aus Las Vegas, die eine Vergnügungstour machen.«

»Na klar«, antwortete Iris. »Bleiben Sie doch hier und winken, während wir uns verstecken.«

Dean runzelte die Stirn. Blue warf ihm einen scharfen Blick zu. »Ich kann sie herunterholen. Ich werde es behutsam machen, für alle Fälle.«

Iris sah wieder zum Horizont und richtete den Blick dann auf den Hügel. »Ich glaube …«

Eine ungeheure Detonation erschütterte die Wüste. Der Knall war so gigantisch, dass Blue ihn in seiner Brust spürte. Die Erde unter seinen Füßen vibrierte, als der Donner zu einem ohrenbetäubenden Dröhnen anschwoll. Iris keuchte und schwankte, aber noch bevor Blue in Panik geraten konnte, fand sie ihr Gleichgewicht wieder. Dabei nahm sie den Blick nicht vom Horizont. Was auch verständlich war, angesichts der riesigen schwarzen Rauchwolke, die in den strahlend blauen Wüstenhimmel emporstieg.

»*Bohze moj!*«, murmelte Artur. Blue trat ein paar Schritte zur Seite, um besser zu sehen. Die Rauchwolke stieg weiter auf, während die Quelle des Qualms von dem Hügel verdeckt wurde.

Dean war ihm gefolgt. »Was ist passiert?«, wollte er wissen. »Ist einer der Hubschrauber abgestürzt?«

»Nein«, erwiderte Blue grimmig. »Ich glaube, es war diese … *Residenz*, das Gebäude ist gerade explodiert.«

Iris sprang von dem Felsen herunter. »Wir müssen fort hier. Die Helikopter sind schon ganz nah.«

Ihr Blick war hart, sachlich; sämtliche Emotionen schienen verschwunden, verborgen. Genau wie bei ihrer Mutter. Dann war der Moment schon wieder vorbei, und Blue bemerkte die Unsicherheit in ihrer Miene, vielleicht sogar Furcht. Aber keine Furcht um ihn, glaubte er.

Dean rannte zum Jeep, dicht gefolgt von Artur, der in seiner behandschuhten Rechten die Schlüssel hielt. Blue blieb stehen und konzentrierte sich auf die nahenden Hubschrauber.

Touristen, von wegen!, dachte er.

Trotzdem war er vorsichtig, nur für alle Fälle. Eine kleine Unterbrechung der Maschine zum Rotor …

Blues Handy klingelte. Die anderen drehten sich um und starrten ihn an.

»Sagtest du nicht, du hättest hier keinen Empfang?«, fragte Iris.

Artur warf einen Blick auf sein Handy. »Meins hat jedenfalls keinen.«

Dean schüttelte den Kopf. »Ich erinnere mich an diesen Film. Der hatte ein richtig hässliches Ende. Nimm dieses verdammte Gespräch bloß nicht an.«

Das Handy klingelte weiter. Blue warf einen Blick auf das Display. Keine Nummer. ID UNTERDRÜCKT. Was für eine Überraschung!

Er nahm das Gespräch an und schaltete auf Lautsprecher.

»Hallo, Mr. Perrineau«, sagte eine ruhige Stimme. Sie kam ihm bekannt vor, obwohl die Hintergrundgeräusche so stark waren, dass Blue sie nicht genau erkennen konnte.

»Wer spricht denn da?«, erkundigte er sich.

»Das werden Sie noch früh genug erfahren. Bis dahin würde ich es als einen persönlichen Gefallen betrachten, wenn Sie diese Helikopter nicht abstürzen ließen. Ich nehme an, dass Sie genau dies gerade vorhatten.«

Blue sah seine Freunde an, denen sichtlich unbehaglich wurde. Dean drehte sich herum und betrachtete das Gelände in ihrer Nähe. Iris trat zu ihm. Ihre Augen glühten.

»Ich habe ja wohl das Recht, mich und meine Freunde zu beschützen«, sagte Blue und konzentrierte sich wieder auf die Helikopter, die immer noch näher kamen. Das Wummern der Rotoren ließ die Luft vibrieren. Nur ein kurzer Gedanke, und …

Eine Kugel schlug in den Felsbrocken neben Blues Kopf ein. Steinsplitter flogen durch die Luft und schnitten in sein Gesicht, als er sich auf Iris warf und sie zu Boden riss. Das Telefon landete klappernd auf den Felsen, aber die Stimme des Mannes war noch immer deutlich zu verstehen.

»Noch einmal, Mr. Perrineau. Lassen Sie die Hubschrauber nicht abstürzen. Wenn nämlich doch, dann werde ich jemanden erschießen.«

»Ich sehe keinerlei Energiespur«, murmelte Dean. Er lag neben Artur auf dem Bauch. Iris' Atem wehte heiß über Blues Hals.

»Alles okay mit dir?«, fragte sie leise.

»Das ist eigentlich mein Text.«

Sie streifte mit ihren Zähnen seinen Hals. »Ich ziehe eben schneller.«

Er drückte ihr einen Kuss auf die Stirn und schickte seinen Geist aus, suchte nach einem Herzschlag, einem Anzeichen von elektrischem Leben. Die Helikopter hatten sie beinahe erreicht.

Es knallte, und eine andere Kugel bohrte sich in den Boden neben Blues Fuß.

»Suchen Sie nicht nach mir«, sagte der Mann.

Ganz offensichtlich war es gar nicht nötig, seine Fähigkeiten zu verbergen. »Ich könnte Sie schneller umbringen«, sagte Blue, »als Sie abdrücken können.«

»Gewalt oder Frieden. Heiß oder kalt. Sie sind ein Mann der Extreme, Mr. Perrineau. Genau wie Ihr Vater und Ihr Bruder.«

Deans Handy klingelte. Alle starrten auf seine Hüfte. Blue war beinahe sicher, dass der Mann am anderen Ende lachte, als er sagte: »Das ist mein Geschäftspartner. Er hat ebenfalls ein Gewehr. Also bitte, geben Sie auf, Mr. Perrineau. Es ist nur zu Ihrem Vorteil, das darf ich Ihnen versichern.«

Blue wollte aber nicht aufgeben. Er wollte diesen kleinen Drecksack finden und ihm sein Gewehr in den Hintern schieben. Bedauerlicherweise wurde ihm die Entscheidung abgenommen. Die Helikopter donnerten über den Hügel hinter ihnen; es waren vier Stück, sehr schnell, klein und ganz schwarz. Staub wirbelte auf und blendete sie, doch Blue konnte immer noch genug sehen, um Männer in grauen Overalls zu erkennen, die mit Gewehren bewaffnet waren und sich aus jedem der Hubschrauber herauslehnten. Es war zu spät, sie noch abstürzen zu lassen. Mit dem Gewehrschützen jedoch war das eine ganz andere Sache …

»Bleiben Sie, wo Sie sind«, sagte der Mann am Telefon. »Ich bin in einem Augenblick da.«

Blue richtete sich auf, aber Iris ergriff die Vorderseite seines Hemdes.

»Ich bin noch kein Mensch«, sagte sie. Aller Charme, der ganze Mut, den sie ihm eben gezeigt hatte, schwand aus dem Blick ihrer goldenen Augen.

Er zog sie an sich und hielt sie so fest, wie er es nur wagte, während er Dean und Artur zu sich rief. Die beiden Männer krochen näher.

»Iris will nicht, dass all diese Leute sie so sehen«, erklärte Blue. Er musste sie anschreien, damit sie ihn über dem Lärm der Rotorblätter hören konnten. »Gebt uns Deckung, während sie sich wandelt.«

Kein Widerspruch, überhaupt keine Fragen – Dean und Artur bauten sich neben Blue und Iris auf, und zwar so dicht, dass sie schon fast auf ihnen saßen. Blue erhaschte den Blick des Russen; sein Freund nickte, mit einer finsteren, ernsten Miene und dabei irgendwie traurig. Es schmerzte ihn, denn trotz seines Vorhabens – und trotz seiner Wut – war Artur ein guter Mensch. Der gemeinsam mit seiner Frau gestorben wäre.

Blue sah Iris an. »Okay, Sweetheart. Du kannst dich jetzt verwandeln. Wir decken dich.«

»Albern, was?«, fragte Iris, während sie ihn und Artur musterte. »Dieser andere Mann … Er muss mich schon gesehen haben.«

Dean grinste. »Man widerspricht aber keinen Ladys, Darling.«

»Sondern man gehorcht ihnen, ganz selbstverständlich«, setzte Blue liebevoll hinzu. »Mach jetzt. Tu einfach, was nötig ist.«

Iris wandelte sich. Ihr Fell versank in der hellen Haut, Knochen und Muskeln strömten wie Wasser, als wieder die Frau erschien, an die er sich erinnerte. Rotes Haar wellte sich um ihr wunderbares Gesicht. Iris unterbrach den Augenkontakt, während sie sich wandelte; es schien so, als existiere niemand – außer ihr und ihm. Niemand auf der ganzen Welt. Selbst das Wummern der Helikopter wurde allmählich leiser.

Dann war es vorbei, und auf einmal bemerkte Blue in ihrem Blick eine zarte Verletzlichkeit, oder auch eine ruhige Furcht, die ihn sofort veranlasste, seine Hand auszustrecken und mit den Fingerspitzen sanft über ihre Lippen zu streichen.

»He«, sagte er. »He, ich bin noch hier.«

Iris schloss die Augen. »Entschuldige bitte. Ich hatte nicht erwartet, mich außerhalb des Fells so ... anders zu fühlen.«

Blue sah seine Freunde an. Ausnahmsweise verzichtete Dean auf dumme Sprüche. Er setzte sich auf, umhüllt von einer Staubwolke.

»Halt sie fest!«, schrie er Blue zu und zog sein Hemd aus. Artur legte ihm die Hand auf den Arm und hielt ihn auf. »Deine Brust, Dean. Du hast zu viel zu verbergen. Lass mich das machen.«

Dean zögerte ein wenig, aber Artur hatte bereits angefangen, sein schwarzes Hemd aufzuknöpfen. Er gab es Blue, der Iris gerade so weit losließ, dass sie in der Lage war, ihre Arme durch die Ärmel zu stecken. Sie wirkte sehr jung. Blue wünschte sich unwillkürlich, es wäre sein Hemd, das sie da trug.

Drei Helikopter flogen ein kurzes Stück weiter und landeten. Blue half Iris hoch und sah zu, wie das Hemd bis zu ihrem Oberschenkel fiel. Sie fing sofort an, es zuzuknöpfen und sah dabei zu Artur hinüber. Blue bemerkte, wie ihr Blick über seine Haut und die beiden weißen Narben zuckte.

»Danke«, sagte sie. Er antwortete nicht und sah weder sie noch Blue an.

Die drei Helikopter waren gelandet. Die Männer in den Türen sprangen nicht heraus, sondern hielten ihre Gewehre weiterhin auf Blue und seine Freunde gerichtet. Er spielte zwar kurz mit dem Gedanken, dem Ganzen ein Ende zu machen, all die Leute vor ihm auszuschalten, und auch diesen Schützen da am Himmel, aber wie schon in der Nacht zuvor hielt er sich zurück.

Warte ab, was sie zu sagen haben, dachte er. Finde erst heraus, was hier los ist.

Denn da die Residenz jetzt vernichtet war, brauchten sie eine andere Möglichkeit, um Santoso aufzuspüren.

Dean streckte die Hand aus. »Das da muss unser heimlicher kleiner Mistkerl sein.«

Blue blickte in die Richtung und sah, wie ein Mann aus der Wüste auf sie zulief. Die Sonne blendete ihn so, dass er keine Einzelheiten erkennen konnte, aber er lauschte auf den Herzschlag und den Puls und fragte sich, warum zum Teufel er beides nicht früher gehört hatte.

Natürlich spielte das keine Rolle mehr, als Blue den Mann erkannte, der sie festgenagelt hatte.

Er hatte ein irgendwie vertrautes Gesicht, wirkte eher unauffällig, in einen billigen Anzug gekleidet, mit einer Zigarette im Mund. Sein Gewehr hatte er über die Schulter gelegt.

»Sie?«, fragte Blue.

»*Bohze moj*«, murmelte Artur. »Mistkerl.«

Agent Fred lächelte.

15

Gleich würde ihr Gehirn explodieren; jedenfalls hatte Iris dieses Gefühl.

Der Helikopter war spartanisch eingerichtet, und der Sitz fühlte sich unter ihrem nackten Hinterteil so hart wie ein Felsbrocken an. Die Sonne brannte ihr durch das geschwärzte Fenster ins Gesicht, und obwohl der Hubschrauber über eine Klimaanlage verfügte, fühlte sich die Sonne auf ihrer Wange höllisch heiß an. Und dann saß da auch noch der Teufel selbst in all seiner weltlichen Pracht vor ihr und grinste, während eine unangezündete Zigarette wie ein Zahnstocher zwischen seinen Lippen tanzte.

»Sie sind ein Hundesohn«, sagte sie zu Fred, bestimmt schon zum zehnten Mal. Sie musste in das Mikrofon des Headsets sprechen, das auf ihrem Kopf saß. Allerdings beschwerte sie sich nicht darüber. Das Dröhnen der Rotorblätter vibrierte schmerzhaft auf ihren Trommelfellen. Ihr Gehör war schon strapaziert genug, auch ohne ein Geräusch wie das von Kettensägen.

»Ich wusste gar nicht, dass Sie meine Mutter kennen«, antwortete Fred. Das Gewehr lag über seinen Beinen. Ein anderer, grau gekleideter Mann saß auf dem Sitz neben ihm, ebenso bewaffnet. Blue, Dean und Artur trugen ihre Waffen auch noch. Man hatte sie nicht gezwungen, sie abzugeben. Allerdings nutzten diese Waffen niemandem etwas; mehr als einen Kilometer hoch über dem Erdboden in einer kleinen und sehr engen Maschine eine Schießerei anzufangen, das erforderte ein Maß an Dummheit, das einen schnellen, blutigen Tod verdient hätte.

Blue berührte ihre Hand. Iris wusste nicht, ob er sie warnen oder trösten wollte, aber es hinderte sie auch nicht daran, ziemlich undamenhaft zu schnauben und dann rau aufzulachen. »Seltsam. Und ich dachte schon, Sie arbeiteten für das FBI.«

Fred zuckte die Achseln. »Ich habe eben eine kleine Vorliebe für Dienstausweise und – auch für Damen in Not. Eine Berufskrankheit.«

»Achten Sie nicht auf das, was er Ihnen erzählt«, sagte Artur, der auf einem unbequemen Sitz knapp hinter Iris hockte. »Dieser Mann ist ein Krimineller, und er arbeitet für andere Kriminelle.«

»Sie haben so viele Vorurteile«, erwiderte Fred. »Und Sie irren sich vollkommen. Meine Arbeitgeber sind ebenso wenig kriminelle Strippenzieher wie Tammy, das Mädchen vom Hausboot.«

»Aha«, sagte Dean. »Ich nehme an, die war auch mit Scharfschützengewehren bewaffnet?«

»Sie kennen sich wirklich aus.«

Blue drehte sich auf seinem Sitz herum und sah Artur an. »Woher genau kennst du ihn?«

»Er war in Russland. Er und eine Frau haben eine Geschäftspartnerin von Beatrix Weave erschossen, das ist die Frau, die das Konsortium gegründet hat, eine kriminelle Organisation. Außerdem hat uns dieser Mann während unserer Reise nach Moskau nachspioniert.«

»Wir haben Ihnen immerhin das Leben gerettet. Sie könnten ein bisschen dankbarer sein.«

»Warum halten Sie nicht einfach die Klappe«, konterte Dean. »Es sei denn, Sie möchten uns erklären, worum es hier eigentlich geht?«

»Bald«, erwiderte Fred. Das war alles, was er sagte, bis die

Helikopter die Vororte von Las Vegas erreichten und geradewegs zum Strip flogen.

»Wollen Sie uns zu einer Partie Black Jack einladen?« Blue warf einen Blick aus dem Fenster. Auch Iris sah nach unten. Von oben wirkte die Stadt fast so groß wie von unten; der Strip war ein Dschungel aus Menschen und Beton. Nur empfand Iris das Chaos von oben aus gesehen deutlicher, endlich sah sie den Wald und nicht nur die Bäume. Und dann fragte sie sich kurz, wie sie es bloß geschafft hatte, drei Monate lang in einem derartig überwältigenden Umfeld zu überleben.

Und ob sie jemals zu diesem Leben zurückkehren würde und zu ihren Raubkatzen.

Du kannst sie nicht allein lassen, dachte sie. Ganz gleich, was passiert, dafür musst du sorgen.

Die elfenbeinfarbenen Türme des Miracle ragten vor ihnen auf; Iris suchte nach dem Lager des Zirkus, aber die Hubschrauber drehten nach links ab und flogen direkt zu dem größten der Türme. Ein riesiger grüner Hubschrauberlandeplatz erwartete sie, während sie herabsanken.

»Sie sehen ein bisschen mürrisch aus, Miss McGillis«, bemerkte Fred.

Iris nahm Witterung auf, prüfte seinen Geruch, der nicht ganz so ruhig und zuversichtlich wirkte wie seine Miene. »Ich hätte niemals erwartet, dass Sie uns ausgerechnet hierher bringen.«

»Kleine Überraschungen sind meist die besten.«

Darauf hatte sie eine Antwort, einen Tritt gegen sein Knie; aber sie hielt sich zurück und drückte stattdessen Blues Hand. Er küsste ihr Haar, und sie erschauerte am ganzen Körper.

Er zeigte ihr seine Zuneigung einfach so, ohne von der Situation und den Menschen um sie herum in Verlegenheit gebracht zu werden. Es hatte fast etwas Besitzergreifendes, und das gefiel Iris. Deswegen musste sie noch lange nicht zu einem Höhlenmädchen werden. Außerdem fühlte es sich nach allem, was Blue und sie durchgemacht hatten, geradezu richtig an. Er mochte sie. Er mochte sie wirklich. Vielleicht liebte er sie sogar. Iris fand es schön, zu jemandem zu gehören, dem etwas an ihr lag. Es war mehr als schön, es war ganz wundervoll. Es gab keine Worte für das, was sie empfand. Außer dass sie sich lieber mit ihm hier vor den vorgehaltenen Waffen befand, als ohne ihn irgendwo anders auf der Welt.

Der Helikopter landete mit einem sanften Rumms, aber niemand bewegte sich oder löste die Sitzgurte. Fred packte Lauf und Schaft seines Gewehres fester.

»Ganz gleich, wie unangenehm Sie es finden mögen, sich in meiner Gewalt zu befinden, bitte versuchen Sie, Ihre wütenden Gefühle im Zaum zu halten, Mr. Perrineau. Verzichten Sie darauf, mir den Schädel einzuschlagen oder mir meine Hoden in den Hals zu stecken oder irgendwelche anderen unangenehmen Dinge mit meinem Hintern und diesem Gewehr da anzustellen. Auf lange Sicht werden Sie mir danken, das verspreche ich Ihnen.« Fred warf Dean einen ziemlich bestürzten Blick zu. »Und das gilt auch für Sie. Sie sind ja richtig pervers, Mann!«

Dean grinste. »Das haben Sie davon, dass Sie Gedanken lesen können, Sie kleiner …«

Gedankenleser? Iris starrte Fred an, dann Blue, dessen Miene so finster wirkte, dass man sich fast ein Licht gewünscht hätte. Dann drehte sie sich zu Dean und Artur herum. Hellseher, Elektrokinetiker, Telepath …

… und ein Gestaltwandler, dachte sie. Gott, du lebst vielleicht in einer bizarren Welt.

»Sie versprechen uns aber nicht gerade viel dafür«, erwiderte Blue.

»Noch nicht jedenfalls.« Fred sah den Mann neben sich

an, der die Schiebetür des Helikopters wortlos öffnete. Die Rotoren kamen bereits zum Stillstand. Von dem anderen Hubschrauber, der sie begleitet hatte, war noch nichts zu sehen.

Freds Gefährte blieb auf dem Landeplatz stehen, während Iris und die anderen erst durch eine Tür und dann mehrere Treppen hinuntergeführt wurden. Sie erreichten schließlich einen kurzen, aber breiten Flur, der vollständig mit Marmor ausgekleidet war. Auf der anderen Seite war eine helle Tür; Fred tippte Zahlen in eine Tastatur, die Schlösser klickten, und sie marschierten hindurch.

In eine Penthousesuite. Iris hatte von solchen Suiten bisher nur gehört, aber noch nie eine gesehen. Doch sie hatte das Gefühl, diese Suite sei weit schöner als alle anderen, die in irgendwelchen Hochglanzmagazinen oder in Fernsehsendungen zu sehen waren. Sie wirkte riesig und in verschiedenen Tönen dekoriert, sodass der Raum ein Teil des Himmels zu sein schien. Der Eindruck wurde dadurch noch verstärkt, dass die Außenwände aus Fenstern bestanden, die vom Boden bis zur Decke reichten.

»Im hinteren Schlafzimmer gibt es eine Damengarderobe«, sagte Fred. Er hatte noch immer sein Gewehr in der Hand. »Sie können sich … umziehen, wenn Sie wollen.«

Iris schluckte eine bissige Bemerkung hinunter und ging in die Richtung, in die er deutete. Sie hatte das Kinn erhoben, ging gerade und entspannt und empfand kein bisschen Angst. O nein! Er würde nicht zu sehen bekommen, dass sie zögerte.

Trotzdem bedauerte sie es auch nicht gerade, dass Blue sie begleitete.

Sie gingen durch einen Flur, der parallel zu den Fenstern verlief. Das erzeugte das Gefühl, als gehe man in der Luft und über der Stadt, was Iris zunächst ein wenig verunsicherte. Sie blickte hinab und sah das Zirkuslager in der Ferne, unmittelbar hinter den makellos gepflegten Gärten des Miracle.

»Petro und die anderen spielen jetzt sicher schon verrückt«, sagte sie zu Blue.

Er legte ihr einen Arm um die Schultern und zog sie dicht an sich. »Ich sag es dir nicht gern, Iris, aber ich fürchte, es kann noch eine Weile dauern, bevor du zu ihnen zurückkehren wirst.«

»Falls das überhaupt ...«

»Du *wirst* zu ihnen zurückkehren«, erklärte er, drehte sie um und strich mit den Fingern leicht über ihre Wange. Wärme breitete sich in ihrem Körper aus. Am liebsten hätte sie die Augen geschlossen und ihn einfach nur gefühlt, seine Gegenwart genossen. Sie tat es auch. Einen Moment nur, sagte sie sich. Nur einen Augenblick.

»Komm weiter«, murmelte er heiser. »Besorgen wir dir was zum Anziehen.«

Sie betraten das erste Schlafzimmer, an dem sie vorbeikamen. Der Kleiderschrank hatte in etwa die Größe von Iris' Wohnmobil und war mit einem elektronischen System ausgestattet, das die Kleidung transportierte.

Blue wirkte amüsiert. »Farbe?«

Sie lächelte. »Blau.«

Er lachte und drückte auf den entsprechend markierten Knopf. Zahnräder surrten, und eine Vielzahl von zusammenpassenden Sets glitt auf einem Ständer an ihnen vorbei. Iris entschied sich für etwas Weiches, Marineblaues und eng Anliegendes. In einer Schublade, die sich in einem anderen Teil des Schranks aufziehen ließ, lagen Büstenhalter und Unterwäsche, und zum Schluss entschied sie sich für ein Paar Turnschuhe.

Blue lehnte an einer Wand, die Arme vor der Brust verschränkt. Er machte keinerlei Anstalten wegzugehen, als Iris begann, das Hemd aufzuknöpfen. Sie biss sich auf die Unterlippe, um ein Lächeln zu unterdrücken.

»Willst du mir zusehen?«

»Ich bin nur ein schwacher Mann«, erwiderte er. »Ohne jede Selbstkontrolle.«

»Klingt ein bisschen gefährlich.« Iris hielt das Hemd mit der Hand geschlossen, während sie mit wiegenden Hüften auf Blue zuging. Er schluckte, als sie näher kam, und seine Augen wurden dunkel vor Begierde. Er antwortete nicht, sondern streckte stattdessen seine Hände aus und schob die Finger langsam unter den Kragen des Hemdes. Er berührte ihre Haut und legte seine Hände auf ihre nackten Schultern. Seine Handflächen waren groß und heiß. Iris blieb reglos stehen, als er die Hände weiter hinunterwandern ließ, dem offenen Rand des Hemdes folgte und es ihr aus den Händen nahm. Mit den Fingern strich er über den inneren Rand ihrer Brüste, glitt dann noch tiefer, schob das Hemd zur Seite, bis es über ihre Schultern und von ihren Armen fiel. Jetzt war sie vollkommen nackt.

Und sie liebte es.

»Du bist so…«, murmelte Blue. Seine Worte verklangen in einem tiefen Brummen, das so sexy war, dass es zwischen ihren Beinen schmerzhaft pulsierte.

Iris beugte sich zu ihm. »Ich bin so… was?«

Er fasste ihre Taille, ließ die Hände ihre Hüften hinabgleiten und streichelte ihre Pobacken. »Ich wollte sagen: *wunderschön* – aber das hätte etwas allzu gewöhnlich geklungen.« Er hob die Hände und umfasste ihre Brüste. Sie unterdrückte ein Stöhnen. »Ich habe keine passenden Worte für dich, Iris.«

Sie lachte leise. »Damit kann ich leben.«

Er drückte seine Lippen auf ihren Hals. »Zum Glück bist du nicht kleinlich.«

»Ich versuche in deiner Gegenwart so locker zu sein, wie ich nur kann.«

Diesmal lachte Blue laut und herzhaft und schob sie mit dem Rücken gegen die glatte Schrankwand. Er küsste sie zart auf die Lippen, doch sie lehnte sich an ihn, und er reagierte. Der Kuss wurde leidenschaftlich und wild, als er sich gegen ihren nackten Körper drückte und sie küsste, bis ihr schwindlig wurde. Iris hatte das Gefühl, als woge eine heiße pulsierende Welle von ihrem Herzen zu ihrem Schoß. Sie fühlte sich dort schwer und nass, während sie die Schenkel unwillkürlich an seinen rieb. Schließlich hakte sie ein Bein um seine Hüften und zog ihn noch fester an sich. Er stöhnte, tief und gedämpft, und küsste jetzt nicht mehr nur ihren Mund, sondern auch ihren Hals, ihre Schultern, ihre Brüste. Während er mit einer Hand ihren Kopf hielt, glitt er mit der anderen zu ihren Hüften, drückte sie dort zärtlich, bevor er die Hand zwischen ihre Beine schob.

Von da an schien alles zu schwanken. Iris lag plötzlich auf dem Rücken, am Boden, während sich Blue zwischen ihren Beinen bewegte und Dinge mit ihr tat, bei denen sie sich so heftig wand, dass er sie geradezu festhalten musste. Sie verschluckte ihre Schreie, aber einige drangen doch durch die zusammengebissenen Zähne. Blue lachte leise, als er ihr Wimmern hörte.

»Gut«, murmelte er. Dann liebkoste er sie mit Fingern und Zunge, sog sie fast in sich hinein, und Iris spürte, wie der Druck in ihr einfach zu groß wurde. Sie schrie auf, keuchte, wurde immer lauter, als Blue sie nach ihrem ersten Orgasmus weiter liebkoste und sie dann rasch zu einem zweiten brachte, der noch stärker war.

Schließlich schob sich Blue ganz über sie. Iris genoss die Wärme und die Trägheit in ihren Gliedern, streckte die Hand aus und berührte seine Lenden. Er schloss die Augen und rang nach Luft.

»Jetzt du«, flüsterte sie.

»Keine Zeit«, antwortete er. »Die anderen warten doch schon.«

Sie lächelte, fuhr sich mit der Zunge über ihre Lippen und

genoss es, dass er sie dabei beobachtete. Mit den Fingern streichelte sie die Schwellung in seiner Jeans.

»Ich beeile mich«, versprach sie ihm. »Es sei denn… Natürlich, du kannst das einfach mithilfe deiner Gedanken verschwinden lassen.«

»Na klar«, murmelte er. »Obwohl wir irgendwann demnächst noch mal den geeigneten Moment finden müssen, damit ich in dir kommen kann.«

Allein die Vorstellung nahm ihr den Atem. »Das klingt ja fast wie eine Drohung.«

»Hängt davon ab, wie du Gefahr definierst.«

»*Du* bist meine Definition«, erwiderte Iris, während sie seine Jeans aufknöpfte. »Nur du.«

»Und wenn ich das Gleiche für dich empfinde?«

Iris setzte sich auf, schob Blue auf den Rücken, rutschte an ihm herunter und nahm ihn in den Mund. Sie war bei dem, was sie da tat, zwar nicht ganz sicher, aber sie dachte sich, dass Übung auch hier den Meister machte.

»Ich würde sagen, das wäre vollkommen angemessen«, antwortete sie und lächelte, als er ihren Namen ausstieß.

»Hat Ihnen der Schrank gefallen?«, erkundigte sich Fred bei Iris, als sie mit Blue ins Wohnzimmer zurückkam. Die Männer hatten sich verteilt; Artur stand jetzt am Fenster, mit einem frischen Hemd bekleidet, Dean saß neben der Tür, und Fred wartete bereits an der Bar und schenkte sich einen Drink ein. Sein Gewehr lag vor ihm auf dem glänzenden Tresen.

»Es war sogar eine ganz bemerkenswerte Erfahrung«, erwiderte Iris. Fred lächelte. Tatsächlich, er war ein Gedankenleser.

Blue schlang seinen Arm um ihre Taille. »Das reicht jetzt mit dem Unfug. Wir sind hier, und wir sind bereit. Also, was ist los?«

Fred hob die Hand und kippte den Whisky in einem Zug herunter. Er verzog das Gesicht und rieb sich die Brust. »Möchte jemand einen?«

»Nein«, antworteten alle gleichzeitig.

»In Quadrophonie, aha. Sehr nett.« Fred stellte das Glas ab und lehnte sich an den Tresen. »Also gut, kommen wir zum Geschäft. Zunächst einmal, ich arbeite nicht für Santoso, und ich war auch nicht für die kleine Explosion verantwortlich, die seine Residenz zerlegt hat. Das hat der kleine Mann ganz allein befohlen.«

Iris hatte das Gefühl, die Explosion immer noch in ihren Knochen zu spüren, und hatte also auch den beißenden Geruch des Rauchs in der Nase. »In diesem Gebäude hielten sich Frauen und Gott weiß wer sonst noch alles auf. Hat er sie dort vorher herausgebracht?«

»Das bezweifle ich. Es wäre weit günstiger für ihn, woanders nach solchen Mädchen zu suchen, als sie zu transportieren. Außerdem hatte er es eilig.«

»Sie haben also einen Spion?«, erkundigte sich Blue.

»Wir hatten tatsächlich einen. Genau genommen sogar zwei. Einer von ihnen ist tot, und der andere … meldet sich nicht mehr.«

Iris lehnte sich gegen den Tresen. »Warum also diese Heimlichtuerei? Und weshalb diese ganze Aufmerksamkeit für mich? Und woher wissen Sie so viel über Santoso?«

Freds Blick wurde scharf. »Weil ich mit Ihrer Mutter zusammenarbeite. Und Ihre Mutter, Miss McGillis, war … einer dieser Spione.«

Iris hatte das Gefühl, alles in ihr höre auf zu funktionieren: ihr Herz, ihre Lunge, ihr Verstand. Sie konnte ihn einfach nur anstarren. Sie spürte, wie Blues Griff um ihre Taille fester wurde, sie nahm wie aus weiter Ferne wahr, dass sich Artur und Dean ihr näherten, aber in ihrem Kopf sah sie nur ihre Mutter. Ihre Mutter, die sie hielt, ihre Mutter, die kochte, ihre Mutter, die sich wandelte, lachte, rannte und sie lehrte, wie sie zu kämpfen hatte, immer mit diesem kalten Schimmer in ihren Augen. Dann aber gar nichts, keine Nachricht, zwei Jahre lang war sie verschwunden, bis gestern Nacht. Es konnte nicht wahr sein, es durfte nicht wahr sein …

Iris merkte nicht, dass sie sich bewegte, aber plötzlich lag Fred auf dem Boden, und sie thronte auf seinem Rücken und hämmerte sein Gesicht auf den Holzboden. Blut tropfte aus seiner Nase.

»Sagen Sie mir die Wahrheit«, forderte sie ihn leise auf. Sie spürte, wie sich ihr Inneres verhärtete. »Sagen Sie mir, woher Sie meine Mutter kennen.«

»Mr. Perrineau«, Freds Stimme klang gedämpft, »ich wüsste jetzt etwas Hilfe durchaus zu schätzen.«

»Eigentlich hatte ich gerade vor, Popcorn zu holen. Jungs?«

»Ich hätte gern ein paar Brezeln und ein Bier«, sagte Dean. »Und vielleicht eine Videokamera. Was denkst du, Artur?«

»Ich denke, ich werde ihm helfen«, brummte der Russe und setzte sich auf Freds Beine. Mit den Zähnen zog er einen seiner Handschuhe aus.

»He!« Ein Hauch von Verzweiflung mischte sich in Freds Stimme. »Wagen Sie es ja nicht.«

Artur ignorierte ihn. Er schob den Saum von Freds Hose hoch und legte seine Handfläche auf die nackte Wade des Mannes. Fred fluchte und schlug um sich. Iris hielt ihn fest. Sie witterte die Furcht in seinem Geruch.

»Was ist denn los?«, fragte Iris Blue, der sich neben sie hockte, um zu helfen.

»Artur ist ein Psychometrist, vermutlich der mächtigste auf der Welt. Und im Augenblick lernt er unseren Freund Fred hier einfach nur ein bisschen besser kennen.«

Artur wirkte etwas unglücklich, als er seinen Handschuh

wieder anzog. »Ich brauche ein wenig Zeit, um meine Eindrücke zu sortieren, aber ich glaube, man kann ihm trauen. Vorläufig.«

»Fuck you!«, knurrte Fred. Iris ließ seine Schulter los. Sie spürte, wie er zitterte. Da versuchte sie, jedes Mitgefühl, das sie für ihn empfand, krampfhaft zu unterdrücken. Aber das fiel ihr nicht leicht. Sie wusste ja, wie es war, wenn einem Geheimnisse entrissen wurden, und das wünschte sie niemandem.

»Sagen Sie mir, woher Sie meine Mutter kennen«, wiederholte sie.

»Und Daniel«, setzte Blue hinzu. »Ganz offensichtlich wussten Sie ja auch von ihm.«

»Und wenn Sie gerade dabei sind«, meinte Dean und stieß Fred mit seiner Stiefelspitze an, »können Sie uns auch gleich sagen, ob Elvis noch lebt.«

Fred kniff die Augen zusammen. »Soweit ich weiß, geht es Daniel gut. Was Serena betrifft… Das habe ich Ihnen ja bereits gesagt. Ich arbeite mit ihr zusammen.«

»Meine Mutter ist eine Zirkusartistin.«

»Nein, das ist sie nicht, jedenfalls nicht nur. Fragen Sie Blue, wenn Sie mir nicht glauben.«

Iris erinnerte sich daran, dass sie Blue schon einmal gefragt hatte. Und ihr fiel auch das Unbehagen ein, mit dem er sie dann betrachtet hatte, seine Weigerung, irgendetwas zu verraten. Trotzdem richtete sie ihren Blick erneut auf ihn und suchte seine Augen. Aber diesmal wirkte er einfach nur resigniert.

Was ihr eine Todesangst einjagte.

Iris rollte von Freds Rücken herunter, und Artur ließ seine Beine los. Der Mann drehte sich auf die Seite, zuckte zusammen und berührte seine Nase.

»Ich hätte Sie allesamt erschießen sollen, als ich die Chance dazu hatte«, knurrte er.

»Warum haben Sie es dann nicht getan?«, wollte Blue wissen.

»Ich habe meine Befehle. Außerdem gibt es da noch Serena. Ich möchte nicht mal darüber nachdenken, was sie mit mir anstellen würde, wenn ihrer Tochter etwas zustößt.«

Iris musste sich zwingen zu atmen. »Ich verstehe das nicht. Warum … Warum arbeitet meine Mutter mit Ihnen zusammen? Wie konnte es dazu kommen?«

Fred seufzte und drückte seinen Ärmel auf die blutende Nase. Dean nahm ein Handtuch von einem Haken hinter der Bar und warf es ihm zu.

»Ich kenne die Einzelheiten nicht«, erwiderte Fred, dessen Stimme durch das Handtuch gedämpft klang. »Die müssen Sie sich von Ihrer Mutter holen. Jedenfalls kann ich sagen, dass sie schon vor Ihrer Geburt diesen Job hatte, ihn aber aufgegeben hat, als sie schwanger wurde. Sie hatte sich zweiundzwanzig Jahre lang davon ferngehalten, bis sie schließlich den Anruf bekam.«

Der Anruf. Eine Nachricht. *Die Wildnis ruft. Und ich muss diesem Ruf folgen.*

Lügen, nichts als Lügen. »Das hört sich an, als wären Sie bei der CIA.«

»Es ist eher eine Art Firma. Allerdings sind unsere Interessen im Unterschied zu der Organisation, für die Mr. Perrineau und seine Freunde arbeiten, eher ein wenig … finanziell ausgerichtet. Aber im Grunde haben wir dieselben Ziele. Wir wollen in Ruhe gelassen werden, und wir wollen gute Arbeit leisten.«

»Lügner«, entgegnete Artur. Seine Stimme klang jetzt so vehement, dass es Iris überraschte. Und – wie sie mit einem Blick auf Blue und Dean feststellte – seine Freunde ebenfalls.

Fred lächelte. »Ausgerechnet Sie wollen über uns urteilen?«

Artur bewegte sich schon, aber Dean hielt ihn zurück. Blue starrte seine beiden Freunde scharf an. »Also, welches Interesse hat Ihr Arbeitgeber an dieser Angelegenheit? Was kann er hier gewinnen?«

»Ein sauberes Gewissen. Santoso hat sein Imperium schließlich nicht ganz allein hochgezogen. Es wurde von einer anderen Gruppierung aufgepäppelt und gestützt, die Sie, wie ich glaube, kennen werden.«

»Das Konsortium«, flüsterte Artur. »Beatrix Weave.«

Nun wurde es sehr still. Iris betrachtete die Männer, sah ihnen in die Gesichter, die für ihren Geschmack viel zu nachdenklich wirkten, und hob eine Hand. »Hallo, ich bin neu hier! Eine Erklärung wäre jetzt ganz nett.«

»Das Konsortium ist eine kriminelle Organisation«, antwortete Blue ruhig. »So etwas Ähnliches wie die Mafia. Nur wird sie allerdings von Leuten wie uns geführt. Von Psis.«

Iris biss sich auf die Lippen, um nicht zu lachen. »Du veralberst mich.«

»Ich wünschte, es wäre so«, murmelte Artur. »Sie haben mich aus meiner Wohnung entführt und meine Frau gekidnappt. Sie haben grauenvolle Experimente an Menschen und Angehörigen ihrer Spezies durchgeführt, und das allein aus reiner Neugier und dem Wunsch, diese Gaben auszubeuten, um ihre Macht und ihren Wohlstand zu vergrößern. Wir haben ihre Anführerin getötet, aber ich argwöhnte bereits seit einer Weile, dass jemand anders ihren Platz eingenommen hat. Eine solche Macht hinterlässt ein Vakuum, das automatisch gefüllt werden muss.«

»Es wurde auch gefüllt«, sagte Fred leise. »Nur wissen wir leider nicht, von wem. Aber was wir wissen, ist, dass die Frauen und Männer, die unter Beatrix' Gedankenkontrolle gearbeitet haben, jetzt erneut zusammenarbeiten und auf die Befehle von jemand anderem hören. Einem Individuum, das, wie wir fürchten müssen, noch schlimmer ist.«

»Beatrix war nur ein kleiner Fisch«, sagte Artur zerstreut, als zitiere er etwas aus der Erinnerung. Fred schrak zwar zusammen, nickte jedoch nach einer Weile.

»Möglich. Sollte das jedoch zutreffen, dann stecken wir alle bis zum Hals in Schwierigkeiten. Denn Beatrix war auch schon schlimm genug.« Er schüttelte den Kopf. »Letztlich war niemand überrascht, als wir herausfanden, was sie getan hatte. Sie war verwöhnt und verdorben…«

Er verstummte. Iris witterte sein Unbehagen. »Ich habe den Eindruck«, sagte sie, »dass diese Frau einmal eine von Ihren Leuten gewesen ist. Haben Sie das gemeint, als Sie von einem sauberen Gewissen sprachen?«

Fred mahlte mit den Kiefern. »Meine Arbeitgeber übernehmen die gesamte Verantwortung für das, was passiert ist, und auch für das, was noch weiter geschehen wird. Aber sie sind auch pragmatisch. Sie hätten Leute wie Santoso jederzeit ausschalten können, wenn sie nicht nur Mittler wären. Derjenige aber, der tatsächlich die Fäden zieht, ist der Hauptgewinn. Und aus diesem Grund, Miss McGillis, hat Ihre Mutter Sie verlassen. Sie wusste, wie wichtig diese Arbeit war.«

»Das reicht mir nicht«, antwortete Iris. »Ich will mehr wissen.«

»Dann müssen Sie Ihre Mutter finden. Und genau aus diesem Grund habe ich sie alle hierhergebracht. Damit wir zusammenarbeiten können, um sie zu retten.«

»Wissen Sie denn, wo Santoso sie hingebracht hat?«

»Santoso mag ein schlechter Mensch sein, aber im Grunde seines Herzens ist er doch bloß ein Baby. Und was machen alle Babys, wenn man ihnen wehtut oder wenn sie bedroht werden?«

»Sie laufen nach Hause zu ihrer Mami.«

»Ganz genau«, erklärte Fred. »Und das bedeutet, dass er Ihre Mutter an den Ort bringt, an dem er sich am sichersten fühlt.«

»Indonesien«, sagte Blue mit einem auffallenden Mangel an Emotionen.

Iris sah ihn stirnrunzelnd an. »Also fliegen wir dorthin. Gut.«

Fred schüttelte den Kopf. »Sie werden nirgendwohin gehen. Soweit es mich betrifft, wird dies hier Ihr Zuhause bleiben, bis wir Santoso aus dem Verkehr gezogen haben.«

»Auf keinen Fall! Ich gehe mit!«

»Hören Sie zu«, sagte Fred. »Mir ist schon klar, dass es Sie überhaupt nicht interessiert, was mir zustößt. Nun ist es aber so, dass ich mein Leben zufällig liebe. Was aber, wenn wir jetzt Ihre Mutter retten können und Ihnen etwas passiert? Ich mache keine Scherze, wenn ich sage, dass sie in diesem Fall üble Dinge mit mir anstellen wird. Sehr üble Dinge sogar.«

Iris versuchte sich zu erinnern, ob sie ihre Mutter jemals für fähig gehalten hatte, *sehr üble Dinge* zu tun. »Also bitte«, sagte sie. »Das klingt ja fast so, als hätten Sie Angst vor ihr.«

»Ich habe sogar eine Todesangst vor ihr«, antwortete Fred. Und er klang keineswegs so, als mache er Scherze. Iris schluckte.

Blue knurrte. »Serena hat sie hierhergeschickt, damit sie auf Iris aufpassen, stimmt's? Dieses ganze Gequatsche von wegen FBI hat doch nur dazu gedient, dass Sie in ihrer Nähe sein konnten.«

»Das war ein Teil der Abmachung. Serena wollte Schutz für ihre Tochter.«

»Einen miesen Job haben Sie da gemacht.«

»Es waren halt auch miese Umstände.«

»Ich werde mich daran aber nicht beteiligen.« Iris sah Blue an. «Ich werde nicht hierbleiben.«

»Okay«, antwortete er, ohne auch nur eine Sekunde zu zögern.

Fred gab ein ersticktes Keuchen von sich. »Das kann doch nicht Ihr Ernst sein.«

Selbst Dean und Artur sahen Blue an, als wäre er verrückt geworden. Und Iris musste ihre Überraschung verbergen. Sie hatte nicht damit gerechnet, dass er so leicht zustimmen würde. Blue jedoch lächelte sie nur müde an. »Iris gibt nicht auf«, erklärte er dann. »Wenn wir versuchen, sie hier festzuhalten, wird sie einen anderen Weg finden, nach Indonesien zu kommen. Dann ist es schon besser, wenn sie bei uns ist, als wenn sie sich ganz allein dorthin aufmacht.«

»Sie denken jetzt mit Ihrem Schwanz«, behauptete Fred.

»Und Sie werden Ihren früher oder später verlieren, wenn Sie so weiterreden«, erwiderte Blue. Er streckte die Hand aus, und Iris nahm sie.

Artur trat zu ihnen. »Wann reisen wir ab?«

Fred sah Iris an und schüttelte den Kopf. Dann seufzte er. Sie spielte kurz mit dem Gedanken, ihm den Stinkefinger zu zeigen. »Wann immer Sie wollen. Ein Jet wartet schon auf Sie.«

Blue nickte. »Dean, ruf bitte Roland an und erklär ihm alles.«

»Schon dabei.« Dean nahm sein Handy und ging in den Flur, bis er nicht mehr zu sehen war. Fred blickte ihm nach. Es war nicht einfach, in seiner Gegenwart Geheimnisse zu bewahren.

»Santoso ist erst vor Kurzem in mein Leben getreten«, sagte Iris. »Vor wem hat mich meine Mutter davor versucht zu beschützen?«

Fred ließ das blutige Handtuch fallen und griff nach der Zigarette, die immer noch hinter seinem Ohr klemmte. Er steckte sie sich zwischen die Lippen.

»Vor sich selbst«, antwortete er und tastete hinter dem Tresen nach Streichhölzern.

16

Iris hatte kaum genug Zeit, sich von ihren Raubkatzen zu verabschieden, und Blue erlaubte ihr nicht einmal, mit Pete zu telefonieren. Das Risiko wäre zu hoch, hatte er gesagt, und es gäbe zu viele Fragen, auf die sie keine Antworten hatten.

Sie flogen mit dem Hubschrauber zum Flughafen und stiegen dort in einen schlanken Jet, dessen Einrichtung eher an einen Landsitz als an eine Boeing 737 denken ließ.

»Sehr angemessen.« Dean schnüffelte und ließ sich auf die weiche mit cremefarbenem Leder bezogene Couch fallen, die auf dem Boden festgeschraubt war. Dann legte er seine staubigen Schuhe auf den hochglanzpolierten Kaffeetisch, auf dem eine Vase mit frischen Rosen prangte.

Fred lehnte sich gegen die mit dunklem Holz verkleidete Wand. »Zwei Badezimmer und zwei Schlafzimmer, allesamt am Ende des Ganges. Die Bordküche ist vorn, und wir haben außer den Jungs, die dieses Ding da fliegen, noch zwei weitere Flugbegleiter. Entspannen Sie sich also, genießen Sie den Flug, und versuchen Sie, nicht ans Sterben zu denken.«

»Danke«, sagte Iris. »Das stand ganz oben auf meiner Liste.«

»Wollen Sie mit Ihrer Nase nicht zu einem Arzt gehen?«, rief Blue Fred zu, als dieser in dem Gang verschwand, der zum hinteren Teil des Flugzeugs führte. Fred ignorierte ihn. Kaum war er verschwunden, da nahm Dean seine Füße vom Tisch und beugte sich vor.

»Glaubt ihr wirklich, dass wir diesem Witzbold trauen können?«

»Gutes Timing«, erwiderte Blue. »Warum hast du mit dieser Frage nur gewartet, bis wir das Flugzeug bestiegen haben?«

Dean runzelte die Stirn. »Ich versuche gerade, ernsthaft zu sein. Artur, was sagst du? Du bist doch immerhin in seinem Kopf gewesen.«

»Ich habe doch schon gesagt, dass wir ihm vertrauen können. Jedenfalls in diesem Punkt. Er ist Serena gegenüber loyal.«

»Das ist alles?«, erkundigte sich Blue nach einem kurzen Schweigen. »Normalerweise gibst du uns doch ein komplettes Psychogramm.«

»Was er irgendwann gewiss auch tun wird.« Fred war wieder in den kleinen Salon gekommen. Er setzte sich in einen gepolsterten Sessel und zog die Sitzgurte unter dem Kissen heraus. Er hatte einen bitteren Zug um den Mund. »Was machte denn mein Geist für einen Eindruck, Artur? War es für Sie genauso gut wie für mich?«

Artur erwiderte nichts, seine Miene blieb vollkommen ausdruckslos. Sein Geruch jedoch erzählte eine ganz andere Geschichte, stellte Iris fest. Er strahlte Konflikte aus, Unbehagen und vielleicht sogar einen Hauch Angst. Sie fragte sich, was er wohl verschwieg und ob sein Schweigen eine freundliche Geste bedeutete oder einen Betrug.

Das Flugzeug hob ab. Iris blieb eine Weile in dem Salon und genoss das ungewöhnliche Gefühl, mit Menschen zusammen zu sein, vor denen sie sich in keiner Weise und in keiner Form verstecken musste. Doch trotz ihrer Freundlichkeit waren alle Personen bis auf Blue Fremde für sie, und das war abgesehen von dem, was sie ohnehin durchmachte, schon erschöpfend genug.

Schließlich entschuldigte sie sich. Sie saß zum ersten Mal

in einem Flugzeug – und in was für einem! –, aber es verwirrte sie ein wenig, dass sie um ihr Gleichgewicht kämpfen musste, während sie den langen Gang zum Schlafzimmer entlangging. Es war etwas einfacher eingerichtet als der Rest des Flugzeugs. Auch hier waren die Wände mit Holz verkleidet, das breite Bett hatte eine dicke Daunendecke. Es gab einen Kleiderschrank und ein Fernsehgerät, sogar ein kleines Badezimmer mit einer großen Dusche und einem Schrank voller weicher, weißer Handtücher.

Alles wirkte sehr surreal. Iris zog ihre Schuhe aus, legte sich aufs Bett, rollte sich zu einem Ball zusammen und schloss die Augen. Sie versuchte, nicht nachzudenken oder sich zu erinnern, aber es war ihr unmöglich, all das zu vergessen, was ihr in letzter Zeit widerfahren war. Sie wollte sich mit dem arrangieren, was passiert war, die Leute akzeptieren, die sie gesehen hatte, und die Raffinesse, die Schönheit und den ganzen Wohlstand hinnehmen, die sie umgaben.

Sie dachte an Singvogel und die anderen Frauen, die nackt und berauscht auf ihren Kissen gelegen hatten. Sie alle waren verschwunden.

Selbst ihre Mutter war nicht mehr da; und nicht nur ihre rein physische Präsenz fehlte, sondern alles, was Iris über sie gewusst zu haben glaubte. Jeder kleine Fetzen Erinnerung aus ihrer Jugend, jede Umarmung, jeder Kuss und jeder Ratschlag, all diese ruhigen Momente, in denen sie zusammen auf der Veranda gesessen und den Sonnenuntergang beobachtet hatten. Oder wenn sie Abendessen gekocht hatten, in diesen albernen Schürzen, auf denen ihre Mutter bestanden hatte, oder wie sie mit den Katzen gearbeitet hatten, oder wenn sie selbst Katzen gewesen waren, wenn sie gejagt hatten, gerannt waren und frei, sorglos und ohne Verantwortung gelebt hatten – und dies alles, ohne an den Rest der Menschheit zu denken. Diese Frau sollte eine Lüge sein? Alles, was Iris an ihr gekannt hatte, sollte nur gespielt gewesen sein?

Das glaubst du doch selber nicht. Tief in deinem Innersten glaubst du das nicht. Du bist verwirrt, ja. Und ganz gewiss auch verletzt. Aber du weißt, dass sie dich geliebt hat. Und dass sie dich immer noch liebt.

Denn Iris erinnerte sich auch an den Ausdruck in den Augen ihrer Mutter, als sie in diesem Casino nebeneinandergestanden hatten. Sie erinnerte sich an den Blick ihrer Mutter da draußen in der dunklen Wüste, als sie gemeinsam gekämpft hatten. Was auch immer noch geschehen sein mochte, die Lügen, die Tarnung – diese Blicke waren auf jeden Fall echt gewesen. Iris hatte eine Mutter, die sie liebte.

Sie hörte Schritte vor der Tür des Schlafzimmers. Blue. Mit einem Satz sprang sie vom Bett und stand an der Tür, noch bevor er klopfen konnte. Sie riss die Tür auf, zerrte ihn herein und schlang ihre Arme um seine Taille. Sie wollte jetzt nicht reden, sondern nur berühren. Sie musste gehalten werden, sie musste all die Jahre nachholen, in denen sie keinerlei menschlichen Kontakt gehabt hatte.

Blue schob die Tür mit dem Fuß zu und hob Iris mit einer Leichtigkeit in seine Arme, die sie erschreckte. Er küsste ihre Stirn und legte sie sanft auf das Bett. Keiner von ihnen sagte ein Wort, doch dann zog er seine Schuhe aus und legte sich hinter sie, zog sie dicht an sich und verschränkte seine Hände mit den ihren, während er seinen linken Arm unter ihren Kopf schob. Er drehte sie gerade so weit herum, dass er sie küssen konnte. Iris verlor sich in der Empfindung seines Mundes, der sich auf ihren Lippen bewegte. Im Vergleich dazu wirkten die Küsse, die sie vor all den Jahren Tommy gegeben hatte, trocken und klinisch. Damals, mit sechzehn Jahren, hatte sie keine Schmetterlinge im Bauch gespürt, wie es ihr die anderen Frauen im Zirkus immer geschildert hatten. Es hatten auch keine Funken gesprüht, es hatte überhaupt keine Magie gegeben, keinen Stromschlag.

Aber jetzt, mit Blue, da verstand Iris endlich. Mit ihm zusammen zu sein, ihn zu berühren, das gab ihr das Gefühl, als liefe sie nach langen Jahren im Gefängnis durch einen Wald. Jeden atemlosen Moment war sie bis zum Bersten mit Freude erfüllt, und alle Zweifel, all die Ängste, die an ihr genagt und jeden Versuch vereitelt hatten, ein normales Mädchen mit einem normalen Mann zu sein, waren plötzlich so weit weg, dass sich Iris kurz fragte, ob sie all das jemals wirklich empfunden haben konnte.

Sie sprachen nicht, sondern kommunizierten nur mit ihren Augen, ihren Mündern und Händen. Das war auch mehr als genug, während Iris Blue half, seine Kleidung abzulegen. Sie zitterten beide, als sie seinen muskulösen Körper mit Mund und Fingerspitzen erforschte, über seine Rippen glitt bis hinab zu seinem Bauch. Sie küsste seine Brustwarzen, nahm sie in den Mund, umspielte sie mit der Zunge und lächelte, als er leise keuchte und dann aufstöhnte, während ihr Mund immer tiefer glitt. Sie krallte ihre Fingernägel in seine Schenkel, als sie ihn leckte.

Blue richtete sich keuchend auf. Iris ließ sich von ihm ausziehen, sie genoss es, wie er ihr Hemd und Jeans mit einer fast schon verzweifelten Wildheit herunterzog, während er bei ihrer Unterwäsche plötzlich fast schüchtern zögerte. Es spielte keine Rolle, dass er sie schon zuvor nackt gesehen hatte. Sie erkannte den Respekt in seinem Blick, als er ihren Büstenhalter öffnete und ihn ihr über die Arme zog. Dann setzte er sich rittlings auf sie. Sein Glied blieb an ihrem Bauch, als er ihre schwellenden Brüste umfasste. Sie versuchte, ihn erneut anzufassen, aber er hielt ihre Handgelenke über ihrem Kopf fest und küsste sie so leidenschaftlich, dass sie spürte, wie ihr Höhepunkt immer näher kam.

Iris versuchte, ihre Beine um ihn zu schwingen, doch er

glitt davon, rutschte mit einem Lächeln auf den Lippen an ihrem Körper herab. Sie bog sich ihm entgegen, genoss jede Berührung, und als er seinen Daumen in ihr Höschen hakte und es herunterzog, hob sie ihre Hüften an und schrie, als er sie küsste. Seine Zunge fühlte sich so gut an, so feucht und heiß, und als er mit den Fingern in sie hineinglitt, ganz tief in sie hinein, unterdrückte sie einen Schrei. Er begann sie langsam zu massieren, dehnte sie, liebkoste sie. Als sie nur einen Atemzug davon entfernt war zu kommen, spürte sie, wie etwas wesentlich Größeres an ihr rieb. Sie musste unwillkürlich lachen.

»Was ist denn so komisch?«, knurrte er.

Iris hob die Hand und massierte die Falte zwischen seinen Augen. »Du siehst so ernsthaft aus, beinahe schon ängstlich.«

»Das bin ich auch. Ich will dir nicht wehtun.«

Das konnte sie verstehen, aber es war leicht vermeidbar. Iris ließ die Hand zwischen ihnen hinuntergleiten und stellte überrascht fest, dass er es inzwischen irgendwie geschafft hatte, ein Präservativ überzustreifen, ohne dass sie es auch nur bemerkt hätte. Er drückte sein Glied in ihre Hand und flüsterte: »Bist du bereit?«

»Gib's mir, du böser Junge«, sagte sie heiser.

Blue starrte sie an, und seine Schultern bebten, als er versuchte, ein Lachen zu unterdrücken. Wie sie es geplant hatte, verschwand seine sorgenvolle Miene tatsächlich, und seine Augen leuchteten hell und heiß. Bevor sie wusste, wie ihr geschah, presste er sich fest an sie, so dicht, dass ihre Nasen sich berührten.

»Ich liebe dich, Iris McGillis. Ich möchte, dass du das weißt.«

Iris lächelte und wollte ihm schon dasselbe sagen, aber da drang er bereits in sie ein, bevor sie dazu kam. Sie spürte einen Schmerz, einen sehr kurzen Schmerz nur, aber er war nichts im Vergleich zu dem Gefühl, so wundervoll ganz ausgefüllt zu werden. Blue war in ihr, dehnte sie, drückte sich gegen sie und fing an, sich zu bewegen, langsam und sanft. Das Gefühl, wie er in ihr hin und her glitt, verschlug ihr fast den Atem.

»Alles okay?«, flüsterte er. Iris nickte, weil sie gar nicht in der Lage war, etwas zu sagen. Sie spürte, wie er zitterte, und zog ihre Beine an, schlang sie um seine Hüften und versuchte, sich in seinem Rhythmus zu bewegen. Er wurde schneller, seine Stöße länger und tiefer, und es fühlte sich so gut an, dass Iris sich nur noch unter ihm winden konnte, da sie sich diesem Gefühl vollkommen hingab. Sie spürte, wie er die Kontrolle verlor, griff nach seinen Pobacken und zog ihn fester an sich, drängte ihn mit ihrem Körper tiefer in sich hinein, bis er ihre Handgelenke packte und sie auf das Bett drückte. Sein Körper war schweißnass, als er so fest und tief in sie hineinstieß, dass sie innerhalb weniger Momente kam. Sie schrie auf und bog sich ihm entgegen. Er kam fast im selben Augenblick, während er sich vollkommen wild und unkontrolliert in ihr bewegte. Iris konnte sich nur an ihm festklammern, während ihre Zehen und Finger kribbelten und die Woge des Orgasmus immer noch durch ihren Körper pulsierte.

Es dauerte lange, bis ihr Herzschlag langsamer wurde, und noch länger, bis ihre Stimme etwas anderes als ein Wimmern zustande brachte. Sie hielt ihn weiter umklammert, und während er sie immer wieder auf die Wange küsste, fragte sie: »Ist es eigentlich immer *so* gut?«

Blue lachte schwach. »Mein Gott, Iris. Wenn es immer so wäre, dann weiß ich nicht, ob ich mein vierzigstes Lebensjahr noch erlebe.«

Sie gab ihm einen Klaps auf die Schulter, und er rollte sich mit ihr herum, während er sie dabei fest an sich gedrückt hielt.

»Nicht schlagen«, sagte er und küsste ihren Hals. »Das verletzt meine Gefühle.«

Iris grinste. »Große harte Kerle wie du haben also wirklich Gefühle? O schweige still, mein Herz.«

Sein Lächeln wurde etwas schwächer, als ein trauriger Ausdruck in seine Augen trat, und Iris erinnerte sich zu spät an Arturs Frau Elena.

Blue wollte von ihr abrücken, doch sie hielt ihn fest, klammerte sich wie ein Blutegel an ihn, bis er wieder auf dem Bett lag. Doch er entspannte sich nicht.

»Es tut mir leid«, sagte sie und legte ihre Wange auf seine Brust. Sie lauschte seinem Herzschlag, der ruhig und kräftig klang.

Er seufzte und strich mit den Fingern durch ihr Haar. »Das muss es nicht. Es hat mich nur ... Es hat mich an etwas erinnert, das ich hätte tun sollen.«

»Und was war das?«

»Ich hätte dafür sorgen sollen, dass du mich hasst.«

»Wie bitte?«

»Ich habe Angst, dass ich dir wehtun könnte, Iris.«

»Wegen dem, was Arturs Frau passiert ist?«

»Es ist nicht das erste Mal gewesen.«

Iris runzelte die Stirn und schmiegte sich enger an ihn. »Erzähl es mir.«

Erst dachte sie, er würde es nicht tun, weil er so lange stumm blieb. Doch dann räusperte er sich. »Das erste Mal war es mein Hund. Ich war zwölf Jahre alt – und ziemlich wütend. Warum, das weiß ich nicht mehr. Aber mein Hund fiel einfach um und starb. Wir dachten, er wäre krank gewesen. Bis seltsame Dinge mit der Elektrizität passierten, im Haus, in der Schule, im Wagen. Überall, wo ich war. Dann starben auch noch andere Lebewesen. Vögel und Katzen. Ich hatte so einen widerlichen Typen als Mathematiklehrer, und als er eines Tages anfing, völlig ohne Grund auf mir herumzuhacken, fühlte ich, wie etwas in meinem Verstand platzte. Im nächsten Augenblick hatte der alte Mann einen Herzinfarkt. Das war der Zeitpunkt, in dem ich endlich eins und eins zusammenzählte. Auch Menschen leben aus elektrischen Impulsen heraus. Bioelektrische Impulse, die das Herz am Laufen halten. Ich kann sie ebenso einfach beeinflussen wie eine Glühbirne.«

»Was ist denn mit dem Lehrer passiert?«

»Er ist gestorben. Direkt vor meiner Nase. Und ich könnte schwören, er wusste, dass es meine Schuld war.«

»Blue«, hauchte Iris. Sie konnte sich den Schmerz kaum vorstellen, den er damals hatte ertragen müssen. Was für eine schreckliche Bürde für ein Kind. Sie sagte das auch, schmiegte sich noch dichter an ihn und versuchte, ihm mit ihrem Körper zu bedeuten, dass sie keine Angst hatte. Er streichelte ihr Haar, ihren Hals und ihre Schultern.

»Ich habe daran gedacht, mich selbst zu töten«, sagte Blue. Diese schlichte Ehrlichkeit machte seine Worte noch schrecklicher, weil es weder beiläufig noch dramatisch klang. Es war nur die Wahrheit, eine Wahrheit, bei der sich Iris unwillkürlich vorstellte, wie sie sich mit Rasierklingen die Pulsadern aufschnitt oder ein Seil um ihren Hals schlang. Sie versuchte, nicht zu reagieren, weil sie Angst hatte, wie er es wohl aufnehmen werde. Doch schließlich gab sie auf und fasste seine Hand. Sie drückte sie so fest, dass es wehtun musste. Er beschwerte sich aber nicht.

»Warum solltest du so etwas tun?«, flüsterte sie.

»Ganz einfach. Ich war nicht fähig, mit der Vorstellung leben, dass ich anderen Menschen Schaden zufügen könnte, ohne es zu wollen. Dass ich jemandem mit nur einem einzigen Gedanken das Leben nehmen könnte.«

»Und was hat dich davon abgehalten?«

Er lachte bitter auf. »Purer Egoismus. Ich liebte mein Leben mehr, als ich es hasste, andere Leute zu töten.«

»Das ist doch kein Egoismus. Das ist reiner Selbsterhaltungstrieb.«

»Und wenn ich dich verletzen würde?« Blue legte einen Finger unter ihr Kinn und sah ihr in die Augen. »Was würdest du dann sagen?«

»Ich würde sagen, dass du weiterleben musst. Ich würde sagen, es war ein Unfall, und ich wäre dir nicht böse. Und wenn ich nicht sterben würde, sondern behindert wäre, würde ich dasselbe sagen. Und wenn du auch nur überlegen würdest, so etwas Schreckliches und Dummes zu tun, wie dein Freund es gerade erwägt, dann würde ich dir das Leben zur Hölle machen.«

»Ah«, sagte Blue. »Aber wenn du dann lebendig und gesund wärst und mir das Leben zur Hölle machtest, wäre es die Sache vielleicht wert.«

»Das ist nicht komisch.«

»Nein«, antwortete er. »Das ist es wirklich nicht. Ich habe jetzt eine bessere Selbstbeherrschung. Jedenfalls dachte ich das. Vor Elena habe ich schon lange niemandem mehr wehgetan. Aber solche Unfälle passieren eben.«

»Das stimmt.« Iris tippte ihm mit dem Finger auf die Brust. »Ich könnte von einem Wagen überfahren, von einem Blitz getroffen werden oder vielleicht… Oh, ich könnte auch von einem internationalen Schwerverbrecher entführt werden, der es darauf abgesehen hat, mir meine lebenswichtigen Organe zu stehlen! Obwohl das eher als Mord gilt, nicht als Unfall. Der entscheidende Punkt ist aber, dass du nicht alles kontrollieren kannst. Vertrau mir, ich habe es versucht.«

»Und das soll mich trösten?«

»Ja. Zumindest sollte es dich etwas befreien. Finde ich jedenfalls.«

»Tut mir leid«, antwortete Blue. »Diesen Zug habe ich verpasst, als mein Hund gestorben ist.«

Iris seufzte. »Was haben denn deine Eltern dazu gesagt?

Ich weiß, dass du deinem Vater nicht sonderlich nahe gestanden hast, aber er muss doch eine Meinung dazu gehabt haben.«

»Nein. Ich hatte nie einen richtigen Kontakt zu meinem Vater. Und ich habe erst vor einigen Tagen erfahren, dass Daniel überhaupt existierte.«

Iris runzelte die Stirn. »Das überrascht mich etwas, nach allem, was Daniel gesagt hat.«

»Nach allem, was Daniel gesagt hat? Ihr habt also darüber gesprochen?«

»Nein, über… etwas Ähnliches.« Iris wusste nicht genau, wie viel sie ihm erzählen sollte, aber sie kam zu dem Schluss, dass sie mit dem, was sie bis jetzt gesagt hatte, schon die Brücken hinter sich abgebrochen hatte. »Daniel zufolge warst du in seinem Leben nämlich durchaus präsent. Dein Vater hat überall Fotos von dir herumstehen und sie benutzt, um… naja, um Daniel ein schlechtes Gefühl zu vermitteln. Was auch immer das heißen mag.«

»Du veralberst mich.«

»Das hat er jedenfalls gesagt.«

»Aber das ergibt doch keinen Sinn, Iris.«

»Nach allem, was ich gehört habe, muss es das auch gar nicht. Dein Vater ist ganz offensichtlich kein besonders netter Mensch.«

»O nein, das ist er wirklich nicht. Er ist clever, brillant und rücksichtslos… und seine genialste Tat war es, der Welt all diese Qualitäten vorzuführen und sie gleichzeitig irgendwie davon zu überzeugen, dass er dafür geliebt werden sollte. Er steht in dem Ruf, ein Menschenfreund zu sein, jemand, der die Armut bekämpft und die Bildung für Frauen und Kinder verbessert. Er scheint nahezu vollkommen zu sein. Nur eben nicht für seine eigene Familie.«

»Und es gibt keine Chance, dass da ein Missverständnis vorliegt?«

Blue lachte. Es klang kalt und bitter. »Ich habe dir schon gesagt, dass meine Mutter aus Afghanistan stammt. Sie ist in die Vereinigten Staaten eingereist, als es ihrem Land noch gut ging, also … bevor sich alles verschlechtert hatte. Sie ist hier zur Schule gegangen, sie hat ihren Abschluss in Jura gemacht, und mit Anfang zwanzig bekam sie eine Arbeit als Referendarin in einer Kanzlei, die für meinen Vater arbeitete. Es gab da einen Fall … Ich weiß nicht, worum es im Einzelnen ging, aber es bedeutete, dass meine Mutter viel Zeit mit meinem Vater verbringen musste. Er fühlte sich von ihr angezogen, und sie war auch nicht ganz abgeneigt. Dann aber liefen die Dinge aus dem Ruder. Meine Mutter ist eine konservative Frau. Nicht in jedem Sinn, aber sie glaubte, dass Sex für die Ehe reserviert sei. Mein Vater … nun, Vater glaubt das nicht.«

»Oh«, stieß Iris hervor. »O nein!«

»Er hat sie aber nicht vergewaltigt, falls du das glaubst. Aber er hätte es tun *können*. Als sie sich weigerte, seine Geliebte zu werden, hat er sie mithilfe von Gerüchten systematisch zerstört. Er hat ihren Ruf ruiniert, hat seine Schläger auf ihre Freunde gehetzt. Er hat ihrer Familie in Afghanistan eingeredet, dass sie sich hier für Geld verkaufe. Genauso gut hätte er sie auch vergewaltigen können, Iris. Die Folgen waren sehr ähnlich. Sie war vollkommen isoliert, verlor ihren Job, konnte nicht nach Hause gehen oder ihre Familie um Hilfe bitten, weil sie für diese mittlerweile ohnehin so gut wie gestorben war. Sie musste als Kellnerin arbeiten, hat Geld gespart, um in einem anderen Staat ihr Examen zu machen. Und als sie schließlich genug zusammenhatte, hat sie mich genommen und ist umgezogen. Am Ende hat sie wieder als Anwältin Arbeit gefunden.« Blue runzelte die Stirn. Iris nahm seinen Geruch wahr. Er war bekümmert, traurig. »Trotzdem hat sie mich nach ihm benannt, Iris. Ich habe nie genau verstanden, warum. Ich war nicht einmal sicher, warum sie mir das alles überhaupt erzählte, warum sie mir eröffnete, wer mein Vater war. Manchmal glaube ich, es wäre erträglicher gewesen, es nicht zu wissen.«

»Das finde ich auch.« Iris konnte sich nicht vorstellen, wie sie sich fühlen würde, wenn sie etwas Ähnliches über ihren eigenen Vater erfahren müsste.

Blue seufzte. »Sie ist eine Überlebenskünstlerin. Sie sagte immer, dass der Stolz kein Essen auf den Tisch bringt. Und meinte, Würde und Stolz wären zwei ganz verschiedene Dinge. Solange man seine Würde hätte, würde es keine Rolle spielen, was man täte, welche Härte man erdulden oder welche Opfer man bringen müsste. Ihr zufolge verleiht die Würde einem Menschen Rückgrat. Würde bedeutet, dass man sich biegt, aber nicht bricht.«

»Das erinnert mich sehr an meine eigene Mutter«, sagte Iris.

»Noch so eine harte Frau«, antwortete Blue. »Weißt du etwas über ihre Kindheit?«

»Nein, eigentlich nicht. Nur... ein paar grundlegende Dinge. Meine Mutter erzählte mir einmal, unsere Vorfahren seien aus Ostafrika gekommen. Aber sie müssen schon vor fast sechshundert Jahren dort weggegangen sein und haben dann offenbar erst den Mittleren Osten und Europa durchstreift, bevor sie sich schließlich in Frankreich niederließen. Meine Mutter wurde in den Pyrenäen geboren. Ich weiß nicht, warum sie überhaupt weggegangen ist, aber zuerst muss sie nach Schottland, dann nach Argentinien und schließlich nach Amerika gezogen sein.«

»Wo sie dich bekommen hat.«

»Damals war sie Ende zwanzig. Sie hatte bereits ein paar Jahre als Zirkusartistin gearbeitet, hat nach meiner Geburt dann aber damit aufgehört. Ab und zu hat sie sich noch bereit erklärt, eine Vorstellung zu geben, und mich dazu mitgenommen. Aber sie hat immer sehr genau darauf geachtet, dass ich niemandem in die Quere kam. Damals hatte ich die schlechte

Angewohnheit, mich zu … wandeln, sobald ich mich aufregte. Richtig kontrollieren konnte ich das erst mit zwölf Jahren, was natürlich bedeutete, dass ich sehr viel allein war.«

»Wie hast du es denn in der Schule geschafft?«

»Gar nicht. Meine Mutter hat mich zu Hause unterrichtet, und dann bin ich regelmäßig zu den staatlich erforderlichen Tests gegangen. Ich hatte auch mit dem Gedanken gespielt, aufs College zu gehen, aber schließlich fand ich es für mich doch nicht sonderlich nützlich. Das Leben und die Bücher sind bessere Lehrer, und dafür muss man nicht so viel bezahlen.«

Iris stützte sich auf einen Ellbogen und betrachtete sein Gesicht. Dann streckte sie die Hand aus und zupfte an seinem Bart. »Du hast mir immer noch nicht erzählt, woher du sie eigentlich kennst – meine Mutter, meine ich.«

»Iris …«

»Ich glaube, wir haben inzwischen den Punkt überschritten, bis zu dem du meine empfindsame Psyche schützen musst, Blue.«

Er seufzte und kniff die Augen fest zu. »Ich glaube, das ist jetzt … aber noch etwas schlimmer. Sie … Sie hat nämlich versucht, mich umzubringen. Oder mich zu retten. Ich weiß immer noch nicht genau, was von beidem wirklich zutrifft.«

»Sie hat was getan?«

»Siehst du, deshalb wollte ich dir nichts sagen.«

»Das ist … !« Iris schlug die Hände vors Gesicht. »Hat sie dir gesagt, warum?«

»Offenbar hatte Santoso es ihr befohlen. Ich bin ihm wahrscheinlich zu nahe gekommen, und deine Mutter musste seinen Befehlen folgen, sonst hätte sie ihre Tarnung aufs Spiel gesetzt.«

»O mein Gott!« Iris rollte sich auf den Rücken, ohne die Hände vom Gesicht zu nehmen. »Hat sie denn … eine Waffe benutzt?«

Blue zögerte. Iris spähte zwischen den Fingern hindurch. »Sag es mir.«

»Ich weiß nicht, was das nützen soll.«

»Es muss doch gar nichts nützen. Meine Mutter hat versucht, dich umzubringen. Und ich möchte wissen, wie.«

Er rutschte unbehaglich hin und her. »Sie hat eine Bombe benutzt. Aber eine ganz winzige.«

Iris stöhnte. »Um Himmels willen. Ich weiß wirklich nicht, ob ich da lachen oder weinen soll.«

»Einigen wir uns doch einfach darauf, dass wir nicht mehr darüber sprechen. Ich möchte dich nicht gegen sie aufbringen.«

»Sie hat aber … versucht, dich mit einer Bombe umzubringen, Blue.«

»Und ich verzeihe es ihr. Alles okay! Damit ist die Sache erledigt.«

Iris starrte ihn an, und plötzlich regte sich etwas in ihrem Hinterkopf: eine Erinnerung, ein Duft.

O Gott!

»Blue«, sagte sie gedehnt. »Nach meiner Vorstellung im Miracle hattest du einen ganz bestimmten Geruch an dir. Den eines Parfüms. Ich nehme an, du erinnerst dich nicht mehr daran, oder?«

Blue biss die Zähne zusammen. »Vielleicht doch. Warum fragst du?«

»Das Parfüm roch genauso wie das, das meine Mutter trug, als sie mich in diesem Casino gefunden hat.«

»Tatsächlich.« Blue starrte wie nebenbei auf seine Hände. »Das muss wirklich … ein erstaunlicher Zufall gewesen sein.«

»Genau das dachte ich auch. Vielleicht möchtest du diesen Zufall … erklären?«

»Nein«, erwiderte Blue. »Das möchte ich eigentlich lieber nicht.«

Was Iris auch ganz recht war.

17

Knapp einundzwanzig Stunden später, nach einem kurzen Zwischenstopp in Hongkong, wo sie auftankten und die Piloten auswechselten, befand sich Iris auf der anderen Seite der Welt.

In Jakarta, Indonesien.

Iris hatte keinen Reisepass dabei, was sie den Männern auch gesagt hatte, bevor sie Las Vegas verließen. Eigentlich hatte sie erwartet, dass einige von ihnen, besonders Blue, sich auf die Brust schlugen und sagten: »Oh, ich habe meinen auch vergessen«, aber offensichtlich waren in ihrem Beruf Dokumente für eine kurzfristige Reise rund um die Erde ebenso unabdingbar wie Kreditkarten und eine geladene Pistole. Das Einzige, was sie alle brauchten, waren Visa – worum man sich auch kümmern werde, wie Fred ihnen versicherte. Ebenso wie um die Angelegenheit mit Iris' Reisepass.

Und richtig, als der Jet auf dem Soekarno-Hatta-International-Airport landete, stieg ein winziger Mann mit einem riesigen braunen Manila-Umschlag an Bord. Sie schüttelten sich nicht die Hände und sprachen auch nicht viel miteinander, er verlangte nur kurz alle Reisepässe, die er dann schwungvoll auf den Kaffeetisch knallte. Die nächsten fünf Minuten vergingen mit Stempeln und Kleben und wurden von einer ständigen Litanei leisen Gemurmels begleitet, das ebenso gestresst klang, wie der Mann auch aussah und roch. Ein Schweißfilm schimmerte auf seiner Stirn, sein weißes Hemd klebte ihm am Rücken.

Blue stand hinter Iris, die sich mehr als je zuvor bewusst war, wie groß und kräftig er wirkte. Wenn sie ihn ansah und so dicht neben ihm stand, dachte sie an all diese Stunden, die sie in seinen Armen verbracht hatte. Und obwohl ihr Körper schmerzte, fühlte es sich gut an. Es war ein Gefühl der Ermattung, das umso wärmer ausstrahlte, weil der Mann, der dafür verantwortlich war, neben ihr stand und sie darauf vertraute, dass er auch bei ihr blieb. Und dass er sie so liebte wie sie ihn.

Natürlich flößte ihr das auch Angst ein. Sie hatte ihre schlechten Erfahrungen ja keineswegs vergessen. Aber dies hier war in Ordnung. Mit einem kleinen bisschen Angst konnte sie gut leben.

Schließlich stempelte der Mann das letzte Visum, und zwar mit einem strahlenden Lächeln, das erschreckend fröhlich wirkte. Er gab die Reisepässe zurück, einschließlich eines strahlend neuen für Iris. Das Foto sah wie eine Nahaufnahme von einem der Poster aus dem Miracle aus, so als hätte man ihr Gesicht ausgeschnitten und auf einen weißen Hintergrund kopiert.

Der Mann verschwand, und schon tauchten die Zöllner an dem Jet auf. Glücklicherweise verfehlten sich die Beamten aber, und die Einreise nach Indonesien wurde mit weiteren Stempeln, Schweigen und einem dicken Bündel Geldscheine, das einer der Beamten in die Innentasche seiner Uniformjacke schob, perfekt gemacht.

»Ich liebe Bargeld«, erklärte Fred, nachdem die Zöllner verschwunden waren. »Und ich liebe es auch, für Leute zu arbeiten, die unendliche Mengen davon besitzen.«

Dean knurrte. »Dann singen Sie in der Dusche bestimmt auch *Material Girl.*«

Fred lächelte und schob sich eine unangezündete Zigarette zwischen die Lippen. »Immer noch besser als *Mandy*, Mr. Campbell.«

Dean kniff die Augen zusammen, und Artur tätschelte ihm tröstend die Schulter.

Draußen wartete ein glänzender Mercedes Van auf sie, dessen getönte Scheiben verhinderten, dass man hineinsehen konnte. Eine kleine, grazile Frau stieg aus. Ein Schal verhüllte ihr Haar, aber ihre braunen Augen waren von grünem Lidschatten umringt, und ihr Lippenstift leuchtete in einem unnatürlichen Rot.

»Mr. Fred«, sagte sie lächelnd. »Wie war Ihr Flug?«

»Entzückend, Arti. Irgendwelche wichtigen Nachrichten für mich?«

»Der Mann, nach dem Sie sich erkundigt hatten, ist vor einigen Stunden hier angekommen, und zwar in Begleitung des jungen Mannes auf dem Foto, das Sie gefaxt haben, und dann war noch eine etwas ältere Frau dabei.«

Iris zwang sich, Luft zu holen. Fred lächelte. »Arti, ich möchte Ihnen unsere Gäste vorstellen. Meine Damen und Herren, das ist also Arti. Sie ist sehr nett und kann ausgezeichnet mit einer Pistole umgehen.«

Arti errötete und kicherte ausgelassen, was Iris etwas merkwürdig fand. Die Frau klang wie eine Hyäne. Blue stieß Iris mit dem Ellbogen an, doch sie weigerte sich, ihn überhaupt anzusehen. Es wäre höchst unpassend gewesen, wenn sie jetzt gelacht hätte, obwohl es zum Teil an den Neuigkeiten über ihre Mutter und Danny gelegen hätte.

Die Fahrt vom Flughafen war eine zähe Angelegenheit. Nachdem sie das Zentrum der Stadt erreicht hatten, sank Iris' Meinung von Jakarta immer tiefer, bis sie ohne Schuldgefühle zugeben konnte, dass sie hier ganz offensichtlich die Verkörperung eines Höllenlochs betreten hatte.

Zweifellos war Jakarta ein angenehmer, vielleicht sogar ein wunderschöner Ort für all jene, die damit vertraut waren, aber Iris war dies nun einmal nicht, und obwohl sie sehr gut wusste, dass das unglaublich kleinkariert und oberflächlich klang, war ihr doch klar, dass sie auch auf gar keinen Fall mit dieser rauchenden, dampfenden Stadt bekannt werden wollte. Einer Stadt, deren Luft so schmutzig war, dass sie ihr ins Gesicht zu schlagen schien, und die zudem nach brennendem Müll und offenen Abwasserkanälen stank; einer Stadt, in der sich die entsetzliche Armut und der Dreck einem gnadenlos aufdrängten, ebenso wie die hohen Schreie der dürren Straßenkinder, die sich so verzweifelt und hungrig um ihren Van drängten, dass Iris sie am liebsten alle aufgesammelt und ihnen ein Bad, eine Mahlzeit und so viel Geld gegeben hätte, wie sie in ihren dürren kleinen Händen hätten davontragen können.

Der Verkehr tat ein Übriges. Obwohl sich Arti nach Kräften bemühte, blieben sie in einer Seitenstraße stecken wie ein Nierenstein in einer Harnröhre aus qualmenden Autos. Sie konnten nirgendwo hingehen, sich nirgendwo verstecken und nichts an ihrer Lage ändern. Iris sah zu, wie die Welt in gedämpften Farben und Bewegungen an ihr vorbeizog: Grüne und blaue Handkarren, die mit Erfrischungsgetränken beladen waren, rumpelten über die schmutzigen Bürgersteige. Ein Meer aus korrodierten eisernen Dächern, schmale, schlammige Straßen und in der Ferne Wolkenkratzer aus Stahl und Glas – all dies dehnte sich vor ihr aus. Letztere schienen die extreme Armut um sie herum regelrecht zu verhöhnen. Leute auf Mopeds und Fahrrädern glitten an ihnen vorbei; sie hatten Chirurgenmasken aufgesetzt. Überall waren Fußgänger zu sehen, die schneller vorankamen als die Fahrzeuge, die sich auf der Straße stauten.

Iris sah Fred an, der auf dem Ende seiner unangezündeten Zigarette herumkaute. Sie erinnerte sich daran, wie er vorher gewirkt hatte: ein merkwürdiger, etwas ungeschickter FBI-Agent. Irgendwie vermisste sie diesen Mann. Und sie fragte sich auch, wie er es eigentlich geschafft hatte, diese Rolle zu spielen, denn dies ganze Verhalten gehörte doch zu einer Rolle. Und wie konnte ein Mann, der Gedanken zu lesen vermochte, existieren, ohne dass alle um ihn herum ihn hassten.

»Das geht nur, wenn Sie sehr vorsichtig sind.« Fred drehte sich herum und sah sie an. »Sie müssen sich gut dagegen abgrenzen oder sich weit zurückziehen. Und an Orten wie diesem hier oder in Las Vegas, wo Sie den Leuten einfach nicht aus dem Weg gehen können, müssen Sie eben dafür sorgen, dass Sie nicht immer zuhören. Sie blenden es ein wenig aus, tun so, als wären all diese Stimmen nur statisches Rauschen. Denn wenn Sie das nicht tun, dann ... Naja, Sie werden eben verrückt.«

»Gibt es denn überhaupt – angesichts der Gaben, mit denen wir geboren wurden – für irgendeinen von uns eine Art Happy End? Gibt es eine einzige Person, die niemals darunter gelitten hat?«

»Jedenfalls trifft das auf niemanden zu, den ich kenne«, antwortete Blue. Iris drängte sich dichter an ihn. »Natürlich hat jeder irgendetwas.«

Fred zerdrückte das Ende der Zigarette zwischen den Fingern. »Und? Würden Sie es aufgeben? Wenn Sie das Gute, das Sie mit Ihren Fähigkeiten bewirkt haben, abwägen, würden Sie dann wirklich die Hände heben und sagen *Zum Teufel damit*?«

Blue sagte nichts. Iris sah, wie sein Blick zu Artur glitt, beinahe so, als glaube er, dass der Russe vielleicht eine Antwort darauf haben könnte. Aber sein Freund starrte einfach nur durch das Fenster auf die Regenwolken, die über den Himmel zogen. In dem weichen grauen Licht wirkte sein Gesicht besonders blass.

»Ich bedaure nichts«, erklärte der Russe plötzlich, drehte den Kopf von den Wolken weg und sah sie an. Er zog den Handschuh aus. »Ich bedaure überhaupt nichts.« Dann berührte er den Sitz und runzelte die Stirn. »Sie sind wirklich hinterlistig, Fred. Das war ein neues Flugzeug. Es ist bisher noch nie geflogen.«

»Natürlich nicht«, gab Fred zurück, der immer noch mit der Zigarette spielte. »Was das Flugzeug betrifft, daran konnte ich nichts ändern, aber nach dem, was Sie mir im Hotel angetan haben, habe ich ein paar Anrufe getätigt und einige spezielle Arrangements getroffen.«

»Ihnen ist aber klar, dass mich das nicht daran hindern wird, mehr über Ihre Organisation herauszubekommen.«

»Und mir ist auch klar, dass alles, was Sie finden werden, nur eine Ablenkung sein wird. Was Sie eigentlich wollen, ist doch Santoso. Oder aber vielleicht auch einen guten Kampf mit einer sehr hohen Chance, dass Sie eine Kugel in den Kopf bekommen.« Fred spuckte die Zigarette aus. »Weichei.«

»Weichei? Ach du liebe Güte!«, sagte Dean. »Wir sind bewaffnet und gefährlich, Mann! Passen Sie lieber auf, was Sie da sagen.«

»Das reicht jetzt.« Blue sah sie der Reihe nach scharf an. »Fred, wohin bringen Sie uns?«

»Wir haben ein sicheres Haus in Menteng. Das ist ein altes Viertel in der Nähe der Geschäftsstadt. Dort liegen viele Botschaften, und wichtige Politiker haben in dieser Umgebung ihre Häuser. Die Sicherheitsvorkehrungen sind ausgezeichnet. Wir werden Informationen von den Leuten bekommen, die Santosos Niederlassung hier in Jakarta beobachten, und dann einen Plan ausarbeiten, wie wir Serena und Daniel dort rausbekommen.« Fred warf Artur einen kurzen Seitenblick zu. »Wenn Sie unbedingt jemandes Seele lesen wollen, dann machen Sie sich doch nützlich und suchen Sie sich jemanden, der für Santoso arbeitet.«

Iris dachte an die Residenz, die Einrichtung, an Santoso, der in diesem kleinen Zimmer beobachtet hatte, wie sie sich wandelte, und sie dann angefleht hatte, ihn zu beißen. »Wie lange muss man in Kontakt mit etwas gewesen sein, bevor Sie daraus lesen können?«

Artur seufzte. »Nicht lange. Manchmal genügen schon wenige Augenblicke, um etwas zu liefern.«

»Und verblasst es irgendwann? Wird das, was Sie lesen können, schwächer, wenn eine längere Zeit seit dem Kontakt verstrichen ist?«

»Das kommt drauf an.« Artur sah sie neugierig an. Die anderen beobachteten sie ebenfalls. »Warum?«

Iris zögerte. »Weil Santoso mich berührt hat. Er hat mich geschlagen. Hier.« Sie deutete auf ihre Wange. »Und ich habe ihn gebissen.«

Blue nahm ihre Hand. Er roch richtig sauer vor Wut. »Nicht«, sagt Iris. »Es hätte noch viel schlimmer sein können.«

Arturs Augen wurden dunkler. Er hob die Hand, hielt jedoch inne, und zwar unmittelbar, bevor er ihr Gesicht berührte. »Wenn ich das tue, werde ich aber alles sehen. Nicht nur Santoso.«

»Hab ich schon begriffen.«

Blue verschränkte seine Finger mit den ihren. »Du musst das nicht tun, Iris.«

»Weiß ich auch«, erwiderte sie und sah Artur an. »Los, tun Sie, was nötig ist.«

»Selbstverständlich«, murmelte er und legte seine Handfläche sehr sanft auf ihre Wange.

Angesichts von Freds Reaktion in Las Vegas erwartete Iris so etwas wie einen Stromschlag, eine Welle, irgendeine körperliche oder mentale Reaktion auf Arturs Berührung. Und da schien auch etwas zu sein, vielleicht ein Herzschlag, der aussetzte. Jedenfalls fühlte sich etwas in ihrer Brust merkwürdig an.

Artur schloss die Augen. Er ließ die Hand in seinen Schoß sinken und krümmte sie wie eine Klaue an seinem Schenkel.

Iris hörte das Dröhnen von Motorrädern, von vielen Motorrädern. Vielleicht ging es jetzt ja endlich weiter.

»Und?«, erkundigte sich Fred.

»Santoso ist da«, sagte Artur langsam. »Aber dieser Geist…« Er verstummte und sah Blue so verblüfft an, dass Iris die kalte Furcht das gesamte Rückgrat herunterlief.

»O verdammt«, stieß Dean hervor. »Das kann nicht gut enden.«

Dem konnte Iris nur zustimmen. Aber bevor Artur alles Weitere erklären konnte, schwoll das Dröhnen der Motorräder so sehr an, dass es wesentlich mehr war als nur eine Belästigung. Der Ausdruck auf Freds Gesicht wandelte sich von Skepsis zu Schock.

»Achtung!«, schrie er. Blue stürzte sich auf Iris und bedeckte sie mit seinem Körper, als die Heckscheibe zersplitterte. Hände griffen in den Wagen, und Iris erhaschte einen Blick auf Männer mit schwarzen Helmen und weißen T-Shirts. Das Dröhnen der Motorräder war ohrenbetäubend.

Fäuste klatschten auf Haut. Dean und Artur traten ihre Türen auf und warfen ihre Angreifer zurück, während sie unter ihren Hemden nach den Pistolen griffen.

»Runter!«, schrie Fred, aber es war schon zu spät. Es knallte, ein blutiger Fleck breitete sich auf Arturs Schulter aus. Er stolperte und stürzte in den Van zurück. Iris bemerkte es kaum; sie war viel zu sehr von der Kugel fasziniert, die unmittelbar vor Deans Hals schwebte. Er griff sie aus der Luft, drückte sie an die Lippen und grinste seine Angreifer wirklich boshaft an. Die Männer zögerten zwar, wichen jedoch nicht zurück.

Blue rollte sich von Iris weg, aus der offenen Tür des Vans, wo er sich hinhockte, während Dean die Kugel fallen ließ und auf ein rotes Dach feuerte. Jeder Schuss war ein Treffer, immer und immer wieder. Er zielte perfekt. Blue hielt ihm den Rücken frei und kämpfte mit seinen Fäusten gegen die

Männer, die wie aus dem Nichts aufzutauchen schienen und den Lieferwagen umschwärmten. Die meisten hatten keine Waffen; offenbar war es ihr Plan gewesen, sie zu überwältigen. Arti gab Gas, aber sie stieß nur gegen eine Stoßstange. Der Wagen vor ihnen ließ sich einfach nicht wegschieben. Dann zersplitterte die Windschutzscheibe; die kleine Frau prallte hart gegen die Lehne des Sitzes und sackte dann nach vorn. Ihr Kopf drückte auf die Hupe. Sie bewegte sich nicht mehr, und so zerriss ein lautes Hupen die Luft.

Iris' Fingernägel wurden länger – und schwarz. Und obwohl sie es vermied, sich vollkommen zu wandeln, ließ sie doch Energie in ihre Muskeln strömen, sprang aus dem Wagen und schwang die Fäuste. Blue rief zwar ihren Namen, aber sie ignorierte ihn einfach, während sie zwischen den Männern herumtanzte und kämpfte, um ihn zu beschützen. Doch vielleicht zeigte sich viel mehr von der Katze, als sie beabsichtigt hatte. Einige der Männer, die so aussahen, als hätte man sie hier aus Jakarta rekrutiert, kurzerhand weg von ihren Sofas und Fernsehgeräten, wichen zurück, als sie Iris ins Gesicht blickten.

»*Sepang!*«, flüsterten sie nur und starrten sie entsetzt an.

»Zurück in den Van!«, schrie Blue, der neben ihr auftauchte.

»Du zuerst!«, fuhr sie ihn an.

»Sie sind Ihretwegen hier, wegen Ihnen beiden!«, knurrte Fred. Ihm liefen die Tränen über die Wangen, während er Artis blutiges Gesicht zwischen den Händen hielt.

»Verdammt!«, knurrte Blue. »Santoso.«

»Nein«, widersprach Fred erschüttert. »Ihr Vater.«

Blue starrte ihn an. Dean fluchte, schob ihn zum Van zurück und zog Iris mit sich. Die Männer folgten ihnen, wenn auch vorsichtig. Am Rand des Mobs aus Einheimischen sah Iris die eigentlichen Angreifer, die immer noch ihre Motorradhelme trugen. Keiner von ihnen war verletzt, weil sie es offensichtlich den armen angeheuerten Massen überlassen hatten, die Drecksarbeit zu tun. Iris zeigte ihnen den Stinkefinger.

Artur kletterte aus dem Van. Von der Hand, mit der er die Waffe hielt, tropfte Blut, aber er zielte auf die Männer hinter ihnen. Als sie den Wagen erreichten, spürte Iris etwas Spitzes in ihrem Rücken, einen Stich. Sie wusste sofort, was es war, als sie den Schmerz fühlte, denn die Erinnerung war noch zu frisch. Aber sie konnte einfach nicht glauben, dass es sie schon wieder getroffen haben sollte, noch während sie zu ihrem Rücken griff und den Pfeil aus ihrer Schulter zog.

»Iris«, sagte Blue, aber noch während ihr alles vor den Augen verschwamm, sah sie, wie etwas Kleines aus seiner Brust herausragte, wie durch Magie. Ein Donnerkeil. Sie griff nach ihm, versuchte, ihn zu erreichen, sie wollte nicht aufgeben, diesmal würde sie nicht ohnmächtig werden … O nein … Nein …

Iris hörte Schreie. Sie kamen von Artur oder Dean. Dann meinte sie, dass Blue auf sie zukroch, ihren Namen rief. Sie träumte davon, dass sie kämpfte, dass Männer zu Boden stürzten, andere Männer sie packten und wegtrugen. Sie träumte, dass man sie entführte.

Schon wieder.

Blue hätte es dem Pfeil zuschieben können, der ihn bezwungen hätte, selbst wenn er sich noch so sehr dagegen gewehrt hätte. Aber die Wahrheit war die, dass er den Kampf einfach aufgab und die Angreifer zu sich winkte, während er sah, dass man Iris fortschleppte und seine Freunde von der bloßen Anzahl der Angreifer überwältigt wurden.

»Bringt mich mit ihr zusammen weg«, konnte er noch murmeln, dann gingen die Lichter aus. Dunkelheit.

Als er die Augen das nächste Mal öffnete, fand er sich in einem spärlich erleuchteten Raum mit feuchten Betonwänden, einem ebenso feuchten Zementboden und Gittern vor einem schmalen Fenster wieder. Es war heiß und roch nach Urin. Ihm taten alle Knochen weh, er konnte im ganzen Gebäude Elektrizität wahrnehmen. Aber nicht in diesem Raum, ebenso wenig wie in den Schlössern der Tür.

Außerdem war er nicht allein.

Sein Bruder Daniel saß auf einer verschlissenen Matratze, den Rücken an die Wand gelehnt. Sein Gesicht war geschwollen, sein rechtes Auge fast geschlossen, und sein Hemd war blutverkrustet.

»He«, krächzte Blue. »Du siehst wirklich mies aus.«

»Danke, gleichfalls.« Daniel nuschelte, als bereite es ihm Schmerzen, den Mund zu öffnen.

Blue sah sich um und richtete dann den Blick auf die Tür. »Gibt es einen Grund, warum du hier noch nicht ausgebrochen bist? Ich hatte den Eindruck, dass du, wenn nötig, ein paar Wände niederreißen könntest.«

»Serena«, erwiderte Daniel. »Santoso hat gesagt, er werde sie umbringen, wenn ich zu flüchten versuchte. Er hat allerdings auch gesagt, dass er Iris, dich und alle meine Freunde im Zirkus ebenfalls umbringen würde. Da wollte ich lieber kein Risiko eingehen.«

»Da hast du aber eine ausgezeichnete Gelegenheit verpasst.«

»Vielen Dank, jetzt fühle ich mich schon viel besser.«

»Sicher.« Blue runzelte die Stirn und versuchte sich aufzusetzen. »Das hier ist also auch eine von Santosos … Niederlassungen?«

»Jedenfalls habe ich den Mann schon hier gesehen, also vermute ich es stark.«

»Das ist doch irgendwie nicht logisch. Iris und ich wurden von Männern zur Strecke gebracht, die für unseren Vater arbeiten. Warum sollte er uns aber ausgerechnet hierherschleppen lassen?«

»Vater?« Daniel schloss die Augen. »Ich bin nicht sicher, ob ich die Antwort auf diese Frage wirklich hören möchte.«

Blue wusste das ebenfalls nicht so genau. »Wir müssen hier weg und Iris und ihre Mutter suchen.«

»Sie haben mich gezwungen zuzusehen«, sagte Daniel. Seine Stimme rumpelte heiser. »Bei der Operation, meine ich. Santoso hat sie angesetzt, sobald wir hier gelandet sind. Er hat Serena in diesen OP-Saal gezerrt und sich sofort auf ihren Schädel gestürzt. Die Ärzte haben ihr ein Auge entnommen, und Santoso hat zugesehen und das Auge betrachtet, als wäre es eine Praline für ihn. Dann haben sie dasselbe mit ihm gemacht, nur dass er für den Schmerz wenigstens ein neues Auge bekommen hat.«

Blue wurde fast übel. »Geschah das denn, bevor sie dich zusammengeschlagen haben oder hinterher?«

»Beides. Der Kerl meinte, ich hätte es verdient. Was ja auch ganz logisch klingt, wenn er unseren Vater kennt.«

»Unseren Vater, der angeblich tot ist.« Blue versuchte aufzustehen. Sein Kopf pochte höllisch, ihm schwindelte, aber er behielt sein Gleichgewicht und lehnte sich an die Wand. Die Luftfeuchtigkeit erschwerte es ihm zu atmen.

»Wir haben keine Zeit, vorsichtig vorzugehen«, sagte er zu Daniel und versuchte, seine Konzentration auf den Bereich jenseits der Tür zu richten. Ein Stück davon entfernt stieß er auf zwei Herzschläge – vermutlich waren es Wachen. »Kannst du diese Schlösser mit deinem Geist öffnen?«

»Das kann ich sogar im Schlaf«, antwortete Daniel.

»Und kannst du auch laufen?«

»Nur weil ich wie ein platt gefahrenes Eichhörnchen aussehe?« Er grinste grimmig. »Ich habe die übelsten Schläge von Santosos Männern abgewehrt. Aber nicht alle. Ich wollte keinen Verdacht erregen. Ja, ich kann rennen, verdammt schnell sogar. Und Gott stehe den Idioten bei, die versuchen werden, mich aufzuhalten.«

Was bedeutete, dass Blue die Wachen ausschalten musste.

Was er auch tat.

Diesmal gab es keine Ketten, keine nackten Frauen, die sich auf Kissen räkelten. Stattdessen wachte Iris auf einem Operationstisch auf. Sie war von Kopf bis Fuß mit Lederbändern gefesselt und hatte einen kleinen runden Knebel im Mund. Sie roch Blut, Desinfektionsmittel, Schweiß, den Gifthauch von Wut und Schmerz. Dann durchzuckte sie Furcht. Ihre Mutter. Sie *roch* ihre Mutter.

Meine Mutter war hier, dachte sie, man hat ihr Schmerzen zugefügt.

So wie es aussah, war Iris die Nächste. Sie hoffte, dass sich Blue noch in Freiheit befand, aber sie hatte, was dies betraf, ein unangenehmes Gefühl.

Sie konnte weder den Kopf noch ihren Körper bewegen, sondern gerade noch die Zehen. Sich ganz und gar in eine Leopardin zu verwandeln, kam überhaupt nicht in Frage. Mit ihren Händen jedoch war das anders, und so wandelte sie ihre Fingernägel zu Krallen. Ein Lederband drückte unmittelbar auf ihre Hand; sie kratzte mit den Fingern daran, sägte und riss. Dabei schnitt sie sich aus Versehen in ihre eigene Haut, aber der Schmerz war neben der Vorstellung, dass sie hier verschwinden konnte, ganz bedeutungslos.

Als sie vor dem Raum Schritte hörte, verwandelte sie ihre Hände wieder zu menschlichen Gliedmaßen. Die Tür öffnete sich. Broker trat ein. Er war makellos frisiert und gekleidet, wirkte sehr entspannt und zum Plaudern aufgelegt. Iris fragte sich unwillkürlich, ob seine Vorfahren wohl Nazis gewesen waren.

Er blieb stehen und betrachtete sie. Iris sah ihn ebenfalls an, und nach einem kurzen Moment seufzte er, trat dann an den Operationstisch und ließ seinen Blick über ihren nackten Körper gleiten.

»Es ist genauso gekommen, wie ich es vorhergesehen habe«, sagte er gelassen. »Ich danke Ihnen dafür, dass Sie mitgespielt und alle Mitspieler zusammengebracht haben. Dennoch, ich bedaure in gewisser Weise auch, wie man Sie behandelt hat. Santoso ist ein sehr eifersüchtiger Mensch. Er ist intelligent und hat ein ausgesprochen gutes Händchen für Geschäfte, und trotzdem ist er ziemlich oberflächlich und nicht in der Lage, das größere Ganze zu sehen. Er verlangt einen Respekt, den er niemals bekommen wird. Und ganz gleich, wie viele exotische Körperteile er sich transplantiert, er wird doch niemals die Klasse erreichen, nach der es ihn verlangt. Ganz anders als Sie und ich zum Beispiel, oder als all die anderen unserer Art.« Broker berührte ihre Stirn und zog mit dem Finger einen kleinen Kreis zwischen ihren Augen. Seine Haut war kühl.

»Ich hatte eine Schwester«, flüsterte er. »Wir beide haben auf dasselbe Ziel hingearbeitet, aber sie hat einen etwas anderen Weg gewählt und bekam dafür eine Kugel in den Rücken. Ich werde denselben Fehler nicht begehen.«

Nun trat er ein Stück zurück. Seine Miene war ernst, was Iris bestürzte, denn sein Geruch verriet keinerlei Emotionen, weder Furcht noch Wut oder Lust. Nur ein kühles Nichts, eine perfekte Kontrolle. »Santoso möchte, dass seine Ärzte Ihre Eierstöcke herausnehmen, Miss McGillis. Ihre Mutter war für diese Prozedur bereits zu alt, aber Sie befinden sich ja sozusagen in der Blüte Ihrer Jahre. Er wird Ihre Babys in Brutkästen heranwachsen lassen, und er selbst wird der erste Samenspender sein. Ein schrecklicher Gedanke, ich weiß. Aber machen Sie sich keine Sorgen …« Seine Stimme sank zu einem Flüstern herab. »Ich werde angemessenere Väter finden.«

Iris warf sich gegen die Lederbänder, aber sie hielten. Sie schrie vor Wut, doch der Knebel verhinderte, dass sie irgendwelche verständlichen Worte hervorbrachte. Sie stieß nur unartikulierte Laute aus, die eher nach einem Tier als nach einem Menschen klangen. Was auch ganz passend war, denn plötzlich fiel ihr auf, dass ihr Körper sich gewandelt hatte. Fell bedeckte ihre Haut, ihre Muskeln wurden größer, und auch ihr Gesicht hatte seine Form geändert.

»Entzückend«, bemerkte Broker.

Nach einer Weile wurde das Töten einfacher. Blue hatte sein ganzes Leben lang dagegen angekämpft, seinen Geist als Waffe einzusetzen. Aber nun, nachdem er die Grenze einmal überschritten hatte, ließ das widerliche Gefühl in seinem Bauch allmählich nach. Er wusste nicht, ob das ein gutes oder ein schlechtes Zeichen war.

Daniel und er hatten den Wachen, deren Herzen er angehalten hatte, ihre Waffen abgenommen. Bis jetzt jedoch war es nicht notwendig gewesen, diese Waffen auch zu benutzen, und im Augenblick schien Verstohlenheit die bessere Option zu sein. Aber Blue hatte das Gefühl, dass ihr Glück bald zu Ende ginge. »Sie müssen doch mittlerweile wissen, dass wir verschwunden sind«, sagte Daniel wie aufs Stichwort.

»Allerdings«, stimmte Blue zu. Er war froh, dass er den Stromkreis unterbrochen hatte, der das Alarmsystem der Niederlassung speiste. Das würde man erst bemerken, wenn ein echter Notfall eintrat.

Die beiden Brüder rannten einen schmalen, engen Gang entlang, dessen Wände aus blankem Zement bestanden und dessen Boden mit abblätterndem Linoleum belegt war. Die wenigen Fenster, an denen sie vorbeikamen, waren vergittert. Das Glas wirkte so alt und schmutzig, dass man gar nicht hinausblicken konnte. Es war das krasse Gegenteil zu jener Niederlassung in der Wüste von Nevada. Es war heiß und stickig, und es roch, als müsse in der Nähe eine Toilette verstopft und übergelaufen sein.

Vor ihnen registrierte Blue Bioelektrizität. Es waren die

Herzschläge von zwei Personen. Blue dachte an Iris, wie jedes Mal, wenn er ein Herz spürte.

Aber diese Herzen besaßen Stimmen. Und das waren keine indonesischen Stimmen. Blue hörte eine Frau mit einem deutlichen amerikanischen Akzent und einen Mann, der so klang, als wäre er gerade einem Flugzeug aus Frankreich entstiegen.

»Er ist schon hier. Er besteht darauf, sie jetzt sofort zu sehen.«

»Das ist aber unmöglich. Man hat mir gesagt, dass die Männer *disparus* … verschwunden sind.«

»Das heißt, wir müssen uns etwas überlegen, nicht wahr?«

»*Oui. L'homme est dangereux.*«

Blue und Daniel sahen sich vielsagend ein, und Blue entdeckte in dem Blick seines Bruders seine eigenen Gedanken gespiegelt. War es möglich, dass ihr Vater gekommen war, um sie zu retten? Hatte Santoso also tatsächlich versucht, ein Lösegeld für sie zu erpressen? Und war der alte Mann aus seinem Versteck gekommen, um die Übergabe persönlich vorzunehmen? Bei jedem anderen Vater hätte ein solches Verhalten Sinn ergeben, aber Felix Perrineau Senior war nicht der Mann, der sich selbst opferte oder zu Sentimentalität neigte. Jedenfalls nicht, soweit Blue wusste.

Sie hörten Schritte. Der Mann und die Frau kamen um die Ecke des Ganges. Blue warf seinem Bruder einen Blick zu und versicherte sich dessen Zustimmung. Die beiden rollten sich flach an die Wand und warteten, bis ihre Opfer so nahe waren, dass Blue das leise Pfeifen ihres Atems hören konnte und das Summen ihrer Herzen in seinem Kopf vernahm. Er griff um die Ecke des Ganges und packte das Erste, auf das er traf. Eine schmale Schulter. Er riss sie herum. Die Frau fiel ihm in die Arme. Blue hielt ihr den Mund zu und drückte ihr die Mündung seiner gestohlenen Pistole an die Wange.

Daniel war unmittelbar hinter ihm, brauchte seine Hände

aber gar nicht zu benutzen. Blue hörte ein ersticktes Keuchen; der Mann stand hinter der Biegung des Ganges da: wie erstarrt. Seine Augen traten so weit aus den Höhlen heraus, dass Blue schon fast erwartete, sie müssten gleich platzen.

Die Frau, die Blue festhielt, war ziemlich klein und hatte ihr braunes Haar zu einem Knoten zurückgebunden. Ihr Gesicht wirkte heiter, sie trug eine winzige Brille und hatte fast keine Lippen. »Ein Schrei, und ich bringe Sie um«, zischte Blue. »Nicken Sie, wenn Sie mich verstanden haben.«

Sie nickte.

»Gut. Wo werden Iris McGillis und ihre Mutter festgehalten?«

Die Frau zögerte. Blue schüttelte sie so heftig, dass ihre Zähne klapperten. Aber dann hörte er auf, da er in der Ferne Stimmen hörte. Die Frau holte Luft, um zu schreien. Blue rammte ihr jedoch zuvor die Mündung der Waffe in den Mund.

»Bewegen Sie sich«, flüsterte er. Daniel und er führten ihre Gefangenen zu einem kleinen verschlossenen Raum, der sich mit einem leichten telekinetischen Stoß problemlos öffnen ließ. Sie marschierten hinein, verschlossen die Tür, und Blue schob die Frau gegen einen Tisch. »Reden Sie schon!«, befahl er ihr.

Sie schluckte. »Im obersten Stockwerk, wo sich auch alle wichtigen Projekte befinden. Die beiden Frauen dürften auch dort sein.«

»Und wenn nicht?«

»Dieses Gebäude erstreckt sich über einen ganzen Wohnblock. Es gibt viele Räume darin, zahlreiche Labore und einige medizinische Abteilungen. Ich fürchte, Sie werden einfach auf die gute, altmodische Art und Weise suchen müssen.«

»Verstehe«, antwortete Blue. »Und Felix Perrineau? Wo kann er stecken?«

Sie presste die Lippen zusammen und zerstreute damit jeden Zweifel, den Blue noch gehabt hatte, dass sein Vater hier war. Daniel und er wechselten einen vielsagenden Blick, dann legte sein Bruder seine große Hand um seinen Nacken. Er beugte sich vor.

»Sie haben ganz recht, wissen Sie? Mein Vater ist ein sehr gefährlicher Mann. Aber wenn Sie jetzt nicht mit uns kooperieren, dann werden wir Sie und Ihre kleine Freundin hier so fertig machen, dass Sie ihn für einen verdammten Heiligen halten. *Vous comprenez?*«

Der Franzose verstand. Sogar Blue verstand. Sie erfuhren, was sie wissen wollten, obwohl es sich als ganz gut erwies, dass Daniel zufällig auch des Französischen mächtig war, weil der kleine Mann einen Strom von Worten heraussprudelte, die Blue niemals verstanden hätte. Er sah, wie sein Bruder blass wurde.

»Was ist los?«, erkundigte er sich scharf.

»Das ergibt doch einfach keinen Sinn«, murmelte Daniel.

Blue ballte die Faust. »Spuck es schon aus!«

»Es stimmt, Vater ist hier. Und Santoso hat ein Lösegeld gefordert. Ursprünglich nur für mich, aber jetzt auch für uns beide. Nur – er will gar kein Geld.«

»Was will er dann?«

Daniel schüttelte den Kopf und schloss die Augen. »Der Preis ist Iris. Und Vater selbst.«

18

Aha. Offenbar reichte es Santoso nicht, wenn sie eine Sexsklavin und Organspenderin war; er wollte auch noch, dass sie zur Mutter seiner Kinder wurde. Eine kleine Armee aus Übergestaltwandlern.

Mein Gott, dachte sie, bring mich bitte um!

Oder noch besser, schaff mich hier weg! Iris hatte nicht vor, ihre Eierstöcke für einen Testlauf in irgendeinem Brutkasten zu spenden. Selbst wenn Broker dabei seine *Hilfe* anbot.

Ich werde angemessenere Väter finden – meine Güte!, dachte sie. Es wird nur einen Vater geben, und den habe ich bereits gefunden, vielen Dank.

Obwohl sie diese Vorstellung weit mehr störte als nur aus persönlichen Gründen. Santoso und Broker hatten ganz offensichtlich unterschiedliche Interessen, aber wenn sie beide ein Brutprogramm mit gefangenen Gestaltwandlern in die Welt setzen wollten …

Vielleicht, dachte sie, haben Brokers Leute aber auch schon längst damit begonnen, und du bist nur eine frische Lieferung. Das könnte der Grund dafür sein, dass er bereit ist, Santoso zu hintergehen. Die Babys, zu denen du beitragen kannst, sind sicher so wertvoll, dass es sich lohnen würde, diesen Wahnsinnigen auszuschalten.

Das war ganz entsetzlich. Einfach widerlich.

Die Frage war nur, für wen Broker tatsächlich arbeitete. Denn es schien doch vollkommen ausgeschlossen, dass er dies alles allein durchziehen konnte. War es also tatsächlich das Konsortium, von dem Blue und die anderen gesprochen hatten? Diese Gruppe, die angeblich dafür verantwortlich sein sollte, dass Santoso überhaupt an die Macht gekommen war? Mit übersinnlichen Kräften begabte Kriminelle? Mafiosi mit diesen praktischen Fähigkeiten? Eine Firma, die von Frauen und Männern mit PSI-Kräften geführt wurde?

Wahrscheinlich waren es eher Größenwahnsinnige, dachte sie. Broker hat doch praktisch angedeutet, dass er und ich zu einer Herrenrasse gehören.

Und hatten die Nazis nicht ihre eigenen Brutlager gehabt? Hatten sie nicht Frauen dazu gezwungen, perfekte kleine arische Babys zu empfangen, um die deutsche Nation zu stärken? Ging es vielleicht nur darum? Reichtum anzuhäufen, um einen Plan umzusetzen, der ein fortgeschrittenes Eugenikprogramm vorsah?

Aber warum? Nur weil sie es konnten? Welchen Sinn ergab das?

Santosos Motivation konnte sie schon verstehen. Er war einfach vom Übernatürlichen besessen – und vom Sex. Also von ihr.

Das war ihr fast noch lieber als Brokers Vorlieben.

Ihr Mund war trocken. Sie musste dringend einen Schluck Wasser trinken, obwohl es sie gar nicht so sehr beunruhigte, dass sie keines hatte. Ganz offensichtlich wollten sie sie am Leben erhalten, auch wenn sie es ihr nicht besonders gemütlich machten. Und was Leute betraf, die sie beobachteten …

Nirgendwo gab es Sicherheitskameras, jedenfalls keine, die sie sehen konnte. Aber selbst wenn jemand ihren Körper auf einem Monitor betrachtete, störte Iris das im Augenblick nicht mehr. Sie musste etwas unternehmen, denn es gab keine Garantie dafür, dass sie gerettet werden würde. Nicht hier und nicht jetzt.

Sie versuchte subtil vorzugehen, während sie die Lederbänder mit ihren Krallen bearbeitete, bis sie glaubte, dass sie von ihr abfallen würden. Aber sie machte weiter, bis sie nach einer Weile spürte, wie das Leder einriss und nachgab. *Gleich hast du es geschafft …*

Da hörte sie Stimmen im Gang. Männerstimmen. Iris' Krallen verschwanden.

Die Tür öffnete sich. Santoso kam herein. Sein linkes Auge war von weißer Gaze bedeckt. Hinter ihm betrat ein alter Mann den Raum, der sich schwer auf einen Gehstock stützte. Er hatte buschiges weißes Haar und breite Schultern. Sein Gesicht wirkte attraktiv, mit einem kräftigen Kinn und durchdringenden blauen Augen. Iris hätte ihn selbst dann erkannt, wenn sie sein Bild nicht schon auf CNN gesehen hätte.

Felix Perrineau. Seine Söhne sahen genauso aus wie er. Und sie rochen auch wie er, obwohl sich in seinen Geruch auch noch der Gestank von Krankheit mischte. Doch irgendeine Sache stimmte nicht, da schien etwas abzusterben, wie verfaultes Fleisch. Es schockierte sie bereits, ihn zu sehen.

Hinter dem alten Mann betrat Broker das Zimmer und schloss die Tür hinter sich.

»Das ist also der Preis, den das Leben meiner Söhne kostet.« Perrineaus Stimme war so scharf und kalt wie Eis, und seine Augen blickten ebenso gnadenlos. »Es gibt so viele Frauen zur Auswahl, und es überrascht mich ein wenig, dass diese hier diejenige sein soll, mit der Sie mir das Kreuz brechen.«

»Sie ist einzigartig – auf der ganzen Welt«, erwiderte Santoso und strich mit seiner bandagierten Hand ihr Bein hoch. Sie ertrug seine Berührung schweigend und stellte sich vor, ihre Fänge in seinen Hals zu graben und ihm das Blut auszusaugen.

»Einzigartig und so verschnürt wie ein Schwein.« Perrineau schnaubte verächtlich. »Und Sie behaupten, sie war mit meinem Jungen zusammen? War er denn der Erste, was glauben Sie? Oder ist sie eine Hure… wie alle anderen auch?«

Iris sah ihn wütend an. Perrineau lächelte. »Nein, vielleicht ist sie keine Hure, sondern eine Lady. Vielleicht.«

Er griff nach dem Knebel und löste ihn. Santoso beobachtete ihn dabei. Ein Hauch von Stolz lag in seinem Blick, als würde er einem eifersüchtigen Kollegen seine preisgekrönte Stute vorführen.

Broker verhielt sich so gleichgültig wie immer, obwohl Iris jetzt besser Bescheid wusste. Ihm lag durchaus an etwas: sie für seine Zwecke zu bekommen.

Perrineau zog ihr den Knebel aus dem Mund. Ihre Zunge fühlte sich geschwollen an und klebte an ihrem Gaumen, als sie versuchte, genug Speichel zu sammeln, um zu sprechen. Perrineau schnippte mit den Fingern in Brokers Richtung, und der Mann holte schweigend ein Glas Wasser aus einem Becken neben sich.

»Hier, meine Liebe.« Perrineau half ihr beim Trinken. »Ist das jetzt besser… so?«

»Ja«, flüsterte Iris.

»Dann ist es gut«, erwiderte er. Er beugte sich so dicht über sie, dass sie ihr Spiegelbild in seinen Augen sehen konnte. Es waren harte, kalte und abschätzende Augen. »Sagen Sie, Iris McGillis. Schlafen Sie mit meinem Jungen? Meinem Blue?«

Iris biss die Zähne so fest zusammen, dass sie schon das Blut schmecken konnte. Perrineaus Augen wurden zu zwei schmalen Schlitzen. »Santoso. Was haben Sie mit der hier bloß vor?«

»Das geht Sie gar nichts an«, erwiderte der kleine Mann steif.

Perrineau fuhr herum. »Und ob mich das etwas angeht, Sie kleiner Drecksack! Das ist mein Geschäft, und das wird auch so bleiben, bis ich tot bin! Sie arbeiten für mich, und Sie sind mir gegenüber verantwortlich. Werden Sie nur nicht übermütig, nur weil wir eine Abmachung getroffen haben.«

Das ist mein Geschäft. Sie arbeiten für mich. O mein Gott!

Santoso mahlte mit den Kiefern, sein Auge wurde dunkel und hässlich. Das war kein guter Zeitpunkt, Felix Perrineau zu sein.

»Sie wollten sie sehen, Sir, und das haben Sie nun getan«, mischte sich Broker ruhig ein. »Wollen Sie noch etwas?«

Perrineau sah Iris an und berührte ihr Haar. »Ich will wissen, warum diese Frau hier etwas so Besonderes sein sollte.«

»Ich bin kein Mensch«, sagte Iris. Aber statt schockiert oder ungläubig zu reagieren, nickte der alte Mann nur. Santoso machte einen raschen Schritt vorwärts, blieb dann jedoch kurz vor Perrineau stehen. Dieser beachtete ihn gar nicht.

»Ich werde Ihnen ein Geheimnis verraten«, flüsterte er. »Ich bin auch nicht ganz … menschlich.«

»Das ist kein Geheimnis«, antwortete Iris ebenso leise. »Ich kenne Ihre Söhne.«

Perrineau lächelte. Das war kein angenehmer Anblick. »Ich gebe Ihnen einen Rat, Santoso. Wenn Sie diese Frau hier dem Konsortium vorenthalten, dann wird man Sie bestrafen. Ich glaube, man wird mit Ihnen sogar etwas noch viel Schlimmeres anstellen als das, was Sie für mich geplant haben.«

»Sie gehört aber mir«, sagte Santoso. »Und ich werde jeden töten, der etwas anderes behauptet.«

»Ah.« Der alte Mann warf Broker einen kurzen Blick zu. »Dann steht die Zukunft ja bereits fest, habe ich recht?«

Ein unmerkliches Lächeln zuckte über Brokers Lippen, und obwohl Iris es schon schlimm genug fand zu wissen, dass Blues Vater tatsächlich ein Krimineller war, entsetzte sie die Vorstellung, dass Perrineau und Broker zusammenarbeiteten, noch mehr. Neben ihnen wirkte Santoso wirklich wie ein kleiner Fisch.

Vermutlich würde Blue das genauso empfinden. Falls sie ihn jemals wiedersah.

Du wirst ihn wiedersehen, dachte sie. Ein Mann wie er gibt nicht auf.

Aber sie würde auch bald anfangen zu weinen, wenn sie noch weiter an Blue dachte. Und das war das Schlimmste, was sie jetzt tun konnte. Sie durfte auf keinen Fall eine Schwäche zeigen.

Perrineau richtete sich auf. Der Geruch von Krankheit wurde einen Moment lang stärker – Iris hätte ihn sich am liebsten aus der Nase gerieben.

»Meine Söhne«, sagte der alte Mann, ohne seinen Blick von ihr zu nehmen. »Ich will sie sofort sehen.«

»Broker wird Sie zu Ihnen bringen«, antwortete Santoso. »Ich habe noch etwas anderes zu erledigen.«

»Ah, tatsächlich.« Perrineau hob eine Augenbraue. »Sie meinen wohl… dieses Mädchen? Sie können Ihren Schwanz also nicht mal lange genug unter Kontrolle halten, um mich zu töten?«

Iris hielt den Atem an. Santoso warf Broker einen kurzen Blick zu. »Bringen Sie ihn zu seinen Söhnen. Ich komme bald nach.«

Dummkopf, dachte Iris, während sie die Verachtung in Santosos Stimme hörte. Sie konnte den Killer in Felix Perrineau erkennen, sah ihn auch in seinen Augen. Und es erleichterte sie ungeheuerlich, dass Blue nicht unter seiner Fuchtel erzogen worden war. Wie Daniel es nur geschafft hatte, nicht so wie sein Vater zu werden! Das zeigte seine Stärke. Oder die seiner Mutter.

Perrineau hob erneut eine Braue. »Dann warte ich unten auf Sie. Ich hoffe, Sie überanstrengen sich nicht mit diesem Handel.« Ohne Iris noch eines Blickes zu würdigen, verließ der alte Mann das Zimmer. Broker folgte ihm und schloss die Tür hinter ihnen.

Iris war mit Santoso allein. Er lächelte und betrachtete ihren Körper, als wäre er eine Art Hauptgewinn. Iris hob ihr Kinn, verhöhnte ihn mit ihren Blicken und brachte ihn dazu, ihr ins Gesicht zu sehen, während ihre Hände und Arme sich wandelten und ihr ganzer Körper von Muskeln anschwoll. Sie sah, wie das goldene Licht in seinem Auge reflektierte, und sie dachte an ihre Mutter, deren Geruch sie in diesem Raum immer noch deutlich wahrnehmen konnte. Die Lederbänder knarrten, der angerissene Riemen hing nur noch an einem schwachen Fetzen.

Santoso starrte ihren Körper an. »Du siehst aus, als wärst du bereit, Iris – für mich. Ich glaube, so gefällst du mir. Du wirst so stark sein ... unter mir.«

Iris stemmte sich gegen ihre Fesseln. Sie fühlte, wie die Bänder rissen, wie der Druck um ihren Körper nachließ, und lächelte.

»Okay«, sagte sie. »Dann zeigen Sie mal, was Sie draufhaben.«

Unser Vater ist hier, und er wird sich für uns opfern.

Na klar. Irgendwo fror gerade die Hölle zu. Und Blue wollte unbedingt mit dabei sein und zusehen.

»Ich erlebe in diesem Augenblick ein moralisches Dilemma«, sagte Daniel, als sie die Treppen hinaufrannten. Sie verfolgten nicht ihren Vater, sondern beeilten sich, weil möglicherweise Iris und ihre Mutter in der Nähe waren, da sie in einem dieser oberen Stockwerke gefangen sein konnten. »Ich weiß nicht, ob wir unseren Vater wissen lassen sollten, dass wir geflüchtet sind – und seine Abmachung mit Santoso damit hinfällig ist.«

»Du meinst, du willst ihn retten.«

»Vielleicht ...«

Blue zog sich am Geländer weiter. »Wir sind wirklich zwei erbärmliche Hundesöhne, Daniel. Wir wissen nicht einmal genau, ob wir unseren Vater ausreichend lieben, um sein Leben zu retten.«

»Jedenfalls steht er nicht ganz oben auf meiner Prioritätenliste«, gab Daniel zu. »Aber in gewisser Weise fühle ich mich schon dazu verpflichtet.«

Blue knurrte. »Wegen deines guten Karmas?«

»Eher… weil ich das für ihn tun möchte, was er für uns tut.«

Darauf konnte Blue nicht allzu viel erwidern. Vor allem deshalb nicht, weil er ganz ähnlich empfand – was mehr als nur etwas verwirrend war. Er hatte seinen Vater über all die Jahre gehasst, obwohl seine Mutter versucht hatte, ihm dieses Gefühl zu nehmen, und zwar bei mehr als nur einer einzigen Gelegenheit. Was ihn allerdings überrascht hatte, denn er hatte immer erwartet, dass sie Rachegelüste unterstützen würde, vor allem deshalb, weil sich ihre Kanzlei ja gerade auf die Vertretung missbrauchter und misshandelter Frauen spezialisiert hatte.

Aber im Fall seines Vaters hatte seine Mutter immer bemerkenswert gleichmütig reagiert. Sie hatte nie ein hartes Wort leidenschaftlicher Wut oder Beleidigung geäußert. Sie hatte ihm zwar nicht verziehen, aber sie war doch… irgendwie stoisch geblieben. Was wiederum Blues Gefühle auf eine merkwürdige Weise gespalten hatte. Er hasste diesen Mann, und dennoch hatte er sich ab und zu gefragt, wie es wohl wäre, ihn als Vater zu haben. Als einen echten Vater, als *guten* Vater.

Das Gebäude hatte überraschend viele Stockwerke. Doch die offensichtliche Baufälligkeit überraschte Blue sofort. Es gab zwar Überwachungskameras, aber sie waren hauptsächlich in den schäbigen Gängen montiert. Im Treppenhaus befanden sich überhaupt keine, obwohl man es lediglich durch eine einzige, nur mit einem einfachen Nummerncode gesicherte Tür erreichen konnte. Diese Sicherung hatte Blue mit nur einem Gedanken zerstört.

Im fünften Stock, vier Stockwerke von der obersten Etage entfernt, hörte Blue das Klingeln eines Aufzugs. Er ging unwillkürlich langsamer und vernahm einen Moment später eine Stimme, bei der er wie angewurzelt stehen blieb. Daniel schwankte und riss staunend die Augen auf.

»Dad«, flüsterte er. Blue hob die Hand und brachte ihn zum Schweigen. Die Stimme auf der anderen Seite der Tür zum Treppenhaus klang tief, gebieterisch und war absolut unverkennbar.

»Was wollen Sie damit sagen, sie seien geflüchtet? Verflucht! Warum überrascht mich das überhaupt noch? Santoso ist doch ohnehin ein Narr, und zwar einer von der übelsten Sorte.«

»Sie hätten ihn längst ersetzen können«, erwiderte ein Mann mit einer glatten, kultivierten Stimme. »Ihr Wort ist hier Gesetz.«

»Und einen anderen ausbilden, was? Nein, Broker. Santoso ist vielleicht nicht viel wert, aber wenigstens sorgt er dafür, dass die Räder sich drehen. Und im Augenblick ist nur das von Bedeutung.«

Was Perrineau dann noch sagte, war nicht mehr zu hören. Blue lehnte sich haltsuchend an die Wand und zwang sich dazu, Luft zu holen. Daniel lehnte sich neben ihn.

»Habe ich das gerade richtig verstanden? Hat unser Vater zugegeben, dass er eine Organisation leitet, die entführt, vergewaltigt und ermordet?«

»Allerdings.« Blue schlug das Herz schmerzhaft bis in den Hals. Ihm tat alles weh. »Überrascht dich das?«

»Nein«, gab Daniel zu. »Aber warum musste es ausgerechnet so etwas sein?«

Blue wusste nicht, ob er lachen oder weinen sollte. Sein

Vater war ein Monster. Und nicht nur das. Wenn dies hier sein Unternehmen war, dann bedeutete das ebenfalls, dass er für das Konsortium arbeitete. Was wiederum erklärte, dass er so viel über Dirk & Steele wusste.

Er hat mit mir gespielt. Er hatte nie vor, die Agentur zu verraten. Er wollte nur, dass ich Daniel finde und keine Fragen stelle.

Und genau das hatte Blue auch getan.

Daniel ging zu der Tür, die ins Treppenhaus führte; Blue beeilte sich, um mit ihm Schritt zu halten. »Was hast du vor?«

»Ich werde dem Ganzen jetzt ein Ende bereiten«, erwiderte Daniel. »Ich laufe nicht mehr vor ihm weg, Blue. Ich werde nicht mehr länger versuchen, neben ihm zu existieren und ihm aus dem Weg zu gehen. Damit ist endgültig Schluss. Er hat einfach zu vielen Menschen Schaden zugefügt.«

Blue dachte an Iris. Sie brauchte ihn wahrscheinlich dringender, als er die Konfrontation mit seinem Vater suchte, aber Daniel ging jetzt bereits durch diese Tür. Blue folgte ihm, als wären sie mit einer Nabelschnur verbunden, die ihn gegen seinen Willen mitzerrte. Ihr Vater war nirgendwo zu sehen, aber sie hörten immerhin seine Stimme wieder, die sie in einen Raum führte, in dem Männer an langen Tischen über Akten und Computertastaturen hockten. Rechenmaschinen klickten. Es waren Buchhalter. Blue stellte sich vor, wie sie Profite ausrechneten, die Würde eines Kindes oder einer Frau kalkulierten, das Schlagen eines Herzens oder die Entfernung einer Niere. Klimper, klimper, kaltes hartes Geld, das alles von seinem Vater aufgesogen wurde, der Verkörperung des guten Samariters, dem König der Philanthropen, der eine Multi-Milliarden-Dollar-Stiftung ins Leben gerufen hatte, die anderen ausschließlich *helfen* sollte. Seine Heuchelei war einfach widerwärtig.

Felix Perrineau stützte sich auf einen Gehstock und blinzelte, als Blue und Daniel den Raum betraten. Er war lediglich etwas überrascht – und presste die Lippen zusammen.

Daniel packte den alten Mann an der Jacke und schob ihn gegen den Tisch. Papiere flatterten zu Boden, aber nicht durch den Aufprall. Blue spürte, wie sich da gerade ein telekinetischer Sturm zusammenbraute.

Der Mann neben Perrineau versuchte erst gar nicht, Daniel aufzuhalten. Broker, dachte Blue, der sich an einige Dinge erinnerte, die Iris über den Mann erzählt hatte. Seine Augen wirkten eiskalt.

»Du beschissener … Hundesohn«, knurrte Daniel. Die Buchhalter zuckten erschreckt zurück. Perrineau zeigte jedoch keinerlei Überraschung, was die Gewalttätigkeit seines Sohnes betraf.

»Ah«, flüsterte er. »Die verlorenen Söhne kehren zurück. Wie bemerkenswert, euch beide einmal zusammen zu sehen.«

»Als wenn dich das interessiert«, sagte Blue. »Wir sind doch nur ein Spielzeug für dich.«

»Maße dir nicht an, mir zu sagen, was ich fühle, mein Junge. Niemals.«

»Du bist nicht mehr in der Position, uns Befehle zu geben!«, stieß Daniel hervor. »Nicht nach all dem, was ich gesehen habe. Meine Güte, Dad! Ich wusste ja, dass es schlimm war und dass du ein üblerer Mafioso bist als der Pate persönlich, aber dies hier, das alles ist doch mehr als nur kriminell! Wie konntest du nur ein solches Leben führen? Wer hat dir das Recht dazu gegeben?«

»So etwas wie ein … Recht gibt es nicht«, konterte Perrineau und starrte seinem Sohn in die Augen. »Es gibt nur Macht. Und ich habe mir eben so viel davon genommen, wie ich konnte. Die Welt verachtet Schwäche, mein Junge. Das ist eine Beleidigung.«

Blue war sich sehr genau darüber bewusst, dass Broker

sie gerade beobachtete, und legte Daniel die Hand auf die Schulter. »Lass ihn los!«

Daniel mahlte mit den Kiefern, seine Augen glühten. Aber er ließ seinen Vater los, als hätte er sich verbrannt. Perrineau seufzte und strich seine Anzugjacke glatt.

»Was ist mit deinem Gesicht passiert, mein Sohn? Wer hat dir das angetan?«

»Deine Kettenhunde«, erwiderte Daniel. »Santoso und seine Männer.«

Etwas flackerte in Perrineaus Augen auf; Blue war fast der Meinung, dass es Ärger gewesen sein könnte, andererseits aber war es ein so flüchtiges Flackern, dass er nicht einmal genau wusste, ob er es tatsächlich gesehen hatte.

»Warum bist du hier?« Blue versuchte verzweifelt, seine Stimme ruhig zu halten, seine Gefühle zu kontrollieren. Es fiel ihm allerdings sehr schwer. Er war zu wütend, zu verwirrt, und obwohl er hier stand, hatte er gleichzeitig zu viel Angst um Iris.

»Warum hast du dich einfangen lassen?«, konterte Perrineau. Doch bevor Blue antworten konnte, wedelte er abfällig mit einer Hand vor seinem Gesicht herum. »Schon gut. Ich habe meine Männer losgeschickt, um dich und das Mädchen zu holen. Es war eine der Bedingungen für seine Freilassung. Dass sie dich ebenfalls erwischten, war ein Bonus nur für mich.«

»Santoso hat einen Preis festgesetzt, und du bist gesprungen? Ich dachte, du wärst hier der Boss.«

Perrineau presste die Lippen zusammen. »Man behält seine Macht nur, solange man keine Schwächen zeigt. Ihr, Jungs, ihr seid ein schwacher Punkt.«

»Blödsinn!«, erwiderte Blue. »Wir wären nur dann dein schwacher Punkt, wenn dir auch etwas an uns läge.«

»Und wer behauptet denn, dass dem nicht auch so ist?«, fragte der alte Mann leise. »Du? Du wagst es, mir eine Lektion über Liebe zu halten? Du, der du hier so selbstgerecht stehst, während die Frau, mit der du vögelst, ganz oben nackt auf einem Tisch liegt, allein mit einem Psychopathen? Was hat das mit Liebe zu tun, Junge? Was für ein Mann bist du eigentlich?«

Blue stockte der Atem. »Wo ist sie?«

Perrineau schnaubte verächtlich. »Finde sie selbst, wenn sie dir so viel bedeutet. Und beweise, dass du einer so feinen Frau würdig bist.«

Blue trat zur Tür. »Daniel.«

»Warte«, sagte sein Bruder und drehte sich zu seinem Vater herum. »Du bist hierhergekommen, um zu sterben. Das weißt du doch, oder? Santoso hat vor, dich im Tausch gegen unsere Freilassung zu ermorden. Falls man ihm so weit trauen kann.«

»Ich habe noch einige Sicherungen eingebaut, die dafür sorgen, dass er sein Wort hält. Aber da ihr beide jetzt frei seid, denke ich, ich werde meine Pläne vielleicht ändern. Ein bisschen jedenfalls.«

»Nur ein bisschen«, wiederholte Daniel. »Warum hast du das getan, Dad? Dies alles hier. Ich meine aber nicht nur das, sondern auch alles andere. Warum hast du so getan, als wärst du gestorben, hast nach mir gesucht und Blue erpresst? Warum denn? Das Einzige, wofür ich jemals gut genug war, das war doch, für dich den verbalen Sparringspartner zu spielen.«

»Und das hast du auch ganz ausgezeichnet gemacht. Du warst so einfach, so leicht zu manipulieren.« Perrineau lächelte. »Ich habe mir all diese Mühe gegeben, weil mich meine Söhne für ein Monster halten. Für oberflächlich, lieblos und unmoralisch. Und es stimmt ja auch, sogar bis ins kleinste Detail, denn ich bedaure nichts, nicht das Geringste. Leider neigt sich jedoch meine Zeit dem Ende zu. Ich sterbe. Und das ist etwas, woran ich nichts ändern kann, obwohl ich eine Zeit lang glaubte, ich könnte es doch. Ich glaubte, dass ich die Kraft hätte, das Opfer zu bringen, das dafür erforderlich wäre. Bedauerlicherweise hatte ich sie aber doch nicht. Ich hatte sie einfach nicht!« Perrineau schloss die Augen. »Man bot mir eine Chance, die Gelegenheit, an einem… Experiment teilzunehmen. Es war ein Aufschrei gegen die Sterblichkeit. Erforderlich dafür war nur Blut. Dein Blut oder das Blut von Blue. Das Blut meiner Söhne. Ich konnte es nicht. Ich habe es versucht, aber ich konnte es nun einmal nicht.« Er lächelte grimmig. »Das sind so… Momente der Schwäche, Jungs. Das sind diese verrückten Momente, die selbst die mächtigsten Männer töten können.«

Blue gelang es unter Schwierigkeiten, die Zähne auseinanderzubekommen. »Wann hast du dich entschlossen, uns nicht zu schaden?«

Perrineau fuhr sich mit der Hand über das Gesicht; er sah plötzlich so alt aus, wie er war, sogar noch älter. »Vor Monaten schon. Daniel war bereits verschwunden. Ich dachte, er würde nach Hause kommen, aber meine… die Krankheit… verschlimmerte sich, und ich hörte immer noch nichts von ihm. Also habe ich mich an dich gewandt. Ich dachte, das wäre vielleicht mal eine interessante Gelegenheit.«

»Du hättest es einfach erklären können, statt mich zu erpressen.«

»Du hättest es mir aber nicht geglaubt. Durch diese Erpressung dagegen habe ich dich gezwungen, Wort zu halten. Du hast deinen Bruder ja auch gefunden.«

»Nur leider hat Santoso ihn zuerst gefunden«, entgegnete Blue. »Er wollte ihn gegen dich einsetzen, ist es nicht so?«

»Dieser kleine Mistkerl macht sich tatsächlich Illusionen, dass er zu Größe berufen wäre.«

Blue sah Broker an, dem es gelang, gelangweilt auszusehen. »Und das Konsortium? Welche Rolle spielen die bei dieser Sache?«

Perrineau schüttelte den Kopf. »Geh zu deiner Frau. Bring Santoso um, wenn es sein muss. Wenn du oder Daniel frei seid, ist mein Job hier erledigt. Dann kann ich nach Hause gehen und sterben.«

»Sir«, sagte Broker ruhig. »Ich fürchte, das ist nicht ganz zutreffend.«

»Wirklich nicht?«, fuhr der alte Mann ihn an. »Würden Sie mir dann bitte erklären, warum nicht?«

Broker zog eine Pistole aus einem Halfter unter seiner Jacke. »Gern.«

Blue reagierte zu langsam. So gelang es Broker abzudrücken. Das Geschoss riss den alten Mann von den Füßen und schleuderte ihn gegen einen Tisch. Daniel schrie auf.

Broker krachte mit großer Wucht an die Wand. Die Waffe glitt ihm aus der Hand, und Blue fing sie auf. Daniels Gesicht war zu einer schrecklichen Maske verzerrt. Wenn sich sein Vater jemals hätte dazu hinreißen lassen, seine wirkliche Wut zu zeigen, dann hätte sie genau so ausgesehen, dachte Blue. Ein kalkweißes Gesicht, weiße Lippen. Und die Muskeln an seinem Hals waren so geschwollen wie Wurzeln am Fuß eines Baumes.

Die Brüder rannten zu Perrineau; der alte Mann atmete schwach, seine Lippen waren blau. Aber er hatte noch genug Kraft, ihre Hände zu packen und sie an seine Brust zu ziehen. Blut lief über ihre Finger.

»Ihr seid in Gefahr«, flüsterte der alte Mann. Seine Augen glühten fiebernd. »Beide. Ihr alle. Deine Leute, Blue. Das Konsortium …«

Seine Stimme brach, sein Atem rasselte in der Brust. Blue blickte hoch und stellte fest, dass Daniel den alten Mann bestürzt ansah. Broker hing noch immer hinter ihnen an der Wand.

»Warum?«, fragte Blue. Er hätte am liebsten aufgeschrien, als ihn eine unerklärliche Trauer packte. Noch vor wenigen

Tagen hätte er wie selbstverständlich gelacht, aber jetzt… jetzt war ihm nach Weinen zumute.

Broker verzerrte die Lippen. »Er hat Ihnen beiden sein gesamtes Vermögen hinterlassen und Sie zu gleichberechtigten Partnern in all seinen Unternehmen und Firmen gemacht, ob sie nun legal oder nicht legal sind. Wenn Sie jedoch tot sind, fällt das Geld an das Konsortium. Und diese Milliarden würden uns sehr weiterhelfen.« Er blickte Perrineau an, der die Augen geschlossen hatte. Blue hörte in seinem Kopf, wie der Herzschlag des alten Mannes stockte. »Wir brauchten ihn nicht mehr. Und wir hatten auch nicht die Zeit, Sie beide so zu *brechen*, wie wir ihn gebrochen hatten.«

»Und warum haben Sie ihn dann nicht einfach im Schlaf ermordet?«, flüsterte Daniel. »Mal unter uns? Warum diese Show?«

»Warum nicht?«, antwortete Broker leise. »Ich habe mich gelangweilt.«

Ich werde dich umbringen, dachte Blue, und vielleicht hätte er das auch getan, doch in diesem Augenblick geschah etwas Merkwürdiges: Das Gebäude erzitterte. Erst der Boden, dann die Wände, bis schließlich alles schwankte und zitterte, als säße die ganze Welt auf dem Rücken eines bockenden Broncos. Einige der Buchhalter, die noch in dem Raum geblieben waren, drängten sich nun in eine Ecke des Zimmers, schlossen die Augen und hielten die Arme über ihre Köpfe.

Daniel schwankte. »Was soll das sein? Eine Bombe?«

Blue packte ihren Vater. Unter dem Holztisch war nur Platz für eine Person, also schob Blue den alten Mann genau dorthin. Dann packte er Daniels Knöchel und riss ihn herunter, zwang ihn dazu, sich wie er selbst zusammenzukauern. Broker schrie, hing jedoch noch immer mit ausgebreiteten Armen und Beinen an der Wand. Jetzt zeigten sich zum ersten Mal echte Gefühle auf seinem Gesicht: Wut und Furcht.

»Ein Erdbeben«, sagte Blue. Jetzt erst fiel ihm wieder ein, dass dieses Gebiet sehr häufig von Erdbeben heimgesucht wurde.

»Meine Güte«, knurrte Daniel. »Hoffentlich fällt uns nicht die Decke auf den Kopf.«

Aber genau das tat sie.

19

Iris lächelte immer noch, als Santoso bereits seine Hose auszog. Er trug keine Unterwäsche und wirkte sichtlich erregt.

»Hoffentlich ist Ihnen klar, dass ich nur sehr schwer zu befriedigen bin«, sagte sie. »Ich weiß auch nicht, ob Sie wirklich groß genug dafür sind.«

Santoso berührte sich, was schon ekelhaft genug war, auch ohne dass er sich dabei mit der Zunge über die Lippen leckte wie ein Möchtegernpornostar. Einige Frauen aus dem Zirkus hatten ihr diese Filme geradezu aufgedrängt; also wusste Iris, wie es dort zuging. Und er war ganz sicher kein Mitglied der Chippendales.

Und erst recht kein Blue Perrineau.

Santoso zog sich das Hemd aus. Seine Brust glitzerte vor Schweiß, seine schlanken Muskeln waren mit Tätowierungen bedeckt. Er ging zum Tresen, öffnete eine Schublade und nahm eine Pistole heraus.

»Ich werde dir jetzt die Fesseln abnehmen«, erklärte er. »Wenn du mich aber angreifst, werde ich dich töten. Außerdem habe ich jetzt deine Mutter – verwahrt. Ich brauche dich also nicht lebendig, es sei denn, du wärst bereit, mir Vergnügen zu bereiten.«

Lügner, dachte Iris, die sich an Brokers Worte erinnerte. Bis jetzt hatte ihr Santoso den Eierstock noch nicht entnommen. Bis dahin war sie also in Sicherheit, jedenfalls einigermaßen.

»Was ist mit Singvogel passiert?«, erkundigte sie sich

plötzlich. »Haben Sie ihr denselben Mist auf die Nase gebunden?«

Santoso fletschte die Zähne. Iris konnte nicht erkennen, ob es ein Lächeln oder eine Grimasse war. »Singvogel war schon längst verbraucht, als du sie kennenlerntest. Alle diese Frauen sollten bald ersetzt werden, aber die Residenz ...«

Oh. Es war ohne Zweifel eine Grimasse. Vermutlich sogar eine wütende, dachte sie.

»Warum haben Sie sie eigentlich gesprengt?«, fragte sie und versuchte ihn auch noch dazu zu bringen, ihr ins Gesicht zu sehen, während sie mit den Händen langsam die Lederbänder lockerte.

»Ich habe sie nicht gesprengt«, stieß Santoso zwischen den Zähnen hervor. »Das war alles Perrineaus Werk. Er war eifersüchtig auf meine Idee und konnte die Verbesserungen nicht ertragen, die ich an unserem Unternehmen vorgenommen hatte. Also hat er sie zerstört, sobald er die Chance dazu hatte. Jedenfalls hat mir Broker das erzählt.«

»Tatsächlich ...« Iris fragte sich, wie viel von dem, was Broker so sagte, wohl der Wahrheit entsprach? Und gleichzeitig überlegte sie, wie viele Leute wohl sterben würden, bevor dies hier vorbei war. »Als Sie also festgestellt haben, dass Sie Perrineaus Söhne in Ihrer Gewalt hatten ...«

»War das die geeignete Gelegenheit. So wie jetzt.« Er näherte sich ihr, die Pistole schwankte bei jedem Schritt. Er war zu erregt, um sie ruhig zu halten. Iris fragte sich, ob er wohl kommen würde, wenn sie ihn anhauchte. Allerdings hatte sie gar nicht vor, es zu probieren.

»Wartet da nicht jemand auf Sie?« Sie spürte, wie alles in ihr vollkommen regungslos erstarrte, als sie sich auf den Mann vor sich wie auf eine Nadelspitze konzentrierte. Sie hatte nur eine Chance, eine einzige Gelegenheit.

»Perrineau ist doch ein so gut wie toter Mann«, antwortete Santoso. »Er kann warten.«

Er streckte die Hand aus, um sie zu berühren. Iris reagierte. Sie warf sich zur Seite und rollte sich vom Operationstisch, während die dünnen Lederbänder immer noch um ihre Glieder hingen. Aber sie behinderten sie nicht sonderlich. Santoso schrie auf und lief um den Tisch herum, aber Iris rollte sich erneut zur Seite und vermochte diesmal die Lederbänder abzuschütteln. Ihr Körper verwandelte sich in den der Leopardin, obwohl sie ihre Stimme und das menschliche Gesicht behielt. Sollte er doch gegen eine Sphinx kämpfen. Allerdings würde sie ihn lieber sofort töten und ihm nicht vorher noch ein Rätsel aufgeben.

Sie umkreisten sich, und genauso, wie Iris es erwartet hatte, erschoss er sie nicht. Stattdessen riss er sich die Bandage von seinem operierten Auge. Das Fleisch um die Augenhöhle herum war blutig geschwollen, aber in der Mitte blitzte es golden. Ein vertrautes Auge in einem schrecklichen Gesicht.

»Die Eigenschaften deiner Spezies sind wirklich bemerkenswert«, flüsterte er. »Eure Körper sind tatsächlich mehr als nur Menschenkörper.«

»Ich werde Sie töten«, antwortete Iris, die versuchte, ihre Mutter in diesem Blick zu finden. »Ich werde Ihre Knochen verbrennen.«

Santoso lächelte und schwankte leicht. »Aber erst einmal musst du mich berühren, Iris. Du wirst deine Hände auf meinen Körper legen müssen. Vielleicht wirst du dann dein Vorhaben, mich zu töten, auch noch einmal überdenken.«

Iris hatte keine Lust, darauf zu antworten. Ihr war überhaupt nicht nach Reden zumute, und für einen Moment auch nicht nach Kämpfen. Die Welt fühlte sich merkwürdig an, als würde sie kippen, immer weiter kippen … Doch erst als der Boden zu zittern begann und ein dunkles Rumpeln ertönte, begriff sie ihr Glück. Santoso war abgelenkt und ließ sie einen Herzschlag lang aus den Augen.

Mehr Zeit brauchte Iris nicht. Sie stürzte sich auf seine Kehle. Die Pistole knallte, und ihre Seite fühlte sich heiß an. Aber sein Blut war heißer, und es strömte ihr so süß die Kehle hinunter. Das war alles, was sie benötigte, das war mehr als Freiheit, sogar mehr noch als ihr Leben. Sie hielt seinen Hals gepackt, als Fliesen von der Decke auf den Boden prallten, Möbel umkippten und Glas zersplitterte.

Sie dachte an Blue, seine Stimme und seine Hände, an seine Worte: *Du wirst niemals allein sein, weil ich dich liebe. Ich liebe dich, Iris …*

Dann wurde alles dunkel.

Blue war nicht mutig genug, laut auszusprechen, wie kurz er davor stand, sich in die Hose zu pinkeln, als die Decke knapp zwei Zentimeter über seinem Kopf anhielt. Andererseits war das wohl auch in Ordnung so, weil alle anderen schrien, als hätte die Apokalypse begonnen. Außerdem bezweifelte er stark, dass er der Einzige war, der unter einer schwachen Blase litt.

Er versuchte etwas zu sagen, aber sein Mund war so trocken, dass sich die Zunge wie Sandpapier anfühlte. Er versuchte Speichel zu sammeln, damit er schlucken konnte. Lieber Gott, er würde sterben müssen, denn diese Decke schwebte tatsächlich unmittelbar vor seinem Gesicht. Er streckte die Hand aus, ohne hinzusehen, und tastete nach seinem Bruder. »Daniel, bist du da?«

In dem Geschrei der Buchhalter, die immer noch in ihrer Ecke hockten, konnte er seine eigene Stimme kaum hören, also versuchte er es noch einmal. Er hustete, während er sprach. Daniel antwortete nicht, und Blue nahm auch keinerlei Spuren von seiner Stimme oder seinem Körper wahr. Einen Moment später ächzte die Decke und zitterte erneut. Blue fielen Staub und Trümmerstücke ins Gesicht, drohten ihn zu ersticken. Als er erneut dachte, sterben zu müssen, spürte er eine Bewegung, fühlte einen Luftzug und registrierte unter seinen Wimpern einen Anflug von grauem, gedämpftem Tageslicht.

Freiheit.

»Blue.« Ein Wort, das krächzend aus einer Kehle kam, die von einem Rasiermesser durchschnitten worden zu sein schien. Der Sprecher war so nahe, wie er es vermutet hatte, aber er hatte einfach die Hand nicht weit genug ausgestreckt. Sein Bruder hatte sich zur Seite gerollt, als die Decke heruntergestürzt war.

»Blue«, wiederholte Daniel. Seine Stimme ging beinahe in dem Weinen und all den Schreien unter, die nicht nur aus diesem Raum kamen, sondern auch aus anderen Zimmern in der Nähe. »Blue, du musst diese Leute hier herausschaffen. Ich kann… Ich kann das alles nicht mehr allzu lange halten.«

Ich kann das nicht länger halten?

»Verflucht!«, stieß Blue hervor und starrte jetzt auf die bröckelnde, vibrierende Decke. Sie war tatsächlich aufgehalten worden, sicher, aber nicht, weil irgendetwas ihren Sturz blockiert hatte.

Blue versuchte, über den Boden zu der Bresche in der Decke zu kriechen. Leute kamen ihm in die Quere, die ein ganz ähnliches Ziel hatten. Blue schob sie ohne viel Federlesens zur Seite, während er sich bemühte, das Loch in der Decke zu erreichen. Er dachte an Iris, daran, wie sie auf der Straße zusammengebrochen war, und knirschte mit den Zähnen, bemühte sich noch stärker. Wenn auch auf ihr eine Decke gelandet war…

Er schaffte es schließlich bis zu der Bresche. Einige der anderen Leute drängten sich bereits hindurch. Blues ganzer Körper schmerzte, als er ein Stöhnen unterdrückte und die Hände ausstreckte. Plötzlich wurden seine Handgelenke gepackt und hochgezogen. Es waren Fremde aus dem Stockwerk über ihm, die versuchten, sein Leben zu retten. Blue musste hinaufklettern, auch wenn die Decke nur bis zu seiner Hüfte reichte. Aber die Trümmer und der Schutt neben dem Loch bildeten ein beeindruckendes Hindernis, das er aufgrund seines verletzten Knies nur mit Mühe und unter vielen Flüchen überwinden konnte.

Auf dem Schutthaufen saßen Leute, die ihn ermunterten, weiter hinaufzusteigen. Doch als Blue einen sicheren Halt auf den Trümmern hatte, streckte er die Hand aus und zog die restlichen – nur wenigen – Überlebenden heraus. Er rief einmal Daniels Namen, bekam jedoch keine Antwort. Er rief auch nach seinem Vater – mit demselben Ergebnis.

Blue versuchte, sich in Erinnerung zu rufen, wie viele Leute mit ihnen gemeinsam in dem Raum gewesen waren, als der Erdstoß einsetzte. Aber sein Hirn weigerte sich, diese Information preiszugeben. Daraufhin kroch Blue zurück in das Loch und sank auf die Knie. Er hockte in der Dunkelheit und suchte mit seinem Geist nach Herzschlägen. Er fand auch einen, ganz nahe vor sich, streckte die Hand aus und berührte einen schmalen Knöchel. Er zog, zog fester und drehte sich so herum, dass er mit aller Kraft ziehen konnte. Mit großer Anstrengung zerrte er eine bewusstlose Frau ins Licht. Er schob sie weiter, auf die wartenden Hände zu, und ließ sich dann erneut durch das Loch in die Dunkelheit gleiten.

»Daniel!«, schrie er wieder und suchte nach einem anderen schlagenden Herzen. Er fand auch eins, aber nur eins.

»Verdammt!«, stammelte sein Bruder. Blue konnte ihn aber nicht sehen. »Verschwinde hier, verflucht! Und zwar sofort, los!«

»Na klar.« Blue versuchte, nicht länger an das zunehmende Gewicht zu denken, das so dicht über seinem Körper schwebte, als er, geleitet von dem Pulsieren eines Herzschlags, auf seinen Bruder zuglitt.

»Ich meine es ernst«, sagte Daniel. Und diesmal klang seine Stimme erstickter, fast wie ein Schluchzen. »Mein Gott, Blue. Ich kann mich nicht rühren, und du kannst mich auch nicht bewegen.«

Es überlief Blue eiskalt. »Erklär mir das.«

»Keine Zeit«, flüsterte Daniel. Im nächsten Moment spürte Blue, wie er rückwärtsflog, mit den Füßen voran auf das Loch und den Lichtstrahl zu, der durch die Öffnung fiel. Er schrie, versuchte noch, den Flug aufzuhalten, aber er erreichte nur, dass er sich die Finger aufriss und eine Menge Staub schluckte, während die Decke unmittelbar vor ihm mit einem ohrenbetäubend donnernden Krachen herunterstürzte. Die Luft vibrierte durch den Aufprall, und Blue spürte ihn bis in seine Knochen. Er ließ es zu, dass ihn die Leute in Sicherheit zerrten, als auch der Boden unter ihm noch einmal einen halben Meter tiefer sackte. Sie stürzten alle polternd herunter und landeten auf den Trümmern. Blue hatte das Gefühl, jemand hätte ihm mit einem Hammer auf seine schmerzenden Glieder und auf den Kopf geschlagen.

Daniel!

Blue rührte sich nicht. Und er grub auch nicht nach seinem Bruder. Er schickte seinen Geist aus, suchte nach einem Puls, fand aber keinerlei Spur von einem Herzschlag unter den Trümmern. Gar nichts.

Männer zerrten an seinen Schultern. Blue schüttelte die Hände ab, ging auf die Knie und stand dann auf. Er schwankte, ihm war schwindlig. Unwillkürlich starrte er auf den Boden unter ihm und stellte sich seinen Bruder vor, Daniel …

Keine Zeit, hatte er gesagt.

Blue schloss die Augen, und Daniels Gesicht verschwamm. Sein Bruder. Sein Bruder war verschwunden, ebenso wie sein Vater.

Kümmere dich später darum. Später, falls du dann noch

lebendig bist und aus dieser Hölle entkommen kannst. Nachdem du Iris gerettet hast.

Blue machte sich auf die Suche nach einem Ausweg.

Es roch nach Blut und Fäkalien. Wenn ein Schrei einen Geruch haben könnte, dachte Blue, dann diesen. Er war hart, bitter und schmutzig. Er hätte auch gern geschrien, aber er hatte einfach keine Zeit dafür, noch nicht. Stattdessen stürmte er durch das Chaos von Sterbenden und Verletzten, erklomm eine Etage nach der anderen, suchte mit seinem Herzen und seinem Geist, bis er fürchtete, wahnsinnig zu werden – und ihm die Angst in die Kehle stieg und ihn zu ersticken drohte, bis er sich vorbeugte, würgte und schon glaubte, sein Magen müsse gleich durch die Speiseröhre herausfallen.

»Sie«, sagte eine bekannte scharfe Stimme. »Sie, Perrineau. Wo ist meine Tochter?«

Blue blickte auf. Serena stand neben ihm, schwankend und nur mit einem einfachen weißen Krankenhaushemd bekleidet. In den Armen hielt sie ein kleines nacktes Kind. Das Blut tropfte aus einer blutgetränkten Bandage über ihrem fehlenden Auge. Blue hatte das Gefühl, er sähe einen Geist, dachte kurz, er halluziniere. Er hatte vergessen, dass sie überhaupt existierte.

»Sie sind ja am Leben.« Er war zwar überrascht, aber nicht in der Lage, besonders viel Gefühl aufzubringen. »Wo waren Sie denn? Wie konnten Sie sich befreien?«

»Stellen Sie jetzt keine dummen Fragen. Meine Tochter, ich will sie bei mir haben.«

»Ich habe keine Ahnung, wo sie sein könnte. Ich suche gerade nach ihr.«

»Sie lebt«, knurrte Serena. Ihr Auge blitzte, wie ein goldenes Leuchten in all dem staubigen Nebel. »Sie lebt, das weiß ich. Ich bin ihre Mutter, und ich weiß es.«

»Sie lebt«, wiederholte Blue. »Ja, das weiß ich auch.«

Serena biss die Zähne zusammen und wollte offenbar gerade etwas Unfreundliches sagen, aber in diesem Augenblick bewegte sich das Kind in ihren Armen. Sie sah auf den Jungen hinunter, überrascht davon, fast erschreckt. Atemlos.

»Ich wollte ihn gar nicht mitnehmen«, murmelte sie und riss den Blick von dem kleinen Kind los, um Blue anzusehen. Ihr Auge war nicht mehr hart. Ihr Blick wirkte gehetzt, angefüllt mit dem Echo so großen Schmerzes, dass Blue den Widerhall in seinem Herzen spüren konnte. »Er lag neben mir in dem Operationssaal. Als unfreiwilliger Spender... es soll um seine Nieren gegangen sein. Ich kann diese Bürde aber nicht gebrauchen, Perrineau. Ich weiß nicht einmal, warum ich ihn mitgenommen habe. Meine Tochter braucht mich viel mehr. Ich muss sie finden.«

»*Ich* werde sie finden. Ihre Tochter hat schon mich.«

»Sie sind doch ein... Nichts«, stieß Serena hervor, aber Blue berührte nur sanft ihr Gesicht, und sie schloss den Mund mit einem vernehmlichen Klacken.

»Ich bin der Mann, der Ihre Tochter liebt«, erwiderte er leise. Er hatte das Gefühl, dass der Rest der Welt versank, als er in ihr goldenes Auge blickte. »Und ich bin auch der Mann, der sie finden wird. Also gehen Sie jetzt, Serena. Gehen Sie einfach. Retten Sie den Jungen. Und vertrauen Sie darauf, dass ich es schaffen werde.«

»Nein«, flüsterte sie noch, aber Blue war bereits weitergegangen und rannte schon los, bevor sie ihm folgen konnte.

Er durchquerte die Reste des Gangs, in den durch riesige Löcher in der Außenwand Tageslicht einfiel. Heiße, stickige Luft waberte hindurch und verwandelte die Ruinen in eine Sauna. Blue ging weiter, ließ sich von seinem Instinkt leiten und suchte nach einem Puls, der ihm bekannt vorkam. Er hatte zwar noch nie zuvor eine Person nur aufgrund ihres

Herzschlags identifizieren können, aber was Iris betraf... sie war in diesem Chaos verloren, ganz allein mit Santoso...

Allein und unter Trümmern begraben, dachte er, wie Daniel auch.

Blue hörte ein ächzendes Geräusch: Das Gebäude, die ganze Welt schwankte und kippte zur Seite. Die Decke sackte herab; Leichen und Möbel polterten durch offene Türen. Fensterglas knirschte unter seinen Schuhen. Durch die Kabel in den Wänden floss keinerlei Strom mehr, offenbar war er in diesem Gebäude komplett ausgefallen.

»Iris«, murmelte er und lehnte sich an die Wand, während er versuchte, das ferne Heulen von Stimmen und Sirenen auszuschalten, sowie das Tröpfeln von Wasser, den Gestank der Schreie, der auf seinen Körper geschmiert zu sein schien.

Wenn du sie verlierst..., dachte er.

Ohne Iris war nichts mehr übrig. Es hieß Leben oder Sterben. Blue atmete tief ein und senkte dann seine Schilde, und zwar ganz und gar. Jetzt war er ungeschützt und hilflos. Der Ansturm der Außenwelt, der zuvor noch kontrolliert stattgefunden hatte, schnitt nun wie eine Kettensäge in sein Hirn. Er hatte keinerlei Schutz mehr. Seine erhöhte Sensibilität grub sich scharf in seinen Geist. Diese Gegend und dieses Gebäude mochten vielleicht über keinen Strom mehr verfügen, aber der Rest der Stadt hatte doch noch Elektrizität, und das tat verdammt weh.

Blue zitterte, hielt sich den Kopf, versuchte das Unbehagen runterzuschlucken, als er nach Herzschlägen suchte, nach Bioelektrizität, einfach nach irgendetwas, das *Iris* flüsterte. Also nach etwas, zu dem sein Herz sofort *Ja* sagen würde.

Du kannst doch keine Person allein aufgrund ihres Herzschlags identifizieren, flüsterte ihm eine leise Stimme zu. Ganz gleich, wie sehr du dich auch mit ihr verbunden fühlst. Und ganz gleich, wie sehr du sie liebst.

Doch er hatte nichts zu verlieren, nichts – bis auf sein Leben. Blue lief weiter, strich mit den Fingern an der schiefen Wand entlang, während er stolperte, taumelte – und während die Welt in seinem Kopf flackerte. Vor seinen Augen funkelten Lichtpunkte, dunkle Flecken zuckten auf. Der Gedanke an Daniel schoss ihm immer wieder durch den Kopf, ebenso der an seinen Vater; aber Blue schob jetzt beides beiseite und ließ seinen Geist über die Funken der menschlichen Elektrizität gleiten, die in dem Gebäude um ihn herum sporadisch aufflackerten.

Er roch beißendes stechendes Desinfektionsmittel. Tränen traten ihm in die Augen. Vor ihm befand sich Leben; ein Körper glitt aus dem Staub und den Schatten. Noch so ein unmöglicher Geist.

»Hallo«, sagte Broker. Eine Seite seines Gesichts und seiner Kleidung war blutverkrustet. Blue konnte sich nicht vorstellen, wie er eigentlich überlebt oder so schnell hatte entkommen können. Eine Waffe besaß er jedenfalls nicht. Dafür stand sein linker Arm in einem merkwürdigen Winkel von seinem Körper ab. Er war ausgekugelt, gebrochen oder vielleicht sogar zerschmettert. Blue konnte es nicht erkennen.

»Wo ist Iris?«, fragte Blue.

»Sie muss ganz in der Nähe sein.« Broker hielt den Abstand zwischen ihnen aufrecht – seine Gesichtszüge waren in dem Dunst, der durch den Gang zog, kaum zu erkennen. Die Erde grollte leise weiter und bebte schwach. Das war ein Nachbeben. Mühelos hielt Broker sein Gleichgewicht und schwankte kaum. Blue schaffte das nicht ganz. Er stolperte und musste sich an der vibrierenden Wand festhalten, bis die Welt endlich aufhörte, sich zu bewegen. Brokers Herzschlag pulsierte in seinem Geist.

»Sagen Sie es mir«, forderte Blue den Mann auf.

»Ich soll es Ihnen sagen?« Brokers Lächeln wirkte angespannt. »Wenn ich Ihnen stattdessen nun erzählte, dass Ihr

Bruder nicht tot ist? Wenn ich Sie zwingen würde, zwischen den beiden zu wählen?«

»Dann würde ich Iris wählen.« Daniel würde das Gleiche tun, wenn er an meiner Stelle wäre, dachte er.

»Also sind es immer die Frauen«, sagte Broker leise. »Sie könnten doch noch eine andere Frau finden. Es gibt leichtere Wege zu lieben.«

Blue stieß sich von der Wand ab. »Wenn Sie nicht reden wollen, dann nützen Sie mir auch nichts.«

»Also werden Sie mich töten. Das fällt Ihnen jetzt wohl leicht, nicht wahr?« Broker trat etwas in den Schatten zurück. »Sie müssen wissen, Mr. Perrineau, dass Sie mich eines Tages tatsächlich töten werden, dann allerdings für immer. Ich habe es vorhergesehen. Das ist auch einer der Gründe, aus denen ich Ihren Tod wollte. Es ging nicht nur um das Geld.«

Blue erwartete fast, dass dieser Typ da eine Waffe aus dem Nichts hervorzauberte, aber Broker stand einfach nur da und beobachtete ihn.

»Iris«, wiederholte Blue.

Broker schloss die Augen. »Am Ende des Ganges.«

Blue rührte sich nicht. »He«, sagte er.

»Ja?«

Blue lächelte. »Der Tag ist gekommen.«

Broker riss die Augen auf, aber es erforderte nur einen Gedanken. Ein kurzer Gedanke – und es gab keinen letzten Vorhang mehr. Der Mann fiel wie ein Stein zu Boden. Blue lauschte in sich hinein, suchte nach Schuldgefühlen. Vergeblich.

Er lief weiter, sprang über Trümmerstücke und ausgestreckte Hände, die um Hilfe baten. Er suchte nach Herzschlägen in diesem letzten Raum am Ende des Ganges, und fand nur einen – einen schwachen Herzschlag, der mit jedem Augenblick schwächer wurde, um dann vollkommen zum Stillstand zu kommen.

Blue musste die Tür eintreten, aber sie hing ohnehin nur noch an einer Angel, sodass sie kein Hindernis mehr darstellte. Sie landete krachend auf dem Boden. In diesem Raum war es dunkel, ein Teil der Decke war eingestürzt. Blue ging auf die Knie, wühlte sich durch Stahl und Putz, riss sich die Hände auf, während er sich durch die Trümmer grub, und versuchte irgendwie, Iris zu erreichen. Er musste so viel wegschaffen, viel zu viel, ein erstickendes Gewicht, und der Gedanke, dass sie lebendig begraben war …

Seine Finger stießen gegen ihr Bein, und dann berührte er ihren Körper, schlang seine Arme um ihre Taille, holte tief Luft und zog sie mit einem Schrei aus den Trümmern. Danach rollte er sich mit ihr in den Armen herum, bis sie flach auf dem Boden lagen. Sie war nackt, teilweise Mensch, teilweise mit geflecktem Fell bedeckt. Sie atmete nicht, und auch ihr Herz war stumm.

Blue hob ihren Kopf an und atmete Luft in ihren blutverschmierten Mund, massierte ihre Brust mit den Fäusten. Eins, zwei, drei – atme … Eins, zwei, drei – atme … Aber sie reagierte nicht, und plötzlich schien sich die Welt in seinem Geist auf den Kopf zu stellen. Zuerst dachte er, es wäre Trauer, aber das Gefühl hörte gar nicht mehr auf, und die Luft rauschte so laut, dass er sie in seinem Kopf geradezu spüren konnte. Er empfand die Hitze, erkannte dann ein Feuer, eine Explosion. Vermutlich war eine Gasleitung in dem Gebäude explodiert. Schwarzer Rauch erfüllte den Raum.

Blue bewegte sich nicht. Ohne Iris ist nichts mehr da, dachte er erneut, legte seine Hände auf ihre Brust, drang mit seinem Geist in ihr Herz ein, versuchte mit aller Kraft, diesen winzigen Muskel endlich anspringen zu lassen, betete, dass er pulsiere und lebe, damit sie wieder zu Iris werde. Iris, die goldene Iris, die glänzende Iris, die lächelnde, herzliche und lachende Iris, die unter ihm lag.

Als er sie durchdrang, kam es ihm vor, als befinde sich Energie in seinem Körper, als zöge er die Elektrizität aus der ganzen Stadt bis unter seine Haut. Blue hatte das Gefühl, sein Haar schwebe, dann seine Haut, seine Muskeln, selbst seine Knochen. Er war voll von Energie, er war eine Leitung, stieß seine Hände immer fester gegen Iris' Brust, nutzte seine Gabe, um ihr Herz damit zu umhüllen, um den Muskel mit Elektrizität zu massieren. Er bearbeitete ihn mit winzigen Blitzen.

So erzeugte er einen Herzschlag, und dann noch einen. Kurz darauf schlug das Herz stark und gleichmäßig. Iris' Augenlider zitterten. Sie murmelte seinen Namen, und er zog sie an sich, wich mit ihr in eine Ecke des Raumes zurück. Iris hustete, Blue ebenfalls. Der Rauch, der in den Raum quoll, schmeckte bitter und brannte schmerzhaft in ihren Lungen. Es gab keine Fenster in diesem Zimmer, und Blue sah die Flammen eines gewaltigen Feuers draußen im Gang auflodern. Es gab aber keine Ausgänge, weder oben noch unten. Und schließlich bemerkte Blue, dass Santoso vor ihm auf dem Boden lag. Jemand hatte ihm die Gurgel herausgerissen.

»Geht es dir gut?«, flüsterte Iris plötzlich mit heiserer Stimme. Blue hustete und wiegte sie sanft, während die heiße Luft sie beinahe umbrachte. Seine Augen brannten, aber das kam nicht nur vom Rauch.

»Ich habe dich gefunden«, stieß er rau hervor. »Mir geht es gut.«

»Mir auch«, antwortete sie und starrte auf den Rauch und das Feuer. Das war es also, das Ende. Er drückte sie fester an sich und drehte sich so um, dass sie mit dem Rücken zu den Flammen saßen. Iris sagte seinen Namen.

Dann fühlte er, und zwar ganz plötzlich, einen kalten Lufthauch an seinem Nacken: Zwei kräftige Hände packten seine Schultern. Eben noch hatte er fast im Feuer gesessen, und im nächsten Augenblick schon hockte Blue in einem kleinen gepflasterten Garten, der mit Trümmern übersät war. Seine Lunge brannte, aber das konnte seine Freude keineswegs dämpfen. Er hustete, zog Iris an sich und drückte seine Lippen in ihr Haar.

Dean hockte neben ihnen. Blue nahm den Arm seines Freundes und zog ihn an sich, umarmte ihn. Dean war am ganzen Körper mit Ölflecken, Schmutz und getrocknetem Blut bedeckt. Er klopfte Blue auf den Rücken. »Das war verdammt knapp, Mann. Ich wäre ja früher gekommen, aber die Kerle, die uns da auf dieser Straße angriffen, haben uns erst betäubt und dann in einen Graben geworfen. Keine Ahnung, warum sie uns nicht einfach umgebracht haben. Vermutlich dachten sie, das würden schon die Einheimischen besorgen.«

»Das ist mir alles vollkommen gleich«, stieß Blue rau hervor. »Danke, dass du uns das Leben gerettet hast.«

»Wie du meinst«, erwiderte Dean freundlich. »Du hast ja verdammtes Glück gehabt, dass wir so früh aufgewacht sind. Wir alle haben Glück gehabt. Das Erdbeben kam genau in dem Augenblick, als wir uns gerade orientiert hatten. Um uns herum ist ein ganzes Viertel eingestürzt. Aber nachdem sich der Staub gelegt hatte, brauchte ich nur noch deine Spur zu finden.«

»Meine Mutter?«, erkundigte sich Iris.

»Ich habe sie irgendwo in dem Gebäude gesehen«, sagte Blue rasch. »Sie hat gelebt und hatte gerade ein Kind gerettet.«

Iris schloss die Augen. »Und Daniel?«

»Der sitzt hinter dir.«

Blue drehte sich beim Klang der Stimme erstaunt herum. Daniel saß unmittelbar hinter ihnen, nur mit karierten Boxershorts bekleidet. Sein Gesicht wirkte immer noch schrecklich mitgenommen, aber immerhin lebte er. Es war unmöglich, es war ganz wundervoll, aber er lebte! Er stand auf und kam zu ihnen hinüber, hockte sich hin und umarmte

Blue, was noch vor wenigen Tagen ebenso seltsam gewirkt hätte wie die Tatsache, dass er unter dem tonnenschweren Gewicht dieser verdammten Decke überhaupt hatte überleben können.

»Ich kann es gar nicht glauben.« Einen Augenblick lang überlegte Blue, ob er jetzt endgültig wahnsinnig geworden war. »Du warst doch tot. Ich konnte dein Herz nicht schlagen hören.«

Daniel fuhr sich mit der Hand über das Gesicht. Sein ganzer Arm zitterte. »Jedenfalls habe ich kein einziges verdammtes weißes Licht am Ende des Ganges gesehen. Also bin ich ziemlich sicher, dass ich die ganze Zeit am Leben gewesen bin.«

»Aber wie hast du überlebt?«

»Auf so ziemlich dieselbe Art und Weise, wie ich auch meine Feuernummer im Zirkus überlebt habe. Ich habe einen telekinetischen Schild unmittelbar auf meinem Körper erzeugt, fast so etwas wie eine kugelsichere Haut, mit einer besonderen Luftblase über meinem Gesicht.« Das Grinsen, mit dem er dies berichtete, hatte ohne jeden Zweifel etwas Hysterisches. »So konnte ich durchhalten, bis mich dein Freund gefunden hat.«

»Ich bin irgendwann auf seine Spur gestoßen und habe gemerkt, dass er noch atmet«, erklärte Dean. »Der Rest ist Geschichte.«

»Und all dies Gerede davon, dass du dich nicht rühren konntest?«

»Das stimmte schon, aber es bedeutete nicht, dass ich paralysiert war«, erwiderte Daniel. »Ich konnte mich eben nur nicht bewegen, und ich hatte auch nicht genug Kraft, aus diesem Schutt herauszukommen und gleichzeitig die Decke festzuhalten. Also habe ich mich entschieden.« Er zögerte, seine Augen wurden dunkler. »Unser Vater liegt immer noch da drunter.«

»Ja«, bestätigte Blue. Aber – eins nach dem andern, dachte er. Es ist zu viel passiert. Lassen wir uns einen Moment Zeit.

Und genießen zum Beispiel diesen hier: Iris, lebendig in seinen Armen. Sein Bruder neben ihm. Und ebenso seine Freunde.

Mehr brauchte er gar nicht. Alles andere bedeutete bloß Luxus.

Es war heiß und feucht. Blue hörte Sirenen, Schreie und Hupen jenseits des kleinen Hinterhofs. Ein Banyanbaum, dessen Wurzeln sich verschlungen hatten und dann wieder in einem Gitter zusammenliefen, spendete ihnen Schatten. Nach einer Weile kam eine schlanke Indonesierin aus dem Haus und brachte ihnen Wasserflaschen. Gelegentlich grollte die Erde noch.

Artur und Fred kamen zurück. Sie hatten sich umgesehen und die Schäden an der Einrichtung geschätzt. Blue fand, ein Psychometrist und ein Telepath gaben ein gutes Team ab. Sie deckten sozusagen alle Möglichkeiten ab.

»Und Santoso?«, fragte Artur, dessen Haut von Asche und Staub schwarz war.

»Ich habe ihn getötet«, erwiderte Iris und berührte die Blutflecken an ihren Mundwinkeln. Der Russe nickte, ohne noch ein weiteres Wort dazu zu sagen. Weder an diesem Abend noch am nächsten, als sie an Bord von Freds Flugzeug stiegen und die Ruinen von Jakarta hinter sich ließen.

Doch als er später darum bat, einen Abstecher nach San Francisco zu machen, tat ihm der Mann den Gefallen. Als er die Maschine verließ, um zum Krankenhaus zu fahren, begleiteten ihn alle.

Und warteten mit ihm.

Iris fand es merkwürdig, zu einer Familie zu gehören. Nicht einfach nur zu einer Zirkusfamilie oder einer, in der man durch Blut miteinander verbunden war, denn die hatte immer nur aus ihr und ihrer Mutter bestanden. Sondern zu etwas Größerem zu gehören, das genauso nah war, ebenso verlässlich und das so wenig mit dem Leben zu tun zu haben schien, wie sie es für sich selbst geschaffen hatte. Dem einzigen Leben, das sie bis vor einigen Tagen überhaupt gekannt hatte. Und das einzige Leben, das sie jemals haben würde, wie sie geglaubt hatte, und zwar, weil sie Angst gehabt hatte, mehr zu bekommen.

Die Erlaubnis zu lieben, dachte sie. Danke, Daniel.

Iris saß in einem weichen Sessel neben Blue, direkt vor Elena Loginovs Einzelzimmer im UCSF Medical Center. Sie waren seit einer Stunde hier, hatten die Wache für Dean und seine Frau Miri übernommen – von Frauen und Männern, die zwar ganz normal aussahen, jedoch mit einem wissenden Lächeln in Iris' goldene Augen blickten, als stünde dort ihr Geheimnis, das sie so sorgsam gehütet hatte, in einer Leuchtschrift auf ihre Stirn geschrieben. Sie fragte sich, was ihre Mutter wohl dazu sagen würde – falls sie sie jemals wiedersah.

Iris mochte den Geruch von Krankenhäusern nicht, obwohl sie zugeben musste, dass sie sich zum ersten Mal überhaupt in einem befand. Der Geruch erinnerte sie an Santosos Laboratorien. Desinfektionsmittel, Furcht, Tod und Blut. Jeder, der gezwungen war hierzubleiben, tat ihr unglaublich leid. Und noch schlimmer musste es diejenigen treffen, die gezwungen waren, an einem solchen Ort zu sterben.

Die Tür von Elenas Krankenzimmer stand ein wenig offen. Artur war vor zwei Tagen hineingegangen und seitdem nicht mehr herausgekommen. Seine Freunde brachten ihm Essen, nahmen das schmutzige Geschirr fort und ignorierten den Gestank im Zimmer. Artur sprach ohnehin nicht mit ihnen. Er saß nur da und starrte die blasse zierliche Frau an, die auf dem Bett lag und deren Körper unter den Schläuchen und Röhren fast verschwand.

Blue wippte nervös mit den Beinen. Iris legte nach einer Weile die Hand auf sein Knie, und er verzog das Gesicht. »Tut mir leid. Ich habe das Gefühl, als sollte ich nicht hier sein.«

»Du wolltest ihr doch keinen Schaden zufügen.«

»Das ist nicht der einzige Grund. Es sind auch die elektrischen Geräte, Iris. Ich kann mich einfach nicht entspannen. Alles, was inzwischen passiert ist, war sehr schwer für mich. Es lastet auf meinem Geist. Ich muss … hier weg.«

»Du sprichst nicht nur über das Krankenhaus, habe ich recht?«

»Ja.« Er nahm ihre Hand und legte sie in seine Armbeuge. »Vielleicht hast du ja Lust mit mir zu kommen. Wir könnten selbstverständlich auch die Katzen mitnehmen. Ich glaube, Colorado würde ihnen gefallen. Da ist es … ziemlich ruhig.«

Er klang zögernd, als wäre er nicht ganz sicher, wie sie reagieren mochte. Iris unterdrückte ein Lächeln. »Glaubst du, ich könnte Nein sagen?«

»Ich glaube, dass du eine harte Zeit hinter dir hast. Vielleicht hast du ja Bedenken bekommen.«

»Und wenn?«

Er warf ihr einen finsteren Blick zu. »Iris, du bist die einzige Frau, die ich jemals geliebt habe. Glaubst du wirklich, dass ich dich einfach so gehen ließe, ohne um dich zu kämpfen?«

»Warum fragst du dann?«

»Weil ich dich liebe.« Seine Stimme klang tief und mürrisch. Jetzt gab sich Iris keine Mühe mehr, ihr Lächeln zu verbergen. Aber zu mehr kam sie auch nicht, denn in diesem Augenblick überlief es sie kalt. Es roch nach Frühling, nach Wildnis und Fruchtbarkeit. Ihr wurde schwindlig, was durch den Klang der unbekannten männlichen Stimme, die plötzlich aus dem Raum drang, noch verstärkt wurde. Iris und Blue sahen sich an. Es schien vollkommen unmöglich, dass jemand unbemerkt an ihnen hätte vorbeigegangen sein können, und es gab auch keinen anderen Eingang in das Zimmer.

»Rictor«, hörten sie Artur sagen. Seine Stimme klang dabei so tonlos, dass es sie geradezu wunderte, dass er überhaupt noch atmete. »Ich habe dich nicht erwartet. Nicht jetzt, jedenfalls.«

»Ich hatte Gründe, warum ich mir Zeit ließ«, erwiderte diese tiefe Stimme. »Ich wollte sehen, was du tun würdest. Wie weit du für sie gingest.«

»Also habe ich versagt.«

»Nein, du hast nicht versagt. Was für meine Absichten sehr bedauerlich ist. Wenn es dir gelungen wäre, ein neues Herz zu beschaffen, hätte sich Elena erholt. Aber sie hätte dich dafür gehasst und dir niemals verziehen, dass du ihr Leben hast retten können, indem du ein anderes ausgelöscht hast.«

»Deshalb also… muss sie sterben? Aus Gründen der Moral?«

»Benimm dich nicht wie ein Idiot. Du kennst sie doch wesentlich besser, als dass du ihren Charakter infrage stellen könntest. Außerdem ist die Frage ohnehin hinfällig. Ich kann sie ja heilen.«

Iris hörte, wie Stuhlbeine über das Linoleum kratzten. »Warum hast du dann aber bloß damit gewartet? Die ganze Zeit über ist sie doch immer schwächer und schwächer geworden…«

»Das verstehst du nicht, Artur. Du wirst es niemals verstehen. Halt also einfach den Mund, und lass mich arbeiten.«

Blue drückte Iris' Hand. Sie kannte Elena nicht, kannte auch Artur kaum und wusste ganz bestimmt nicht, was hier vorging. Aber sie wartete mit derselben atemlosen Gespanntheit wie Blue, und zwar weil es für ihn wichtig war. Und, wie sie dann begriff, schien es auch für sie selbst wichtig zu sein. Denn es war seine Familie, die jetzt auch ihre eigene war. Vielleicht… Jedenfalls war sie bereit, dem Konzept eine Chance geben.

Einige Augenblicke verstrichen, bis Artur heiser aufschrie. »Rictor, in meinem Geist kann ich sie wieder fühlen.«

»Ihr Herz ist nun so gut wie ein ganz junges, frisches. Sie wird bald aufwachen.«

Sie spürten ein Zögern, ein atemloses Schweigen. »Willst du hierbleiben und sie … begrüßen?«

»Und was soll ich ihr dann sagen? Dass ich ein Spiel mit ihrem Leben gespielt habe, nur um herauszufinden, ob ich sie dazu bringen könnte, dich zu hassen? Nein«, erwiderte Rictor leise. »Ich habe sie angelogen, Artur. Damals in diesen Wäldern, als wir den Leuten des Konsortiums entkommen sind. Ich habe auch gelogen, als ich sagte, dass ich sie nicht lieben würde.«

»Das weiß ich«, erwiderte Artur. »Kein Mann sieht eine Frau so an, wie du Elena angesehen hast, wenn er sie nicht liebt.«

»Ertappt.«

»Zum zweiten Mal.«

Iris hörte einen tiefen, langen Seufzer. »Du kannst wirklich von Glück reden, dass du sterblich bist, Artur Loginov. Du bist nämlich so unfassbar gesegnet, dass es mich noch ganz krank macht.«

Das war alles, was Iris und Blue hören konnten, bis Elena einige Minuten später den Namen ihres Ehemannes hervorkrächzte. Dem folgte ein leises, ersticktes Schluchzen. Und Blue sah aus, als stünde er selbst am Rande eines Nervenzusammenbruchs.

Iris erhob sich und schloss behutsam die Tür. Dann ging sie mit Blue weg.

20

Der offizielle letzte Ruheplatz von Felix Perrineau Senior befand sich in Paris. Sein Leichnam wurde jedoch drei Tage nach seinem realen und endgültigen Tod in einem bescheidenen Holzsarg von seinen Söhnen in die Erde gesenkt, und zwar an einer Stelle, die von alten Zedern, Farnen und Moos umgeben war. Es war eine sehr überschaubare Trauergemeinde, die nur aus fünf Leuten bestand. Alle hatten Regenschirme dabei, aber kein einziger war aufgespannt. Niemanden schien der Regen zu stören. Das Holzhaus war lediglich ein paar Minuten zu Fuß entfernt, und dort war es sehr ruhig. Perrineaus alte Sicherheitstruppe war fortgeschickt worden. Weder Blue noch Daniel hatten noch Verwendung für sie. Falls ihre Feinde ihren Tod wirklich anstrebten, dann waren Männer mit Pistolen ebenso hilfreich wie Puppen, die Mannequins spielten.

»Er ist zu früh gestorben«, sagte Daniel, der seine Brille abnahm, da die Gläser vom Regen nass wurden und er nichts mehr sehen konnte. »Ich hätte niemals gedacht, dass ich so etwas einmal sagen würde.«

Blue stimmte ihm zwar zu, unterschied sich aber doch von seinem Bruder; er brachte es einfach nicht über sich, diese Worte zu sagen. Er konnte nur auf die Kiste tief unten in dem Loch starren und den Geruch nach der fruchtbaren Erde eines Waldes einatmen, der im Regen wie verloren schien. Das ist es, dachte er, was am Ende übrig bleibt. Das ist schließlich die Kulmination, das Ende, und es spielt nur noch das eine Rolle, wofür du gelebt hast. Denn hinterher bist du lediglich eine Erinnerung, eine gute oder eine schlechte. Ein Bild im Auge des Himmels.

Natürlich konnte nicht einmal sein Vater so viel verlangen. Der alte Mann war wirklich alles andere, als in Begriffen von schwarz oder weiß zu fassen gewesen. Blue wusste nicht, was er von ihm halten sollte. Jedenfalls nicht mehr. Er war ein Monster gewesen, gewiss. Er hatte ganz schreckliche Dinge getan. Kein Zweifel. Aber als Vater … Als Vater, der schließlich doch sein Leben für seine Söhne geopfert hatte …

Iris drückte seine Hand. Sie stand neben ihm, groß und schlank. Ihr rotes Haar schimmerte rosenblättergleich im Sonnenlicht. Blues Mutter stand auf der anderen Seite, direkt hinter ihr – Brandon. Brandon sah nicht sonderlich traurig aus, eher … nachdenklich.

»Ich glaube, jetzt wäre ein guter Zeitpunkt gekommen, endlich die Wahrheit zu sagen«, erklärte Blue, neigte sich seiner Mutter zu und sah dann an ihr vorbei zu dem Mann hinüber, der ein Doppelgänger seines toten Vaters war. »Wer bist du?«

Brandon riss seinen Blick von dem Sarg los und betrachtete lange Zeit Blues Gesicht. »Ich bin deine Familie. Ich gehörte nicht zu *seiner* Familie, aber ich bin deine. Falls du das möchtest.«

Blue ließ den Kopf hängen. »Eine einfache Antwort hätte mir genügt.«

»Bei Felix und mir war das Leben niemals einfach.«

Blue sah Daniel an, der mit den Schultern zuckte. Mahasti riss sich schließlich aus ihrer versunkenen Betrachtung des Sarges. »Brandon«, sagte sie, »war mir einmal ein sehr lieber Freund. Bis vor Kurzem dachte ich jedoch, er wäre tot. Dafür hatte wieder einmal euer Vater gesorgt.« Sie warf Blue einen scharfen Blick zu. »Brandon und ich sind verlobt, also wird er zu deiner Familie gehören, ganz gleich was du entscheidest. Ich schlage allerdings vor, du … akzeptierst ihn.«

Iris hüstelte, und Blue stellte mit einem kurzen Blick fest, dass sie sich auf die Unterlippe biss. Er selbst war nicht so amüsiert, und Daniel wirkte ebenfalls eher ein wenig erschrocken.

Es regnete nun stärker. Iris lehnte sich an Blue, der seinen Arm um ihre Taille schlang. Er trat einen Erdklumpen in das Grab, der auf dem Holz des einfachen Kiefernsarges landete.

»Ruhe in Frieden«, sagte er. »Und schmore in der Hölle.«

Unmengen von Papieren waren zu unterzeichnen. Da gab es Geschäfte, um die sie sich kümmern mussten, Angestellte, deren Belange man zu koordinieren und um die man sich zu kümmern hatte – all diese vielfältigen Pflichten, die auf einen zukamen, wenn man ein Multi-Milliarden-Dollar-Imperium erbte, das aus legalen und kriminellen Unternehmen bestand. Doch am Tag nach der Bestattung ihres Vaters flohen Blue, Iris und Daniel nach Süden, wieder nach Las Vegas. Sie hatten mit Mahasti und Brandon vereinbart, dass sie dort bleiben und sich um alles kümmern wollten. Blue fand es ausgesprochen mutig von Daniel, dass er Fremden einfach vertraute.

»Eigentlich ist es gar nicht besonders mutig«, gestand Daniel. »Ich will nur unbedingt dort weg. Und um ehrlich zu sein, ich will sein Geld auch gar nicht.«

Das konnte Blue verstehen. Der Wohlstand ihres Vaters war an Blut gebunden, wovon er teilweise aus erster Hand erfahren hatte. Seine einzige Antwort auf all das Leid war ein dürftiger Plan, seinen Anteil abzugeben, bis auf den letzten Cent. Er wollte all diese Macht, all diese Beziehungen, die einmal mit kaltem, hartem Geld erkauft worden waren, benutzen, um so viel von dem dunklen Vermächtnis seines Vaters ungeschehen zu machen, wie er nur konnte. Der gute Samariter war wiedergeboren. Blue entging die Ironie, die darin lag, keineswegs.

In Reillys Zirkuslager ging es so geschäftig zu wie bei Blues letztem Besuch, aber diesmal kam ihm dieser Ort fast wie ein Zuhause vor. Jedenfalls brandete ein lauter Jubelschrei auf, als Daniel und Iris auftauchten. Samuel kam angerannt, riss beide gleichzeitig in seine Arme und wirbelte sie wie verrückt herum. Dasselbe tat er mit Blue, und seine Begeisterung fiel in diesem Fall nur unmerklich geringer aus.

»Das ist ein guter Tag«, sagte Samuel zu Iris. »Wir haben uns schon Sorgen gemacht.«

»Sehr viel Sorgen.« Pete stand hinter ihnen. Dunkle Ringe lagen unter seinen Augen. Er zögerte einen Moment, dann breitete er seine Arme aus. Iris warf sich seufzend in seine Umarmung.

Schließlich schien sich das ganze Lager auf sie zu stürzen. Iris winkte Blue hilflos zu, bevor sie von der Menge aufgesogen wurde. Blue beobachtete sie amüsiert. Er wusste ja, dass sie eigentlich nur Petro und die anderen Raubkatzen hatte aufsuchen wollen, aber dies hier war genauso wichtig.

»Jetzt ist sie glücklicher«, sagte Daniel, der neben seinen Bruder getreten war. Blue fragte sich, wie er wohl der Meute entkommen war. »Sieh sie dir an, Blue. Sie umarmt sie.«

Nicht mit großen Gesten oder besonders lange, aber ihr Bemühen war doch unübersehbar. Ein leichtes Klopfen auf den Rücken hier, eine freundschaftliche Geste dort. Alles dies wirkte recht demonstrativ für eine Frau, die noch vor wenigen Tagen jeden körperlichen Kontakt zu anderen Menschen vermieden hatte. Blue erkannte an dem Ausdruck auf ihrem Gesicht, dass sie sich noch immer unbehaglich dabei fühlte. Das konnte er verstehen. Er war auch nicht gerade ein extrovertierter Typ. Außer bei ihr.

»Und was ist mit uns?«, fragte ihn Blue. »Bist du glücklich, Daniel?«

Sein Bruder schwieg lange. »Ich weiß es gar nicht mal.

Vielleicht, ja. Ich habe immer noch viele… Probleme, die ich nie gelöst habe. Ich wünschte mir, ich wäre dazu in der Lage gewesen.«

»Ja. Ich war genervt, als unser Vater noch am Leben war, und jetzt bin ich genauso genervt, dass er gestorben ist. Man kann es mir einfach nicht recht machen, glaube ich.« Blue sah ihn an. »Aber wenn du irgendwelche Probleme mit *mir* hast…«

»Das habe ich tatsächlich. Aber nicht, weil ich glaube, dass du daran schuld wärest, sondern weil…« Daniel zögerte. »Hat dir Iris von den Fotos erzählt? Ich habe keine Witze gemacht, Blue. Ich weiß nicht, woher er sie gehabt haben mochte, aber sie waren immer da. Zu Anfang, als ich noch klein war, hat er dich seinen Erstgeborenen genannt, seinen *wahren* Felix. Du wärst nicht mit einem silbernen Löffel im Mund geboren worden, sondern würdest dir allein ein Vermögen verdienen, weil du zäh, stark und klug seist. Nicht so wie ich. Nicht wie der kleine Junge, der seinen Daddy kannte, der alles Mögliche von ihm wollte. Obwohl ich nichts weiter von ihm verlangt habe als ein bisschen Respekt. Ich schwöre bei Gott, er hat mir ein schlechtes Gewissen eingeimpft, und zwar einfach nur, weil ich gelebt habe. Und er hat mich isoliert, so gut er konnte. Um mich zu dem Sohn zu formen, den er haben wollte.«

Blue wusste nicht, was er darauf antworten sollte. Er hatte damit zu kämpfen, dass sein Vater tatsächlich mit ihm geprahlt hatte, wenn auch für einen monströsen Zweck. »Das hat aber nicht funktioniert. Du hast dich gegen ihn zur Wehr gesetzt. Ich würde gern wissen, wie. Du hast deine Mutter erwähnt.«

»Sie war viel stärker, als er jemals zugegeben hat. Und seine Angestellten mochten mich mehr als ihn.« Daniel schüttelte den Kopf und seufzte. »Ich weiß es auch nicht genau, Blue. Vermutlich war ich ja genauso dickköpfig wie er.

Und je mehr Druck er ausübte, desto stärker habe ich mich gewehrt, bis ich am Schluss nur noch eines wollte: nicht so werden wie er.« Er lächelte bitter. »Wusstest du eigentlich, dass er meinen Hund umgebracht hat?«

»So ein … Verbrecher.«

»Allerdings. Es war ein kleiner Mischling, den ich nach …« Daniel atmete tief ein. »Entschuldige, ich will doch lieber nicht darüber sprechen. Das ist nicht der richtige Zeitpunkt.«

»Du kannst es mir erzählen, wann immer du möchtest«, erwiderte Blue und fuhr dann leiser fort: »Wusste er denn über deine … anderen Fähigkeiten Bescheid? Deine telekinetischen Fähigkeiten?«

»Du sagst das so nüchtern.« Daniel schnaubte. »Nein. Oder vielleicht doch. Ich bin mir nicht sicher, Blue. Während ich heranwuchs, sind viele Dinge im Haus kaputtgegangen. Wir mussten einige Fenster ersetzen.«

»Und du hast keine Angst, dass irgendjemand anders das auch herausfinden könnte?«

Daniel seufzte. »Eines habe ich von unserem Vater gelernt: Wenn du etwas oder jemanden fürchtest, dann gibst du dem Objekt oder der Person Macht über dich. Also habe ich aufgehört, Angst zu haben. Oder zumindest habe ich gelernt, wie ich sie beherrschen konnte. Ich bin jeden Abend auf diese Bühne gegangen, weil es mich wirklich nicht interessiert hat. Wie denn auch, nach all dem, was sonst in meinem Leben passiert ist? Ich will nur glücklich sein, ich will das bloß vergessen. *Mich* vergessen. Und wenn ich auftrete, gelingt mir genau dies.«

Die beiden Männer standen noch eine Weile zusammen, bis sich Daniel entschuldigte und sich zu den anderen gesellte, seinen Freunden. Blue blieb stehen. Er fühlte sich wie ein Außenstehender, und das war ihm auch ganz lieb so. Jedenfalls hatte er nicht vor wegzugehen. Irgendwann würde er sich an diese Leute gewöhnen.

Schließlich schlenderte er davon und schlang sich die Reisetasche mit seinen und Iris' Habseligkeiten über die Schulter. Auf dem Weg zu ihrem Wohnmobil klingelte sein Handy. Es war Fred.

»Ich wollte mich bedanken«, sagte dieser. »Sie waren wirklich hilfreich.«

»Das kann man wohl sagen«, erwiderte Blue, der sich an diesen mäßig begeisterten Worten etwas störte.

Fred seufzte. »Okay, Sie haben uns den Hals gerettet. Klingt das besser?«

»Damit kann ich leben. Aber ich könnte noch besser damit leben, wenn Sie irgendwelche finsteren Geheimnisse über die Leute ausgespuckt hätten, für die Sie arbeiten.«

»Tut mir leid. Aber eins kann ich Ihnen trotzdem sagen. Unter den Toten, zu denen Santoso und Perrineau gehörten, und unter den restlichen Leichen in dem ganzen großen Gebäude, die geborgen und in Leichensäcken nach Hause geschickt wurden, fehlte eine *einzige* Person, die auch auf der Liste stand. Wir konnten sie nirgendwo finden. Wollen Sie raten, um wen es sich handelt?«

»Broker«, sagte Blue, der spürte, wie ihn ein Gefühl von Furcht durchströmte.

»Ganz genau. Ich weiß zwar nicht, wie es Ihnen geht, aber in unserem Job glaube ich immer erst dann, dass ein Toter wirklich tot ist und es auch bleibt, wenn ich seine Leiche vor der Nase habe.«

Bedauerlicherweise sah Blue das ganz genauso. »Was ist mit dem Konsortium? Haben wir Informationen, wer der Kopf dieser Organisation ist?«

»Nein. Und wenn Ihr Vater das gewusst haben sollte, so hat er dieses Wissen mit ins Grab genommen.«

Blue dachte an den alten Mann und rief sich seinen Tod noch einmal vor Augen. »Wussten Sie, dass er mit dem Konsortium zusammengearbeitet hat?«

»Ich wünschte, ich hätte es gewusst. Dann wären wir anders vorgegangen.«

»Nun, wir haben ja Artur. Wir könnten ihn bitten, aus den Habseligkeiten meines Vaters noch ein paar Informationen zu ziehen.«

Fred schwieg lange. »Schlagen Sie damit vor«, fragte er dann, »dass wir zusammenarbeiten? Eine Art von… Kollaboration vielleicht?«

»Das müssen Sie mit Roland aushandeln.«

Fred knurrte. »Wie geht es Daniel?«

»Er ist etwas verwirrt. Genau wie ich.«

»Sicher«, antwortete Fred. »Verwirrt und stinkreich. Auf Sie und Ihren Bruder warten Milliarden von Dollar, von denen die meisten auch noch in unterschiedlichen kriminellen Organisationen stecken. Seien Sie bloß vorsichtig, Blue Perrineau. Und grüßen Sie Iris. Sagen Sie ihr, dass es Spaß gemacht hat.«

»Na klar. Wirklich lustig.«

»Besser als zum Heulen«, erwiderte Fred und beendete das Gespräch.

Spät in der Nacht lag Iris mit ihren Löwen auf dem Bett. Petro und Lila mussten dringend gestreichelt werden, und sie erfüllte dieses Bedürfnis nur zu gerne. Blue saß auf der Treppe des Wohnmobils, zusammen mit seinem Bruder. Daniel war nur ganz kurz vorbeigekommen, um Gute Nacht zu sagen. Eine nette Geste, aus der ein zweistündiges Gespräch geworden war.

Iris lauschte ihnen schamlos und fühlte sich innerlich sehr zufrieden, was ja selten vorkam. Sie hörte zu, wie die beiden Männer über ihre Kindheit und ihren Vater sprachen. Je mehr sie über diesen Mann erfuhr, desto stärker wurde ihre Abneigung gegen ihn. Nur ab und zu erinnerte sie sich an sein Gesicht, als er sie angestarrt hatte, während sie auf dem Operationstisch in Santosos Labor lag. Und wie immer glaubte sie, eine Spur von Mitleid in seinem Blick gesehen zu haben. Das war zwar nur ein flüchtiger Moment gewesen, aber er war immerhin da gewesen – unbestreitbar.

Manchmal konnten einem die Erinnerungen wirklich erstaunliche Streiche spielen.

Sie hörte, wie Daniel sich verabschiedete. Er hatte früh am nächsten Morgen eine Besprechung mit den Hotelmanagern. Pete zufolge hatte seine Feuernummer eine ausgezeichnete Presse bekommen. Die Manager wollten ihm sogar eine eigene Show geben, zusammen mit Iris. Eine höchst ironische Paarung war das, gelinde gesagt. Sie war nicht sicher, wie sie es finden sollte, weiter für das Miracle zu arbeiten, angesichts der Tatsache, wie wenig sie über die Besitzer des Hotels wusste. Aber es fühlte sich irgendwie … nicht richtig an.

Die Stufen knarrten. Iris wollte gerade Petro und Lila hinauswerfen, doch bevor Blue die Tür öffnete, hörte sie ein anderes Geräusch. Im selben Augenblick spürte sie ein Ziehen in ihrem Herzen, als sei es von gläsernen Stricken gefesselt, die jeden Moment zerspringen konnten.

»Serena«, sagte Blue.

»Mr. Perrineau. Oder vielleicht reicht ja auch einfach nur *Blue.*«

»Blue genügt vollkommen«, erwiderte er und fuhr dann leiser fort: »Die Augenklappe steht Ihnen.«

»Wenn Sie das sagen. Ich muss mich noch daran … gewöhnen.«

»Besser Sie als Iris.«

»Allerdings. Da kann ich Ihnen nur zustimmen.«

»Iris ist drinnen. Ich werde sie wecken. Es sei denn … Sie wollten doch mit ihr sprechen, oder nicht?« Blue klang beunruhigt. »Sie hat eine Menge Fragen, Serena. Wohin … Das können Sie ihr doch nicht antun!«

»Ich habe aber keine Antworten, Blue. Ich habe meine Tochter hintergangen.«

»Ich glaube, eine einfache Entschuldigung wäre schon eine Hilfe.«

»Sie sind naiv.«

»Sehr gut möglich, aber ich glaube trotzdem, dass ich recht habe.«

»Weil Sie sie so gut kennen? Weil Sie glauben, dass Sie eine Autorität sind, was meine Tochter angeht, weil Sie sie lieben?«

»Weil ich weiß, dass sie Sie liebt, und daran wird sich auch nichts ändern, ganz gleich was Sie ihr erzählen.«

Schweigen. Drinnen hielt Iris den Atem an.

»Ich glaube, Sie verzeihen mir.«

»Vielleicht. Vielleicht bin ich aber auch einfach nur geduldig und warte auf meine Chance.«

»Nein«, antwortete sie gedehnt. »Sie sind ein guter Mann.«

Iris konnte fast hören, wie Blue lächelte. »Sie klingen ja beinahe irritiert, Serena. Gibt es denn gar keine guten Männer, da, wo Sie herkommen?«

»Nein. Oder doch nur so selten, dass man bloß von ihnen träumen kann.«

Iris schüttelte sich, rollte von dem Bett herunter und lief zur Tür. Sie öffnete sie, und vor ihr stand ihre Mutter. Ihr Haar war blond, ihr Kinn kantig und spitz, und die Augenklappe schien fast das halbe Gesicht zu bedecken. Sie sah aus wie eine Piratenbraut, mit scharfen Linien um den Mund, an die Iris sich nicht mehr erinnern konnte. Es war eine andere Frau, vielleicht stimmte das ja sogar irgendwie. Mit einem geheimen Leben.

»Iris«, stieß sie hervor. Goldenes Licht glühte in ihrem Auge auf, überzog ihre Haut und lief wie flüssiges Feuer über ihren Hals. Sie tat einen Schritt auf ihre Tochter zu, blieb stehen und starrte sie an. Iris erwiderte den Blick. So blieben sie lange Zeit stehen, ohne etwas zu sagen. Sie starrten sich einfach nur an und sogen die jeweils andere in sich auf.

»Du musst mich hassen«, sagte Serena leise. Der Schmerz in ihrer Stimme ließ Iris zusammenzucken. Blue trat zurück und verschmolz mit den Schatten.

Iris rang nach Worten. Ihr Herz tat höllisch weh. »Ich verstehe dich nicht. Das ist aber nicht dasselbe wie Hass. Im Gegenteil, es ist sogar meilenweit davon entfernt.«

Serena nickte und fuhr sich über die Lippen. Langsam und zögernd breitete sie die Arme aus. Iris zögerte keine Sekunde. Sie sprang die Treppe herunter, umarmte ihre Mutter sehr fest und genoss das Gefühl, ebenfalls festgehalten zu werden. Umhüllt zu werden von einer Berührung und in einen Duft einzutauchen, der so wild war wie Brombeeren und nach Holz und frischen Trieben roch – nach einem kühlen Wind in einer Mondnacht.

»Es tut mir leid«, murmelte Serena. Lila und Petro kamen aus dem Wohnmobil. Die beiden Frauen sanken zu Boden und ließen es zu, dass die Löwen über sie hinwegstiegen. Con und Boudicca waren plötzlich auch da. Iris sah Blue neben dem Löwenzwinger stehen.

Sie schwiegen lange, bis Iris schließlich das Wort ergriff. »Warum denn?«

Serena sah von ihr weg. Iris' Blick fiel auf die Augenklappe, und sie erinnerte sich an Santoso.

»Weil ich Verpflichtungen erfüllen musste, die ich nicht ignorieren konnte«, erwiderte Serena schließlich. »Ich hatte Versprechen zu halten, die ich schon vor deiner Geburt gegeben hatte. Das war alles nur zu deinem Besten, Iris, obwohl ich schon damals wusste, dass du mir dafür nicht danken würdest.« Schließlich sah Serena sie wieder an. Auf ihrem Gesicht zeichnete sich ihre ganze Anspannung ab. »Ich habe versucht, dich zu beschützen. Dafür, dass ich mich *under-*

cover in Santosos Organisation eingeschlichen habe, hatte ich ausgehandelt, dass man für dich sorgen würde.«

»Ich nehme aber an, dass Santoso mir nachstellte, gehörte nicht zum Plan.«

»Nein«, erwiderte Serena grimmig. »Das wurde … inszeniert.«

Blue trat aus den Schatten heraus. »Was?«

Serena zuckte zusammen. »Als Santoso in dieser Stadt ankam, stieß er zufällig auf Iris. Er fand Gefallen an ihr, entwickelte eine Neigung, die sich rasch zu einer Art Besessenheit auswuchs. Meine Auftraggeber waren davon fasziniert und beschlossen gegen meinen Willen, dass man dich weiter als … als Köder benutzte. Sie wollten wissen, was aus Santosos Interesse werden würde und ob es ihn so sehr ablenken konnte, dass ihre anderen Pläne Früchte trügen.« Serena schluckte, ihr Geruch wurde säuerlich und bitter. »Sie wollten nicht auf mich hören. Ich habe sie angefleht, Iris. Ich habe alles versucht, um sie davon abzubringen, aber sie wollten einfach nicht nachgeben.«

»Und du konntest nicht … kündigen?«, fragte Iris entsetzt.

»Bei diesen Frauen kann man nicht einfach *kündigen*«, antwortete Serena. »Das kann niemand. Aber es gibt Möglichkeiten, sie auszutricksen, das schon, und vielleicht habe ich deshalb auch einige … dumme Sachen getan. Ich habe Fred gebeten, eine Kamera in deinem Wohnmobil zu installieren, sodass dich ständig jemand beobachten konnte. Außerdem habe ich Kevin Crays Angriff auf die Raubkatzen inszeniert. Ich habe gehofft, dass du deine Auftritte im Hotel aufgeben würdest, wenn man dir die Raubkatzen wegnähme oder dich stark genug bedrohte. Dass du sozusagen freiwillig weggehen würdest.«

»Mein Gott«, sagte Blue. »Sie haben sogar auf sie geschossen. *Sie* waren der Heckenschütze!«

»Nein«, widersprach Serena und sah ihn an. »Das war Fred. Er hat es aber … mir zuliebe getan.«

Iris lehnte sich zurück und suchte an Cons massiger Flanke Halt. Sie zitterte am ganzen Körper, bis ins Herz hinein; ihre ganze Welt schien zu beben. »Ich kann es nicht glauben. Ich … verstehe es einfach nicht. Wie konntest du das tun?«

»Ich hatte keine Wahl.«

»Unsinn!«

Serenas Blick verhärtete sich. »Ich werde mein Verhalten nicht entschuldigen, Iris. Ich habe getan, was ich tun musste. Sei froh, dass du ein einfacheres Leben führen kannst.«

»Ganz so einfach war das auch nicht«, mischte sich Blue ein. »Sie standen aber in Kontakt mit Pete, nicht wahr? Sie haben ihm befohlen, er solle mich feuern.«

»O nein, nicht Pete!«, stieß Iris hervor, aber Serena nickte. Iris legte den Kopf in den Nacken und starrte in den Himmel. Vor der hellen Stadt konnte sie die Sterne kaum erkennen, und einen Moment lang hasste sie alles. Ihre Mutter, ihr ganzes Leben.

»Ich dachte, ich würde im Interesse meiner Tochter handeln, wenn ich ihn bat, Sie in die Wüste zu schicken«, sagte Serena zu Blue. »Ich habe Ihren Motiven nicht getraut.«

»Wem vertraust du denn dann, Mom?« Iris hätte am liebsten geschrien. »Mir vertraust du jedenfalls nicht.«

»Das stimmt nicht. Ich habe dich nur beschützt. Dieses Leben, das ich führe, das, was ich tue, das ist nichts für dich, Iris. Dafür bist du zu gut. Du bist viel zu … süß dafür.«

»Zu süß«, wiederholte Iris. »Ganz so süß bin ich nicht mehr.«

»Ich weiß«, antwortete Serena traurig. »Das weiß ich.«

»Also«, sagte Blue viel später. »Bist du jetzt dazu bereit? Zu weinen?«

Iris unterdrückte ein bissiges Lachen. Sie lag auf dem Rücken im trockenen Gras des Zwingers, den Kopf auf seinem Schoß. Zwei Löwen, ein Tiger und ein Jaguar schmiegten sich warm an ihre Körper. Der Lärm der Welt ertrank in dem Geräusch ihres lauten Atmens, des gelegentlichen Seufzens und Schnurrens. Ein Nest aus Fell … und darin ein guter Mann. Iris streichelte Blues Arm. Sie versuchte noch immer, die Sterne zu sehen.

»Ich bin zu verwirrt, um zu weinen«, sagte Iris. »Sie ist doch verrückt.«

»Ganz im Gegenteil, sie ist vollkommen gesund, genauso wie mein Vater. Immerhin hatte deine Mutter nur das Beste für dich im Sinn. Mein Vater dagegen …« Blue unterbrach sich und seufzte. »Ich verstehe ihn aber auch nicht ganz. Warum hat er mich denn losgeschickt, um Daniel zu suchen? Warum hat er uns nie zusammengebracht? Er sagte zwar, wir hätten nie auf ihn gehört … Aber ich glaube, das war nur eines seiner Spielchen. Er hat immer Spiele gespielt, bis zum bitteren Ende.«

»Und du wirst nie wissen, ob er dich geliebt hat«, sagte Iris.

»Man muss seine eigene Liebe erzeugen.« Blue zog sie fester an sich. »Schließlich muss man auch seine eigene Familie finden.«

»Aber es tut trotzdem weh.«

»Ja«, stimmte er leise zu. »Es tut weh.«

Iris küsste seine Wange und seinen Hals und fuhr mit der Hand unter sein Hemd, um seine Haut zu berühren. Er rollte sich so herum, dass er sein Bein über ihre Hüfte legen und sie enger an sich ziehen konnte. Sein Körper war schwer und warm, seine Arme waren so kräftig. Sie lauschte seinem Herzschlag.

»Wir gehen ein großes Risiko ein«, flüsterte Blue. »Wenn ich jemals die Kontrolle verliere …«

»Und erst, wenn *ich* die Kontrolle verliere …«

»Das wirst du aber nicht. Nicht so leicht. Ich vertraue dir, Iris.«

»Und ich vertraue dir, Blue.« Sie sah ihm in die Augen. »Ich liebe dich.«

Er presste die Zähne zusammen. Dann schob er ihr Haar zurück und fuhr mit dem Daumen ihre Wange hinab bis zu ihrem Mundwinkel. Iris stockte der Atem, als Hitze und Begierde langsam in ihr aufstiegen.

»Ich liebe deine Augen«, sagte er leise. »Die habe ich von Anfang an geliebt.«

Und ich deine, dachte sie. Ihr Herz schmerzte, als sie daran dachte, wie ihr Leben so lange Zeit gewesen war, und wie es hätte sein können.

»Gestaltwandler paaren sich für immer«, sagte sie. »Glaubst du, dass du damit klarkommst?«

Er lächelte. »Ich freu mich schon darauf.«

»Ah«, flüsterte sie. »Dann würde ich sagen, wir packen die Raubkatzen in mein Wohnmobil und machen uns allmählich auf den Weg zu deiner Blockhütte in Colorado. Da können wir uns dann auf einen Berg setzen und Zwiesprache mit der Natur halten.«

»Und was ist mit dem Miracle?«

»Meine Mutter schuldet mir noch etwas. Sie wird schon die richtigen Fäden ziehen.«

Blue lächelte. »Und was machen wir da auf diesem Berggipfel? Sollen wir etwa *eins* mit der Welt werden?«

»Ich dachte eher daran, dass wir eins mit*einander* werden.«

»Was hältst du davon, wenn wir in irgendeiner kleinen Kapelle Zwischenstation machen? Und uns vielleicht einen Priester einfangen, der wie Elvis aussieht?«

»Ich werde wundervoll aussehen, ganz in Fell.«

Er lachte, aber nur einen Moment lang. Dann nahm er ihre linke Hand, hob sie an den Mund und küsste sie. »Morgen kaufe ich die Ringe.«

Iris stockte der Atem, und diesmal war der Schmerz in ihrem Herzen entzückend. »Ich glaube, das gefällt mir, Blue.«

Sie starrten zu den Sternen hoch, aber die Lichter der Stadt löschten die Nacht aus und erhellten das dunkle Firmament.

»Blue«, flüsterte sie. »Mach das Licht aus. Nur eine Minute.«

Er tat ihr den Gefallen.